GRAVITARE

关 怀 现 实 , 沟 通 学 术 与 大 众

太祖之得天下虽幸也，而平西蜀，定两粤，下江南，距北狄，偃戈息民，布宽政，兴文治，以垂统于后，固将夷汉、唐而上之

宋太祖

顾宏义 著

广东人民出版社
·广州·

图书在版编目（CIP）数据

宋太祖 / 顾宏义著 . —广州：广东人民出版社，2023.9（2024.01重印）

ISBN 978-7-218-15521-0

Ⅰ.①宋… Ⅱ.①顾… Ⅲ.①长篇历史小说—中国—当代 Ⅳ.① I247.5

中国版本图书馆 CIP 数据核字（2021）第 258512 号

Song Taizu
宋太祖
顾宏义 著

版权所有 翻印必究

出 版 人：肖风华

丛书策划：施　勇　钱　丰
责任编辑：刘飞桐
营销编辑：龚文豪　罗凯欣　张静智
责任技编：吴彦斌　周星奎
出版发行：广东人民出版社
地　　址：广州市越秀区大沙头四马路 10 号（邮政编码：510199）
电　　话：（020）85716809（总编室）
传　　真：（020）83289585
网　　址：http://www.gdpph.com
印　　刷：广州市岭美文化科技有限公司
开　　本：787 毫米 ×1092 毫米　1/32
印　　张：22　字　　数：507 千
版　　次：2023 年 9 月第 1 版
印　　次：2024 年 1 月第 3 次印刷
定　　价：138.00 元

如发现印装质量问题，影响阅读，请与出版社（020-85716849）联系调换。
售书热线：（020）87716172

目 录

前 言 …………………………………………… 1

第一章　赵匡胤的家世、亲眷及其早期经历 ……… 5
一、乃祖乃父 …………………………………… 7
二、夹马营里香孩儿 …………………………… 21
三、赵匡胤的兄弟姐妹 ………………………… 27
四、赵匡胤的妻妾儿女 ………………………… 30

第二章　从落魄江湖行至殿前都点检 …………… 37
一、落魄江湖行 ………………………………… 39
二、从河北投军到高平之战 …………………… 48
三、转战淮南 …………………………………… 62
四、兵取三关 …………………………………… 87
五、擢拜殿前都点检 …………………………… 95

第三章　陈桥兵变，黄袍加身 …………………… 111
一、幕府诸谋士与义社十兄弟 ………………… 113
二、陈桥兵变 …………………………………… 126
三、赵宋王朝的创立 …………………………… 153

第四章　宋初形势的稳定 ……………………………………… 169
一、变家为国：构建新的权力中枢 ……………………………… 171
二、讨平二李 …………………………………………………… 193
三、杯酒释兵权 ………………………………………………… 215
四、收藩镇之权 ………………………………………………… 236
五、"抑武"以"强干弱枝" …………………………………… 251

第五章　"先南后北"的统一战争 ……………………………… 267
一、"雪夜定策" ………………………………………………… 269
二、北御契丹 …………………………………………………… 281
三、收荆湖 ……………………………………………………… 296
四、平后蜀 ……………………………………………………… 303
五、灭南汉 ……………………………………………………… 320
六、取南唐 ……………………………………………………… 324
七、三征北汉 …………………………………………………… 355

第六章　创业垂统，建法立制 …………………………………… 369
一、宋太祖誓碑 ………………………………………………… 371
二、"宰相须用读书人"与"异论相搅" ……………………… 387

三、"尚文抑武"国策的确立 …………………………………… 400
四、"天子门生"与官吏的选任考核 …………………………… 433
五、创法宽刑与"绳赃吏重法" ………………………………… 458
六、经济恢复发展与东京城的建设 ……………………………… 478
七、"见在佛不拜过去佛":宋太祖时期的宗教政策 ………… 510
八、宋太祖的性格、爱好及其他 ………………………………… 528

第七章　金匮之盟与斧声烛影 …………………………… 547
一、金匮盟约的真伪 ……………………………………………… 549
二、宋太祖与赵光义、赵普的关系演变 ………………………… 571
三、斧声烛影 ……………………………………………………… 607
四、永昌陵 ………………………………………………………… 649

附　录 ……………………………………………………………… 663
一、宋太祖大事年表 ……………………………………………… 665
二、征引书目 ……………………………………………………… 676

后　记 ……………………………………………………………… 690

前　言

古人有言："自古创业垂统之君，即其一时之好尚，而一代之规模，可以豫知矣。"[1] 宋朝作为中国历史上的重要朝代，其基本国策、制度，即肇始于开国之初的宋太祖时期。因此，开创了赵宋一代三百余年基业的宋太祖赵匡胤，也就与那"秦皇""汉武""唐宗"等古代杰出帝王并列，成为在中国数千年文明史中产生重大影响、留下深刻印记的重要人物。

赵匡胤祖籍涿郡（今河北涿州），五代后唐天成二年（927）诞生于洛阳（今属河南），建隆元年（960）创立宋王朝于开封（今属河南），死于宋开宝九年（976），享年五十岁。据古代礼法，事物之原始称"太祖"，赵匡胤作为宋朝的开国之君，庙号太祖，又古代习称一朝之开国帝王为"艺祖"，[2] 故宋人常常尊称赵匡胤为艺祖、太祖，而后世之人一般称之为宋太祖。

赵匡胤生逢五代极乱之世。9世纪末，那繁盛强大一时的大唐帝国，在经历了安史之乱、藩镇割据等劫难之后，又遭到了唐末黄巢农民战争的致命一击，其本就奄奄一息的统治迅速土崩瓦解。907年，通过镇压黄巢农民军发家的军阀朱全忠，凭借长枪大刀、烈马悍卒，逼迫唐朝最后一位君主唐哀宗退位，自行加冕做了皇帝，国号梁（史称后梁）。自此，中国历史便进入了长达半个多世纪的五代十国时期。这五代是指先后立国于中原地区的后梁、后唐、后晋、后汉、后周五

---

[1] （元）脱脱等：《宋史》卷四三九《文苑传序》，中华书局1985年版，第12997页。
[2] （清）顾炎武撰，黄汝成集释：《日知录集释》卷二四《艺祖》，上海古籍出版社2006年版，第1343—1344页。

个朝代,十国则是指前后出现于南方与山西等地的前蜀、后蜀、吴、吴越、南唐、楚、闽、南汉、荆南和北汉等十个割据政权。这五代十国是晚唐藩镇之祸的扩大和延续。为篡夺政权、争抢地盘,这些政权内部以及相互之间,不断爆发大规模的战争,杀人盈野,赤地千里,无辜百姓流离失所,社会生产力遭到前所未有的大破坏,成为中国历史上至为黑暗、动荡的时期。常言道"乱世出英雄",恰就在这风云变幻、天地翻覆的大分裂、大动荡之中,赵匡胤身为一个浪迹江湖、囊无分文的流浪者,无奈投军,却迅速脱颖而出,仅仅十年左右时间,便自默默无闻的低级军官快速晋升为后周政权的高级将帅,并依靠手中的枪杆子,发动陈桥兵变,黄袍加身,一举篡夺后周政权,成为叱咤风云、君临天下的开国皇帝,建立起延续三百余年的赵宋王朝。

著名学者陈寅恪以为:"华夏民族之文化,历数千载之演进,造极于赵宋之世。"[1] 每每为后人所称誉不已的宋代"尚文"国策,即肇始于宋太祖:"艺祖革命(指宋太祖创立宋朝),首用文吏而夺武臣之权,宋之尚文,端本乎此。"[2] 在五代乱世中开辟出一片新天地的宋太祖,面对着五代十国各个政权之寿命长则二三十年、短则不足十年的严酷现实,在登基伊始,便采取了一系列相应的政策,以求能长治久安。

开国之次年,宋太祖即通过"杯酒释兵权"的和平方式,解除了禁军大将的统兵之权;继而采取"先南后北"的统一战略,选用将领驻守北方要地以防御契丹军队的南下,而遣大军向南先后平定了荆南、楚、后蜀、南汉、南唐诸割据政权。在进行统一战争的同时,

---

[1] 陈寅恪:《邓广铭〈宋史职官志考证序〉》,载邓广铭:《邓广铭全集》第九卷,河北教育出版社2005年版,第226页。
[2] 《宋史》卷四三九《文苑传序》,第12997页。

宋太祖又厘革官制，加强中央集权：设置参知政事为副相，以枢密使掌军政，三司使掌财权，以分宰相之权；选拔州府精壮士兵为中央禁兵，以削弱地方军力；创立"更戍法"，使兵不知将，将不知兵，有效地防止将领拥兵造反的可能。在地方管理上，遣京朝官为知县等，以削弱各节度使之权；各州府增设通判一职，以分割知州的权力；派遣文臣替代武将出任地方长官；等等。同时，宋太祖还十分注意文教，惩治贪吏，兴修水利，奖励农桑，有力地扭转了自唐代后期以来社会因长期战乱而极端凋敝的局面，为宋代经济、文化的迅速发展奠定了坚实基础。

但是，宋太祖为强化其中央专制集权统治而施行的崇文抑武、偏重防内的国策，也对整个宋代"积弱"局面的形成，有着颇为深刻的负面影响。

作为一位在历史上有着重要影响的"真命天子"，宋太祖那斑驳而雄奇的一生经历自然颇具传奇色彩。但是，由于宋人对其开国之君的刻意神化，以及出于皇权之争等原因，对有关宋太祖的部分史实加以回避、曲笔，致赵匡胤早年事迹隐晦不明，却留下一些颇为荒诞难信的记录和传说，以及诸如"陈桥兵变""杯酒释兵权""金匮之盟""斧声烛影"之类千古疑案。由此，本书在充分展现宋太祖立基开国、文治武功之雄才大略的同时，还注意对其早年经历、宋初诸历史疑案，对相关文献记载和传说，进行一番钩隐抉微，考辨订误，去伪存真，以尽量还其本来面目，明了其历史地位。

第一章

赵匡胤的家世、亲眷及其早期经历

一、乃祖乃父

中国古人,尤其是士大夫们,在谈论起自己家世源流时,总喜爱追溯至遥远而渺茫的上古时期。贵为天下之尊的宋朝天子,自然也难以免俗。宋代史籍《太平治迹统类·圣宋仙源积庆符瑞》便在追述赵姓之源时称:

> 赵氏之先,自造父为周穆王御,封赵城,因氏焉。其后与韩、魏分晋,列为诸侯。至汉,赵广汉居涿郡中,遂为郡人。[1]

其大意是说:赵氏始祖造父为周穆王的驾车大夫,因在平定徐偃王叛乱中立下大功,被赐封于赵城(今山西洪洞北),其后裔遂以封邑为氏,是为赵姓之始。至春秋战国时,作为晋国当政大夫的赵氏家族联合韩氏、魏氏三家分晋,创立赵国,建都晋阳(今山西太原),后来迁都邯郸(今属河北),成为战国七雄之一。秦始皇灭赵国以后,赵国王族子孙遂以赵为姓氏。至西汉时,赵姓一支始定居于涿郡,因执法不避权贵而深得汉帝褒赏的京兆尹赵广汉,即被认定是赵匡胤的远祖。[2]

在宋太宗御撰的《赵中令公普神道碑》中,又将赵姓上溯至五帝时代:"其先颛顼之裔,佐禹平水土,是谓伯翳,帝尧赐姓曰嬴氏。造父其后也。"[3]即认为上古五帝之一颛顼高阳氏的裔孙伯益(亦作伯翳),

---

1 (宋)彭百川:《太平治迹统类》卷一《圣宋仙源积庆符瑞》,江苏广陵古籍刻印社1990年版,第5页。
2 (宋)邵博:《邵氏闻见后录》卷七(中华书局1983年版,第55页)云:"今章奏不当名赵广汉,按《国史》《会要》,本朝广汉之后也。"
3 (宋)杜大珪撰,顾宏义、苏贤校证:《名臣碑传琬琰集校证》上集卷一太宗皇帝《赵中令公普神道碑》,上海古籍出版社2021年版,第3页。

因帮助大禹治水有功，故尧帝赐其姓嬴。造父就是伯益的后代。

由于历史上赵姓望族主要居住在天水郡（约今甘肃省天水市及陇西以东地区），天水即成为赵姓的郡望，因此，宋人及以后朝代之人，往往亦以"天水"或"天水朝"来代指赵宋王朝。相传宋初南唐境内流行穿湖蓝色衣衫，称为"天水碧"，果然不久赵宋大军便兵临城下，"天水碧"遂被当作南唐为宋朝所灭的谶言。[1]

当然，古代文献中所宣称的赵匡胤之显赫祖先，显然属于一个美好传说。因为按照礼制，天子应该在京城修建宗庙祭祀其七世或九世祖宗，但赵匡胤开国登基以后，在京城开封建立的宗庙内，却仅奉祀着自高祖以下四位祖先的牌位，这是因为赵匡胤的家世，只有从他的高祖父以下才有信实记载。[2]即便如此，有关赵匡胤高祖以下四世祖宗的史料也寥寥无几，此处即汇总诸书所载，对赵匡胤的乃祖乃父作一简要介绍。

赵匡胤的高祖父名赵朓，唐代后期"生于涿，长于燕（今北京）"。[3]时"燕蓟之俗尚武"，而赵朓却"以儒学为业，故当时有鸿鹄之誉闻

1　（宋）佚名：《五国故事》，大象出版社2003年《全宋笔记》（第一编）本，第241页。
2　（宋）李焘：《续资治通鉴长编》（以下简称《长编》）卷二四○熙宁五年（1072）十一月戊辰条（中华书局2004年版，第5939页）：翰林学士元绛等两制官上议略曰："今太祖受命之初，立亲庙自僖祖始，僖祖以上世次，既不可得而知，然则僖祖之为始祖无疑矣。"
3　（宋）邓名世：《古今姓氏书辩证》（上海古籍出版社《文渊阁四库全书》本）卷二五《赵》："至汉京兆尹广汉之后，居涿郡，代逾千祀，而僖祖皇帝生焉。臣闻之太史氏曰：僖祖……生于涿，长于燕，历永清、文安、幽都三县令。"对此，杨倩描《宋太祖赵匡胤家世、祖陵及籍贯》（载《宋史研究论丛》第六辑，河北大学出版社2005年版，第382页）以为《宋会要辑稿·帝系》（清徐松等辑，中华书局影印本）一之一所载"僖祖……生于燕蓟、陵曰钦陵（原注：在幽州）"，即"燕蓟是对幽州地区的泛称"，故从《宋会要辑稿》记载上看，僖祖"是生于幽州、死于幽州的"，而邓氏之说与之不同，"显得有些牵强附会"而不可信。按：历史上涿郡（或涿州）正在泛称的燕蓟地区范围之内，故"生于涿，长于燕"与"生于燕蓟"之说并不存在矛盾。

于河朔间"，历任永清、文安、幽都三县县令而终，[1]卒于十二月七日。然卒年不详。娶崔氏。[2]

赵匡胤的曾祖父名赵珽，也以儒学为业，"少博学，有时誉"，[3]但当时藩镇割据，儒生无处谋出身，只得投靠河北一藩镇，做一个名叫从事的小官，此后累官兼御史中丞，卒于正月二十五日。卒年不详。娶桑氏。[4]晚唐以来，战火频仍，社会经济凋敝，朝廷及藩镇对于那些攻城陷阵、立下战功的将士们，既乏钱帛也不可能有足够的官职来赏酬其功劳，无奈之余，只得设置大量的虚衔如兼官、检校官、遥领官等来赏功。此处的兼御史中丞即属兼官，并无实际职掌。由于当时社会上此类虚衔加官车载斗量，甚至有普通士卒而官拜三公者，故颇为世人所轻。至于曾巩《隆平集·圣绪》中称赵珽"终于御史中丞"，当属故意脱漏一"兼"字，以为太祖之先祖贴金。由此赵珽虽官兼御史中丞，但有关晚唐时期的史料对此全无记录，其原因也就在于此。

赵匡胤的祖父名赵敬，生活于唐末五代前期。其"少慷慨有四方之志。时刘仁恭父子继为燕帅，而翼祖屈身以事之，盖不欲去父母之邦也"，历任营、蓟、涿三州刺史。卒于四月十二日，卒年不详。娶刘氏。后周显德年间，赵敬追赠左骁卫上将军，刘氏追封京兆郡太夫人。[5]又据《资治通鉴》记载，在后梁乾化二年（912）四月，正与后

---

1 （宋）曾巩撰，王瑞来校证.《隆平集校证》卷一《圣绪》，中华书局2012年版，第1页；（宋）谢维新：《古今合璧事类备要》续集卷七《类姓门·赵·皇朝源流》，上海古籍出版社《文渊阁四库全书》本。
2 （宋）李攸：《宋朝事实》卷一《祖宗世次》，中华书局1955年版，第1页。
3 《隆平集校证》卷一《圣绪》，第1页。
4 《宋史》卷一《太祖纪一》，第1页；《宋朝事实》卷一《祖宗世次》，第1—2页。
5 《古今合璧事类备要》续集卷七《类姓门·赵·皇朝源流》；《宋朝事实》卷一《祖宗世次》，第2—3页；《隆平集校证》卷一《圣绪》，第1页。

梁军争锋于黄河上下的晋王李存勖,为夺得战略主动权,遣大军进攻割据河北北部、与后梁结盟的藩镇刘守光,命勇将李存审率军会攻刘守光盘踞的幽州城,大将李嗣源进攻瀛州(今河北河间)城。瀛洲刺史赵敬兵败出降。[1]则赵敬还曾任瀛州刺史,只因兵败而降,所以《宋史》等史籍遂未予记载。据北宋苏舜钦《内园使连州刺史知代州刘公墓志》载:刘文质字士彬,"世占数于保州保塞县。曾祖延,不仕。祖正,后唐为平州刺史、幽蓟垦田使者。保塞,皇家之故乡也。翼祖皇帝之在民间,正阴知其非常,归以息女,今庙号简穆皇后"。[2]由刘正"后唐为平州刺史、幽蓟垦田使者""保塞,皇家之故乡也"诸语,且赵敬此后行踪,五代及宋代史书中全无一字记录,推测其出降以后可能并未为晋王所用,而投奔刘正、居于保塞(今河北保定)了,所以北宋真宗时有"保塞县丰归乡东安村,乃宣祖旧里"之说,且仍有"国之疏属"居住在此。[3]

赵朓、赵珽、赵敬死后,皆葬于幽州。宋朝创建之初,赵朓被追

---

[1] (宋)司马光撰,(元)胡三省注:《资治通鉴》卷二六八后梁乾化二年四月,中华书局1992年版,第8756页。按:成书于宋太祖开宝年间的薛居正等《旧五代史》卷二八《庄宗纪二》(中华书局2015年版,第434页)仅载天祐九年(即乾化二年)四月"戊申,李嗣源攻瀛州,拔之"。未云瀛洲守将姓名,似当属讳饰而然。

[2] (宋)苏舜钦:《苏舜钦集》卷一四《内园使连州刺史知代州刘公墓志》,中华书局1961年版,第210页。按:刘正,原作"刘昌",检《宋朝事实》卷一《祖宗世次》、《宋会要辑稿·后妃》一之一皆作"刘正",又《宋史》卷四六三《外戚传上》(第13545页)亦作"(刘)正,晋幽州营田使兼平州刺史"。当作"正"是,据改。

[3] 《长编》卷四七咸平三年六月丙午朔条,第1018页。按:(元)元好问:《遗山集》(上海古籍出版社《文渊阁四库全书》本)卷三〇《龙山赵氏新茔之碑》载,金末真定路工匠都总管赵侯振玉自叙家世曰:"吾赵氏世居保塞,以仕迁大梁。五代末有讳匡颖者,官至静江军节度使兼桂州管内观察使,弟匡衡及八世孙襄迭仕于宋,皆至通显。金朝兵破大梁,吾宗例为兵所驱,尽室北行,至龙山,遂占籍焉。虽谱牒散亡,而其见于祖茔石志者盖如此。"此称匡颖、匡衡,当与赵匡胤同辈,而属赵敬后裔的另一支。参见杨倩描:《宋太祖赵匡胤家世、祖陵及籍贯》,载《宋史研究论丛》第六辑,第386页。

尊为文献皇帝，庙号僖祖，崔氏追谥曰文懿皇后；赵珽被追尊为惠元皇帝，庙号顺祖，桑氏追谥曰惠明皇后；赵敬被追尊为简恭皇帝，庙号翼祖，刘氏追谥曰简穆皇后。赵朓、赵珽、赵敬三人坟墓亦分别被尊曰钦陵、康陵和定陵。[1]

因为钦陵、康陵和定陵三陵所在何地，涉及赵匡胤的祖籍问题，所以早在宋真宗时期就存在着颇大的争议。当时宋真宗因宋、辽连年大战，遂欲将先祖三陵自河北清苑南迁至京城附近："真宗即位，有言顺祖、翼祖葬保州者，诏内侍与长吏同共询访，又令中书门下定议，遂迎奉至京师，安于佛寺。景德元年（1004），将卜改葬"，但真宗又获知祖陵并不在清苑，即所谓"朕每从余暇，常阅群书，因览《太祖实录》，明载二陵所在，又皆不指保州。疑虑之间，夙夜增念"，故于十月特降手诏，命有司详定。[2]《长编》却明言康陵、定陵二陵皆在幽州，而幽州地区不在宋境内，处于辽朝控制之下："上因览《太祖实录》，康、定二陵皆在幽州，颇疑其事。即手诏宰相与枢密院详定，咸请停改葬之礼，量加营奉，务从省约，徐俟辩明，别申迁卜。遂以一品礼葬于河南县。"[3]所谓"以一品礼葬于河南县"者，乃"葬以衣冠，设其园寝"，[4]即只是顺祖与惠明皇后、翼祖与简穆皇后的衣冠冢而已。

1　《宋朝事实》卷一《祖宗世次》，第1—3页。
2　《宋朝事实》卷一《祖宗世次》，第2页。
3　《长编》卷五六景德元年七月癸卯条，第1247页。
4　《宋朝事实》卷一《祖宗世次》，第2页。按：仁宗初，因真宗陵名永定陵，故改翼祖陵名靖陵。又，（宋）邵伯温《邵氏闻见录》卷一（中华书局1983年版，第5—6页）称当时"又欲迁远祖于西京之穀水，盖宣祖微时葬也。相并两冢，开扩皆白骨，不知辨，遂即坟为园，岁遣官并祭，洛人谓之一寝二位云。伊川先生程颐曰：'为并葬择地者，可以谓之智矣。'"所云不同。

赵匡胤的父亲名赵弘殷，生年不详。史书所载其生平事迹，虽要比其父祖辈详备许多，但宋代文献中的相关记载还是颇少，且时有错乱之处。其中《宋史》《东都事略》之《太祖纪》等史籍皆附录赵弘殷事迹，但较南宋类书《古今合璧事类备要》续集卷七《皇朝源流》中所载要简略。现具录《古今合璧事类备要》有关赵弘殷事迹如下：

宣祖（赵弘殷）少骁勇，善骑射，为乡里所推，而雅好儒素。起家事赵王王镕。时后唐庄宗初开府于太原，与梁氏南面而争天下于河上，日寻干戈，战无虚日。常命我宣祖求援于镕，镕因命宣祖以五百骑赴之。澶渊对垒，屡有战功。及平定河南，唐庄宗爱其勇敢，因留之，命掌禁军，号飞捷指挥使。自同光至晋开运，踰二十年，军职不改。当时同列者多领藩镇，而宣祖处之恬然，未尝介意。汉乾祐中，王景崇据凤翔叛，朝廷命赵元晖、乐元福领军进讨，时宣祖预其行。会蜀寇来扰边，宣祖率所部御之于宝鸡，拥兵大战，杀获万计。是役也，我宣祖身先士卒，矢中左目，勇气弥厉，以功迁护圣都指挥使。周有天下，累功转左厢都指挥使。世宗征河东，为地道穴其城，命我宣祖监总其事。世宗征淮甸，以宣祖为前军副都指挥使，领所部兵先入淮阳，安民禁暴，吴人悦之。时诸将皆争子女玉帛，而宣祖但使人购书籍，得三千余卷。先是，我太宗年甫志学，耽玩经史。宣祖尝谓曰："惟文与武，立身之本也。尔其勉之！"尽以所获书付焉。时宣祖扬州驻军数月，厉兵捍寇，声振敌境，世宗嘉之。未几，以疾归，欲与太宗会于寿春。后至京师，薨，赠太尉焉。太祖皇帝乃宣祖第二子也。[1]

将上述所载与《宋史》《东都事略》之《太祖纪》等记载相比勘，可知其文字当也源自宋朝官修史籍，故三者文字虽有详略之异，但主要内容大体相同。综合诸书所载，赵弘殷的生平事迹大概可探：

赵弘殷少年时以骁勇知名，善于骑射，在后梁后期投军，为河北藩镇、赵王王镕的帐下亲吏。当时李存勖为争夺中原，统领兵马与后梁军队日夜恶战于黄河上下，并求援于王镕，王镕遂命将增援唐军，赵弘殷率领五百骁骑破敌立功。喜欢冒险斗狠的李存勖颇喜爱赵弘殷的骁勇敢战，便把他留在自己帐下，做一个叫做飞捷指挥使的禁军小校官。至于《宋史·太祖纪》称赵弘殷被李存勖"留典禁军"，实在有为其祖宗脸上贴金的嫌疑。在后唐、后晋两朝，未见到有关赵弘殷活动的记载，想来是无甚值得记录之事。《东都事略·太祖纪》也称赵弘殷"自同光至开运年间二十年不迁官"，而他却"未尝介意"，在恭维话里反衬出赵弘殷此时仕途的不如意。后汉乾祐年间，陕西大将王景崇与后蜀结盟，在凤翔城（今属陕西）举起反叛大旗。后汉调遣兵将西去讨伐，赵弘殷也随军出征。后蜀兵马闻讯北上增援，赵弘殷随所在部队前往阻击，两军激战于陈仓（今陕西宝鸡南）。兵马初合，蜀军气势很盛，后汉军被压迫得阵形渐渐散乱。赵弘殷眼见局面危殆，急率帐下军士奋勇出击，虽然脸中流矢，却勇气弥增，其他将士见，也随之大呼进战，蜀军溃败南逃。此战役结束以后，赵弘殷因战功升

---

[1] 《古今合璧事类备要》续集卷七《类姓门·赵·皇朝源流》。按：据王称《东都事略》（上海古籍出版社《文渊阁四库全书》本）卷一《太祖本纪一》，《类姓门·赵·皇朝源流》中"常命我宣祖求援于镕"之"我宣祖"三字当有舛误，"领所部兵先入淮阳"之"淮阳"当作"维扬"，"欲与太宗会于寿春"之"太宗"当为"太祖"之讹。

为护圣都指挥使。

此后因得到后汉权臣、后来篡汉建立后周政权的郭威赏识，再后因其子赵匡胤与周世宗关系密切，赵弘殷的仕途变得通畅起来。

后周广顺三年（953），赵弘殷改任铁骑第一军都指挥使。显德元年（954）三月，升任龙捷右厢都指挥使，遥授团练使，后转龙捷左厢都指挥使、领岳州防御使。[1] 曾随周世宗柴荣围攻北汉太原城。此后又随周世宗南征南唐的淮南地区。自此至其病卒之前，赵弘殷的行军作战与其子赵匡胤多有交集。

显德二年（955）十一月，周世宗命宰相李谷为淮南道前军行营都部署，都督侍卫亲军马军都指挥使韩令坤等十二将征伐南唐。赵弘殷为十二将之一，任行营马军副都指挥使。十二月，后周军进围南唐淮南重镇寿州（今安徽寿县）。南唐军见后周兵马立脚未定，乘隙来袭，后周前军溃退，唐兵乘势追击，赵弘殷急率部属出阵邀击，唐军不支败退。三年（956）正月，周世宗下诏亲征淮南，进抵寿州城下，督军攻城。二月戊辰（五日），殿前都虞候赵匡胤奉命"倍道袭清流关"；壬申（九日），赵匡胤上奏大破南唐军"万五千人于清流关"，乘胜攻下滁州（今属安徽）城。己卯（十六日），周世宗见寿州城池高深，易守难攻，而侦知扬州（今属江苏）唐军无备，命韩令坤等将兵袭之，赵弘殷同行督军。乙酉（二十二日），韩令坤军至扬州城下，攻克之。辛卯（二十八日），赵匡胤奏南唐天长军制置使耿谦"以本军降，获粮草二十余万"。四月初，南唐军反攻扬州，韩令坤等弃城走，周世宗调兵马援之，并命赵匡胤自滁州率军二千进屯六合（今属江苏）。

1　按：《宋朝事实》卷一《祖宗世次》（第3页）称赵弘殷"仕晋为龙捷左厢都指挥使、岳州防御使"，乃是将其在后周时的官衔误植至后晋时。

韩令坤始反身固守扬州，破南唐军于扬州东境，赵匡胤也破南唐军于六合。五月初，周世宗见天气渐炎热，不利于攻坚作战，而南唐军坚守寿州城不降，周兵屡次攻击皆未成功，周世宗遂留侍卫亲军马步军都指挥使李重进等部继续围困寿州孤城，自己率领周军主力北归京师。六月中，寿州南唐守军乘围城的周军无备，出兵偷袭屯驻城南的周军李继勋部，"攻城之具并为贼所焚，士卒死者数百人"。因当时"城坚未下，师老于外，加之暑毒，粮运不继。李继勋丧失之后，军无固志，诸将议欲退军"，正逢赵匡胤"自六合领兵归阙，过其城下，因为驻留旬日，王师复振"。七月初，南唐乘周军主力北归，连续攻取江淮诸州，迫使扬州周军班师，回军寿春（即寿州）城下，滁州守将"亦弃城去，皆引兵趣寿春"，欲通过"弃扬州并力于寿春"来挽回局势。[1]

但赵弘殷在克扬州以后的行迹，诸史的记载则颇为混乱了。《宋史·太祖纪一》称赵弘殷"督军平扬州，与世宗会寿春。寿春卖饼家饼薄小，世宗怒，执十余辈将诛之，宣祖固谏得释。累官检校司徒、天水县男，与太祖分典禁兵，一时荣之。卒"。又于赵匡胤攻占滁州之后记载道：赵弘殷"率兵夜半至城下，传呼开门，太祖曰：'父子固亲，启闭，王事也。'诘旦，乃得入"。《资治通鉴》卷二九二亦云赵匡胤"克滁州"之"后数日"，赵弘殷"引兵夜半至滁州城下"。据《东都事略·太祖纪》载，赵弘殷随军进入扬州，"禁止侵暴，民情大悦，世宗嘉之。未几，以疾归，与太祖会于寿春，归及中途而崩"。而赵匡胤于四月初率军自滁州进屯六合，之后赵匡胤"自六合领兵归

---

1 《旧五代史》卷一一六《周书七·世宗纪三》，第 1789 页、1796—1797 页。《资治通鉴》卷二九二后周显德二年十一月，第 9532 页；卷二九二后周显德三年二月，第 9538—9539 页；卷二九三后周显德三年二月，第 9539 页、第 9541 页；卷二九三后周显德三年七月，第 9558 页。

阙",途中留寿春城下"旬日"。因此,赵弘殷至滁州的时间大抵在三月中。赵弘殷抵达滁州的原因,史书无载。《东都事略·赵普传》云"时宣祖将兵抵滁上,得疾,普躬视药饵,朝夕无倦"。《宋史·赵普传》亦称"宣祖卧疾滁州"。因赵弘殷作为前线重要将领,不能无故离扬州而去,故可推知其当因罹患重疾,而自扬州西至滁州,欲就其子以养病耳。[1] 因赵弘殷"卧疾滁州",而赵匡胤恰于此时受命率军离滁州去六合,故时任滁州军事判官的赵普为解赵匡胤后顾之忧,"躬视药饵"。此后大概因"滁州守将亦弃城去,皆引兵趣寿春",赵弘殷也随之北归,而与自六合北归的赵匡胤相见于寿州城下。时在七月中。据上可证《宋史·太祖纪》赵弘殷"督军平扬州,与世宗会寿春"云云不实,即赵弘殷再至寿州城下时,周世宗早已北还京师,故赵弘殷"固谏"周世宗释寿春卖饼家之罪,当在周世宗初抵寿州、赵弘殷往扬州之前。

赵弘殷死于显德三年七月二十六日,[2] 享年不详。赵弘殷死于何处,《东都事略·太祖纪》云其"以疾归,与太祖会于寿春,归及中途而崩",而《古今合璧事类备要》称其"后至京师,薨",此外诸书未有记载。汇总相关史料分析,赵弘殷当因病情恶化,死于自寿州北还途中。周世宗追赠赵弘殷为武清军节度使、太尉。赵匡胤建国之初,追尊他为昭武皇帝,庙号宣祖,其墓地名安陵。安陵初在开封城外东南隅,至真宗景德三年(1006)改迁于永安县(今河南巩义西南)。[3]

按理说赵弘殷之死下距赵匡胤开国仅数年,距宋太宗初年修纂

1　按:《古今合璧事类备要》称"时宣祖扬州驻军数月"之"数月",当为"数日"之讹。又王称《东都事略·赵普传》称赵弘殷"抵滁上,得疾",所云当有颠倒。
2　《宋会要辑稿·帝系》一之二;《宋朝事实》卷一《祖宗世次》,第3页。
3　《宋朝事实》卷一《祖宗世次》,第2—3页。

《太祖实录》也并不久远,[1] 但有关赵弘殷事迹的记载却是如此简略、零乱,且时见错讹、矛盾,其原因当与宋初并不寻常的帝位授受如陈桥兵变、斧声烛影等事件大有关系。即继宋太祖登基的太宗一方面要通过上膺天命、下符人心来为宋太祖篡夺后周帝位作辩护,以证明赵宋立国之合法性,另一方面又要拔高赵弘殷的政治地位,强调赵弘殷在赵宋王朝创立中的作用,以证明自己虽是兄终弟继,但其实也是子承父业,即赵宋王朝是由赵弘殷所奠基的,从而在相关文献中留下了不少自相矛盾的记载。如前述之赵匡胤拒绝赵弘殷夜入滁州城一事,虽然"史言太祖勇于战,谨于守",[2] 但忠于王事的赵匡胤,却坚拒患疾之父亲及时入城,显于孝道有亏。可能出于同样原因,虽然赵弘殷病死一事,对赵匡胤兄弟来说甚为重要,但宋代文献记载却甚为简略,这或许是因为赵弘殷死时,赵匡胤、匡义[3] 兄弟均不在其身边侍奉"药饵",从而使得高调倡导孝道的太祖、太宗二人颇见难堪的缘故。[4] 同时,虽然相关记载甚为简略,但其中夸饰文字却有不少。如《古今合璧事类备要》所载赵弘殷"雅好儒素"一语,即显然是与此后赵弘殷在淮南作战时搜集图书,并付与赵匡义的记载相照应。但史载赵弘殷从征淮南仅此一次,且卒于北归途中,而当时赵匡义并未随军,故可知赵弘殷将自己于淮南所搜集之书付与赵匡义,并督促其读书之事乃

---

1 (宋)晁公武撰,孙猛校证:《郡斋读书志校证》卷六《太祖实录五十卷》(上海古籍出版社1990年版,第226页):"太平兴国二年(978),诏李昉、扈蒙、李穆、郭贽、宋白、董淳、赵邻儿同修,(沈)伦总其事。更历二载,书成。"
2 《资治通鉴》卷二九二后周显德三年二月戊辰注,第9538页。
3 按:宋太宗旧讳"匡义",见《宋史》卷四《太宗纪一》(第53页),非"匡义"。参见虞万里:《宋太宗旧名匡义、匡义辨证——兼论简化字"义"字的产生》,载《中国典籍与文化论丛》第十辑。
4 顾宏义:《赵弘殷显德三年行迹考辨》,载《河北大学学报(哲学社会科学版)》2021年第1期。

出自虚构，而非事实。[1]

赵弘殷娶妻杜氏。北宋范镇曾记载尚书刘涣所言："宣祖初自河朔南来，至杜家庄院，雪甚，避于门下。久之，看庄院人私窃饭之。数日，见其状貌奇伟兼勤谨，乃白主人，主人出见，而亦爱之，遂留于庄院。累月，家人商议，欲以为四娘子舍居之婿。四娘子即昭宪皇太后也，其后生两天子，为天下之母。"[2] 昭宪皇太后，即杜氏死后宋太祖所上的谥号。《宋史·后妃传》云"杜太后，定州安喜（今河北定州）人也。父爽，赠太师。母范氏，生五子三女，太后居长。既笄，归于宣祖。治家严毅有礼法"。[3] 如此，则"四娘子"当属家族姊妹间排行，而非指其为杜爽第四女。又史称杜太后死于建隆二年（961），享年六十，则推知其生于唐昭宗天复二年（902）。笄指及笄，据《礼记·内则》称"女子……十有五年而笄"，故自"既笄，归于宣祖"云云，可知杜氏约于十六七岁时嫁与赵弘殷，而赵弘殷"初自河朔南来"，当指赵弘殷自保州南下投军，途经杜家庄，并在成亲以后投赵王王镕军中效力。后周显德年间，赵匡胤官拜定国军节度使，杜氏遂母以子贵，例封南阳郡太夫人。赵匡胤发动陈桥兵变后，"还京师，人走报太后曰：'点检已作天子。'太后曰：'吾儿素有大志，今果然。'"赵匡胤即位后，杜氏被尊称为皇太后。"太祖拜太后于堂上，众皆贺。太后愀然不乐，左右进曰：'臣闻母以子贵，今子为天子，胡为不乐？'太后曰：'吾闻为君难，天子置身兆庶之上，若治得其道，则此位可尊；苟或失驭，求为匹夫不可得，是吾所以忧也。'太祖再拜曰：'谨

---

[1] 顾宏义：《宋初政治研究——以皇位授受为中心》，华东师范大学出版社2010年版，第327—328页。
[2] （宋）范镇：《东斋记事》卷一，中华书局1980年版，第1页。
[3] 《宋史》卷二四二《后妃传上》，第8606页。

受教。'"[1] 建隆二年（961）"五月癸亥朔，以皇太后疾，赦杂犯死罪已下"。[2] 故推知四月间，杜太后已罹患重疾。至六月二日，杜太后崩于滋德殿，谥曰明宪，葬于安陵。乾德二年（964），改谥曰昭宪，[3] 故史书上一般称之为"昭宪杜太后"。

杜太后的曾祖杜蕴，娶刘氏；祖杜远，娶赵氏；父杜爽，娶范氏。"世居常山，以积善闻"，而史未载其曾仕宦，当是三世务农。宋太祖开宝七年（974）四月六日，诏赠杜蕴太保、杜远太傅、杜爽太师；追封刘氏、赵氏、范氏为卫国、燕国、齐国夫人。至宋真宗景德三年（1006）正月十七日，诏赠杜蕴太傅、杜远太尉、杜爽中书令，刘、赵、范三夫人改封安、魏、晋三国夫人。[4]

杜爽与范氏生育有五子三女。长子名审琦，次即审玉、审琼、审肇、审进。

杜审琦仕后唐为义军指挥使，天成二年（927）卒，年三十五。宋初赠左神武军大将军，授杜审琦子彦超为西京作坊使。杜彦超卒，赠左领军卫大将军。[5] 杜审琦出仕后唐之时，赵弘殷也正在后唐军中效力，或郎舅二人是一起去投军的。

杜审玉卒于天成元年（926），在杜审琦卒前一年，年二十二。其余三弟，皆于宋初以母舅身份入朝为官。杜审琼于建隆元年（960）

---

1 《宋史》卷二四二《后妃传上》，第8606—8607页。
2 《宋史》卷一《太祖纪一》，第9页。按：《东都事略》卷二云"五月癸亥朔，赦天下"。
3 《宋史》卷一二三《礼志二十六·园陵》，第2867页。按：《邵氏闻见录》卷一（第5页）称"杜太后上仙，初从宣祖葬国门之南奉先寺，后命宰相范质为使改卜，未得地。质罢，更命太宗为使，迁奉于永安陵"。
4 （宋）岳珂：《愧郯录》卷十五《外戚赠王爵》，大象出版社2016年《全宋笔记》（第七编）本，第157页。按：杜远，《长编》卷十五开宝七年四月丙戌条（第318页）作"杜琬"。
5 《宋史》卷四六三《外戚传上》，第13536页。

授检校国子祭酒,二年拜左领军卫将军。三年(962),审琼、审肇、审进三人应天子之召自常山赴京师。审琼改左龙武军大将军,迁右卫大将军;审肇初授左武卫上将军,检校尚书左仆射致仕,赐宅邸于京师;审进初授右神武大将军,改右羽林大将军。乾德元年(963),审琼领富州刺史,审肇领维州刺史,审进领贺州刺史。

杜审琼于乾德三年(965)权判右金吾街仗事,四年春兼点检侍卫亲军步军司事。是年秋卒,年七十,赠太保、宁国军节度使,谥曰恭僖。史称杜审琼"性醇质,在公畏慎,宿卫勤谨,徼巡京邑,里闬清肃,人皆称之"。

杜审肇于开宝二年(969)改为左卫上将军,仍致仕;三年起为右骁卫上将军,不久出知澶州。后因黄河大决口,下游数郡民田皆罹水害,而审肇未及时上报朝廷,遂免官归私第。不久复官,令致仕。七年(974)卒,年七十二,赠太保、昭信军节度,谥曰温肃。

杜审进于乾德二年(964)知陕州,三年改保义军节度观察留后,五年加保义军节度使。宋太宗嗣位,加检校太傅。太平兴国三年(978)冬加检校太尉,五年(980)来朝,六年(981)复归陕州,加检校太师,九年(984)授右卫上将军。雍熙四年(987),复授静江军节度。端拱元年(988)加开府仪同三司。是岁卒,年七十九,赠中书令,谥曰恭惠。杜审进"镇陕二十余年,劝农敦本,民庶便之。虽居位节制,无骄矜之色,人推其醇厚"。[1]

杜太后有二妹,其一妹情况不详;另一妹嫁邢州(今河北邢台)人刘迁。刘迁在后晋天福末年为凤翔帐前军使,改授滑州奉国军校,

---

[1] 《宋史》卷四六三《外戚传上》,第13536—13539页。

从骁将皇甫晖御边有功，开运二年（945）卒。[1]刘氏妹入宋后，于乾德初封京兆郡太君，六年（968）进封京兆郡太夫人。开宝三年（970）十月卒，追封齐国太夫人，并追赠刘迁官太保。[2]

二、夹马营里香孩儿

五代后唐天成二年二月十六日（927年3月21日），赵匡胤诞生于洛阳夹马营中。[3]

后唐以洛阳为都城，因此，身为禁军将领的赵弘殷就驻扎在城外的军营夹马营内。夹马营，也称甲马营，据方志记载，在洛阳城东北二十里处。[4]至宋真宗景德二年（1005），因为此地乃赵匡胤诞生之地，故建造佛寺奉祀，大中祥符二年（1009）赐名应天寺。因为其殿宇装饰华贵，多使用珍贵的琉璃砖瓦，所以民间也称之为"琉璃寺"。[5]

中国历史上各王朝的史书中，大都记载有与开国帝王相关的奇异现象，而此类人为造作的政治神话，成为宣扬帝王"天命"神授、获取政治合法性的重要象征。因此，与众多帝王出生之时必定有神异吉祥的征兆出现一样，赵匡胤的诞生，在宋人笔下也充满着神奇甚至荒诞的色彩。据《宋史》《东都事略》等载，其母杜氏是梦见太阳落入怀中而有身孕，至赵匡胤出生的那天夜里，赤光满室，"异香经宿不散"，

---

[1] 《宋史》卷四六三《外戚传上》（第13543—13544页）称刘迁子知信"三岁而孤"，卒于景德二年（1005），年六十三。故推知刘迁卒丁后晋开运二年。

[2] 《宋史》卷四六二《外戚传上》，第13543页；《长编》卷十一开宝三年十月己巳朔条，第251页。

[3] 《东都事略》卷一《太祖本纪》。

[4] （清）乾隆中奉敕撰：《大清一统志》卷一六三《河南府》，上海古籍出版社《文渊阁四库全书》本。按：甲马指披甲的战马，乃当时军中精兵。"甲""夹"音同。

[5] （宋）高承撰，（明）李果订：《事物纪原》卷七《真坛净社部》，中华书局1989年版，第372页。

"胞衣如菡萏，体披金色，三日不变"。所以赵匡胤的小名就叫"香孩儿"，夹马营也被宋人称作"香孩儿营"。[1] 因其诞生时赤光满室，邻人以为失火，纷纷提水来救，所以民间又称此地为"火烧街"。[2] 而菡萏即荷花的别称，一般也被视为佛教的象征。在中国佛教史"三武一宗"之周世宗"灭法"事件之后，赵匡胤对佛教颇为宽容，故而其诞生神话中会出现含有佛教因素的象征物。

此外，为证明赵匡胤的出生上应天命、下合世情，宋人更是津津乐道地谈论那些牵强附会的证据。

如北宋《孙公谈圃》卷中云，早在隋朝开挖运河汴河段时，其河道走势正冲宋州（今河南商丘）城，"至城外迁其势以避之"，故"古老相传为'留赵湾'。至艺祖以宋州节度使即帝位，乃其谶也"。即赵匡胤在宋州节度使的任上登上帝位，故此"留赵湾"之名，实在可称得上是赵匡胤在汴京开封城登基开国的一大吉兆。

南宋彭百川《太平治迹统类·圣宋仙源积庆符瑞》中称：唐贞元十八年（802），有五色祥云出现在长安城上，太史张璇预言道："以日宿推之，在宋分，后一百六十年有圣人兴其地。"所谓"在宋分"，意指其征兆当应于宋州地分。而自此至赵匡胤登基开国，实为158年，与此160年之预言颇为相合。

南宋周辉《清波别志》也云：赵匡胤祖陵在保州保塞县城东三里，那里有一条小巷正叫"天子巷"。[3] 此也算是预告赵氏子孙将出天子的好兆头。

1　（宋）孔平仲：《谈苑》卷一，大象出版社2006年《全宋笔记》（第二编）本，第303页。
2　（元）纳新：《河朔访古记》卷下《河南郡部》，上海古籍出版社《文渊阁四库全书》本。
3　见（宋）周辉：《清波别志》卷二，上海古籍出版社《文渊阁四库全书》本。

而另一个广为流传的说法是，五代后期社会上传布着一首奇怪的预言诗，其中三句为"有一真人在冀州，闭口张弓左右边，子子孙孙万万年"。此冀州正在河北，"闭口张弓左右边"即"弘"字，最末一句自然是皇位当传千秋万代之意。这首预言诗，有人说是南朝梁异僧宝志和尚书写于铜牌上，也有人认为是唐代方士李淳风所作的著名预言著作《推背图》中的诗句。据说这《推背图》的预言起初是颇灵验的，待赵匡胤称帝以后，担心有野心家利用这《推背图》中的预言从事谋反活动，便让人在《推背图》内添入许多假货，再抄印了许多副本后流布出去，使得社会上传播的《推背图》鱼龙混杂，所作预言不再灵验，渐渐地就不再为人们所相信了：

> 唐李淳风作《推背图》。五季之乱，王侯崛起，人有倖心，故其学益炽。"闭口张弓"之谶，吴越至以遍名其子，而不知兆昭武基命之烈也。宋兴受命之符，尤为著明。艺祖即位，始诏禁谶书，惧其惑民志以繁刑辟。然图传已数百年，民间多有藏本，不复可收拾，有司患之。一日，赵韩王（赵普）以开封具狱奏，因言犯者至众，不可胜诛。上曰："不必多禁，正当混之耳。"乃命取旧本，自己验之外，皆紊其次第而杂书之，凡为百本，使与存者并行。于是传者惛其先后，莫知其孰讹；间有存者，不复验，亦弃弗藏矣。[1]

史载五代时相信此一谶言的大有人在，如南唐元宗李璟就为自己儿子

---

[1]（宋）岳珂：《桯史》卷一《艺祖禁谶书》，中华书局1981年版，第2页。

取名叫弘冀,吴越国王钱镠诸子名字中都有一"弘"字,希望能与社会上流传的预言相符合。不承想"有意种花花不发,无心插柳柳成荫",赵匡胤之父的名字中正有"弘"字,而且赵弘殷老家正在河北,与预言恰好合拍。这作为宣扬赵匡胤称帝符合"天道"的一个过硬的论据,宋人自然是津津乐道。

在宋代民间传说中,还有赵匡胤是天上火德星君霹雳大仙下凡,或是西方定光佛出世,以拯救乱世百姓之说。[1] 古人本有妖魔出世祸害百姓、天神下凡重整江山的说辞,说赵匡胤是仙人佛祖下凡,自然属于民间传说好自由发挥的特色,但我们也可由此得出这样一个结论,即自唐代"安史之乱"至此近200年来,中原地区战火不绝,生灵涂炭,世人迫切希望天降"圣人",拯救百姓于水火之中。所以,一代英雄赵匡胤可说是生逢其时。

赵匡胤出生之时,正是后唐明宗李嗣源登基的次年。李嗣源被誉为五代时期治政功绩仅次于后周世宗柴荣的皇帝。他是沙陀族人,是后唐庄宗李存勖之父李克用的养子。庄宗登基以后,只知狩猎游玩,视国家大事如儿戏,弄得天下饥荒连年,将士缺乏给养,百姓无法生存,卖儿租妻,怨声载道,终于激起兵变,庄宗被部下所杀。于是李嗣源被众将士推举为皇帝。李嗣源幼年从军,虽不识字,却颇有自知之明,据说登基以后,"每夕于宫中焚香祝天曰:'某胡人,因乱为众所推,愿天早生圣人,为生民主。'"由于赵匡胤出生之年与李嗣源登基之年(926)前后相接,故宋人也乐意将二者作为因果关系加以

---

[1] (宋)朱弁:《曲洧旧闻》卷一《定光佛出世得太平》(中华书局2002年版,第85—86页)有云:"五代割据,干戈相侵,不胜其苦。有一僧虽佯狂,而言多奇中,尝谓人曰:'汝等望太平甚切,若要太平,须待定光佛出世始得。'至太祖一天下,皆以为定光佛后身者,盖用此僧之语也。"

联系,如范仲淹所称的"我太祖皇帝应期而生"。[1]

虽然宋人为赵匡胤的"黄袍加身"符合"天道"觅来了诸多的祥瑞吉兆,并吹嘘赵匡胤生得方面大耳,"太祖天表神伟,紫黵而丰颐,见者不敢正视",[2] "容貌雄伟,器度豁如,识者知其非常人",[3] 自有一副大富极贵、领袖天下的相貌,但拨开此类宋人的粉饰、浮夸之词,出现在世人面前的少年赵匡胤,却是一个只好舞刀弄棒而不喜读书的顽劣少年。

据宋人称说,赵匡胤幼时,有一位陈学究在夹马营前开学馆聚小孩授书教学,赵弘殷遂让赵匡胤去从陈学究读书。史称赵匡胤"幼时从学,不为嬉戏",并称其"尤嫉恶,不容人之过错,陈时时开谕"。[4] 此自然又是宋人为尊者讳的春秋笔法。从日后赵匡胤对待陈学究的态度来看,当时陈、赵的师生关系应该十分糟糕,聪慧过人而又受不得拘束的顽劣少年显然不能接受陈学究的时时"开谕"(教训的委婉说法)。于是赵匡胤改从辛文悦为师,学习儒家五经等书。虽然赵匡胤依旧未对读书提高兴趣,但师生间关系却大为融洽。这也可从赵匡胤登基之后对陈、辛两人的不同态度上得到证实。

后周末年,赵匡胤官拜殿前都点检之职,一日梦到久未见面的辛文悦前来拜谒。不久辛文悦果然来访,赵匡胤甚为惊异。赵匡胤登基后,召见辛文悦,授官太子中允、判太府事。此后退位的后周恭帝移

---

[1] 《资治通鉴》卷二七八后唐明宗长兴四年,第9095页。
[2] (宋)田况:《儒林公议》卷上,中华书局2017年版,第3页。按:黵,黑貌;颐,脸颊。
[3] 《宋史》卷一《太祖纪一》,第2页。按:《东都事略》卷一《太祖本纪》称太祖"天姿雄伟,性沉厚,有大度"。
[4] (宋)孙升:《孙公谈圃》卷上,大象出版社2006年《全宋笔记》(第二编)本,第141页;(宋)陈模:《东宫备览》卷一《始生》,上海古籍出版社《文渊阁四库全书》本。

居房州（今湖北房县），赵匡胤认为辛文悦是"长者"，便任命他知房州，照顾并监视周恭帝。辛文悦此后官至员外郎。

与此相反，陈学究的遭遇就颇为不堪了。赵匡胤在后周显德年中辟赵普为幕僚，其母杜氏念陈学究之旧，也将他召至汴京，与赵普俱为门客。赵匡胤不敢违背母意，但平日遇事只与赵普商议，陈学究不得参与其间。于是陈学究只得回到陈州（今河南淮阳）村舍重操旧业，开学馆教授学徒。待赵匡胤登基为天子以后，陈学究仍在村学中教学如故。其后皇弟赵光义为开封尹，因念旧而使人将陈学究召至府衙。但不久就有人告发开封府的政事全听陈学究的，赵匡胤大怒，即刻追究此事。赵光义"惧，遂遣之，且以白金赠行"，而陈学究的财物在归途中"半道尽为盗掠"。陈学究身无分文，回到陈州村学，生徒日少，饥寒交加，窘迫不堪。等到赵光义即位后，遂授予陈学究左司谏之官，派人召之，"官吏大集其门，馆于驿舍，一夕醉饱而死"。[1]

以下言归正传。史称少年赵匡胤虽然顽劣不驯，却也表现出颇与其他孩子不同之处。《东都事略·太祖纪》载赵匡胤"幼受学于乡先生辛文悦，每归，必令群儿前导，路人往往避之"。而《宋史·太祖纪》亦称赵匡胤对于骑马射箭、枪棍刀剑之类，一学就会，技艺必定出于他人之上。有一天，赵匡胤试着骑上一匹未加鞍勒的恶马，"马逸上城斜道，额触门楣坠地"，当时在场之人无不大惊，"以为首必碎"，然赵匡胤"徐起，更追马腾上，一无所伤"。又一天，赵匡胤与韩令坤等人在一间土屋中赌博，忽然听闻室外鸟雀争斗喧闹，于是众人"竞起掩雀，而室随坏"。这些"吉人自有天相"的记载，当然属于宋人

---

[1] 《孙公谈圃》卷上，第141页。

用以证明赵匡胤实为"真龙天子"的事例。不过,喜好枪棒的赵匡胤在军营游戏中渐渐长大,并结识了不少日后成为其同袍和手下得力干将的人,如韩令坤等。

三、赵匡胤的兄弟姐妹

赵匡胤为赵弘殷的次子,母亲杜氏。据《宋史·后妃传上》,杜氏一共生有五子二女,即匡济、匡胤、匡乂、匡美、匡赞和燕国、陈国二长公主(燕国、陈国,皆赵匡胤称帝以后所赐封号,其名字史无记载。古代称皇帝的姐妹为长公主)。宋朝建立后,按礼法必须避天子的名讳,所以赵匡胤的兄弟即改"匡"字为"光",后来赵光义登基(即宋太宗),光美又被改名称廷美。

赵匡济、赵匡赞和陈国长公主的生卒年不详,但皆死于赵匡胤称帝以前。宋初建隆三年(962)四月赵匡济、赵匡赞分别被赐名,追赠为邕王、夔王。[1] 则说明此兄弟二人于幼年尚未命名时即已夭折。同时,"皇第三妹追封陈国长公主。……公主,宣祖季女,与上同母,未笄而夭"。[2] 则陈国长公主乃赵弘殷之幺女,排行第三。如此可知赵弘殷有三个女儿,杜氏所生的依次为燕国、陈国二长公主,另一女当为庶出,因史书无载,情况不明。宋代野史中有称赵匡胤在"陈桥兵变"前夕在家中犹豫彷徨,其"姐或云即魏国长公主,面如铁色,方

---

1 《宋会要辑稿·帝系》一之二四。
2 《长编》卷三建隆三年四月乙巳条,第66—67页;《宋会要辑稿·帝系》八之七。按,《宋朝事实》卷八《宣祖女》(第137页)"陈国长公主"条清人"案"语称"《宋史》:太祖有姊一人,未笄而夭",然据《宋史》卷二四八《公主传》(8771页)载,此"有姊一人,未笄而夭"乃就太祖同母之妹陈国长公主而言,非言太祖有姊一人。清人乃属误读《宋史》。又据《长编》卷三所云,可知《宋史·公主传》"有姊一人,未笄而夭"之"姊"字,当为"妹"之误。

在厨",举擀面杖追击赵匡胤,促其决断。此"魏国长公主",有史料称作"魏氏长公主"。[1]但据《宋史·公主传》等史籍,宋太祖二妹燕国、陈国二长公主皆未曾封或追封魏国公主或长公主,唯有宋太祖女儿、下嫁王承衍者于宋哲宗元符年间改封魏国大长公主,有一女下嫁魏咸信,于元符年间改封陈国大长公主,可称魏氏长公主,但皆非宋太祖之姊,可证野史所云颇多不实之处。

赵匡胤的另一妹初嫁米福德,米福德卒于五代末。宋太祖称帝,于建隆元年(960)封其妹为燕国长公主,其妹后嫁忠武军节度使高怀德。开宝六年(973)十月卒,谥曰恭懿。[2]

赵匡义、赵匡美排行第三、第四。933年,唐明宗李嗣源病死,其子李从厚与其养子李从珂为夺取帝位而发生了拼死争斗,使得河东节度使石敬瑭(李嗣源女婿)渔翁得利,势力坐大。936年,石敬瑭以向辽帝称"儿皇帝"及割让燕云十六州(今北京及河北、山西北部地区)大片土地、每年贡献银绢30万两匹的沉重代价,换得辽太宗的援军,于晋阳起兵,杀入洛阳城,推翻后唐王朝,登上了"大晋皇帝"的宝座。两年后的938年,后晋迁都汴京开封,赵弘殷一家也随禁军移屯而自洛阳迁驻开封。是年赵匡胤十二岁。匡义、匡美两兄弟皆出生在开封兵营内,即开封府浚仪县崇德坊护圣营官舍中。

赵匡义出生于后晋天福四年(939)十月七日,小赵匡胤十二岁。赵匡胤开国称帝以后,赐名光义;赵光义继位后,又改名炅。[3]与赵匡胤相同,宋代文献也未曾记载其字。《古歌谣》记载有这样一件事情:

---

1 (宋)司马光:《涑水记闻》卷一,中华书局1989年版,第4页。
2 《宋史》卷二四八《公主传》,第8771页。
3 《宋朝事实》卷一《祖宗世次》,第8页。

在兵荒马乱中，赵匡胤的母亲杜氏曾将匡胤、匡义兄弟俩放进两只大竹篮，挑着去逃难。正好被世人尊为活神仙的陈抟遇见，陈抟便吟诗道："莫道当今无天子，都将天子上担挑。"[1] 这依然是宋人为神化宋太祖、太宗兄弟而编造出来的神话，两兄弟相差十二岁，又史书称赵匡胤少年时即"容貌雄伟"，怎会与弟弟一起被母亲挑着去逃难？

赵匡美生于后汉天福十二年（947），较赵光义小八岁。匡美字文化，太祖登基后，改名光美；待太宗继位后，再改名廷美。[2] 既已述及赵廷美，此处先作一小小考辨。

宋太祖猝死，赵光义继位，是为宋太宗。此后因权位之争，宋太宗贬死其弟赵廷美，时在雍熙元年（984），廷美年三十八。宋太宗此后从容对宰相大臣声称："廷美母陈国夫人耿氏，朕乳母也，后出嫁赵氏，生廷俊。"[3] 即赵廷美应是宋太宗的同父异母兄弟。宋朝史官将此一说法载入正史，《宋史·赵廷美传》即记载了宋太宗的这番话。但宋太宗此言，与《宋史·后妃传》明确指出杜太后所生五子之中包括廷美的说法相矛盾。[4] 而且《宋大诏令集》所收录的赵廷美被贬后宋廷颁布的诏书，如《秦王廷美勒归私第制》中称"本支百世，爱居介弟之重"，"朕以同气之亲"，"用申手足之分"；《秦王降封涪陵县公房州安置》中称"特以至亲，用宽极典"；《涪陵县公廷美追封涪陵王制》中称"涪陵县公廷美，朕之同气也"，"永惟骨肉之亲，绝而

1　周勋初主编：《宋人轶事汇编》卷一《宋太祖》引《古歌谣》，上海古籍出版社2014年版，第2页。
2　《宋史》卷二四四《宗室传一》，第8666页。
3　《宋史》卷二四四《宗室传一》，第8668页。
4　按：《宋会要辑稿·后妃》一之一亦称杜太后"生曹王光济、太祖皇帝、太宗皇帝、岐王光赞"，但未云及廷美，显然与宋太宗声称廷美为陈国夫人耿氏之子有关。

不殊"等，[1]细味其中语气，仍属同胞亲兄弟。为此，后人明白指出所谓廷美为"乳母耿氏所生者"，乃是太宗在"廷美得罪之后，造为此言"，以掩饰其陷害亲弟之举。[2]此外，据宋太宗赵光义所称，其乳母耿氏后来出嫁赵氏，生下廷俊。但从耿氏所嫁之人仍为赵氏，而且耿氏被封为陈国夫人，所生子又名廷俊，正与赵廷美排行之字相同等情况推测，赵廷俊可能是赵弘殷之庶子，即是赵匡胤、赵匡义的同父异母兄弟。

四、赵匡胤的妻妾儿女

五代后晋开运元年（944），赵匡胤年满十八岁。于是与普天下的父母一样，赵弘殷夫妇也开始为儿子张罗婚事。当然，尚是草民的赵匡胤自然不能如日后称帝时那样要求龙凤相配，但还是依据中国传统，讲究门当户对。所以，赵弘殷相中了同为护圣营军校的右千牛卫率府率贺景思的长女。

贺氏为开封人，少赵匡胤二岁，史称其"性温柔恭顺，动以礼法"。完婚后，贺氏为赵匡胤生育二女（秦国、晋国二公主）、一子（燕王德昭）。后周显德三年（956），赵匡胤官拜定国军节度使，贺氏被封为会稽郡夫人；五年（958），贺氏病卒，年仅三十岁。赵匡胤建国以后，于建隆三年（962）四月追册贺氏为皇后，乾德二年（964）

---

1 （宋）佚名：《宋大诏令集》卷三五，中华书局1962年版，第186—187页。
2 （清）钱大昕：《廿二史考异》卷七五《宋史九·魏王廷美传》，上海古籍出版社2004年版，第1051页。又（元）陈世隆《北轩笔录》（上海古籍出版社《文渊阁四库全书》本）中认为此"盖太宗一时为涂面之言，以遮饰谋杀廷美之故，当时讳之，史臣难之，故其纪错乱而矛盾，使后世疑之"。按：《宋史》之《后妃传上》与《宗室传一》所言廷美生母之互相错舛，显是当日史官失于删正所致。

三月,谥曰孝惠,附葬于安陵西北。[1]

在贺皇后病死的当年,赵匡胤又礼聘彰德军节度使王饶的第三女为继室。王氏为邠州新平(今陕西彬州市)人,出嫁时年方十七。据《宋史·后妃传》云:"孝惠崩,周显德五年,太祖为殿前都点检,聘后为继室。后恭勤不懈,仁慈御下。周世宗赐冠帔,封琅邪郡夫人。太祖即位,建隆元年八月,册为皇后。常服宽衣,佐御膳,善弹筝鼓琴。晨起,诵佛书。事杜太后得欢心。生子女三人,皆夭。乾德元年十二月崩,年二十二。"谥曰孝明。次年四月,葬安陵之北。[2]《后妃传》此段文字不多,但其中存在颇为严重的讹误。

首先,史称王饶卒于后周显德五年(958)十月癸巳,[3]因父丧中不能嫁娶,则赵匡胤娶王氏当在此前。而赵匡胤升拜殿前都指挥使在后周显德三年十月,而拜殿前都点检在显德六年六月,[4]故赵匡胤娶王氏时,其官实为殿前都指挥使,而非是殿前都点检。

其次,《后妃传》称王皇后"生子女三人,皆夭",然《文献通考·帝系考八》乃云"宋太祖皇帝四子……王皇后生岐王德芳",[5]又北宋中名臣韩维也载"太祖孝明皇后生楚康惠王德芳,康惠王生昭信军节度使兼侍中英国公惟宪"。[6]且据《宋史·宗室传》,德芳太平兴

---

1 《宋史》卷二四二《后妃传上》,第8607—8608页。
2 《宋史》卷二四二《后妃传上》,第8608页。按:《宋史》卷一一三《礼志二十六·凶礼二》(第2868页)称王皇后卒于乾德元年十二月七日。
3 《旧五代史》卷一一八《周书九·世宗纪五》,第1828页。按:《旧五代史》卷一二五《周书十六·王饶传》(第1916页)称王饶"显德四年冬,以疾卒于京朱之私第,年五十九",其"四年"当为"五年"之讹。
4 《资治通鉴》卷二九三后周世宗显德三年,第9560页;卷二九四后周世宗显德六年,第9601页。
5 (元)马端临:《文献通考》卷二五七《帝系考八》,中华书局2011年版,第2038页。
6 (宋)韩维:《南阳集》卷二九《荣王从式墓志》,上海古籍出版社《文渊阁四库全书》本。

国六年（981）卒，年二十三，则其生于后周显德六年，正在王皇后嫁赵匡胤后一年，年岁正合。然因为赵德芳此后卷入了皇位之争，为宋太宗赵光义所忌，故《宋史·宗室传》《长编》《东都事略》《宋朝事实》《宋会要辑稿》诸史籍皆未记载德芳生母为谁，显然是对此有意回避了。[1]

王皇后死后，赵匡胤虚皇后之位数年，再纳宋氏为皇后。

宋氏为河南洛阳人，生于后周广顺二年（952），左卫上将军宋偓之长女，其母乃后汉永宁公主。《宋史·后妃传》称宋氏"幼时随母入见，周太祖赐冠帔。乾德五年（967），太祖召见，复赐冠帔。时偓任华州节度，后随母归镇。孝明后崩，复随母来贺长春节。开宝元年（968）二月，遂纳入宫为皇后，年十七"。[2] 与上述王皇后情况相似，《后妃传》此段文字也颇有讹误。首先，孝明王皇后死于乾德元年（963），故其所述宋氏行踪次序颇有颠倒。其次，据《宋史·宋偓传》，宋偓于宋初从征扬州，"以功改保信军节度。来朝，徙镇华州。会凿池都城南，命偓率舟师数千以习水战，车驾数临观焉。五年，改忠武军节度，开宝初，太祖纳偓长女为后。偓本名延渥，以父名下字从水，开宝初，上言改为偓"。[3]《宋史·太祖纪》载乾德元年四月庚寅，"出内钱募诸军子弟凿习战池"；六月己酉，"命习水战于新池"；七月丁卯，"幸新池观习水战"；二年三月辛巳，"幸教船池，赐水军将士衣有差"；七月辛巳，"幸新池观习水战"。又史载乾德五年

---

[1] 参见顾宏义：《赵德芳生母考——兼析宋朝官史失载赵德芳生母之原因》，载《河北大学学报（哲学社会科学版）》2017年第5期。
[2] 《宋史》卷二四二《后妃传上》，第8608页。
[3] 《宋史》卷二五五《宋偓传》，第8907页。

"十一月,许州开元观老君像自动,知州宋偓以闻"。[1] 许州即忠武军。如此则《后妃传》"乾德五年,太祖召见"之"五年",当为"元年"之讹。而宋人以宋太祖生日二月十六日为长春节。[2] 由此可知乾德元年(963)初,保信军节度使宋偓自庐州(今安徽合肥)入京朝觐,宋氏随父母一起来朝,被赐"冠帔",时年十二岁。随即宋偓移镇华州(今属陕西渭南),宋氏随父母一起离京赴任。当时太祖在京城南开挖"习战池",宋偓受命入京操练水师。此时正逢孝明王皇后病死,约在次年初,宋氏又随其母入京来贺长春节。乾德五年,宋偓改任忠武军节度使,镇许州。《宋史·宦者传一》称殿头高品李神祐,"太祖将纳孝章皇后,命神祐奉聘礼于华州",[3] 则知宋氏受聘礼时尚在华州。是年其十六岁。次年开宝元年二月,宋太祖纳宋氏入宫,册为皇后。史称宋皇后"性柔顺好礼,每帝视朝退,常具冠帔候接,佐御馔"。至开宝九年(976)宋太祖死后,宋皇后被封为开宝皇后,并移居西宫;雍熙四年(987)移居东宫。至道元年(995)四月二十八日卒,享年四十四岁,谥曰孝章。[4]

宋太祖赵匡胤大概可说是宋代诸帝,甚至是古代历朝帝王之中,较不重女色者。虽然儒家礼典中,已专为天子设计有三宫六院九妃七十二房专宠之类的后宫格局,但从史书所载上看,宋太祖对此还是颇不在意的。如赵匡胤前后三娶,而在第二位正妻孝明皇后死后,虚皇后之位数年,再娶孝章宋皇后。大概因此之故,宋太祖的妾妃大都未能在史书上留下姓名。如《宋史》等记载赵匡胤生有四子六女,其

---

1 《宋史》卷六七《五行志五》,第1483页。
2 《宋史》卷一《太祖纪一》,第5页。
3 《宋史》卷二二五《宦者传一》,第13606页。
4 《宋史》卷二四二《后妃传上》,第8608—8609页;《宋会要辑稿·后妃》一之一。

中贺皇后生二女一子、王皇后生子女三人，未载宋皇后曾生育过一子半女，所以此外四名子女，当为赵匡胤的妾妃所生。又传说五代后蜀国主孟昶的宠妃花蕊夫人费氏，亡国后随孟昶离开成都来到开封觐见宋天子，待孟昶被毒杀后，花蕊夫人也被宋太祖纳入宫中封为妃子。[1]

据《宋史》，宋太祖有四子六女，四子：长德秀，次德昭，次德林，次德芳。德秀、德林二子及申国、成国、永国三公主皆早亡。德秀、德林，乃宋徽宗时"追赐名及王封"，即分别追封为滕王、舒王。[2]

赵德昭字日新，母贺皇后。生于后周广顺元年（951）。乾德二年（964）六月出阁，时年十四岁。"前代皇子出阁即封王，上以德昭未冠，特杀其礼"，"欲其由渐而进"，故特授贵州防御使。开宝六年（973）九月，授山南西道节度使、检校太傅、同中书门下平章事。"终太祖之世，竟不封以王爵。"宋太宗即位之初，开宝九年（976）十月庚申（时尚未改元太平兴国），改授永兴军节度使、兼侍中，为京兆尹，封武功郡王，"班宰相上"。太平兴国四年（979）八月卒，终年二十九岁，赠中书令，追封魏王，谥曰懿。[3]德昭于乾德年间初娶保信军节度使陈思让之女，陈氏卒于开宝九年七月五日；[4]再于太平兴

---

1 （宋）蔡絛：《铁围山丛谈》卷六，中华书局1983年版，第109页。按：有关花蕊夫人之事详见后文，此处从略。
2 《宋史》卷二四四《宗室传一》，第8676页；卷二四八《公主传》，第8772页。按：《文献通考》卷二五七《帝系考八》（第2038页）云"宋太祖皇帝四子：贺皇后生留哥、魏王德昭、显哥，王皇后生岐王德芳"，然与《宋史·后妃传上》称贺皇后"生秦国、晋国二公主、魏王德昭"者不同。《文献通考》当是合计夭亡者，而《宋史·后妃传》仅录存者，故所记载者有异。又，留哥当为德秀的乳名，显哥为德林的乳名。
3 《宋史》卷二四四《宗室传一》，第8676页；《宋会要辑稿·帝系》一之二七；《长编》卷五乾德二年六月庚戌条，第127页；《东都事略》卷十五《世家三》。按：《长编》卷五乾德二年六月庚戌条云："皇子德昭为贵州防御使，时年十七。"当误。
4 《宋史》卷二六一《陈思让传》，第9040页；《宋会要辑稿·礼》四之三。

国三年（978）二月娶太子太傅王溥女，封其为韩国夫人。王氏卒于太宗淳化元年（990）正月二十七日。德昭有子五人：惟正、惟吉、惟固、惟忠、惟和。[1]

德芳，其字未详，母王皇后，生于后周显德六年（959）。德芳于开宝八年（975）七月出阁，[2]九年三月授贵州防御使。是年十一月（时尚未改元太平兴国），授兴元尹、检校太傅、山南西道节度使、同中书门下平章事。太平兴国六年（981）三月卒，终年二十三岁，赠中书令，追封岐王，谥曰康惠。[3]德芳娶知河南府、右武卫上将军焦继勋之女。焦氏封岐国夫人，卒于太宗淳化四年（993）九月二十三日。[4]有子三人：惟叙、惟宪、惟能。

此外，郑獬《南康郡王墓志铭》有"太祖皇帝有八子，讳德昭者为越懿王"之说。[5]据《文献通考·帝系考八》载，宋太祖四子，其中贺皇后生德昭等三子，王皇后生德芳。则宋太祖另外四子，确实有可能为其他嫔妃所生育，或因幼年夭亡，所以未被史籍记录。又，司马光《涑水记闻》卷二引杨乐道云："苏王元偓，太祖遗腹子，太宗子养之"。[6]史载宋太宗九子，元偓为第六子，其中"李皇后生楚王元佐及真宗"，其他七子，"史不详其母氏"。[7]而元偓于天禧二年（1018）

1　《宋史》卷二四四《宗室传一》，第8676页；《宋会要辑稿·礼》四一之三。
2　《长编》卷十六开宝八年七月癸巳条，第343页。按：《宋史》卷二四四《宗室传一》（第8685页）称德芳"开宝九年出阁"，误。
3　《宋史》卷二四四《宗室传一》，第8685页；《宋会要辑稿·帝系》一之二七。
4　《长编》卷十七开宝九年三月辛巳条，第367页；《宋会要辑稿·帝系》一之二七。
5　（宋）郑獬：《郧溪集》卷二〇《南康郡王墓志铭》，上海古籍出版社《文渊阁四库全书》本。
6　《涑水记闻》卷二，第36页。
7　《文献通考》卷二五七《帝系考八》，第2038页。

五月甲子"暴中风眩薨,年四十二",[1]可推知其当生于太平兴国二年（977）,正在宋太祖猝死、宋太宗即位之次年。可能由此,时人遂有元偓乃"太祖遗腹子"之传言。

太祖三女,其长于开宝三年（970）封昭庆公主,下嫁左卫将军王承衎（大将王审琦之子）。五年,次女封延庆公主,下嫁左卫将军石保吉（大将石守信之子）;三女封永庆公主,下嫁右卫将军魏咸信（开国宰臣魏仁浦之子）。太宗即位之初,进封昭庆公主为郑国公主、延庆公主为许国公主、永庆公主为虢国公主。淳化元年（990）,改封郑国公主为秦国公主、许国公主为晋国公主、虢国公主为齐国公主。真宗即位初,三公主皆进封长公主。齐国长公主卒于咸平二年（999）,赐谥贞惠,改谥曰恭惠;秦国长公主卒于大中祥符元年（1008）,赐谥曰贤肃;晋国长公主于大中祥符二年进封大长公主,卒,赐谥曰贤靖。[2]

---

[1]《宋史》卷二四五《宗室传二》,第8703页;《长编》卷九二天禧二年五月甲子条,第2115页。
[2]《宋史》卷二四八《公主传》,第8772页。

第二章 从落魄江湖行至殿前都点检

一、落魄江湖行

赵匡胤平静安逸的婚后生活，仅持续了两年多，就被契丹铁骑冲荡得杳无踪迹。

后晋高祖石敬瑭为坐稳"儿皇帝"的宝座，百般讨好辽朝君臣，同时因国力不济，故也未对南方诸割据政权发动战事，所以赵匡胤也就在开封波澜不惊地过活着。在五代时期，天下惶惶，政局紊乱，朝秦暮楚，干戈不息，到处离乱，遍地狼烟，孔夫子所倡导的"学而优则仕"已被"武而优则仕"替代。五代后汉大臣史弘肇就曾公然宣称："安定国家，在长枪大剑，安用毛锥！"[1] 所谓"毛锥"，即毛笔的别称，此处代指文人。这一颇为后世士人所诟病的话语确实不大中听，却如实反映了当时的严酷现实：中央政府失去了对"长枪大剑"的控制，各方镇据地称雄，朝中大将拥兵自重，而骄兵悍将屡屡在野心家的策划下发动兵变，挟制朝廷，乃至弑君篡位，使天子成为其"贩弄之物"。[2] 于是一向仕途通达的文人儒士备受歧视和排斥，处境艰难："藩镇皆武夫，恃权任气，又往往凌蔑文才，或至非理戕害"；而士人大夫即便跻身公卿，尊为宰相，却依然"絷手绊足，动触罗网，不知何以全生"。[3] 在如此世道下，赵匡胤同其他出身军门的孩子一样厌文好武，也就十分自然了。

相传中国传统武术中的太祖拳、太祖短棍等，都是由精于武术的宋太祖赵匡胤所创始并流传下来的。作为武林中主要拳术之一的太祖长拳，传说是宋代少林寺僧根据赵匡胤所创拳法加以整理而成，属少

1　《资治通鉴》卷二八九后汉乾祐三年四月，第9422页。
2　《资治通鉴》卷二八一后晋天福二年七月，第9178页。
3　（清）赵翼：《廿二史札记》卷二二《五代幕僚之祸》，中华书局1984年版，第576页。

林十八家拳术之一。明唐顺之《武编》前集卷五《拳》、何良臣《阵纪》卷二《技用》、戚继光《纪效新书》卷十四《拳经捷要篇》等兵书皆有对"太祖长拳"的介绍，其拳法特点是招式变化莫测、攻防兼备，以突变而应万变，动作舒展大方、刚劲有力、快速敏捷。太祖短棍亦称少林太祖短棍，而有些地区称作"鞭杆"。相传赵匡胤擅长使用短棍，宋人就有"太祖一根哨棒（短棍）打下四百座军州"的说法。蔡絛曾记宋官中收藏有宋太祖当年所使用的铁棒："铁棒者，乃艺祖厌微时以至受命后所持铁杆棒者。棒纯铁尔，生平持握既久，而爪痕宛然。"[1]

赵匡胤虽然酷喜刀枪骑射，但显然不是一个不知文墨，唯晓舞刀弄棒、比拼蛮力的武夫莽汉，这从赵匡胤此后统兵作战及其登基治国的政绩上可得到充分证明。此外，虽然与历史上尤其是宋代其他皇帝相比，赵匡胤在文墨上自然"稍逊风骚"，但从其少量的传世诗文中亦可略窥这位开国之君的精神风貌，如他早年所作的咏日诗：

> 欲出未出光辣挞，千山万山如火发。
> 须臾走向天上来，逐却流星赶却月。[2]

此诗在粗鄙语句中直透出一股掩盖不住的君临天下之豪迈气概。当然，这种典型的"丘八"诗，实在难入宋代文人的"法眼"，于是宋朝史官在将此诗收入《国史》时，便将首二句改为"未离海峤千山黑，才到天心万国明"。诗句自然也算不错，但其气概，宋人自己即批评道：

---

1 《铁围山丛谈》卷一，第3页。
2 （宋）陈郁：《藏一话腴》甲集卷上，大象出版社2016年版《全宋笔记》（第七编）本，第6页。按：（宋）陈岩肖：《庚溪诗话》（上海古籍出版社《文渊阁四库全书》本）卷上所载太祖咏日诗文字稍异："太阳初出光赫赫，千山万山如火发。一轮顷刻上天衢，逐退群星与残月。"

"文气卑弱,不如元(原)作辞意慷慨,规模远大。"[1] 于是宋人一则称誉太祖此诗"凛凛乎已有万世帝王气象也",再则感慨道:"盖本朝以火德王天下,及上登极,僭窃之国以次削平,混一之志,先形于言,规模宏远矣。"[2]

早在后晋天福七年(942),石敬瑭病死,继石敬瑭为帝的晋出帝石重贵,耻于其父对辽朝的奴颜婢膝,拒绝再向契丹称臣,导致晋、辽关系急遽恶化。辽太宗耶律德光大怒,多次统兵侵扰晋境。开运二年(945),晋兵大败辽军,辽太宗只身骑骆驼狼狈逃回幽州(今北京)。次年,急于雪耻的辽太宗倾国南下,与晋军展开决战。大敌当前,后晋统兵大将却欲效法石敬瑭的作为,即在契丹皇帝的庇护下做"儿皇帝",便拒不服从后晋朝廷命令,举军投降了契丹。是年底,束手无策的晋出帝只得出城投降,成为阶下囚,被辽太宗送到遥远的北国苦度余生。947年元日,辽太宗进入汴京皇宫,接受百官朝拜,欲成为中原之主。不料中原军民不接受契丹统治,纷纷聚兵反抗,狼烟四起。无力控制乱局的辽太宗只得匆匆撤出开封,并病死于北归草原的途中。于是,一直躲在太原观望形势的后晋河东节度使刘知远乘机称帝(即后汉高祖),然后遣军南下,兵不血刃地进入了开封,建立了后汉政权。

大约是在这年夏天,二十一岁的赵匡胤别妻离家,投身江湖,欲通过一刀一枪谋得一个出身。

在军营中长大的赵匡胤,其父亲、岳父都为禁军军校,而且当时还有父子同营当差的习惯,为何他却要远离汴京,投奔他乡?这大概

---

[1] 《藏一话腴》甲集卷上,第6页。按:《庚溪诗话》卷上称"未离海底千山暗,才到天中万国明"二句,为赵匡胤所作咏月诗。
[2] 《藏一话腴》甲集卷上,第6页;《庚溪诗话》卷上。

与当时政局和赵家的境遇等密切相关。

由于在辽太宗进入汴京之前,开封城内曾遭到后晋乱军肆意烧杀抢劫,随后入城的辽兵又四处杀掠,搜括百姓钱帛,"迫以严诛",使得城内无论贫富贵贱,几无幸免,民不聊生,只得纷纷逃亡,以致十室九空。赵家的生活大概也因此受到严重影响。同时,赵家除赵匡胤及其一弟(赵匡义)一妹(燕国长公主)外,赵匡美也于此年出生,故需要已过弱冠之年的赵匡胤谋求一职来为家分忧。而赵弘殷时运不济,为官二十余年却原地踏步,不能对赵匡胤的仕途有很多帮助,促使赵匡胤只得将目光转向别处,欲投靠父亲的朋友,以求谋得一官半职,再衣锦还乡。但残酷现实却与良好的愿望相距甚远。在此后一年又半的时光里,浪迹江湖的赵匡胤并没找到其所渴望的机遇,两手空空,一无所得。大概是赵匡胤这一段"漫游无所遇"的生活过于落魄了,所以宋代史书中对此少有记载,仅留下一些零碎的文字记录及传说,其中大多还是为了用来宣传未来天子"神迹"的。不过这些文字记录及传说,虽然其中不无错讹,而且颇含有荒诞迷信的成分,但如果能透过其斑驳的表象来探究其隐蔽的本实,对深入了解赵匡胤落魄江湖的行踪还是颇为有用的。

赵匡胤出京以后,大体沿着黄河西行,经洛阳直奔关中。宋人笔记《鸡肋编》尝记载:"始太祖微时,往凤翔谒节度使王彦才,得钱数千。遂过原州,卧于田间,而树阴覆之不移,至今犹存,谓之'龙潜木'。至潘原,与市人博,大胜。邑人欺其客也,殴而夺之。"[1] "王彦才",《邵氏闻见录》卷一作"王彦超"。王彦超,《宋史》有传。

---

[1] (宋)庄绰:《鸡肋编》卷上,中华书局1983年版,第13页。

据《旧五代史·周世宗纪六》，王彦超于显德六年（959）六月自永兴军节度使"移镇凤翔"。故当时凤翔节度使非王彦超。《鸡肋编》此处当是将赵匡胤投奔复州防御使王彦超之事，误植为凤翔节度使王彦才。不过，赵匡胤当时确实在今陕西西部、甘肃东部一带游访，寻找机会：赵匡胤路经原州（今甘肃镇原），因疲惫而在野地树荫底下午睡。传说为让未来天子睡个好觉，虽然太阳渐西下，但这树荫竟然不作移动。入宋后，民间便把这棵树称作"龙潜木"。龙潜者，潜龙也，代指登基之前的天子。赵匡胤在原州也未觅到机会，遂南下途经渭州潘原县（今甘肃平凉东），见路旁有人赌钱，好赌的赵匡胤也入场大赌，果然大胜。岂料当地人欺负赵匡胤是个外乡客，群起围殴赵匡胤，赵匡胤赢来的钱也被哄抢一空。随后赵匡胤折向泾州长武镇（今甘肃泾川东），据说在一座寺庙中歇息，寺僧守严认为赵匡胤骨相奇特，见其"甚窘困"，故"常周之，往来无倦"，并"阴使画工图于寺壁，青巾褐裘"，"据地六博"。[1] 所谓六博，也称陆博，是古代一种掷采行棋的博戏类游戏。[2] 在关中未能有所得，赵匡胤只好东归，再入洛阳。相传赵匡胤因饥饿数日，见路边一小寺庙的菜园子里长着莴苣，就赶忙过去拔出莴苣食之。此时寺僧"于庵中昼寝，梦一金色黄龙来食所艺莴苣数畦。僧寤，惊曰：'是必有异人至此。'已而见一伟丈夫于所梦地取莴苣食之"。那僧人见赵匡胤虽是风尘满脸，饥不择食，却"神

1 　《邵氏闻见录》卷一，第1页；(宋)张舜民：《画墁录》，大象出版社2006年《全宋笔记》（第二编）本，第207页。按：《画墁录》云寺僧请人所绘赵匡胤"褐衣青巾，据地六博"，而《邵氏闻见录》云画中赵"青巾褐裘，天人之相也"，而有意忽略"据地六博"四字。然赵匡胤"据地六博"而被夸誉为"天人之相"，确也令人莞尔。

2 　(宋)杨侃：《两汉博闻》（上海古籍出版社《文渊阁四库全书》本）卷八《六博》引鲍宏《博经》曰："用十二棊，六棊白，六棊黑，所掷头谓之琼。琼有五采。"

色凛然,遂摄衣迎之",请他进入寺内用斋,"馈食甚勤,复又取数镪饯之",说:"富贵无相忘。"并将自己梦中所见告诉赵匡胤,对他说:"公他日得志,愿为老僧只于此地建一大寺,幸甚。"果然赵匡胤于得志以后,遣人寻访那僧人,遂命就地翻建寺院,赐名曰普安禅院。"都人至今称为道者院。"[1]

因一无所成,无颜归家,赵匡胤又在洛阳游荡一段时日后,便转而向南谋求出路。赵匡胤大概先去复州(今湖北天门),投奔其父旧友防御使王彦超,希望能谋得一份安身的差事,可王彦超只是拿出一些钱给赵匡胤打发了事。王彦超定未料到,这个浪迹江湖的落魄汉子,仅在十数年后,就成为能主宰自己生死的天下第一人。而日后登上九五之尊的赵匡胤,一日召从臣"宴射",酒酣,诘问王彦超道:"卿昔在复州,朕往依卿,何不纳我?"早已忐忑不安的王彦超一听,赶忙离席伏在台阶下顿首谢罪,并辩解道:"勺水岂能止神龙耶!当日陛下不留滞于小郡者,盖天使然尔。"意指自己当时只是一个小小的防御使而已,一勺浅水岂能容纳神龙,如若当日陛下留滞于小郡,安有今日!赵匡胤也就豁达地大笑作罢。[2]

赵匡胤又至随州(今属湖北)投靠刺史董宗本,董宗本倒不忘旧情,收留了他。但董宗本之子董遵诲为随州牙校,凭借父势,对赵匡胤甚不友善,而在人屋檐下的赵匡胤只得处处曲意回避。有一天,董遵诲对赵匡胤说道:"每见城上紫云如盖,又梦登高台,遇黑蛇约长百尺余,俄化龙飞腾东北去,雷电随之,是何祥也?"赵匡胤自然知道这提问中的陷阱,便默然不答。又一天,众人一起议论兵战之事,董

---

1 (宋)李廌:《师友谈记》,大象出版社2006年《全宋笔记》(第二编)本,第48页。
2 《宋史》卷二五五《王彦超传》,第8912页。

遵诲的辩说多不占理，故时为赵匡胤所诘驳，一怒之下，拂衣而起。赵匡胤明了自己不见容于董遵诲，遂辞别董宗本而去。为显示赵匡胤的神奇，宋人便传说此后随州城头上如盖的紫云随即散去。待到登基以后，赵匡胤有一日在皇宫便殿中召见董遵诲，董遵诲自然是伏地请死，赵匡胤遂令左右侍从扶起董遵诲，对他说："卿尚记往日紫云及龙化之梦乎？"董遵诲便再拜三呼"万岁"，赵匡胤一笑，重用董遵诲如故。[1]

这当然只是反映了已登九五之尊的天子之潇洒，却不能遮掩当时江湖落魄子的狼狈。流传于今湖北孝感地区的一则民间传说，似乎也可反映出赵匡胤当年落难时的窘境。《方舆胜览》即载安州孝感县西九十里有西湖村，当地传说赵匡胤当时路过此地，"因渴索酒饮村姥家，姥持酒以进，言'榷禁甚严，此私酿，当密之'。与金不受"。[2]

赵匡胤行游荆楚的最后一站可能是汉水边的重镇襄阳（今属湖北）。当时，无依无靠且又身无分文的赵匡胤"漫游无所遇"，尝寄居在襄阳城内一座僧寺里。据说寺中有一老僧善于看相算命，认为赵匡胤相貌非凡，特意对赵匡胤说："吾厚赆汝，北行则有遇矣。"[3] 赵匡胤深知僧寺非久留之地，遂接受馈赠，依言向北逶迤而行。

《邵氏闻见录》又称赵匡胤曾在洛阳长寿寺大佛殿中柱子下午睡，寺中藏经阁住持僧看见有一条赤蛇在赵匡胤鼻孔中出入，十分惊异。赵匡胤醒来，住持僧"问所向"，赵匡胤答："欲见柴太尉于澶州，无

---

1 《宋史》卷二七三《董遵诲传》，第9342页。又《东都事略》卷一《太祖本纪》乃云："尝游复州，干王彦超，不为所礼，去。依随州董宗本，郁郁不得志，又舍去。"
2 （宋）祝穆：《方舆胜览》卷三一《德安府·古迹》，中华书局2003年版，第561页。又云："待日后赵匡胤'既贵，宥西湖酒禁，至今置万户酒'。"
3 《宋史》卷一《太祖纪一》，第2页。

以为资。"住持僧曰:"某有一驴子可乘。"又赠送去河北应征从军的盘缠,赵匡胤遂行。"柴太尉一见奇之,留幕府。未几,太尉为天子,是谓周世宗。"[1]这自然又是一则出于附会的美丽神话。因为当时在河北招兵买马的不是柴太尉柴荣,而是柴荣的养父郭威,《邵氏闻见录》所述,当是误将襄阳僧人作洛阳僧人了。

赵匡胤每遇困境,即有僧人前来援手。此类传说的出现,一是说明当时战火不息,生灵涂炭,人们纷纷皈依佛教以求寄托,于是佛寺遍布天下,致使落魄的赵匡胤每每能获得来自僧寺方面的帮助;二是赵匡胤开国登基以后,一反周世宗柴荣禁毁佛教的宗教政策,虽未如历史上的南朝梁武帝一样崇佛佞佛,但对佛教还是颇为注意扶持,以帮助自己强化对民间思想的控制,而佛教信徒也投桃报李,在咒骂周世宗之余,力捧宋天子,说了赵匡胤不少好话,以希望获得来自宋廷的更多政治支持。

据宋代文献记载,赵匡胤曾"被酒"进入宋州(今河南商丘)高辛庙,"香案有竹栍筊,因取以占己之名位,俗以一俯一仰为圣筊,自小校而上至节度使,一一掷之,皆不应。忽曰:'过是则为天子乎?'一掷而得圣筊。天命岂不素定矣哉!"[2]当时流行用杯珓来占卜的习俗。栍筊即杯珓,占卜用具,用竹木等材料制作,其形如蚌壳,一面平,一面突。占卜一般用两块杯珓,拿在手中默祷后掷出,习俗以两块杯

---

1 《邵氏闻见录》卷一,第1页。
2 (宋)叶梦得撰,(宋)宇文绍奕考异:《石林燕语》卷一,中华书局1984年版,第1页。按:(宋)王明清《挥麈后录》卷一(大象出版社2013年《全宋笔记》,第70页)所云略有异同:"太祖皇帝草昧日,客游睢阳,醉卧阏伯庙,梦中觉有异,既醒,焚香殿上,取木环珓以卜平生,自裨将至大帅皆不应,遂以九五占之,珓盘旋空中,已而大契。太祖益以自负。后以归德军节度使建国,号大宋,升府曰应天。"

第二章 从落魄江湖行至殿前都点检

珓一正一反为"圣珓"（即上签）。而高辛即帝喾，上古五帝之一，继颛顼为帝，以亳（今河南商丘）为都城，史称高辛氏。故后世于宋州建高辛庙以为祭祀之处。颇感时运不济的赵匡胤，特意来到高辛庙里，用杯珓来占问自己日后功名官爵，自小校开始，经军将、刺史、团练使直到节度使，一次次占问，都没有掷出圣珓。甚觉困惑的赵匡胤遂发狠以做天子卜问，结果却掷出一正一反的圣珓。面对杯珓所预示自己有九五之尊的征兆，赵匡胤也不知该喜该悲。在五代十国这个乱世，传统的那一套"天命元子为君"的说教显然没有市场，诸如父死子继、兄亡弟及、世代相传等戒条，身跨怒马、手握重兵的权臣藩镇自然不屑一顾。所谓兵强马壮者为天子，正是当时的真实写照，但这一切对于一个正在为下一餐、下一住宿地犯愁的落魄江湖汉子来说，反差实在太过巨大。不过，这在宋代却是一个广为流传的故事，赵匡胤连掷多次，而杯珓都是两块皆为正面或反面，显然概率不太大，故而被世人视为神奇之事。北宋词人、宰相晏殊在做南京留守时，特地赋诗记说此事，题于高辛庙中，诗云：

> 炎宋肇英主，初九方潜鳞。
> 尝因蓍蔡占，来决天地屯。
> 庚庚大横兆，謦咳如有闻。[1]

宋人颇认为晏殊此诗乃"纪实"。因赵匡胤卜问官爵是自小校而至节

---

[1] （宋）胡仔：《苕溪渔隐丛话》后集卷十九《本朝》，上海商务印书馆1937年《万有文库》本，第545页。按：《挥麈后录》卷一所载晏殊诗之文字稍有异同："炎宋肇英祖，初九方潜鳞。尝用蓍蔡占，来决天地屯。庚契大横兆，謦咳如有闻。"

度使,故可知此事当发生于赵匡胤北去河北投军途经宋州之时。

高辛庙中求得的圣珓,不知是否曾让落魄江湖的赵匡胤树立起雄心大志,但他此番前去河北应征,却使他由此否极泰来,在其下半生创立了辉煌而瑰丽的不朽伟业。

二、从河北投军到高平之战

后汉乾祐元年(948)正月,夺得帝位尚未满一年的后汉高祖刘知远病亡,遗命大臣郭威、苏逢吉等为顾命之臣,辅佐其幼子刘承祐即皇帝位,是为后汉隐帝。由于幼主无能,强臣跋扈,群下反侧,所以不久即爆发了藩镇叛乱之事:李守贞据河中(今山西永济西)[1],赵思绾据长安,王景崇据凤翔,同时反叛。时任后汉枢密使郭威受命都督诸军讨伐三座叛镇,于是在河北招募士卒。郭威因河中叛兵军力最强,对京城威胁最大,故首先亲统大军征讨李守贞。赵匡胤大约于是年冬在大名(今属河北)应募入伍,成为郭威帐下亲兵。[2]

郭威可算是五代时期颇具传奇色彩的人物之一。郭威字文仲,邢州尧山(今河北隆尧)人。因脖子上有一飞雀刺青,所以世人又称他"郭雀儿"。之前,后唐庄宗李存勖在兵变中被杀,后唐大将李嗣源率兵进入都城平定叛乱,并登上了皇位,是为后唐明宗。明宗尽革庄宗乱政,务从节俭,将众多后宫嫔御、宫女等放出,遣送回家。其中有一位柴姓宫女,北行至黄河渡口,其父母前来相接,正遇上大风雨,被迫滞留于"逆旅数日"。有一天,"有一丈夫走过其门,衣弊不能

---

[1] 按:"李守贞",《宋史》等史籍作"李守真",乃为避宋仁宗名讳而改字。
[2] 《宋史》卷一《太祖纪一》,第2页。又,《东都事略》卷一《太祖本纪》云其"乃从周太祖于邺"。

自庇",柴氏见之,惊问:"此何人耶?"旅店主答:"此马铺卒吏郭雀儿者也。"柴氏召郭雀儿"与语,异之",遂告诉父母道:"此贵人,我当嫁之。"其父母怒曰:"汝,帝左右人,归当嫁节度使,奈何嫁此乞人?"柴氏曰:"我久在宫中,颇能识贵人。此人贵不可言,不可失也。囊中装,分半与父母,我取其半。"其父母知不可夺志,遂同意两人成婚于那旅店中。此后柴氏"每资以金帛",使郭威投奔河东节度使石敬瑭,成为河东大将刘知远的帐下亲校。此后刘知远称帝,郭威成为后汉开国佐命功臣。[1]

后汉高祖刘知远生性残酷,极为蔑视文士。一般而言,开国皇帝多从马上取天下,所以大都出身行伍。但武夫能做皇帝,也总要有一些亲信谋士从旁襄助,就如信奉"兵强马壮者为天子"的乱世五代时期,后梁太祖有敬翔,后唐庄宗有郭崇韬,后唐明宗有安重诲,后晋高祖有桑维翰等,在这些谋士辅政时,可迫使武将悍卒的蛮横劲稍微收敛一些,利于政权稳定。但似乎只有后汉高祖刘知远认为军国大事不可与书生商量,[2] 其所信任的全为武夫悍将,文臣处境最为艰难。因此,后汉一朝政治较五代其他政权更加混乱、残暴,故灭亡也最速,立国仅四年即已被郭威所攘夺。

郭威自小未曾入学读书,但在后汉政权这一群赳赳武夫之中,也只有郭威较有见识,对文士与知识的作用有所认识,故而留心搜罗有才能的文士。由此,文臣谋士如魏仁浦、李谷、王溥、范质等人先后成为郭威的幕僚,李谷管理财政,魏仁浦、王溥、范质参与机谋。郭

---

1 (宋)苏辙:《龙川别志》卷上,中华书局1982年版,第69页。
2 (宋)欧阳修:《新五代史》卷十八《汉家人传·皇后李氏》(中华书局2015年版,第220页):"先皇帝(指后汉高祖)平生言,朝廷大事,勿问书生。"

威日后能夺取帝位和统治国家，多得这些人才的襄助之力。至此，郭威受命征讨叛乱的河中帅李守贞等三镇。因为此前后汉朝廷已遣将平叛，但师久无功，屡遭败绩，所以郭威临行前，特地向太师冯道求教对策，冯道说："守贞自谓旧将，为士卒所附。愿公勿爱官物，以赐士卒，则夺其所恃矣。"郭威从之，"由是众心始附于威"。[1] 于是郭威先攻河中，采用围城打消耗战之法与敌对垒。一年后，河中城里粮草皆尽，士气全失，乾祐二年（949）七月城破，李守贞自焚而死。凤翔、长安两镇叛乱也先后平定。郭威凯旋，升官侍中。乾祐三年（950）五月，郭威又拜邺都（今河北大名东北）留守（留守为京师非常设的、陪京和行都常设的最高行政长官）、天雄军节度使，受命镇守河北，防御契丹兵入寇。

此时，朝中老臣势重，专权跋扈，互相钩心斗角，而视天子如稚子，后汉隐帝愤恨自己为大臣所制，在左右宠臣的极力挑唆下，采用"清君侧"这一极端手段，于是年十一月间，一举诱杀了宰辅重臣杨邠、王章、史弘肇等人，并遣人携带诏书去邺都诛杀郭威，终于逼反郭威。郭威在魏仁浦等亲信谋划下，亦以"清君侧"、诛杀奸臣为名，统领河北大军杀向京城汴京。后汉隐帝亲自领兵出城抵抗，结果一战即溃，被乱兵杀死。郭威随即统兵进入了汴京城。

虽已完全控制了后汉政权，但郭威并未立即称帝，而是先让李太后（后汉隐帝之母）出面主持大局，以安定人心；然后严禁士兵掠夺民间、骚扰京城，恢复了京城的治安秩序；同时派人迎接后汉徐州节度使刘赟（后汉高祖刘知远之侄、河东节度使刘崇之子）来京城继位，

---

[1] 《资治通鉴》卷二八八后汉乾祐元年七月，第9306页。

以此稳定宗室及河东形势。等一切停当以后，郭威便一步步实施其称帝计谋。

先是河北将领进奏告急文书，称契丹大军南下进犯，已攻陷任丘、饶阳。十二月一日，李太后急忙派遣郭威领兵出京北上迎击。郭威领军至滑州（今河南滑县东南），逗留了数日。此时，刘赟在大臣冯道陪同下，从其镇守的徐州向汴京一路行来，欲奉李太后的诰命即位为皇帝。他得知北征大军在滑州扎营，即遣使来慰问。但诸将士"受命之际，相顾不拜"，却于私下议论道："我辈屠陷京城，其罪大矣。若刘氏复立，我辈尚有种乎！"于是营中军心大为骚动。十六日，郭威闻知此信息，即刻引军北行。十九日，大军抵达澶州（今河南濮阳）城，释兵休息。此时，营中将士蓄势待动，郭威却似若未闻。二十日清晨，郭威命诸军将士拔营北上，忽闻数千将士齐声鼓噪，郭威急命关闭帅府大门，众将士翻墙登屋涌入府内，高呼道："天子须侍中自为之，将士已与刘氏为仇，不可立也！"当时有人将营中黄旗撕裂，披在郭威身上，权充黄袍加身，"共扶抱之，呼万岁震地，因拥威南行"。郭威即日回军，直逼汴京，并上奏章给李太后，请"奉宗庙，事太后为母"。李太后孤立无援，只得下诏命郭威监国。数天后，"有步兵将校醉，扬言向者澶州骑兵扶立，今步兵亦欲扶立"，郭威闻之，即命捕斩。[1] 不久又派心腹王峻杀死了尚在途中、准备入继大统的刘赟。次年正月，郭威正式称帝，史称周太祖。

对于郭威称帝，史籍上常说是被迫的，但从将士哗变事件的进程分析，完全是事先的预谋。这件大事对于此时正在郭威帐下的赵匡胤

---

1 《资治通鉴》卷二八九后汉乾祐三年十二月，第9447—9449页。

来说，想来是印象极为深刻的，因为九年之后，赵匡胤发动陈桥兵变、建立宋朝的做法，与郭威此次澶州兵变如出一辙，其仿效的痕迹昭然若揭。赵匡胤在郭威麾下这数年的经历，史书上全无记录，但在此次天地巨变中，赵匡胤可能颇有表现，故在广顺初年郭威称帝不久即被授任东西班行首（禁军军校），大概为新天子论功行赏的结果。此外，郭威自平三镇叛乱到攻略京师，自"勿爱官物，以赐士卒"来笼络人心到黄袍加身，以及此后治理天下之手段等种种高明而巧妙的做法，都被赵匡胤看在眼里，记在心中，而在他日后行动中逐样体现出来。而且郭威这样一个为人看轻的大兵，通过自己苦心经营，最终成为天下第一人的神奇经历，也给了同样身为大兵的赵匡胤以莫大自信。这当然属后话了。

后周太祖郭威登基后，着手改革朝政以稳固统治、增强国力。对民间疾苦有亲身体会的他首先设法减轻农民负担，下诏废除后汉残酷的苛法，诏令各地官吏不得以任何借口加收百姓赋税，削减正税以外普遍存在的杂税。同时，后周太祖也颇注意诸事节俭，以减轻百姓负担。武将出身的后周太祖颇重用人才，注意虚心纳谏，曾对大臣说："朕生长军旅，不亲学问，未知治天下之道，文武官有益国利民之术，各具封事以闻，咸宜直书其事，勿事辞藻。"[1]因此，后周太祖颇为尊重儒家祖师。广顺二年（952）六月一日，后周太祖亲至曲阜拜谒孔子祠，左右侍从急忙劝止道："孔子，陪臣也，不当以天子拜之。"后周太祖却正言道："孔子，百世帝王之师，敢不敬乎！"并在拜孔子像位之后，又去孔子墓设拜，"命葺孔子祠，禁孔林樵采"。甚至命人访求孔子、

---

[1] 《资治通鉴》卷二九〇后周广顺元年正月，第9455页。

颜渊两家后裔，任命为曲阜县令、主簿。[1] 这对于唯喜舞刀弄棒的赵匡胤来说，在内心引起的震撼恐怕十分巨大，所以此后即有记载说他也在公事之余读些书籍，并在登上皇帝宝座以后明确执行"崇文抑武"国策，等等。

在郭威治理下，后周在数年时间里便实现了境内小安，初步显出国富民强的迹象，为其后继者的统治打下了良好基础。显德元年（954）正月，后周太祖郭威病逝，享年五十一岁。其养子柴荣即位，是为后周世宗。后周世宗继位后，仍然沿用周太祖所定的显德年号，而有别于新天子即位后更改年号的习惯做法。

柴荣，邢州龙冈（今河北邢台西南）人。其父柴守礼，即郭威之妻柴氏的兄长，故柴荣为郭威的内侄。因时局动荡，经济凋敝，大约在后唐时期，柴荣便投奔在军中当差的郭威，由姑母柴氏抚养。因为柴夫人婚后无子，故郭威将柴荣收为养子，改名郭荣。到其继位当上皇帝后，才改回柴姓。为叙事方便，此处一概称作柴荣。

后汉高祖刘知远夺得皇位，郭威因佐命有功，出任枢密副使，成为后汉朝廷重臣。其义子柴荣遂授左监门卫将军，当然此仅一虚衔。乾祐三年（950），郭威为枢密使、邺都留守，镇守河北。柴荣也提升为天雄军牙内都指挥使，来到邺都协助处理一些军务，成为郭威的得力助手。赵匡胤作为郭威帐下亲兵，大概于此时与柴荣相识，并得到柴荣的赏识。与柴荣的"风云际会"，可说是赵匡胤人生发展的最大转折点。赵匡胤时年二十四岁，柴荣三十岁。

当后汉隐帝大杀朝廷重臣、郭威起兵反击时，郭威留在汴京的继

---

1 《资治通鉴》卷二九〇后周广顺二年六月，第9478—9479页。

室（此时柴氏已去世）张氏及两个幼子青哥、意哥皆遇害。故郭威称帝后，柴荣遂成"皇子"，理所当然地成为皇位的继承人，不久授任镇宁节度使，镇守澶州，独力主持一方军政事务。广顺三年（953）三月，柴荣改任开封府尹，封晋王，入京襄助周太祖处理军国大务。

约在此时，赵匡胤也得到提拔："广顺初，补东西班行首，出为滑州兴顺副指挥使。未行，会世宗自澶州入为开封尹，以太祖（赵匡胤）为马直军使。"[1] 即新任开封尹的柴荣身边颇需人手，遂即上奏朝廷，将赵匡胤留在京城，任开封府马直军使。马直军使只是开封府属骑兵的指挥官，官职不高，但由于是在柴荣身边当差，得到皇子信任，故方便由此步入权力中心。从此锦绣前程，在赵匡胤面前陡然展开。果然，显德元年初，作为新天子的心腹"随龙人"，赵匡胤即被提拔为侍卫禁军校官，"复典禁兵"，[2] 不过其具体官衔，史书未载。

周世宗即位不久，就面临一场严峻的考验。当初后周太祖篡汉称帝并处死后汉高祖刘知远的养子刘赟，刘赟生父、后汉太原尹刘崇（刘知远从弟）得讯后仰天痛哭，发誓要报这杀子大仇，故在郭威称帝之后仅十天，刘崇也在太原即位，国号仍为"汉"，占有河东并、汾等十二州之地，史称北汉。刘崇自知北汉地狭民困，难以和后周抗衡，遂效法后晋石敬瑭的故伎，求助于北方契丹人。刘崇遣使者携带国书和大量财物去契丹，自称"侄皇帝致书于叔天授皇帝（即辽世宗耶律阮）"，[3] 与契丹约盟，并多次会同契丹军马进攻后周边城，却屡屡铩

---

[1]《东都事略》卷一《太祖本纪》。
[2]《宋史》卷一《太祖纪一》，第2页。按：《东都事略》卷一《太祖本纪》称"显德元年，世宗命太祖掌卫兵"，也未言及赵匡胤之官衔。
[3]《资治通鉴》卷二九〇后周广顺元年正月，第9453页、第9455页；卷二九〇后周广顺元年四月，第9460页。

羽而归，因而郁闷异常。故当显德元年（954）正月后周太祖病死、周世宗柴荣即位的消息传来，刘崇大喜，认为是天赐良机，欲趁周世宗新即位、统治还未稳固之机，联合契丹兵马大举南下，一举推翻后周政权。

二月，刘崇亲率北汉兵马三万，以大将白从晖为行军都部署，将军张元徽为前锋，杀向后周边城潞州（今山西长治）。辽穆宗也派猛将杨衮率领契丹骑兵上万人，南下与北汉兵会合。后周昭义节度使李筠派部将穆令均率领步骑兵两千人迎战，自己率主力在太平驿（今山西襄垣西）集结接应。周、汉两军相遇于太平驿北，展开激战。接战不久，张元徽便佯败退走，穆令均不知是计，下令紧追不舍，遭到北汉伏兵围攻，穆令均战死，后周士兵被杀、被俘者千余人。初战失利，李筠后撤至潞州，据城固守待援。

周世宗闻知北汉、契丹联军南侵，兵势危急，准备亲统大军迎击，但遭到了以太师冯道为首的众臣异口同声地反对："刘崇自平阳遁走（此指周太祖即位之年，刘崇率北汉兵围攻后周边城晋州，惨败而归）以来，势蹙气沮，必不敢自来。陛下新即位，山陵有日（此指先帝灵柩尚未安葬），人心易摇，不宜轻动，宜命将御之。"周世宗解释道："（刘）崇幸我大丧，轻朕年少新立，有吞天下之心，此必自来，朕不可不往。"此时，一向以"滑稽多智，浮沉取容"并自誉为"长乐老"[1]的冯道却一反常态地坚阻周世宗亲征，周世宗为此激动地表示："昔唐太宗定天下，未尝不自行，朕何敢偷安！"不料冯道语含讥讽道："未审陛下能为唐太宗否？"周世宗回道："以吾兵力之强，破刘崇如山压

---

[1]《资治通鉴》卷二九一后周显德元年四月，第9510页。

卵耳!"冯道仍然不依不饶:"未审陛下能为山否?"周世宗终于不悦而罢。[1]

确实此时后周政权可说是强敌环伺:南有南唐、吴越、闽、楚、南汉、荆南、后蜀诸割据政权,北有盘踞在太原一带的北汉政权和雄踞朔方的强敌契丹,西北部还有党项、吐谷浑等势力,其中后蜀、南唐与后周之间时有战事爆发,而北汉、契丹更是对后周虎视眈眈,欲一举灭亡之而后快。形势如此险恶,而后周世宗以周太祖养子身份继位,政局未稳,人心易摇,这从稍后与北汉军对垒之际,部分后周将士临阵脱逃上可得印证。因此,对于冯道如此出格的言论,有人认为是冯道因循守旧、不辨是非的结果,也有人说这是因为冯道认为后周不能抵御北汉、契丹联军的进攻,故而有意一反常态顶撞新天子,以为自己留一后路。从当时实际情况来分析,冯道确有倚老卖老、轻视年轻而缺乏从政经验的周世宗之意,态度亦颇为恶劣,却不能因此就说冯道是因循守旧、不辨是非,或如樊爱能、何徽那样临阵脱逃以卖天子与敌手。冯道劝谏周世宗不要轻离京城去亲征,应当派遣大臣领军出征的建议,实有相当的道理。如此前周太祖篡汉立周之年,刘崇也曾会合契丹骑兵进攻后周边城晋州,周太祖也欲亲征救援,为大臣王峻所劝阻:"陛下新即位,四方藩镇,未有威德以加之,岂宜轻举!而兖州(今属山东)慕容彦超反迹已露,若陛下出汜水(今河南荥阳西北),则彦超入京师,陛下何以待之?"周太祖闻言,立即取消了亲征之想。[2] 冯道劝阻天子亲征的理由,正在于此。而此后部分将士临阵溃逃,正反映出周世宗还未能完全控制三军将士,亦证实了冯道所

---

1 《资治通鉴》卷二九一后周显德元年二月,第 9502—9503 页。
2 《新五代史》卷五〇《王峻传》,第 638 页。

说的当时社会不定、"人心易摇"的判断。

不过，政治上十分老到的冯道，此次可说是只知其一，不知其二：周太祖郭威为带兵多年的宿将，战功赫赫，声望如日中天，因此在强兵悍将的支持下水到渠成地夺得了帝位；而周世宗只是以大行皇帝的养子身份来继承皇位，并不太令人信服。为此，周世宗亟须建立大功业以树立威望，而率军亲征以反击北汉、契丹的南侵，实在是一个相当合适的机会。因此，虽然朝堂上群臣纷纷反对，但周世宗亲征决心已定，且得到新任宰相王溥的支持，于是力排众议，传诏四方，拣选良将四道反击，并自任主帅亲征河东。

针对刘崇率领北汉军主力乘胜直逼潞州的态势，周世宗命天雄节度使符彦卿、镇宁节度使郭崇领兵从磁州（今河北磁县）固镇迂回辽州（今山西左权）至北汉军队背后，河中节度使王彦超、保义节度使韩通率军从晋州（今山西临汾）东进截击北汉军，命马军都指挥使樊爱能、步军都指挥使何徽与义成节度使白重赞、郑州防御使史彦超、前耀州团练使符彦能率兵进军泽州（今山西晋城），北上增援潞州，而周世宗自率中军随后接应。

显德元年（954）三月十一日，周世宗出汴京御驾亲征，"兼行速进"。十八日，周世宗经过泽州，宿营于泽州东北。刘崇没料到周世宗敢亲征河东，更没想到后周援军会来得如此迅疾，便急忙领兵绕过潞州南来决战，驻扎于高平（今属山西）以南。

十九日，后周军前锋和北汉军遭遇，发兵急攻，击退北汉军。周世宗担心敌军逃脱，率军急追至巴公原（今山西晋城东北），遇到北汉、契丹联军主力列阵于前：张元徽领兵布阵在东，契丹杨衮援军布阵在西，刘崇则率中军列阵居中，三军阵形颇为严整。后周军由于接应的河阳节度使刘词后军尚未赶到，眼见北汉、契丹联军气势很盛，众将士不免惊恐失色。但周世宗却"志气益锐"，从容指挥：命令白重赞和侍卫亲军马军都虞候李重进率左军居西，对阵杨衮之契丹兵；樊爱能和何徽率右军居东，对阵北汉张元徽部；史彦超和宣徽使向训领精骑在中央列阵；殿前都指挥使张永德领禁军护卫自己临阵督战。一场恶战在即，但刘崇看见后周兵马不多，不禁后悔招来契丹兵马，便神气地对众将说："吾自用汉军可破也，何必契丹！今日不惟克周，亦可使契丹心服。"众将齐声附和。此时契丹将领杨衮策马到阵前观察，发现后周军阵容整肃，便回马告诉刘崇道："勍敌也，未可轻进！"刘崇不以为然，答道："时不可失，请公勿言，试观我战。"杨衮默然不悦，退回自己阵中。此时呼啸的东北风忽然转成了南风，这使得士气颇有些低落的后周将士陡然兴奋起来，以为有神相助——古代短兵相接，顺风出击要比逆风作战更为有利。但善于逢迎主公之意的北汉副枢密使王延嗣，指使司天监来报告刘崇："时可战矣。"急于破敌扬名的刘崇并不知兵法，亦认为如此风势正是对己方作战有利的好时机，故喝退勒马苦谏的部下，下令北汉军东阵先行进击。张元徽领一千骑兵强攻后周军的右翼，后周大将樊爱能、何徽面对敌军进攻，不思领兵退敌，反而"合战未几"，即率骑兵先逃，于是右军溃散，一名后周监军使被张元徽斩杀，一千多后周步兵阵前缴械投降，向刘崇大呼"万岁"。右翼军迅速溃败，使得后周全军阵脚动摇。眼见形势万分危急，周世宗冒着箭矢，急忙亲督侍卫亲军冲锋反击。此时，身为宿卫将校的赵匡胤激励左右道："主危如此，吾属何得不致死！"急对大将张永德建议道："贼气骄，力战可破也！公麾下多能左射者，请引兵乘高出为左翼，我引兵为右翼以击之。国家安危，在此一举！"张永德同意，立即与赵匡胤各率军两千，分左右两路顽强出击。赵匡胤身先士卒，策马杀入敌阵，士卒随后死战，无不以一当百。其他宿卫将校也纷纷引部卒进击死战，左军白重赞、李重进亦率部合力拼杀。此时刘崇方知周世宗也来到军前督战，遂在阵前褒奖张元徽，命张元徽乘胜进兵，彻底击败后周军。张元徽向前掠阵，忽然因战马中箭倒地，被摔在地上，顷刻间就死于乱兵之下。张元徽本是北汉的一员虎将，他一死，本就在苦苦支撑的北汉军更是士气大丧。此时南风更猛，后周士兵奋勇争先，北汉军无法抵挡，纷纷败退。刘崇亲自举起红旗收兵也无法遏止将士的溃退。在一旁观战的杨衮眼见后周将士如此强悍敢斗，不禁心生惧意，而且怨恨刘崇刚才所说的大话，所以也不去援救狼狈逃窜的刘崇，率契丹军先行退走。

樊爱能、何徽率领数千骑兵向南逃窜，竟一路拉弓持刀抢掠己方辎重，并杀死周世宗派来劝阻的近臣和亲军将官，同时四处扬言："契丹大至，官军败绩，余众已降虏矣。"此时刘词率领后军正匆匆北上，半路遇到樊爱能，樊爱能等劝说刘词一起南逃，刘词不听，继续北上。

刘崇虽然战败，但仍有万余部队，和后周军隔着山涧列阵对抗。黄昏时分，刘词率后军赶到，后周军如虎添翼，士气更盛。周世宗不顾一天激战疲劳，立即麾军出击。惊魂未定的北汉军遭此猛击，再次一败涂地，后周军"追至高平，僵尸满山谷，委弃御物及辎重、器械、杂畜不可胜纪"。[1] 刘崇率残兵百余骑仓皇北走，一路上风声鹤唳，好不容易才逃回太原城内。刘崇本就年老体衰，又受到如此惊吓劳累，忧愤交加，大病一场，数月后便一命呜呼了。

---

[1] 《资治通鉴》卷二九一后周显德元年三月，第9503—9506页。

高平一战周军虽然以少胜多,彻底击溃刘崇主力,但周世宗却从这一战役看到了后周军队中的致命弱点。五代政权之所以朝兴夕亡,其主要原因是将骄兵惰,主权下移,仍蹈唐朝藩镇之祸的覆辙。周世宗决意对此严厉整饬,以强化皇权。高平之战的当夜,那些在阵前降敌的右军步兵,于战后不得已又回归周营,周世宗"皆杀之"。而此时南逃的樊爱能、何徽等将领得知后周军取得大捷,悻悻地返还高平,欲依仗自己先帝旧臣、领兵大将的身份,希图侥幸逃避天子的处罚。周世宗对此也颇为犹豫:统军将领临阵溃逃,按军法当处斩;但此两将作为后周太祖的遗臣,确实曾有功于后周,况且此类享受高官厚禄却又贪生怕死的将领也不止这二人。是月二十五日,周世宗"昼卧行宫帐中",殿前都指挥使张永德(后周太祖郭威的女婿)"侍侧",周世宗便就此事征询他的意见:"前日高平之战,主将殊不用命,樊爱能而下,吾将案之以法。"张永德直言道:"爱能等素无大功,忝冒节钺(节度使),望敌先逃,死未塞责。且陛下方欲削平四海,苟军法不立,虽有熊罴之士,百万之众,安得而用之?"周世宗听罢,掷枕于地,大呼称善。次日,周世宗下令收押临阵脱逃的大将樊爱能、何徽及所部军使以上将校七十余人,呵责道:"汝曹皆累朝宿将,非不能战。今望风奔遁者无他,正欲以朕为奇货,卖与刘崇耳!"将他们全部依军法处斩。"自是骄将惰卒始知所惧,不行姑息之政矣。"[1] 同日,周世宗对在高平之战中立功的将士大加奖赏。随即,周世宗决定趁高平大战后士气高涨之际,率军北上,围攻太原城。不久,因阻击契丹援军的后周偏师失利,猛将史彦超阵亡,再加上大雨不止,河水暴涨,

---

[1] 《资治通鉴》卷二九一后周显德元年三月,第9507页;《宋史》卷二五五《张永德传》,第8915页。

军中疫病流行,周世宗只得下令退兵。第一次进攻太原就此无功而返。但周世宗在宰相王溥支持下率军亲征,并在高平大胜北汉军,从而坐稳了一时间颇有些风雨飘摇的皇帝宝座。

史载后周围攻太原之战,赵匡胤率军争先进攻,一把火焚烧了太原城门,但被城内守军击退,流矢射中了赵匡胤左臂。赵匡胤欲裹伤再战,却被周世宗所制止。[1]

六月底,周世宗回到开封城。七月初,周世宗下令赏赐有功的将领,对作战不力、玩忽职守的将领严加贬斥,通过严明的赏功罚罪,进一步整顿了军中腐败之风。当论功行赏时,殿前都指挥使张永德盛赞赵匡胤的战功"冠群将校"。周世宗本就想重用赵匡胤,但碍于赵匡胤声望不够,未有战功,无法破格提拔;现在张永德如此适时地称赞赵匡胤的战功,天子也就自然地越级提拔他为殿前都虞候,领严州刺史。[2]是年赵匡胤二十八岁。

此处所谓"殿前",即殿前都指挥使司,一般简称殿前司或殿司,统兵官称殿前都点检、殿前都指挥使(简称殿帅)和殿前都虞候,与

---

1 《宋史》卷一《太祖纪一》,第2页。
2 《资治通鉴》卷二九一后周显德元年三月(第9506—9507页)将赵匡胤擢为殿前都虞候系于是年三月庚子日,不确。《宋史·太祖纪一》云自太原"还,拜殿前都虞候,领严州刺史",又《旧五代史》卷一一四《周书五·世宗纪一》载显德元年三月庚子,"以散员都指挥使李继勋为殿前都虞候,以殿前都虞候韩令坤为龙捷右厢都指挥使"。七月乙亥,符彦卿、李筠、李重进、张永德等人皆晋官加爵,"帝(世宗)即位之初,覃庆于诸侯,且(„ 及从征之功也"。十月代申"以虎捷右厢都指挥使、永州防御使李继勋为利州节度使,充侍卫步军都指挥使";壬子,"以今上(赵匡胤)为永州防御使,依前殿前都虞候"。故推知赵匡胤擢任殿前都虞候、严州刺史,当在是年七月间,接替李继勋。按:张其凡《关于宋太祖早年任职的三点考证》(载《史学月刊》2002年第12期)认为赵匡胤自太原"还,拜殿前都虞候,领严州刺史"之"殿前都虞候",当为"殿前散员都虞候",是年七月代李继勋为殿前都虞候者为慕容延钊,赵"最早也只能在显德元年十月"方能代慕容延钊为殿前都虞候。

侍卫亲军马步军指挥使司分掌全国禁军。[1] 赵匡胤由此青云直上,一下子便成为禁军高级将领。攀龙之效赫然。而赵匡胤之父赵弘殷,在行伍中打拼二三十年,此时官爵与其子相似。全无祖宗余荫的赵匡胤,仅凭个人努力,抓住千载难逢、稍纵即逝的良机,于高平一战中崭露头角,获得天子的信用,并由此奠定了他在后周军中的地位。因此,后世史家也就称高平之战是赵匡胤"肇基皇业"之始。

三、转战淮南

高平之战后,周世宗于严肃军纪之余,又着手整顿禁军,从建制、军纪等方面改革后周军队。《旧五代史·周世宗纪一》载:

> (是年十月己未)是日大阅,帝亲临之。帝(世宗)自高平之役,睹诸军未甚严整,遂有退却。至是命令上(赵匡胤)一概简阅,选武艺超绝者,署为殿前诸班,因是有散员、散指挥使、内殿直、散都头、铁骑、控鹤之号。复命总戎者,自龙捷、虎捷以降,一一选之,老弱羸小者去之,诸军士伍,无不精当。由是兵甲之盛,近代无比,且减冗食之费焉。[2]

---

[1] 按:五代武将往往依仗亲军篡夺皇位,据《文献通考》卷一五五载,后梁太祖时,"始置侍卫马步军",成为天子皇帝亲军之一支;据(宋)王溥《五代会要》卷十二《京城诸军》(中华书局1998年版),当时天子亲军还有左、右龙虎军,严卫左、右步军,捧圣左、右马军等。又据《资治通鉴》卷二八〇,后晋开国时,以杨光远为侍卫亲军马步军指挥使、刘知远为侍卫亲军马步军都虞候,侍卫亲军遂成为后晋皇帝亲军之总称,也即中央禁军。后周太祖时,另设殿前诸班作为周帝的近卫,设殿前都指挥使统领,与侍卫马、步军平列,但兵马数量少于侍卫司。据《宋史》卷四八四《李重进传》,广顺二年(952),李重进(周太祖外甥)首任殿前都指挥使之职。

[2] 《旧五代史》卷一一四《周书五·世宗纪一》,第1522页。

《资治通鉴》卷二九二载:

> 初,宿卫之士,累朝相承,务求姑息,不欲简阅,恐伤人情,由是羸老者居多,但骄蹇不用命,实不可用,每遇大敌,不走即降,其所以失国,亦多由此。帝(世宗)因高平之战,始知其弊。(十月)癸亥,谓侍臣曰:"凡兵务精不务多,今以农夫百未能养甲士一,奈何浚民之膏泽,养此无用之物乎!且健懦不分,众何所劝!"乃命大简诸军,精锐者升之上军,羸者斥去之。又以骁勇之士多为藩镇所蓄,诏募天下壮士,咸遣诣阙,命太祖皇帝(赵匡胤)选其尤者为殿前诸班,其骑步诸军,各命将帅选之。由是士卒精强,近代无比,征伐四方,所向皆捷,选练之力也。[1]

《东都事略·太祖本纪》亦称:

> 世宗惩樊爱能、何徽之败,欲以兵力威天下,命太祖训练武艺超绝者,分隶殿前诸军,自是禁卫盛矣。[2]

即周世宗通过简阅士卒,使体格强壮、武艺出众者升为上军,优给钱饷,老弱疾病者给钱遣归;并鉴于当时骁勇之士大多集聚在各地藩镇麾下,下诏招募天下壮士,全部送至京城,即使出身盗贼也不受限,欲出此增强天子宿卫兵马的力量。待到各地壮士送来汴京以后,周世宗先命赵匡

---
[1] 《资治通鉴》卷二九二后周显德元年十月,第9518—9519页。
[2] 《东都事略》卷一《太祖本纪》。

胤从中挑选最强悍且武艺超绝者充实殿前诸班,然后再命其他将帅挑选以充实骑步诸军。由此殿前诸班作为殿前司下精锐之师,成为周世宗的近身侍卫,也成为日后赵匡胤赖以纵横政坛而无往不胜、终于夺位登基的骨干力量。

在高平之战中侍卫司马、步军临阵溃逃,也使得"慨然有惩革之意"的周世宗首先考虑扩充殿前诸班的军力,决意"召募天下豪杰,不以草泽为阻,进于阙下,躬亲试阅,选武艺超绝及有身首者,分署为殿前诸班"。[1] 于是形成殿前司、侍卫亲军司分庭抗礼的局面。

经过此次大刀阔斧的整顿,后周建立了一支精锐的禁军,战斗力大为加强。在此后实现统一大业的南征北战之中,禁军起到了决定性的作用。而周世宗这一"兵贵精、不贵多"的治军思路,也对赵匡胤影响极大。[2]

周世宗每每愤恨自唐末以来,"中国日蹙,及高平既捷,慨然有削平天下之志",[3] 故为求得"致治之方",并针对"自唐、晋以来,吴(指南唐)、蜀、幽、并(指河东)皆阻声教,未能混壹"的局面,特意下诏要求"近臣著《为君难为臣不易论》及《开边策》各一篇"上奏,以备天子御览。当时群臣所上对策达四十余篇,却"多守常偷安,所对少可取者,惟(比部郎中王)朴神峻气劲,有谋能断,凡所规画,皆称上意"。其文曰:

> 中国之失吴、蜀、幽、并,皆由失道。今必先观所以失之

---

1 《五代会要》卷十二《京城诸军》注,第157页。
2 《资治通鉴》卷二九一显德元年正月注(第9501页):"殿前都指挥使总殿前诸班,马军都指挥使总侍卫司马军,步军都指挥使总侍卫司步军,宋朝三衙之职昉于此。"
3 《资治通鉴》卷二九二后周显德二年三月,第9524页。

原，然后知所以取之之术。其始失之也，莫不以君暗臣邪，兵骄民困，奸党内炽，武夫外横，因小致大，积微成著。今欲取之，莫若反其所为而已。夫进贤退不肖，所以收其才也；恩隐诚信，所以结其心也；赏功罚罪，所以尽其力也；去奢节用，所以丰其财也；时使薄敛，所以阜其民也。俟群才既集，政事既治，财用既充，士民既附，然后举而用之，功无不成矣。彼之人观我有必取之势，则知其情状者愿为间谍，知其山川者愿为乡导，民心既归，天意必从矣。

凡攻取之道，必先其易者。唐与吾接境几二千里，其势易扰也。扰之当以无备之处为始，备东则扰西，备西则扰东，彼必奔走而救之。奔走之间，可以知其虚实强弱，然后避实击虚，避强击弱。未须大举，且以轻兵扰之。南人懦怯，闻小有警，必悉师以救之。师数动则民疲而财竭，不悉师则我可以乘虚取之。如此，江北诸州将悉为我有。既得江北，则用彼之民，行我之法，江南亦易取也。得江南则岭南、巴蜀可传檄而定。南方既定，则燕地必望风内附；若其不至，移兵攻之，席卷可平矣。惟河东必死之寇，不可以恩信诱，当以强兵制之，然彼自高平之败，力竭气沮，必未能为边患，宜且以为后图，俟天下既平，然后伺间，一举可擒也。今士卒精练，甲兵有备，群下畏法，诸将效力，期年之后可以出师，宜自夏秋蓄积实边矣。[1]

王朴所对之策论虽篇幅不长，但却全面论述了治国安邦和统一天下的

---

[1] 《资治通鉴》卷二九二后周显德二年三月，第9525—9526页。

策略，见解独到。自唐末以来，天下分崩离析，民不聊生，但经过约半个世纪的诸侯混战，至此时，天下统一的迹象已经显露出来，百姓也渴望统一，以求免遭战祸之摧残。心怀大志的周世宗对此有着清醒认识，可朝中大臣却大多安于现状，不思进取，以"守常偷安"之语来消极抵抗天子提出的统一大计。周世宗对此颇为郁闷、焦虑，至此看到王朴的策论全力支持自己的统一宏图，并且器识不俗，当然十分赏识。此后不久，即升王朴为左谏议大夫，知开封府事，以辅佐自己完成统一大业。在这篇对策的基础上，周世宗又与王朴反复讨论商议，终于形成了"先易后难""先南后北"的统一战略，以及具体的执行计划。这统一之战略，与此后赵匡胤建立宋朝以后所采用的统一策略有着直接的渊源关系。

当时南方诸割据政权中，以江南的南唐实力最强，四川的后蜀次之。南唐割据江淮等地，辖三十余州，广袤数千里，土地肥沃，物产丰富。自恃实力强大的南唐元宗李璟在出师灭掉分别割据福建、湖南的闽、楚二小国之后，又屡屡遣人出使联络契丹、北汉，欲由此南北夹击后周，进图中原，"有吞天下之志"。[1]而且南唐所有的两淮地区，不但地理位置重要，南临大江，北与后周之境相接，且与汴京也相距不远，人口众多，经济发达。因此，后周如能控制两淮，便可扼住江南咽喉，使南唐国都金陵（今江苏南京）直接处于后周兵马威胁之下，而且当时后周立国未久，中原地区于长期战火之余，民力尚未完全恢复，若后周能据有两淮之地，借助淮南经济实力来提升自己国力，甚有利于一统天下之宏图的实现。同时，南唐国内政治较为混乱，佞臣

---

[1] 《资治通鉴》卷二九二后周显德二年十一月，第9531—9532页。

当道,其军队士气和战斗力皆不高。而且南唐与后周接境二千里,易于寻找到其防守薄弱之处加以攻击,使其忙于救援,疲于奔命,则后周乘机举兵攻夺南唐两淮之地的胜算很大。于是攻取南唐江北地区成为完成统一战争的关键所在:只有取得江北,才易进取江南,传檄岭南、巴蜀,席卷燕地,最后攻取"河东必死之寇"。[1] 因此,周世宗、王朴制定的统一战略乃自攻取南唐的江北诸州开始。但后周国力并未强大到可以同时对付几大强敌的程度,所以在攻击南唐之前,后周朝廷决定先设法巩固河北方向对契丹、陕西方向对后蜀的防务。

北部防线,为阻止契丹铁骑奔冲深入,周世宗在加固河北州县城防的同时,遣人疏浚自深州(今属河北)至冀州(今属河北)之间长数百里、横亘数州的胡卢河(五代、北宋时河北深州、冀州间漳水之别称,即今河北南部滏阳河),以为"藩篱之限",阻碍胡骑南侵,并任命德州刺史张藏英为沿边巡检招收都指挥使,招募边民数千人,筑城垒戍守,形成了一条较为稳固的防线,"自此契丹不敢涉胡卢河,河南之民始得休息"。[2] 至于北汉,因高平一战惨败,一时不敢再举兵轻动。

后周向西用兵,主要是收复被后蜀占领的西面秦(今甘肃天水)、成(今甘肃成县)、阶(今甘肃武都东)、凤(今陕西凤县东)四州。当后晋末年契丹势力进入中原之时,此四州军民不愿向契丹称臣,遂归附于后蜀。因这四州战略位置重要,对后周关西地区的统治稳定关系重大,所以周世宗决心在南征南唐之前,首先收复这四州,以解除西面后蜀的威胁。显德二年(955)四月,周世宗派节度使向训、王景

---

[1] 李华瑞:《关于宋初先南后北统一方针讨论中的几个问题》,载《河北大学学报(哲学社会科学版)》1997年第4期。
[2] 《资治通鉴》卷二九二后周显德二年正月,第9523页。

领军西征。五月，王景攻占了后蜀秦州黄牛寨等八个营寨。后蜀主孟昶处死自前线大败逃归的统兵将领赵季札，一面急令大将李廷珪等率兵增援，一面遣人联络北汉、南唐，"欲与之俱出兵以制周"。这两国皆许诺赴援，[1] 但口惠而实不至——因畏惧后周而不敢发兵。不过后周军前锋却被后蜀援军击败，两军在凤州东北的威武城附近僵持不下。

七月，后周宰相鉴于上一年围攻太原城失利的教训，认为王景等人讨伐后蜀无功，加上粮运不继，坚请周世宗罢兵。不甘半途而废的周世宗决定派遣心腹大将赵匡胤赴前线视察。不久，赵匡胤还京奏报：秦、凤诸州有可取之势。[2] 周世宗得报，即任命王景为西南行营都招讨使，向训为行营兵马都监，授予两人更大职权以示信任，同时传令全军将士：四州不下，绝不撤兵。闰九月，周、蜀两军在黄花谷（今陕西凤县东北）和唐仓镇（今陕西凤县北）接连激战，后蜀军大败，退入四川，秦、凤、成、阶四州先后归附后周。经过此战，后蜀元气大伤，一蹶不振。而西部吐谷浑、党项等少数民族势力，也由此见识了后周军的厉害，不敢轻举妄动。周世宗这才按原定计划，放心地将矛头指向南唐。

是年十月，周世宗"始议南征"，次月一日即命宰臣李谷为淮南道前军行营都部署，统领侍卫亲军马军都指挥使韩令坤等十二将，以南唐"勾诱契丹，至今未已，结连并寇，与我为仇"为由，[3] 麾军攻夺

---

1 《资治通鉴》卷二九二后周显德二年六月，第9628页。
2 《东都事略》卷一《太祖本纪》。按：俗传赵匡胤此次西行入关中，往来华山脚下，曾于华山绝顶与著名道士陈抟赌棋，结果赵匡胤棋下输了，故于登基后，特赦免华山租赋。此当是民间附会宋真宗朝宰相王旦的故事而成。据（宋）王巩：《闻见近录·佚文》[大象出版社2006年《全宋笔记》（第二编）本，第34页]载，王祜守华州，带儿子王旦诸人至华山云台观拜见陈抟（字希夷），陈抟预告王旦当拜宰相，并恳请王旦"他日至此，愿放此地租税"。"及真宗西祀汾阴，文正（王旦）以前言启之，上即诏释云台观租税"。
3 《旧五代史》卷一一五《周书六·世宗纪二》，第1533—1534页。

南唐淮南之地。赵弘殷作为十二将之一，随军出征。

南唐前期，为防止中原军队趁冬季淮水浅涸之机南渡淮河侵扰南唐疆界，一到天寒即遣兵马守护淮河防线，称作"把浅"。此后，南唐君臣认为"疆场无事，坐费资粮"，故予废止。[1] 至此，后周军乘南唐疆防懈怠之机，自正阳（今安徽寿县西南正阳关）架浮桥渡淮河发起进攻。为牵制南唐，周世宗同时又命割据浙江而与南唐为敌的吴越王钱俶出兵常州（今属江苏）策应。起初，后周军队进展顺利，先锋都将白延遇连破来远（今安徽寿县西南）、山口镇（今安徽寿县东）南唐沿淮守军，继又攻占了上窑（今安徽怀远南）等地，但在进攻淮西重镇寿州（今安徽寿县）时，却遭到了南唐清淮军节度使刘仁赡的顽强抵抗，攻击月余不克。南唐主深知淮南不保，江南也无法守住，故命神武统军刘彦贞为北面行营都部署，率兵二万增援寿州，并命奉化节度使皇甫晖、常州团练使姚凤率兵三万进屯定远（今安徽定远东南）以为策应。此时，刘彦贞率南唐援军至来远镇，领步骑主力往救寿州，而以战舰数百艘直赴正阳淮河浮桥，欲截断后周军退路。困于坚城之下的后周军统帅李谷见状，赶忙下令焚毁刍粮，退兵保卫正阳浮桥，结果遭到南唐军追击，损失不小。

显德三年（956）正月初，周世宗因南征兵马被阻于寿州，深为焦虑。攻取两淮可说是统一天下这一局棋中举足轻重的一步，而寿州又是后周计划攻取的两淮第一重镇，所以寿州不克，势必影响全局。为此，周世宗不顾大臣劝阻，于是月六日下诏亲征，命侍卫司都指挥使李重进率兵先赴正阳增援，河阳节度使白重赞领兵三千进屯颍上

---

1 《资治通鉴》卷二九二后周显德二年十月，第 9532 页。

(今属安徽)。八日,周世宗离京师,往东南趋进。赵匡胤扈从出征。

十三日,周世宗至陈州(今河南淮阳),获知李谷已引兵自寿州城下退保正阳,遂急令李重进日夜兼程赶赴淮上接应。南唐军追至正阳附近,进逼浮桥。此时李重进率军赶到,渡过淮河,与南唐军激战于正阳东,大破南唐兵,杀南唐将领刘彦贞及其麾下万余人。南唐将张全约收余部逃入寿州城,屯驻定远的南唐皇甫晖等部也慌忙退保清流关(今安徽滁州西北)。后周军乘势进逼寿州南唐守军。二十日,周世宗至正阳,以武将李重进替代文臣李谷为淮南道行营都招讨使,主持淮南战事。

二十二日,周世宗进抵寿州城下,围之数重,并征招宋、陈、许(今河南许昌)、蔡(今河南汝南)、亳(今属安徽)、颍(今安徽阜阳)等州数十万丁夫,制造云梯,填堑陷壁,助军数道齐攻,昼夜不息。二十六日,周世宗"耀兵于城下",[1] 亲督诸将攻城,命令用方舟竹筏载炮机,从淝水(今安徽寿县北肥河)上抛石攻城。周世宗亲自搬运石头至火线作为炮石,身边随从官也纷纷加入运石队伍。作为天子禁卫将领的赵匡胤也亲率壮士,乘皮船杀入寿州城外护城河中指挥攻城。但南唐守将刘仁赡有勇有谋,城守甚固,城上南唐将士"车弩遽发,矢大如椽",直奔赵匡胤而来,正危急时,帐下牙将张琼以身遮蔽赵匡胤,那箭便射中张琼大腿,张琼即刻昏死过去。赵匡胤毫发无伤,也算是吉人自有天相。收兵回营,张琼"死而复苏,镞著髀骨,坚不可拔。琼索杯酒满饮,破骨出之,血流数升,神色自若",赵匡胤"壮之"。[2]

---

1 《旧五代史》卷一一六《周书七·世宗纪三》,第1541页。
2 《宋史》卷二五九《张琼传》,第9009页。

第二章 从落魄江湖行至殿前都点检

后周军攻城受挫，而此时在淮河上的南唐水军万余人，驻营于涂山（今安徽蚌埠西），正伺机而动，对围攻寿州城的后周军侧后方形成很大威胁。于是，周世宗命赵匡胤消灭涂山唐军。赵匡胤受命，即率部直奔涂山之西，在涡口（今安徽怀远东北）设下伏兵。二十八日，赵匡胤遣骑兵百余人进迫敌营诱敌，等到南唐兵出营迎战，即假装不敌而逃，南唐将领何延锡等不知是计，拼命来追，后周伏兵尽出，南唐军大败而溃，何延锡等战死，战舰五十余艘被后周军缴获。

二月初，周世宗见后周出师南征已近百日，寿州未克，战场形势颇不明朗，遂决定改变战术，在留下重兵长围久困寿州城的同时，遣将分路出击攻取南唐长江以北诸州，以彻底孤立寿州。赵匡胤受命率轻兵奔袭滁州（今属安徽），韩令坤、赵弘殷等将领率军袭取扬州。

滁州扼守南唐京城金陵的西北门户，为南唐江北重镇。滁州城外清流关地势险要，关口两边山崖陡峭，易守难攻。南唐大将皇甫晖、姚凤自定远南撤后，即以所部万余精兵扼守清流关。[1] 赵匡胤率军杀到关前，那皇甫晖也是一员以强悍闻名的勇将，立即整众出战。对于滁

---

[1] 按：清流关南唐军人数，《宋史·太祖纪一》称其"众号十五万"，《东都事略·太祖本纪》、《太平治迹统类》卷一《圣宋仙源积庆符瑞》、王琪《国老谈苑》卷一〔中华书局2012年《丁晋公谈录（外三种）》本，第49页〕、王明清《挥麈后录》卷一及欧阳修《欧阳修全集》卷三九《丰乐亭记》（中华书局2001年版，第575页）亦皆称"十五万"，然（宋）王铚《默记》（中华书局1981年版，第1页）卷上曰"十万"，《资治通鉴》卷二九二、陆游《南唐书》卷二《元宗本纪》（杭州出版社2004年《五代史书汇编》本，第5479页）称"三万"，《旧五代史·周世宗纪三》称"万五千人"。按《资治通鉴》卷二九二云，显德二年（955）十一月，南唐知后周军围攻寿州，故"以神武统军刘彦贞为北面行营都部署，将兵二万趋寿州，奉化节度使、同平章事皇甫晖为应援使，常州团练使姚凤为应援都监，将兵三万屯定远"。三年正月，刘彦贞兵败被杀，"皇甫晖、姚凤退保清流关"。因援寿州之南唐军以刘彦贞部二万人为主力，而屯兵定远的皇甫晖、姚凤部为偏师，以为刘彦贞部声援，其兵马当不多于刘彦贞部，此所云兵马"三万"当属虚张声势，故皇甫晖部实际人数，当以《旧五代史》"万五千人"为确，所谓"十五万"者，则属夸饰过甚。

州之战经过，《宋史·太祖纪》所云颇简，《资治通鉴》记载稍详：

> 上（周世宗）命太祖皇帝（赵匡胤）倍道袭清流关。皇甫晖等陈于山下，方与前锋战，太祖皇帝引兵出山后，晖等大惊，走入滁州，欲断桥自守。太祖皇帝跃马麾兵涉水，直抵城下。晖曰："人各为其主，愿容成列而战。"太祖皇帝笑而许之。晖整众而出，太祖皇帝拥马颈突陈而入，大呼曰："吾止取皇甫晖，它人非吾敌也！"手剑击晖，中脑，生擒之，并擒姚凤，遂克滁州。[1]

王铚《默记》卷上所载滁州一战始末甚详，但其中颇多夸饰、传误之处：

> 艺祖（赵匡胤）仕周世宗，功业初未大显。会世宗亲征淮南，驻跸正阳，攻寿阳刘仁赡未下，而艺祖分兵取滁州。距寿州四程皆大山，至清流关而止。关去州三十里则平川，而西涧又在滁城之西也。是时，江南李景据一方，国力全盛，闻世宗亲至淮上，而滁州其控扼，且援寿州，命大将皇甫晖、监军姚凤提兵十万扼其地。太祖以周军数千与晖遇于清流关隘路，周师大败。晖整全师入憩滁州城下，令翼日再出。太祖兵再聚于关下，且虞晖兵再至，问诸村人，云有镇州赵学究在村中教学，多智计，村民有争讼者，多诣以决曲直。太祖微服往访之。学究者固知为赵点检也，迎见加礼。太祖再三叩之，学究曰："皇甫晖威名冠南北，太尉以为与己如何？"曰："非其敌也。"学究曰："然彼之兵势与己

---

[1] 《资治通鉴》卷二九二后周显德三年二月，第9538页。

如何?"曰:"非其比也。"学究曰:"然两军之胜负如何?"曰:"彼方胜,我已败,畏其兵出,所以问计于君也。"学究曰:"然且使彼来日整军再乘胜而出,我师绝归路,不复有噍类矣。"太祖曰:"当复奈何?"学究曰:"我有奇计,所谓'因败为胜,转祸为福'者。今关下有径路,人无行者,虽晖军亦不知之,乃山之背也,可以直抵城下。方阻西涧水大涨之时,彼必谓我既败之后,无敢蹑其后者。诚能由山背小路率众浮西涧水至城下,斩关而入,彼方战胜而骄,解甲休众,必不为备,可以得志,所谓'兵贵神速,出其不意'。若彼来日整军而出,不可为矣。"太祖大喜,且命学究指其路。学究亦不辞,而遣人前导。即下令誓师,夜出小路亟行。三军跨马浮西涧以迫城,晖果不为备,夺门以入。既入,晖始闻之,旋率亲兵擐甲与太祖巷战,三纵而三擒之。既主帅被擒,城中咸谓周师大兵且至。城中大乱,自相蹂践,死亡不计其数,遂下滁州。即《国史》所载,太祖曰"余人非我敌,必斩皇甫晖头"者,此时也。……擒晖送世宗正阳御寨,世宗大喜,见晖于箦中,金疮被体,自抚视之。晖仰而言:"我自贝州卒伍起兵,佐李嗣源,遂成唐庄宗之祸。后率众投江南,位兼将相,前后南北二朝,大小数十战未尝败。而今日见擒于赵某者,乃天赞赵某,岂臣所能及!"因盛称太祖之神武,遂不肯治疮,不食而死。……其赵学究即韩王普也。实与太祖定交于滁州,引为上介,辟为归德军节度巡官,以至太祖受天命,卒为宗臣,比迹于萧、曹者,自滁州始也。[1]

---

[1] 《默记》卷上,第1—3页。

赵匡胤袭取滁州在二月九日。[1]据王铚《默记》所云，可知赵匡胤实是先败后胜，偷袭得手，故《宋史·太祖纪》所称赵匡胤遇到清流关唐军"击走之，追至（滁州）城下"的说法，乃属虚饰。但王铚所云那位与赵匡胤初次定交的赵学究，即是日后终于成为宋朝开国重臣的赵普，却是大误。因据司马光《资治通鉴》所载，赵普初在永兴军节度使刘词幕府，刘词卒，遗表举荐赵普"有才可用"，因此时赵匡胤攻占滁州，宰相范质遂"荐（赵）普为滁州军事判官"，[2]然后赵普抵达滁州，始与赵匡胤相识。《宋史·赵普传》所云略同。但《默记》此一说法影响甚广，被后世不少史家视为信史，如明代学者李贽在《藏书·名臣传》中称赵普"初与太祖相遇，其事甚奇"，下面即引《默记》之文以为根据。清代史学家赵翼《陔余丛考·赵普遇合》中也据《默记》这一记载立说。就是在当下不少涉及赵匡胤与赵普关系的著作论述，还大多将《默记》的记载作为信史来引用。

滁州之战，是赵匡胤升任殿前都虞候以来独立指挥的第一场大胜仗，奠定了他在军中的牢固地位，对他来说有着极为重要的意义。所以在宋仁宗时期，宋廷特意在滁州建立"端命殿"，以纪念"应天顺人，启运立极"的宋太祖赵匡胤之"王业自此而始"。其实，对于赵匡胤攻取滁州的价值，宋人议论颇为过誉，其中可以王铚《默记》卷上所云最为典型：

> 滁州既破，中断寿州为二，救兵不至，寿州为孤军。周人得以擒（刘）仁赡，自滁州始也。……盖淮南无山，惟滁州边淮，

---

[1] 《旧五代史》卷一一六《周书七·世宗纪三》，第1789页。
[2] 《资治通鉴》卷二九二后周显德三年二月，第9538—9539页。

有高山大川，江、淮相近处，为淮南屏蔽，去金陵才一水隔耳。既失滁州，不惟中断寿州援，则淮南尽为平地。自是遂得淮南，无复障塞。世宗乘滁州破竹之势，尽收淮南，李景割地称臣者，由太祖先擒皇甫晖，首得滁州阻固之地故也。此皇甫晖所以称太祖为神武者。晖亦非常人，知其天授，非人力也。其后仁宗时，所以建原庙于滁而殿曰端命者，太祖历试于周，功业自此而成，王业自此而始，故号"端命"。盖我宋之咸、镐、丰、沛也。[1]

王铚如此议论，并不符合史实，其中最主要者，是周世宗并非"乘滁州破竹之势，尽收淮南"，而南唐"割地称臣"，亦并非因为"太祖先擒皇甫晖，首得滁州阻固之地"。当时周世宗因见被围的寿州城一时难以攻占，而天气向暑，遂留下兵马继续围困寿州城，自己班师回京；为收缩战线，集中兵力，滁州等地周军也相继弃守北撤。[2]直至周世宗此后再次亲征淮南，攻占了寿州、楚州、扬州等地，才得以"尽收淮南"，迫使南唐"割地称臣"。所以王夫之有"滁关之捷，无当安危，酬以节镇而已逾其分"[3]的评论。

至二月二十二日，韩令坤率军攻取扬州。二十八日，赵匡胤奏南唐天长制置使耿谦降，韩令坤等攻拔泰州（今属江苏）。三月，南唐光州（今河南潢川）、舒州（今安徽潜山）诸州先后为后周军所攻占。

后周军在相当短的时间内连取长江北岸诸州县，所向克捷，伸金陵城直接暴露了后周军力的威胁之下，南唐元宗李璟大为惊恐，赶忙

---

[1]《默记》卷上，第2—3页。
[2]《资治通鉴》卷二九三后周显德三年七月（第9558页）曰："滁州守将亦弃城去，皆引兵趣寿春。"
[3]（清）王夫之：《宋论》卷一《太祖》，中华书局1964年版，第1页。

遣大臣李德明等人为使节，过江求和，愿意革去皇帝尊号，割让沿淮河的寿、濠（今安徽凤阳东北）、泗（今江苏盱眙西北）、楚（今江苏淮安）、光、海（今江苏连云港西南）等六州给后周，并岁纳金帛百万两匹，以请求周世宗罢兵。周世宗见"淮南之地已半为周有，诸将捷奏日至，欲尽得江北之地"，[1]故以此作为允和的条件。李德明回江南见南唐主李璟，盛称周世宗的威德和后周甲兵之强，劝说南唐尽割江北之地求和。南唐主深知失去江北全境则保江南就成一句空话，对此甚为犹豫，而南唐宰相宋齐丘不欲割地，枢密使陈觉、枢密副使李征古等人平日就与李德明等交恶，便乘机攻击李德明"卖国求利"，于是南唐主决意抵抗，处死李德明，部署反击：任命其弟、齐王李景达为诸道兵马元帅，大臣陈觉为监军使，大将边镐为应援都军使，率军渡江，自瓜步（今江苏六合东南）北上；以将军许文稹为西面行营应援使，配合南唐军主力抗击后周军。又命右武卫将军柴克宏率兵会合袁州刺史陆孟俊所部，计兵士万余人应援常州，以防备吴越兵侵扰润州（今江苏镇江），威胁金陵。柴克宏潜军偷袭吴越营寨，吴越军猝不及防，伤亡万余人，大败遁归。南唐主擢任柴克宏为奉化节度使。于是柴克宏率军乘胜北渡长江，应援寿州，但柴克宏病死于半路，未能抵达寿州城下。

四月初，南唐将陆孟俊率军万余人猛攻泰州，后周军遁去。陆孟俊进逼扬州，屯驻城外蜀冈。驻守扬州的后周将韩令坤惧于南唐军势甚盛，不欲迎战，弃城而走。鉴于战场形势的新变化，周世宗调整部署：任命李重进为庐、寿等州招讨使，武行德为濠州城下都部署，向

---

1 《资治通鉴》卷二九三后周显德三年三月，第9548页。

训为淮南节度使兼沿江招讨使；遣大将张永德统兵救援扬州，并命赵匡胤率本部二千人进趋六合（今属江苏）以为声援，并掩护扬州周军的侧翼。周世宗也从寿州移驾濠州城下，指挥东线作战。

赵匡胤攻取滁州未久，其父赵弘殷自扬州来疗病，此时接到天子命令，赵匡胤遂将其父交托新任滁州判官赵普照料，自己率军进屯六合为扬州周军声援。赵匡胤公然宣言："扬州兵敢有过六合者，断其足！"[1] 韩令坤得知后周援军将到，便率兵还据扬州，又听到赵匡胤在六合的扬言，始定下固守之志。数日后，南唐将陆孟俊自扬州城东攻城，韩令坤出城迎战，击败南唐军，擒杀了陆孟俊。

此时，南唐军统帅李景达、陈觉率兵两万渡江北上，进至距离六合二十余里处扎营，观望不前。后周诸将皆欲出击迎战，一举歼敌。赵匡胤却认为本军寡不敌众，贸然出击，难言必胜，说："彼设栅自固，惧我也。今吾众不满二千，若往击之，则彼见吾众寡矣。不如俟其来而击之，破之必矣！"决定以逸待劳，等待南唐军前来攻击，使其难辨己方虚实。数日后，李景达指挥南唐军逼近六合后周军营寨。赵匡胤待敌军逼近，方挥师出击，大破南唐军，终于以少胜多，"杀获近五千人，余众尚万余，走渡江，争舟溺死者甚众"。于激战中，"士卒有不致力者"，赵匡胤"阳为督战，以剑斫其皮笠。明日，遍阅其皮笠，有剑迹者数十人，皆斩之，由是部兵莫敢不尽死"。又赵匡胤"每临阵，必以繁缨饰马，铠仗鲜明"。有部卜劝阻道："如此，为敌所识。"

---

[1] 《宋史》卷一《太祖纪一》，第3页。

赵匡胤豪迈地宣称:"吾固欲其识之耳!"[1] 赵匡胤因屡战屡胜,在军中威名渐盛。

因江淮一带已进入了雨季,霖雨数十日,淮河水位暴涨,寿州城外的后周兵营遭水淹,水深数尺,而且后周军缺乏水战装备,用于攻城的船筏多遭漂散损毁。同时道路泥泞,使得粮运不继,师劳兵疲,难以久战。此时涡口浮桥完成,周世宗前往视察,欲直接通过浮桥进入扬州,进而指挥三军一举拿下江北全境。宰相范质等急忙劝谏说现今周军兵疲食少,当先回汴京再为进取之策。周世宗也知缺乏水战装备难以立足淮南,便同意收拢诸军,命属招讨使李重进指挥,继续围攻寿州,而自己于五月先返回汴京,整饬军伍,组建水军,为再次南征做准备。

此前南唐在淮南向百姓销售茶盐,而强征其粟帛,称作"博征";又强征民田,淮南民众对此十分怨恨。故后周军一到,淮南百姓争相奉牛酒迎接慰劳。不料后周将帅专事掳掠,不加存恤,于是民众大失所望,纷纷逃入山中,操农具为兵器,积厚纸为盔甲,袭扰后周军队,时人称作"白甲军"。后周军进讨,多遭败绩,所得州县也往往被他们所占据。又南唐员外郎朱元"因奏事论用兵方略,唐主以为能,命将兵复江北诸州"。而南唐刘仁赡也忽然遣军出寿州城南,偷袭后周步军节度使李继勋营寨,"破栅而入,其攻城之具并为贼所焚,将士死者数百人",后周主帅李重进在城东营寨,"亦不能救。时城坚未下,师老于外,加之暑毒,粮运不继。李继勋丧失之后,军无固志"。

---

[1] 《资治通鉴》卷二九三后周显德三年四月,第9553—9554页;卷二九二后周显德三年二月,第9539页。按:《宋史·太祖纪一》称赵匡胤是役"败齐王景达于六合东,斩首万余级",《旧五代史·周世宗纪三》作"斩首五千级",皆属夸饰。《资治通鉴》称"杀获近五千人",杀获者,乃合斩杀与俘虏而言。

此时，南唐援军扎营于寿州城南的紫金山（位于今安徽寿县东北、淮河南岸），与寿州"城中烽火相应"；齐王李景达率兵号称五万，屯军于濠州，"遥为寿州声援"。值此形势严峻之时，淮南节度使向训奏请周世宗同意放弃扬、泰等州，会合李重进之军并力围攻寿州，"俟克城，再图进取"。此时，"滁州守将亦弃城去，皆引兵趣寿春"。屯驻六合的赵匡胤军也奉命"领兵归阙"，路经寿州城下，见围城的后周将士士气低落，"因为驻留旬日，王师（指后周军）复振"。时在七月中。[1]是月下旬，赵弘殷病卒，按照古代礼法制度，为子女者当为父母守丧三年，但此时乃属战时非常时期，故即"起复"[2]视事。

周世宗北归京城以后，根据新的战场形势以及南征诸将的功过，进行一系列的人事调整。据《旧五代史·周世宗纪三》载：八月，李继勋因寿州城南作战失利，免去侍卫亲军步军都指挥使之职，改为河阳节度使。九月，留守京城的权知开封府王朴擢任枢密副使。十月二十五日，赵匡胤以滁州、六合等战功，"宣授"同州（即匡国军，宋初因避宋太祖讳而改名定国军，治今陕西大荔）节度使兼殿前都指挥使；同日，还"宣授"内外马步军都军头袁彦为曹州节度使兼侍卫亲军步军都指挥使，接替李继勋。十二月，许州节度使韩通兼侍卫亲

---

1 《资治通鉴》卷二九三后周显德三年六月，第9555；后周显德三年七月，第9558—9559页。《旧五代史》卷一一六《周书七·世宗纪三》，第1796—1797页。
2 《东都事略》卷一《太祖本纪》。按：起复，指古代官员因父母丧而辞官守制，未满期而奉召任职，本因战争之需或特殊才能而召，后亦行于平时。亦称"夺情"。

军马步军都虞候,滑州节度使兼殿前都指挥使张永德为殿前都点检。[1]赵匡胤升任节度使,跻身大将行列,大大提升了他的军中地位和声望。

显德四年(957)初,寿州城内外形势胶着,后周、南唐双方处境都甚为艰难:南唐齐王李景达自六合溃败以后,对后周军颇为畏惧,故受命统军增援寿州,却只是驻军于濠州,遥为声援,而不敢再进一步。更为糟糕的是,李景达虽然名为主帅,但军中政令却全出于监军使陈觉之手。陈觉为人奸佞,被南唐百姓骂为"五鬼"之一。陈觉拥军自重,无意出战,军中将吏畏其淫威,无人敢言应援之事。此时寿州城被围困经年,粮竭兵疲,连连告急。在南唐主催促下,李景达只得遣将军许文稹、边镐等率军出濠州,溯淮河而上,以解寿州之围。唐将朱元等在收复舒州、和州(今安徽和县)、蕲州(今湖北蕲春)后,也率部沿淮增援寿州。此前,南唐军曾屡次进攻下蔡(今安徽凤台)浮桥,欲由此截断围攻寿州的后周军与后方联系,但被屯驻在下蔡的后周殿前都指挥使张永德所击败。至此,南唐援兵进抵紫金山,扎下十八座连珠营寨,"与城中烽火晨夕相应,又筑甬道抵寿春,欲运粮以馈之,绵亘数十里",边战边进。南唐军运粮甬道渐渐筑近寿州城边,

---

[1] 《资治通鉴》卷二九三后周显德三年十二月注(第9561页)曰:"后唐以来,车驾行幸及出征,则置大内都点检之官。后周选骁勇之士充殿前诸班,始置殿前都点检于都指挥使之上。自宋太祖皇帝以殿前都点检登极,是后不复除授。"按:此说不尽然。据《长编》,建隆元年正月己未,宋太祖开国之初,曾加殿前副都点检慕容延钊为殿前都点检,至二年闰三月甲子朔罢"自是殿前都点检遂不复除授"。又,王曾瑜:《宋朝兵制初探(增订本)》(中华书局2011年版,第7页)称张永德任殿前都点检,"其地位虽次于当时的侍卫亲军马步军都指挥使李重进,而军力却有过之而无不及",并注云:"《石林燕语》卷六说,后周'置都点检,位指挥使上'。据《旧五代史》卷一二〇《周恭帝纪》,周恭帝即位时的升官资序,仍是侍卫都指挥使李重进和副都指挥使韩通在上,而殿前都点检赵匡胤、副都点检慕容延钊和都指挥使石守信在下,可知叶梦得之说不确。"然检《石林燕语》卷六云"初诏天下选募壮士送京师,命太祖择其武艺精高者为殿前诸班,而置都点检,位都指挥使上",此处"都指挥使"乃指殿前都指挥使,非指侍卫司都指挥使,叶梦得云云不误。

遭到后周寿州主将李重进的袭击，丧失五千余兵马，只好退回紫金山营寨。后周、南唐两军于是在寿州城下展开了拉锯战。坚守寿州城的刘仁赡眼见援兵无力解围，而城内粮尽，无法再长久死守，不甘坐待城破，便请求齐王李景达同意自己率军出城，与后周军决一死战，但遭到拒绝。刘仁赡欲守不能，欲战不可，忧急交加而罹患重疾。其幼子刘崇谏见形势危急，"夜泛舟渡淮北，为小校所执"，为刘仁赡所斩，其属下士卒闻知后为之感奋，皆立誓愿死战。

后周诸将得知此事，大都认为南唐援兵尚多，寿州不容易攻下，纷纷奏请班师。朝中支持此意见的大臣也有不少。周世宗对于放弃攻取寿州一事颇为不甘，但目前后周军所面临的困难确实很大，所以对此也犹豫未决。此时，宰相李谷卧病在床，周世宗遂遣范质、王溥前往商议对策。李谷上言："寿春危困，破在旦夕，若銮驾亲征，则将士争奋，援兵震恐，城中知亡，必可下矣。"范质、王溥也表示赞同。又此前因无水军而难以攻取淮南，故周世宗于回京之初，即下令聚集工匠在汴京城西汴水侧建造战舰数百艘，连同缴获的南唐舰船，组建水军，以南唐降卒教练水战战术，"数月之后，纵横出没，殆胜唐兵"，[1]于是周世宗再次下诏亲征淮南。

二月十七日，周世宗出汴京城，并先命数千水军乘战船自蔡河沿颍水进入淮河，数百艘战舰首尾相接，浩浩荡荡，直抵寿州。唐军一见，大为吃惊。三月二日夜，周世宗过下蔡浮桥，直抵寿州城下。次日晨，周世宗身穿甲胄，屯军于紫金山南。后周将士见天子亲临前线，士气大振。

---

1 《资治通鉴》卷二九三后周显德四年正月、二月，第9562—9564页。

周世宗首先命令殿前都点检张永德率领精锐的殿前司兵马作为前锋，攻占紫金山南唐先锋寨和山北寨，为天子亲征扫清道路。张永德与赵匡胤来到军前观察地形，发现南唐军寨西边有一道高岗，可下瞰敌军营中，于是张永德亲选精兵携带劲弓强弩伏在高岗旁，让赵匡胤率部径直进攻唐军先锋所在的第一寨。南唐兵出营迎战，赵匡胤佯装不胜而逃，南唐兵全军出动追击，营中空虚，张永德急发伏兵自高岗上冲下，占领了敌营，南唐兵见状，溃散而逃。次日，张、赵二人又率军进攻第二寨，鼓噪而进，攻击那营寨北门，已丧失斗志的南唐士兵争先恐后地从南门逃出。[1] 后周军拿下了南唐两座营寨，并顺势切断南唐军所筑的甬道，彻底阻隔了寿州南唐守军与援军的联络。

为断绝寿州城守军的希望，并切断南唐援军的淮上退路，周世宗命虎捷左厢都指挥使赵晁率水军数千前进至镇淮军（即涡口）。连战失利的南唐将士士气低落，不但未能协力御敌，反而内部权力之争日趋激化。唐将朱元恃功骄恣，不服李景达的调度，与朱元有隙的陈觉趁机上奏南唐主说朱元反复无常，不可为将，南唐主遂命大将杨守忠代朱元之职。朱元十分愤怒，并闻听陈觉欲待自己去濠州帅帐"计事"时，"将夺其兵"，于是在三月四日夜半，与先锋将朱仁裕等人率所部万余人降周。

朱元等将领归降后周，大大削弱了南唐援军力量。五日凌晨，周世宗指挥诸军猛攻紫金山南唐军各营寨，南唐军马难以抵挡，士兵被俘杀万余人，大将许文稹、边镐等被擒，余众沿淮河东溃。周世宗自率骑兵数百沿淮河北岸追击，诸将率步骑沿南岸追杀，水军也顺流直

---

[1] 《宋史》卷二五五《张永德传》（第8915页）称张、赵攻取南唐紫金山营寨之战在显德三年，当误。

下，至镇淮军夹击唐军，南唐将士战、溺死及降者数万人，后周缴获战舰、粮船数百艘，钱帛器械不计其数。南唐齐王李景达、监军使陈觉闻知唐军在紫金山一败涂地，慌忙自濠州逃归金陵。

紫金山之战后，寿州城完全成了一座孤城。南唐主将刘仁赡闻援兵大败，扼腕叹息，病势转重，进而不省人事。城内食尽民饥，面对城外后周军的耀武扬威和周世宗的劝降，士气低落，监军使周廷构、营田副使孙羽等不敢再战，便假借刘仁赡之名写下降书，南唐淮南重镇寿州城终于失陷。次日，重病卧床的刘仁赡被其部下与儿子抬出城外投降，周世宗见他已奄奄一息，连声嗟叹，便给予其特殊礼遇，拜为检校太尉兼中书令、天平军节度使。但刘仁赡未及受命即卒。

寿州一役，后周军虽取得全胜，重创了南唐军，占据了寿州重镇，扫除了南征障碍，但损失也不算小。故周世宗决定撤归汴京进行调整，再徐谋攻取。四月中旬，周世宗回到汴京。五月中，周世宗给南征有功的将领加官晋爵，赵匡胤拜义成军（治滑州）节度使、检校太保，仍兼殿前都指挥使。八月，李谷因病罢宰相，枢密副使王朴升任枢密使。

寿州陷落以后，南唐增援寿州的淮南军士兵大多弃城溃逃，唯有淮上水军实力尚强。为了阻挡后周军的攻势，南唐主李璟重新部署沿淮诸镇防御：五月，命将军郭廷谓为上淮（指淮河上游）水陆应援使，镇守濠州，缮甲练兵，整修城垒；于泗州、楚州等娶地屯泊战舰，严密设防。九月，后周中书舍人窦俨上奏认为周师强盛，唐军势弱，周境大治，唐政混乱，"陛下南征江淮，一举而得八州，再驾而平寿春，威灵所加，前无强敌。今以众击寡，以治伐乱，势无不克，但行之贵速，则彼民免俘馘之灾,此民息转输之困矣"。[1] 周世宗阅后深感有理,遂决定第三次亲征淮南。

十月十六日,周世宗兵发汴京,自涡口渡淮河,直趋濠州。南唐将郭廷谓于濠州城东北十八里滩植列高栅,四面环水自固,并将战船数百屯于城北,在淮水中树立巨木作为障碍,以阻截后周水军战舰进袭。十一月五日,后周军抵濠州城西。翌日,周世宗针对南唐军的部署,命令内殿直康保裔率数百甲士骑骆驼涉水而进,先锋将殿前都指挥使赵匡胤率骑兵随后浮水而渡,攻拔其水寨及濠州东关城;命令招讨使李重进攻取其南关城;令大将王审琦率水军攻拔城北水障,焚毁其战船。及交战,后周诸将分路出击,拔水寨,克羊马城(古代守城时所用的城防设施),冲破水障,焚毁南唐战船七十余艘,斩首二千余级,迫使守城唐将郭廷谓出降。

十九日,周世宗得知南唐战船数百艘停泊于涣水(今浍河)之东以准备增援濠州,便亲率水陆军主力迎击,于洞口(今安徽凤阳东)与南唐水军相遇。后周军一阵猛冲,大败南唐军,斩首五千余级,俘二千余人,夺得战舰三百余艘。周世宗不顾劳累,挥军东下,疾行百七十里,紧追南唐溃兵。后周军尽数拔除南唐沿淮防御城栅,直抵泗州城下。赵匡胤所部乘坐所俘获的南唐战舰,乘胜先攻泗州城南门,破水寨和月城。十二月初,南唐泗州守将举城投降。仅稍事休息,周世宗又获知南唐战舰数百艘自洞口退往清口(即泗水入淮河之处,今江苏靖江西南),即命水军中流疾进,自己与赵匡胤分率步骑夹淮河两岸追击,水陆三路并进,追至楚州城西北,大破南唐军。此时有南

---

[1] 《资治通鉴》卷二九三后周显德四年九月,第9572页。

唐兵沿淮河东逃者，周世宗便以赵匡胤为前锋，亲自率军追击六十里，俘获南唐节度使陈承诏。是役南唐水军损失惨重，战舰于毁沉之余，又被后周军缴获了三百余艘，士卒于杀、溺之余被后周俘获了七千余人，仅有数艘战船顺流逃遁。南唐淮上水军至此被歼殆尽。

后周军乘胜攻打淮东重镇楚州。周世宗原以为孤立无援的楚州城一定会望风而降，不料南唐守将张彦卿誓死不降，并手刃了想要出降的儿子，诸将感泣，坚守不下。显德五年正月二十三日，周世宗坐镇城下指挥后周将士猛攻，次日城墙被周军轰塌，张彦卿率军巷战至死，其手下将士千余人为其所感，皆战死，无一生降。此役周军死伤惨重，周世宗盛怒之下，发令屠城，欲以警戒天下敢于与周军拼到玉石俱焚者，结果城中军民被杀者万余人，官署民房皆被焚毁。[1] 史籍誉称周世宗为"五代第一明君"，但这一残暴行为，实在有辱"明君"之号。

后周攻取楚州之战，赵匡胤率军"在楚州城北，昼夜不解甲胄，亲冒矢石，麾兵以登城"。[2] 史云"山阳郡（即楚州）城有金子巷……父老相传，太祖皇帝从周世宗取楚州，州人力抗周师，逾时不下。既克，世宗命屠其城。太祖至此巷，适见一妇人断首在道卧，而身下儿犹持其乳吮之，太祖恻然为返，命收其儿，置乳媪鞠养。巷中居人因此获免，乃号因子巷。岁久语讹，遂以为'金'"。[3]

在此前后，后周军先后攻占了海州、天长（今属安徽）、静海军（今江苏南通）等地。此次亲征，周世宗准备较为充足，又总结了前内次亲征之经验教训，注意收拢民心，一鼓作气拿下了江北大批州县。

---
1 《旧五代史》卷一一八《周书九·世宗纪五》注引陆游《南唐书》、赵鼎臣《竹隐畸士集》，第1820页。
2 《旧五代史》卷一一八《周书九·世宗纪五》，第1819页。
3 《曲洧旧闻》卷一《山阳金子巷得名之意》，第86页。

至此，周世宗征调当地民夫浚通鹳水（今江苏淮安西老鹳河），引战舰数百艘自楚州南下扬州，打算直接渡江南下进攻南唐京城金陵。二月中，后周兵马至高邮（今属江苏），扬州城中南唐守军已逃遁一空。三月初，周世宗亲率水军直入长江，进抵迎銮镇（今江苏仪征）。是月中旬，周世宗亲至江口，指挥周军大破南唐屯泊瓜步及东沛洲（即东洲，今江苏启东吕四港镇一带）的水军。赵匡胤所部乘势驾战船直冲长江南岸南唐兵营，焚毁其营栅后又主动北撤。

南唐主十分惊恐，为保住江南，避免后周大军就势渡江南下，急遣大臣将尚在南唐控制下的庐（今安徽合肥）、舒、蕲、黄（今湖北黄冈）四州进献给后周，岁贡称臣，并献犒师银十万两、绢十万匹、钱十万贯、茶五十万斤、米麦二十万石；去皇帝之号，改称江南国主；去南唐年号，改用后周年号；等等。四月初，周世宗同意了南唐称臣息兵的请求，班师回朝。

经过两年多时间里的三次亲征，周世宗取得了统一战争的首胜，迫使南唐以长江为边界，而尽得农业发达、物产丰富、盛产粮食茶盐的江北十四州六十县，计二十二万六千余户，南唐每年还要进献大批贡物，后周经济实力由此大为增强，为北伐契丹创造了有利条件。

五月，周世宗因平淮南而赏诸将之功。赵匡胤因从征战功而改领忠武军（治许州）节度使，仍为殿前都指挥使。宋初所撰《旧五代史·周世宗纪五》对此番赵匡胤迁官一事评议云："淮南之役，今上（指赵匡胤）之功居最，及是命之降，虽云酬勋，止于移镇而已，赏典太轻，物议不以为允。"[1] 此实为赵匡胤功高而周世宗赏薄之说张目，但究其

---

1 《旧五代史》卷一一八《周书九·世宗纪五》，第1825页。

实却并不然。自周世宗初征淮南,赵匡胤即因滁州、六合之功而自殿前都虞候、严州刺史升任殿前都指挥使、拜定国军节度使;再从征淮南,下寿州后,迁拜义成军节度使、检校太保;至此收淮南,据《资治通鉴》等史籍记载,赵匡胤作为周世宗之"前锋",随周世宗作战,其战功并不特出,且当时诸将也仅"移镇"而已,如襄州节度使安审琦为青州节度使、许州节度使韩通为宋州节度使、宋州节度使向训为襄州节度使等。可见赵匡胤所得"赏典"并不"太轻",撰修《旧五代史》的宋初史臣如此云云,应是其所处政治环境下的产物,大抵在于暗示周世宗对待战功卓越的赵匡胤并不公。修史者竭力夸饰赵匡胤的战功,欲因此告知世人,赵匡胤得以迅速擢升官爵,实是功赏相当的结果,而并非特出于周世宗的厚恩,从而着意掩饰赵匡胤曾深受周世宗宠信却有负周世宗的负面形象。可能鉴于此一说法难以令人信服,所以司马光于《资治通鉴》中对此仅简略记曰:"以太祖皇帝领忠武节度使,徙安审琦为平卢节度使。"[1] 又《宋史》载当时"淮南平。唐主畏太祖(赵匡胤)威名,用间于世宗,遣使遗太祖书,馈白金三千两,太祖悉输之内府,间乃不行"。[2] 此大概是南唐主为顺利求和,除贡献周世宗大量钱物之外,也曾向后周天子的心腹将相赠送钱物。宋人称南唐主"用间于世宗",亦当属为本朝"圣天子"脸上贴金而已。

四、兵取三关

周世宗虽然与王朴制定了"先易后难""先南后北"的统一计划,但在攻取南唐淮南诸州以后,却未再按原定的先取南唐,再定岭南、

---

1 《资治通鉴》卷二九四后周显德五年五月,第9583页。
2 《宋史》卷一《太祖纪一》,第3页。又见载于《东都事略》卷一《太祖本纪》。

巴蜀，南方既平，再征北方的计划进行，而是调转兵锋，北征契丹，欲一举收复被后晋高祖石敬瑭割让给契丹的燕云十六州。[1] 周世宗如此作为，有着很现实的考虑：

  自从契丹控制了燕云十六州以后，中原地区的北大门洞开，契丹骑兵凭恃地理优势，几乎可以随意南下攻掠，而中原政权却因河北平原千里平野，无险可守，所以在与契丹的战争中处于十分不利的被动局面。对后周而言，其所面临的战争威胁，也全部来自北方的契丹、北汉政权，故契丹、北汉结盟，在与后周对峙中握有相当的主动权。据《契丹国志》云，当时"中原多事，藩镇争强，莫不求援于契丹以自存"。[2]《新五代史》亦称周世宗"袭下扬、泰，（李）景遣人怀蜡丸书走契丹求救"。[3] 因此，周世宗始终对北面深怀警惕，即使于全力南征之际，仍时时回眸向北，一面派遣殿前都指挥使张永德等将领守护北边，抵御契丹"犯境"，一面又于显德四年（957）六月、八月多次遣使契丹通好。但契丹也知晓后周"先南后北"之策略，故也屡遣使臣携带"蜡书"与后蜀、南唐联络，并时不时出兵南下以为牵制，或直接侵扰后周河北沿边州县，或会同北汉军进击后周河东地区，给后周造成很大压力。周世宗深知若不能首先收复幽州地区，关上那北大门，则是难以倾全力南征。而在此时，后周通过数年征战，夺得后蜀关陇四州和南唐江北十四州，五代晚期在十国中实力最强的南唐、

---

[1] 按：《资治通鉴》卷二九二后周显德二年四月（第9526页）胡三省注称王朴提出先南后北的统一策略，"是后世宗用兵以至宋朝削平诸国，皆如王朴之言"。其实并不尽然，因为契丹的军事威胁，迫使周世宗乃至此后的宋太祖的统一战争皆未能严格依据此"先南后北""先易后难"之策进行。

[2] （宋）叶隆礼：《契丹国志》卷五《穆宗天顺皇帝》，上海古籍出版社1985年版，第54页。

[3] 《新五代史》卷六二《南唐世家》，第870页。

后蜀两政权受此重创，一蹶不振，畏服于后周。因此，后周假使于此时发大军北伐燕云诸州，那南方诸政权不大敢且也无力对后周发难，而一旦收复了燕云地区，则南方诸政权即可传檄而定，顺利完成一统天下的大业。同时，后周在控制江北十四州以后，国力骤增，为其北伐奠定了很好的物质基础。更为重要的是，此时契丹国内政局不稳，国力较以前明显下降，若后周能趁此有利时机大举北伐，必将事半功倍。

辽天禄五年（951），辽世宗被贵族察割所杀，辽穆宗继位。当时贵族大臣叛乱事件层出不穷，辽穆宗为巩固自己权位，与其他皇帝通常所做的一样，极力排斥异己力量：原来和辽世宗关系亲近的贵族、大臣，或罢官，或不再重用；对于敢公开反对他或谋叛的人，则毫不手软地进行残酷镇压；禁止大臣们随便议论朝政，违反者贬官、罢官。因此，契丹内部统治颇不稳定。而辽穆宗却因见到众臣僚在大肆镇压下再不敢议论朝政、非议自己之后，觉得帝位已无可忧，尽情喝酒、打猎，放纵游玩：史称辽穆宗"好游戏，不亲国事，每夜酣饮，达旦乃寐，日中方起，国人谓之'睡王'"。又"性好游畋，穷冬盛夏，不废驰骋。万机事繁，蕃汉诸臣共莅之，帝不以屑意"。[1]因此，在内乱不断、皇帝是一个不作为的"睡王"的情况下，契丹国力大为削弱，许多大臣心思浮动，不断出现南投后周的事件。[2]

值此良机，周世宗在南方形势相对稳定的情况下，决定先北上用兵，以收复"北鄙"。显德六年（959）二月十八日，经过近一年的精心准备，周世宗下诏亲征契丹，以收复燕云失地，并命义武军节度

---

1 《契丹国志》卷五《穆宗天顺皇帝》，第50页、第54页。
2 如《宋史》卷二六二《李涛传》（第9063页）云李涛弟李浣，后晋翰林学士，晋亡，被掳北去，任辽宣徽殿学士。至此，李浣尝"表述契丹主幼弱多宠，好击鞠，大臣离贰，若出师讨伐，因与通好，乃其时也，请速行之。属中原多事，不能用其言"。

使孙行友派兵马加强定州（今属河北）西山路的戒备，以阻止北汉兵出太行山东下河北侧击后周军主力。二十一日，侍卫亲军马步军都虞候韩通等将领奉命率水陆军作为前锋先行出发；令各路兵马集结沧州（今属河北），随从皇帝亲征。二十八日，周世宗一身戎装，自汴京出发北征。

未过数日，韩通遣使奏报，称自沧州进入契丹境内的水道已得到修治，并在沧州以北的乾宁军（即辽之宁州，今河北青县）南构筑了栅壁，修补河道堤防，开挖排水用的游口三十六处，可由此道直通属于十六州中的瀛州（今河北间）和莫州（今河北任丘北）。于是周世宗挥军急进，于四月十六日抵达沧州，顾不上休息，当日率步骑数万直趋契丹边境。为能隐蔽作战意图，周世宗未走人们常行之道路，故而民间皆不觉知后周大军北进。次日，周世宗抵达乾宁军，辽宁州刺史王洪猝不及防，只得开门出降。二十日，周世宗命令韩通为陆路都部署、赵匡胤为水路都部署，率前锋水陆俱进。[1]二十二日，周世宗坐龙舟沿水路北行。后周战舰首尾相连，绵亘数十里。两天后，周世宗抵达独流口（今天津西南独流镇），再溯流而西，于二十六日进抵益津关（今河北霸州）前。

益津关与瓦桥关（今河北雄县旧南关）、淤口关（今河北霸州东信安镇）合称三关。因三关地处河北平原中部，位于白洋淀之北、拒马河之南，地势低洼，河湖相连，水路交通便利，故唐末五代初于此地设险防守契丹南侵。至石敬瑭割让燕云十六州给契丹，瓦桥等三关遂为契丹所有，成为契丹在幽州正南防线上的三座重要关隘。由于此

---

[1]《资治通鉴》卷二九四后周显德六年四月，第9596页。按：《宋史》卷一《太祖纪一》（第3页）称赵匡胤"为水陆都部署"，此"水陆"当为"水路"之讹。

时契丹国内动荡,无暇顾及南线防务,加上此前向来是契丹骑兵南向出击,从无中原军队主动北伐的举动,所以周世宗一到益津关前,面对进兵神速的后周军队,根本未做守城准备的契丹汉人守将终廷辉,只得举城迎降。

自益津关往西,水道渐狭,大船无法行驶,二十七日,周世宗舍舟登陆,策马西行,迅速接近瓦桥关,露宿于野地。当时周世宗因"先期而至,大军未集,随驾之士,不及一旅,赖今上(赵匡胤)率材官骑士以卫乘舆"。[1]次日,赵匡胤奉令率兵直抵瓦桥关下,先锋将高怀德上前叫阵。辽瓦桥关守将姚内斌勇悍敢战,人称"姚大虫",但迫于形势,率麾下五百人不战而降,[2]关内契丹人打开北门逃去。周世宗进驻瓦桥关。二十九日,辽莫州刺史刘楚信和辽淤口关守将遣使来降。五月一日,侍卫亲军马步军都指挥使李重进与随征诸将纷纷赶至瓦桥关会合,兵马强壮,军容甚壮。是日,辽瀛州刺史高彦晖见向北退路已被切断,孤城难守,也举城投降。至此,三关以南土地,全被后周所收复。

---

[1] 《旧五代史》卷一一九《周书十·世宗纪六》,第1834—1835页。按:《资治通鉴》卷二九四后周显德六年四月(第9596—9597页)称周世宗"宿于野次,侍卫之士不及一旅,从官皆恐惧,胡骑连群出其左右,不敢逼",然未载赵匡胤曾率骑士宿卫。

[2] 《宋史》卷二五〇《高怀德传》,第8822页;卷二七三《姚内斌传》,第9341页。按:关于克瓦桥关,《东都事略》卷一云赵匡胤"至瓦桥关,降其守将姚内斌。契丹将高模翰率数万骑来援,陈于关城之北,太祖挥百令骑御之,虏不敢动,遂引去。关南平"。《宋史·太祖纪一》所载略同,丢赵匡胤"先至瓦桥关,降其守将姚内斌,战却数千骑。关南平"。然《宋史·高怀德传》称高怀德"克瓦桥关,降姚内斌以归"。又《宋史·太祖纪》所云"战却数千骑",即《东都事略》"契丹将高模翰率数万骑来援"云云,至《太平治迹统类·圣宋仙源积庆符瑞》遂云:"又败北骑数万,遂平关南。"然此战事《资治通鉴》《旧五代史》皆未记载,《旧五代史·周世宗纪六》(第1835页)明确指出周收三关,"是役也,王师数万,不亡一矢,边隅城邑皆望风而下"。且从当时辽军部署情况来看,也不可能发生数万辽军骑兵南至瓦桥关一线却又不放一箭而北退之事。可知《东都事略》卷一、《宋史·太祖纪》所云赵匡胤战功多属夸饰,不尽不实。

周世宗自下诏亲征至此仅四十二天,而统军出汴京至此更是只有短短的三十二天,因契丹边关城池守将望风归降,一举收复三关(益津关、瓦桥关、淤口关)三州(宁州、莫州、瀛州),共得十七县,共一万八千余户。当地百姓本不愿受契丹统治,所以纷纷捧着酒食迎接后周军。

夺得三关之地的第二天,即五月二日,周世宗在瓦桥关行宫中宴请随征诸将,商议乘胜北取幽州事项。但诸将却颇满足于既得之胜果,而对集聚于燕山一带的契丹军主力颇为忌惮,不愿继续北进,皆声称:"陛下离京四十二日,兵不血刃,取燕南之地,此不世之功也。今虏骑皆聚幽州之北,未宜深入。"但周世宗对此论调颇不以为然,当天即令先锋都指挥使刘重进等将领先发,在瓦桥关北击败契丹数百游骑,攻占了距离幽州仅百二十里的固安(今属河北)。三日,周世宗亲至固安城北的安阳水(今永定河)视察,命令架设桥梁,以备大军通行。是日,周世宗自固安还宿于瓦桥关,史称"是夜,帝(周世宗)不豫"。[1]

在北宋时期曾有这样一则故事广为流传:

> 世宗末年,大举以取幽州,契丹闻其亲征,君臣恐惧,沿边城垒皆望风而下。凡蕃部之在幽州者,亦连宵遁去。车驾至瓦桥关,探逻是实,甚喜,以为大勋必集,登高阜,因以观六师。顷之,有父老百余辈持牛酒以献,世宗问曰:"此地何名?"对曰:"历世相传,谓之病龙台。"默然,遽上马驰去。是夜,圣体不豫。翌日病亟,有诏回戈,未到关而晏驾。先是,世宗

---

1 《旧五代史》卷一一九《周书十·世宗纪六》,第1835页。

之在民间,已常梦神人以大伞见遗,色如郁金,加道经一卷,其后遂有天下。及瓦桥不豫之际,复梦向之神人来索伞与经,梦中还之而惊起,谓近侍曰:"吾梦不祥,岂非天命将去耶?"遂召大臣,戒以后事。初,幽州闻车驾将至,父老或有窃议曰:"此不足忧,且天子姓柴,幽州为燕地,燕者亦烟火之谓也。此柴入火,不利之兆,安得成功。"卒如其言。[1]

其实,透过诸如"病龙台""柴入火"之类似乎颇为神秘的传言表象,即可发现周世宗病倒在北伐途中实有其必然性:周世宗自即位以来至此仅四年多时间,却已五次统兵亲征,鞍马劳顿,甚为疲惫;而每次亲征得胜回京以后,又日夜操劳国事,难得休息。同时,周世宗做事风格又是事必躬亲,连一些琐屑小事也每每亲自过问,这难免极大地损害了他的健康。在此次北征之前,就有大臣鉴于天子健康状况不佳,劝说周世宗待"圣体稍安"再行北伐,但未被接受。果然,值此北伐关键时刻,系"社稷安危、万民祸福"于一身的周世宗的身体坚持不住了。因此,周世宗只好为自己安心南返养病而着手布置北边防务。

五日,周世宗下诏以瓦桥关为雄州治所,益津关为霸州治所,征发数千民夫修筑霸州城池。六日,命大将李重进统兵出土门(今河北鹿泉西南)击北汉,以阻止北汉出兵增援契丹。七日,周世宗任命韩令坤为霸州都部署、陈思让为雄州都部署,各率所部将士镇守二州,以二州作为日后再次北进的基地。八日,在随驾大臣护卫下,周世宗离开雄州南返京城。

---

[1] (宋)陶岳:《五代史补》卷五《世宗上病龙台》,杭州出版社2004年《五代史书汇编》本,第2529—2530页。

是月中旬，辽穆宗赶至燕京附近，虽然周世宗已领兵南去，但辽穆宗也无意重夺失陷的三关地区，于是辽与后周的边界北移至今河北霸州、雄县以北的白沟河（大体相当于今海河、永定河、北拒马河）一线。

周世宗北征契丹却因患急病而退兵，致使功败垂成，世人大都甚为惋惜，认为当时契丹国内主昏于上，而民心不附，乃是收复燕云失地的最佳时机，待日后北宋建立，倾全力经营南方，然后再调头向北时，辽穆宗已死，契丹国内统治已得稳定，国力渐强，从而失去了千载难逢之良机，夺回燕云地区终成空谈。但是，周世宗虽然几乎是兵不血刃拿下三关之地，却并不意味着后周军就能因此轻松地取得幽州。因为其一，辽廷对三关之地并不太重视，史载辽穆宗获知三关失陷，竟然轻松地表态："此本汉地，今以还汉，又何惜耶？"[1] 但对南面重镇幽州，辽朝不可能再轻言放弃，故在大臣们竭力劝说下，辽穆宗一面派遣使臣去督促北汉出兵援助自己，一面将行营从上京（今内蒙古巴林左旗附近）南移至靠近幽州的草原上，以便就近指挥契丹兵马反击后周军的进攻。其二，与上述不太重视三关的态度相应，守卫三关之地的将领大都为汉人，而精锐的契丹骑兵却屯驻于燕山之北，并未受到后周军的打击。虽然后周军在与后蜀、南唐及三关辽朝守军的作战中屡获大胜，而契丹兵马因国内政局动荡而实力有所削弱，但相比较而言，后周实无必胜之把握。这实为众将领皆劝说周世宗不要"贸然进军""不宜深入"幽州之境的真实原因。此后宋太祖赵匡胤实行"先南后北"的一统天下之

---

[1] 《新五代史》卷七三《四夷附录二》，第1022页。

方针，先荡平南方诸政权，然后北攻北汉，最后再收复燕云失地，其主要原因也当在于此。史书上称周世宗大举北征，契丹人闻之，"君臣恐惧，沿边城垒皆望风而下，凡蕃部（此指契丹族等人）之在幽州者，亦连宵遁去"。但这大概只是出自中原人的夸大而已，在契丹文献中并不见类似记录，且从辽穆宗的行动方向上看，如此事情恐怕也不会发生。不过，从日后形势的发展来看，中原政权从辽朝手中夺回燕云十六州的时机，此时确实要较北宋初期更为有利些。

虽然北伐幽州计划夭折，但在北征途中发生的一系列怪异之事，却使领兵随行的赵匡胤迎来了上位良机，从而为此后攫取国家最高权力奠定了基础。

五、擢拜殿前都点检

周世宗此次亲率大军北征契丹途中，发生了一件对时政影响甚大的蹊跷事件。对此事件，《宋史·太祖纪》如此记载道："世宗在道，阅四方文书，得韦囊（皮囊），中有木三尺余，题云'点检作天子'，异之。"[1]而《旧五代史·周世宗纪六》所记与此稍异："帝（周世宗）之北征也，凡供军之物，皆令自京递送行在。一日，忽于地中得一木，长二三尺，如人之揭物者，其上卦全题云'点检做'，观者莫测何物也。"[2]《新五代史》《资治通鉴》对此事均无记载。《旧五代史》所述周世宗朝史实，主要依据宋初撰成的《周世宗实录》和《五代通

---

1 《宋史》卷一《太祖纪一》，第3页。
2 《旧五代史》卷一一九《周书十·世宗纪六》，第1837页。按：校勘记云"上卦全"，《通历》作"上封全"。似是。

录》等。史载《周世宗实录》撰成于建隆二年(961)八月。[1]而《五代通录》五十六卷,乃"建隆间,昭文馆大学士范质撰,以五代实录共三百六十卷为繁,遂总为一部,命曰《通录》,肇自梁开平,迄于周显德,凡五十三年"。乾德五年(967)三月,其子范旻上献此书。[2]显然,撰成于宋太祖朝的这三部史书,其有关"点检作天子"的说法定当获得太祖的首肯。虽然史籍记载此事时显得神神秘秘,但对此"观者莫测何物也"之"三尺木"及其上题字,周世宗显然明了其中隐含之意,即为中伤时任殿前都点检的张永德。果然周世宗在因病还京后,即罢免张永德殿前都点检之职,而代之以赵匡胤执掌殿前司兵权。

因这一结果,对日后篡位成功的赵匡胤甚为有利,故宋人将这块来历不明的"三尺木"的出现归为"天意"。[3]但后人并不如此认为,当今学者对此也多有研究,得出结论截然不同的两种说法:一说推测此是张永德之政敌李重进一派为陷害张永德而干的,如邓广铭先生《赵匡胤的得国及其与张永德李重进的关系》[4]等文即持此观点;另一说认为这是由赵匡胤集团一手炮制的代周篡权的重大政治阴谋,如张其凡《赵普评传·陈桥兵变的指挥者》[5]和蒋复璁《宋代一个国策的检讨》[6]等文乃持此说。由于后一说法影响广泛,故这里先对此说作一

---

[1] 《长编》卷二建隆二年八月庚申条,第53页。
[2] (宋)王应麟:《玉海》卷四八《建隆五代通录》,江苏古籍出版社、上海书店1988年版,第908页。
[3] 《旧五代史》卷一一九《周书十·世宗纪六》(第1837页):"至是,今上(赵匡胤)始受点检之命,明年春,果自此职以副人望,即'点检做'之言乃神符也。"
[4] 邓广铭:《赵匡胤的得国及其与张永德李重进的关系》,载《东方杂志》第41卷第21号,1945年11月。
[5] 张其凡:《赵普评传》,北京出版社1991年版,第31—42页。
[6] 蒋复璁:《宋代一个国策的检讨》,载蒋复璁著《宋史新探》,台湾正中书局1966年版,第1—52页。

辨析。

张永德作为赵匡胤的老上司，两人关系甚为密切。显德二年（955）高平之战以后，张永德以殿前都指挥使领武信军节度，赵匡胤擢任殿前都虞候；三年，赵匡胤以战功擢升殿前都指挥使，不久张永德迁升殿前都点检一职。此时因这怪异的"三尺木"的出现，赵匡胤得以替代张永德之职，故有人认为此事件实出自赵匡胤一伙的阴谋，理由如下：其一，时属张永德一派的赵匡胤，其个人势力已不容小觑，但要完全摆脱张永德的控制，就必须使张永德失去殿前都点检一职，使自己有可能自殿前都指挥使升而代之。其二，颇为赵匡胤所忌惮的枢密使王朴死于显德六年春，此时周世宗又患重病，野心逐渐膨胀的赵匡胤发觉有机可乘，而萌发篡权之想。其三，以含糊的谶语来中伤、排挤张永德，既易使天子产生疑心，又使张永德无从自辩，不仅可使自己取而代之，而且由此制造了"天意"，为自己篡夺大政做舆论准备。其四，周世宗北征期间，赵匡胤一直率军拱卫左右，大有做手脚的机会。[1] 因此，蒋复璁于《宋代一个国策的检讨》中明确指出："三尺木之来，实属可怪，代者为太祖（赵匡胤），不是有很大的嫌疑吗？"

此说甚似有理，但经仔细推敲，却颇有破绽，简要而言：其一，赵匡胤的势力虽已不小，但当时职位、资历、威望高于赵匡胤的高级将领不止张永德一人，所以即使张永德被罢去殿前都点检，也不一定就由赵匡胤递补。其二，据《旧五代史·周世宗纪》《宋史·太祖纪》等文献记载，写有"点检作天子"的木牌出现于"世宗不豫"之前，当时年未满四十的周世宗正欲挥师直捣幽州，进而一统天下，意气风

---

[1] 《赵普评传》，第33页。

发,而作为天子心腹爱将的赵匡胤竟敢于此时野心膨胀,萌发篡国夺位之想,实在太不可思议。其三,周世宗亲征时,赵匡胤虽说一直拱卫左右,但其作为武将,要在四方进奏文书之中做如此手脚,恐怕也大不容易。况且据史书记载,周世宗非常精敏,事必躬亲,"其御军,号令严明,人莫敢犯","应机决策,出人意表";且"又勤于为治,百司簿籍,过目无所忘,发奸擿伏,聪察如神"。[1]因此,赵匡胤要做如此手脚而不被皇帝察觉的可能性不大。而《旧五代史·周世宗纪》称此"三尺木","观者莫测何物也",如若不是宋初史臣修撰《旧五代史》时为证明"天意"而故作神秘,那便是周世宗的有意所为,以尽量淡化由这一"三尺木"带来的政局动荡。因为从日后周世宗的人事安排上看,周世宗当已猜出此木板出自张永德的对头,即李重进一派所为。

张永德、李重进是后周军中两大势力的代表人物,二人官职、后台背景等都不相上下。据《旧五代史》之《周太祖纪》《周世宗纪》及《宋史》之《张永德传》《李重进传》等记载:张永德字抱一,阳曲(今属山西)人。郭威为侍卫军吏时,与张永德之父善,乃"以女妻"张永德。郭威任后汉枢密使,表奏女婿张永德为供奉官押班。郭威称帝以后,授张永德为左卫将军、内殿直小底四班都知,加驸马都尉、领和州刺史。[2]而李重进是周太祖的外甥,且"重进年长于晋王荣",当后周太祖郭威临终,"召(重进)入禁中,属以后事,仍令拜荣,以定君臣之分"。[3]但张永德的官职稍低于李重进:后周太祖广顺二年

---

1 《资治通鉴》卷二九四后周显德六年六月,第9602页。
2 《宋史》卷二五五《张永德传》,第8913—8914页。
3 《资治通鉴》卷二九一后周显德元年正月,第9501页。

（952）七月，以小底都指挥使、汉州刺史李重进为大内都点检兼马步都军头，领恩州团练使；以内殿直都知、驸马都尉张永德领和州刺史，充小底第一军都指挥使。五代军制，以侍卫亲军司掌管全国禁军。由于后周太祖依靠侍卫亲军司的支持夺得后汉政权，故为防止他人故伎重演，而创置殿前司，以分侍卫亲军司之权，任命李重进为殿前都指挥使、领泗州防御使，张永德为殿前都虞候、领恩州团练使。周世宗继位初，李重进擢任侍卫亲军马步军都虞候，张永德继任殿前都指挥使、泗州防御使；高平之战后，李重进擢任侍卫亲军都指挥使。显然，周世宗以至亲分掌侍卫司、殿前司兵权，是为了让他们辅佐自己稳定统治，但也隐然有使两人互为牵制之义。但分统二司的李重进、张永德却是"嫌隙不相下"，并有日趋激化之态。

当时侍卫亲军司的长官称侍卫亲军马步军都指挥使、副都指挥使、都虞候，下设马军都指挥使、步军都指挥使，分统马、步兵。马、步军皆下分左右两厢，厢下辖若干军，兵员达七八万之多。而殿前司下辖左右两厢骑兵、左右两厢步兵，每厢各两军，共两万人。在高平之战中，由侍卫亲军司兵马组成的右翼军一触即溃，幸赖殿前司将士浴血奋战，才击败北汉、契丹联军。战后，周世宗处死逃将七十余人，整顿禁军，命赵匡胤选拔武艺超绝及有身手者，分署为殿前诸班，归殿前司指挥，使殿前司的兵力扩充至近三万人。而侍卫亲军司却因"累朝以来，老少相半，强懦不分"，故被精简裁并，兵员有所下降，约为六万人。虽然殿前司战斗力颇强，但人数远少于侍卫亲军司，而两司官员级别亦有高低，即殿前都指挥使的地位要低于侍卫亲军马步军都虞候，而同于马军都指挥使、步军都指挥使。因此，当是年七月李重进升任侍卫亲军马步军都指挥使，而张永德仍为殿前都指挥使时，问题就浮出水面了。

显德三年（956）十月，淮南战事紧张，李重进率军围攻寿州，张永德屯军下蔡。张永德"素与李重进不协，每宴将校，多暴其短。一日，永德乘醉，乃大言重进潜畜奸谋，当时将校无不惊骇，繇是人情大扰。后密遣亲信乘驿上言，世宗不听，亦不介意。一日，重进自寿阳去其部从，直诣永德帐下，宴饮终日而去，自此人情稍安"。[1] 周世宗对手握重兵的两大将"不相悦"之情洞若观火，却不予处置，也不加调解，反而置之不理，其用意显然不须再多加解释。南唐主闻知此事，即密令人赍"蜡丸遗重进，诱以厚利，其书皆谤毁及反间之语；重进奏之"。[2] 故为慰抚张永德的不满，周世宗于十二月特设殿前都点检于殿前都指挥使之上，以张永德为之，[3] 使其权位、声望皆足以与李重进分庭抗礼。

虽然当时因李重进较识大体、顾大局而一时化解了危机，但张、李两人"嫌隙不相下"之结并未能由此消解。张永德任殿前都点检后，为与李重进抗衡而努力扩充势力，并主动施恩于下僚，而那些部下眼见张永德位尊权重，也纷纷归附。《宋史·张永德传》曾称张永德"明天文术"，并云："初，睢阳书生尝言太祖（赵匡胤）受命之兆，以故永德潜意拱向。太祖将聘孝明皇后也，永德出缗钱金帛数千以助之，故尽太祖朝而恩渥不替。"[4] 宋人笔记对此也多有记载，其中以苏辙《龙

---

[1] 《旧五代史》卷一三一《孙晟传》，第2015页。按：《宋史》卷四八四《李重进传》（第13976—13977页）曰："张永德屯下蔡，与重进不协，永德每宴将吏，多暴重进短，后乘醉谓重进有奸谋，将吏无不惊骇。永德密遣亲信乘驿上言，世宗不之信，亦不介意。二将俱握重兵，人情益忧恐。重进遂自寿阳单骑直诣永德帐中，命酒饮，亲酌谓永德曰：'吾与公皆国家肺腑，相与戮力，同奖王室，公何疑我之深也。'永德意解，二军皆安。"当源出《旧五代史》。
[2] 《资治通鉴》卷二九三后周显德三年十月，第9560页。
[3] 《资治通鉴》卷二九三后周显德三年十二月，第9561页。
[4] 《宋史》卷二五五《张永德传》，第8918—8919页。

川别志》所载较详:

> 张永德事周世宗,为殿前(都)指挥使,性好道,道士多客其家。……及周世宗用兵寿春,永德从之。素善射,间出射于野,观者如堵,见一僧,则昔之举子,也与之归,宿帐中。夜半,屏人问所以保三十年富贵者,曰:"若见二属猪人,善事之,则富贵可保也。"旦辞去。艺祖(赵匡胤)方以力战有功,虽功名日盛,而出于侧微,鞍马服用未有以自给,永德稍以家资奉之。艺祖既天姿英特,问其年,复亥生也。永德大喜,倾身事之,凡用物皆有副,须辄以献,艺祖深德之,而不知其故也。其后太宗(赵匡乂)当娶符氏后,谋于艺祖曰:"符氏大家,而吾家方贫,无以为聘,奈何?"艺祖曰:"张太尉与吾善,弟往以情告之。"太宗持书往,永德延之卧内。太宗姿表尤异,问其年,亦亥生也。永德惊喜,倾家助之。太祖既登极,以邓州节钺授永德,许之终身。……及太宗嗣位,宠之不替,遂终于邓。[1]

苏辙所载张永德的官职颇有错讹,如《宋史·张永德传》称:其入宋后拜武胜军节度使;太宗初,拜左卫上将军,又降为左卫大将军,后复官,封邓国公,端拱元年(988)拜安化节度使,淳化二年(991)改泰宁节度使,再罢为左卫上将军;真宗即位,封卫国公,咸平三年(1000)拜彰德军节度使,卒。不过笔记中称赵匡胤、匡乂兄弟皆属

---

[1] 《龙川别志》卷上,第70—71页。又《丁晋公谈录》亦载之,较略。

猪却是事实。赵匡胤娶孝明王皇后在后周显德五年，而赵匡义所娶符氏即周世宗符皇后之妹。此时张永德可谓得意之时，位尊权重，却反而以驸马都尉兼殿前司统帅的身份，去主动巴结属下军官，实属一大不可思议之事。因此，事实应当是赵匡胤主动结交上司，而张永德馈赠贺礼则是一种示恩下属的行为。赵匡胤得以迅速擢升，除周世宗宠信之外，张永德的举荐之力也功不可没。所以《宋史》及宋人笔记中云云，可能是赵匡胤称帝以后，张永德为攀附天子而附会出来的。

有学者认为张永德因"党与当中有了一个有'受命之兆'的人"，便"竭力拥戴，情愿屈己以效奔走驰驱之劳了"，由此证明张永德与赵匡胤一样是"对于后周帝室'有奸谋''有二心'的"。[1]此说大似不然。张永德与李重进之间，仅为争权之斗，而张永德作为后周重臣、驸马，应无帮助外姓属下篡夺后周天下的动机。不过，张永德如此扩充自己势力，肯定不会为强势天子所乐见，于是"点检作天子"的谶语便应时而生。周世宗自然洞彻其中微妙，故对此并未过多理会，就如前些年对待张永德密告李重进有"奸谋"一样。但不久周世宗罹患重病，情况就随之发生了变化。首先，唐末以来，割据一方的藩镇依靠手中兵马与中央政权对立，必然隆崇帐下将士，故而渐养成这些将士的骄横跋扈之气，一旦拂违其意，往往激发兵变以废立其主将。同时，在藩镇主将生前，这些骄兵悍将一般还能相安无事，但主将一旦去世，后继者便很难加以控制。发展至五代时期，此风气自下而上，自废立藩镇主将发展到手握重兵的武将劫夺帝位，并由此成为一惯例，

---

1 邓广铭：《赵匡胤的得国及其与张永德李重进的关系》，载《东方杂志》第41卷第21号，1945年11月。

如后梁兖州节度使朱瑾"既得士心,有兼并天下之意"。[1]后晋大将安重荣更宣言道:"天子,兵强马壮者当为之,宁有种耶?"[2]由此造成五代政权频繁更易。此时张永德所任的殿前都点检,为后周职权最重的武官之一,颇有条件劫取帝位。郭威当年即是如此攘夺大位的。其次,张永德身为周太祖女婿,声名显赫。此前篡夺后唐帝位的后晋太祖石敬瑭即为后唐明宗之婿,而周世宗自己即以周太祖的内侄暨养子身份继位。因此,作为周太祖女婿,张永德如欲篡周,也并非绝不可能。当然,对于此种可能,正当壮年的强势天子颇有妥加控制的自信,但至身罹重病、生死不测之际,对"点检作天子"之谶语,就不得不加深一层考虑。不过要对张永德有所处置,毕竟是关系到家国命运的大事,故"为子孙计"的周世宗并不鲁莽行事,但在返回京城途中遇到的一件事,促使周世宗下了决心。对此事经过,《却扫编》卷上有载:

> 周世宗既定三关,遇疾而退,至澶渊,迟留不行,虽宰辅近臣问疾者,皆莫得见,中外汹惧。时张永德为澶州节度使,永德尚周太祖之女,以亲故,独得至卧内。于是群臣因永德言曰:"天下未定,根本空虚,四方诸侯惟幸京师之有变。今澶、汴相去甚迩,不速归以安人情,顾惮旦夕之劳,而迟回于此,如有不可讳,奈宗庙何!"永德然之,乘间为世宗言如群臣旨,世宗问:"谁使汝为此言?"永德对:"群臣之意,皆愿如此。"世宗熟视久之,叹曰:"吾固知汝必为人所教,独不喻吾意哉!

---

[1]《旧五代史》卷十三《朱瑾传》,第196页。
[2]《旧五代史》卷九八《安重荣传》,第1522页。

然观汝之穷薄,恶足当此!"即日趣驾归京师。[1]

周世宗对张永德所言之义颇为隐晦,但结合各方面情况分析,其中有一点可以看出,即周世宗本来对自己身后,位高权重、手握重兵的张永德是否会篡位颇为忧心,至此见他处事了无心机,毫无主见,知其难成大业,"点检作天子"谶语不会应在其身。但既然已有"点检作天子"谶语出现,张永德显然也不宜再任此职了。因此,史称"用法太严,群臣职事小有不举,往往置之极刑,虽素有才干声名,无所开宥"[2]的周世宗回到京城之后,只是罢免张永德的军职,而未加其他处置。

五月三十日,周世宗回到汴京。自离京北征至此时返回,总计才六十天,但周世宗的健康状况与之前相比已有天壤之别,而且病情日趋沉重。于是周世宗开始考虑安排身后事了。《资治通鉴》记载周世宗重病归京后,与南唐使臣钟谟的一番对话,可作为其此时心理活动的一个很好注解:

> 上(世宗)问(钟)谟曰:"江南亦治兵、修守备乎?"对曰:"既臣事大国,不敢复尔。"上曰:"不然。向时则为仇敌,今日则为一家,吾与汝国大义已定,保无他虞。然人生难期,至于后世,则事不可知。归语汝主:可及吾时完城郭,缮甲兵,据守要害,为子孙计。"[3]

---

1 (宋)徐度:《却扫编》卷上,大象出版社2008年《全宋笔记》(第三编)本,第118页。
2 《资治通鉴》卷二九四后周显德六年六月,第9602页。
3 《资治通鉴》卷二九四后周显德六年六月,第9599页。

同样，"为子孙计"的周世宗对身后之事也做了颇为精心缜密的安排：

其一，册立符皇后。周世宗即位时，册立大将符彦卿之女为皇后。符皇后死于显德三年，周世宗未再立皇后。至此，周世宗复册立符皇后之妹为皇后，以利于取得宿将符彦卿家族的全力支持。而赵匡胤弟赵匡义之妻也为符彦卿之女，可见周世宗实有通过姻党符彦卿家族的影响以争取更多文武大臣支持之用意。

其二，确立幼子柴宗训的皇嗣地位。周世宗育有七子，前三子在后汉末年内乱时被后汉隐帝所杀。此时，第四子柴宗训年仅七岁。此前，宰相"请封皇子为王，世宗谦抑久之"[1]，至此"以皇长子宗训为特进、左卫上将军，封梁王；以第二子宗让为左骁卫上将军，封燕国公"[2]，确立柴宗训为皇位继承人。

其三，在文臣方面，周世宗托孤于宰相范质、王溥、魏仁浦。当时周世宗"欲相枢密使魏仁浦，议者以魏仁浦不由科第，不可为相"。周世宗以为："自古用文武才略者为辅佐，岂尽由科第邪！"力排众议，令宰相范质、王溥参知枢密院事，魏仁浦为宰相兼枢密使，[3]使三位重臣皆位兼文武，执掌中枢军政，以辅佐幼主。但三位宰相中以范质为首，军国重事皆取范质决策，王溥、魏仁浦二人辅佐而已。

范质字文素，大名宗城（今河北清河南）人。传说范质诞生之夜，其母梦见神人授予五色笔。范质力学强记，性明悟，九岁能文，十三岁能通《尚书》、教授学生，于后唐长兴四年（933）举进士及第，

---

[1] 《新五代史》卷一二《周恭帝纪》，第146页。
[2] 《旧五代史》卷一一九《周书十·世宗纪六》，第1836页。
[3] 《资治通鉴》卷二九四后周显德六年六月，第9601页。

主持科举考试的翰林学士和凝对范质非常欣赏，当时有"传衣钵"之说。后晋时，范质历任监察御史、主客员外郎、翰林学士等，以辞理优赡称誉当世，后汉初任中书舍人、户部侍郎。当时后汉枢密使郭威征讨河中府叛军，"每朝廷遣使赍诏处分军事皆合机宜，周祖（郭威）问谁为此辞，使者以质对，叹曰：'宰相器也。'"故自邺都起兵以后，郭威特地派人召来范质，任为兵部侍郎、枢密副使。郭威登基后，便拜范质为宰相，不久兼参知枢密院事。周世宗登基后，范质仍为宰相。

王溥字齐物，并州祁县（今属山西）人。郭威平定河中府守将李守贞反乱时，王溥受召为从事，深得信任。郭威即位后，即授王溥为左谏议大夫、枢密直学士，不久升为中书舍人、翰林学士，次年加户部侍郎，改端明殿学士。显德二年（955），周太祖郭威病重，即拜王溥为宰相，感叹曰："吾无忧矣。"周世宗即位之初，北汉联合契丹军南下，中原局势危急，周世宗打算亲征河东地区，但遭到老臣冯道等人的反对，只有王溥赞成，所以高平之捷后，周世宗特加其兼礼部尚书，以为赏赐。

魏仁浦字道济，卫州汲县（今河南卫辉）人。后晋末，隶枢密院为小吏，任职谨慎，以善于撰写文书、会计物资而闻名，后汉时成为枢密使郭威的从吏。郭威起兵代汉立周，魏仁浦立下殊勋，故授枢密副承旨，不久迁右羽林将军，充枢密承旨，甚得天子倚重。周世宗即位以后，遵守周太祖"魏仁浦无遣违禁密"遗嘱，授魏仁浦右监门卫大将军、枢密副使，升为检校太保、枢密使。

此三人能"循规矩，慎名器"，皆被誉为"有宰相之器"，[1] 然

---

1 《宋史》卷二四九，第 8793—8808 页。

就其后政局发展之后果而言,却皆是权变颇有不足,无以应对仓猝之大变。

其四,在武臣方面,周世宗任命吴廷祚为枢密使;免去张永德殿前都点检之职,令其出任澶州节度使,擢升赵匡胤为殿前都点检;李重进仍为侍卫亲军马步军都指挥使,但统兵马离京城赴河东备御北汉,而韩通升充侍卫亲军马步军副都指挥使。

张永德被解除军权,与那题字的木板关系密切,但周世宗却又让李重进领兵在外,似亦可证明他已看破"点检作天子"谶言的真正来源。而由赵匡胤、韩通分领殿前、侍卫二司禁军,除对由自己一手提拔上来的二人较为信任以外,还有平衡殿前、侍卫两司权力,使其互为牵制之原因,也与赵、韩两人军中资望较浅,对后周帝位的威胁相对较小等因素相关。

确实,细数赵匡胤的诸次战功,可见其独当一面者颇少,大多作为偏将或前锋作战,战功亦不算辉煌,但因其甚得周世宗宠信,故迁升迅速,超越许多年资、军功皆胜于自己的将领,不数年成为统领殿前司的主帅,此也当是周世宗放心赵匡胤执掌殿前司的重要原因。不过,周世宗对赵匡胤也非全无戒备:

> 显德中,从世宗平淮甸,或谮上(赵匡胤)于世宗曰:"赵某下寿州,私所载凡数车,皆重货也。"世宗遣使验之,尽发笼箧,唯书数千卷,无他物。世宗亟召上,谕曰:"卿方为朕作将帅,辟封疆,当务坚甲利兵,何用书为?"上顿首曰:"臣无奇谋上赞圣德,滥膺寄任,常恐不逮,所以聚书,欲广闻见,

增智虑也。"世宗曰:"善!"[1]

因赵匡胤处置得当,释去天子的疑惑。但当时文臣对掌军大将亦颇怀忌疑之心。如右拾遗杨徽之"尝言于世宗,以为上(赵匡胤)有人望,不宜典禁兵"。为此赵匡胤于称帝后,"将因事诛之",被赵义所谏阻,故"出为天兴令"。[2]可证杨徽之的进言,实对赵匡胤形成了莫大威胁。不过,"点检作天子"这一谶语总让周世宗有所不安。于是周世宗下令军政大事主要由韩通裁决,并任命韩通为京城巡检,以为防备。

六月十九日,周世宗"大渐",召宰相等"入受顾命"。周世宗因翰林学士王著乃"幕府旧僚,屡欲相之,以其嗜酒无检而罢",至此嘱咐道:"王著藩邸故人,朕若不起,当相之。"范质等出,相谓曰:"著终日游醉乡,岂堪为相,慎勿泄此言。"[3]然据《宋史·王著传》,称"及世宗疾大渐,太祖(赵匡胤)与范质入受顾命"。[4]按《宋史·王著传》此条记载当源出宋初《三朝国史·王著传》。司马光编纂《资治通鉴》时,于顾命大臣中删去赵匡胤之名,《旧五代史·周世宗纪》《宋史·太祖纪》等对此都掩而不提。大抵因为赵匡胤身受周世宗的"厚恩",然其尸骨尚未寒,赵匡胤已从孤儿寡母手中夺得江山,显然令宋代史家难以措笔,所以避忌不言了。

史称王著"少有俊才,世宗以幕府旧僚,眷待尤厚,常召见与语,命皇子出拜,每呼学士而不名……著善与人交,好延誉后进,当世士

---

[1] 《长编》卷七乾德四年五月乙亥条,第171页。
[2] 《长编》卷四乾德元年十二月己亥条,第111页。
[3] 《资治通鉴》卷二九四后周显德六年六月,第9602页。按:《旧五代史·周世宗纪六》未载此"顾命"事。
[4] 《宋史》卷二六九《王著传》,第9241页。

大夫称之"。[1] 可见周世宗甚为器重王著,且王著在士大夫间的声誉颇佳。当时周世宗所委任的辅佐幼主之文臣,范质、王溥、魏仁浦三宰相"廉慎守法",以宽厚长者著称,再辅以"有俊才"的王著,足以应对诸般事变;而统军武将方面,所依仗的韩通素称谨厚忠实,无野心,虽脾气不好,人缘较差,然而有勇力,能得军心,再加上赵匡胤等对韩通有所牵制,各方势力相互平衡,由此,其幼子的帝位得以维系。但由于周世宗欲拜王著为宰相的最终安排被范质所匿废,致使周世宗煞费苦心的人事布置出现了致命的漏洞:忠厚有余而机变不足的文之三相、武之韩通,皆难以应付猝发事变,从而让由周世宗一手自低级小校提拔为殿前都点检的心腹大将之野心得逞。

是日晚,周世宗病逝于禁中万岁殿,年仅三十九岁。八月,他被尊谥为"睿武孝文皇帝",庙号世宗。十一月初,被葬于庆陵。[2]

周世宗柴荣在位不足七年便病逝,但凭其英明远识与壮志雄心,及在位期间的精心经营,尽心国事,励精图治,在各方面进行了卓有成效的改革,使国家实力大增,显德年间成为五代最强盛时期,为结束自晚唐以来的诸政权分裂割据局面、实现全国的基本统一奠定了基础。周世宗的文治武功,堪列五代君主第一,故《旧五代史·周世宗纪》对其评价极高,称其:"神武雄略,乃一代之英主也。加以留心政事,朝夕不倦,摘伏辩奸,多得其理……驾驭豪杰,失则明言之,功则厚赏之,文武参用,莫不服其明而怀其恩也。所以仙夫之日,远近号慕。然禀性伤于太察,用刑失于太峻,及事行之后,亦多自追悔。逮至末年,渐用宽典,知用兵之频并,悯黎民之劳苦,盖有意于康济矣。

---

1 《宋史》卷二六九《王著传》,第 9241 页。
2 《旧五代史》卷一一九《周书十·世宗纪六》,第 1838 页。

而降年不永,美志不就,悲夫!"[1]但英年早逝的周世宗却成为其心腹大将赵匡胤竭力学习的楷模。宋初实行的政治、军事、经济和文化等政策措施中,颇能发现后周显德年间施行政策的影子,有些更是后周政策的直接袭用。当然,赵匡胤也常以后周政治得失为借鉴,修正自己的统治策略。

---

[1] 《旧五代史》卷一一九《周书十·世宗纪六》,第1842页。

第三章 陈桥兵变,黄袍加身

一、幕府诸谋士与义社十兄弟

后周显德六年（959）六月二十日，周世宗幼子柴宗训（周恭帝）在宰相范质、王溥及掌军大将韩通、赵匡胤等文武大臣的辅佐下继位。七月间，在范质的主持下，后周朝廷对殿前、侍卫两司主将进行了部分调整：以侍卫亲军步军都指挥使、曹州节度使袁彦为陕州节度使，免去禁军掌军之职；以侍卫亲军马军都指挥使、陈州节度使韩令坤为侍卫亲军马步军都虞候；以龙捷左厢都指挥使、岳州防御使高怀德为夔州节度使，充侍卫亲军马军都指挥使；以虎捷左厢都指挥使、常州防御使张令铎（原名张铎）为遂州节度使，充侍卫亲军步军都指挥使。其他将校也各自加官晋爵有差。[1] 至此，殿前、侍卫两司将帅为：

侍卫亲军马步军都指挥使李重进，副都指挥使韩通，都虞候韩令坤，马军都指挥使高怀德，步军都指挥使张令铎。

殿前司都点检赵匡胤，副都点检慕容延钊，都指挥使石守信，都虞候王审琦。

因"点检作天子"谶言事件影响，李重进虽未罢免军职，但已被摈出中枢，此时以侍卫亲军马步军都指挥使领淮南节度使，改镇扬州，[2] 所以侍卫司实由韩通掌控，而且据周世宗生前安排，京城守备、治安也归韩通负责。

在上述名单中，殿前、侍卫两司在京将帅，除韩通外，皆与赵匡胤有着亲疏不等的联系：石守信、王审琦为赵匡胤的义社兄弟，慕容延钊、韩令坤与赵匡胤关系密切，高怀德与赵匡胤交往颇深，而张令铎乃出名的仁厚之人。此时后周王朝"主幼国疑"，政局不稳，一时

---

1 《旧五代史》卷一二〇《周书十一·恭帝纪》，第1848页。
2 《资治通鉴》卷二九四后周显德六年七月，第9603页。

间人心猜疑，谣言四起。加上执掌朝廷军政的韩通乃一介武夫，与赵匡胤"同掌宿卫，军政多决于通。通性刚愎，颇肆威虐，众情不附，目为'韩瞠眼'"。[1] 由此人心渐归向赵匡胤，而赵匡胤也趁机扩张自己的势力。

五代时期干戈扰攘，"城头变幻大王旗"，政权更迭恰似走马灯。为使自己立于不败之地，武将们大都想方设法培植自己的势力，而通过拜把子结兄弟来拉拢人才、增强己方实力便成为一种普遍而行之有效的方法。史载后周太祖郭威早年就曾与一班中下级军官结为生死兄弟，号称"十军主"，并刺臂出血宣誓云："凡我十人，龙蛇混合，异日富贵无相忘。苟渝此言，神降之罚。"[2] 倚靠"十军主"等支持、拥戴，郭威才一举登上皇帝宝座。同样，赵匡胤在军中也曾结拜弟兄，号"义社十兄弟"。

据《宋朝事实》卷九《勋臣》记载，义社十兄弟成员除赵匡胤之外，其他九人分别为：保静军节度使杨光义，天平军节度使、同平章事兼侍中石守信，昭义军节度使兼侍中李继勋，忠武军节度使、同平章事、中书令、秦王王审琦，忠远军节度观察留后刘庆义，左骁卫上将军刘守忠，右骁卫上将军刘廷让，彰德军节度使韩重赟，解州刺史王政忠。[3] 当然，上述九人的官职皆为其入宋以后所封赐者，在结义社时，这九人的官爵并不高。[4] 义社十兄弟多为殿前司将领，或与殿前司

---

1 《长编》卷一建隆元年正月戊申条，第6页。
2 《宋史》卷二六一《李万全传》，第9049页；《李琼传》，第9031页。
3 《宋朝事实》卷九《勋臣》，第157—158页。按：（宋）王巩《闻见近录》（第22页）有云："太祖即位，方镇多偃蹇，所谓'十兄弟'者是也。"
4 [日]谷川道雄：《关于北朝末期至五代的义兄弟结合》（载《中国古代史论丛》1982年第二辑）引那波利贞语，认为"赵匡胤和九个刺史、节度使们约为兄弟，而兴立宋王朝"。其说实不确。

渊源甚深，而由殿前司出任侍卫司将官者。因此，义社兄弟成为赵匡胤控制殿前司、发展势力的中坚力量。下面即据《宋史》《东都事略》等文献，对此九人入宋以前的仕宦情况作一简要介绍。

后周显德年中，十兄弟中当以李继勋的官爵最高。李继勋，大名元城（今河北大名）人。郭威领河北主帅时，将其收归帐下。周太祖称帝，李继勋补禁军列校。显德初年，李继勋自散员都指挥使迁升殿前都虞候，不久迁虎捷右厢都指挥使、领永州防御使，随即充侍卫亲军步军都指挥使、领昭武军节度使，次年改任曹州节度使。显德三年（956）夏，淮南道招讨使李重进统军围攻寿州，李继勋率本部兵马扎营于城南。六月，寿州南唐守军乘李继勋防备松懈，乘隙偷袭城南营寨，破栅而入，后周将士死者数百人，攻城器具悉被焚毁，军心大摇，幸亏赵匡胤率军回京途经城下，协力围城，终得局势稳定。但李继勋因此战失利被削去军权，出为河阳三城节度使，再贬右武卫大将军。显德四年冬，李继勋再次跟从周世宗南征淮南。次年三月，周世宗至迎銮江口，李继勋奉令率水军黑龙船三十艘至江岛侦察，在江口滩遭遇南唐军数百人，败之，获战船两艘，以功迁左领军卫上将军；七月，改任右羽林统军。显德六年春，周世宗北征契丹，以李继勋为战棹左厢都部署，不久权知邢州。幼主周恭帝即位，李继勋升授安国军节度使，仍知邢州。李继勋与赵匡胤关系密切，故入宋后累任藩镇，但所至无善政，只因与天子"有旧"而"特承宠遇"。

石守信当为义社兄弟中与赵匡胤关系最密切者，一直共事于殿前司。石守信，开封浚仪（今河南开封）人。后汉末年归隶郭威帐下，入周后累迁亲卫都虞候。高平之战中，石守信随张永德力战退敌，以战功升任亲卫左第一军都校，再迁铁骑左右卫都校。此后多次随从天子出征淮南，皆为先锋，下六合，入涡口，克扬州，战功卓著，遂领嘉州防御使，充殿前司铁骑控鹤四厢都指挥使。显德六年，石守信侍从天子北征，为陆路副都部署，以战功迁殿前都虞候。当赵匡胤升任殿前都点检时，石守信即补赵匡胤之缺，擢任殿前都指挥使，领洪州防御使。周恭帝即位，石守信加义成军节度使，仍任殿前都指挥使。在陈桥兵变中，作为赵匡胤集团的核心成员，石守信留守汴京，以为内应，从而保证了兵变的成功。

王审琦字仲宝，后汉乾祐初年投入郭威帐下，因忠顺谨慎，甚得信任。周太祖时，历官东西班行首、内殿直都知、铁骑指挥使等。显德二年，王审琦随从周世宗征北汉，力战有功，擢任东西班都虞候，改任殿前司铁骑都虞候，迁铁骑右第二军都指挥使。周世宗整饬禁军，召禁军诸将入禁苑中宴会，比试射技，王审琦连发中的，周世宗颇为高兴，赏赐有加，不久领勤州刺史。次年，从周世宗征淮南，以战功累迁控鹤右厢都指挥使、领虔州团练使。显德四年，周世宗再征淮南，围攻濠州，王审琦率敢死士数千人击破濠州城外水寨，夺其月城，迫使濠州守将出降。随后进攻楚州，王审琦为南面巡检。破城之际，王审琦推定南唐守军必定突围逃生，便预先在半路设伏。果然南唐守军凿开城南门突围，遭到后周伏兵伏击，死数千人，被擒五千余人。周世宗甚喜，擢任王审琦为铁骑右厢都指挥使。周恭帝即位，升迁殿前都虞候、领睦州防御使，成为赵匡胤的左膀右臂。陈桥兵变时，亦留守京师。

韩重赟，磁州武安（今属河北）人。年轻时以武勇知名，归隶郭威麾下。周太祖即位之初，升补左班殿直副都知。显德二年，随从周世宗征战高平，以战功擢任铁骑指挥使。此后侍从周世宗亲征淮南，

第三章　陈桥兵变，黄袍加身

迁铁骑军都虞候，不久迁控鹤军都指挥使、领虔州刺史，成为赵匡胤帐下大将。

刘廷让，原名光义，后因避宋太宗之讳而改名，涿州范阳（今河北涿州）人。与其他义社兄弟不同，刘廷让的曾祖为唐末著名藩镇、卢龙军节度使刘仁恭，其祖父为沧州节度使刘守文，在争夺幽州控制权的战争中被其弟刘守光所杀，于是刘廷让与其父南奔中原避难。刘廷让少有膂力，后汉末年郭威镇守邺都，刘投奔其帐下。郭威称帝后，刘廷让补内殿直押班，累迁至龙捷都指挥使。后侍从周世宗南征淮南，以战功领雷州刺史，再迁铁骑右厢都指挥使、领涪州团练使。

义社兄弟中的杨光义、刘庆义、刘守忠和王政忠四人，新、旧《五代史》及《宋史》《东都事略》等皆未为其立传，史书中仅留下只言片语之记载，可能与此四人在后周时官爵不显，入宋后言行事迹乏善可述有关。其中刘庆义、刘守忠二人，除《宋朝事实》卷九《勋臣》外，未见于其他史料记载。现据相关史料，对杨光义、王政忠二人事迹略考如下。

杨光义，《宋史》卷四八二中作"杨光美"，当为避宋太宗之讳而改字。在宋灭后蜀之战中，杨光美以马步军都军头之职充任东路军战棹左右厢都指挥使。开宝九年（976）八月，宋太祖命将征伐北汉，以侍卫亲军马军都指挥使党进为河东道行营马步军都部署，杨光美以虎捷右厢都指挥使之衔为行营马步军都虞候。[1] 此后杨光美官至保静军节度使。

王政忠，于开宝八年五月以解州刺史权知晋州兼兵马铃辖。次年

---

[1] 《宋史》卷四七九《西蜀孟氏世家》，第13875页；《长编》卷一七开宝九年八月丁未条，第374页。

八月，宋军数路出征太原，王政忠等同领军出汾州路进入北汉境内。[1] 余不详。

自上述李继勋、石守信、王审琦、韩重赟和刘廷让诸人从军仕宦经历上分析，可见他们皆在后汉末年郭威统军邺都时为其麾下，或投奔其帐下，故推知此十人结义社兄弟的时间大概就在此时。有学者认为赵匡胤是"蹈袭郭威故智"，通过"义社十兄弟"来培植自己势力，以为篡位准备。[2] 其说不然，赵匡胤等十人结为义社兄弟，只是唐末五代行伍中通行的做法，即欲因此得以相互照应、援助，并无特殊之处，而且如前所说，其时当在郭威称帝之前，十兄弟中大多官爵或从军资历高于赵匡胤。不过，赵匡胤在官位日显之后，尤其在擢任殿前都点检以后，便以义社兄弟为核心来扩充势力了。

当然，在后周时与赵匡胤以兄弟相称的将官并不止上述九人。即以《宋史》诸传所载，如侍卫亲军马军都指挥使韩令坤有才略，识治道，为赵匡胤少年好友，情好亲密；[3] 赵匡胤与大将慕容延钊亦相"友善"，显德末年，赵"任殿前都点检，延钊为副，常兄事延钊"；[4] 龙捷右厢都指挥使赵彦徽，真定安喜（今河北定州）人，赵匡胤与之"同事世宗"，并"兄事之"；[5] 赵晁"以周初与宣祖（赵弘殷）分掌禁军，有宗盟之分，故太祖（赵匡胤）常优礼之"；[6] 宣徽南院使昝居润与赵匡胤"同事世宗，情好款洽"；[7] 客省使潘美，大名（今属河北）人，

---

1 《长编》卷一六开宝八年五月庚寅条、卷一七开宝九年八月丙辰条，第339页、第375页。
2 《赵普评传》，第28页。
3 《宋史》卷一《太祖纪一》，第2页。
4 《宋史》卷二五一《慕容延钊传》，第8835页。
5 《宋史》卷二五〇《韩重赟传》，第8824页。
6 《宋史》卷二五四《赵晁传》，第8898页。
7 《宋史》卷二六二《昝居润传》，第9057页。

赵匡胤"遇美素厚，及受禅，命美先往见执政，谕旨中外"；[1] 安守忠为节度使安审琦子，"为治简静，太祖居藩日，素相厚善，及受禅后，每优任之"；[2] 又虎捷左厢都指挥使张光翰，与赵匡胤关系也甚深。此外，大将高怀德、张令铎等人也为赵匡胤之友；符彦卿为周世宗皇后之父，然其第六女嫁给赵匡胤之弟赵匡义。因龙捷、虎捷二军属侍卫司，故知赵匡胤也努力发展与侍卫司诸将的关系。因此，当赵匡胤发动陈桥兵变时，这些将领或袖手旁观其成败，以决定自己归依，或与义社兄弟一起参与其间，成为赵宋王朝的开国功臣。如张光翰、赵彦徽就因"翊戴"之功，官拜节度使。虽然当时将校之中也有不愿结交赵匡胤者，如引进使曹彬"中立不倚，非公事未尝造门，群居燕会，亦所罕预"，赵匡胤称帝后尝召曹彬谓曰："我畴昔常欲亲汝，汝何敢疏我？"曹彬顿首谢罪道："臣为周室近亲，复忝内职，靖恭守位，犹恐获过，安敢妄有交结？"[3] 但这些将校也只是"靖恭守位"、坐观成败而已，并不敢起而阻止。故而元代史臣有"五季乱极，宋太祖起介胄之中，践九五之位，原其得国，视晋、汉、周亦岂甚相绝哉"[4]之慨叹。

赵匡胤因执掌殿前司多年，周世宗改革禁军时又参与其事，故与许多武将联系密切，又利用职权，将众多强将悍卒收于帐下：

皇甫继明，冀州（今属河北）人。史称其"身长七尺，善骑射，以膂力闻郡中。刺史张廷翰以隶左右，荐于太祖（赵匡胤），补殿前

---

1 《宋史》卷二五八《潘美传》，第8991页。
2 《宋史》卷二七五《安守忠传》，第9370页。
3 《宋史》卷二五八《曹彬传》，第8978页。按：《宋史·曹彬传》载"周太祖贵妃张氏，彬从母也"。
4 《宋史》卷三《太祖纪三·赞曰》，第50页。

指挥使,历左右番押班都知"。[1]

张琼,大名馆陶(今属河北)人。史赞其"少有勇力,善射,隶太祖帐下"。周显德中,赵匡胤从周世宗南征,攻击南唐军十八里滩寨,"为战舰所围,一人甲盾鼓噪而前,众莫敢当",赵匡胤命张琼"射之,一发而踣,淮人遂却"。后攻寿州城,赵匡胤"乘皮船入城濠,城上车弩遽发,矢大如椽,琼亟以身蔽太祖,矢中琼股,死而复苏。镞著髀骨,坚不可拔。琼索杯酒满饮,破骨出之,血流数升,神色自若。太祖壮之"。[2]

杨信,原名杨义,因避宋太宗讳改名,瀛州(今河北河间)人。显德中,"隶太祖麾下为裨校"。[3]

李怀忠,初名怀义,因避宋太宗讳改名,涿州范阳(今河北涿州)人。"太祖掌禁兵时,隶帐下为散都头。"[4]

米信,"旧名海进,本奚族,少勇悍,以善射闻"。从周世宗征高平,以功迁龙捷散都头。"太祖总禁兵,以信隶麾下,得给使左右,遂委心焉,改名信,署牙校。"[5]

田重进,幽州(今北京)人,"形质奇伟,有武力"。周显德中,"应募为卒,隶太祖麾下。从征契丹,至陈桥还,迁御马军使"。[6]

崔翰,字仲文,京兆万年(今陕西西安)人。"少有大志,风姿伟秀,太祖见而奇之,以隶麾下。从周世宗征淮南,平寿春,取关南,

---

[1] 《宋史》卷二五九《皇甫继明传》,第9008页。
[2] 《宋史》卷二五九《张琼传》,第9009页。
[3] 《宋史》卷二六〇《杨信传》,第9016页。
[4] 《宋史》卷二六〇《李怀忠传》,第9021页。
[5] 《宋史》卷二六〇《米信传》,第9022页。
[6] 《宋史》卷二六〇《田重进传》,第9024页。

以功补军使"。[1]

蔡审廷,显德初年擢殿前散员,转铁骑副兵马使。后从周世宗"战高平有功,迁军使。太祖为殿前都点检,从世宗征淮南,审廷隶麾下,预战紫金山,改副指挥使"。[2]

辅超,显德中"从太祖征淮南,常执锐前驱,定滁、泗,破淮阴,下扬州,以功转日骑副兵马使"。[3]

刘审琼,涿州范阳人。初依永兴军节度使刘词,词卒,"属太祖节镇,给事左右;及受禅,补殿直"。[4]

谭延美,大名朝城(今山东莘县)人。"躯干壮伟。少不逞……为盗于乡里,乡里患之。"周世宗镇守澶渊,募置帐下。"即位,补殿前散都头。从征淮南,以劳迁控鹤军副指挥使。又从克三关。时太祖领禁兵,留督牙队。"[5]

钱守俊,濮州雷泽(今山东鄄城)人。"少勇鸷,尝为盗陂泽中,称'转陂鹘'。"周显德中,应募为铁骑卒。"早事太祖,从征淮南,战紫金山,下寿春,获战舰千余艘。继从克关南。"[6]

徐兴,青州(今属山东)人。其"以拳勇得隶兵籍"。周显德中,"从太祖征淮右"。[7]

李琪,河南伊阙(今河南伊川西南)人。"幼生长兵家,得给事

---

1 《宋史》卷二八〇《崔翰传》,第9026页。
2 《宋史》卷二七一《蔡审廷传》,第9287页。按:"殿前都点检"当为"殿前都指挥使"之误。
3 《宋史》卷二七一《辅超传》,第9301页。
4 《宋史》卷二七四《刘审琼传》,第9365页。
5 《宋史》卷二七五《谭延美传》,第9372页。
6 《宋史》卷二八〇《钱守俊传》,第9502页。
7 《宋史》卷二八〇《徐兴传》,第9503页。

宣祖，左右太祖，以材力称，进备执御。"[1]

以上所载仅为《宋史》诸传所载赵匡胤帐下亲校，颇不完备，且未及殿前司诸军将校，但也由此可见赵匡胤帐下军力之强悍，成为其篡周开国的可靠保证。

赵匡胤作为一员武将，行军统兵，冲锋陷阵，本是其当行本色，但与当时其他将帅不同，他对文士也颇为礼重，故其幕府中才俊汇集，皆乐为之用。显德三年（956），赵匡胤升任殿前都指挥使、拜节度使以后，方有资格开府，拥有幕僚。幕僚也称幕宾，明代《醒世恒言》卷三二《黄秀才徼灵玉马坠》中说到唐代中期荆南节度使刘守道聘任扬州秀才黄损为幕僚时，曾对幕僚做了专门的解释：但凡幕府军民事冗，要人商议，况一应章奏及书札，亦须要个代笔，必得才智兼全之士，方称其职，厚其礼币，奉为上宾，所以谓之幕宾，又谓之书记。有官职者，则谓之记室参军。五代时的情况也大体类似，幕僚的主要作用一是代写奏章、书信，二是出谋划策。因此，在武将权位甚重的五代时期，幕僚们在当时政治、军事上起着不可替代的作用。而赵匡胤能在短短数年间，从一名低级军官擢升为殿前都点检，虽然其中主要因素在于其与天子的亲近关系，但其幕僚在幕后的运筹帷幄也起着莫大之作用。

说起赵匡胤的幕僚，当然以赵普最为知名了。

赵普字则平，幽州蓟（今天津蓟州）人。对于赵普与赵匡胤的君臣"风云际会"，在宋人野史笔记中多有渲染，颇富传奇色彩，其中为最者当数南宋初王铚《默记》和王明清《挥麈后录》的相关记载：

---

[1] 《宋史》卷二八〇《李琪传》，第9509页。

第三章　陈桥兵变，黄袍加身

当年周世宗初征淮南，赵匡胤领兵数千进攻滁州城外清流关南唐守军受挫，听说附近村庄中有一位在村中教学的赵学究，镇州（今河北正定）人，"多智计"，故前往拜访问策，那赵学究献计由山背小径绕至关后，斩城关而入，可以成功。赵匡胤依计而行，果然击败南唐兵马，生擒唐将皇甫晖、姚凤，攻占了滁州城。并特别指明那赵学究即赵普，其与赵匡胤的君臣风云际会即始于此。[1]但是据《资治通鉴》《宋史·赵普传》及宋太宗御撰的《赵普神道碑》等文献记载可知，赵普年轻时就入藩镇幕府，"周显德初，永兴军节度刘词辟为从事，词卒，遗表荐普于朝。世宗用兵淮上，太祖拔滁州，宰相范质奏普为军事判官"。即赵普任滁州军事判官以后，方在滁州与赵匡胤相识。"太祖尝与语，奇之。时获盗百余，当弃市，普疑有无辜者，启太祖讯鞫之，获全活者众"。赵匡胤由此甚为赏识赵普的才干。待后周军撤离滁州，赵普改任渭州军事判官。是年十月，赵匡胤拜同州节度使，开幕府。由于此前"宣祖卧疾滁州，普朝夕奉药饵，宣祖由是待以宗分"，即将同姓之赵普视作自家人，故赵匡胤辟任赵普为节度推官。[2]赵普由此进入赵匡胤幕府，成为赵匡胤最重要的谋士，是年三十五岁。

赵匡胤的幕僚，除赵普外，还有多人。在赵普之前进入赵匡胤幕府的有楚昭辅、王仁赡等，与赵普时间相近的有吕余庆、沈义伦等，在赵普之后的有刘熙古、李处耘等人。现据《宋史》等史籍，对赵普之外的赵匡胤幕僚做一简要介绍：

1　《默记》卷上，第3页。按：对于赵匡胤与赵普初次相见，宋人笔记中还有其他传奇说法。如《孙公谈圃》卷上（第141页）称赵普曾在汴京赵匡胤家中为学究；（宋）文莹《续湘山野录》（中华书局1984年版，第76页）称赵匡胤、赵匡义兄弟早年尝与赵普同游长安时，在酒家中遇见陈抟等。皆属传奇，而非史实。
2　《宋史》卷二五六《赵普传》，第8931页。

楚昭辅、王仁赡与赵普一样，在进入赵匡胤幕府之前，皆在大将刘词的麾下。刘词较注意搜罗人才充实幕府，楚昭辅、王仁赡都很早进入其幕府。楚昭辅字拱辰，宋州宋城（今河南商丘）人。"少事华帅刘词。词卒，事太祖，隶麾下，以才干称，甚信任之。"其初"词卒，昭辅来京师，问卜于瞽者刘悟。悟为筮卦，曰：'汝遇贵人，见奇表丰下者即汝主也，宜谨事之，汝当贵矣。'及见太祖，状貌如悟言，遂委质焉"。[1] 王仁赡，唐州方城（今属河南）人，"少倜傥，不事生产，委质刺史刘词。词迁永兴节度，署为牙校。词将卒，遗表荐仁赡材可用。太祖素知其名，请于世宗，以隶帐下"。[2] 王仁赡进入赵匡胤幕府，大概出于楚昭辅的荐引。是年，楚昭辅四十二岁，王仁赡四十岁。

吕余庆，本名胤，后因避宋太祖赵匡胤名讳，故以字行，幽州安次（今河北廊坊）人。吕余庆之父曾任后晋兵部侍郎，故吕余庆以父荫补官，历任后晋、后汉、后周之开封府参军、忠武军节度推官、濮州录事参军等职。赵匡胤为同州节度使，"闻余庆有材，奏为从事"。周世宗问曰："得非尝为濮州纠曹者乎？"因为"世宗尝镇澶渊，濮为属郡，故知其为人也"，即授其为定国军掌书记。"太祖历滑、许、宋三镇，余庆并为宾佐。"[3]

今人论述赵匡胤的幕僚，一般皆以赵普为首，但其实不然。五代时，节度使众幕僚的排名，大体以节度判官、掌书记、都押衙等为序。[4]

1　《宋史》卷二五七《楚昭辅传》，第8959—8960页。
2　《宋史》卷二五七《王仁赡传》，第8956页。
3　《宋史》卷二六三《吕余庆传》，第9098—9099页。
4　如《旧五代史》卷四五《闵帝纪》（第706页）长兴四年十二月，述及天雄军节度使属下，即以节度判官唐汭、掌书记赵彖、都押衙宋令询为序；卷一〇三《隐帝纪下》（第1604页）乾祐三年十二月，述及陕州节度使属下，以节度判官路涛、掌书记张洞、都押衙杨绍勍为序。

因此，在赵匡胤幕府中，起初当以掌书记吕余庆为谋主，[1]至显德六年（959）中赵匡胤改任宋州（归德军）节度使之后，方"表（赵普）为掌书记"。[2]不过于排名上，仍以节度判官为首，时节度判官为刘熙古。[3]但由于与赵家存在着特殊关系，深得赵匡胤信任的赵普，最终替代吕余庆成为谋主。

沈义伦字顺宜，后为避宋太宗之讳，改称沈伦，开封太康（今属河南）人。少习三礼，讲学自给，并曾为后汉将领白文珂幕僚。显德初，赵匡胤拜同州节度使，"宣徽使昝居润与伦厚善，荐于太祖，留幕府。太祖继领滑、许、宋三镇，皆署从事，掌留使财货，以廉闻"。[4]

李处耘字正元，潞州上党（今山西长治）人。其后汉时初从将军折从阮，后周显德初年为节度使李继勋属下，"太祖时领殿前亲军，继勋罢镇，世宗以处耘隶太祖帐下，补都押衙"，[5]深得赵匡胤信任。

刘熙古字义淳，宋州宁陵（今属河南）人。后唐长兴年间进士及第，好武知兵，善骑射。历仕五代唐、晋、汉、周诸朝，显德末年，赵匡胤任宋州节度使，召其为节度判官。其"兼通阴阳象纬之术"，尝编集"古今事迹"为《历代纪要》五十卷。[6]在赵匡胤幕府中，唯有刘熙古为进士出身。

五代乱世，武人当政，但他们不知如何治国，于是搜罗了许多文

---

1 《宋史》卷二六三《吕余庆传》（第9099页）："自太祖继领藩镇，余庆为元僚。"
2 《宋史》卷二五六《赵普传》，第8931页。
3 如《长编》卷 建隆元年正月壬戌条（第7—8页）载陈桥兵变后数日，赵匡胤擢任旧日幕僚以赏功，其序为："归德节度判官宁陵刘熙古为左谏议大夫，掌书记赵普为右谏议大夫、枢密直学士，宋、亳观察判官安次吕余庆为给事中、端明殿学士，摄观察推官太康沈义伦为户部郎中。"
4 《宋史》卷二六四《沈伦传》，第9112—9113页。
5 《宋史》卷二五七《李处耘传》，第8961页。
6 《宋史》卷二六三《刘熙古传》，第9100页。

人谋士作为幕僚,为其出谋划策,其中起主要作用的称谋主。此类谋主,一旦其所服务的藩帅登上帝位,则大都成为中枢重臣,执掌朝政。如后唐庄宗李嗣源的谋主安重诲、后晋高祖石敬瑭的谋主桑维翰等皆是。故当时幕府诸谋士也乐为藩帅效命。经过数年精心罗致贤能,赵匡胤幕府中人才济济,或长于吏干,或优于理财,或善于兵戎筹谋,而如赵普更为其中谋略高手。故宋人王铚即誉赵匡胤在赵普襄助下"历试于周,功业自此而成,王业自此而始"。[1]

赵匡胤得以上台攘夺后周政权,实得益于其幕府、义社兄弟等文武团队的全力扶持。

二、陈桥兵变

由于周恭帝幼年继位,君幼臣强,人心猜疑,政局不稳,故自军中逐渐传出密谋推戴赵匡胤为天子的"谣言"。

五代时期的武将,一旦掌握中央军权,往往萌生篡位野心。升拜殿前都点检的赵匡胤,统率着数万人马的禁军精锐殿前诸军,文有赵普等一班幕府谋士,武有义社十兄弟等虎狼战将相助,且其在跟随周世宗南北转战中屡立战功,故在军中威望骤然上升。但由于周世宗"御军号令严明,人莫敢犯",且"又勤于为治","发奸摘伏,聪察如神",[2]并有"性刚而锐敏,智略过人"[3]的枢密使王朴辅佐,故而赵匡胤小心谨慎,不敢妄为。

王朴字文伯,东平(今属山东)人。后汉乾祐中擢进士第。后周

---

1 《默记》卷上,第2—3页。
2 《资治通鉴》卷二九四后周显德六年六月,第9602页。
3 《资治通鉴》卷二九四后周显德六年二月,第9595页。

初年,柴荣镇澶渊,王朴为记室。待柴荣为开封尹,王朴拜右拾遗,充开封府推官。至柴荣继位为天子,王朴授比部郎中,不久知开封府事,拜枢密副使,升枢密使。显德六年(959)三月,"世宗令树斗门于汴口,不逾时而归朝。是日,朴方过前司空李谷之第,交谈之顷,疾作而仆于座,遽以肩舆归第,是夕而卒,时年四十五。世宗闻之骇愕,即时幸其第,及柩前,以所执玉钺卓地而恸者数四",对王朴英年早逝痛惜不已。王朴"性敏锐,然伤于太刚,每稠人广座之中,正色高谈,无敢触其锋者",[1] 后周大臣、藩镇包括赵匡胤在内皆对其甚为忌惮。当时周世宗累年出征,皆以王朴留守京城,极得信任。王铚《默记》卷上尝记云:

> 王朴仕周为枢密使。五代自朱梁以用武得天下,政事皆归枢密院,至今谓之二府。当时宰相但行文书而已,况朴之得君哉!所以世宗才四年间,取淮南,下三关,所向成功。

又曰:

> 王朴仕周世宗,制礼作乐,考定声律,正星历,修《刑统》,百废俱起。又取三关,收淮南,皆朴为谋。然事世宗才四年耳,使假之寿考,安可量也?尝自谓"朴在则周朝在",非过论也。王禹偁记朴在密院,太祖时为殿前点检。一日,有殿直冲节者,诉于密院。朴曰:"殿直虽官小,然与太尉

---

[1] 《旧五代史》卷一二八《王朴传》,第1953—1956页。

比肩事主,且太尉方典禁兵,不宜如此。"太祖耸然而出。又周世宗于禁中作功臣阁,画当时大臣如李谷、郑仁诲与朴之属。太祖即位,一日过功臣阁,风开半门,正与朴像相对。太祖望见,却立耸然,整御袍襟领,磬折鞠躬顶礼乃过。左右曰:"陛下贵为天子,彼前朝之臣,礼何过也?"太祖以手指御袍云:"此人若在,朕不得此袍着。"其敬畏如此。[1]

上文所云王禹偁记王朴在枢密院事,见载于《五代史阙文》:

> 周显德中,朴与魏仁浦俱为枢密使。时太祖皇帝(赵匡胤)已掌禁兵,一日,有殿直乘马误冲太祖道从,太祖自诣密地,诉其无礼。仁浦令宣徽院勘诘,朴谓太祖曰:"太尉(原注:时太祖检校太尉。)名位虽高,未加使相。殿直,廷臣也,与太尉比肩事主。太尉况带军职,不宜如此。"太祖唯唯而出。

王禹偁并曰:"太祖、太宗在位,每称朴有公辅之器,朝列具闻。"[2] 由此,在周世宗、王朴生前,赵匡胤实不敢起非分之想;只是在张永德被罢免殿前都点检之前,作为张永德的干将,而参与同李重进集团的争斗。但至此,英武的天子和"智略过人"的辅佐之臣先后谢世,赵匡胤的野心乘时萌动,欲借此时"主少国疑"、人心浮动之机夺取后周政权。自唐代覆灭以来,五代各政权的更替如同走马灯,在短短五十三年中,

---

[1] 《默记》卷上,第3页、第7—8页。按:《默记》称"朴在密院,太祖时为殿前点检"者,误。
[2] (宋)王禹偁:《五代史阙文·王朴》,杭州出版社2004年《五代史书汇编》本,第2459—2460页。按:使相,指以节度使兼同中书门下平章事,为当时高级武将之荣誉官衔。

先后换了十四位君主，历来至高无上、神圣不容侵犯的皇权，一变而成了有兵权、有实力的武人可以随意攘夺之物。在权力递嬗中，禁军将士起着决定性的作用，并由此获得大量财物等赏赐。同时，五代乱世，礼义沦丧，君臣关系乃以利益为维系的纽带，利合则为君臣，利分即成仇敌。因此，禁军将士颇为喜欢拥立新天子，以获取更大利益。当时，统治天下的皇帝由英武的周世宗换成年幼无知的周恭帝，不甘寂寞的禁军将士自然萌生出效法其前辈贩卖天子的念头，加上别有居心者从中积极活动，使得局面逐渐失控，朝着赵匡胤集团中人所冀望的方向发展。

当时实掌侍卫、殿前二司禁军权柄的是韩通、赵匡胤两人，且"军政多决于通"，但韩通"性刚愎，颇肆威虐，众情不附"，[1] 且处事"刚愎无谋，时人谓之韩瞠眼"。[2] 赵匡胤反其道而行之，积极活动，于是人心归向也就可推知了：

> 太祖自殿前都虞候再迁都点检，掌军政凡六年，士卒服其恩威，数从世宗征伐，洊立大功，人望固已归之。于是，主少国疑，中外始有推戴之议。[3]

其间虽不无宋人归美夸饰之嫌，但确非无根之言。如赵匡胤"幼时从其肄业"的辛文悦，当"太祖（赵匡胤）历禁卫为殿前都点检，节制方面。文悦久不获接见，一日，梦邀车驾请见，既拜，乃太祖也。太

---

1 《长编》卷一建隆元年正月戊申条，第6页。
2 《涑水记闻》卷一，第2页。
3 《长编》卷一建隆元年正月辛丑条，第1页。

祖亦梦其来谒,因令左右寻访,文悦果自至,太祖异之"。[1] 去除其中神异怪诞的成分,此条史料也充分证明了赵匡胤为创大业而竭力招揽各色人才,因而产生了"中外始有推戴之意"的理想局面。

但赵匡胤等人的异图,引起了一些官员的警惕。虽然有人明哲保身而观望不语,如"周室近亲"曹彬"中立不倚"[2],但还是有官员挺身而出。如殿中侍御史郑起见赵匡胤"握禁兵,有人望",即上书宰相范质"极言其事。又尝遇太祖于路,横绝前导而过"[3],但并未为范质等人所重视。对此,宋初以特立独行著名的诗人王禹偁于《五哀诗》中颇为感慨地评价道:"太祖(赵匡胤)方历试,握兵权已重。上书范鲁公(范质入宋后封鲁国公),先见不能用。历数不在周,讴谣(指'点检作天子'之谶言)卒归宋。"故王禹偁称誉郑起的学问、文采颇得世人钦佩:"柱史有名迹,清才自天纵。构思庆云合,落笔醴泉涌。歌诗与文赋,铮铮人口讽。扬袂入泽宫,鹄心一箭中。"也正因为此,郑起遭到了阴谋者的忌恨,而郑起又有恃才傲物之短:"恃才善戏谑,负气好侮弄。大志有谁知,细行乖自讼。"所以宋朝建立后,郑起一直受到朝廷压制:"晚求万泉令,吏隐官资冗",且"无子嗣家声",而"一旦随晚露,识者弥哀痛",虽"文编多散失,人口时传颂"。[4] 与王禹偁所称誉者不同,以宋初官修《太祖实录》为依据撰成的李焘《长编》却指责郑起"轻俊无检操"。[5] 此似也可说明郑起的上书对赵匡胤"大业"

---

1 《宋史》卷四三一《辛文悦传》,第12820页。
2 《宋史》卷二五八《曹彬传》,第8978页。
3 《宋史》卷四三九《郑起传》,第13011页。
4 (宋)王禹偁:《小畜集》卷四《五哀诗·故殿中侍御史荥阳郑公起》,上海商务印书馆《四部丛刊初编》本。
5 《长编》卷四乾德元年十二月己亥条,第111页。

的威胁程度。

在郑起上书宰相的同时,韩通之子亦察觉了赵匡胤的篡位企图:"其子颇有智略,幼病伛,人目为'橐驼儿',见太祖(赵匡胤)有人望,常劝通早为之所,通不听。后太祖幸开宝寺,见通及其子画像于壁,遽命去之。"[1] 可证赵匡胤对韩通父子的忌惮。

对于赵匡胤的篡位传言,刚愎自用而又志大才疏的一介武夫韩通,以为赵匡胤资望尚浅,且自己控御着京城内外禁军大权,遂不以为意,尚可理解;但是肩负周世宗临终重托的范质等三位宰相,也未对此加以防范,甚至没有给予足够的重视,未免令人奇怪了。因事涉敏感,宋代史料中对此一无记载,故今日已难知其确实原因。不过,史书上明言范质、王溥和魏仁浦三人以"廉慎守法"著称,所以不至于对此全无知觉,从事后的结果来推测,这大概还是因为这三位宰相的才干是守成有余而应变不足,从而造成这一让人颇感疑惑的局面。由此可见当初范质违背周世宗拜翰林学士王著为宰相的遗命所带来之恶果,而且当时"南唐李景使其子从善来贡,会恭帝嗣位,命(王)著伴送至睢阳,加金部郎中、知制诰,赐金紫。世宗灵驾赴庆陵,符后从行,

---

[1] 《宋史》卷四八四《周三臣·韩通传》,第 13970 页。按:《长编》卷一建隆元年正月戊申条(第 6 页)称韩通之子"微有智略,幼病伛,时号韩橐驼"。能先事而察知隐微,李焘却不屑地称作"微有智略",显然有为赵宋开国天子贴金之嫌。

公务悉资于著"，[1]显然这是宰相范质等有意借故将王著支出京城，从而使其远离中枢。因此，当"点检作天子"的谣传再次出现，而且赵匡胤诸人行为异常之时，"廉慎守法"的宰相们却不敢效法周世宗：一则当初英武的周世宗以疑似之罪名罢去殿前都点检张永德的军权，已引起军中将士不小猜疑，因此出身文人（文吏）的三位宰相当此危局，也实在不敢仅凭这些疑似理由，来采取断然措施以阻遏还处于萌芽状态的事变发展，从而冒激怒强将悍卒而致局面不可收拾的风险；二则"点检作天子"谶言的初次出现，实是禁军将领为打击政敌而制造并加以流传的，所以当这一谶言第二次自军中传出时，人们同样会将其视为军中大将之间为争夺权力而诬陷、攻讦政敌的产物，因此这一谶言虽然扰乱了人心，但辅佐幼主的大臣们却并不太以为然。因为五代时期凭枪杆子夺得天下的武夫，如后唐明宗李嗣源、后晋高祖石敬瑭、后周太祖郭威等，都有着"一人之下、万人之上"的地位和声望，而这是赵匡胤所远远未能及者。当时赵匡胤虽说贵为殿前都点检，但军中地位、声望在其之上的将官有张永德、李重进、韩通等人，就

---

[1]《宋史》卷二六九《王著传》，第9241页。按：对于范质未能察觉、阻止赵匡胤的篡位行动，王育济《世宗遗命的匿废和陈桥兵变》（载《史学月刊》1994年第1期）以为范质伙同赵匡胤匿废了周世宗以王著为宰相的遗命，并求赵匡胤"慎勿泄此"，故而受制于赵匡胤，而赵匡胤由此"取得了以范质为首的后周中枢机构的认同、支持、庇护。故陈桥兵变以前所有有关警惕赵匡胤篡周的意见均被蛮横压制；而同时赵匡胤却迅速地通过中枢机构的任命，排除了在京禁军中的政敌，控制了兵权"，从而顺利发动陈桥兵变。王文此说颇可商榷。《长编》卷五乾德二年九月辛丑条（第133页）称范质"以廉介自持，好面折人，不能容人之短"。而宋太祖、太宗对由周入宋之宰相范质评价甚高：太祖"后因讲求辅弼，谓左右曰：'朕闻范质居第之外，不植资产，真宰相也。'太宗亦素重质，尝对近臣称累朝宰相，以为循规矩、重名器、持廉节，无出质之右者，其所不足，但欠世宗一死耳"。《宋史》卷二四九《范质传》所载大体相同。而据《宋史》卷二六九《陶谷传》称"太祖将受禅，未有禅文，谷在旁，出诸怀中而进之曰：'已成矣。'太祖甚薄之"。若范质亦有卖主行为，宋太祖兄弟则不可能仍有称誉如此之评价。

连慕容延钊和韩令坤在军中的资历也较赵匡胤为深。同时在兵马实力方面,殿前司虽有数万精锐在京城,但仍少于韩通掌握的侍卫司许多,而且按照周世宗生前的布置,调动京城各军之权归于韩通。此外,驻扎扬州以防备南唐的李重进、驻扎河北以防备契丹的韩令坤、驻扎潞州以防备北汉的昭义军节度使李筠等大将麾下都拥有很强的军力,并且二李对赵匡胤的态度颇不友好。因此,赵匡胤要在京城内发动改朝换代的兵变大为不易。

如何才能将参与兵变的军队调出京城?这对曾经亲身经历了周太祖郭威发动"澶渊兵变",然后杀回京城夺取后汉政权这一事变的赵匡胤来说,大概不算难事:翻版郭威当年做法便可,只是时间、地点有所差异而已。

后周显德七年(960)正月一日,当"文武百僚进名奉贺",即后周君臣在宫中庆贺新年之际,镇州(今河北正定)和定州(今属河北)两地长官忽然遣人入京飞报契丹南下入侵,北汉兵马"自土门东下,与蕃寇(契丹)合势"。[1] 后周符太后和宰相范质等大臣于仓促之中急命殿前都点检赵匡胤统领三军将士北上御敌,由此拉开了陈桥兵变、黄袍加身的序幕。

对于陈桥兵变的发生,元代之后,世人大都指出兵变乃是赵匡胤、赵普等事先策划、精心布置的结果,但宋人却几乎异口同声地声称是出自"天命"所归,宋太祖赵匡胤完全是被动地接受"黄袍加身"。这一说法,实定调于宋太宗,即所谓"太祖受命之际,固非谋虑所及……太祖尽力周室,中外所知,及登大宝,非有意也"。[2] 由于契丹、

---
[1] 《旧五代史》卷一二〇《周书十一·恭帝纪》,第1853页。
[2] 《长编》卷三五淳化五年四月癸未条,第777页。

北汉合兵南侵的消息，是后周朝廷同意赵匡胤统大军出京城、北上御敌，使其得以顺利发动兵变的关键所在，因此，契丹、北汉合兵南下消息的真伪，也就成为证实兵变是否预谋的重要证据之一。

五代前期，北方契丹兵马已屡屡南下掳掠，待占据了后晋石敬瑭所献的战略要地燕云十六州以后，中原王朝所受的威胁更为严重。当中原政局有变之际，契丹往往南侵争利。此时幼主继位，皇太后符氏听政，当此"主少国疑"之际，不忿前败的北汉、契丹再次联兵入侵，确实甚有可能。况且在新年元日上下欢庆之际，忽然接获强敌乘隙南侵的消息，任是处事持重的宰相范质也不免失措，铸成大错。而从范质获知陈桥兵变消息时，对另一宰相王溥悔恨之言"仓卒遣将，吾辈之罪也"[1]上看，其当已晓知契丹、北汉南侵一事为虚。

对于此次北汉和契丹联军突然而恰到好处的南侵，宋朝君臣自然是一口咬定确有此事，为坐实当时确有"北兵"南侵，宋人还于史书中特意记上契丹、北汉随后退兵一节。如《长编》于是年正月末载"镇州言契丹与北汉兵皆遁去"；《宋史·太祖纪》也载是月己巳，"镇州郭崇报契丹与北汉军皆遁"。[2]《宋史·北汉刘氏世家》更是明确指出，显德六年冬，北汉主刘钧"结契丹侵周。明年正月，周恭帝命太祖北征，至陈桥驿，众推戴太祖即位。钧与契丹兵皆遁去"。[3]此一举动太令人意外了。一般而言，敌方将士发动兵变，江山易代，政局不稳，正是出兵夺取中原政权的良机，但契丹、北汉联军竟然在听说中原政

---

1 《长编》卷一建隆元年正月甲辰条，第3页。
2 《长编》卷一建隆元年正月己巳条，第8页；《宋史》卷一《太祖纪一》，第5页。
3 《宋史》卷四八二《北汉刘氏世家》，第13934页。按：王称《东都事略》卷一二三《附录一》所载尤其夸张："（显德）七年，（契丹）与河东连兵寇镇、定，恭帝命我太祖北征，俄闻太祖即位，惊曰：'中国有英主矣！'于是遁去。"

权发生改朝换代的内乱之际,不战而遁,实在不合逻辑。而且,从五代、宋初南北作战情况来看,若有契丹、北汉军队南侵,而需"南朝"派遣统军大将率禁军自京城北上抵御,则"北兵"规模当属不小,从而会在辽方文献中留下记录。但遍阅《辽史》及相关文献,完全未见此时辽军会合北汉兵马南下的记载。反而《辽史·萧思温传》记载当后周军北上攻占三关时,"京畿人皆震骇,往往遁入西山",待"闻周丧,燕民始安"。[1] 揆之常理,是时辽人兵败之余,群情震恐,当无力于当年即大规模发兵南下,更何况当时辽穆宗并无南侵的意愿。可见此则来自河北前线的敌军南侵情报,实出于别有用心者的作假,其目的即为了"黄袍加身"这一幕能够顺利上演。

但此道假奏章为何人所为,史书无载,仅《宋史·太祖纪》曾称"镇州郭崇报契丹与北汉军皆遁"。据吴廷燮《北宋经抚年表》卷一,是时镇州守臣为成德节度使郭崇,定州守臣为义武节度使孙行友。[2]

孙行友,莫州清苑(今属河北保定)人。当五代战乱、契丹不断南侵之际,孙行友聚兵盘踞一方,根据时局变化,或南归后晋、后汉,或北附契丹。后周时,拜为定州节度使。显德六年(959),周世宗北征契丹时,孙行友"攻下契丹之易州,擒其刺史李在钦以献。宋初,加同平章事"。建隆二年(961),因行事不妥,被太祖勒令"赴阙"而削职。[3]

郭崇,应州金城(今山西应县)人,为郭威的亲信将佐,"重厚寡言,有方略",自拜使相。周世宗初,移成德军节度使,镇守镇州。

---

1 (元)脱脱等:《辽史》卷七八《萧思温传》,中华书局1974年版,第1267页。
2 吴廷燮:《北宋经抚年表》卷一,中华书局1984年版,第31页、第33页。
3 《宋史》卷二五三《孙行友传》,第8872—8873页。

周恭帝即位,加检校太师。宋初,加兼中书令。郭崇"追感周室恩遇,时复泣下",监军陈思晦密有所奏,太祖"遣人觇之",无他,遂已。"未几来朝",改平卢节度使。[1]

从《宋史》本传上看不出两人与谎奏契丹、北汉南侵之事有何干系,两人于建隆元年加官,也属新朝初立、普施恩惠以结人心之举,当时各地节镇大都加官晋爵,并非是两人对建立新朝有何功德而特加赏赐。同时,孙行友反复南北,所谓"持两端以取将相"者,[2] 郭崇入宋后还"追感周室恩遇",故此等机密事实不可能让其参与其中,上述"镇、定二州"之假奏章当非郭、孙二人所为。

二日,赵匡胤升帅帐调兵遣将:调侍卫亲军马军都指挥使高怀德、侍卫亲军步军都指挥使张令铎和侍卫亲军步军司虎捷左厢、右厢都指挥使张光翰、赵彦徽率部随自己出征,而留下殿前都指挥使石守信、殿前都虞候王审琦率兵协助韩通镇守京城,并派遣殿前副都点检慕容延钊领前军先行北上。从表面上看,赵匡胤如此调遣部队甚为合理,殿前司和侍卫马、步军都是部分将士出征,部分守城,既是劳逸均沾,又便于相互牵制,正忧愁"主少国疑"的符太后、范质、韩通等人,对这后一点应是颇为满意的。但赵匡胤如此安排,实在别有深意。因为张令铎是出名的仁厚人,张光翰、赵彦徽素与赵匡胤关系密切,故随从出征的侍卫亲军步军就基本为赵匡胤所控制,而高怀德亦与赵匡胤交情不浅,纵然他或马军将士有二心,但处在随从赵匡胤出征的殿前司精锐与侍卫司步军的挟制下,也难以有所作为,况且马军中还有部分中下级军校已归心于赵匡胤。虽说留守京城的韩通仍掌握着京城

---

[1] 《宋史》卷三五五《郭崇传》,第 8901—8903 页。
[2] 《宋史》卷二五三"论曰",第 8875 页。

军权,但侍卫司大军已分在数处,李重进率一支兵马驻扎扬州,韩令坤领一支精兵巡守河北沿边,另有部分军马随从赵匡胤出征,所以留守京城的侍卫司人马已不多了,而且赵匡胤还特命石守信、王审琦率领一支殿前司精兵留在京城内,而石、王二人在非常状况下是不可能听从韩通调遣、指挥的。此外,作为殿前副都点检的慕容延钊,军中资历深于赵匡胤,赵匡胤以兄长之礼待之,让他处身其中终究不妥,所以赵匡胤派遣他领前军先行出发。

是日,京城内外盛传兵变即将发生,"将以出军之日策点检为天子"。[1] 当年周太祖郭威率领兵变将士进入京城时,为争取诸军全力支持,同意于"克京城,听旬日剽掠",[2] 诸军入城后纵兵大掠一夜以后方被制止,京城百姓财产损失极其惨重。故至此,流言一出,满城惊疑,下自市民,上至官宦人家,争相出城逃避。直至次日大军出城,"军纪严甚,众心稍安"。[3]

据宋人称,当时这已满城风雨的策立"点检为天子"流言,内宫及范质等数人皆懵懂不知。[4] 此说恐有不然。因为若大臣们有意阻隔宫外消息,符太后和小皇帝确实可能不知晓,但要说连职掌中枢军政机要的将相范质、韩通也被瞒过,恐怕很难。据北宋王巩《闻见近录》说,赵匡胤"将北征,过韩通饮,通子欲弑之,通力止乃已"。[5] 即赵匡胤于出征前,依礼前往镇守京城的韩通府上辞行,韩橐驼再次力劝韩通

---

1 《长编》卷一建隆元年正月壬寅条,第1页。
2 《资治通鉴》卷二八九后汉乾祐三年十一月,第9435页。
3 《长编》卷一建隆元年正月癸卯条,第1页。
4 如《涑水记闻》卷一(第4页)称"独宫中不之知",《长编》卷一建隆元年正月壬寅条(第1页)称"惟内庭晏然不知"。
5 《闻见近录》,第5页。

乘机于酒宴中除掉赵匡胤，但为韩通所阻止。可证韩通不会至此仍不知策立"点检作天子"的流言，也不可能不将如此重要情况告知宰相。因此，推测范质、韩通等人未采取断然措施以消弭灾祸的原因，大概有二。其一，当年后汉隐帝就因莽撞出手，处死朝中无罪大臣，结果激怒统军在外的大将郭威发动兵变，从而丢失了后汉天下。如若现在因有流言而匆忙处死统兵大将，一旦激起事变，后患无穷。而且在情况还不明了之时，断然采取措施与莽撞行事之间不过一纸之隔，这使得范质等人实在难下决断。其二，当时赵匡胤"功业日隆，而谦下愈甚"，人望所归，故"老将大校多归心者"，朝中大臣也多与其相交，连宰相魏仁浦、王溥也与之私下交结。"太祖（赵匡胤）在潜邸，昭宪太后（赵匡胤母杜氏）尝至（魏）仁浦第，（其子）咸信方幼，侍母侧，俨如成人。太后奇之，欲结姻好。"而"宰相王溥亦阴效诚款"，当时"惟范质忠于周室，初无所附"。[1] 因此，即使"忠于周室，初无所附"的范质与韩通欲采取断然措施，亦必将遭到多方牵制，而错失时机。结果，就在范质、韩通犹豫不决之际，赵匡胤利用了现成的"点检作天子"谶言以影响军民"归向"，成功发动了兵变。

不过，这纷纷扬扬的传言，还是给当事人带来了莫大惊慌。司马光《涑水记闻》等宋人笔记野史记载有这样一个小插曲：赵匡胤得知"点检作天子"谶言已在京城广为传布时，其第一反应是"惧"，立即回家密告家人曰："外间汹汹若此，将若之何？"其"姊或云即魏国长公主，面如铁色，方在厨，引面杖逐太祖（赵匡胤）击之"，并喝道："大丈夫临大事，可否当自决胸怀，乃来家间恐怖妇女何为邪！"赵匡胤

---

[1] 《龙川别志》卷上，第71页；《宋史》卷二四九《魏咸信传》，第8805页。

"默然而出"。[1]据《宋史·后妃传上》，赵匡胤有同母之妹二人，即燕国、陈国二长公主。又据《宋史·公主传》，燕国长公主为"太祖同母妹"，而其陈国长公主"未笄而夭"。可知此处称"太祖姊"者显然错误。而《锦绣万花谷》前集卷一六引《涑水记闻》乃作"太祖娣魏国长公主"。[2]《说文》曰："娣，女弟也。"然北宋丁度等所撰《集韵》释曰："娣，女弟。一曰母之女弟。"[3]前文曾介绍，赵匡胤母杜氏有二妹，一妹嫁邢州人刘迁，刘迁于后晋天福末为凤翔帐前军使，改授滑州奉国军校，早卒。此刘氏妹与赵家关系颇为密切，入宋后被封为京兆郡太君、京兆郡太夫人。由于赵匡胤已官拜殿前都点检，虽此时事属非常，但燕国长公主以妹对兄之态度如此激烈，似也不太可能，而且燕国长公主未曾封或追封"魏国"，故此处"引面杖逐"赵匡胤而"击之"者，疑当属赵匡胤母之女弟（娣），即寄寓于赵家的孀妇刘氏妹，野史笔记中称之为"魏国长公主"者当属传误。然无论是谁，这一"大丈夫临大事，可否当自决胸怀"之语，可谓掷地有声，虎虎生色，显示出将家无弱女的本色。同时，这则记载也说明，今有研究者认为赵匡胤为夺取政权而制造舆论，派人到处散布"将以出军之日，策点检为天子"，这一说法是不正确的。诚然，赵匡胤及其谋士赵普等人确实在利用这现成的"点检作天子"谶言为自己篡位夺权做舆论准备，游说煽动三军将士，使得本来就惯于拥立天子以谋私利的禁军将士一时胆气颇壮，欲故伎重演，再来一幕"新桃换旧符"的闹剧。但赵匡胤绝对不愿将其一手策划的、欲实现"黄袍加身"的重大政治阴谋，

---

1 《涑水记闻》卷一，第4页。
2 （宋）佚名：《锦绣万花谷》前集卷一六，上海古籍出版社《文渊阁四库全书》本。
3 （宋）丁度等：《集韵》卷七《霁第十二》，上海古籍出版社《文渊阁四库全书》本。

变成一场路人皆知的"阳谋",这实在太过儿戏。所幸这自军中密谋者辗转流传到社会上的"预言",并未引起应变之才不足的范质、韩通等人特别警惕,故范、韩等人也未采取任何防范措施,只是让神经紧张的赵匡胤虚惊了一场。

三日,赵匡胤率数万大军自爱景门出京城,车骑肃然,北上御敌。宣徽南院使昝居润奉命于郊外设宴践行,[1] 文武大臣们纷沓前来送行,"为一时之盛"。[2] 据载当时"群公祖道于芳林园,既授绥,(翰林学士)承旨陶谷牵衣留恋,坚欲致拜,上再三避,谷曰:'且先受取两拜,回来难为揖酢也。'"[3] 袁文《瓮牖闲评》也有相同记载,并评论道:"则此事当时已知之矣,万一别有变,将如之何,何不谨密如此?"[4] 不过还是有惊无险,赵匡胤顺利启程了。

从征的殿前散员右第一直散指挥使苗训,"善天文占候之术",在军中颇知名。是日行军途中,其与赵匡胤幕僚谋士楚昭辅搭档,称说天象异常,指示"日下复有一日,黑光久相磨荡",并声称:"此天命也。"[5] 据称楚昭辅也"号知天文"。[6] 中国古代一向以太阳代表帝王,所谓天无二日,国无二君,如今天有两日,且又"黑光久相磨荡",其含义可谓不言自明。既然苗、楚两人在一起议论天文异相于大庭广众间,以宣示"天命"有归,自然颇收预期之效。

1　《东都事略》卷一《太祖本纪》。
2　曾枣庄等主编:《全宋文》卷四四赵普《皇朝龙飞记》,上海辞书出版社、安徽教育出版社2006年版,第3册,第95页。
3　《画墁录》,第207页。
4　(宋)袁文:《瓮牖闲评》卷八,上海古籍出版社1985年版,第78页。
5　《宋史》卷四六一《苗训传》,第13499页;《长编》建隆元年正月癸卯条,第1页。《苗训传》又云:"夕次陈桥,太祖为六师推戴,训皆预白其事。"
6　《宋史》卷四八《天文志一》,第950页。

第三章 陈桥兵变，黄袍加身

当晚，出征将士驻宿于陈桥驿。陈桥驿是当时自京城开封去河北、山东官道上的一个普通驿站，位于开封东北四十里处（今河南封丘东南陈桥镇）。与今日陈桥镇位于黄河北岸不同，当时黄河从郑州往东北方向流去，陈桥驿所在的封丘、长垣、滑县等地都处在大河之南，自陈桥驿向北走百余里路方能抵达黄河岸边。北宋以后，黄河在河南曾改道多次，距今三四百年的一次改道，才把陈桥镇从大河之南"割"到了北岸。[1]

是夜及次晨，乃陈桥兵变酝酿、布置与实施的关键时刻，但因事涉敏感，且当事之人为争功，所以其所记录的文字多有讳避、增饰之处，故此下即据诸文献所载，对三日夜、四日晨之事分别考辨述说之。

《宋史·太祖纪》记载甚略，曰："夜五鼓，军士集驿门，宣言策点检为天子，或止之，众不听。"[2]

《东都事略·太祖本纪》所云稍详："次陈桥驿，军中共议推戴。戊夜，军士聚于驿门，俄而列校毕集曰：'我辈出万死，冒白刃，为国家破敌。天子幼，不如先策点检为天子，然后北伐。'于时太祖以饮饯宣劝至醉，卧阁中不之省。"[3]

作为陈桥兵变主要谋划者的赵普，曾于兵变的当年三月，撰作《皇

1　按：因宋太祖赵匡胤在陈桥驿发动兵变，黄袍加身，陈桥驿遂成"龙兴之地"，故北宋时陈桥驿声名显赫：宋初，改作"班荆馆"，规模宏大，设施周全，成为接待契丹国使、过往官员和举行国宴的场所，而不再仅是一个普通驿站。宋徽宗时，班荆馆又改为"显烈观"，以"显扬祖烈"，成为宋朝皇室及朝廷官员经常举行祭祀、宴请活动的场所。北宋末，显烈观毁于兵火，仅留下一棵老槐树。民间传说赵匡胤宿营陈桥驿时，将坐骑拴于这槐树上，故称"系马槐"。
2　《宋史》卷一《太祖纪一》，第4页。
3　《东都事略》卷一《太祖本纪》。按：戊夜，五更也。《资治通鉴》卷七五胡三省注（第2378页）："甲夜，初夜也。夜有五更，一更为甲夜，二更为乙夜，三更为丙夜，四更为丁夜，五更为戊夜。"

朝龙飞记》,此为宋人最早记载陈桥兵变的文献。《皇朝龙飞记》载:

> 初夜,皇弟匡义为内殿祗侯、供奉官从行,忽来谓余曰:"适人有报,驿门外诸军将士皆喧然聚议,称欲扶策太尉(指赵匡胤)为天子,安有此不祥之事?"遂密令人侦之。未及反,列校等突入余寝所,喧哗言曰:"吾辈犯霜雪,忘性命,盖为国家。今上无君长,功成谁赏我哉?众议今策太尉为天子,则北殄戎虏,亦不为难。"余与皇弟及都押衙李处耘各以逆顺之理晓谕,且折之曰:"强敌寇边,雄师在此,尔等甲兵几何,便欲扶策天子?况太尉一心忠赤,通于神明,若闻此事,必诛杀汝辈,不可草草。"列校等相顾,亦有稍稍引退者。良久复集,挺刃张弓,言词粗暴,皆云:"太尉功德高于天下,我辈营中已有定议。言说出口,岂可退而受祸哉!理在必听也。太尉亲从都来几人,虚受杀伤,岂能当抵万众?"察其情状,顷刻不虞,锋刃交横,势不可遏。皇弟与余同声斥之曰:"尔等本为上无君长,皆欲扶竖天子。事关成败,成则佐命功臣,败则狂迷叛卒。且须稳审,何得便肆喧悖!"遂相率列坐房中聚议。余复谓曰:"比以并寇与犬戎结连侵犯封疆,诸公此行,奉命征讨,今忽萌此大事,北面强敌,使谁支梧?不如退杀戎虏,功成回日,徐图此事。"诸校复曰:"方今主幼,政令多门,若候杀贼回京,已怀疑忌。乘此无备,便入京城,策了官家,我辈方是有主,杀贼未晚。若未扶策,六师亦不肯行。"余白皇弟曰:"国祚废兴,尽关历数,军情如此,无可奈何,全不商量,恐成误失。"于是皇弟及诸校曰:"扶策帝王,更改朝代,虽云天命,切在人

心。此际前军已过黄河，宿将咸居节镇，京城若乱，诸处不惟戎寇交侵，转恐天下多事，新君纵立，后患不轻。不如严戒军兵，勿令剽掠京城。京师不乱，诸道自安。但能全此功勋，可以长久富贵。"诸校等闻劝谕，已各识变通，皆云："只为扶策官家，固非劫夺财物，不令乱闹，管取安宁，上下同心，更无异议。"商量既定，夜至四更，遂差衙队军使郭延赟驰骑入京，告殿前（都）指挥使石守信、殿前都虞候王审琦等言："圣上以难遏军情，即受扶策，去城不远，即便到来。要安众心，免生惊惧。"诸头有置，各有区分。[1]

而李焘《长编》以北宋诸朝实录、国史为根据，"旁采异闻，补实录、正史之阙略，参求真是，破巧说伪辨之纷纭，益以昭明祖宗之丰功盛德"，故其文"错综铨次，皆有依凭"，[2] 其所载兵变前夕之谋划曰：

> 是夕，次陈桥驿，将士相与聚谋曰："主上幼弱，未能亲政。今我辈出死力，为国家破贼，谁则知之，不如先立点检为天子，然后北征，未晚也。"都押衙上党李处耘具以其事白太祖弟匡义。匡义时为内殿祗候、供奉官都知，即与处耘同过归德节度掌书记蓟人赵普，语未竟，诸将突入，称说纷纭，普及匡义各

---

[1] 《全宋文》卷四四赵普《皇朝龙飞记》，第3册，第95—96页。按：《龙飞记》，清馆臣以为是后人托名伪作。此说不然，参见顾宏义：《赵普〈龙飞记〉考略》，载杭州师范大学国学院等编：《徽音永著：徐规教授纪念文集》，华东师范大学出版社2012年版。
[2] 《文献通考》卷一九三《续通鉴长编举要》，第5611—5612页。

以事理逆顺晓譬之,曰:[原注:赵普《飞龙记》(《皇朝龙飞记》)云:"处耘亦同普晓譬诸将。按国史,处耘见军中谋欲推戴,即遽白太宗,与王彦升谋,遂召马仁瑀、李汉超等定议。然则晓譬诸将独普与太宗耳,处耘必不在也。今削去处耘名。"]"太尉忠赤,必不汝赦。"诸将相顾,亦有稍稍引去者。已而复集,露刃大言曰:"军中偶语则族。今已定议,太尉若不从,则我辈亦安肯退而受祸。"普察其势不可遏,与匡义同声叱之曰:"策立,大事也,固宜审图,尔等何得便肆狂悖!"乃各就坐听命。普复谓曰:"外寇压境,将莫谁何,盍先攘却,归始议此?"诸将不可,曰:"方今政出多门,若俟寇退师还,则事变未可知也。但当亟入京城,策立太尉,徐引而北,破贼不难。太尉苟不受策,六军决亦难使向前矣。"普顾匡义曰:"事既无可奈何,政须早为约束。"因语诸将曰:"兴王易姓,虽云天命,实系人心。前军昨已过河,节度使各据方面,京城若乱,不惟外寇愈深,四方必转生变。若能严敕军士,勿令剽劫,都城人心不摇,则四方自然宁谧,诸将亦可长保富贵矣。"皆许诺,乃共部分。夜,遣衙队军使郭延赟驰告殿前都指挥使浚仪石守信、殿前都虞候洛阳王审琦。守信、审琦,皆素归心太祖者也。将士环列待旦。[1]

对勘上述《长编》《龙飞记》相关文字,可知:其一,两书的记载之间存在着明显的渊源关系,即《长编》记载源自《龙飞记》,并对《龙飞记》文字粗鄙处有所修订,使之雅驯。又如《龙飞记》记录

---

[1] 《长编》卷一建隆元年正月癸卯条,第1—3页。

当时兵变诸将声称"太尉亲从都来几人,虚受杀伤,岂能当抵万众",赵普、赵匡义声称"事关成败,成则佐命功臣,败则狂迷叛卒",其中颇有讨价还价的意味,却与日后宋廷宣称的赵匡胤"受禅"乃"应天命、顺人心"之说不合,故为宋朝史臣所不取,《长编》也未加引录。而赵普虽在记文末署称撰于"建隆元年,岁次庚申,三月初十日",但记文中却又在记载大军"师次陈桥驿"时,有"余时年三十九,为归德军节度掌书记,从军北征,宿于此驿"之语,显然为历时已久的追述语气,因《龙飞记》撰成之"三月初十日",上距陈桥兵变时仅两月有余,故赵普当时实无如此说明之必要。可知今日所传的《皇朝龙飞记》文本乃经过赵普日后删修而成。据考《长编》所载之事,如未注明所引之文献,则主要来源于北宋各朝"实录"。[1] 记载陈桥兵变之事的太祖朝实录,有编纂于太宗初年的《太祖旧录》和编纂于真宗初年《太祖新录》两种。[2] 结合《龙飞记》文本内容以及赵普卒于淳化三年(992)等情况判断,赵普修改《龙飞记》当在其太平兴国六年(981)再次拜相以后。故而其二,《龙飞记》中多有称颂赵匡义(宋太宗)之语。如甚为宋人所关注、称颂的劝说兵变诸将不要"剽掠"京城之语,《龙飞记》明言乃"太宗及诸校曰",但《长编》虽未明言,然据上下文可知乃是赵普"语诸将"也,可证李焘实未完全采信《龙飞记》之语。其三,关于李处耘也一起"晓谕"诸将之事,因宋《国史》久佚,细节难明,但主要据宋《国史》编纂的《宋史·李处耘传》乃载,

---

[1] 参见裴汝诚、许沛藻:《续资治通鉴长编考略》,中华书局1985年版,第49页、第56页。
[2] 按:《太祖实录》曾前后数次修撰,由沈伦、李昉、扈蒙等初修于太宗太平兴国三年至五年(978—980)者,被称作《太祖旧录》(或《前录》);由李沆等再修于真宗咸平间者,被称作《太祖新录》(或《后录》)。参见《郡斋读书志校证》卷五、卷六、第195页、第226—227页。

"会太祖出征,驻军陈桥,处耘见军中谋欲推戴,遽白太宗,与王彦升谋,召马仁瑀、李汉超等定议,始入白太祖,太祖拒之。俄而诸军大噪,入驿门,太祖不能却"。[1] 因"入白太祖"乃次日晨之事,故并不能据此得出李处耘未在"晓谕"诸将之现场的结论,且赵宋建国后不久,赵普便与李处耘明争暗斗(详见下文),若李处耘确实不在现场,赵普当不会凭空为他添加如许功劳。由此推知李处耘当时就在现场,而赵匡义却有不在兵变现场的可能。

综合上述诸史籍记载,兵变前夕赵普、李处耘等人的谋划处置方略已大体可推知,即初夜一更时分,将士们便聚议于陈桥驿门外,然后群至赵普处商议兵变事宜,统一认识。至四更,方才商议布置毕,遂令赵匡胤帐下亲校急赴京城告知留守的殿前司将领兵变进程,做好策应准备;而其他将士奉赵普之令守卫在驿站内外、营寨中重要场所,持枪待旦。故《宋史》《东都事略》所载"夜五鼓"或"戊夜"时,军士方集于驿门议论的说法显然不确。又在筹划兵变的谈话中,赵普欲擒故纵之手段发挥得淋漓尽致,其中更须加注意的是赵普约束诸将"严敕军士,勿令剽劫"之语,次日赵匡胤又在军前重申,可见此一认识实是赵匡胤、赵普等主谋者的共有想法,且由赵普先公示于诸将,以观察众人的反应。

就在将士纷扰不已,赵普、李处耘等人布置兵变诸事宜的紧张时刻,作为主角的赵匡胤身在何处?史称当夜"太祖醉卧,初不省",而《龙飞记》更是煞有介事地解释:"上以祖席连绵,困于杯酌,酣醉熟睡,

---

[1] 《宋史》卷二五七《李处耘传》,第8961页。

殊不知军中之谋。"[1] 即赵匡胤白天在京城门外诸大臣的饯行宴上酒喝高了，故醉卧阁内而万事不省。当然，这实属诸事安排妥帖后的从容，而非如宋人宣称的是"天命"难违，世人攘夺不已的皇冠凭空落在其头上。当然这一份"从容"也应归功于宋《国史》的着意粉饰。

次日即四日清晨，陈桥兵变正式拉开大幕。据李焘《长编》记载：

> 甲辰（四日）黎明，四面叫呼而起，声震原野。普与匡义入白太祖，诸将已擐甲执兵，直扣寝门曰："诸将无主，愿策太尉为天子。"太祖惊起披衣，未及酬应，则相与扶出听事，或以黄袍加太祖身，且罗拜庭下称万岁。太祖固拒之，众不可，遂相与扶太祖上马，拥逼南行。匡义立于马前，请以剽劫为戒。（原注：《旧录》禁剽劫都城，实太祖自行约束，初无纳说者。今从《新录》。）太祖度不得免，乃揽辔誓诸将曰："汝等自贪富贵，立我为天子，能从我命则可，不然，我不能为若主矣。"众皆下马，曰："惟命是听。"太祖曰："少帝及太后，我皆北面事之，公卿大臣，皆我比肩之人也，汝等毋得辄加凌暴。近世帝王，初入京城，皆纵兵大掠，擅劫府库，汝等毋得复然，事定，当厚赏汝。不然，当族诛汝。"众皆拜。乃整军自仁和门入，秋毫无所犯。先遣客省使大名潘美见执政谕意，又遣楚昭辅慰安家人。殿前都点检公署在左掖门内，时方闭关，设守备，及昭辅至，石守信并关纳之。[2]

---

1 《全宋文》卷四四赵普《皇朝龙飞记》，第3册，第96页。按：《东都事略》卷一《太祖本纪》所云略同。
2 《长编》卷一建隆元年正月甲辰条，第3页。

但考诸其他文献，仍有不少疑问之处。其一，是谁入室内告诉赵匡胤兵变之事？《宋史·太祖纪》称凌晨，将士"逼寝所，太宗入白"其事；[1]《宋史·赵普传》云"太祖北征至陈桥，被酒卧帐中，众军推戴，普与太宗排闼入告"，[2]同于《长编》记载。然《龙飞记》则云当时"余（赵普）虑有不测，走白事由己"[3]，赵匡义并未同"入白"。《宋史·李处耘传》云李处耘与"王彦升谋，召马仁瑀、李汉超等定议，始入白太祖"，并未及赵普、赵匡义二人。而《东都事略·太祖本纪》却云"迟明，军士控弦露刃，直扣寝门，相与扶太祖出听事"，则并无人先入通报，而是众将士直接闯入寝室，将赵匡胤扶出至大堂。其二，当时赵匡胤的态度如何？《龙飞记》云"上惊起，著衣竟，诸校扶出听事"，较《长编》"太祖惊起披衣，未及酬应，则相与扶出听事"，要来得稍从容些，而《宋史·赵普传》乃载当时"太祖欠伸徐起，而众军擐甲露刃，喧拥麾下"，[4]实在太过从容，甚至不屑于掩饰了。其三，关于加身之黄袍，《龙飞记》《宋史·太祖纪》皆作"黄衣"，其意相同。对比当年郭威发动兵变时，其手下于匆忙中只是撕裂一面黄色军旗权当黄袍，此时赵匡胤的准备可谓充分。

黄袍披到赵匡胤身上以后的事情发展就颇为程式化了：众将士罗拜庭下高呼"万岁"。赵匡胤再三竭力拒绝，[5]但众人坚决要求赵匡胤自立为帝，并一起动手将赵匡胤抬扶上马，"拥逼南下"。于是一件

---

1 《宋史》卷一《太祖纪一》，第4页。
2 《宋史》卷二五六《赵普传》，第8931页。
3 《全宋文》卷四四赵普《皇朝龙飞记》，第3册，第96页。
4 《宋史》卷二五六《赵普传》，第8931页。
5 按：《东都事略》卷一《太祖本纪》称当时赵匡胤"叱之不退"，当属宋人为增添开国太祖"被迫"篡位之可信度而作的掩饰之词。

对宋初统治稳定,乃至对赵宋王朝得以长治久安影响甚巨的事件登场了。如前述《长编》所记载的:当众将士"拥逼"赵匡胤向京城汴京进发时,赵匡义立于马前,请求颁下禁止兵变将士进入京城以后"剽劫"市民的命令,于是赵匡胤"度不得免",就揽辔驻马,对众将士说道:"汝等自贪富贵,立我为天子,能从我命即可,不然,我不能为若主矣。"众将士闻言一齐下马表示:"惟命是听。"赵匡胤便与拥立者约法三章,曰:"少帝及太后,我皆北面事之;公卿大臣,皆我比肩之人也,汝等毋得辄加凌暴。近世帝王初入京城,皆纵兵大掠,擅劫府库,汝等无得复然,事定,当厚赏汝。不然,当族诛汝。"三军将士拥立赵匡胤代替后周,其主要目的就在于获取钱财,既然所拥立的新皇帝答应事成之后有重赏,自然应允照办。赵匡胤的这道命令使得陈桥兵变与五代时期其他频繁发生的兵变有了本质差异,从而使此次兵变成了天下由乱到治的转捩点。

因为五代时"帝王初举兵入京城,皆纵兵大掠,谓之'夯市'"。后周太祖郭威率兵变将士入京城时也是如此。陈桥兵变之后将士不"夯市",极大地安定了京城人心,遂能"不终日而帝业成焉",故而宋人对此举评价甚高,如仁宗前期司马池与其子司马光论及"不夯市事"时,认为:"国家所以能混一海内,福祚延长,内外无患,由太祖以仁义得之故也。"[1]张舜民《画墁录》也云:"自唐末五代每至传禅,部下分扰剽劫,莫能禁止,谓之'靖市',虽至王公,不免剽劫。太祖陈桥之变,即与众誓约,不得惊动都人,入城之日,市不改肆。灵长之祐,良以此乎!"[2]理学家邵雍更认为"本朝五事,自唐虞而下所未有者",其第一

---

[1] 《涑水记闻》卷一,第1—2页。
[2] 《画墁录》,第207页。

件事即"革命之日,市不易肆"。[1]因此,谁制止或提议制止了兵变过程中的"夯市"或"靖市",则其就是赵宋王朝得以奠基与长治久安的最大勋臣。大概也因为此,有关史籍的记载就产生了异同。

南宋史家李焘即于《长编》注文中辨析道:"《旧录》禁剽劫都城,实太祖自行约束,初无纳说者。今从《新录》。"其意即指编纂于真宗初年的《太祖新录》记载了赵匡义"请以剽劫为戒"一事,而编纂于太宗初年的《太祖旧录》则未予记载。而北宋时的《建隆遗事》《涑水记闻》卷一及《画墁录》《丁晋公谈录》[2]等私家著述皆称当时赵匡胤是自行诫誓诸将,并无晋王"纳说"之功,同于《太祖旧录》。而《长编》之类史料源自宋《国史》者,则大多同于《太祖新录》,而《隆平集》更在记载赵匡胤接受赵匡义的建议与诸将誓约以后,进而声称"太祖嘉帝(赵匡义)英略,友爱益至,传位之意始于此"。[3]倘若赵匡义真有马前"请以剽劫为戒"一事,则《太祖旧录》绝不会略而不载。故而《太祖旧录》撰成后,宋太宗(赵匡义)甚不满意,曾对宰相指示曰:"太祖朝事,耳目相接,今《实录》中颇有漏略,可集史官重撰。"于是执政大臣就指责当时具体执笔的史官扈蒙"性迭怯,逼于权势,多所回避,甚非直笔"。[4]在将为尊者、长者讳作为宗旨的传统史书中,所谓秉笔直书多属门面话而已,不过天子就等着这句话,故于淳化五年(994)再命史官重修《太祖实录》,并作出具体指示,强调"太祖受命之际,非谋虑所及,陈桥之事,史册所缺"。[5]但那新

---

1 《邵氏闻见录》卷一八,第196页。
2 (宋)潘汝士:《丁晋公谈录·太祖明圣慈惠》,中华书局2012年版,第23页。
3 《隆平集校证》卷一《圣绪》,第2页。
4 《长编》卷三五淳化五年四月癸未条,第777页。
5 《玉海》卷四八《咸平重修太祖实录》,第909页。

史官似对此态度颇为消极，数月后进献《太祖纪》一卷，与旧书相比，只是将"凡躬承圣问及史官采摭之事，即朱以别之"，即将天子的指示与史官新采录的史料用红笔写在一旁而已，而史书最终并未完成，"亦不列于史馆"。[1] 直至数年后宋太宗之子真宗即位，才秉承父志，再命史官重修《太祖实录》（即《太祖新录》）。对比《新录》《旧录》两书，其区别主要有二：其一改正了《旧录》的"叙天造之始，稽国姓之源，发挥无取，铨次失当"；其二是将《旧录》群臣入传者由92人增加到104人。[2] 此第二点，属后出者转精详，不足多论，而其第一点，大体是说，《旧录》在叙述宋朝之所以能创建的理由和过程中存在很大不足，具体为二：一是"铨次失当"，这是史料分类编排上的问题；二是"发挥无取"，是指史论上的问题，即史官们未能正确评介宋朝开国史实。结合此前太宗对撰修《太祖实录》的具体指示，可看出重修《太祖实录》的着眼点还是在于"陈桥兵变"等问题上，而最大之不同即在赵匡义身上。即所谓"陈桥之事，史册所缺"之"所缺"者，当指赵匡义"请以剽劫为戒"一事。故元人袁桷对此评论道："《前实录》（《旧录》）无太宗叩马一段，《后录》（《新录》）增入，显是迎合。"[3] 即通过《太祖新录》对史实的刻意篡改，使赵光义成为对赵宋王朝的建立有着不世功勋、比肩兄皇的大功臣，故相较于弟、侄，更有资格成为宋太祖赵匡胤的政治继承者。

---

1 《长编》卷三六淳化五年十月丙午条，第800页。
2 《郡斋读书志校证》卷六《重修太祖实录》，第227页。
3 （元）袁桷：《清容居士集》卷四一《修辽金宋史搜访遗书条列事状》，上海古籍出版社《文渊阁四库全书》本。按：方豪《宋史》亦认为陈桥兵变的策划者为宋太祖，而"太宗于陈桥史事修纂的热心……乃为掩饰其继位之非法，故伪饰己于兵变中有拥立之功"。转引自刘静贞：《北宋前期皇帝和他们的权力》，台北稻乡出版社1996年版，第22页。

《太祖旧录》未载赵匡义"叩马"一事的原因,当是太平兴国前期撰修《旧录》时,参与兵变的旧将老臣犹有人在,史官迫于舆论、道德压力,不敢公然造假以迎合新天子。赵光义也明了其中奥妙,所以虽然对《旧录》内容甚感不满,却也未即刻重修,而是直至晚年再提重修之事,但在史官们的敷衍塞责下,仍未能如愿。但至真宗即位时,上距陈桥兵变已近四十年,参与兵变的老臣旧将凋零殆尽,至此将赵光义在陈桥兵变中的"功勋"塞入《太祖新录》,自是容易成功。但《新录》撰成后,景德、大中祥符年间诏令臣庶将家藏《旧录》上交朝廷,可见此举仍有相当阻力。不过《新录》所添入的赵光义"叩马"一事,经《三朝国史》,再经《长编》《宋史》等史籍载录,几成定谳,宋人笔记虽有不同说法,却不大再为世人所重视。又宋初著名文士王禹偁所撰笔记《建隆遗事》称当赵匡胤率兵变将士进入京城之际,"晋王(赵匡义)辈皆惊跃奔马出迎"[1],明确指出当陈桥兵变之时,赵匡义身在京城,并不在兵变现场。因兵变出于预谋,故赵匡胤统军出城之前,对家人安全应当预有安排。据载陈桥兵变的当日,赵匡胤家属尝藏身佛寺,如司马光《涑水记闻》称"太祖自陈桥还也,太夫人杜氏、夫人王氏方设斋于定力院。闻变,王夫人惧,杜太夫人曰:'吾儿平生奇异,人皆言极富贵,何忧也?'言笑自若"。[2] 又如《清异录》称"太祖陈桥时,太后方饭僧于寺,惧不测,寺主僧誓以身蔽"。[3]《曲洧旧闻》称兵变时,"杜夫人眷属以下,尽在定力院。有司将搜捕,主僧悉令登阁而固其扃鐍。俄而大搜索,主僧绐云:'皆散走。不知所

---

1 《邵氏闻见录》卷七,第65页。
2 《涑水记闻》卷一,第4页。
3 (宋)陶谷:《清异录》卷上《的乳三神仙》,大象出版社2003年《全宋笔记》(第一编)本,第29页。

之矣。'甲士入寺，升梯，且发钥，见蜘网丝布满其上，而尘埃凝积，若累年不曾开者。乃相告曰：'是安得有人！'遂皆返去"。[1]《挥麈后录》称"太祖仕周，受命北伐，以杜太后而下寄于封禅寺。抵陈桥，推戴，韩通闻乱，亟走寺中访寻，欲加害焉。主僧守能者以身蔽之，遂免"。[2] 上述记载不无传讹之处，但也不可由此认定其皆属无稽之言。因当时赵匡义已二十二岁，其弟匡美仅十二岁，家中多妇女而缺长男，届此非常时期，留赵匡义守家不但可能，且甚有必要。参之宋朝初立的建隆元年（960）潞州李筠、扬州李重进起兵反宋，太祖率军亲征时，皆留赵光义镇守京城，[3] 可证《建隆遗事》云云应有所据。[4]

再回到兵变现场。得到三军将士全力拥戴的赵匡胤，便先遣亲将潘美去京城见宰相等文武大臣通报兵变之事，并遣幕僚楚昭辅入城安慰其母亲杜氏等家人，然后整顿三军浩浩荡荡直扑京城汴京。

三、赵宋王朝的创立

与创立赵宋王朝的大剧之上半场陈桥兵变、"黄袍加身"的顺风顺水稍异，赵匡胤率军入京、登基加冕的下半场演出中却遇到了一些小曲折。

赵普《龙飞记》称赵匡胤率"六军长驱至都门，秋毫不犯，行在肃然"，[5] 但在进入汴京城时，赵匡胤遭到了守城门官兵的拒绝。只是

---

1 《曲洧旧闻》卷 《定力院搜索不得》，第83页。
2 《挥麈后录》卷五，第153页。
3 《长编》卷一建隆元年五月丁巳条、十月丁亥条，第16页、第27页。
4 按：对于《建隆遗事》，宋时有人以为乃托名王禹偁之作，然此说不确。参见顾宏义：《王禹偁〈建隆遗事〉考——兼论宋初"金匮之盟"之真伪》，载《中华文史论丛》（第九十五辑），上海古籍出版社2009年版。
5 《全宋文》卷四四赵普《皇朝龙飞记》，第3册，第96页。

此事对于赵宋开国皇帝的形象塑造颇为不佳,故宋朝《国史》中全无记载,而宋人野史笔记中所载也颇有异同。据王铚《默记》载,"太祖受命,封丘独守城不下。……后守封丘者奏职,既入拜,诸司使陈桥门开以迎太祖,即斩守门者"。[1] 因当年朱全忠以唐汴州城为后梁都城,至后周显德年间,王朴主持扩建外城周四十八里余,共有十三座城门,其北门四座,自东向西分别为陈桥门、封丘门、新酸枣门、卫州门。而陈桥驿虽说"在京师陈桥、封丘二门之间",然陈桥门正当陈桥驿的来路,故兵变将士自然径至陈桥门外,但守关者拒而不纳,然后转至封丘门,而不会相反。因此,王铚之子王明清于《玉照新志》中改正道:"始艺祖推戴之初,陈桥守门者拒而不纳,遂如封丘门,抱关吏望风启钥。逮即帝位,斩封丘而官陈桥者,以旌其忠于所事焉。"[2] 既受阻于陈桥门,赵匡胤只得率部队转到封丘门,此番未再发生意外,守城者望风打开了城门。又据南宋陈世崇《随隐漫录》所记,当时兵变将士欲入京城,守门的长入祗候班在陆姓、乔姓两位军校率领下,"拒于南门"。于是赵匡胤"乃入自北,解衣折箭,誓不杀。咸义不臣,自缢。太祖亲至直舍,叹曰:'忠义孩儿。'赐庙曰'忠义',易班曰'孩儿'。至今孩儿班于帽子后垂头帛二条,粉青者为世宗持服,红者贺太祖登极。直舍正门护以黄罗,傍穿小门出入,旌忠也"。[3] 但是声称赵匡胤登基以后,为表彰忠于职守者,特意"斩封丘而官陈桥者"。这恐怕不尽是事实,因为那望风打开封丘城门、让赵匡胤等顺利进入汴京城的士兵,或者是早已心向赵匡胤,或者是迫于兵变将士的威势

---

1 《默记》卷下,第38页。
2 (宋)王明清:《玉照新志》卷四,上海古籍出版社1991年版,第71页。
3 (宋)陈世崇:《随隐漫录》卷二,中华书局2010年版,第17页。

而归附,但显然有功无罪,岂有被新天子斩首示众之理!故据《梦粱录》称两位军校,一姓乔名元,一姓陆名轨,皆为襄汉人,时官殿侍。当"宋太祖受禅,驾自宣祐门入,守关者施弓箭相向,弗纳,移步趋他门而入。既受朝贺毕,顾近侍曰:'适移门守者何人?'奏曰:'散直班。'传旨降充下班。又问:'宣祐守者何人?'答奏曰:'东三班。'传旨令宣引。时本班之众知天命所归,皆引义自殒"。赵匡胤"大惊,趣驾临幸慰问,仍命排阵使党彦进前往救数十人,问得二人不死者",即乔、陆二人,遂"召诘其故,答曰:'臣止事一主,所以乞死。'上慰劳再四,谓:'汝等忠孝。'其班不废,且赐名曰'长入祗候'。从其请,所幸临为前引,仍赐青、红二色帛为帽饰,满三年授保义郎之职"。然陆、乔二人"既受誓而退,寻复效死。上悯其忠节,厚加赒恤,听本班庙祀"。[1]将守封丘门者降为"下班"禁军以示薄惩,显然较符合当时实际情况。但《梦粱录》声称陆、乔两人所守为宣祐门,赵匡胤自移门入城,却是有误。因为"移门"当作"谯门",而宣祐门、谯门皆属城内宫禁之门,史载"左承天门内道北门曰宣祐",而"东华门直北有东向门,西与内东门相直,俗谓之谯门而无榜",[2]实非汴京外城之门。

就在赵匡胤受阻陈桥门外之时,开封城内也发生了一场小型战斗。史载四日上午,朝堂上早朝未退,诸宰相"方就食阁中",[3]"闻变,范质下殿执王溥手曰:'仓卒遣将,吾辈之罪也。'爪入溥手,几出血,溥噤不能对"。后周天平军节度使、同平章事、侍卫亲军马步军副都

---

[1] (宋)徐自牧:《梦粱录》卷十四《忠节祠》,大象出版社2017年版《全宋笔记》(第八编)本,第230页。
[2] (明)李濂:《汴京遗迹志》卷一《宋大内宫室》,中华书局1999年版,第5页、第10页。
[3] 《宋史》卷二四九《范质传》,第8794页。

指挥使兼在京巡检韩通见状,急自内廷奔出,"将率众备御",[1]结果被作为先锋率兵变将士入城的散员都指挥使王彦升所杀。

在赵匡胤篡周立宋的这一场兵变中,韩通是唯一被杀的后周大臣。韩通甚得周世宗信任,时有"为明君之心腹,作圣代之爪牙"[2]之誉。然而对其死因,宋代官私史籍中记载却颇不一致。

其一称当时韩通闻知兵变,自朝堂仓皇归家,遂为军校王彦升所追杀。如《宋史·韩通传》云当时韩通"在殿阁,闻有变,惶遽而归。军校王彦升遇通于路,策马逐之,通驰入其第,未及阖门,为彦升所害,妻子皆死"。《宋史·王彦升传》所云稍简:兵变后,"彦升以所部先入京,遇韩通于路,逐至第杀之"。《隆平集》卷一六、《东都事略·王彦升传》及司马光《涑水记闻》卷一所云略同。

其二云韩通谋率兵抵抗,不成,为王彦升所杀。《宋史·太祖纪一》称"副都指挥使韩通谋御之,王彦升遽杀通于其第"。《长编》卷一亦云当时韩通"自内廷惶遽奔归,将率众备御",而王彦升"遇通于路,跃马逐之,至其第,第门不及掩,遂杀之,并其妻子"。赵普《皇朝龙飞记》所载同。取其说的两宋文献颇多,如《九朝编年备要》卷一、《宋史全文》卷一、《太平治迹统类》卷一、《宋大事记讲义》卷二等。

其三云韩通率兵战阙下而败死,持此说者主要为宋代笔记野史。《野老纪闻》云"陈桥兵变,归戴永昌(宋太祖陵墓,代指宋太祖)。通擐甲誓师,出抗而死"。[3]苏辙《龙川别志》卷上曰赵匡胤兵变后"入

---

[1] 《长编》卷一建隆元年正月甲辰条,第3—4页。
[2] 《全宋文》卷四一陈保衡《赠中书令韩公墓志》,第3册,第48页。
[3] (宋)王楙:《野客丛书》附录《野老纪闻》,上海古籍出版社1991年版,第448页。

城,韩通以亲卫战于阙下,败死"。[1]

其四称韩通实死于赵匡胤的诡计。如王巩《闻见近录》云赵匡胤自"陈桥欣戴,入御曹门,以待将相之至,时伏弩右掖门外。通出,死矢下。石守信实守右掖,开关以迎王师"。[2]

上述第一种说法,显然掩饰过于明显。当时赵匡胤登基后,为收后周旧臣之心,即诏赠韩通中书令,曰"易姓受命,王者所以应期;临难不苟,人臣所以全节",[3] 正可说明韩通并非仓皇归家、为王彦升所擅杀。而且在兵变之后,赵匡胤先遣亲校潘美入京城"见执政谕意",然后再率三军上路;又因守卫陈桥门的乔、陆二卒长率众相拒,迫使兵变将士绕到封丘门始得入城。因此,如若韩通自皇宫内廷直接归家,怎会于归途中遇到率军入城的王彦升?又王彦升怎会无端违背赵匡胤的约束而追杀韩通?其第二说、第三说的区别在于韩通是否与兵变以后入城的军兵"交锋"过。李焘因《龙川别志》所云"与《国史》及《飞龙记》、司马光《记闻》《朔记》等所载都不合",而特意注明"韩通仓卒被杀,未尝交锋"之语,[4] 却似不然。至于《闻见近录》所云,亦与事实不符。因为据《长编》记载,陈桥兵变后,赵匡胤先遣心腹亲将楚昭辅入城"慰安家人。殿前都点检公署在左掖门内,时方闭关,设守备。及昭辅至,石守信开关纳之"。[5] 《宋太宗实录》也称赵匡胤"典亲军"之官署在左掖"门内,太后居其中"。[6] 当时,留守京城的

---

1 《龙川别志》卷上,第71页。
2 《闻见近录》,第5页。
3 《宋史》卷四八四《周三臣·韩通传》,第13970页。
4 《长编》卷一建隆元年正月甲辰条注,第4页。
5 《长编》卷一建隆元年正月甲辰条注,第3页。
6 (宋)钱若水:《宋太宗实录》卷三〇,甘肃人民出版社2005年版,第46页。

殿前都指挥使石守信、殿前都虞候王审琦率重兵守护殿前都点检公署，当为抵御反兵变者的攻击。事实上，韩通确曾率手下兵卒攻击过殿前都点检公署，只是被击退而已。或许赵氏家眷即为此离开必将遭受攻击的殿前都点检公署，如《清异录》《曲洧旧闻》《挥麈后录》等宋人笔记所称，赵匡胤之母、妻等尝前往佛寺躲藏，韩通也曾遣兵去佛寺搜捕赵氏家眷，但未能得手。

故综上大致可知韩通被杀经过：韩通闻知兵变，即出禁中，欲招集城中兵马拒宋太祖赵匡胤入城。但由于此时侍卫司兵马颇为分散，一部随李重进驻扎扬州，一部从韩令坤巡守河北沿边，而高怀德、张令铎、张光翰、赵彦徽各率本部军马随从赵匡胤出征，故京城中韩通所能掌控的兵马数量并不多。因此，韩通一面招集帐下军士攻击由"素归心太祖"的殿前都指挥使石守信、都虞候王审琦掌控的位于左掖门附近的殿前都点检公署，一面遣人搜捕赵氏家眷，以图挟制赵匡胤，只是仓促进攻的部队遭到早有准备的殿前司兵马伏击，一战而溃。韩通途遇率先锋入城的王彦升，不支而逃，遂被王彦升追杀于家中。据《赠中书令韩公墓志》称，韩通有四子四女，其"颇有智略"的长子韩橐驼与次子、三子同时遇难，仅幼子守谅及四女幸存。

关于韩通被杀，还有一问题，即此事出于王彦升的擅杀，还是奉命镇压抵抗者？对此，宋人几乎众口一词说："初，太祖誓军入京不得有秋毫犯，及闻（韩）通死，意甚不乐。以建国之始，不及罪彦升……太祖以其专杀韩通，终身不授节钺。"[1]《隆平集》卷一六、《东都事略》卷二九更称赵匡胤闻韩通被杀，"大怒，乃出彦升为唐州刺史"。

---

[1] 《宋史》卷二五〇《王彦升传》，第8828—8829页。

此说大为不然。因为王彦升贬官唐州乃是年四月间事，且其所任乃唐州团练使：是时，京城巡检王彦升"夜抵宰相王溥私第，溥惊悸而出"，王彦升"意在求货，溥佯不悟，置酒数行而罢。翌日，溥密奏其事"，故出王彦升为唐州团练使。"唐本刺史州，于是始改焉。"[1] 而且史载赵匡胤对韩通、韩橐驼父子颇为忌惮，其为皇帝以后有一日至开宝寺，"见壁上有橐驼及通画像，遽令扫去之"。[2] 因此，王彦升杀死率兵抵抗的韩通，当不至于触怒天子。李焘《长编》卷一于正月戊申"赠韩通中书令"下云："王彦升之弃命专杀也，上怒甚，将斩以徇，已而释之，然亦终身不授节钺。"并注云："《记闻》云：上初欲斩王彦升，以初授命，故不忍，然终身废之不用。盖误也，但不授节钺耳。"但分析王彦升于陈桥兵变前后的官职变化，看不出赵匡胤对其"弃命专杀"有"怒甚"的痕迹，反而是重用有加：王彦升于兵变时官散员都指挥使，赵匡胤即位后拜恩州团练使、领铁骑左厢都指挥使，随即任京城巡检。京城巡检为负责京城治安之官，后周末年任此职者即韩通，而新登基的赵匡胤任用王彦升为京城巡检，可见其属重用。王彦升是因为乘巡夜之机入宰相王溥私第"求货"，触怒新天子而被贬官的，与韩通被杀一事无关。至于王彦升终身未能拜节度使，恐亦非因其"弃命专杀"。据《宋史·王彦升传》，王彦升卒于开宝末，官至防御使。而据《宋史》马仁瑀、李汉超诸人本传，在兵变之夜，同被李处耘召来谋事的殿前司将官马仁瑀、李汉超，一官内殿直都虞候，一为殿前都虞候，约与王彦升官职相当而稍低，也皆立"佐命功"。入宋后，马仁瑀拜散员都指挥使，领贵州刺史，

---

1 《长编》卷一建隆元年四月丁丑条，第11页。
2 《长编》卷一建隆元年正月戊申条，第6页。

俄迁铁骑右厢都指挥使,至太祖末年官瀛州防御使,太宗时官拜观察使而卒;李汉超拜散指挥都指挥使,领绵州刺史,累迁齐州防御使兼关南兵马都监,太宗初始拜观察使。可证当时太祖对王彦升赏赐并不薄,至太祖死时,"佐命"功臣官防御使而未拜"节钺"者并不仅有王彦升一人。因此,宋人认为太祖因王彦升"专杀韩通,终身不授节钺"的说法,实有为开国天子粉饰之用意。

开封城内后周文武大臣中唯一的反抗行动,就此迅速地冰消雾散了。赵匡胤在众将士拥翊下进入开封城,登上明德门(宫城南面正门),麾下禁军诸将率士兵迅速散布于城中各要害之处,并遵守先前诺言严禁手下抢掠烧杀,使得此次兵变与五代以来历次兵变不同,对市民秋毫无犯,"市不易肆",即市场没有出现关门罢市的情况,开封城内秩序安定,由此争取了京城士民之心。因一切部署已定,赵匡胤遂命没有任务的将士"解甲还营",并再次效法当年周太祖郭威率兵变将士进入京城之后归"私第",等待朝中百官晋见的做法,回到自己的殿前都点检官署,"释黄袍"。不一会儿,军士押着宰相范质、王溥、魏仁浦等来到殿前都点检官署谒见赵匡胤。即使到此地步,赵匡胤还是向着范质呜咽流涕,述说将士"拥逼"之状:"吾受世宗厚恩,为六军所逼,一旦至此,惭负天地,将若之何?"范质等人还未及回答,军校罗彦瓌即挺剑而出,喊道:"我辈无主,今日必得天子!"赵匡胤叱之不退,范质等人不知所措,此时王溥已先退下台阶俯拜在地,[1] 范质也只得具言"古有受禅之礼,今可行也",但又进言曰:"太尉既以礼受禅,事太后当如母,养少主当如子,勿负先帝旧恩。"赵匡胤一

---

[1] 《长编》卷一建隆元年正月甲辰条,第4页。

切许诺,于是范质"降阶列拜,呼万岁"。[1]随后,赵匡胤在众人簇拥下来到禁中崇元殿,召集文武百官举行"禅代礼"。

因人心浮动,直至傍晚时分,朝官们才乱哄哄地排好了朝班,将惊魂未定、年仅八岁的小皇帝叫来举行"禅代"大礼。这时人们才想起一件大事,即没有预先准备好周帝的"禅位"诏书,殿上众人不免一阵尴尬。此时,站在一边的翰林学士承旨陶谷不慌不忙地从袖中拿出事先撰成的禅位诏书,进曰:"制书成矣。"于是"禅代"大礼得以继续进行,礼官遂宣读那以周天子名义撰写的禅让诏书:

> 天生蒸民,树之司牧,二帝推公而禅位,三王乘时以革命,其极一也。予末小子,遭家不造,人心已去,国命有归。咨尔归德军节度使、殿前都点检赵□□,禀上圣之姿,有神武之略,佐我高祖,格于皇天,逮事世宗,功存纳麓,东征西怨,厥绩懋焉。天地鬼神,享于有德,讴谣狱讼,附于至仁,应天顺民,法尧禅舜,如释重负,予其作宾。呜呼钦哉,祇畏天命。[2]

---

[1] 《太平治迹统类》卷一《太祖受禅》,第7页。按:《东都事略·范质传》云,赵匡胤入城,范质等"既见太祖,质曰:'先帝养太尉如子,今身未今("令",当为"冷"字之误),奈何?'"迫使赵"呜咽流涕"表示:"吾受世宗厚恩,今为六军所逼,一旦至此,将若之何?"并"挥涕"应诺范质提出的"事太后如母,养少主如子,无负先帝旧恩"。因《东都事略》主要取材于宋《国史》,故有关范质之事,当据《三朝国史》本传为主撰成。而《太平治迹统类》主要取材于李焘《长编》,并补以《东都事略》等私史。《涑水记闻》卷一也称当时"(范)质颇诮让太祖,且不肯拜"。又王巩《闻见近录》亦称当时范质"与帝约宾礼柴氏,保其天年"。但李焘《长编》卷一却仅记录赵对范质"呜咽流涕"之语,而未载范质责让之辞,并认为"其约束将士不得加礼于太后、少帝,固先定于未入城时,非缘质请也",而删去范质"事太后如母,养少主如子,无负先帝旧恩"数语。且李焘在认同《涑水记闻》"所记质不肯先拜,当得其实"的同时,却删去了《记闻》"质颇诮让太祖"一语。由此颇可见李焘的倾向所在。

[2] 《旧五代史》卷一二〇《周书十一·恭帝纪》,第1853页。按:《东都事略》卷一《太祖本纪一》所载禅位制书同。

然而南宋周必大尝称"本朝太祖受周恭帝禅诏,元本载《五代开皇纪》,与今《实录》无一字同",盖为"本朝列圣《实录》,凡当时所下制诏,往往为史官改易"。[1] 所谓"今《实录》"乃指《太祖实录》,其所载的禅位诏书,或即源自《旧五代史·恭帝纪》,已经过"史官改易"。而《五代开皇纪》为真宗、仁宗时人郑向所撰:"五代乱亡,史册多漏失,向著《开皇纪》三十卷,摭拾遗事,颇有补焉。"[2] 但《五代开皇纪》久佚,今已无从比对此诏书,然赵普《皇朝龙飞记》亦载有一份周恭帝禅位诏书:

> 昨以北戎入寇,边境震惊,遂命讨除,决期平乱。属以方在幼冲,勉荷基业,虽大臣竭力以扶持,然禁旅临歧而不进。殿前都点检、归德军节度使赵匡胤,今月四日部领内外大军至陈桥驿,军情忽变,天命有归。既务静于寰区,理难违于推奉,宜行禅让之事,以副亿兆之心。布告中外,当体朕意。[3]

对比上述两份文字迥然有异的周恭帝禅位诏书,大体可认定《龙飞记》所录者当属"元本(原本)",确与"今《实录》无一字同",而应为郑向《五代开皇纪》所载文字之史源。《旧五代史·恭帝纪》所载周帝禅位诏书,引经据典,瞻前顾后,将赵匡胤用武力篡夺后周政权却又让后周天子做出主动让贤之态的尴尬之事叙述得委婉而又淋漓尽致:

---

1 (宋)周必大撰,王瑞来校证:《周必大集校证》卷一八〇《史官改定制诏》,上海古籍出版社 2020 年版,第 2759 页。
2 《宋史》卷三〇一《郑向传》,第 9998 页。
3 《全宋文》卷四四赵普《皇朝龙飞记》,第 3 册,第 97 页。

无论尧、舜二帝出于公心而禅让君位,还是商汤王、周武王等顺应时势而发动改朝换代之革命,其终极目的皆是一致的。而"予末小子"遭遇家庭不幸,人心已经离散,国家命运亦当有归宿。那归德军节度使、殿前都点检赵某,秉承上圣人之相貌,具有神武之谋略。曾辅佐我高祖,依从皇天之旨意;侍从我世宗,建立了不朽功勋。故我应顺天意民心,效法尧禅位给舜之做法。呜呼!我是敬畏天命才如此做的。

但是,若据《龙飞记》所载周帝禅位诏书所声称的,赵匡胤于"今月四日部领内外大军至陈桥驿,军情忽变,天命有归。既务静于寰区,理难违于推奉",则与宋廷所宣称的陈桥兵变非"预谋","太祖受命之际,非谋虑所及",乃属"应天顺民"的宋廷官方说法颇有不合,故此后被改写,再收入《旧五代史·恭帝纪》《太祖实录》。从《旧五代史·恭帝纪》所载周帝禅位诏书可见,对禅位"诏"之改写,至迟在太祖开宝年间已完成。宋人笔记有言:"太祖将受禅,未有禅文,翰林学士承旨陶谷在旁,出诸袖中而进之,曰:'已成矣。'太祖由是薄其为人。"[1] 然分析上述改写的禅位诏书文字,宋太祖"薄其为人"的原因,当非陶谷预撰禅位诏书如此简单。明人高拱认为:"宋祖终不大用陶谷,袖中禅位之诏,露其谋也;亦终不大用王彦升,韩通阖门之杀,著其迹也。"[2] 如上所述,赵匡胤"终不大用王彦升"并不全是史实,而其所说"终不大用陶谷"的原因在于"露其谋也",却是颇点出赵匡胤的隐衷。

当时,宣徽使昝居润引导赵匡胤至前殿龙墀,"北面立",听礼官宣读周恭帝禅位诏书,毕,宰相范质等人扶着赵匡胤升殿,在殿"东

1　《涑水记闻》卷一,第3页。
2　(明)高拱:《本语》卷三,上海古籍出版社《文渊阁四库全书》本。

序"换好龙袍,转还殿中,坐上龙椅,正式接受百官的拜贺。[1] 然后赵匡胤宣布第一道诏令:

> 帝王兴废,盖由符命。苟人情之已去,谅天禄之永终。宜遵至公,式循旧制。今奉周帝为郑王,永为国宾,仍迁于西宫。

赵匡胤颁布的第二道诏令云:

> 封二王之后,备三恪之宾,所以示子传孙,兴灭继绝。夏、商之居杞、宋,周、隋之启介、酅,古先哲王,实用兹道。矧予凉德,历试前朝。虽周德下衰,勉从于禅让;而虞宾在位,岂忘于烝尝?其封周帝为郑王,以奉周嗣;正朔服色,一如旧制。务遵典礼,称朕意焉。

并诏尊后周帝太后(周世宗符皇后)为周太后,亦迁居于西宫,"所司供给,务令丰厚",同时诏令有司按时祭拜后周皇陵,"永为定式",[2] 以此笼络、安抚后周旧臣遗民。不过,这一招赵匡胤也是向后周太祖郭威学的:

> (郭威兵变还京)明年正月丁卯,太后诰,奉符宝于监国

---

1 《长编》卷一建隆元年正月甲辰条,第4页;《闻见近录》,第5页。
2 以上见《全宋文》卷四四赵普《皇朝龙飞记》,第3册,第97—98页。按:《长编》卷一建隆元年正月甲辰条(第4页)云当时周太后、郑王"迁居西京",其"西京"当为"西宫"之误。

（郭威），可即皇帝位。周太祖践阼，奉太后为母，迁于西宫，上尊号曰昭圣太后。[1]

至此，仅仅一整天时间，赵匡胤便依靠手中掌握的兵权，假借民意军心，从孤儿寡母手中取得了后周政权，称帝建国。赵匡胤是年三十四岁。赵匡胤死后庙号曰太祖，故下文以此名号相称。

次日，即显德七年（960）正月五日，宋太祖因自己在后周时所任的归德军节度使治所在宋州（今河南商丘），所以定新朝之国号为宋，建元建隆，正式宣示天下赵宋王朝的创立。因宋朝定都汴京开封，故习惯上称作北宋，以区别于后来迁都临安（今浙江杭州）的南宋。

按惯例，新天子登基之际，要大赦天下。宋太祖为此颁行大赦诏令曰：

> 门下：朕以五运推移，上帝于焉眷命；三灵改卜，王者所以膺图。朕起自侧微，备尝艰阻。当周邦草昧，从二帝以徂征；洎虞舜陟方，翊嗣君而篡位。但罄一心而事上，敢期百姓之与能。属以北虏侵疆，边民罹苦。朕长驱禁旅，往殄胡尘。鼓旗才出于国门，将校共推于天命。迫回京阙，欣戴眇躬。幼主以历数有归，寻行禅让。兆庶不可以无主，万机不可以旷时。勉徇群心，已登大宝。昔汤武革命，发人号以顺人；唐汉开基，始因封而建国。宜国号大宋，改周显德七年为建隆元年。乘时抚运，既协于歌谣；及物推恩，宜周于华夏。可大赦天下。应

---

[1]《旧五代史》卷一〇三《隐帝纪下》，第1605页。

正月五日昧爽已前，天下罪人所犯罪已结正未结正，已发觉未发觉，罪无轻重，常赦所不原者，咸赦除之。应贬降、责授及勒停官等，并与恩泽。诸配徒役男女人等，并放逐便。其内外马步兵士，各与等第优给。诸军内有请小分料钱者，特与加等第添给，中外见任前任职官，并与加恩。文武升朝官、内外诸司使副使、禁军都指挥使已上，及诸道行军司马、节度副使、藩方马步军都指挥使，应父母妻子未有官及未有叙封者，并与恩泽；亡父母未曾封赠者，并与封赠。诸处逃亡，限赦到日内仰于所在陈首，并与放罪，依旧军分收管；如出百日不来自首者，复罪如初。念彼愚民，或行奸盗，属兹解网，咸许自新。诸有草寇处，仰所在州府及巡检使臣晓谕招唤。若愿在军食粮者，并与衣粮；如愿归农业者，亦听取便。于戏！革故鼎新，皇祚初膺于景命；变家为国，洪恩宜被于寰区。更赖将相公王，同心协力，共裨寡昧，以致隆平。凡百军民，深体朕意。[1]

然后，太祖"命官分告天地、社稷"，再"遣中使乘传赍诏谕天下"。[2]

说起陈桥兵变、"黄袍加身"的真相，世人大都引用清诗人岳蒙

---

[1] 《全宋文》卷四四赵普《皇朝龙飞记》，第3册，第98—99页。按：此大赦文亦载于《宋大诏令集》卷一，题《太祖即位赦天下制》，然省略"应正月五日昧爽已前"至"亦听取便"间文字。又，《宋会要辑稿·礼》五四之一载太祖建隆元年正月五日"改元诏"，曰："五运推移，上帝于焉眷命；三灵改卜，王者所以膺图。朕早练龙韬，常提虎旅。当周邦末造，从二帝以征行；洎乔岳缠哀，翊嗣君而篡位。罄一心而事帝，谅四海以皆闻。一昨北房侵疆，边民受弊，朕长驱禁旅，克日平戎。六师才发于近郊，万众喧哗而莫遏。拥回京阙，推戴眇躬。幼主以历数有归，寻行禅让。兆庶不可以无主，万几不可以暂停，勉徇群心，已登大宝。宜改显德七年为建隆元年，改国号为大宋。"即此大赦诏的前半部分，然文字已颇有修饰。

[2] 《长编》卷一建隆元年正月乙巳条，第5页。

泉咏陈桥兵变有"黄袍不是寻常物,谁信军中偶得之",与查初白《汴梁杂诗》中有"千秋疑案陈桥驿,一着黄袍便罢兵"之句,但宋人虽然颇为忌讳谈论赵匡胤以不那么正大光明之手段,从孤儿寡母手上夺得天下一事,却还是有人通过诗句曲折论述之,如仁宗朝翰林学士李淑出知郑州,"奉时祀于泰陵,而作恭帝诗"曰:"弄楯牵车挽鼓催,不知门外倒戈回。荒坟断陇才三尺,犹认房陵半仗来。"此诗为仇家所得而"上闻","仁宗以其诗送中书,翰林学士叶清臣等言:'本朝以揖逊得天下,而淑诬以干戈,且臣子非所宜言。'仁宗亦深恶之,遂落李所居职"。[1] 然而虽说心中明白如镜,但作为大宋臣子,还是不断地作文吟诗美化赵宋王朝的开国之君,想方设法予以粉饰,既有圣人化赵匡胤、为宋朝不那么光彩的立国经过寻找一个符合儒家道德伦理标准的理由之原因,更有为自己身家性命和仕途通达的考虑。其中《长编》注文所引《龟鉴》的一段文字,可是说得十分冠冕堂皇,因而最具典型意义,故不辞其长,摘录于下:

> ……我太祖得天下以仁,而民从之,故天下一于宋。真人勃起,开创大业,是又跨唐、虞,越汉、唐,而与帝王匹体也。亦知宋兴之由乎?我太祖之生,盖天成二年丁亥岁也。祥光瑞采,流为精英。异芳幽馥,郁为神气。帝王之兴,自有珍符,信不诬也。居有云气,出有日晕,天心之眷顾笃矣。俚语称"赵神言夸宋",人心之向慕久矣。天与之,人与之,而太祖则不

---

[1] (宋)魏泰:《东轩笔录》卷三,中华书局1983年版,第32页。按:"半仗来",原作"平仗来",据《儒林公议》、《渑水燕谈录》卷八、《邵氏闻见后录》卷十七等改。半仗,仪仗队的半数。《宋史·仪卫志一》有云:"宋制,有黄麾大仗、半仗、角仗、细仗。"

知也。方其北面周朝，奉命征讨，赫声濯灵，所向辄克。显德之七年，太祖生三十有四年矣。"采薇采薇，薇亦作止"，时盖正月之上日也。是日也，京师已有推戴之语，而内庭未之知。"我出我车，于彼牧矣"，时盖是月之三日也。是日也，将士又有推戴之语，而太祖未之闻。越翌日甲辰，寝门未辟，拥逼者至，太祖未及语，而黄袍已加之身矣。噫！南河之避，舜犹有辞；大坰之至，汤犹有待。事势至此，圣人不得以游乎舜、汤之天矣，奈之何哉？则亦有毋虐臣主之誓而已，有毋掠民庶之誓而已。三逊三辞，黾勉而受之，能律将士以保周宗，而不能使周禅之不归，能择长者房州之奉，而不能遏陈桥之逼。天实为之，吾其奈何！……呜呼！我宋之受命，其应天顺人之举乎！[1]

为证明宋朝得天下实出自天命，著者引经据典，牵强附会：如"采薇采薇，薇亦作止"，引自《诗经·采薇》，是说天子命将军出戍以守卫国家；"我出我车，于彼牧矣"，引自《诗经·出车》，是说周宣王派大臣南仲率大军征讨侵犯周之疆界的北狄猃狁，以此喻指赵匡胤这次出征契丹实是奉周恭帝之命。而三军将士发动陈桥兵变，把黄袍披在他身上，赵匡胤是被迫的，事前毫不知情，临事还"三逊三辞"，实在不得已才接受"黄袍加身"之事实，并且还与将士们订立了"毋虐臣主""毋掠民庶"之誓。因此，赵匡胤在代周篡权的陈桥兵变事件中的行为，实出自天意，是应天顺人，以仁得天下，故可媲美于上古圣人舜帝、汤王。

---

[1] 《长编》卷一建隆元年正月乙巳条注，第5页。

第四章 宋初形势的稳定

一、变家为国：构建新的权力中枢

宋太祖利用缜密的策划，使"陈桥兵变"一举成功，迅速而又兵不血刃地攫取了大位，创立赵宋王朝，避免了往往在改朝换代之际出现的大动乱，从而赢得民心，并使京城中拥护后周的势力和各地节度使、驻屯禁军，因突然面对一个强悍的新天子及忠于他的强大武装而一时手足无措，俯首称臣。但新政权依然危机重重，可谓三面受敌：其一是来自拥护后周政权者的反抗，其二是来自北方契丹、北汉政权的军事威胁，其三是来自南方割据政权对中原地区的觊觎。

赵宋政权虽已建立，但其统辖区域并不太大，大体仅为今河南、山东、河北大部、山西南部、陕西大部、甘肃一部以及江苏、安徽、湖北的长江以北地区。因此，在当时中国疆域内同时存在的诸政权中，宋朝疆域远小于辽，只是强于南方诸割据政权及割据山西北部的北汉而已。

然而对于宋太祖来说，其目下最为紧迫之事，却是在"内忧"，即尽可能快地消弭后周旧官员、旧将士心中的敌意，争取京城内外百姓的拥护，同时尽快变家为国，构建自己的权力中枢，树立起赵氏新王朝的"合法性"。为此，宋太祖于登基之初，对外采取守势。

建隆元年（960）正月八日，即太祖登基以后的第四天，宋廷便遣使臣赐南唐国主李璟诏书，"谕以受禅意"。数日后，太祖又下令将后周显德年间北降中原的南唐将领三十余人送归江南。二月初，再遣使臣册封天下兵马都元帅、吴越国王钱俶为天下兵马大元帅。此前，南唐与吴越国连年战火，誓不并存，故吴越国投靠中原政权以抗衡南唐。而南唐西与盘踞湖南的楚国摩擦不息，东与吴越国鏖战连年，又遭受北方后周军队的多次重击，淮南之地尽失，并且其与契丹的联络也在后周末年被切断,[1] 故而李璟实在是有心无力,既得宋廷遣使示好,遂即"遣使来贺登极"。同时,吴越国王钱俶同样也"遣使来贺登极"。[2] 此外,后蜀远在四川,其他诸国地狭民寡。宋太祖镇抚南线之策略由此取得了预期效果。

在北线,宋太祖分遣大将镇守河北、河东沿边要地,严令不主动挑衅、攻击,但一旦契丹、北汉军南侵,则坚决予以痛击,却又见好收手,迫使契丹、北汉不敢轻易窥边。由此,河北、河东前线除不多的小摩擦以外,在相当程度上保持着安定状态。

南北两线既定,宋太祖得以全力安定内部,消弭潜在的危险。

首先,昭示"天命",宣扬赵氏篡周的合法性。宋太祖登基以后,随即颁行诏令:尊母亲南阳郡夫人杜氏为皇太后,立其妻琅琊郡夫人王氏为皇后;命令天下州县之名与新天子名讳相同者,皆立即予以改换;令以自己生日为长春节;创建祭祀列祖列宗的宗庙,追尊高祖赵朓以下诸祖宗为皇帝,其夫人为皇后,定其庙号、谥号、陵墓之名号等。此前后周太祖郭威"始造二宝:其一曰'皇帝承天受命之宝',一曰'皇帝神宝'"。宋太祖"受禅,传此二宝,又制'大宋受命之宝'"。[3] 宋太祖又根据礼官建议,认定"国家受周禅,周木德,木生火,当以火德王,色尚赤,腊用戌"。[4] 即宋朝代周,据"五行相生"与传统的政治循环理论"五德转移"之说,周为木德,木生火,故宋当以火德

---

1 《资治通鉴》卷二九三显德六年十二月(第9606页)载:当时"契丹主遣其舅使于唐,(后周)泰州团练使荆罕儒募刺客使杀之。唐人夜宴契丹使者于清风驿,酒酣,起更衣。久不返,视之,失其首矣。自是契丹与唐绝"。
2 《长编》卷一建隆元年三月丙辰条,第10页。
3 《宋史》卷一五四《舆服志六》,第3581页。
4 《长编》卷一建隆元年三月壬戌条,第10页。

统治天下，以赤色为尚，腊祭在戌日。

为证明赵宋代周乃出于"天命"所属，宋廷君臣又竭力宣扬宋太祖得天下之"征兆"。赵匡胤的诞生神话姑且不论，也不说"陈桥兵变"之前一日出军途中"日下复有一日"的鬼话，记载于宋《国史》的登基"征兆"还有："太祖从周世宗征淮南，战于江亭，有龙自水中向太祖奋跃。"[1] 此外，赵普《龙飞记》声称：

> 先是，民间有得梁朝沙门宝志铜碑记谶未来事云："有一真人在冀川，开口张弓在左边，子子孙孙万万年。"江南李王名其子曰"弘冀"，吴越钱镠诸子皆连"弘"字，期应图谶。及上受禅，而宣祖之讳正当之，始知天命有所归矣。[2]

宋人笔记《杨文公谈苑》、北宋张敦颐《六朝事迹编类》卷下也载有类似文字。"开口张弓在左边"为"弘"字，而所谓"宣祖之讳正当之"，乃指宋太祖父名赵弘殷，正符合宝志和尚谶言中的"弘"字，故被赵普视作赵氏上膺"天命"之兆。《太平治迹统类》所载的预示赵匡胤登基之谶言颇多，如云："一日，上（赵匡胤）梦从世宗游池上，世宗取印视之，回顾梁王（周世宗子）弗与，而授于上。"[3] 而且宋太祖本人也直接参与此类"神话"的编造。据《涑水记闻》卷一记载，宋太祖尝向臣下吹嘘道：

1　《宋史》卷六二《五行志一·水下》，第1363页。
2　《全宋文》卷四四赵普《皇朝龙飞记》，第3册，第99页。按："宝志铜碑"之"碑"，《宋朝事实类范》卷四七《铜牌记》作"牌"。
3　《太平治迹统类》卷一《圣宋仙源积庆符瑞》，第6页。

> 帝王之兴，自有天命，求之亦不能得，拒之亦不能止。万一有不虞之变，其可免乎！周世宗见诸将方面大耳者皆杀之，然我终日侍侧，不能害我。若应为天下主，谁能图之？不应为天下主，虽闭门深居，何益也？[1]

两宋之际的罗从彦也记载道：

> 太祖尝言："天命所属，王者不死。周世宗每见将帅容貌魁壮、为士心所附者，率多疑忌。见人之形气磊落者，多因事诛之。而朕日侍其侧，都不为虑。"[2]

但宋太祖所说的"周世宗见诸将方面大耳者皆杀之"，却实有编造之嫌。虽然史载周世宗敢于"诛杀"，但据《资治通鉴》《旧五代史·周世宗纪》等史籍记载，周世宗继位以后所诛杀的武将并不很多（见下表）：

---

1 《涑水记闻》卷一，第4—5页。按：《长编》卷一也载此事，注明引自《涑水记闻》。
2 （宋）罗从彦：《豫章文集》卷二《遵尧录一·太祖》，上海古籍出版社《文渊阁四库全书》本。

周世宗诛杀武将情况表

年月	诸将名	官职	被杀原因
显德元年三月	范爱能	侍卫亲军马军都指挥使、夔州节度使	因高平之战中临阵脱逃,与何徽等将校七十余人皆被诛
	何徽	侍卫亲军步军都指挥使、寿州节度使	
元年十月	孟汉卿	左羽林大将军	坐监纳蒭税场官扰民,多取耗余,赐死
二年二月	康俨	前济州马军都指挥使	坐桥道不谨,斩于路左
四年六月	齐藏珍	前濠州刺史	以罪弃市
五年十二月	武淮恩	楚州兵马都监	坐擅杀降军四人

当然,为周世宗所诛杀的武将当不止上述数人,但也绝未如宋太祖所称的"周世宗见诸将方面大耳者皆杀之"的程度。其中仅范爱能、何徽等将校七十余人属禁军之将,其余或为地方守将,或为监军之职,对皇位应无甚威胁。而且史书中称周世宗"用法太严,群臣职事小有不举,往往置之极刑,虽素有才干声名,无所开宥",[1] 非武将而被周世宗所诛杀者也有不少,如:显德二年(955)五月,"刑部员外郎陈渥赐死,坐检齐州临邑县民田失实也。渥为人清苦,临事有守,以微累而当极刑,时论惜之";四年十月,"左藏库使符令光弃市。时帝再议南征,先期敕令光广造军士袍襦,不即办集,帝怒,命斩之。时宰臣等至庭救解,帝起入宫,遂戮于都市。令光出勋阀之后,历职

---

1 《资治通鉴》卷二九四后周显德六年六月,第9602页。

内庭，以清慎自守，累总繁剧，甚有廉干之誉。帝素重其为人，每加委用，至是以小过见诛，人皆冤之"。[1] 此外，宋真宗时人陶岳于《五代史补》中也记载了后周太祖、世宗曾以谶言杀人之事：当郭威发动兵变统军入京师，"三军分扰，杀人争物者不可胜数，时有赵童子者，知书善射，至防御使"，见状大怒，"持弓矢于所居巷口，据床坐，凡军人之来侵犯者，皆杀之。由是居人赖以保全者数千家。其间亦有致金帛于门下，用为报答，至堆集如丘陵焉。童子见而笑曰：'吾岂求利者耶！'于是尽归其主。高祖（郭威）闻而异之，阴谓世宗曰：'吾闻人间谶云："赵氏合当为天子。"观此人才略度量近之矣，不早除去，吾与汝其可保乎！'使人诬告，收付御史府，劾而诛之"。为此，陶岳评论道："洎高祖厌世，未十年，而皇宋有天下。赵氏之谶，其应于斯。王者不死，信矣哉！"[2] 可见宋太祖虚构"周世宗见诸将方面大耳者皆杀之"之语，实为印证自己篡夺皇位上符"天命"故而"王者不死"而已。

其次，着意安抚原后周官员，以平息深刻的社会危机。宋太祖对此主要从三方面着手：

在登基的当日，宋太祖已为后周幼主和符太后的待遇作出了安排，改封退位的周恭帝为郑王，以奉周祀，符太后为周太后，移居西宫。五月，在西京洛阳建造供奉后周太祖、世宗皇帝等的周六庙，将

---

1 《旧五代史》卷一一五《周书六·世宗纪二》、卷一一七《周书八·世宗纪四》，第1532页、第1562页。又据《资治通鉴》卷二九三后周显德三年四月丙戌（第9554页）等载，周世宗"尝怒翰林学士窦仪，欲杀之；范质入救之，帝望见，知其意，即起避之，质趋前伏地，叩头谏曰：'仪罪不至死，臣为宰相，致陛下枉杀近臣，罪皆在臣。'继之以泣。帝意解，乃释之"。
2 《五代史补》卷五《高祖以谶杀赵童子》，《五代史书汇编》本，第2524页。

原在开封的周太庙迁去,逢年过节时特遣礼官去祭祀,并另遣使者慰问周太后和郑王。建隆三年(962),宋太祖又将郑王柴宗训迁居于僻处群山之间的房州(今湖北房县),并让自己启蒙老师、人称"长者"的辛文悦知房州,[1]于监视的同时而又给予他一定庇护。开宝六年(973)春,郑王死于房州,终年二十一岁。宋太祖闻知后,为他素服发丧,葬之于周世宗庆陵旁,赐谥号曰恭皇帝,陵曰顺陵。周太后寿命较长,一直活到宋太宗淳化四年(993)。[2]

苏辙《龙川别志》卷上有言,当时兵变军队进入开封城,宰相范质尝与赵匡胤当面约定:"太尉既以礼受禅,则事太后当如母,养少主当如子,慎勿负先帝旧恩。"并称"终质之世,太后、少主皆无恙"。[3]按范质死于乾德二年(964),柴宗训之弟柴熙谨即死于此年,苏辙之说大概由此而附会。不过从苏辙的记载上推测,周恭帝亡于青年,恐非善终。

对于周世宗其他诸子,宋太祖的处理也较为宽仁。周世宗诸子,除周恭帝柴宗训外,宋人笔记有载:"艺祖初自陈桥推戴入城,周恭帝即衣白襕,乘轿子出居天清寺。天清,世宗节名,而寺其功德院也。艺祖与诸将同入内,六宫迎拜。有二小儿丱角者,宫人抱之亦拜。询之,乃世宗二子纪王、蕲王也。顾诸将曰:'此复何待?'左右即提去,惟潘美在后以手掐殿柱,低头不语。艺祖云:'汝以为不可耶?'美对曰:'臣岂敢以为不可,但于理未安。'艺祖即命追还,以其一人赐美。美

---

[1] 《宋史》卷四三一《辛文悦传》,第12820页。
[2] 《宋史》卷二四二《后妃传上》,第8609页。
[3] 《龙川别志》卷上,第71页。

即收之以为子，而艺祖后亦不复问。"[1] 据《新五代史》，柴宗训有幼弟三人，曹王熙让、纪王熙谨、蕲王熙诲，其中熙谨死于乾德二年十月，熙让、熙诲"不知其所终"。[2] 此大概因为将周世宗之子赐给潘美，不便记载于正史，故而《新五代史》如此说。但不知潘美所领养者是谁。

当然，宋太祖厚待前朝太后和幼主及其家人的做法还是颇为高明的，不仅由此安抚了后周皇室及其亲戚、友朋、部属，也向天下百姓显示了自己的心胸气度，留下了好名声。这是因为"夺天下于孤儿寡母之手"的宋太祖，眼见五代乱世中许多靠大刀长枪抢得天子宝座者，在登上皇帝宝座以后，便大杀前朝皇室全族，从而结怨世人，大失民心，其政权成为一个又一个短命王朝。为使国祚长久，史载宋太祖在祭祀祖宗的太庙偏殿内建有"誓碑"，立下祖训三条，其第一条便是："柴氏子孙有罪，不得加刑。纵犯谋逆，止于狱中赐尽，不得市曹刑戮，亦不得连坐支属。"[3] 这誓约，看来大宋历朝皇帝都较好地遵守了，柴氏子孙获得颇好照顾，后周皇陵亦设专人守护。如在嘉祐四年（1059），宋仁宗还特下诏书，命令官府根据柴氏族谱，推举年龄

---

[1] 《默记》卷上，第3—4页。按：《默记》又载，此子即"其后名惟正者是也。每供三代，惟以美为父，而不及其他。故独此房不与美子孙连名。名凤者，乃其后也。凤为文官，子孙亦然。凤有才，为名师，其英明有自云"。然王巩《随手杂录》（中华书局2017年《清虚杂著三编》本）所载略异："太祖皇帝初入宫，见宫嫔抱一小儿，问之，曰世宗子也。时范质与赵普、潘美等侍侧，太祖顾问普等，普等曰：'去之。'潘美与一帅在后，不语。太祖召问之，美不敢答。太祖曰：'即人之位，杀人之子，朕不忍为也。'美曰：'臣与陛下北面事世宗，劝陛下杀之，即负世宗。劝陛下不杀，则陛下必致疑。'太祖曰：'与尔为侄。世宗子不可为尔子也。'美遂持归。其后太祖亦不问，美亦不复言。后终刺史，名惟吉，潘凤之祖也。美本无兄弟，其后惟吉历任供三代，止云以美为父，而不言祖。余得之于其家人。"此说大概是为美化赵匡胤宽宏大量的形象，而将残害先朝皇帝之幼子的恶名转嫁到"阴狠"的赵普头上。

[2] 《新五代史》卷二〇《周世宗家人传》，第235页。

[3] （宋）陆游：《避暑漫抄》引《秘史》，大象出版社2012年《全宋笔记》（第五编）本，第140页。

最长者一人，主持每年岁节时的祭祀之事。[1]

同时，宋太祖采取留用全部后周官员的方法来化解其不满情绪，以图使改朝换代平稳过渡。宋太祖即位后数日，便特派使者携带诏书传谕四方，"领节镇者并进爵"，但除在"陈桥兵变"之前即领军"巡北边"的侍卫亲军马步军都虞候韩令坤和殿前副都点检慕容延钊"皆听命"，[2] 以及与宋太祖关系密切的忠武军节度使张永德、天雄军节度使符彦卿[3] 即刻上奏表示归附外，其他节度使因事出突然，一时不及反应，大多未轻易表态效忠。据《后山谈丛》载："太祖既受位，使告诸道，东诸侯坐使者而问：'故宰相其谁乎？枢密使副其谁乎？军职其谁乎？从官其谁乎？'皆不改旧，乃下拜。"[4] 故后世史臣尝称誉道："太祖有天下，凡五代之臣，无不以恩信结之，既以安其反侧，亦藉其威力，以镇抚四方"。[5] 此外，宋太祖对心怀不满者又取宽容态度，从而取得较好效果，逐渐获得了士大夫的拥护。

宋太祖为争取民心，强化自己权威，称帝之初，便下令搜捕在兵变将士进入开封城时趁乱抢劫的"闾巷奸民"，捕获其中为首者在市中斩首示众，并由官府赔偿被害者的损失。[6] 而对于韩通被杀，宋太祖虽然心中暗喜，但出于表彰忠义、争取原属韩通麾下将士归附的目的，便以"易姓受命，王者所以应期；临难不苟，人臣所以全节。……言

1　按：在后世民间传说中，宋太祖赐给周世宗的后代"誓书铁券"，或称"丹书铁券"，即免死金牌。如《水浒传》里的"小旋风"柴进，作为周世宗柴荣后裔，即家藏宋太祖赐给他祖上的"丹书铁券"。
2　《长编》卷一建隆元年正月己未条，第7页。
3　按：符彦卿两女先后为周世宗之皇后，另一女为宋太祖之弟赵光义之妻。
4　(宋)陈师道：《后山谈丛》卷四，中华书局2007年版，第59页。
5　《宋史》卷二七一"论曰"，第9301页。
6　《长编》卷一建隆元年正月丁未条，第6页。按：《宋史》卷二七〇《高防传》(第9261页)云"太祖还自陈桥，(高)防所居为里民所略，诏赐绫绢、衣服、衾褥、鞍马"。

念元勋，将加殊宠，苍黄遇害，良用怃然"为名，赠韩通中书令，以礼安葬，[1] 并授韩通之幼子韩守谅东头供奉官之职。

在"陈桥兵变"中，赵匡胤曾允诺事成后厚赏三军将士，故待到京城内外局势大体得到控制以后，随即履行承诺，满足兵变将士们的发财欲望，酬谢其拥戴之功。

正月十一日，参与陈桥兵变的禁军武将，"论翊戴功"，皆得加官晋爵：石守信自义成军节度使、殿前都指挥使升为归德军节度使、侍卫亲军马步军副都指挥使，高怀德自宁江军节度使、侍卫亲军马军都指挥使为义成军节度使、殿前副都点检，张令铎自武信军节度使、侍卫亲军步军都指挥使为镇安军节度使、侍卫亲军马步军都虞候，王审琦自殿前都虞候为泰宁军节度使、殿前都指挥使，张光翰自虎捷右厢都指挥使为宁江军节度使、侍卫亲军马军都指挥使，赵彦徽自龙捷右厢都指挥使为武信军节度使、侍卫亲军步军都指挥使，"余领军者并进爵"。[2] 如控鹤军都指挥使、虔州刺史韩重赟"以翊戴功，擢为龙捷左厢都校，领永州防御使"。内殿直都虞候马仁瑀"从太祖北伐。初以佐命功授散员都指挥使，领贵州刺史"。亲校田重进"从征契丹，

---

1 《宋史》卷四八四《周三臣·韩通传》，第13970页。按：陈振孙《直斋书录解题》卷四《新五代史》（上海古籍出版社1987年版，第104页）有云"按韩通之死，太祖犹未践极也，其当在周臣明矣"，即因韩通被杀于宋太祖开国之前，故按惯例，韩通当属后周臣子。但宋官修史籍却对此颇有讳避，宋初所修《旧五代史》未为韩通立传，反而立传于《太祖实录》内。（参见《宋初政治研究——以皇位授受为中心》，第76—77页。）而据（宋）周密《齐东野语》卷十三《韩通立传》（中华书局1983年版，第234—235页）载，欧阳修纂《新五代史》时因未能为韩通立传，遂被学者刘敞讥为"第二等文字耳"。
2 《宋史》卷一《太祖纪一》，第5页。按：上述文字中两处"宁江军节度使"原皆作"江宁军节度使"，"虎捷右厢都指挥使"原作"虎捷右厢都虞候"，"为武信军节度使、侍卫亲军步军都指挥使"之"侍卫亲军步军都指挥使"等字原缺，据《长编》卷一建隆元年正月辛亥条（第6—7页）改补。

至陈桥还,迁御马军使"。[1] 随同北征的术士也得到擢升,如"世习医业"的翰林医官、卫尉寺主簿刘翰,"太祖北征,命翰从行。建隆初,加朝散大夫、鸿胪寺丞"。而"善天文占候之术"、在北征路上装神弄鬼的殿前散员右第一直散指挥使苗训,"既受禅,擢为翰林天文,寻加银青光禄大夫、检校工部尚书"。[2]

十八日,领军在河北前线的殿前副都点检、镇宁军节度使慕容延钊擢升为殿前都点检、昭化军节度使、同中书门下二品,镇安军节度使、侍卫亲军马步军都虞候韩令坤为侍卫亲军马步军都指挥使、天平军节度使、同平章事,[3] 仍驻守北边。

宋太祖因幕府谋士立下佐命之功,也论功行赏,以官爵酬谢:二十日,"赐霸府宾佐将吏袭衣、金带、鞍勒有差"。二十一日,擢归德军节度判官刘熙古为左谏议大夫,归德军节度掌书记赵普任右谏议大夫、枢密直学士,宋亳观察判官吕余庆为给事中、端明殿学士,摄宋亳观察推官沈义伦为户部郎中,归德军节度副使张彦柔领池州刺史。[4] 而赵匡胤幕府中武臣也纷纷出任要职:都押衙李处耘为客省使兼枢密承旨、右卫将军,王仁赡为武德使,楚昭辅为军器库使。[5]

二十三日,以其弟赵匡义为殿前都虞候,领睦州防御使;并为避宋太祖之名讳,匡义赐名光义,另一弟匡美赐名光美。

1　《宋史》卷二五〇《韩重赟传》,第8823页,卷一七二《马仁瑀传》,第9345页;卷二六〇《田重进传》,第9024页。
2　《宋史》卷四六一《方技传上》,第13505页、第13499页。
3　按:"同中书门下二品",即"同中书门下平章事",此乃因"避其(慕容延钊)父名敖也"。见《宋史》卷二五一《慕容延钊传》,第8833页。又如《宋史》卷二五七《吴廷祚传》(第8948页)云吴廷祚"宋初,加同中书门下二品,以其父名璋,故避之"。
4　《长编》卷一建隆元年正月辛酉条、壬戌条,第7—8页。
5　《宋史》卷二五七《王仁赡传》《楚昭辅传》《李处耘传》,第8956页、第8959页、第8961页。

宋太祖登基之初，虽为避免政局动荡，尽量争取士大夫的拥护，留用了全部后周官员，但其能信任和依靠的，主要还是义社兄弟、幕府谋士以及自己亲属。由于义社兄弟出身行伍，领兵打仗算得上行家里手，但处理国家政务却颇不称职，故宋太祖登基后，大力擢任自己幕府群僚的官职，出掌各要害实权部门。如最得宋太祖倚重的赵普即以枢密直学士的身份进入枢密院，任皇弟赵光义为殿前都虞候，通过这些亲信近臣将军政大权牢牢地掌握在自己手中。

对于翊戴功臣赵普仅被授任枢密直学士，元朝史臣在《宋史·赵普传》"论曰"中称誉道：宋朝建立之后，赵普"以一枢密直学士立于新朝数年，范、王、魏三人罢相，始继其位，太祖不亟于酬功，普不亟于得政"。[1] 但元人此一说法实属似是而非之论，因五代时期，中央权力中枢实掌于枢密院，而不在宰相。

枢密院起源于唐代宗永泰年间，其初任用心腹太监为内枢密使，执掌朝廷机密文书，权倾中外。五代后梁时废枢密院而入崇政院，至后唐时又予以恢复，且"参用士人"，其权责重于宰相。因此，清人赵翼明确指出："唐中叶以后，始有枢密院，乃宦官在内廷出纳诏旨之地。昭宗末年，朱温大诛唐宦官，始以心腹蒋玄晖为唐枢密使，此枢密移于朝士之始。温篡位，改为崇政院，敬翔、李振为使，凡承上之言，皆宣之宰相。宰相有非见时而事当上决者，则因崇政使以闻，得旨则复宣而出之。然是时止参谋议于中，尚未专行事于外。至后唐复枢密使之名，郭崇韬、安重诲等为使，枢密之任重于宰相，宰相自此失职。"至有"当时枢密之权等于人主"之说。[2] 北宋史家范祖禹亦尝指出："自

1　《宋史》卷二五六"论曰"，第8945页。
2　《廿二史札记》卷二二《五代枢密使之权最重》，第471页。

唐室衰季以及五代,枢密之权偏重,动为国患,由手握禁旅,又得兴发也。"[1] 元初胡三省也称"自后唐同光以来,枢密使任事,丞相取充位而已"。[2] 待至后周世宗时,朝廷大权独揽于皇帝,范质等为宰相,尽心政事,使得朝政独归枢密院的情况稍有改变,但枢密使王朴依然权重于宰相,如司马光所论:五代"枢密使皆天子腹心之臣,日与议军国大事,其权重于宰相。(宋)太祖受命,以宰相主文事,参知政事佐之;枢密使专掌武事,副使佐之"。[3] 但实际情况,乃是直至赵普拜宰相入主中书之后,才使朝政事权偏重于枢密院的现象得以转变。

因此之故,周世宗临死前,要让顾命大臣、宰相范质、王溥参知枢密院事。而宋太祖也于登基后的第二个月,即以宰相范质加侍中、王溥加司空,依旧为宰相,却免去他俩"参知枢密院事"一职,实质上剥夺了其参与军国机要决策的实权;宰相魏仁浦虽仍兼枢密使,但不再多过问枢密院事务;另一枢密使吴廷祚则以"谨厚寡言"著称。故此时枢密院实权乃掌握在枢密直学士赵普之手。

此外,"居潜旧臣"以谋主身份擢任枢密直学士之职,在五代时亦多有先例。如后周太祖郭威登基以后,即以谋主、邺都留守判官王溥为左谏议大夫,充枢密院直学士,[4] 此后才擢拜宰相。故宋太祖任命赵普为枢密直学士以执掌枢密院之权,实沿袭后周之制。

与赵普情况相仿,昔日幕府成员也在宋太祖登基以后承担重要职责:自宋亳观察判官召拜给事中、充端明殿学士的吕余庆,"未几,

---

1 (宋)赵汝愚:《宋朝诸臣奏议》卷六四范祖禹《上哲宗论曹诵权马军司有二不可》,上海古籍出版社1999年版,第709页。
2 《资治通鉴》卷二八九后汉乾祐三年十二月注,第9449页。
3 《宋朝诸臣奏议》卷四七司马光等《上哲宗乞合两省为一》,第506页。
4 《旧五代史》卷一一○《周书·太祖纪一》,第1700页。

知开封府。太祖征潞及扬，并领上都副留守"，[1]即东京副留守。知开封府的重要性不需多言，即是端明殿学士，也不似此后作为"官、职、差遣"之贴职，而是一重要职官：后唐天成元年（926）五月，"时明宗登位，每四方书奏，多令枢密使安重诲读之，不晓文义。于是孔循献议，始置端明殿学士"，命翰林学士知制诰冯道、翰林学士中书舍人赵凤以本官充任。[2]据《新五代史·赵凤传》，此举乃因"明宗武君，不通文字，四方章奏，常使安重诲读之。重诲亦不知书，奏读多不称旨。孔循教重诲求儒者置之左右，而两人皆不知唐故事，于是置端明殿学士，以冯道及凤为之"，[3]"班枢密使之后"。[4]而叶梦得更明确指出端明殿学士实属枢密院之职事官，同于枢密直学士："梁改枢密院为崇政院，因置直崇政院。唐庄宗复旧名，遂改为枢密院直学士。至明宗时，安重诲为枢密使。明宗既不知书，而重诲又武人，故孔循始议置端明殿学士二人，专备顾问，以冯道、赵凤为之，班翰林学士上，盖枢密院职事官也。"[5]但与枢密直学士的相异之处，在于端明殿学士偏重于"备顾问"，故未久吕余庆即出掌俗称"南衙"的开封府。

另外两位幕府文职成员，刘熙古被召任左谏议大夫，出知青州，沈义伦官户部郎中；其武职幕僚李处耘为客省使兼枢密承旨、王仁赡为武德使、楚昭辅为军器库使，初看皆未有异常处，但细加分析，却颇见奥妙：

宋初官与差遣尚未如此后那样分离，故沈义伦出任郎中之户部，

---

1 《宋史》卷二六三《吕余庆传》，第9099页。
2 《旧五代史》卷一四九《职官志》，第2323页。
3 《新五代史》卷二八《赵凤传》，第350—351页。
4 （宋）宋敏求：《春明退朝录》卷上，中华书局1980年版，第13页。
5 《石林燕语》卷二，第25页。

属实职,乃掌朝廷钱粮之所在。当时赵宋政权之疆域四边,北为强敌辽国及其属国北汉,西南为占据四川的后蜀,南在长江一线与南唐相距,仅东边山东地区可说是宋之后方,而青州乃东疆重镇,宋太祖命刘熙古出镇,可见其对昔日幕僚的倚重。

而枢密承旨亦为枢密院职事官,但由武臣担任;军器库,乃朝廷武库之所系。武德使乃执掌武德司者。武德司,太平兴国六年(981)十一月改为皇城司,《东京记》载其"掌皇城管钥、木契及命妇朝参显承殿内取索事"。[1] 武德司卒还负有"廉察"官吏之责。[2] 又据《文献通考·职官考》载:"皇城司以入内两都知主内判,内定事入内都知无不与;知者惟宿直,诸班禁卫略无统摄。而皇城司亲从官数千人,乃命武臣二员同两都知主之,而殿前复不预,此祖宗处军政深意也。"[3] 即武德司"亲从官数千人",不属管辖"宿直诸班禁卫"的殿前司执掌,以达到互相抗衡的目的,此即所谓"祖宗处军政深意"。

基于相同的原因,赵光义担任的殿前都虞候也为禁军要职。虽说当时禁军二司,侍卫司的兵员要多于殿前司,但宋太祖主要依仗殿前司将士发动陈桥兵变,故登基以后,殿前司势力已凌驾于侍卫马、步两司之上。在五代,殿前都虞候的品级较低,不但低于侍卫亲军马步军都虞候,甚至还在侍卫司的龙捷、虎捷四厢都指挥使之下。宋初,宋太祖为提高赵光义的权位,悄然将殿前都虞候的品级提升至龙捷、虎捷四厢都指挥使之上。而当时殿前司长官中,殿前都点检慕容延钊正驻兵于河北,镇守北边,殿前副都点检高怀德"移镇滑州,充关南

---

1 《事物纪原》卷六《皇城司》,第333页。
2 《后山谈丛》卷三(第46页):"蜀平,以参知政事吕余庆知益州,余用选人,以轻其权,而置武德司刺守贪廉,至必为验。"
3 《文献通考》卷五八《职官考十二·干办皇城司》,第1744页。

副都部署",[1] 殿前都指挥使王审琦随即"从征李筠",[2] 此时还未设置殿前副都指挥使,因此,执掌京城殿前司禁军的实为殿前都虞候皇弟赵光义,代表其皇兄控御禁军大权。

由此,宋太祖在不改变原设机构和撤换原有官员的情况下,通过将心腹臣僚放入要害部门任职,以较低的官职执掌实际职权的方法,平稳地构建起完全听命于自己的新中央权力中枢,并初步奠定了赵宋王朝在都城开封内外的统治。

后周三相范质、王溥和魏仁浦入宋以后,皆被新朝留用,但已被悄悄挤出中枢决策机构,而主要处置国家行政事务。不过,在宋初稳定京城与各地局势、争取原后周官员和民心对新王朝的支持,以及恢复、发展经济等方面,范、王、魏三相还是尽心尽职,发挥着重要作用。史载范质每次颁行朝廷制敕文书,其内容从未突破法律条文所许可的范围;给各地州刺史、县令的命令,必定以州县户口、农事等事务为急;每遣使者去各地巡查民田、按察狱讼之前,都加以接见,告之天子忧虑民间疾苦、勤勉政务等情况,要他们为君上、为国家分忧。乾德元年(963),宋太祖"将有事圜丘",以范质为大礼使。范质与卤簿使张昭、仪仗使刘温叟"讨论旧典,定《南郊行礼图》上之。帝尤嘉奖。由是礼文始备"。[3]

不过,作为被留用的前朝宰相,自然经常会遇到尴尬之事,那些成功拥戴新天子登基的开国功臣,并不太将范质等三相放在眼里。如在陈桥兵变中杀死韩通的禁军将校王彦升,此时任京城巡检,有一次

---

1 《宋史》卷二五〇《高怀德传》,第8822页。
2 《东都事略》卷十九《王审琦传》。
3 《宋史》卷二四九《范质传》,第8795页。

趁夜间巡逻之机,闯入宰相王溥家中,说是欲求"一醉",实际"意在求货"。[1] 虽然宋太祖获知此事后,立即将王彦升贬官赶出了京城,但此一事件给这些后周旧臣带来的心理冲击恐怕是很难轻易消弭的。

宋太祖虽然表面上对范质等人礼遇有加,但实质上还是怀有戒心的。如史载:

> 先是,宰相见天子必命坐,有大政事则面议之,常从容赐茶而退。自余号令除拜,刑赏废置,但入熟状,画可降出即行之。唐及五代,皆不改其制,犹有坐而论道之遗意焉。(范)质等自以前朝旧臣,稍存形迹,且惮上英武,每事辄具劄子进呈,退即批所得圣旨,而同列署字以志之。尝言于上曰:"如此,则尽禀承之方,免妄误之失矣。"上从之。由是,奏御浸多,或至旰昃,赐茶之礼寻废,固弗暇于坐论矣。后遂为定式,盖自质等始也。[2]

即宋代以前,宰相至朝堂面见天子议论国家大政,天子必定命其坐下商谈,共同议政,并从容赐茶。范质等三相却开始改变这一做法,每事都进呈札子(奏章)给天子,待天子批阅后执行,称如此可使自己"免妄误之失"。对于范质等人如此行事的原因,宋人称其"惮帝英睿",当然这只是一句场面话而已,其真正原因还是在于他们那颇有些尴尬的身份。一心欲强化皇权的宋太祖自然乐于接受。此后由丁用奏章处置政事的情况越来越多,那宰相见天子"坐论"国家大事之礼遂被废

---

1 《长编》卷一建隆元年四月丁丑条,第11页。
2 《长编》卷五乾德二年正月戊子条,第118页。

止。对于此礼的废止,宋人笔记中还有另外一种说法:

> 自唐以来,大臣见君,则列坐殿上,然后议所进呈事,盖坐而论道之义。艺祖即位之一日,宰执范质等犹坐,艺祖曰:"吾目昏,可自持文书来看。"质等起进呈罢,欲复位,已密令中使去其坐矣,遂为故事。[1]

即认为有一天范质等人上殿奏事时,宋太祖借口臣僚奏章文字不清,让范质等上前解释,并乘机令人将宰相的座位挪走,而老于世故的范质等人自然明白天子的用意,默然接受,于是"坐论之礼"就此被废止。虽然世称宋太祖为人"质任自然,不事矫饰",[2]其语不无宋人夸饰的成分,但总体而言,宋太祖不失为一坦荡率直之君主,绝不至于如邵博所言,待人处事如此小肚鸡肠。不过,这一传言倒是颇为形象地描绘出范质等人"在人屋檐下"的尴尬境遇。所以,宋朝甫立,范质便称"被疾",魏仁浦亦"以疾在告"。[3]

建隆元年八月,因赵普从征李筠之功,宋太祖特意嘱咐宰相说"赵普宜在优等",而擢为兵部侍郎,充枢密副使。明了天子心意的范质,遂上章疏奏请道:"宰相者以举贤为本职,以掩善为不忠。所以上佐一人,开物成务。端明殿学士吕余庆、枢密副使赵普,富有时才,精通治道,经事霸府,历岁滋深。自陛下委以重难,不孤倚任,每因款接,

---
1 《邵氏闻见后录》卷一,第1页。又,《曲洧旧闻》卷一《太祖易前朝宰执大臣坐次》(第85页)乃云太祖"始听政,有司承旧例设宰相以下坐次,即叱去之。如太阳东升,焜耀万物,无敢仰视者"。实属吹嘘过头了。
2 《宋史》卷三《太祖纪三》,第49页。
3 《宋史》卷二四九《范质传》,第8794页;《魏仁浦传》,第8804页。

备睹公忠。伏乞授以台司，俾申才用。今宰辅未备，久难其人，以二臣之器能，攀附之幸会，置之此任，孰谓不然。"[1]明白表达了自己与其虚居相位，不如一退了之的想法，让天子的幕府旧僚出任宰相，使名实相符。但宋太祖还是认为时机尚不成熟，未予采纳。

建隆三年（962）六月，枢密使吴廷祚罢；十月，赵普升补其职，另一位赵匡胤幕府谋士李处耘递补枢密副使之职。乾德二年（964）正月，因范质等三相屡次求退，而赵普等幕府旧臣已能胜任军国重事的处置、管理，宋太祖遂同日罢免范质、王溥、魏仁浦三人宰相之职，范质任太子太傅，王溥任太子太保，魏仁浦仍官尚书左仆射，而拜枢密使赵普为宰相，任命李崇矩为枢密使；随后又以昔日幕僚王仁赡为枢密副使。

赵普有机谋，通吏道，且与赵家关系非同一般，深得宋太祖的赏识和信任，所以拜相以后，天子是"事无大小，尽咨决焉"，宠待如左右手。而继赵普出任枢密使的李崇矩号称忠厚长者，与宋太祖的关系亦不密切，由此中枢事权遂随着赵普从枢密院转到了宰相这边，使得宰相的权位压过枢密使一头。宋太祖专任赵普，见他事务繁杂，便想为他配备副手，却又不欲分赵普之权，遂询问翰林学士承旨陶谷道："下宰相一等者为何官？"陶谷答："唐有参知机务、参知政事。"宋太祖遂于是年四月始置参知政事一职，以枢密直学士、兵部侍郎薛居正、吕余庆为之，并下令：参知政事"不宣制（敕书），不押班（指朝堂上引领百官），不知印（相印），不升政事堂（宰相办公场所），止令就宣徽使厅上事，殿廷别设砖位于宰相后，敕尾署衔降宰相数字，

---

[1] 《长编》卷二建隆二年七月壬午条，第51页。

月俸杂给皆半之,盖上意未欲令居正等与普齐也",[1] 几无实权,俸禄待遇等也仅为宰相的一半。由此,参知政事几乎成为宰相的属官,"但奉行制书而已,事无大小,一决于"赵普。[2] 不过,《涑水记闻》也载有一事云:

> 他日,上因出,忽幸(赵)普第。时吴越王(钱)俶方遗普书及海物十瓶列庑下,会车驾卒至,普亟出迎,弗及屏也。上顾见,问何物,普以实对。上曰:"此海物必佳。"即命启之,皆满贮瓜子金也。普皇恐,顿首谢曰:"臣未发书,实不知此,若知此,当奏闻而却之。"上笑曰:"但受之,无害。彼谓国家事皆由汝书生耳。"固命普谢而受之。[3]

所谓"彼谓国家事皆由汝书生耳",显示出宋太祖虽十分信任赵普,但仍自信充分掌控着国家军政大事的决定之权。

此后赵普独任宰相十年,因大权独断,引起天子不安,遂命参知政事升政事堂,知印、押班、奏事,与宰相同议政事,以此扩大参知政事的事权,分宰相赵普之权。至此,宋代中央行政机构的格局基本确立。在此对北宋前期实行的中央行政制度做一些简要的介绍。

宋初因袭唐、五代职官体制,但宋太祖为适应中央集权需要,不断调整官职及其权限,所谓"太祖设官分职,多袭五代之制,稍损益

---

[1] 《长编》卷五乾德二年四月乙丑条,第125页。
[2] (宋)朱熹:《五朝名臣言行录》卷一之一《中书令韩国赵忠献王》,上海古籍出版社、安徽教育出版社2002年《朱子全书》本,第20页。
[3] 《长编》卷一二开宝四年十一月癸巳朔条引,第272—273页。

之",[1]从而形成中书门下和枢密院二府（政府和枢府，也称东府和西府）对掌文武"二柄"的制度。

唐初，以中书、门下、尚书三省综理政务，三省长官（中书令、侍中、尚书左右仆射）并为宰相。宰相议事之处称政事堂，初设于门下省，后移至中书省。中书、门下二省地处宫内，尤为机要，称"中书门下"，简称"中书"，但此非指中书省。唐初以三省长官为宰相外，天子往往也命其他官员参预朝政机密，因其官品较低，故加以"同中书门下三品"或"同中书门下平章事"头衔以为宰相（中书令、侍中为正三品官）。此后三省长官逐渐变成虚衔，至唐代后期及五代，以"同中书门下平章事"（简称同平章事）为真宰相。[2]宋沿唐制，虽也设门下、中书、尚书三省，但除尚书省外，门下、中书二省并无实际权责，而于禁中设中书门下（中书），即政事堂，设宰相一至三名，基本以平章事、同平章事为名。为防止宰相擅权，又于宰相下设副相一至二三人，名参知政事。枢密院掌国家军机戎政，其长官称枢密使或知枢密院事，副长官称枢密副使或同知枢密院事，资浅者称签书或同签书枢密院事。参知政事和枢密院长官通常称为"执政"，与宰相合称"宰执"。宰相在名义上可统掌国家军政大事，但一般仅处理行政事务。中书与枢密院的长官可分班奏事，由此形成互相牵制的局面，使军国大事一统于天子，大大地强化了皇权专制体制。

北宋前期又于中央设立总理财政的三司，重要性仅次于二府，号

---

1 《宋史》卷一五八《选举志四》，第3693页。
2 按：以节度使而兼中书令、侍中或同平章事等虚衔者，称使相；而以枢密使兼同平章事者，称枢相。

称"计省"。其长官名三司使,也称"计相",地位仅次于执政。[1]三司下设三个机构:盐铁(掌工商收入及兵器制造等事)、度支(掌财政收支和粮食漕运等事)、户部(掌户口、赋税和榷酒等事)。

由此,北宋将前代宰相单独辅佐皇帝之职权一分为三:行政权在中书门下,军权归枢密院掌握,而财权则由三司执掌。有宋一代,虽然外患不断,却从未发生权相篡位之事,应该说与宋太祖时制定的这一分散相权之措施关系密切。

此外,宋朝又设学士院,有翰林学士数人,为皇帝起草各种诏书,并侍从天子"备顾问",可直接就国事向皇帝进言;设审官院任免少卿监以下京朝官;设审刑院作为国家最高刑案复审机构;另设御史台、谏院司掌百官监察,并负有向天子进言谏劝之职责。这些官司大多直属于天子,使得中级官员的任免管理、刑案终审等事务也从宰相职权中被分析而出,而利于皇帝对百官及国家司法的管控。

因宋廷在旧有官司之外新设了很多机构,增设许多新官职,使原有的三省六部九寺五监等官署大多成为闲散机构,除非有"特旨",则其正任官员不管本司事务,由此形成官职名称与实际职务相脱离的局面:官(也称本官)只用来表示官位和俸禄的高低,称为寄禄官;职(也称帖职)用作文学之臣的荣誉衔;而官员担任的实际职务,称差遣,也称职事官。官、职、差遣的分离,是北宋前期特有的职官制度。这一制度的实施,较好地满足了宋初强化中央集权的需要。

---

[1] 按:三司使始设于后唐长兴元年(930)。

二、讨平二李

宋太祖虽说通过昔日心腹幕僚、义社兄弟以及亲弟等,牢牢地控制了中央军政大权,稳定了京城内外局势,但原北周文武官员中仍有表面俯首臣服而内心却持观望态度,甚至对新朝心怀不满者。如史载宋初名臣李昉于后周时,知"人望已归太祖,而昉独不附,王师入京,昉又独不朝"。[1] 又如"少有俊才"的翰林学士王著,史载当年"世宗以幕府旧僚,眷待尤厚,常召见与语,命皇子出拜,每呼学士而不名。屡欲相之"而未成;入宋后,"加中书舍人,建隆二年,知贡举。时亳州献紫芝,郓州获白兔,陇州贡黄鹦鹉,著献颂,因以规谏。太祖甚嘉其意,下诏褒之。四年春,宿直禁中,被酒,发倒垂被面,夜扣滋德殿门求见。帝怒,发其醉宿倡家之过,黜为比部员外郎"。[2] 但据《国老谈苑》云:"太祖尝曲宴,翰林学士王著乘醉喧哗,太祖以前朝学士,优容之,令扶以出。著不肯出,即移近屏风,掩袂痛哭,左右拽之而去。明日或奏曰:'王著逼宫门大恸,思念世宗。'太祖曰:'此酒徒也。在世宗幕府,吾所素谙。况一书生哭世宗,何能为也。'"[3] 虽然太祖着意淡化王著怀念周世宗的举动,但由此可见,即使时过数年,王著也已俯首臣服,然心底之不满依然借酒爆发。当然,诚如天子所言,"一书生哭世宗,何能为也",然而来自禁军中的异心者,却使宋太祖无法掉以轻心。

史载"太祖皇帝即位后,车驾初出,过大溪桥,飞矢中黄伞,禁卫惊骇。帝拔其胸,笑曰:'教射!教射!'既还内,左右密启捕贼,

---

[1] 《后山谈丛》卷五,第69页。按:《后山谈丛》又云李昉"在周朝知开封府",不确。
[2] 《宋史》卷二六九《王著传》,第9241页。
[3] (宋)王琪《国老谈苑》卷一《太祖优容王著》,中华书局2012年《丁晋公谈录(外三种)》本。

帝不听。久之，亦无事"。[1] 又据司马光记载，宋太祖即位之初，为察觉民心向背，常常微服私行：

> 太祖初即位，亟出微行，或谏曰："陛下新得天下，人心未安，今数轻出，万一有不虞之变，其可悔乎！"上笑曰："帝王之兴，自有天命，求之亦不能得，拒之亦不能止。万一有不虞之变，其可免乎！周世宗见诸将方面大耳者皆杀之，然我终日侍侧，不能害我。若应为天下主，谁能图之？不应为天下主，虽闭门深居，何益也？"由是微行愈数，曰："有天命者，任自为之，我不汝禁也。"于是众心惧服，中外大安。[2]

所谓"周世宗见诸将方面大耳者皆杀之，然我终日侍侧，不能害我"云云并非史实，已见前文考证。对此类记载，清初王夫之有评论道：

> 太祖数微行，或以不虞为戒，而曰："有天命者，任自为之。"英雄欺人，为大言耳。其微行也，以己之幸获，虞人之相效，察群情以思豫制。……野史载其乘辇以出，流矢忽中辇板，上见之，乃大言曰："射死我，未便到汝。"流矢者，即其使人为之也。则微行之顷，左右密护之术，必已周矣。而谏者曰"万一

---

[1]《曲洧旧闻》卷一《太祖飞矢不惊》，第84页。
[2]《涑水记闻》卷一，第4—5页。

不虞",徒贻之笑而已。[1]

王夫之此一诛心之论虽并不尽然,然其称太祖"英雄欺人,为大言耳"也属实情,但欲由此认定"流矢者,即其使人为之也",似乎有昧于宋初面临的严峻形势。

在忠于宋太祖的部队强力控制下,这些零星的暗中反抗有如萤火烛光,虽然尚不足使宋太祖君臣费神多虑,但这并不意味着太祖君臣认为只要简单地仅仅通过使人暗中施放冷箭、自己放言几句大话就可以消灾免难了,而且这种暗杀行为实与各地手握重兵的节度使之态度密切相关。在宋太祖开国之初,各地守臣颇有怀"二心"观望者,如驻守真定府(今河北正定)的成德节度使郭崇"闻上受禅,时或涕泣",驻守陕州(今属河南三门峡)的保义节度使袁彦"及闻禅代,日夜缮甲治兵",而驻守河中府(今属山西永济)的忠正节度使杨承信,"或言其谋反",又建雄节度使杨廷璋,其"姊,故周祖妃,上(太祖)疑有异志"等。[2] 其中,兵广将众、声望显赫的昭义节度使李筠(驻屯潞州)和淮南节度使李重进(驻屯扬州)对新天子尤为猜疑,暗中着手起兵反宋的准备,从而对赵宋政权形成了迫在眉睫的真正威胁。

宋太祖对此危局看得十分明白,也深知各地节度使实视二李的成

---

[1] 《宋论》卷一,第9页。按,(宋)陈长方《步里客谈·佚文》[大象出版社2008年《全宋笔记》(第四编)本,第14页]云:"太祖初受禅,一日有飞矢集御辇者,左右欲搜索,不许,但驻辇四顾,曰:'射杀我,也未到尔做在。'圣度如此。"王夫之"射死我,未便到汝"云云即据此。
[2] 《长编》卷一建隆元年七月戊午条、八月丙子条、十月己巳条,第19—20页、第25页。按:据《宋史》卷二六一《袁彦传》(第9046页),当年赵匡胤"下滁阳,禽皇甫晖、姚凤,彦皆有劳绩",与宋太祖实有旧谊。

败作为自己效忠新朝与否的坐标,但宋朝初建,百废待兴,新政权的顺利运转和统治的真正稳固还需时日才能实现,且自己所控御的军力也无一举剿灭这两大藩镇的绝对把握,而一旦行动失败,则新政权必然覆灭,因此,宋太祖决定采用分而治之的策略。

对二李以外的各地节度使,宋太祖尽量示好而用之,以免其倒向二李。如对于郭崇,虽然"监军陈思诲密奏其状,因言:'常山近边,崇有异心,宜谨备之。'太祖曰:'我素知崇笃于恩义,盖有所激发尔。'遣人觇之,还言崇方对宾属坐池潭小亭饮博,城中晏然。太祖笑曰:'果如朕言。'未几来朝。时命李重进为平卢军节度,重进叛,改命崇为节制"。[1] 而对"凶悍,信任群小,嗜杀黩货,且缮甲兵"的袁彦,"太祖虑其为变,遣(潘)美监其军以图之。美单骑往,谕以天命既归,宜修臣职,彦遂入朝。上喜曰:'潘美不杀袁彦,能令来觐,成我志矣。'"[2] 由此举措,有效地震慑了处于观望之中的其他节度使。

对于心怀异志的二李,宋太祖则采取分而治之的策略,以免其携手起兵,使自己处于两面作战、腹背受敌的危境。

李筠,并州(今山西太原)人,善骑射,勇力过人,能拉开百斤硬弓。他于后唐时从军,后归周太祖麾下,累官至昭义军节度使,驻军潞州(今山西长治),防御北汉南下。李筠性格强项,每以老臣、功臣自居,傲视周廷,并擅用征赋,招集亡命之徒。他尝以私怨囚禁朝廷派来的监军使,周世宗大为不满,但力有不逮,只能下诏责备一下了事。

宋太祖即位之初,为笼络李筠,给他加官兼中书令,遣使"谕以受周禅"。自恃兵马甚壮且颇有野心的李筠,怎肯向出道远晚于自己的

1　《宋史》卷二五五《郭崇传》,第8902—8903页。
2　《宋史》卷二五八《潘美传》,第8991页。

后生小子跪拜称臣,当下就欲拒绝接受新天子之命,但在左右佐僚的苦苦相劝、一再阐明利害关系之下,也明白由于陈桥兵变事出突然,自己还远未做好准备,如若即刻就与新天子翻脸,实在讨不得好,方才勉强答应接旨,但态度极为不恭。在随后宴请使臣、把盏奏乐时,李筠"遽索周祖画像悬壁,涕泣不已"。当着新朝使臣之面痛哭怀念前朝天子,其含义也太过显明了。陪席的佐僚一见,十分惶恐,急忙对朝廷使臣解释道:"令公(对官拜节度使等高级武将之尊称)被酒失其常性,幸勿为讶。"宋太祖得报,自然暂时按下不提,但北汉主刘钧获悉李筠心蓄异谋,随即遣人捎来蜡书(蜡封的密信),欲与李筠结盟共同举兵攻宋。李筠虽有心与北汉合兵,但仍感觉时机未到,遂将刘钧的蜡书上报宋廷。宋太祖虽知此举并非出于李筠真心,但还是照例下手诏慰抚,并任命其长子李守节为皇城使。李守节深知仅凭潞州兵马,难以与宋廷相抗,遂竭力劝谏其父亲不要谋反,但李筠充耳不闻,反而就势派遣李守节入京,以便探问朝廷的动静。

宋太祖十分明了李筠绝不甘心俯首归附,因此,当他得悉李筠开始与李重进联络之时,便决意乘二者尚未及结成牢固联盟之际,予以各个击破,遂有意激怒李筠早反。此时,李守节前来拜见,宋太祖笑道:"太子,汝何故来?"李守节大为惊惧,赶紧跪下连连叩头解释道:"陛下何言!此必有谗人间臣父也。"宋太祖便说:"吾亦闻汝数谏,老贼不汝听,不复顾藉,故遣汝来,欲吾杀汝耳。盍归语而父,我未为天子时,任汝自为之,吾既为天子,汝独不能小让我耶?"随即放李守节归去。按常理,天子得知有大臣欲谋反,如若其子在自己掌握之中,或者杀之以立威,或者扣留以为钳制其父的筹码。但宋太祖显然认为杀死李守节于事无益,而将他放归却有两大好处:其一是向天下人显示自己的宽恕胸怀,是他李筠负我赵匡胤,而非我赵匡胤负他李筠;二是迫使李筠按照我赵匡胤所设定的时间表发动谋反。果然,李筠听到李守节转告的宋太祖之语后,"谋反愈急"。[1]索性不再遮遮掩掩,公开着手起兵的准备。

建隆元年四月,李筠以忠于周室为名,正式起兵反宋,一面令幕僚撰写檄文,揭露宋太祖用阴谋诡计篡夺后周政权的罪状,所谓"辞多不逊";一面将宋廷派来的监军使周光逊、李廷玉抓起来,遣牙将刘继冲等人送去太原,以此向北汉表示自己反宋的决心,"纳款求援"。李筠随即遣兵偷袭泽州(今山西晋城),杀死泽州刺史张福,占据了泽州城。

当时,李筠的谋士闾丘仲卿献策道:"公以孤军举事,其势甚危,虽倚河东之援,亦恐不得其力。大梁兵甲精锐,难与争锋,不如西下太行,直抵怀、孟,塞虎牢,据洛邑,东向而争夺天下,计之上也。"从此后事态的发展来看,这确实是李筠与宋太祖争胜的最佳方案。因为潞州一带古称上党,高居太行山之脊,即所谓"居天下之肩脊,当河朔之咽喉",自古为兵家必争之地。如李筠依照闾丘仲卿之计行事,北联河东(北汉)、契丹,使宋多面受敌,若北汉、契丹不肯出兵,则李筠先占太行山要地,南下直抵怀州(今河南沁阳)、孟州(今属河南),堵塞虎牢关(今河南荥阳西北)之路,进据洛阳,也可东向与宋太祖争夺天下。如此则战事将旷日持久,而各地心怀观望的节度使就有可能出现异动,这样一来,宋太祖是否还能坐稳天下,还真是难说了。不然,仅仅依靠潞州兵马,实难与"兵甲精锐"的大梁(即

---

[1] 《宋史》卷四八四《周三臣·李筠传》,第13973页;《长编》卷一建隆元年四月癸未条,第12页。

开封，此指宋廷）争锋。但李筠为人刚愎自用，对这一计谋甚为不屑，说道："吾周朝宿将，与世宗义同昆弟，禁卫皆吾旧人，闻吾之来，必倒戈归我。况有儋珪枪、拨汗马，何忧天下哉！"[1] 这儋珪乃李筠的爱将，颇有勇力，善于用枪；而李筠所骑之拨汗马又称"泼汗马"，指产于西域古国泼汗的骏马，传说能日驰七百里，故李筠如此自夸。

李筠还曾遣使臣与扬州李重进以及后蜀联络求援，但去四川的密使在途经陕西时，被忠于宋廷的守将捕获，解送京师，而未能成功。

数日后，昭义节度使李筠在潞州起兵的消息传入京城开封。虽然早有预料，但李筠起兵的警讯还是让宋廷上下十分震惊。枢密使吴廷祚即觐见天子建议道："潞城岩险，且阻太行，贼据之，未易破也。筠素勇而轻，若速击之，必离上党来邀我战，犹兽亡其薮，鱼脱于渊，因可擒矣。"[2] 即认为潞州城形势易守难攻，但李筠性格轻率，如我军迅速讨击，且倚靠太行山，他必定会离开巢穴来与我决战，立可擒杀；但若让李筠越过太行山，将居高临下，兵锋直指开封城，则大局危殆。宋太祖随即调兵遣将，讨伐李筠：

首先命令正驻守河北的侍卫亲军马步军副都指挥使石守信与殿前副都点检高怀德率前军进讨，并告诫说："勿纵（李）筠下太行，急引兵扼其隘，破之必矣。"又命户部侍郎高防、兵部侍郎边光范并充前军转运使。

其次命令驻中真定的殿前都点检慕容延钊、彰德军留后王全斌率兵西行，与石守信部会合；又命陕西、京西（今河南西部地区）诸道兵马进讨，以分李筠兵势。

1　《宋史》卷四八四《周三臣·李筠传》，第13973页；《长编》卷一建隆元年四月癸未条，第12—13页。
2　《宋史》卷二五七《吴廷祚传》，第8948页。

再次命令宣徽南院使昝居润赴任澶州巡检，守护黄河防线，以防契丹南下；洺州团练使郭进升任洺州防御使，兼西山巡检，防备北汉兵马自河东出太行山攻击河北，迫使进攻潞州的河北宋军回援。

此外，宋太祖又召见三司使张美调发兵食。此前张美有鉴于"李筠镇上党，募亡命，多为不法，渐倔强难制"，故"度筠必叛，阴积粟于怀、孟间"，至此李筠果然起兵，太祖亲征，而"大军十万出太行，经费无阙，美有力焉"。张美又进言邻近上党地区的怀州刺史马令琮也"度李筠必反"，故"日夜储蓄以俟王师。太祖善之，命授团练使。执政言令琮方供亿大军，不可移他郡，故升怀州为团练，以令琮充使，又充先锋都指挥使"。[1]

在五月朔日，竟然"日有食之"。日者，君也。日食的发生，在古代往往被解读为君主存在失德之举，或是将发生有伤害君主之事。此时恰逢李筠起兵反宋的警讯传来，给宋廷上下带来的震撼可想而知。宋太祖按历代王朝惯例，"降服出次，百官各守有司"；[2] 同时又为亲征叛军而紧张地做着准备。

北汉主刘钧接到李筠"举军南下，己为前导"的请求，原想先与契丹谋议，请契丹也发兵增援，但李筠认为不须"用契丹兵"，于是刘钧率兵数千南下，于五月初抵达太平驿（今山西襄垣西南）。李筠率官属备重礼前往迎接，刘钧封李筠为西平王，赐马三百匹以及服玩

---

[1] 《长编》卷一建隆元年四月、五月，第13—14页；《宋史》卷二五九《张美传》，第8998页；《宋史》卷二七一《马令琮传》，第9284页。
[2] 《长编》卷一建隆元年五月己亥朔条，第14页。按：所谓降服，谓脱去上服以示谢罪。《左传》昭公十三年杜预注曰："降服，如今解冠也。谢违命。"出次，原指为悼念死者而避开正寝，出郊外暂住。《左传》文公四年杜预注曰："出次，避正寝。"此乃指宋太祖举行释去冠冕正服、出城至郊外暂住以谢天谴之仪式。

珍异甚多。但李筠眼见刘钧兵少将弱，心中颇为后悔，只是事已至此，无可奈何，遂故意对刘钧表示自己"受周祖大恩，敢爱死不瘳"。北汉与后周为世仇，听到李筠如此说话，刘钧默然不语，并心存猜疑，遂命宣徽使卢赞为李筠监军，李筠对此心气难平，使得与北汉的联盟貌神皆离。数日后，李筠命其子李守节守卫潞州，自率大军三万南下。

此时，石守信等传来捷报说已在长平（今山西高平西北）击破李筠之军，斩首三千余级，又攻下了大会寨（今山西晋城南）。从两军形态来看，"斩首三千余级"的战果显然夸大其词，似欲以此减轻弥漫于民间的惊恐情绪。

随着李筠起兵消息的传开，本就在观望中的四方守臣，亦有人欲作响应。此时，驻扎扬州（今属江苏）的淮南节度使李重进获知李筠已在潞州起兵，也跃跃欲试，但仍心存犹豫，遂派亲信翟守珣前往潞州，既欲与李筠结成同盟，使宋太祖两面受敌，顾此失彼，同时也欲探究李筠的实力强弱，能否成事，再决定自己的去就。不料那翟守珣与宋太祖为旧日相识，预感二李起兵之事胜算无多，所以在自潞州还扬州途经开封时，悄悄地通过枢密承旨李处耘求见天子告密。

李重进，沧州（今属河北）人，周太祖郭威的外甥。周世宗时，历任侍卫亲军马步军都虞候、都指挥使；周恭帝即位，加检校太尉，改淮南道节度使，出守扬州，但仍任侍卫亲军马步军都指挥使。《宋史》称"重进与太祖俱事周室，分掌兵柄，常心惮太祖。太祖立，愈不自安"。[1]其实李重进"心惮太祖"云云，实属宋人夸饰之词，当年后周显德年间，李重进与张永德争斗十分激烈，而赵匡胤作为张永德的亲信，与李重进

---

1 《宋史》卷四八四《周三臣·李重进传》，第13978页。

的关系也颇为恶劣,因此李重进得知赵匡胤篡夺了后周皇位,心中自然十分不安。而宋太祖即位后,也未着意安抚李重进,却以昔日密友韩令坤代替李重进出任侍卫亲军马步军都指挥使一职,而加封李重进为中书令。中书令地位很高,乃中书省长官,但此时只是一个荣誉虚衔,并无实权。李重进遂依循惯例,也为探知新天子对自己的真实态度,上表请求入京觐见皇帝,但宋太祖"意未欲与重进相见",即宋太祖对这位老政治对手,也怀有一种颇为特别的心态,似乎感到以君臣之礼直面相对是一件对彼此都颇为尴尬之事,于是让翰林学士李昉起草一份拒绝他进京且又辞义恳切的诏书:"善为我辞以拒之。"李昉遂在诏书中写道:"君为元首,臣为股肱,虽在远方,还同一体。保君臣之分,方契永图;修朝觐之仪,何须此旦。"作为前朝国戚和重臣的李重进接到这样一份诏书,心中感受不难推知,既然已无可能再获信任,遂开始"召集亡命,增陴浚隍,阴为叛背之计"。[1] 待得知李筠举兵反宋,李重进即遣亲吏前往潞州联络。

宋太祖此时极为担忧李重进与李筠联手,使宋军腹背受敌,不得不在东、西两线作战,故得知翟守珣潜入开封,急忙召见,问道:"我欲赐重进铁券,彼信我乎?"翟守珣回答:"重进终无归顺之志。"宋太祖便送给翟守珣很多财物,许以官爵,让他回去劝说李重进不要急于起兵,"无令二凶并作,以分兵势",即欲由此避免宋军两面受敌、兵分势弱的危险局面。翟守珣回去后,劝说李重进要"养威持重,未可轻发,重进甚信之"。[2]

所谓铁券,是古代帝王赐给功臣大将免死或其他特权的凭证,因

---

[1] 《长编》卷一建隆元年九月戊申条,第23—24页。
[2] 《宋史》卷四八四《周三臣·李重进传》,第13978—13979页。

多用朱书,故也称"丹书铁券"。[1] 史载五代天成年间,后唐明宗问侍臣曰:"自古铁券其事如何?"赵凤答曰:"此则帝王誓文,赐其子孙孙长享爵禄。"明宗便云:"先朝所赐,惟三人耳。(郭)崇韬、(李)继麟寻皆族灭,朕之危疑,事虑朝夕。"故"嗟叹久之"。[2] 稍后后晋高祖石敬瑭时,节度使范延光"据邺城叛",晋高祖遣将讨伐,围城经岁,"城中饥窘",于是晋高祖遣使入城劝降,"因赐铁券",改封范延光为高平郡王,"延光谓门人李式曰:'主上敦信明义,言无不践,许以不死,则不死矣。'因撤去守备,素服请降"。此后"范延光致仕,辇囊装妓妾,居于河阳。(守将杨)光远利其奇货,且虑为子孙之仇,因奏延光不家汴、洛,出舍外藩,非南走淮夷,则北走契丹,宜早除之。高祖以许之不死,铁券在焉,持疑未允"。于是杨光远遣其子"以兵环

---

[1] (宋)程大昌:《演繁露》卷十六《铁券》[大象出版社2008年《全宋笔记》(第四编)本,第145—146页]中对其形制有过颇为详细的考证:"《唐·代宗纪》:'功臣皆赐铁券,藏名太庙,画像凌烟阁。'钱镠家在五季世尝得之。而《唐文粹》有《赐王武俊铁券文》,今世遂无其制,亦古事之缺者也。予按唐李齐昊《玉堂新制》:'铁券半缺,形如小木匮,上有四窍,可以穿绦,凸面镌字,陷金以焕之。'从齐昊所记以想其制,是券也,铁质金字,本形正圆,而空虚其中,镌勒制文于外巳,乃用古傅别法,中分其器而二之,一以藏官,一以授诸得券之人。故今存于世者,形如半甑,正与契券两例之理相应也。《周礼》:'少宰听372责,以傅别。'二郑谓'大书于一札中,字别之两家,各得一者',是其证也。周之傅别主市易要约,故其札以木,老氏所谓'如执左契'者是也。后世铁券,要之取录功坚久之义,故以铁为之。其谓形如半甑者,正是一札而两分之也。然命以铁为券,无有辨其所始者。按《汉·高帝纪》:'与功臣剖符作誓,丹书铁券,金匮石室,藏之宗庙。'其始铁券所始耶?至《功臣表》所载'山河带砺'等语,乃铁券丹书文也。汉曰'契',后世曰'券',皆结约之谓也。"按:今存最早之铁券实物,乃唐末昭宗于乾宁四年(897)赐镇海镇东节度使钱镠者,形如盖瓦,上嵌金书333字,内容包括钱镠官阶、封邑与受封功绩等,并特加说明可免钱镠本人九死,或免其子孙后代三次死罪。
[2] (宋)钱易:《南部新书》癸,中华书局2002年版,第177页。按:《旧五代史》卷三九《明宗纪五》(第622页)亦载后唐天成三年十一月"丙申,帝谓侍臣曰:'古铁券如何?'赵凤对曰:'帝王誓文,许其子子孙长享爵禄。'帝曰:'先朝所赐,唯朕与郭崇韬、李继麟三人尔,崇韬、继麟寻已族灭,朕之危疑,虑在旦夕。'于是嗟叹久之。赵凤曰:'帝王执信,故不必铭金镂石矣。'"

其第，逼令自裁。延光曰：'明天子在上，赐金书许我不死，尔之父子何得胁制如此？'明旦，则以白刃驱之，令上马之浮桥，排于水中。光远绐奏云：'延光投河自溺而死。'"而"朝廷以适会其意，弗之理"。[1]

殷鉴不远，李重进也绝非初出茅庐之"雏儿"，多年来一直在充满刀光剑影的政坛上斗狠厮杀，怎会轻易听信翟守珣之言，放弃这一难得易失之东西夹击宋廷的有利时机？显然，所谓"养威持重，不可轻发"的劝说，是要李重进隔岸观火，待宋廷与李筠斗得两败俱伤之时，自己可得渔翁之利。因为此言颇合李重进的心意，故李重进决定按兵不发，静观事态的发展。

既已暂时稳住了扬州的李重进，宋太祖为迅速扭转不利局面，决定效法周世宗，也来个御驾亲征，西讨潞州，以求得速战速决之效。

在发布亲征诏令之前，宋太祖先处理了几件事：五月五日端午节，按惯例赐百官"衣各一袭"；六日，将李筠叛乱之罪责公示天下，削夺其官爵；七日，因京城诸仓库吏人"多旁缘为奸，民或咨怨"，故特命监察御史王祜[2]、户部郎中沈义伦等八人分掌在京诸仓；八日，至宰相魏仁浦家"视疾"探望，并"赐黄金器二百两、钱二百万"；十一日，遣光禄卿郭玘护送后周"神主"到西京洛阳城中新建的周六庙内安放；十七日，在广政殿宴请入京觐见的忠正节度使杨承信，"自是节度使来朝，即宴如例"。如此好整以暇、从容不迫，实为安定民心、抚慰在京百官与四方藩镇，故筹措稍备，即于十九日颁布亲征诏令。[3]

宋太祖任命枢密使吴廷祚为东京留守兼判开封府，知开封府吕余

---

[1] 《旧五代史》卷九七《范延光传》《杨光远传》，第1505—1506、第1510页。
[2] 按："王祜"，也有写作"王祐"者。因王祜字景叔，循字核名，乃景仰晋人羊祜（字叔子），故当以"祜"字为是。
[3] 《长编》卷一建隆元年五月，第15—16页；《宋史》卷二四九《魏仁浦传》，第8804页。

庆为副留守,皇弟殿前都虞候赵光义为大内都点检,以侍卫亲军马步军都虞候张令铎为东京旧城内都巡检,军器库使楚昭辅为京城巡检;再命侍卫亲军马步军都指挥使韩令坤屯兵河阳以为后援。

宋太祖原打算留下赵普与吕余庆一同镇守京城,但赵普权衡形势利弊,深知此番亲征关系重大,不欲待在后方,便通过皇弟赵光义向天子表示自己愿意随驾出征:"普托迹诸侯十五年,今偶云龙,变家为国。贼势方盛,万乘蒙尘,是臣子效命之日。幸望启奏此诚,愿军前自效。"宋太祖得报,笑道:"赵普岂胜甲胄乎?"[1] 但还是答应了赵普的请求。确实,当时不少朝臣都不看好此次亲征,据《长编》及《宋史》诸书记载,曾任后周宰相、时退居洛阳的李谷,便收受了李筠所送钱五十万贯及其他物品;[2] 又如中书舍人赵逢侍从宋太祖亲征,至河内府,听说李筠已拥兵南下,又"惮涉险,伪伤足,留怀州不行"。[3] 宋太祖也深知自己并无必胜把握,故在临行之时嘱咐赵光义道:"是行也,朕胜则不言。万一不利,则使赵普守河阳,别作一家计度。"[4] 所谓"别作一家计度",大概有让李筠据有西部,而自己保有河阳(今河南孟县南)以东地区的意思,不过从宋太祖嘱咐赵光义"使赵普分

---

1 《国老谈苑》卷一,第50页。按:《宋史》卷二五六《赵普传》(第8932页)所载稍略。
2 《宋史》卷二六二《李谷传》(第9055—9056页)称李谷罢相居洛阳。"太祖即位,遣使就赐币。建隆元年,卒,年五十八。……谷归洛中,昭义李筠以谷周朝名相,遗钱五十万,他物称是,谷受之。既而筠叛,谷忧悸而终。"然蔡絛《铁围山丛谈》卷三(第57页)云:"国朝实录、诸史,凡书事皆合《春秋》之义,隐而显。若至帝者以不善终,则多曰'无疾而崩',大臣辛干则曰'暴卒',或云'暴疾卒'。无疾者,如李谷是也。暴疾卒,如魏王德昭是也。"按:据《长编》卷二〇太平兴国四年八月甲戌条,魏王德昭乃是自杀。则据蔡絛所言,李谷也属"不善终",则其"忧悸而终"或亦即自杀,如此则李谷似不仅仅是接受李筠所馈送的钱物而已。
3 《长编》卷一建隆元年七月乙卯条、九月戊申条,第19页、第24页。按:待宋太祖凯旋还京后不久,将赵逢贬为房州司户,以示惩处。
4 《国老谈苑》卷一,第50页。

兵守河阳",而非自己亲自下令,则可推知此所谓"万一不利",大略是指其"战死沙场"而言。因此,宋太祖调动韩令坤屯兵河阳,也同样是为防不测。

是月二十一日,宋太祖亲统禁军主力出京城西征。

据司马光记载,宋太祖亲征前夕,还发生了这样一件事:"太祖将亲征,军校有献手杻者,上问曰:'此何以异于常杻而献之?'军校密言曰:'陛下试引杻首视之。杻首,即剑柄也,有刃韬于中,平居可以为杖,缓急以备不虞。'上笑,投之于地,曰:'使我亲用此物,事将何如?且当是时,此物固足恃乎?'"[1]此事李焘《长编》等书也有记载,但未提其在"太祖将亲征"这一特殊时间节点,遂被世人视为宋太祖率直、仁诚待人的典型事例,如南宋学者林光朝在奏章中引用此故事之后,论云:"太祖之于天下,可谓得其远者大者。"[2]其实,宋太祖手中常持柱斧。所谓柱斧(也写作"挂斧"),乃一种作为挂杖之用的长柄斧形之物,虽平时用如挂杖,但在危急之时,显然可被出身行伍的宋太祖用作防身武器,一如手杻,只不过不那么引人注目而已。[3]

二十四日,宋太祖抵达荥阳(今属河南),西京留守向拱前来迎谒,并献计道:"筠逆节久著,兵力日盛,陛下宜急济渡大河,逾太行,乘其未集而诛之,缓则势张,难为力矣。"赵普也赞同此计:"贼意国家新造,未能出征。若倍道兼行,掩其不备,可一战而克。"宋太祖听从其言,急催兵马渡过黄河北上,"卷甲倍道趋之"。[4]二十六日,宋太祖抵达河阳;二十八日,进抵怀州。

---

1 《涑水记闻》卷一,第5页。
2 (宋)林光朝:《艾轩集》卷二《丁亥登对劄子》,上海古籍出版社《文渊阁四库全书》本。
3 王瑞来:《"烛影斧声"与宋太祖之死》,载《文史知识》2008年第12期。
4 《宋史》卷二五五《向拱传》,第8910页;《长编》卷一建隆元年五月,第16页。

李筠确如赵普所言错估形势,认为宋太祖初即位,统治尚未稳固,不敢轻易离京远征,而宋军禁军将士大多是自己旧部,只要自己出面与他们相见,定会阵前倒戈。不想事态发展完全出乎其所料,心理准备不足的李筠在泽州城南与宋军石守信、高怀德所部激战,[1]结果潞州兵一战大败,北汉大将范守图、监军卢赞及援兵数千人皆被擒杀,李筠遁入泽州,婴城固守,遭到宋军的重重围困。

宋大军翻越太行山,"山路险峻多石不可行,太祖先于马上负数石,群臣六军皆负之,即日平为大道"。[2]六月一日,宋太祖来到泽州城下督军,指挥三军将士猛攻。

李筠起兵,"潜遣亲信使赍蜡书求援邻境",晋州(今山西临汾)守将杨廷璋的姐姐为周太祖郭威之妃,故宋太祖疑其有"异志",命勇将荆罕儒为晋州兵马钤辖,"使伺察之",但杨廷璋执李筠信使"械送京师,因上攻取之策",宋太祖乘势"即下诏委以经略。及车驾亲征,诏廷璋率所部入阴地,分贼势"。[3]阴地即阴地关,在山西灵石西南,故此处所谓"贼势",乃指北汉而言。此时自泽州城下败逃至潞州的将士,听说宋太祖已至泽州督军攻城,明白困守泽州城内的李筠之失败已成定局,故在汾州团练使王全德、龙捷指挥使王廷鲁率领下纷纷出城降宋,使得李筠"益失援",其部下大为沮丧,士气低落。

泽州城虽小,但城墙高峻,宋军围攻十余日也未能攻克。宋太祖招来控鹤左厢都指挥使马全义,在饭桌上询问对策,马全义答道:"筠守孤城,若并力急攻,立可拔矣;倘缓之,适足长其奸尔。"宋太祖遂

---

[1] 按:《宋史》卷二八〇《田绍斌传》(第9495页)称"又败筠于泽州茶碾村,筠退保泽州"。
[2] 《宋史》卷四八四《周三臣·李筠传》,第13974页。
[3] 《宋史》卷二五五《李廷璋传》,第8904页;《长编》卷一建隆元年十月己巳条,第25页。

云:"此吾心也。"[1] 急命诸军昼夜猛攻。十三日,马全义率敢死士数十人攀援城堞而上,手臂被飞箭贯穿,流血满身,他拔箭进战,军士呼喊争进,宋太祖亲率卫兵紧跟突击队杀入城内。李筠见城池失守,便赴火自杀;留在泽州城内的北汉宰相卫融被擒。屯兵太平驿的北汉主刘钧闻听泽州失守,慌忙退兵归守太原。

十七日,宋太祖麾军进逼潞州城。十九日,李守节大开城门出降,宋太祖率三军将士进入潞州城。

宋太祖对待李守节倒也颇为宽宏大量,不仅未杀他,反而授任他为单州团练使。宋太祖进入潞州城的当天,"宴从官"以示庆贺;李守节也"预焉",并被赐袭衣、金带、银鞍勒马。是日,宋太祖还授任昭义军节度副使赵处愿为郓州刺史、节度判官孙孚为屯田郎中、观察判官史文通为水部郎中、前辽州衙内指挥使马廷禹为右监门卫将军兼领壁州刺史。[2] 同时,放免泽州、潞州地区"今年田租",并命"掩尸骸,禁剽掠",颁"德音":"降死罪囚,流以下原之。"[3] 宋太祖此一招术,在显示自己宽宏大量之余,也向反侧不安的原李筠部下发出不究旧恶的信号,从而有效而迅速地稳定了泽州、潞州等地局势。

北汉宰相卫融被擒之后,宋太祖责问:"汝教刘钧举兵助李筠反,何也?"卫融从容回答:"犬各吠非其主。臣四十口衣食刘氏,诚不忍负之。陛下宜速杀臣,臣必不为陛下用。纵不杀,终当间道走河东耳。"宋太祖大怒,命左右用铁楇击打他头,流血满面,卫融大呼道:"臣得死所矣。"宋太祖闻听后,看看左右侍从臣下,说:"此忠臣也,释之。"

---

1 《宋史》卷二七八《马全义传》,第9450页。
2 《宋史》卷四八四《李筠传》,第13974页。按:李守节此后迁济州团练使,乾德六年(968)知辽州,开宝二年(969)改和州团练使,四年卒,年三十三。
3 《长编》卷一建隆元年六月辛巳条、辛卯条,第17页。

命左右为他敷上良药。随后宋太祖欲用卫融换回被李筠送到北汉的原泽州监军等人,但未得到北汉的响应,于是宋太祖便授任卫融为太府卿。刘钧逃归后,对反对出兵援助李筠的大臣赵华说:"李筠无状,卒如卿言。吾率全师以归,但恨失卫融、卢赞耳。"[1]由此推重"文学之士",此后任命翰林学士承旨赵弘为宰相,而不敢再轻易主动出兵与宋交战。

是月二十五日,义社兄弟、安国节度使李继勋前来潞州行宫觐见。二十七日,李继勋改任昭义军节度使,镇守泽州、潞州地区,防备北汉南侵;并授任"从平潞、泽"的功臣马令琮为昭义军兵马钤辖、董遵诲迁马军都军头等,留下协助"镇守"。随后宋太祖自潞州凯旋,七月中回到了京城开封。

宋太祖归京以后,便以"赏平泽、潞之功"的名义,以皇弟殿前都虞候赵光义领泰宁军节度使,枢密直学士赵普升任兵部侍郎、枢密副使,从而名正言顺地执掌着枢密院诸项事务。宋太祖又封皇妹为燕国长公主,出嫁殿前副都点检、忠武节度使高怀德,[2]通过联姻来加深皇家与禁军将帅的关系。同时,从征将士也得以论功行赏:慕容延

---

1 《长编》卷一建隆元年六月辛卯条,第18页。
2 按:高怀德字藏用,真定常山(今河北正定)人,五代名将高行周之子。为人忠厚倜傥,少年时就以武勇见称。周世宗亲征河东,高怀德任行营先锋都虞候。高平之捷后,以战功升迁铁骑右厢都指挥使、领果州团练使,后擢任龙捷左厢都指挥使、岳州防御使。周恭帝即位,擢仟侍卫亲军马军都指挥使、领宁江军节度使。宋太祖即位,高怀德拜殿前副都点检,以关南副都部署镇守河北前线。此时宋太祖之妹燕国长公主,因丈夫米福德病逝而寡居在家,在宋太祖撮合下,下嫁高怀德,高怀德也由此被封为驸马都尉,赐第兴宁坊。是年,高怀德三十五岁,大米之祖 岁。燕国长公主年龄,史无明文。虽说高怀德此前婚姻状况也未见史书记载,但从其年龄上推断,也当非初婚。建隆二年(961)"杯酒释兵权"后,高怀德也主动解除禁军军职,改授归德军节度使,从此悠闲度日。开宝六年(973)秋,燕国长公主病重,宋太祖特授高怀德同平章事,拜为"使相",以慰抚长公主之心。十月,燕国长公主病死,高怀德即被削去驸马都尉。宋太宗即位,高怀德加官兼侍中,又加官检校太师。太平兴国七年(982),改授武胜军节度使,七月卒,终年五十七岁。赠中书令,追封为渤海郡王,谥曰武穆。

钊、韩令坤皆加兼侍中,石守信加同平章事。就连未曾从征的宰相范质,宋太祖也特意到其宅邸"视疾,赐黄金器二百两、白金器千两、绢二千匹,寻复赐钱百万"。[1]

宋太祖仅费时一个多月,就干净利落地赢下了登基后的第一仗,于歼灭李筠,解除了身边一大威胁之外,极大地震撼了那些存二心的原后周统兵将领以及地方官吏,于是各地方镇纷纷上表请求入朝觐见天子。宋太祖遂乘机让久镇一方的节度使换防,慑于中央禁军强大军力的这些节度使,大都敛手听命,走马奔赴新任。

八月,保义军节度使袁彦来朝,改授彰信军节度使,忠正军节度使杨承信改授护国军节度使,忠武军节度使张永德改授武胜军节度使。九月,淮南节度使李重进改授平卢节度使;十月,建雄军节度使杨廷璋改授静难军节度使;等等。

显然,在平定李筠之叛后,宋太祖是欲乘移置各地方镇之机,一举解决掉李重进问题,即所谓"将经略淮南"。

李重进徙为平卢节度使(镇青州,治今山东青州)是在九月十一日,两天后的十三日,宋太祖即派遣使臣陈思诲携带赐给李重进的"铁券"前往扬州,以为"慰安",并传告天子欲让李重进入京觐见的口谕。对于宋太祖此举,《宋史》称李重进"及闻移镇,阴怀异志。太祖知之,遣六宅使陈思诲赍赐铁券,以安其心"。而《长编》说的稍客观些:"徙重进为平卢节度使,度重进必增疑惧",故宋太祖"又遣六宅使陈思诲赍铁券往赐,以慰安之"。[2] 其实结合先前李重进曾与李筠联络起

---

1 《长编》卷一建隆元年七月壬子条,第18页。
2 《宋史》卷四八四《周三臣·李重进传》,第13978页;《长编》卷一建隆元年九月戊申条,第24页。

兵，虽中止，但依然心存疑惧，治城缮兵不断，此时又接到移镇命令，要其离开经营有年的扬州而去素无根基的青州，宋太祖的用意昭然若揭。而史书也载大将宋偓（原名宋延渥）与其副将舒州团练使司超"领舟师巡抚江徼"，实负监察扬州之责，故待"李重进谋以扬州叛，偓察其状，飞章以闻。太祖令偓屯海陵，以观重进去就"。[1] 此外，唐末五代时期被赐"铁券"者的下场，真可谓殷鉴不远，李重进自然不会如此快的淡忘。因此，宋太祖这种一推一拉的手法，表面上是在安抚李重进之心，实质是迫使其起兵谋反，好让自己师出有名，一举解决掉李重进，除去心中又一大患。

此时李筠已被攻灭，单凭扬州一地兵马，实难与中央禁军相抗，李重进不到无路可走，确实难下决断。因此，在得到天子所赐的"铁券"等物品后，李重进甚是犹豫，思前顾后，还是想随陈思诲入朝，但为左右臣僚所劝阻。李重进终究担心自己作为前朝国戚与重臣，难获新天子的保全，既然已不能入朝称臣，那就只有起兵反宋一条路了。踟蹰再三，李重进决意起兵，拘留朝廷使臣陈思诲，整治城池，修缮器甲，招募兵马，并遣使求援于南唐国主李璟。

数年前周世宗三次亲征淮南，南唐损失惨重，江北土地全部丢失，加上李璟并不看好李重进叛宋的前景，所以根本不敢公然招惹宋朝，一口拒绝了李重进出兵援助扬州的请求。

此时，一向被李重进猜忌的扬州监军安友规眼见事态已无可挽回，担心遭到李重进的毒手，就与亲信数人翻越城墙逃出，赶赴京师告急。李重进为防止其他军校效法安友规而致使军心动摇，遂逮捕了平日不

---

[1] 《宋史》卷二五五《宋偓传》，第8906—8907页。按：海陵，治今江苏泰州。

亲附自己的军校数十人。那些军校大呼道："吾辈为周室屯戍，公苟奉周室，何不使吾辈效命？"李重进一概不听，全部处死。李重进临阵斩杀军校，使得扬州城中士卒人人自危，一时大为惊恐。

九月二十二日，李重进起兵反宋的消息传到开封，早有准备的宋太祖一面下诏削夺李重进的一切官爵，宣告其罪行于天下，一面任命侍卫亲军马步军副都指挥使石守信为扬州行营都部署兼知扬州行府事，殿前都指挥使王审琦为副都部署，宣徽北院使李处耘为都监，保信军节度使宋偓为都排阵使，率军讨伐李重进。十月四日，逃到开封的安友规向天子报告扬州城内情况。宋太祖遂命安友规为滁州刺史，监护前军讨伐扬州。

宋太祖又向枢密副使赵普询问对策，赵普认为李重进困守扬州孤城，外绝救援，内乏资储，士卒离心，故"急攻亦取，缓攻亦取"，但"兵法尚速"，劝宋太祖速战速决，以免后患。宋太祖采纳其言，宣言："朕于周室旧臣无所猜间，重进不体朕心，自怀反侧，今三军在野，当暂往慰抚之尔。"[1] 道理全在自己一边，而将自己逼迫李重进谋反的手段一概略去。经周密部署，宋太祖于十月二十一日正式下诏亲征扬州，再次以皇弟赵光义为大内都部署，吴廷祚权东京留守，旧日幕僚吕余庆为副留守。

因为胸怀成算，宋太祖此番亲征行军显得颇为从容：二十四日，宋太祖亲率大军离开京城，乘船顺汴河而下，三天后抵达宋州（今河南商丘），又过了十一天，即十一月八日，方至泗州（今江苏盱眙），直抵淮河南岸。宋太祖命三军将士舍舟登陆，击鼓前进。宋太祖显然将此次亲征视作宣扬新皇帝威势的绝佳良机。

---

[1] 《长编》卷一建隆元年十月丁亥条，第27页；《宋史》卷四八四《周三臣·李重进传》，第13978页。

宋军前线主将石守信得知天子亲征且已抵达淮河，便指挥宋军一阵猛攻，很快击溃了李重进军主力，乘势包围了扬州城。十一日，宋太祖进抵大义驿，[1] 而石守信所遣使臣也急报天子道："城破在朝夕，大驾亲临，一鼓可平。"请天子"亟临视"。宋太祖遂催动三军将士当晚进抵扬州城下，即刻攻城。李重进为人吝啬，在围城中，还不舍得将酒肉、钱物等赏赐给部下，众将士怨声载道，军无斗志，故宋军仅围攻了三数日，城守即溃。[2] 从当时宋军围攻扬州的态势来看，石守信完全可以不等宋太祖亲临，直接攻入城去，但他深知天子既然公示天下亲征扬州，如果在他还未进抵前线时就已把仗打完，岂不大煞风景？果然，宋太祖御驾刚到城下，宋军就攻占了扬州城。

李重进得知城破，率全家赴火自焚。当时左右臣僚劝说李重进杀朝廷使臣陈思诲泄愤，李重进叹道："吾今举族将赴火死，杀此何益！"但陈思诲还是被李重进部下所害。[3] 又史载"方重进反时，有二子在京师，皆为宿卫。太祖召而语之曰：'汝父何苦而反？江淮兵弱，又无良将，谁与共图事者？汝速乘传往谕之，吾不杀汝也。'二子战汗，泣涕辞去。重进方与诸军议事，忽二子至，具道太祖之言，重进大骇。士卒闻之，遂皆有向背之意。既而王师压境，重进不知所为，遂赴火。"[4] 此与宋太祖放回李筠儿子李守节的动机、手段相同，虽然宋人所记不无夸饰之处，但显然取得了宋太祖所预期的功效。

---

1 按：大义驿亦称大义顿，据王禹偁《小畜集》卷十七《扬州建隆寺碑》称"大仪驿，距广陵（扬州）六十里"。
2 《宋史》卷二五〇《石守信传》，第8810页；《长编》卷一建隆元年十一月丁未条，第27—28页。按：《宋史》卷二八〇《田绍斌传》（第9495页）云，田绍斌"又从讨李重进于扬州，壁城南，围三日，城溃"。
3 《宋史》卷四八四《周三臣·李重进传》，第13978页。
4 《东都事略》卷二《太祖本纪二》。

宋太祖进入扬州城以后，恩威并施，迅速处理善后事宜：将捕获的李重进之死党数百人尽数处死；李重进之兄李重兴为深州刺史，听到李重进起兵，知其不是宋太祖的对手，为免牵累，遂自杀身亡，此时李重进之弟解州刺史李重赞、其子尚食使李延福皆被斩首示众。而先前已与宋太祖私下相结的李重进亲吏翟守珣，得到天子召见，特授官殿直，不久升为供奉官；宋太祖下令赈济扬州城中百姓，赦免李重进的亲族、部属之罪，逃亡者允许其自首免罪。这些措施有效地安抚了扬州百姓，迅速平定了当地因战事带来的动荡局势。不过，宋太祖又于次年正月，诛杀了曾向李重进献计的泽州刺史张崇诘，[1] 彻底清除了老对头李重进的残余势力。

当时，宋军将领多主张乘机南渡长江，进攻南唐，但宋太祖鉴于自己甫即位，国家军政大事尚未完全理顺，已经历了潞州、扬州两次大战，加上南唐实力也不可小觑，如果在准备不足的情况下贸然进攻江南，实无胜算，所以在迫使南唐正式表示臣服宋朝以后，宋太祖及时收兵，与南唐和平相处。

十二月初，宋太祖任命李处耘权知扬州，潘美为巡检"以任镇抚"，张勋为兵马都监，[2] 自己再次敲着得胜鼓回转京师。

宋太祖于登基第一年，通过分而治之的战略，速战速决，迅疾削平李筠、李重进二镇的起兵反抗，那些实力逊于二李的藩镇眼见无力抗衡中央，虽有不满赵匡胤代周者，也不敢再生异想。由此，宋朝在后周境内的统治大为巩固，得以腾出手来的宋太祖遂开始着手解决其萦绕于怀的两大难题：加强君主专制集权统治与削平割据政权、一统天下。

---

1 《宋史》卷一《太祖纪一》，第8页；卷四八四《周三臣传》，第13979页。
2 《宋史》卷二五八《潘美传》，第8991页；卷二七一《张勋传》，第9289页。

三、杯酒释兵权

唐末五代时期"主弱臣强""兴亡以兵",使得禁军将帅得以掌控皇帝的废立生杀之权,而五代诸政权,君王在纷乱中登台,却又匆匆下场屡遭非命。身为后周禁军统帅的宋太祖本人就是这一乱象的受益者,通过陈桥兵变得以"黄袍加身",不过他却甚不希望其他人也如法炮制,让这一幕在自己或自己子孙身上重演,使赵宋政权成为又一个短命王朝。但当时安抚原后周将校、镇伏四方乃新王朝的头等事务,即所谓"太祖有天下,凡五代之臣,无不以恩信结之,既以安其反侧,亦藉其威力,以镇抚四方";[1]"太祖事汉、周,同时将校多联事兵间,及分藩立朝,位或相亚。宋国建,皆折其猛悍不可屈之气,俯首改事,且为尽力焉。"[2]由此,在镇压了李筠、李重进二镇起兵反抗,稍微缓解所面临的严峻局面以后,宋太祖即苦思防止重臣大将篡夺"大政"的对策,着手堵塞当时普遍存在的依靠兵变来改朝换代之路。对此,北宋中期名宰相富弼尝云:"艺祖临轩之初,一岁之内,下泽、潞,平扬州,威令之行,如破竹之势,则其余藩镇,自是束手而听命矣。"[3]在五代时期,君主猜疑拥立有功的将帅,常加诛杀,[4]但结果造成了人人自危、社会动荡、政局崩溃的大混乱局面。于是在赵普提议下,宋太祖主导了一场闻名千古的"杯酒释兵权"喜剧:

---

1 《宋史》卷二七一"论曰",第9301页。
2 《宋史》卷二六一"论曰",第9050页。
3 (元)佚名:《宋史全文》卷二"开宝二年"引"富弼曰",上海古籍出版社《文渊阁四库全书》本。
4 张其凡:《五代禁军初探》,暨南大学出版社1993年版,第103页。

初,上既诛李筠及重进,一日,召赵普问曰:"天下自唐季以来,数十年间,帝王凡易八姓,战斗不息,生民涂地,其故何也?吾欲息天下之兵,为国家长久计,其道何如?"普曰:"陛下之言及此,天地人神之福也。此非他故,方镇太重,君弱臣强而已。今所以治之,亦无他奇巧,惟稍夺其权,制其钱谷,收其精兵,则天下自安矣。"语未毕,上曰:"卿无复言,吾已喻矣。"

时石守信、王审琦等皆上故人,各典禁卫。普数言于上,请授以他职,上不许。普乘间即言之,上曰:"彼等必不吾叛,卿何忧?"普曰:"臣亦不忧其叛也。然熟观数人者,皆非统御才,恐不能制伏其下。苟不能制伏其下,则军伍间万一有作孽者,彼临时亦不得自由耳。"上悟,于是召守信等饮,酒酣,屏左右谓曰:"我非尔曹之力,不得至此,念尔曹之德,无有穷尽。然天子亦大艰难,殊不若为节度使之乐,吾终夕未尝敢安枕而卧也。"守信等皆曰:"何故?"上曰:"是不难知矣,居此位者,谁不欲为之。"守信等皆顿首曰:"陛下何为出此言?今天命已定,谁敢复有异心。"上曰:"不然。汝曹虽无异心,其如麾下之人欲富贵者,一旦以黄袍加汝之身,汝虽欲不为,其可得乎?"皆顿首涕泣曰:"臣等愚不及此,惟陛下哀矜,指示可生之途。"上曰:"人生如白驹之过隙,所为好富贵者,不过欲多积金钱,厚自娱乐,使子孙无贫乏耳。尔曹何不释去兵权,出守大藩,择便好田宅市之,为子孙立永远不可动之业,多置歌儿舞女,日饮酒相欢以终其天年。我且与尔曹约为婚姻,君臣之间,两无猜疑,上下相安,不亦善乎!"皆拜谢曰:"陛下念臣等至此,所谓生死而肉骨也。"明日,皆称疾请罢,上喜,所以慰抚赐赍之甚厚。[1]

上引文字的第一段其实是说宋太祖削夺诸藩镇（节度使）之权，而下一段所述就是那"杯酒释兵权"事件，发生在建隆二年（961）七月。然据李焘所说，"杯酒释兵权"一事，宋初《国史》《实录》中皆未有记录，而今存最早记载"杯酒释兵权"的文献，乃是撰成于北宋前期的野史笔记《丁晋公谈录》《王文正公笔录》。《丁晋公谈录》记有太祖与赵普关于罢免禁军统帅的对话，但仅称罢去石守信、王审琦两人兵权，却并无设宴请客事：

> （赵普）在相府，忽一日奏太祖曰："石守信、王审琦皆不可令主兵。"上曰："此二人岂肯作罪过！"赵曰："然此二人必不肯为过。臣熟观其非才，但虑其不能制伏于下。既不能制伏于下，其间军伍忽有作孽者，临时不自由耳。"太祖又谓曰："此二人受国家如此擢用，岂负得朕？"赵曰："只如陛下，岂负得世宗？"太祖方悟而从之。[2]

而《王文正公笔录》则云因赵普"屡以为言"，故太祖"不得已"，

---

[1] 《长编》卷二建隆二年七月庚午条，第49—50页。按：李焘于其下又注曰："此事最大，而《正史》《实录》皆略之，其可惜也，今追书。按司马光《记闻》，云守信等皆以散官就第，误矣。王曾《笔录》皆得其实，今从之。文辞则多取《记闻》，稍增益以丁谓《谈录》。太祖与赵普之意，但不欲守信等典禁军耳，岂不令守信等各居方镇耶？太祖云为天子不若为节度使乐，是欲守信等出为节度使也。及开宝三年冬十月，乃罢王彦超等节度使，盖《记闻》误并二事为一耳。邵伯温《闻见录》又云王审琦坐擅入禁中救火故罢。不知同时罢者凡四人，初不缘入禁中救火也，今不取。"

[2] 《丁晋公谈录》，第22—23页。

遂召石守信等"曲宴,道旧相乐",席间让诸将"自择善地,各守外藩,勿议除替,赋租之入足以自奉,优游卒岁",并承诺"后宫中有诸女,当约婚以示无间,庶几异日无累公等",当时与宴诸将皆"顿首称谢。由是高、石、王、魏之族俱蒙选尚,寻各归镇"。[1] 至北宋中期司马光《涑水记闻》所载太祖设宴"道旧"之事更详,大事铺张设宴叙旧诸情节,绘声绘影,恍如身历其境,并称宴会后的第二天,诸禁军将帅"皆称疾,请解军权。上许之,皆以散官就第"。[2] 李焘即以上述三种笔记为据,删修补写入《长编》。虽有学者指出"杯酒释兵权"是"实有其事"的。[3] 但因其中仍多有疑点,故历来屡遭史家质疑,甚至有人认为此事本属子虚乌有。[4] 即其主要疑点有三:

其一,是年六月二日,宋太祖的母亲杜太后病死。七月正在"国丧"期间,不可会宴饮酒。其二,《丁晋公谈录》《王文正公笔录》和《涑水记闻》等所载内容颇多抵牾,甚至一书中所记内容也存在前后矛盾;而且上述三种记载,从先后时代上看,是距离当事人的时代愈远,记载内容却愈详,此中显有增饰。其三,"杯酒释兵权"作为宋初一件为宋人所大力称颂的政坛大事,宋朝《国史》《实录》却对此不着点墨,而主要根据《太祖实录》《三朝国史》等编成的《宋史·太祖纪》也未见一字涉及此事,故断言其为后人之作伪。

---

1 (宋)王曾:《王文正公笔录》,大象出版社 2003 年《全宋笔记》(第一编)本,第 267—268 页。
2 《涑水记闻》卷一,第 11—12 页。
3 柳立言:《"杯酒释兵权"新说质疑》,载台湾《大陆杂志》第 80 卷第 6 期,1990 年 6 月。
4 如方建新、徐规《"杯酒释兵权"说献疑》(载《文史》第 14 辑,1982 年 7 月)认为"'杯酒释兵权'说,因出处不明,疑点甚多,在未取得确证之前,似不宜引用"。丁则良《杯酒释兵权考》(载《人文科学学报》第 1 卷第 3 期,1945 年 9 月)则认为建隆二年收禁军大将兵权有之,而"所谓杯酒释兵权一事,全来自传闻,不足置信"。

但是此一质疑之说，还是颇存可商榷之处的。

首先，虽说宋人所记载"杯酒释兵权"一事，如上述《丁晋公谈录》《王文正公笔录》与《涑水记闻》等文字颇有异同、舛讹之处，但宋人从未言称此事乃属虚构。

其次，《涑水记闻》《长编》虽都称诸将于酒宴之"明日，皆称疾请罢"，但诸书云颁布罢免诸将军职之时在庚午日（七月九日），却并未明言太祖设宴是在庚午之前一日。《长编》所云"此事最大，而《正史》《实录》皆略之，甚可惜也，今追书"，显然是因此事"不见于《正史》与《实录》，故失其时日"，李焘乃是追书而系于七月庚午日，"于是世以为杯酒释兵权在（建隆）二年七月"。[1]但古代丧期依死者身份、生者与死者的亲疏关系，有三年、期年、九月和三月丧之别，但帝王守丧期于实际执行时又有"以日易月"之说，即一天等于一月，三年丧期最短可仅为二十四天者。据《宋会要辑稿·礼》三一之一载杜太后遗嘱要求皇帝"成服，三日听政，以日易月，一依旧制"，而在京文武百官十三天可释丧服，地方官吏三天可释丧服，且"释服之后，勿禁作乐"。《宋史·礼志》也云杜太后六月二日去世，"三日，百官入临。明日大敛，横于滋福宫，百官成服。……九日，帝见百官于紫宸门。太常礼院言：'皇后、燕国长公主高氏、皇弟泰宁军节度使光义、嘉州防御使光美并服齐衰三年。准故事，合随皇帝以日易月之制，二十五日释服，二十七日禫除毕，服吉，心丧终制。'从之"。至"十月十六日，葬安陵。十一月四日，神主祔太庙宣祖室"。[2]因此，王育济《论"杯酒释兵权"》认为严格意义上的丧期，至六月

1　蒋复璁：《宋代一个国策的检讨》，载氏著《宋史新探》，第23页。
2　《宋史》卷一二三《礼志二十六·皇后园陵》，第2867页、第2868页。

二十五日已完结；若宽泛而言，其丧期则至太后入土和"神主祔太庙"即十一月间完结。而《宋会要辑稿·礼》四五之一即有"（建隆）二年正月二十日宴近臣于广政殿，……七月十九日、十月十二日、十二月二十四日并宴广政殿"的记载。因此，认为七月初乃在"国丧"期间而不可会宴饮酒的说法，显然没有依据。自六月二十五日至七月初，太祖完全可能举行"那种带有君臣叙旧性质的私宴"。[1]此说显然成立。

其次，记载"杯酒释兵权"的诸文献说法不一致，乃与其将前后发生的诸事误并为一事有关。即当时"宋太祖之'杯酒释兵权'，即罢宿将典禁兵，与罢藩镇乃截然二事"，[2]而《长编》所载赵普建议宋太祖"稍夺其权，制其钱谷，收其精兵"者，乃针对"方镇太重"，即为削夺藩镇权力而言，与"杯酒释兵权"削夺禁军大将的兵权并非一事，但李焘显然也将其误视为一事了。同时，宋初罢免宿将典领禁军之举也非一次就完成，只是因为此次"杯酒释兵权"的对象乃是太祖的心腹"佐命"将领（石守信、王审琦为"义社兄弟"，高怀德为太祖妹夫），故而反响甚巨。下表[3]乃后周末至宋初建隆二年（961）七月间，殿前、侍卫两司统帅的任免情况：

---

1 王育济：《论"杯酒释兵权"》，载《中国史研究》1996年第3期。按：《宋会要辑稿·礼》三五之三载建隆四年六月八日，宰臣范质等上言"伏以三年不言，既毕谅闇之制；八音未奏，岂为达礼之丧！陛下自缠陟岵之哀，尤抱终天之戚。易月虽遵于遗诰，因心曲尽于孝思。今则星纪再周，祥禫已阕，犹彻在县之乐，尚怀周极之悲，将何以接和人神，对越天地？望体圣贤之通制，俯从中外之群情。"请举乐，"诏答不允。继三上表"，遂诏从之。"九月十一日，宴广政殿，始作乐。"则太祖在守丧期间不举乐，待满二十四月后即在臣下的再三奏请下，恢复举乐。
2 聂崇岐：《论宋太祖收兵权》，载《燕京学报》第34期，1948年。又载氏著《宋史丛考》，中华书局1980年版。
3 按：此表据《长编》卷一、卷二，《宋史》诸传，《景定建康志》卷二六等编制。

殿前、侍卫两司统帅任免情况表

时间 官职	后周显德六年末	宋建隆元年正月	建隆元年八月	建隆二年闰三月	建隆二年七月
殿前都点检	赵匡胤	慕容延钊	慕容延钊	—	—
殿前副都点检	慕容延钊	高怀德	高怀德	高怀德	—
殿前都指挥使	石守信	王审琦	王审琦	王审琦	韩重赟
殿前都虞候	王审琦	赵光义	赵光义	赵光义	张琼
侍卫亲军马步军都指挥使	李重进	韩令坤	韩令坤	石守信	石守信
侍卫亲军马步军副都指挥使	韩通	石守信	石守信	—	—
侍卫亲军马步军都虞候	韩令坤	张令铎	张令铎	张令铎	—
侍卫亲军马军都指挥使	高怀德	张光翰	韩重赟	韩重赟	刘光义
侍卫亲军步军都指挥使	张令铎	赵彦徽	罗彦瓌	罗彦瓌	崔彦进

据上表，可见建隆元年初，殿前、侍卫二司大体留用后周旧臣，而旧日禁军大将中，宋太祖之外，韩通已死，李重进免职，故擢任皇弟赵光义与"陈桥兵变"的功臣张光翰、赵彦徽来填补其缺。至此典领侍卫、殿前二司的将帅多为天子亲信，如石守信、王审琦为其义社兄弟，高怀德随后成为其妹夫，赵光义为其亲弟，张令铎、张光翰、赵彦徽皆属"陈桥兵变"功臣，至于殿前都点检慕容延钊、侍卫亲军马步军都指挥使韩令坤虽然职位尊贵，但宋太祖有意使其统兵在外，故其实权已旁移。至是年八月，张光翰、赵彦徽二将被免去侍卫司军权，出守大藩，而其职改由太祖"义社兄弟"韩重赟和心腹将领罗彦

瓌接任。至二年闰三月，宋太祖乘统兵在外的慕容延钊、韩令坤入朝之际，免去其殿前都点检、侍卫亲军马步军都指挥使之职，这是因为宋太祖对后周时声望、资历俱不在己下的慕容延钊、韩令坤还是放心不下。殿前都点检慕容延钊出任山南东道节度使，韩令坤出任成德节度使。此后权重位尊的殿前都点检一职不再设置，以免人们再生出"点检作天子"的联想；侍卫亲军马步军都指挥使改授石守信，而侍卫亲军马步军副都指挥使也不复授人。至此时"杯酒释兵权"，宋太祖始罢免开国"佐命"功臣高怀德、王审琦、张令铎、罗彦瓌诸将兵权；而殿前副都点检一职"自此亦不复除授"。如南宋学者程大昌所言："周恭帝时，李重进出镇扬州，领宿卫如故。太祖受禅，命韩令坤代为马步军都指挥使，正是夺其所带军职耳。建隆二年七月，凡诸将职典禁卫者例罢，悉除节度使。独石守信兼侍卫都指挥使如故，实亦带以为职，元不典兵也。至三年，守信亦表解军职，许之。则守信竟不自安也。"[1] 石守信罢侍卫亲军马步军都指挥使在建隆三年（962）九月。

分析"杯酒释兵权"前后出掌禁军兵权的诸将情况，有学者认为自平定李筠、李重进开始，宋太祖逐步用昔日殿前司亲信将校来接替留用的原后周大将，自"杯酒释兵权"以后，宋太祖昔日帐下亲校已接掌殿前、侍卫二司大权。至此，宋太祖登基之初任命的禁军将帅慕容延钊、韩令坤、高怀德、王审琦、张令铎、张光翰和赵彦徽等七人皆罢军职，仅石守信虽未免军职，但实权已不在。在释兵权之前的禁军将帅皆是久经战阵的宿将，名位高，功勋大，乃宋太祖未称帝时的旧僚、弟兄。即于二年闰三月以后留任的四位禁军大将石守信、高怀

---

[1] （宋）程大昌：《演繁露续集》卷一《殿前三司军职》，大象出版社2008年《全宋笔记》（第四编）本，第168页。

德、张令铎、王审琦，石、王二人乃太祖"义社十兄弟"中处于"最核心"者，高为太祖妹婿，张为出名的老好人，并在太祖安排下，其女儿嫁给太祖三弟赵光美。因此，这四人最为天子所亲信、倚重。[1]而在释兵权以后被任命的禁军将帅，则名位、功勋较前大为不及。如"杯酒释兵权"以后出掌殿前、马军司的韩重赟、刘光义乃"义社兄弟"，而崔彦进原为周太祖帐下卫士，后从周世宗，官东西班指挥使，领昭州刺史。"宋初，改控鹤右厢指挥使、领果州团练使。征李筠，为先锋部署，以功迁常州防御使。从平李重进，改虎捷右厢。建隆二年，迁侍卫步军都指挥使、领武信军节度。"[2]大都为昔日殿前司将校。因此，宋太祖"杯酒释兵权"的重要原因，当与司马光所说的"更置易制者，使主亲军"有关。[3]据《宋史》有关传记所载，殿前都指挥使韩重赟"信奉释氏"，为人不张扬，惯于奉命行事；殿前都虞候张琼原为宋太祖帐下亲校，资历较浅，且"性暴无机"；侍卫亲军马军都指挥使刘光义则是一个平庸之辈，侍卫亲军步军都指挥使崔彦进虽"频立战功，然好聚财货，所至无善政"。其才能较为低庸，且不居殿前都点检、侍卫亲军马步军都指挥使之类高位，则自然不易产生政治野心，从而便于天子的控御。

自"杯酒释兵权"以后至开宝初年，宋太祖多次宴请方镇节度使，劝其罢镇改官，削去其权（详见下节）。但此"收藩镇之权"与"杯酒释兵权"之事虽有联系，然并非一事，而《涑水记闻》等文献所载往往如李焘所云，"误开二事为一耳"，遂前后抵牾。如《闻见

---

[1] 范学辉：《关于"杯酒释兵权"若干问题的再探讨》，载《史学月刊》2006年第3期。
[2] 《宋史》二五九《崔彦进传》，第9006页。
[3] 《涑水记闻》卷一，第12页。

近录》云:

> 太祖即位,方镇多偃蹇,所谓"十兄弟"者是也。上一日召诸方镇,授以弓剑,人驰一骑,与上私出固子门,大林中下马,酌酒,上语方镇曰:"此处无人,尔辈要作官家者,可杀我而为之。"方镇伏地战恐,上再三谕之,伏地不敢对。上曰:"尔辈是真欲我为主耶?"方镇皆再拜称"万岁"。上曰:"尔辈既欲我为天下主,尔辈当尽臣节,今后无或偃蹇。"方镇复再拜呼"万岁",与饮尽醉而归。[1]

这则记载颇具传奇性,但如此直白的语言,实在像一位称霸一方的袍哥、山大王所为,而不似颇有政治头脑、性格豪迈直率且又不乏政治手腕的宋太祖的行为,而且当时义社十兄弟大多为禁军将校,并非方镇节度使,同时天子出行,竟然没有一位护卫随行,也太不可思议了。此说显然是"杯酒释兵权"一事之传讹,且又误与宋太祖"收藩镇之权"混为一谈,大概为宋人神化其开国之君的为人神奇、豪迈而虚构出来的,不能视作信史。

再次,据李焘所言,知《太祖实录》和《三朝国史》皆未记载"杯酒释兵权"一事。但此事虽未见于《宋史·太祖纪》,却记录于《石守信传》,曰:

---

[1] 《闻见近录》,第22页。按:固子门,乃开封外城西北方向城门金耀门的俗称。(宋)孟元老《东京梦华录笺注》卷一《东都外城》(伊永文笺注,中华书局2006年版,第1页)云:"西城一边,其门有四:从南曰新郑门;次曰西水门,汴河上水门也;次曰万胜门;又次曰固子门;又次曰西北水门,乃金水河水门也。"

> 乾德初，帝因晚朝与守信等饮酒，酒酣，帝曰："我非尔曹不及此，然吾为天子，殊不若为节度使之乐，吾终夕未尝安枕而卧。"守信等顿首曰："今天命已定，谁复敢有异心，陛下何为出此言耶？"帝曰："人孰不欲富贵，一旦有以黄袍加汝之身，虽欲不为，其可得乎？"守信等谢曰："臣愚不及此，惟陛下哀矜之。"帝曰："人生驹过隙尔，不如多积金、市田宅以遗子孙，歌儿舞女以终天年。君臣之间无所猜嫌，不亦善乎！"守信谢曰："陛下念及此，所谓生死而肉骨也。"明日，皆称病，乞解兵权，帝从之，皆以散官就第，赏赉甚厚。[1]

与《涑水记闻》《长编》等相关文字比对，可知《宋史·石守信传》云云实取材于《涑水记闻》，而非《三朝国史》。所以其中所载如"乾德初""皆以散官就第"之类说法皆误。

因统领禁军的大将接受了天子用高官厚禄来换取军权的"赎买"条件，纷纷称病辞职，故宋太祖于建隆二年七月九日，以侍卫亲军马步军都指挥使、归德军节度使石守信为天平军节度使、兼军职如故，殿前副都点检、忠武军节度使高怀德为归德军节度使，殿前都指挥使、义成军节度使王审琦为忠正军节度使，侍卫亲军马步军都虞候、镇安节度使张令铎为镇宁军节度使，罢去军职。

作为"杯酒释兵权"的交换条件，宋太祖与诸将帅约定："我且与尔曹约为婚姻，君臣之间，两无猜疑，上下相安。"即让这些功臣战将与天子联姻，使君臣之间"两无猜疑"，臣无非分之野心，君也不

---

[1] 《宋史》卷二五〇《石守信传》，第8810页。按：《石守信传》称"杯酒释兵权"事发生在"乾德初"，误。

学汉高祖刘邦大杀功臣,由此"上下相安",大家都能乐享天年。在那些功臣战将如约交出兵权后,太祖也兑现了诺言。此前高怀德已成为天子妹婿,其后,石守信子石保吉于开宝中"选尚太祖第二女延庆公主",王审琦子王承衍于开宝三年"尚太祖女昭庆公主",张令铎第三女出嫁皇弟兴元尹赵光美,韩重赟子韩崇业"选尚秦王廷美女云阳公主"。[1] 而宋太祖自己也在开宝初娶华州节度使宋偓之女为皇后。据宋人记载,当时王审琦儿子王承衍已娶妻乐氏,遂婉言谢绝天子的美意,但宋太祖不允,对王承衍道:"汝为吾婿,吾将更嫁乐氏。"随即"以御龙直四人控御马,载承衍归",遂与昭庆公主成亲,而"乐氏厚资嫁之"。然后宋太祖告诉王承衍曰:"汝父可以安矣。"[2] 这种政治联姻,宋太祖之后的历代宋帝大都较好执行,成为宋朝政治一大传统,从而有效地纾解了君臣间存在的紧张状态。宋太祖通过这一系列眼花缭乱的婚姻关系,结成了一张颇为错综复杂的权力之网,将各种政治力量紧紧组合在自己周围。

历来质疑"杯酒释兵权"为虚构之事者,每每以此事未载于宋朝《国史》以及元修《宋史》为理由,因为如若真有"杯酒释兵权"这样一件值得当代称颂的大事,《太祖实录》和《三朝国史》肯定不会不加记载。此说实有不然,如上已述,《宋史·石守信传》即记载了"杯酒释兵权"一事;而成书于北宋前期的《太祖实录》《三朝国史》等官史未载"杯酒释兵权"的主要原因,大概与赵光义被罢兵权一事有关。

---

1 《宋史》卷二五〇《石保吉传》,第8812页;卷二五〇《王承衍传》,第8817页;卷二五〇《张令铎传》第8826页;卷二五〇《韩崇业传》,第8825页。
2 《邵氏闻见录》卷一,第6页。

后人说起"杯酒释兵权"这一事件，大都将关注的目光集中在诸禁军大将被解除军权上，而不大注意当时被解兵权的除高怀德、王审琦、张令铎、罗彦瓌诸大将之外，还有一位关键人物，即从殿前都虞候改任开封尹的皇弟赵光义，也约同时被免去了兵权：建隆二年七月二十一日，"皇弟泰宁节度使兼殿前都虞候光义兼开封尹、同平章事，嘉州防御使廷美为山南西道节度使"。[1] 自五代以来，因不立皇太子，开封尹乃"阴为储副之位"。[2] 赵光义于杜太后死后仅一月有余即出任象征"储贰之位"的开封尹，自然应与宋太祖和其母杜太后约定的传位"誓约"即"金匮之盟"相关。但是赵光义的开封尹任命紧随"杯酒释兵权"之事，且同被解除殿前司军职，显然这两者之间存在着摆脱不开的关联。因此，如开宝六年（1973）八月赵普罢相出京，九月己巳即封开封尹赵光义为晋王，而同时天平节度使石守信加官"兼侍中"，归德节度使高怀德、忠武节度使王审琦"并加同平章事"，[3] 似可为其一证。如前文所述，宋太祖因出身于殿前司，故登基以后，即任命皇弟赵光义为殿前都虞候，虽然当时殿前司长官都点检慕容延钊、副都点检高怀德、都指挥使王审琦皆在都虞候之上，但大都领军在外，其在京城的殿前禁军，即由都虞候赵光义执掌。[4] 因此之故，建隆元年五月，宋太祖亲征李筠，赵光义为大内都点检，主持京城军务；十月，又亲征扬州，赵光义仍留守京城。赵光义于继位后也曾自誉："洎太祖即位，亲讨李筠、李重进，朕留守帝京，镇抚都城，上下如一，其年

---

1 《长编》卷二建隆二年七月壬午条，第50页。
2 《全宋文》卷四九四五陆游《记太子亲王尹京故事》，第224册，第146页。
3 《长编》卷一四开宝六年九月己巳条，第307—308页。
4 如《长编》卷二建隆二年七月壬午条（第51页）载，宋太祖以张琼接任赵光义殿前都虞候之职，即"谓殿前卫士如虎狼者不下万人，非张琼不能统制"。

蒙委兵权。"[1]至此，赵光义自殿前都虞候改任开封尹，李焘以为这是因为"先是，范质奏疏言：'光义、廷美皆品位未崇，典礼犹阙，伏乞并加封册，申锡命书，或列于公台，或委之方镇。'"得到太祖"嘉纳"，[2]故有是命。然据相关史料分析，此两者间的因果关系并不密切。因为其一，当时殿前都点检空缺，殿前副都点检高怀德、都指挥使王审琦同时被免，按当时情况及军中惯例分析，一般是擢任赵光义补缺；但是其二，据古代王朝政治的一般情形而言，亲王执掌禁卫军兵并不利于王朝统治的稳定，而宋太祖登基之初任命赵光义为殿前都虞候以执掌殿前军马，实是出于国初政局动荡这一特殊背景，至此政局渐平定，遂以遵从太后的意愿为名而改命赵光义任开封尹，同时解除其兵权，以免隐患。由于其中隐衷，与赵光义一向宣称的太祖"友爱"兄弟之说法颇有不合，所以撰修《太祖实录》《三朝国史》的宋朝史臣避而不提也就可以理解了。

从多种史书记载上看，对于"杯酒释兵权"一事，赵普较宋太祖更为积极。南宋初，宋高宗与近臣论及赵普，尝称誉道："唐末五季藩镇之乱，普能消于谈笑间，如国初十节度，非普谋，亦孰能制？"[3]所谓"能消于谈笑间"，自是指"杯酒释兵权"一事，而"十节度"或即指"义社十兄弟"。[4]此也可证赵普在"杯酒释兵权"一事中所起的作用。当然，此事的最终决定权掌握在宋太祖之手。有学者认为在解除石守信等禁军将帅的兵权这一点上，宋太祖与赵普的意见基本一致，

---

1 《宋朝事实》卷三《诏书》，第33页。
2 《长编》卷二建隆二年七月壬午条，第50—51页。
3 （宋）李心传：《建炎以来系年要录》卷六一绍兴二年十二月癸巳条，上海古籍出版社2018年版，第1075页。
4 蒋复璁：《宋代一个国策的检讨》，载氏著《宋史新探》，第18—19页。

但在何时解除其兵权,即在时机把握方面,两人存在分歧。宋太祖因石守信、王审琦、高怀德诸人虽也属后周旧臣,然与自己"义同骨肉",对其忠诚有十分把握,故欲"待南征大捷创造好了论功行赏的氛围之后再有所动作",完成禁军大将的"更新换代",约"与范质等后周三相离职的时间大致相当"。而赵普主张"快刀斩乱麻",一劳永逸地消弭王朝"潜在的威胁和不稳定的因素"。经反复思虑,宋太祖接受了赵普的建议。通过"杯酒释兵权"的决策过程,可明显分别宋太祖与赵普的执政风格差异。与赵普"为人阴刻""为政也专"和行事为达目的而不计后果的作风不同,宋太祖为人"豁达大度",行事讲求分寸,有着高人一筹的"政治艺术",故其"对棘手问题的处理是铺垫多、时间长,但效果要好"。然这一步到位的做法,"进一步恶化了宋太祖与殿前、侍卫统军大将之间的关系",而致"猜防百至"。[1]此一说法分别宋太祖与赵普的行政风格差异,颇有道理,但认为宋太祖欲缓时日,待到乾德初罢免范质等三位宰相前后再来解决石守信等禁军将帅问题,显属臆测而已。此在乾德初年宋太祖欲任用宿将符彦卿统军但被赵普所阻止一事上,就可以明白看出君臣二人在解除禁军大将兵权上的相异处。

乾德元年(963)二月,天雄军节度使符彦卿来京城觐见天子,宋太祖"欲使彦卿典兵,枢密使赵普以为彦卿名位已盛,不可复委以兵柄,屡谏,不听。宣已出,普复怀之请见,……曰:'臣托以处分之语有未备者,复留之,惟陛下深思利害,勿复悔。'上曰:'卿苦疑彦卿,何也?朕待彦卿至厚,彦卿岂能负朕耶?'普曰:'陛下何以能负

---

[1] 范学辉:《关于"杯酒释兵权"若干问题的再探讨》,载《史学月刊》2006年第3期。

周世宗？'上默然，事遂中止"。[1] 符彦卿字冠侯，陈州宛丘（今河南淮阳）人。其父符存审，官至后唐宣武军节度使、蕃汉马步军都总管兼中书令；后晋初，符彦卿与兄彦饶分为同州、滑台节度使。后晋末帝时，以战功迁任武宁军节度使、同平章事；后汉乾祐年间加兼中书令，封魏国公，拜守太保。符彦卿因"能骑射""勇略有谋，善用兵"，深得军中拥戴，"故士卒乐为效死"，而"辽人自阳城之败，尤畏彦卿"。又周世宗先后两位符皇后均为符彦卿之女，符彦卿另一女嫁赵光义，[2] 故其在后周、宋初皆官贵位显：周太祖即位后，被封为淮阳王；周世宗时拜太傅，改封魏王。因符彦卿为"宿将，且前朝近亲，皇弟匡义"之丈人，并于陈桥兵变后不数日即上表效顺，故宋太祖"每优其礼遇"，[3] 加守太师之衔，"赐诏书不名"。此时符彦卿"来朝"，天子特"赐袭衣、玉带，宴射于金凤园，太祖七发皆中的，彦卿贡名马称贺"，[4] 故宋太祖又欲加重用。此时上距"杯酒释兵权"之发生不过一年有余，况且任用关系相对疏远且在军中资历深于宋太祖、声望也不次于宋太祖的宿将符彦卿"典兵"，而且以符彦卿的资历、声望，只能授予殿前都点检、侍卫亲军马步军都指挥使之类高官，可见宋太祖此番所为，确实甚为奇怪。因此，其唯一合理的解释，当是皇弟赵光义推荐了符彦卿。赵光义在"杯酒释兵权"之后自殿前都虞候改任开封尹，被免去军职，至此举荐妻父出掌禁军，显然有其用心。赵普坚决反对此举，但只是因为其反对理由正中天子的死穴，方才得以成

---

1 《长编》卷四乾德元年二月丙戌条，第83—84页。按：《宋史》卷二五〇《石守信传》（第8810页）所载同。
2 《宋史》卷二五一《符彦卿传》，第8837—8840页。
3 《长编》卷一建隆元年正月丁巳条，第7页。
4 《宋史》卷二五一《符彦卿传》，第8839页、第8840页。

功。四月,"典兵"不成的符彦卿"辞归镇"。[1] 从赵普竭力劝说太祖解除石守信等禁军大将的兵权,此后又极力阻止赵光义势力涉足禁军等情况上看,赵光义与"杯酒释兵权"中诸将几乎同时被免军职,其原因当与"杯酒释兵权"一样,也与赵普大有关系。可能因此原因,赵光义与赵普的关系开始疏远,并渐趋恶化。

中国古代历朝开国之君,往往以杀戮立威,如汉高祖刘邦、明太祖朱元璋等就曾大杀开国功臣战将。而宋太祖反其道而行之,通过"杯酒释兵权",于杯觥交错之间简单而又直接地解决了历朝开国君主都深感棘手的难题,一举将禁军统兵权集中于天子之手,且不杀功臣、不伤兄弟和气。对于宋太祖借请禁军将帅宴饮之机解除其兵权的做法,元代史臣赞云:"石守信而下,皆显德旧臣,太祖开怀信任,获其忠力。一日以黄袍之喻,使自解其兵柄,以保其富贵,以遗其子孙。汉光武之于功臣,岂过是哉。"[2] 而清初王夫之则认为"帝王之受命,其上以德,商周是已;其次以功,汉唐是已",而"赵氏起家什伍,两世为裨将,与乱世相浮沉,姓字且不闻于人间,况能以惠泽下流系邱民之企慕乎",故其"权不重,故不敢以兵威劫远人;望不隆,故不敢以诛夷待勋旧"。[3] 但宋代君臣由此得以相对平安相处,实对宋朝此后较为宽松的政治环境之形成起着重要作用。因此,"杯酒释兵权"也就被世人誉为"最高政治艺术的运用",而成为千古佳话。

不过,权势移人,宋太祖本是一位性格豪迈爽快、颇能赤诚待人之人,但自登上皇帝宝座之后,为保住这皇位而不让他人染指,也就

---

1 《长编》卷四乾德元年四月戊戌条,第89页。
2 《宋史》卷二五〇"论曰",第8829页。
3 《宋论》卷一,第1—3页。

变得有些疑神疑鬼，并随着掌国日久，其忌疑之心似乎日趋严重。通过"杯酒释兵权"，宋太祖削夺了那些官尊望重的旧日同僚弟兄、今日之禁军将帅的兵权，而任命自己心腹且官衔、名望较低者，或才能较平庸而易于控御者出任禁军将帅。权之所在，祸之所集，首先招致天子猜忌的正是其心腹猛将和救命恩人殿前都虞候张琼，以及昔日义社兄弟殿前都指挥使韩重赟等将领。

张琼，大名馆陶（今属河北）人。张琼出身军人世家，自少以有勇力闻名，善于骑射，后周时"隶太祖帐下"为亲兵。显德年间，后周军攻击寿州城时，张琼尝救过宋太祖，所以宋太祖登基后，即委任张琼典领殿前禁军，擢为内外马步军都军头、领爱州刺史。在"杯酒释兵权"以后，皇弟赵光义自殿前都虞候调任开封尹，宋太祖声称："殿前卫士如狼虎者不啻万人，非琼不能统制。"遂命张琼任殿前都虞候，迁嘉州防御使，以接替赵光义。史称张琼"性暴无机"，[1]意即性格暴戾而无野心。由如此有勇无谋的心腹爱将执掌殿前禁军卫士，按理天子该放心了，但实际情况却并非如此。

宋太祖即位之初，尝说"周世宗见诸将方面大耳者皆杀之，我终日侍侧，不能害也"，示意自己称帝实是上契天意，并宣称"有天命者任自为之，不汝禁也"，[2]即若有"天命"者也要行"黄袍加身"之事，他就顺天而行，让出皇位。但这种事是能说得却行不得，为扼杀任何臣下施行谋逆之可能，宋太祖不断暗遣"探事"人四出刺探、监视民间"阴事"。在这些"探事"人中，以殿前司军校史珪、石汉卿等人最得天子赏识。他们依仗天子之威仗势欺人，甚至凌辱朝廷大臣、

---

[1] 《宋史》卷二五九《张琼传》，第9009—9010页。
[2] 《宋史》卷三《太祖纪三》，第49页。

各州官员，并往往在给天子的小报告中指鹿为马，因此朝廷上下对宋太祖的如此做法颇多非议。史载"太祖常密遣人于军中伺察外事，赵普极言不可。上曰：'世宗朝尝如此。'普曰：'世宗虽如此，岂能察陛下耶？'上默然，遂止"。[1] 但从史珪、石汉卿之事上看，宋太祖遣人"探事"之举并未停止。结果，天子爱将张琼就因史珪、石汉卿的告发而被诛；昔日义社兄弟、殿前都指挥使韩重赟也因一个未经证实的罪名几乎被诛，只是经赵普竭力谏劝而作罢，但还是被免去了殿前都指挥使之职；且"自韩重赟罢殿前都指挥使，凡六年不除授"，直至开宝六年（973）才再命殿前都虞候杨义接任这一职务。[2]

赵普阻止宋太祖无罪诛杀韩重赟，并非是反对宋太祖收兵权以强化中央集权的政策，而是为了避免开告讦之风，使得人人自危，并进而危及赵宋王朝统治。其实，赵普即是"杯酒释兵权"的背后推手，因此从一定意义上看，赵普实较宋太祖还要重视消弭禁军统帅可能对王朝政治带来的潜在威胁。这在上述赵普反对宋太祖任用符彦卿"典兵"一事上，得以突出反映。

赵普在谏阻天子诛杀韩重赟时曾说过："陛下必不自将亲兵，须择人付之。"[3] 但何等之人出任禁军将帅才能使得天子放心？作为天子心腹亲将的张琼已被诛杀，作为天子昔日"义社兄弟"的韩重赟几乎性命不保。从史料记载上看，虽然着眼于统一大业的宋太祖依然十分重视军队建设，但在统领京师禁军的将帅任用上，明显有重用这两类将官的倾向：一是天子的姻亲等，但才能较为平庸，如王继勋、杜审琼、

---

[1] 《儒林公议》，第32页。
[2] 《长编》卷一四开宝六年九月辛未条，第308页。
[3] 《长编》卷八乾德五年二月甲戌条，第190页。

二是天子的心腹亲将，但其缺陷颇为明显，如殿前都虞候杨义因病失声，又如先后任侍卫亲军步军、马军都指挥使的党进是文盲，等等。

王继勋是宋太祖皇后王氏之弟，"美风仪，性凶率无赖"。因王皇后的缘故，为内殿供奉官都知，后升任龙捷右厢都指挥使，领彭州防御使。王继勋"挟势骄倨，多凌蔑将帅，人皆侧目引避"，只有龙捷左厢都指挥使马仁瑀自恃是宋太祖老部下，"独与抗，相忿争，辄攘臂欲殴继勋，继勋惮其勇，颇为屈，而怨隙愈深"。乾德元年（963）秋，宋太祖为灭后蜀，准备检阅在京诸军。不料王继勋竟然私下命令部下准备好木棍，欲报复马仁瑀。宋太祖耳目灵通，知晓此事以后取消了检阅，没过几天，又将马仁瑀调出禁军，出任密州防御使，但并未处置王继勋。不久，宋太祖又擢任王继勋为保宁军节度观察留后，领虎捷左右厢都虞候、权侍卫亲军步军司事。[1] 天子的意图可谓显明，此后看谁还敢对毫无军功且官拜禁军将帅的天子姻亲指手画脚？不过王继勋实在不争气，数年后，宋太祖只得将他免职："会新募兵千余隶雄武，将遣出征，多无妻室，太祖谓继勋曰：'此必有愿为婚者，不须备聘财，但酒炙可也。'继勋不能谕上旨，纵令掠人子女，京城为之纷扰。上闻大惊，遣捕斩百余人，人情始定。时后已崩，上追念后，故不之罪也。乾德四年（966），继勋复为部曲所讼，诏中书鞫之，解兵柄，为彰国军留后，奉朝请。"[2] 而后宋太祖任命母舅杜审琼接替其职。

杜审琼，杜太后之弟，宋太祖登基以后，拜其为左领军将军，改

---

[1] 《宋史》卷四六三《外戚传上·王继勋传》，第13541—13542页；《长编》卷四乾德元年八月甲申条，第102—103页。
[2] 《宋史》卷四六三《外戚传上·王继勋传》，第13542页。

左龙武军大将军,迁右卫大将军等。乾德四年春,杜审琼接任王继勋之职,兼点检侍卫亲军步军司事,时年已七十岁。是年秋,老迈的杜审琼病死。

但禁军将帅的职任甚重,不可能全让这些平庸的外戚来干,所以天子还是会选任一些身经百战且忠心耿耿、对自己皇位不构成威胁的将领为禁军将帅,如杨义、党进等。

党进,朔州马邑(今山西朔州)人。"以膂力隶军伍"。权步军司杜审琼卒,党进"代领其务"。乾德五年,领彰信军节度使兼侍卫步军都指挥使。开宝六年,改侍卫亲军马军都指挥使,领镇安军节度使。"先是,禁中军校自都虞候已上,悉书所掌兵数于梃上,如笏记焉。太祖一日问进所掌几何,进不识字,但举梃以示于上,曰:'尽在是矣。'上以其朴直,益厚之。"[1]

杨义,瀛州(今河北河间)人,后因避宋太宗之讳,改名杨信。后周显德年间,杨义归隶赵匡胤麾下,为偏将。宋太祖称帝后,杨义擢升权内外马步军副都军头,后领贺州刺史,历任铁骑、控鹤都指挥使,于张琼死后接任殿前都虞候。杨义为人谨慎,与张琼大为不同,故颇得天子放心。乾德四年,杨义因病而不能发声,但天子并未由此免去其军职,反而赐钱二百万以为慰问,并于次年擢升其为静江军节度使,信任有加。开宝二年(969),守卫皇城的部分禁军军校在散指挥都知杜延进率领下谋为"不轨",但阴谋泄露,宋太祖半夜开玄武门,召杨义率兵入内搜捕,至天明,同谋十九人皆被擒获,天子亲自审问以后全部处死,并嘉奖了杨义。开宝六年,

---

[1] 《宋史》卷二六〇《党进传》,第9018—9019页。

杨义升迁为殿前都指挥使,改领建武军节度。有一天,宋太祖调集御龙直士兵至皇宫后面的湖泊中练习水战,鼓噪声传出很远,正在玄武门外歇息的杨义忽然闻听军声阵阵,穿着便衣就急忙赶来查看。宋太祖告诉他说:"吾教水战尔,非有他也。"杨义施礼退下,宋太祖目送其离去,对左右侍从说:"真忠臣也。"杨义"虽喑疾而质实自将,善部分士卒,指顾申儆,动有纪律,故见信任而终始无疑焉",独掌殿前司军职多年。至宋太宗即位,杨义仍稳坐殿前都指挥使之位,直至太平兴国三年(978)春病死止,可谓"遭遇两朝,恩宠隆厚"。[1] 杨义的际遇,虽不能说是幸运的例外,但确实在宋初乃至整个宋朝都是不多见的。

四、收藩镇之权

自唐代中后期以来,各地藩镇割据混战,使统一的中央政府徒有虚名,社会分崩离析。宋太祖甫登基,为使政权平稳过渡,对后周各地节镇"无不以恩信结之,既以安其反侧,亦藉其威力,以镇抚四方",[2] 因此,当时方镇大多未被罢免,而是普加官爵、移镇而已。据《宋史》,当时天雄节度使符彦卿加守太师,雄武节度使王景加守太保、封太原郡王,凤翔节度使王晏封赵国公,武宁节度使郭从义加守中书令,永兴节度使李洪义加兼中书令,保大节度使武行德加中书令、封韩国公,忠正节度使杨承信加兼侍中,保信节度使赵赞加检校太师,安国节度使李继勋加检校太尉,彰信节度使药元福加检校太师,河阳三城节度使赵晁加检校太尉,建雄节度使杨廷璋加检校太傅,邓州节

---

1 《宋史》卷二六〇《杨信传》,第9016—9017页。
2 《宋史》卷二七一"论曰",第9301页。

度使宋偓加检校太师,忠武节度使张永德加兼侍中,等等。一片祥和,而各地方镇也大都适时奉表向旧日并肩之同僚、今日之新天子效忠。但这只是表象而已,宋太祖对依旧颇为跋扈不驯的众多藩镇大将还是颇为忌疑的。当宋太祖先后平定了当时实力最强的两大节镇李筠和李重进的起兵反抗以后,即开始考虑解决这一为患已有二百年之久的难题。为此,宋太祖向赵普咨询"国家长久之计",赵普认为自唐末以来帝王兴废如转蓬,战斗不息,生灵涂炭的根本原因就在于"方镇权力太重,君弱臣强",而治理之道只有简单的三条:"稍夺其权,制其钱谷,收其精兵。"[1]即只有将各地藩镇手中的用人之权、财赋之权和兵权夺过来,归天子掌握,才能从根本上改变五代时期君弱臣强、藩镇割据对抗中央等问题。宋太祖闻言即悟,但由于此问题所牵涉的人多面广,盘根错节,故处理难度也就较解除禁军将帅的兵权更大。

唐末五代藩镇之所以能割据一方,自相雄长,其重要原因之一就是他们掌握着地方财经大权,即占有地方财赋租税,名曰"留使""留州",上供朝廷者甚少;而且其又直接控制各地盐铁、茶叶等生产、贸易之场院,厚敛取利。这些方镇凭借其雄厚的财力养活了大批军队,兵强马壮者便得以吞并其他实力较弱的方镇,反之则为人所消灭。这便是方镇强盛、中央衰弱的根源之一。至五代,中央禁军逐渐强大,尤其经周世宗施行整顿禁军、削弱方镇势力的政策后,一个或几个方镇已难以抗衡禁军,使得在中央政权的更替上,方镇力量已不再起决定作用。也即是说,对于君主而言,跋扈不驯的禁军才是腹心之患,而方镇只是肢体之疾。面对气焰依然颇为嚣张的各地方镇,周世宗因

---

1 《长编》卷二建隆二年七月庚午条,第49页。

将主要精力放在统一天下上,感到一举解决的时机尚未成熟,故对唐末藩镇之乱遗留下来的积弊,大多采取姑息对策。如当时襄阳节度使安审琦来朝见,周世宗即给予很高礼遇:"周世宗时,安审琦自襄阳来朝,喜不自胜,亲幸其第"。[1]而"当此之时,诸侯各据方面,威福由己。世宗自淮甸回,有许州百姓于驾前讼节度使向训,世宗遽械此人付向训,令自鞫问。训得之,即活沉于水。其轻蔑宪章,恣横不法也如此",[2]然周世宗对向训的恣横行为一无所问。又潞州节度使李筠有种种不法之事,周世宗也一反其对朝中大臣严厉处置的脾性,基本予以容忍。但雄才大略的宋太祖不想再坐视方镇的嚣张行为,故于"杯酒释兵权"之后,逐步推行赵普所建议的三大对策,以"收藩镇之权":

> (方镇)至于五代,其弊极矣。天下之所以四分五裂者,方镇之专地也;干戈之所以交争互战者,方镇之专兵也;民之所以苦于赋繁役重者,方镇之专利也;民之所以苦于刑苛法峻者,方镇之专杀也;朝廷命令不得行于天下者,方镇之继袭也。太祖与赵普长虑却顾,知天下之弊源在乎此,于是以文臣知州,以朝官知县,以京朝官监临财赋,又置运使、置通判、置县尉,皆所以渐收其权。[3]

---

1 《长编》卷三二淳化二年正月乙酉条,第710页。按:《资治通鉴》卷二九三(第9560页)后周显德三年十月:"山南东道节度使、守太尉兼中书令安审琦镇襄州十余年,至是入朝,除守太师,遣还镇。既行,上问宰相:'卿曹送之乎?'对曰:'送至城南,审琦深感圣恩。'上曰:'近朝多不以诚信待诸侯,诸侯虽有欲效忠节者,其道无由。王者但能毋失其信,何患诸侯不归心哉!'"注曰:"五代以来,方镇入朝者,或留不遣,或易置之。今加官遣还镇,故感恩。"
2 《长编》卷三八至道元年十二月丙申条,第824页。
3 (宋)吕中:《类编皇朝大事记讲义》卷二《处藩镇收兵权》,上海人民出版社2014年版,第50页。

第四章 宋初形势的稳定

在"削夺其权"方面,宋太祖首先收回方镇对属下生杀予夺的权力,即收回司法权。

五代方镇跋扈,往往枉法杀人。"先是,两京军巡及诸州马步判官,皆以补将吏",至建隆元年十月,"诏吏部流内铨注拟选人",[1]即宋太祖下令将原由方镇牙校担任的、负责审案判狱的诸州马步判官,改由中央吏部选派文士担任。建隆三年三月,宋太祖谓宰臣曰:"五代诸侯跋扈,多枉法杀人,朝廷置而不问,刑部之职几废,且人命至重,姑息藩镇,当如此耶!"遂下令收回方镇对属下行使死刑的权力:"乃令诸州自今决大辟讫,录案闻奏,委刑部详覆之。"[2]于是官民之生杀予夺大权皆取决于中央。同年十二月,鉴于"五代以来,节度使补署亲随为镇将,与县令抗礼,凡公事专达于州,县吏失职",宋太祖根据赵普的建议,恢复了前代县尉的建置:"每县复置县尉一员,在主簿之下,俸禄与主簿同。凡盗贼、斗讼,先委镇将者,诏县令及尉复领其事。自万户至千户,各置弓手有差。"以县尉取代原由方镇亲随担任的镇将,执掌一县内的司法治安事务,而"镇将所主,不及乡村,但郭内而已"。[3]至开宝六年(973)中,又因"诸道州府任牙校为马步都虞候及判官断狱,多失其中",遂下令禁止方镇用牙校审理判决州府刑狱的旧习,"改马步院为司寇院",改任用朝廷委派的科举出身的文官为司寇参军。[4]方镇审理一般案件之权也由此被剥夺了。

其次,宋太祖直接任命京朝官知县事,使朝廷权力一直控制到县一级,从基层削弱州府方镇的势力。

---

1 《长编》卷一建隆元年十月乙酉条,第 27 页。
2 《长编》卷三建隆三年三月丁卯条,第 63 页。
3 《长编》卷三建隆三年十二月癸巳条,第 76 页。
4 《长编》卷十四开宝六年七月壬子朔条,第 305 页。

任命京朝官出掌县事始于乾德元年（963）。当时，久镇大名府的天雄军节度使符彦卿"专恣不法，属县颇不治，故特选强干者往莅之"。是年六月，朝廷命大理正奚屿知馆陶县、监察御史王祐知魏县、杨应梦知永济县、屯田员外郎于继徽知临清县。馆陶等县皆隶属于天雄军。宋代以"常参官知县自屿等始也"。因为这些人是以朝廷任命的京朝官身份来到地方做知县的，故与节度使分庭抗礼。如稍后的右赞善大夫周渭知永济县，节度使符彦卿特地至郊外迎接，但周渭"揖于马上，就馆，始与彦卿相见，略不降屈"。县内有刑事案件，周渭也直接判决，并不按惯例送府衙交节度使处置，符彦卿对此也无可奈何。[1] 由此，节度使对属县的控御之权较以前大为减小。此后，由朝廷任免知县的做法更成为有宋一代的通行制度。

再次，让支郡直属中央。唐末五代时期，各地节度使割据一方，兼领数州，称"支郡"。为削夺节度使之权，同样在乾德元年（963）中，宋太祖首先在新平定的两湖地区取消支郡，让各州直隶京师，以防止这些地区再形成新的方镇势力："始唐及五代节镇皆有支郡。太祖平湖南，始令潭、朗等州直属京，长吏得自奏事。"此后，随着宋朝

---

[1]《长编》卷四乾德元年六月庚戌条，第96页。按：李焘又注云："诸书皆言朝官知县自奚屿等始。按《实录》建隆二年十一月己丑，以祠部郎中王景逊为河南令、职方员外郎边珝为洛阳令、左司员外郎段思恭为开封令、驾部员外郎刘涣为浚仪令，代卢辰、张文遂、边珝、宋彦升等，不知何故诸书乃言知县始此，岂令与知县不同乎？"对此疑问，李心传《旧闻证误》（中华书局1981年版，第2页）卷一考辨曰："按京朝官出为赤县令者不复带本官，自唐以来皆然。如建隆四年以水部员外郎李瑑为浚仪令、兵部员外郎柴自牧为□□令之类。至是奚屿始带大理正出知馆陶县，故史臣云'常参官知县'自屿始也。然建隆二年六月甲寅，曹州冤句令曹陟以清干闻，擢左拾遗、知县事，又在奚屿之前，则'常参官知县'不自屿始矣。岂非陟以就任改秩之故，不得为事始，而史臣特取'常参官自京都出知外县者'而记之耶？大抵国初之制，朝官出为县令则解内职，朝官出为知县则带本官。由此言之，令与知县不同甚明。"

统一战争的进展,所平定南方诸国如后蜀、南汉、南唐以及西北地区的一些州军亦逐步直属中央管辖,以"分方面之权,尊奖王室,亦强干弱枝之术也"。[1]据《文献通考·舆地考一》载"乾德五年,以陇州、义州直属京。二年,又以阶、成、乾三州属京。……五年,又析庆州、商州;开宝二年,又析归、峡,四年,又析泽州、通远军,并属京"。至宋太宗太平兴国二年(977)八月以后,"尽罢天下节镇所领支郡"[2]。此后"两浙、福建纳土之后,诸州直隶京师,无复藩府"。[3]即宋境内各州府都直属京师,不再有支郡。

宋廷自乾德二年开始,还严令节度使不得自己召辟幕府谋士:"使府不许召署,幕职悉由铨授矣"。[4]不久,宋廷又下令"藩镇无以为掌书记,须历两任有文学者乃许辟奏",[5]即节度使掌书记不许任用初任官职之人,必须是经历两任并且有文学才能之人,奏请朝廷同意方可辟任。由此,节度使辟用属官的予夺之权大都遭到削夺。

---

[1] 《长编》卷十八太平兴国二年八月戊辰条,第411页。按:检诸史知五代时已有削支郡之举。如《旧五代史》卷一五〇《郡县志》云"滨州,周显德三年六月敕以瞻国军升为州,其他望为上,直属京";又复州,"梁乾化二年十月割隶荆南,后唐天成二年五月却隶襄州,晋天福五年七月直属京,并为防御"。《五代会要》卷二四《诸道节度使军额》载"华州初为感化军,至后唐同光元年改为镇国军,至显德元年八月降为刺史,直属京";又"耀州,梁正明元年十二月改为崇州,升为静胜军节度,至后唐同光……二年三月降为团练州,至周显德二年降为刺史,直属京";"襄州,晋天福七年降为防御州,直属京,……至汉天福十二年六月,复旧力山南东道使"。然此类削支郡之事,大抵属个案,为临时之举措。如《宋会要辑稿·方域》五之二引《金坡遗事》云耀州"周降为刺史州,直属京师,皇朝复为节镇"。

[2] 《文献通考》卷三一五《舆地考一》,第8535页。按:据《长编》卷十一载开宝三年二月"庆午,诏泽州直隶京师"。五月"丁卯,诏通远军直隶京师"。则泽州、通远军直隶京师在开宝三年,《文献通考》作"四年"者疑误。

[3] (宋)王栐:《燕翼诒谋录》卷五,中华书局1981年版,第51页。

[4] 《长编》卷五乾德二年三月丁丑朔条,第123页。

[5] 《长编》卷五乾德二年七月甲午条,第130页。

在"制其钱谷"方面的相关措施，宋太祖也是由点及面逐步推行。五代时期，"藩镇率遣亲吏视民租入，概量增溢，公取羡余"，入宋未改。其中天雄军节度使符彦卿"取诸民尤悉"，为此宋太祖于建隆二年二月"即遣常参官分主其事，民始不困于重敛，于是出公粟赐彦卿，以愧其心"。[1] 但此仅属个案而已。至"杯酒释兵权"后的建隆三年初，宋廷即开始实施"制其钱谷"之方策，至乾德二年赵普拜宰相以后，开始颁行命令大规模收夺方镇的财权。是年，宋太祖依从赵普之谋，"始令诸州自今每岁受民租及榷之课，除支度给用外，凡缗帛之类，悉辇送京师，官乏车牛者，僦于民以充用"，[2] 州郡不得占留，也即取消了地方政权"留使""留州"之特权。此后又多次重申这一禁令：

> 自唐天宝以来，方镇屯重兵，多以赋入自赡，名曰留使、留州。其上供殊鲜。五代方镇益强，率令部曲主场院，厚敛以自利。其属三司者，补大吏临之，输额之外辄入己，或私纳货赂，名曰贡奉，用冀恩赏。上始即位，犹循常制，牧守来朝，皆有贡奉。及赵普为相，劝上革去其弊。是月（乾德三年三月），申命诸州，度支经费外，凡金帛以助军实，悉送都下，无得占留。时方镇阙守帅，稍命文臣权知，所在场院，间遣京朝官廷臣监临，又置转运使、通判为之条禁，文簿渐为精密，由是利归公上而外权削矣。[3]

---

1 《长编》卷二建隆二年二月己卯条，第39—40页。
2 《长编》卷五乾德二年"是岁"条，第139页。
3 《长编》卷六乾德三年三月"是月"条，第152页。

宋初，因军事行动而设置随军转运使，事毕即撤。此后视需要而在某些地区设置转运使主管一地财政税收和水陆转运。至宋太宗时，于各路普设转运使，称"某路诸州水陆转运使"，其官衙称转运使司，俗称"漕司"。宋太宗又规定转运使要轮流入京面圣奏事，报告地方情况。于是地方财利全归中央，州府官员不得签署钱谷之籍，朝廷财力由此渐渐雄厚，而地方州府因缺乏钱财储备，无力赏赐将士，从而切断了方镇大员与当地驻军相接纳的可能，中央控制地方的能力由此大为增强。

此外，唐末五代方镇的另一重要财源，是其多命亲信执掌关市场院的税费收入，这既不便于商贸往来，且加强了方镇的经济实力。于是宋太祖在屡次下令放宽商税杂费征收的同时，又派京朝官监临各地关市税收，并逐渐完善相关制度，便利工商业发展、商贸流通，同时也大大削夺了藩镇的商税收入。因此，有宋一代在商业方面的收入，如茶、矾、盐、酒等生产销售方面，远远超过以前各代。此即所谓"利归公上而外权削矣"，即各地财税除一小部分留地方公用外，大多输送于京师，以致京城仓库盈溢，中央财税收入也大增。

当然，宋太祖在削夺方镇财利时，也绝不蛮干，而留有余地。宋人王巩有记：

> 太祖即位，患方镇犹习故常，取于民无节而意多跋扈。一日，召便殿赐饮款曲，因问诸方镇："尔在本镇，除奉公上之外，岁得自用为钱几何？"方镇具陈之，上谕之曰："我以钱代租税之入，以助尔私，尔辈归朝，日与朕相宴乐何如？"方镇再拜。即诏给侯伯随使公使钱，虽在京，亦听半给。州县租赋悉归公

上，民无苛敛之患。至今侯伯尚给公使钱，以此也。"[1]

所谓公使钱，即公使库钱："公使库者，诸道监、帅司及州军、边县与戎帅皆有之。盖祖宗时，以前代牧伯皆敛于民，以佐厨传，是以制公使钱以给其费，惧及民也。然正赐钱不多，而著令许收遗利，以此州郡得自恣。若帅、宪等司，又有抚养、备边等库，开抵当，卖熟药，无所不为，其实以助公使耳。"[2] 即公使钱是各路州军长吏用于宴请、馈赠官员赴任、罢官以及入京往来等的费用。而据王巩所云，则宋太祖设公使钱的初衷，也如"杯酒释兵权"中以良田美宅、歌儿舞女来换取禁军大将释去军权的做法，带有"赎买"意味。因此，当削夺方镇之权的事情大体得以解决之时，宋太祖遂逐渐加强使用公使钱的管理制度："开宝六年八月乙巳，令诸州旧属公使钱物尽数系省，毋得妄有支费。以留州钱物尽数系省，始于此。"[3]

在"收其精兵"方面，宋太祖以提高禁军战力为名，通过拣选，尽可能将各州府所属精壮士卒集中于京师。乾德三年八月，"令天下长吏择本道兵骁勇者，籍其名送都下，以补禁旅之阙。又选强壮卒，定为兵样，分送诸道。其后又以木梃为高下之等，给散诸州军，委长吏、都监等召募教习，俟其精练，即送都下。上每御便殿亲临试之，用赵

---

[1] 《闻见近录》，第22页。按：据王溥《五代会要》卷十六《祠部》："后唐长兴二年七月，勅天下州府应有载祀典神祠破损者，仰给公使钱添修。"又卷二四《诸使杂录》："显德五年四月六日，敕应诸道州府进奏，逐月合请俸料及纸笔等钱，宜令今后于本州公使钱内支给，不得分配人户及州县门户。"可见州府公使钱，五代时已有，非始置于宋太祖时。只是宋太祖稍改其制，即"诏给侯伯随使公使钱，虽在京，亦听半给"，而与五代制度有异。

[2] （宋）李心传：《建炎以来朝野杂记》甲集卷十七《公使库》，中华书局2000年版，第394页。

[3] 《玉海》卷一八六《宋朝三司使》，第3404页。

普之谋也"。九月,"上御讲武殿,阅诸道兵,得万余人,以马军为骁雄、步军为雄武,并属侍卫司"。[1]故"自是师旅皆精锐,禁卫之籍无阙矣",[2]而方镇也由此不再拥有能与中央抗衡的实力。

因此,经过"削夺其权,制其钱谷,收其精兵",各地方镇的权力基本已被削夺,随后罢免节度使而代之以文官知州事,也就易如反掌了。

宋初,由后周任命的在地方上拥有兵马的异姓王和带相印的方镇不下数十人。在赵普的建议下,宋太祖于"削夺其权"的同时,对这些异姓王、方镇,或因其过失而罢黜之,或借故将其留京城"奉朝请",或让其遥领他职,或当其死时不再使其子孙袭职,而逐步任命文臣知州出任地方大员。同时,为安抚各地方镇,宋太祖特意提升节度使的经济待遇,使节度使之职逐渐从称雄一方的藩镇转变为一种位崇爵重而无实权的荣誉虚衔。但这种转变绝非一蹴而就,处事谨慎的宋太祖对此并不鲁莽行事,而是逐人逐事加以处置。

宋太祖首先拿有罪责过失的节度使开刀,以减轻其他方镇之不安。建隆二年八月,"杯酒释兵权"之事过去不久,镇守河北定州的义武节度使孙行友因在新朝"心不安",累请"解官"归其老巢狼山,朝廷不允,"惧,乃缮治甲兵,将弃其孥,还据山寨以叛",宋太祖遂遣将"会镇、赵之兵,伪称巡边,直入定州",出诏令命孙行友"举族归朝,行友仓黄听命",于是"制削夺行友官爵,禁锢私第"。当

---

[1] 《长编》卷六乾德三年八月戊戌朔条、九月己巳条,第156页、第157页。按:《宋史》卷一九三《兵志七》(第4799—4800页)所云略同:"初,太祖拣军中强勇者号兵样,分送诸道,令如样招募。后更为木梃,差以尺寸高下,谓之等长杖,委长吏、都监度人材取之。当部送阙者,军头司覆验,引对便坐,分隶诸军。"
[2] 《文献通考》卷一五二《兵考四·兵制》,第4550页。

时"行友弟易州刺史方进、侄保塞军使全晖皆诣阙待罪",皆"诏释之"。[1] 三年二月,滑州节度使张建丰也因"坐甲仗军资库火"而免官,"配唐州"。[2]

乾德元年(963)五月,凤翔节度使、岐王王景卒,朝廷即命枢密直学士、尚书左丞高防权知凤翔府。[3] 此乃节度使病卒,朝廷即任命文臣知州府接替其职之例。二年二月,因安远节度使兼中书令王晏以太子太师致仕,宋太祖"欲优其礼"以劝励其余,故特降"诏自今藩镇带平章事求休退者,每遇朝会,宜令缀中书门下班"。[4]

至开宝二年(969)初,天雄军节度使符彦卿、天平军节度使石守信、归德军节度使高怀德、镇宁军节度使张令铎、忠正军节度使王审琦、灵武军节度使冯继业等十二位方镇来京师朝见天子,宋太祖借北伐北汉之需要与地方治理不力等名目,将部分节度使移守他州,而命文臣权知潞州、大名府、灵州等地。

十月,宋太祖再施故伎,在禁中后苑大开酒宴,邀请后周时期就已官拜节度使的武行德、王彦超、白重赞、杨延璋、郭从义等方镇。这些方镇资历颇深,但并无反抗新朝的言行,故宋太祖登基以后,一直未对他们采取措施。至此,随着统治已趋安定,宋太祖便不再容忍其盘踞一方,于是上演又一幕"杯酒释兵权"式的喜剧。

在宴席杯觥交错"酒酣"之时,宋太祖感慨而言:"卿等皆国家宿旧,久临剧镇,王事鞅掌,非朕所以优贤之意也。"其意是说你们皆是劳苦功高的国家重臣,我却让你们镇守一方,政务繁重,实在过意

---

1 《长编》卷二建隆二年八月己酉条,第52页。
2 《长编》卷三建隆三年二月乙未条,第62页。
3 《长编》卷四乾德元年五月己未条、辛酉条,第91页。
4 《长编》卷五乾德二年二月壬戌条,第122页。

不去。参与宴会的凤翔节度使王彦超因当初落魄的赵匡胤前来投奔他时,仅取出一些钱,将赵匡胤如叫化子一般给打发走了,故今日来京城朝见,虽天子表示不再追究从前之事,但心中忐忑之情并未消弭,此时听出天子的言外之意,为立功赎罪,赶紧乘机迎合,避席奏请道:"臣本无勋劳,久冒荣宠,今已衰朽,乞骸骨归丘园,臣之愿也。"宋太祖闻言大喜,离座嘉慰。但其他几位如前护国军节度使郭从义、前定国军节度使白重赞、前保大军节度使杨廷璋等,却在酒水糊涂之际,未弄明白天子的用意,反而借着宋太祖的话头,竞相自陈昔日之资历与战功辛劳。不料宋太祖冷冷表态道:"此异代事,何足论也。"次日,此数位节度使皆被授予"散官":安远节度使兼中书令武行德为太子太傅,凤翔节度使兼中书令王彦超为右金吾卫上将军,护国节度使郭从义为左金吾卫上将军,定国节度使白重赞为左千牛卫上将军,保大节度使杨廷璋为右千牛卫上将军。[1]这些老资格的节度使所授官职并无实际职掌,而资历最老的武行德仅为东宫官太子太傅,由此大大压低了老臣们的位望。于仁宗末至神宗初年三朝拜相的富弼尝称誉太祖"又于樽酒之间,酬对之际,折其气,伏其心,罢节旄,授环卫,馨欬之易。其故何哉?御得其道故也"。[2]《程氏遗书》载二程也尝誉颂太祖的"御臣之术":

> 太祖仁爱,能保全诸节度使,极有术。天下既定,皆召归京师,节度使竭土地而还,所畜不赀,多则,亦可患也。太祖逐人赐地一方盖第,所费皆数万。又尝赐宴,酒酣,乃宣各人

---

1 《长编》卷十开宝二年十月己亥条,第233页。
2 《宋史全文》卷二"开宝二年"引"富弼曰"。

子弟一人扶归。太祖送至殿门,谓其子弟曰:"汝父各许朝廷十万缗矣。"诸节度使醒,问所以归,不失礼于上前否,子弟各以缗事对。翌日各以表进如数。此皆英雄御臣之术。[1]

在不动声色地打那些"所畜不赀,多财"的节度使秋风之余,宋太祖往往还有意打击这些武将旧臣的信心和锐气。如护国节度使郭从义早年以善于击球闻名,当"自徐州入朝,上(宋太祖)召使击球殿庭。从义易衣跨骤,驰骤击拂,曲尽其妙,将因是以结主知。及罢,上召赐坐,谓曰:'卿此技诚精绝,然非将相所为也。'从义大惭而退"。时称"从义家累巨万金,仆童千人,厩马千余匹。五代以来,节度使富强者辄怀跋扈之志,上威德震耀,众始绝望"。乾德年间,郭从义"移镇河中",曾郁郁不乐地对僚佐叹息道:"从义龌龊藩臣,摧颓若此,当为英雄所笑矣。"[2]因宋太祖推行削弱方镇势力的三大对策取得很好效果,各路方镇由此大为收敛,再也不太敢恃功骄纵。至开宝年间,就连那些开国功臣的行为也大为收敛。如忠正节度使王审琦在寿州任上八年,"岁得租课,量入为用,未尝有所诛求,民颇安之。所部邑令以罪停其录事史,幕僚白令不先咨府,请按之"。即所部县令处罚其亲吏,却未按惯例事先禀报节度使,故众幕府认为当予以惩处,但王审琦却说:"五代以来,诸侯强横,令宰不得专县事。今天下治平,我忝守藩,而部内宰能斥去黠吏,诚可赏也,何按之有!"[3]但宋太祖施行此策,虽使内乱减少,皇权稳固,却也造成那些藩镇武臣心怀疑

---

1 (宋)程颢、程颐撰,(宋)朱熹编:《程氏遗书》卷二二下《附杂录后》,华东师范大学出版社2010年《朱子全书外编》本,第377页。
2 《长编》卷五乾德二年六月辛亥条,第127—128页。
3 《长编》卷十一开宝三年三月己酉条,第243页。

惧，而往往"自晦"以求免祸，其中重要手段之一就是"好货贪财，怠于政事，以自污其行"。[1]如前述节度使符彦卿虽史称其不爱财，"前后赏赐钜万，悉分给帐下"，当时"藩镇率遣亲吏视民租入，概量增益，公取余羡"，而符彦卿在镇守天雄军时，"取诸民尤悉"，太祖为此特"遣常参官主其事，由是斛量始平。诏以羡余粟赐彦卿，以愧其心"。[2]从中颇可见符彦卿如此怠政贪货之举，也实有"自晦"之因素在内。由此造成了一个严重弊端，即武臣地位降低，并逐渐发展至社会上形成武臣颇受压抑的风尚，"以执兵为耻"，使得士气不扬，军力衰微，成为宋朝"积弱"之一大原因。[3]

宋太祖在软硬兼施地撤罢方镇之际，大量任命文臣以知州府事。对于宋太祖这一做法，宰相范质曾持反对意见，认为："臣窃见七八处大藩方，皆要害之处，近日并未有主帅，皆是儒士懦弱，权轻力小。"[4]然而方镇"懦弱，权轻力小"则易制，且不易与武将悍卒相结合，正是宋太祖所希望达到的目的，欲由此建立起全新的地方权力体制。所以范质虽以宰相身份提出异议，但文臣知州现象有增无减，至太祖朝后期，文臣知州已成普遍现象。为便于中央的控制，避免地方长官权

---

1 顾宏义、孙建民：《宋初大将自晦现象初探》，载《军事历史研究》2000年第1期。又《宋史》卷二五〇"论曰"（第8829页）亦云"然（石）守信之货殖巨万，（高）怀德之驰逐败度，岂非亦因以自晦者邪"。
2 《宋史》卷二五一《符彦卿传》，第8840页；《长编》卷二建隆二年二月己卯条，第39—40页。
3 如《宋史》卷二八五《贾昌朝传》（第9614—9615页）载仁宗时贾昌朝尝上言曰："太祖初有天下，鉴唐末五代方镇武臣、土兵牙校之盛，尽收其威权，当时以为万世之利。及太宗时，将帅率多旧人，犹能仗威灵，禀成算，出师御寇，所向有功。近岁恩幸子弟，饰厨传，钓名誉，多非勋劳，坐取武爵，折冲攻守，彼何自而知哉？然边鄙无事，尚得自容。自西羌之叛，士不练习，将不得人，以屡易之将驭不练之士，故战则必败。此削方镇太过之弊也。"
4 《宋朝诸臣奏议》卷一二〇《兵门·兵议上》范质《上太祖谏伐河东》，第1314页。

大难制,除部分沿边州军及四战要地以外,宋廷此后一般不用武将知州,而是以京朝文官出任知州,三年一任,调往他处,使其无法称霸一地,培植个人势力。开宝五年(972),对此效果颇感满意的宋太祖,曾对宰相赵普说道:"五代方镇残虐,民受其祸。朕令选儒臣干事者百余,分治大藩,纵皆贪浊,亦未及武臣一人也。"[1]

纵是如此,宋廷在取消支郡、设立直隶州的同时,又在知州之外,另设州通判一职,以平衡知州的权力。

宋初平定各割据政权,于新占领的各州中,原官员大半留用,故又开始设置通判一职,选京官充任,既非知州的副贰,也非属官,并可直接向皇帝奏事,有权与知州共同处理州事。通判之职,最初设置于乾德初年收复的湖南地区,此后逐渐推广至全国,一些事务繁杂的州府,并设左右二通判。开宝四年(971),宋廷规定通判的主要任务是掌管一州财政,并带有监视知州之责任,由此大大限制了知州权力。北宋时期有一则传闻颇能说明通判对知州之权的分割和牵制:杭州人钱昆嗜蟹,有人问其欲去何处为知州,钱云:"但得有螃蟹、无通判处则可矣。"[2]

对于宋太祖削夺藩镇之权,时人称云:"五季之乱,内则权臣擅命,外则藩镇握兵。宋兴,内外廓清,若天去其疾,或纳节以备宿卫,或

---

[1] 《长编》卷十三开宝五年"是岁"条,第293页。
[2] (宋)欧阳修:《归田录》卷二(中华书局1981年版,第31页)曰:"国朝自下湖南,始置诸州通判,既非副贰,又非属官。故尝与知州争权,每云:'我是监郡,朝廷使我监汝。'举动为其所制。太祖闻而患之,下诏书戒励,使与长吏协和,凡文书,非与长吏同签书者,所在不得承受施行。至此遂稍稍戢。然至今州郡往往与通判不和。往时有钱昆少卿者,家世杭人也,杭人嗜蟹,昆尝求补外郡,人问其所欲何州,昆曰:'但得有螃蟹、无通判处则可矣。'至今士人以为口实。"

请老以奉朝请。虽太祖善御，诸臣知机，要亦否极而泰之象也。"[1] 清人赵翼《廿二史札记》对此评价更高，云：

> 五代诸镇节度使，未有不用勋臣武将者，遍检薛、欧二《史》，文臣为节度使者，惟冯道暂镇同州，桑维翰暂镇相州及泰宁而已。兜鍪积功，恃勋骄恣，酷刑暴敛，荼毒生民，固已比比皆是。乃至不隶藩镇之州郡，自朝廷除刺史者，亦多以武人为之。……《（薛史）相里金传》云：是时诸州刺史，皆用武人，多以部曲主场务，渔蠹公私，以利自入。金为沂州刺史，独禁部曲，不与民事，厚加给养，使主家务而已。此亦非有循绩可纪，而当时已以金为治行之最，则民之罹于涂炭可知也。自宋太祖易以文臣牧民，而后天下渐得甦息，历代因之，皆享国久长，民不思乱。岂非设官立法之善，有以出水火而登之衽席哉。[2]

即宋太祖在推行削弱方镇政策之际，重构地方政权体制，以文臣知州，强化中央集权统治，其制度"历代因之，皆享国久长，民不思乱"。

五、"抑武"以"强干弱枝"

宋太祖能发动"陈桥兵变"当上皇帝，全仗禁军之力，而要保住政权、稳定统治，并进而通过征战荡平自晚唐五代以来的割据诸政权，一统天下，更离不开强大的禁军。因此，宋太祖十分重视对禁军的控

---

1 《宋史》卷二五一"论曰"，第8842页。
2 《廿二史札记校证》卷二二《五代藩郡皆用武人》，第473—474页。

驭。有人称说宋朝"重文轻武",自宋太祖之时就成为其国策。其实,以武立国的宋太祖颇为"重武",而"杯酒释兵权"等措施只为抑制武臣势力的过于膨胀,以免重蹈五代覆辙。因此,与其说宋朝"重文轻武",不如说是"崇文抑武"或"尚文抑武"更符合实际情况。

宋太祖在"杯酒释兵权"、削夺藩镇之权的同时,开始对军队的整顿改造。

在"杯酒释兵权"前后,殿前、侍卫二司不再设置殿前都点检、殿前副都点检与侍卫亲军马步军都指挥使、侍卫亲军马步军副都指挥使、侍卫亲军马步军都虞候诸职,虽然此后宋太宗、宋真宗时侍卫亲军马步军都虞候一职或有除授,但已不统掌侍卫司军政,所以侍卫一司无统帅,侍卫亲军马军司与步军司各自为政,使得自五代以来的侍卫司、殿前司二司变成了实际上的殿前司、侍卫亲军马军司和侍卫亲军步军司"三司"(也称"三衙"),而以殿前都指挥使、侍卫亲军马军都指挥使与侍卫亲军步军都指挥使"三帅"分别统领禁军。在三帅下分设副都指挥使、都虞候,协助三帅指挥三衙兵马。三衙管辖全国的禁军,侍卫亲军马军、步军二司还在名义上管辖各地厢军。因此,分别对天子负责的三衙,更为有利于皇帝加强中央集权和对军队的控制。此后,侍卫、殿前二司禁军将帅的任用,大体是以才庸无谋或愍忠易制为原则,而且禁军将帅还时常空缺不授,或以他官或级别较低的武将权领。

宋制以三帅分统三衙禁军,在三帅下设"四卫",即属殿前司的铁骑军(后改名日骑,再改名捧日)、控鹤军(后改名天武),属侍卫亲军马军司的龙捷军(后改名龙卫)和属侍卫亲军步军司的虎捷军(后改名神卫),各设四厢都指挥使,隐含有分三帅之权的意思。确实,至宋真宗时，三衙一般已分别由都虞候执掌，而都指挥使、副都指挥使已大多作为统兵戍边将领的荣誉官衔。再后，三衙兵柄更是移交于四厢都指挥使，甚至连三司之都虞候一般也不主掌三衙之兵。

宋代禁军按厢、军、指挥和都四级建制编成，分设厢都指挥使、军都指挥使、军都虞候、指挥使、副指挥使、军使、都头、副兵马使、副都头等军职，并规定一百人为一都，五都为一指挥，五指挥为一军，十军为一厢。但只有都的兵力较为固定，厢、军的兵力配置常有变化。

宋人认为："国之大权二，政与兵而已。政权宜专不宜分，分则事无统；兵权宜分不宜专，专则乱生。"[1]因此，宋太祖在兵权上，除将禁军分统于三衙，三衙下再分设"四卫"，以分散禁军统帅之权外，还将军队的握兵权与调兵权相分离，如北宋中期史学家范祖禹所云：

> 祖宗（指宋初太祖、太宗）制兵之法，天下之兵，本于枢密院，有发兵之权而无握兵之重；京师之兵，总于三帅，有握兵之重而无发兵之权，上下相维，不得专制，此所以百三十余年无兵变也。[2]

这确实是宋朝兵制的关键之处，是宋太祖汲取五代诸朝，尤其是后周的经验教训而制定的有效防止三帅及枢密使拥兵自重之法：即凡天下兵籍、武官选授及军师举戍之政令皆归于枢密院，而由三帅负责士兵的选拔训练、禁卫戍守、将士的迁补赏罚等，皆直接对天子负责。当

1　（宋）罗璧：《识遗》卷一《有国二权》，大象出版社2017年《全宋笔记》（第八编）本，第24页。
2　（宋）范祖禹：《范太史集》卷二六《论曹诵札子》，上海古籍出版社《文渊阁四库全书》本。

遇有战事，宋廷往往临时委派统兵将领，而禁军将帅，尤其是殿帅（殿前都指挥使），一般不领兵出征；待回军之日，兵归三衙，将还本司。由此，禁军的握兵权、调兵权和统兵权三者分开，"兵无常帅，帅无常师"，加上一般用文臣主持枢密院，以文制武，而三衙又互不统属，以达到各方面相互制约而集权于天子的目的。

同样出于"抑武"需要，宋太祖也开始任用文官担任军职。这种做法至宋太宗时逐渐成为定制，雍熙四年（987），宋太宗正式下诏曰"文臣中有武略知兵者许换（武）秩"，[1] 并利用宦官领兵或监军，进一步强化君主对军队的控制。

为防止禁军将帅暗中培植私人势力，宋太祖还对军中牙兵和军人结社等行为严厉禁止。后周时期，宋太祖就以牙兵和义社兄弟之力集聚自己势力，并由此篡夺了后周政权，所以对其危害也就看得特别透彻。

五代初期，武将们普遍设立亲军，亦称牙军，作为其私人武装的核心。此后，有的将帅还设义儿军，义儿军与主帅有着更为密切的隶属关系。北宋中期苏辙即指出五代乱局不已的重要原因，在于当时"海内之兵，各隶其将，大者数十万人，而小者不下数万，抚循鞠养，美衣丰食，同其甘苦而顺其好恶，甚者养以为子，而授之以其姓。故当其时，军旅之士各知其将，而不识天子之惠。君有所令不从，而听其将。而将之所为，虽有大奸不义，而无所违拒。故其乱也，奸臣擅命拥兵而不可制"。[2] 为此，宋太祖严令禁止将帅拥有心腹亲兵，以防止其养成势力而尾大不掉，并曾下令殿前、侍卫诸军及边防监护使臣等，

---

1 《长编》卷二八雍熙四年五月乙丑条，第637页。
2 （宋）苏辙：《苏辙集·栾城应诏集》卷七《进策五道·第四道》，中华书局1990年版，第1300页。

不得于军中选骁勇者自为牙队。唐末五代时期，社会各阶层，不分军民男女，因社会动荡不息，战祸频仍，为求自保，而盛行结义社之风。这也为野心家培植自己的政治力量提供了便利，故宋太祖于开宝四年（971）下令禁止军民男女结义社，[1]而对军校之间结义兄弟之举的防范尤为严厉。

上述两项禁令，从其执行效果上看，前者执行得十分严格，达到了预期目的，连义社兄弟、开国勋臣、殿前都指挥使韩重赟，都因被人告发其私取亲兵为腹心，差点被宋太祖处死："先是有谮重赟私取亲兵为腹心者。上怒，欲诛之，谋于赵普。普曰：'陛下必不自将亲兵，须择人付之。若重赟以谗诛，即人人惧罪，谁敢为陛下将者？'上怒犹未解，普开陈愈切，上纳其言"，遂罢韩重赟军职，出为彰德节度使。[2] 其实，韩重赟任殿前都指挥使以后，大多从事于工程事务，如：建隆三年正月，"发开封浚仪民城皇城东北隅，殿前都指挥使、义成节度使武安韩重赟董其役"；五月，"始大治宫阙，仿西京之制，命韩重赟董其役"；乾德四年八月，"河决滑州，坏灵河大堤，诏殿前都指挥使韩重赟、马步军都头王廷义等督士卒丁夫数万人治之"。[3] 可见宋太祖防范之严之深。但这也带来了颇为严重的负面结果，即宋军在与辽军以及此后与西夏军队作战时，领兵将领因为缺少自己信得过的牙兵卫队，往往战死沙场，或被敌人所擒获。这大概是宋太祖所始料不及的。

至于宋太祖禁止军民结社的效果就颇难言说了。在宋人文献中，

1　《长编》卷十二开宝四年十一月壬戌条，第275页。
2　《长编》卷八乾德五年二月甲戌条，第190页。
3　《长编》卷三建隆三年正月甲戌条、五月"是月"条，第60页、第68页；卷七乾德四年八月乙卯条，第176页。

往往可见有关义结兄弟的记载，如梁山泊好汉义结金兰、同生共死而无悔的故事，南宋时就在民间广为流传。确实，民间义结金兰之风，自北朝末即已出现，并逐渐盛行，至宋初已有四百余年历史，在当时社会状况下，普通百姓通过结义兄弟之互助来增强自己抵御自然或社会灾害的能力，不失为一个简单而有效之法。既然社会上普遍有此需要，而国家希求通过一纸诏令来强行禁止，其效果不佳也就可以预想了。

对于宋太祖的整顿、改革兵制及其成效，宋人曾有如下评述：

> 祖宗制兵之法有四：曰禁兵，将兵附焉；曰厢兵；曰民兵，乡兵、保甲系焉；曰蕃兵。禁兵者，天子之卫兵也，殿前、侍卫二司总之。其最亲近护从者号诸班直；其次总于御前忠佐军头司、皇城司、骐骥院。余皆以守京师、备征戍。其在外者，非屯驻驻泊，即就粮军也。厢兵者，诸州之镇兵也，各隶其州之本城，专以给役，内总于侍卫司，而尚书兵部掌其政令。自骑射至牢城，其名凡二百二十三。[1]

北宋中期，宋神宗与执政大臣议论祖宗兵制时，也曾明确指出：

> 艺祖平定天下，悉招聚四方无赖不逞之人以为兵，连营以居之，什伍相制，节以军法，厚禄其长，使自爱重，付以生杀，寓威于阶级之间，使不得动。无赖不逞之人既聚而为兵，有以制之，无敢为非，因取其力以卫养良民，各安田里，所以太平

---

[1] （宋）陈均：《九朝编年备要》卷十九，上海古籍出版社《文渊阁四库全书》本。

之业定，而无叛民，自古未有及者。艺祖养兵止二十二万，京师十万余，诸道十万余。使京师之兵足以制诸道，则无外乱；合诸道之兵足以当京师，则无内变。内外相制，无偏重之患，天下承平百余年，盖因于此。[1]

即宋代兵制，在中央直接统领的禁军之外，诸州之镇兵曰"厢军"，此外地方上尚有"乡兵"等，边地有弓手、弓箭手和蕃兵等。

宋初，自五代入宋的士兵多达数十万人，内中老弱病残者甚多，宋太祖深知"兵在精，不务多"之理，为增强战斗力，大力整顿军队，向各州镇抽调强壮兵卒，而淘汰老弱者。这一办法也学自周世宗。当年周世宗整顿禁军，诏令天下各州选募壮士送京师，命殿前都虞候赵匡胤选择其中武艺精高者组成殿前诸班，而淘汰禁军中老弱者，令其归农。但自唐朝中期以来，由于军人职业化，兵民分离，所以军中的老弱病残者，虽已不能作战，但也不愿为农，甚至已没有务农的能力，如果不能妥善处理好这些人的出路，必然会影响到在军将士的士气。因此，宋太祖在将禁军中的老弱退至诸州之时，特设"剩员"收纳，仍给俸钱，从事官府、寺庙、仓廪等劳役，不再担负作战任务。史载建隆二年五月，"令殿前、侍卫司及诸州长吏阅所部兵，骁勇者升其籍，老弱怯懦者去之。初置剩员，以处退兵"。此后收复荆南，又"诏荆南兵愿归农者听，官为葺舍，给赐耕牛、种食，愿留者分隶复、鄂州为剩员"。[2]用剩员来安置归降的原割据政权士卒，有效地消弭了新收复地区的不安定因素。

---

[1] 《长编》卷三二七元丰五年六月壬申条，第7883页。
[2] 《长编》卷二建隆二年五月甲戌条，第45页；卷四乾德元年六月乙未条，第95页。

宋太祖又下令各州长吏选拣精壮士兵送京师，升为禁军，补殿前、侍卫二司兵员之缺。此后，又选择强壮士兵作为"兵样"，令各州按兵样选拔士兵，送京师充禁军；再后则以刻有记号的木梃代替兵样，称"等长杖"，按身长尺寸招兵，命各州镇长官按此标准招募训练士兵，一旦训练精熟，即送京城补入禁旅。这一做法既加强了中央禁军，又削弱了地方兵力。

经过多次选拣淘汰，中央禁军兵额较此前大为减少，却更为精锐，同时也由此增加了务农与服役的人手，从而在很大程度上减轻了农民负担。

通过不断选拣淘汰，至宋太祖后期，禁军约有二十余万人，十万余人驻扎京城，十万余人按时派遣驻屯于各地，分守四方。同时，驻屯各地的禁军多为侍卫司马、步军，虽不及主要驻扎在京畿的殿前诸军精锐，但亦相差不多，且其兵员，如加上厢军、乡兵等，要超出京畿兵力一倍以上，所以如若京畿有难，联合各地驻军足以抗衡在京禁军之变；而戍守四方的禁军若有变，则京师禁军也足以控制局面。如此则"内外相制，无偏重之患"。而"内外相制"，史书中也称作"内外相维"。

此"内外相维"之势既反映在京畿与四方诸道之间，在京城之内也同样有所反映，即在皇城内有"诸班直"之兵，在京城内有"禁卫之兵"，互相牵制；还反映在京城内外，以及在京城与京畿地区之间。此外，屯驻各地的禁军，与当地的厢军之间，也分主客之势，而隐含有"内外相制"之意。对此，宋人罗璧尝评论曰：

西汉郡置守一人掌政，置都尉一人掌兵，二者不复相统；

置南北两军，亦不相摄。高后时，周勃以太尉掌宿卫，初得北军，而不得南，可证也。唐季府卫制坏，兵聚方镇，卒以取亡。宋兴，鉴其弊，郡置通判贰太守，道置转运贰制使；有兵权者钱赋不之寄，有钱谷者兵无所预，思虑视古人益密矣。内则政事归于中书，故外戚不得挠，宦官不得干。兵典以枢密，宰相可知之而不可总之，三帅可总之而不可发之，发兵之权归枢密，而枢密置使，必置副，欲彼此相制也。州兵典以指挥，随郡大小为员多少，每指挥四五百人，给饷在运司，统制领守倅。神宗尝言："艺祖养兵只三十万，京师十余万，诸道十余万，使京师之兵足以制诸道，则无外乱；诸道之兵足以当京师，则无内变。"此又内外相制也。[1]

由于各地厢军不再训练，只服杂役，成为不能作战的役卒，故各地州郡面对兵强马壮的禁军精兵，自知绝非对手，一般不敢萌生异心。此即"强干弱枝"。

与此同时，宋太祖鉴于五代后唐庄宗亡国之教训，确立了其以钱财与法律这恩威两手并重的驭兵之道。宋太祖曾向侍从过后唐庄宗的内臣、左飞龙使李承进询问道："庄宗以英武定中原，享国不久，何也？"李承进回答："庄宗好田猎，务姑息将士，每出次近郊，禁兵卫卒必控马首告曰：'儿郎辈寒冷，望与救接。'庄宗即随其所欲给之。如此非一，失于禁戢，因而兆乱。盖威令不行，赏赉无节也。"宋太祖听后感慨道："二十年夹河战，争取得天下，不能用军法约束此辈，

---

[1] 《识遗》卷一《有国二权》，第14—15页。

纵其无厌之求,以兹临御,诚为儿戏。朕今抚养士卒,固不吝惜爵赏,若犯吾法,惟有剑耳。"[1]这厚赏与绝不姑息纵容,确实是整饬唐末五代以来骄兵悍将的有效方法。

唐末五代时期,骄兵驱逐主帅,悍将废立帝王,其一大原因就在于追逐利益,升官发财。出身行伍的宋太祖自然深谙其中关节,故为得到三军将士之力,在登基以后屡次厚赐钱粮,将士立有战功,"金币绢钱,无所爱惜";而军中小校以上,死者官给钱物与其家。不过,多年养成的将校悍骄之气也不会因改朝换代而即刻消弭,据载:"枢密院故事,枢密使在院延见宾客,领武臣词讼,必以亲事官四人侍立,仍置天钱方尺二于领事案上。盖国初武臣,皆百战猛士,至密院多有所是非干请,故为之防微。"[2]但宋太祖高于五代后唐庄宗之类君王之处,就在于他在用钱财结三军将士欢心的同时,又以剑与法来严厉约束士卒,其主要措施即"严阶级之法"与厉行军法。

所谓"阶级之法",是指军队内部的上下尊卑等级关系。开宝五年(972)十一月,宋廷推行"严阶级法。诏禁军将校,有带遥郡者,许以客礼相见,自余厢都指挥使,一阶一级,全归伏事之仪",对其背后之原因,宋末吕中分析道:

> 五闰之乱,大帅宿将,拥兵跋扈,而天子之废置如奕棋,此国擅于将也。偏裨卒伍,徒手奋呼,而将帅之去留如传舍,此将擅于兵也。然国擅于将,人皆知之,将擅于兵,则不知也。节度因为士卒所立,而五代人主兴废,皆郡卒为之,推戴一出,

---

[1] 《长编》卷十二开宝四年十一月壬戌条,第274—275页。
[2] 《铁围山丛谈》卷一,第20—21页。

而天下俯首听命不敢较。太祖既收节度兵权，于是又严阶级，使士知有校，校知有帅，帅知有朝廷矣。[1]

史载宋初"阶级法"规定："一阶一级，全归伏事之（议）[仪]。敢有违犯，上军当行处斩，下军徒（徒刑）三年，配（充军）五百里。"[2] 简而言之，其所谓"阶级法"，即要求军队之中，下一级必须绝对服从上一级的管制，不得违犯。禁军长吏被付与生杀大权，"寓威于阶级之间"。各级军校各司其职，使士卒知有将校，将校知有统帅，统帅知有朝廷，而断绝其犯上作乱、骄横不羁之心念。如建隆元年十月，晋州兵马钤辖荆罕儒率军袭击北汉汾州城，陷入北汉军重围，部下龙捷指挥石进等军校临阵退却，不敢救援，而致荆罕儒战死沙场。宋太祖得知后，即命将石进等二十九人一起斩首，以严肃军法。建隆三年，云捷军内发现有人伪刻侍卫司官印，即逮捕处死。宋太祖认为在严格军法之时，竟然还有人敢顶风作案，便下令大索内外诸军中各类不守军法者，"悉配海岛，于是奸猾敛迹"。[3] 乾德三年，雄武军卒在光天化日之下"掠人子女，里巷为之纷扰"，故抓捕百余人斩首，以警戒其余。乾德四年，又查出殿前司诸军无赖之徒十数人，发配通州（今江苏南通）义丰监做劳役；次年，再次查出殿前诸军中不守法纪者一百二十人，也发配到京东、河北诸州服役。[4] 开宝四年十一月，因为郊礼毕赏赐扈从的御马直"人五千"，但未及川班内殿直（此前灭后

---

[1]《类编皇朝大事记讲义》卷三《严阶级》，第75—76页。
[2]《宋会要辑稿·刑法》七之二八至二九。
[3]《长编》卷一建隆元年十月乙酉条，第26—27页；卷三建隆三年七月庚辰条，第70页。
[4]《长编》卷六乾德三年十一月庚午条，第159页；卷七乾德四年闰八月庚午条，第177页；卷八乾德五年四月甲戌条，第193页。

蜀之后,从后蜀军中选拔强壮者所组成,待遇同于御马直),川班内殿直军卒相率击登闻鼓上诉,要求也能如御马直一样得到赏赐,宋太祖大怒,将为首的四十余人全部斩首,其余的都发配去许州(今河南许昌)骁捷军,都校皆决杖降职,并直接撤销川班内殿直的番号。[1]

对于宋太祖设置"阶级法",南宋人的评价是"二百年来军中不变乱,盖出于此"。[2] 程大昌认为:"《阶级法》本文曰:'一阶一级,全归伏事之仪。'世传太祖圣语,故著诸令。今《长编》则遂于真宗时登载。案司马光嘉祐七年上疏论礼法曰:'太祖申明军法,自押官以上各有阶级,小有违犯,罪皆殊死。'然则其制不起真宗时,恐《长编》不审也。"[3] 然检《长编》景德元年三月壬午条云:"令诸军厢主至员僚,自今各作一职次,一阶一级,归伏事之仪,违者处斩;其御前忠佐军头见排阵使、部署亦如之。高阳关周莹言忠佐军头多新补,未知条制,乞申明告示之。"故特加申谕。[4] 则程大昌所言不确,《长编》所载乃景德时重申阶级法,而非称其为事之创始。又《东原录》载:"周世宗既定军制,左右有以刑名相犯取旨。世宗曰:'一阶一级,全归伏事之宜仪。'迄今行之。"[5] 则"阶级之法"实始设置于后周世宗,宋太祖乃属再加强调而严格推行之。

宋太祖严格"阶级法"的目的,除防备军中变乱之外,还在于组建一支完全服从朝廷指挥的精锐之师,以利于其用兵平定天下。五代时期,诸军将士在出征作战中往往杀掠百姓,抢夺钱物,由此大失民

---

1 《长编》卷十二开宝四年十一月壬戌条,第274页。
2 《宋史全文》卷二五下辛卯乾道七年五月戊寅条。
3 《演繁露续集》卷一《阶级法》,第169页。
4 《长编》卷五六景德元年三月壬午条,第1235—1236页。
5 (宋)龚鼎臣:《东原录》,大象出版社2017年《全宋笔记》(第八编)本,第186页。

心，成为当时政局不稳、国祚短暂的重要原因。所以宋太祖在遣兵出征时，必先申明军法，严禁杀掠平民，违反者军法从事，不用命者斩。于是在减少对民间骚扰的同时，也较易防止士卒们在出征中乘机作乱。因此，在"阶级法"之外，宋太祖还制定了一系列相应的条规，要求将士遵守，如：不得争功邀赏，不能与军外之人攀比衣食，衣服不能过长，不许穿戴红紫之服饰，鱼肉、酒等不得进入兵营，不得赌博，并严令禁军士卒逃亡、满一天者斩，等等。

要培养出一支精锐能战的铁军，光靠严肃军纪这一点是远远不够的，宋太祖还十分重视军队的训练校阅。唐末五代时，天子卫兵"未尝训练"，宋太祖登基以后，仅据《宋史·太祖纪》所载，在建隆二年（961）至乾德二年（964）这四年间，就多次亲临兵营校阅：

建隆二年正月，幸造船务，观习水战；二月，幸飞山营，阅炮车；再幸迎春苑宴射。三年十月，再幸造船务，观习水战；幸岳台，命诸军习骑射。乾德元年正月，幸造船务，观造战船；四月，出内库钱招募诸军子弟挖凿习战水池；六月，命习水战于新水池。二年三月，幸教船池，赐水军将士衣有差，还，幸玉津园宴射。

宋太祖甚至亲自教导士卒训练，曾经命令步骑数百人操练射箭，看到他们进退、发射动作如一人，大喜。此后又将殿前司内武艺不中选者三百多人全部放到外州兵营，不得再留在殿前司。因为宋太祖在淘汰老弱的基础上严格训练，所以宋初京师禁军十分精锐，如宋人所称誉的：其兵"少则无冗兵，严则无骄兵，精则无弱兵，此京师之兵止十万，所以制诸道而有余也"。[1]

---

1 《类编皇朝大事记讲义》卷三《阅武水战砲车骑射》，第73页。

为防止没有出征任务的驻屯军骄惰,从而保持其战斗力,宋太祖特意规定每月给诸军发放粮饷时,营寨在城东者,必给城西粮仓之米,而兵营在城西者,即于城东粮仓发放,士兵必须自负两石,不许雇车、雇人帮助,以此磨炼其吃苦耐劳的能力。宋太祖还曾登上城楼观看士兵领粮的情况。同时,宋太祖还颁行了"更戍法":"太祖惩藩镇之弊,分遣禁旅戍守边城,立更戍法,使往来道路,以习勤苦、均劳逸。故将不得专其兵,兵不至于骄惰。"[1]即让禁军分番往沿边及诸路屯驻,三年一更换,使其均劳逸,知艰难,识战斗,习山川。由于士卒轮流出戍,以三年为期,所以无顾恋家室之虑,而身处他方异邦,也不易萌发异心,更重要的是军队不停移屯更戍,使得将领不能专制其兵,而士卒亦不至于骄惰,"安辛苦而易使"。

宋太祖所施行的上述政策措施,为自己打造了一支强悍的"赵家军",由此将全国兵权集中于皇帝一人,使中央控制地方、皇帝驾驭将领的能力大为增强:"朝廷以一纸下郡县,如身使臂,如臂使指,叱咤变化,无有留难,而天下之势一矣。"[2]此后再也无各地方镇跋扈之患,而五代习见的禁军将领肆意更换天子、地方起兵反抗中央的局面,终有宋一代三百余年间基本不再出现。

但宋太祖这一"强干弱枝"的做法,随着岁月的推移,也渐渐给宋朝带来了一系列甚为严重的负面后果:

首先,宋太祖改革兵制主要着眼于一个"防"字。此举虽说是宋初君臣对五代乱局的深刻反思之产物,但也由此在朝廷上下形成了猜忌、压制武将的恶习,并形成重用平庸之将的惯例,使得才能出众的

---

1 《宋史》卷一八八《兵志二》,第4627页。
2 《类编皇朝大事记讲义》卷二《处藩镇收兵权》,第50页。

将领往往受制于稳居高位的懦弱无能之辈，从而严重影响了军力和士气。由于起初因宋太祖富于军事才干，能征惯战之宿将犹在，禁军士兵也颇精锐惯战，所以其负面影响尚不太严重。但自宋太宗以后，宋天子皆生长于内宫，未经兵戎，故宋太祖创制的这一唯"防"为重的措施，执行时变本加厉，甚至向前线战将颁发阵图，训令必须严格按阵图作战，违者严惩。由此，宋军对外作战的战果，自然不会太妙。

其次，宋太祖为防止将校与士卒抱成一团而结成威胁其统治的势力，将军队的握兵权、调兵权与统兵权分开，使得"兵无常帅，帅无常师"，而"兵不知将，将不知兵"。待至后代，其弊端渐显。如更成法，至宋太宗"淳化、至道以来，持循益谨，虽无复难制之患，而更成交错，旁午道路，议者以为徒使兵不知将，将不知兵，缓急恐不可恃"。[1]因此，要求这样一支上下不相知的军队去打胜仗，实在是勉为其难了。这也是宋军在与辽、西夏乃至此后与金兵、蒙古兵作战中始终处于下风的重要原因。

再次，有鉴于唐末天灾人祸，乱兵往往与饥民汇合，天下由此大乱，促使唐王朝的统治土崩瓦解，宋太祖实施了促使兵民相分离的政策，即在荒年里大量吸收饥民中的强壮者补充军兵，以免饥民四处流浪时生变为盗，也为军队带来了新鲜力量，从而达到荒年有乱民而无叛军，丰年如有乱军而无叛民的目的。宋太祖曾不无得意地对赵普说道："吾家之事，唯养兵可为百代之利。盖凶年饥岁，有叛民而无叛兵，不幸乐岁变生，有叛兵而无叛民。"[2]利用募兵制使"兵民分离"，无疑是一个不错的政策，但随着岁月推移，使得由此路径进入军营的人

---

1 《宋史》卷一八八《兵志二》，第4627页。
2 《邵氏闻见后录》卷一，第1页。

数大增，但士气、军力却因吏治逐渐败坏而日趋低落，冗兵现象愈加严重，而宋朝因给士兵优厚待遇所带来的巨额军费，也就成了国家财政的巨大包袱，直接造成了北宋中期"三冗"中的冗兵、冗费问题，成为后世称宋朝"积贫积弱"的一大原因。

此外，为防止颇为严重的士卒逃亡现象，宋太祖又施行在士卒脸、臂或手部刺字、多方钳制的做法，就似罪犯刺字充军一般，使军人在社会上遭到歧视，虽然其待遇较为优厚，却渐被世人视为一种低贱的职业，这对宋军士气等的影响不容低估。

世界上颁行任何政策都有其利弊，只有不断地趋利去弊，才能保证政策施行的正确、有效。由于宋太祖的后继者未能不断地完善、发展宋太祖所制定的制度措施，于是宋初针对五代弊政而制定的、切实而有效的政策，也就逐渐演变成为一种弊政。当然这也不能全部归过于宋太祖。

第五章 "先南后北"的统一战争

一、"雪夜定策"

宋太祖通过缜密策划的陈桥兵变而"黄袍加身",但登上天子大位的宋太祖所承袭的后周统治疆域,不出中原黄河、淮河流域以及关中等地,举目四望,皆为他人邦国,而能否结束自晚唐以来的天下四分五裂之乱局,极大地关系着新生的赵家王朝之前途与长治久安。

十国兴亡年岁及其疆域表

国名	创建者	兴亡时间	都城	疆域	亡于何国
前蜀	王建	903—925	成都	今四川、重庆及甘肃东南部、陕西南部、湖北西部。	后唐
后蜀	孟知祥	933—965	成都	(同上)	宋
吴	杨行密	902—937	扬州	今江苏、安徽淮河以南与江西、湖北部分地区。	南唐
南唐	李昇	937—975	金陵	今江苏、安徽淮河以南、江西及福建、湖南、湖北部分地区。	宋
吴越	钱镠	907—978	杭州	今浙江全省、江苏一部分。	宋
闽	王审知	909—945	福州	今福建。	南唐
楚	马殷	907—951	长沙	今湖南及广西东北部。	南唐
南汉	刘陟	917—971	广州	今广东和广西。	宋
荆南	高季兴	924—963	江陵	今湖北江陵、公安一带。	宋
北汉	刘旻	951—979	太原	今山西北部和陕西、河北一部分地区。	宋

宋太祖虽出身行伍，但在夺取政权之初，便显示其一统天下之志。早在建隆元年平定潞州李筠之乱以后，宋太祖就欲乘胜北取太原，开始统一战争。[1] 他尝为此私下征求武胜节度使张永德的意见："时上将有事于北汉，因密访策略，永德曰：'太原兵少而悍，加以契丹为援，未可仓卒取也。臣愚以为每岁多设游兵，扰其田事，仍间使谍契丹，先绝其援，然后可图。'上曰：'善。'"[2] 随即李重进又起兵扬州城，宋太祖首征北汉的计划遂遭搁置。

在宋军平定了李重进而驻兵扬州期间，禁军将领大多主张乘机南渡长江，进攻南唐，宋太祖听后颇为心动，便命诸军将士在长江里操练水战技能。正好此时南唐主李璟派大臣冯延鲁以犒军之名，来扬州探听虚实，宋太祖便借机在接风酒宴上发难，曰："汝国主何故与我叛臣交通？"宋太祖之意，无非是为自己进攻南唐寻找一个冠冕堂皇的理由，因为南唐在后周显德年间兵败淮南、被迫割让江北领地以后，对中原政权的侍奉，在表面一直是十分小心谨慎，故此次李重进起兵反宋，南唐也未敢出兵救援。冯延鲁对宋太祖的潜台词十分清楚，遂故意以退为进道："陛下徒知其交通，不知预其反谋也。"宋太祖果然追问其缘故，冯延鲁解释道："重进使者馆于臣家，国主令臣语之曰：'男子不得志，固有反者，但时有可、不可。陛下初立，人心未安，交兵上党，当是时不反，今人心已定，方隅无事，乃欲以残破扬州，数千敝卒，抗万乘之师，借使韩（信）、白（起）复生，必无成理，虽有兵食，不敢相资。'重进卒因失援而败。"如此说来，南唐不但无罪，

---

1 按：魏泰《东轩笔录》（第1页）卷一载："太祖皇帝得天下，破上党，取李筠，征维扬，诛李重进，皆一举荡灭，知兵力可用，僭伪可平矣。"
2 《长编》卷一建隆元年八月丙子条，第21页。

实为有功。宋太祖明知冯延鲁之语不可尽信，但因其说得堂堂正正，一时倒也无从反诘，便露出其军人本色，不再绕圈子，直截发问："虽然，诸将皆劝吾乘胜济江，何如？"冯延鲁也不含糊，委婉而明确地表态道："陛下神武，御六师以临小国，蕞尔江南，安敢抗天威？然国主有侍卫数万，皆先主亲兵，誓同生死，陛下能弃数万之众与之血战，则可矣。且大江风涛，苟进未克城，退乏粮道，亦大国之忧也。"宋太祖当然明了对方所说的皆是实情，自己刚立国，朝廷军政大事尚未完全理顺，已经历了潞州、扬州两次大战，加上南唐实力也不可小觑，如果在准备不足的情况下贸然进攻江南，确实没有胜算，遂笑着自找台阶："聊戏卿耳，岂听卿游说耶！"[1] 随即引大军北还。

次年，经"杯酒释兵权"解除了石守信等禁军将帅之兵权以消弭"内患"、强化皇权之后，宋朝内部政局已基本稳定，宋太祖随即将目光转向阃外，开始着手统一战争的准备。史载当时就"一天下之策"，宋太祖与心腹大臣赵普之间尝有一段著名的对话：

> 太祖尝夜幸（赵）普第，立风雪中，普皇恐出迎。太祖与普饮于堂中，设重裀地坐，炽炭烧肉，普妻和氏行酒。太祖以嫂呼之。
>
> 普从容问曰："夜久寒甚，陛下何以出？"
>
> 太祖曰："吾睡不能着，一榻之外，皆他人家也。"
>
> 普曰："陛下小大卜耶？南征北伐，今其时矣。愿闻成算所向。"

---

[1] 《长编》卷一建隆元年十一月庚申条，第28—29页。

> 太祖曰:"吾欲取太原。"
>
> 普默然久之,曰:"非臣所知也。"
>
> 太祖问其故,普曰:"太原当西北二边,使一举而下,则二边之患,我独当之。何不姑留以俟削平诸国,则太原弹丸黑志之地,将无所逃矣。"
>
> 太祖笑曰:"吾意正如此,特以试卿尔。"

并称此后宋太祖甚恨"王全斌平蜀多杀人",于是赵普"荐曹彬、潘美可用。其后太祖征岭南用潘美,伐江南任曹彬,而二国悉平"。[1] 此即历史上著名的"雪夜定策"故事。两宋之际的邵伯温《邵氏闻见录》也载录此事,并称晋王赵光义也与此会,"遂定下江南之议"。[2] 李焘《长编》载此事,称与此会的赵光义为开封尹,然记载此番定策以后,"于是用师荆湖,继取西川"。并注云:"按太祖云'一榻之外,皆他人家',则此时犹未平荆、湖也。太宗以建隆二年秋尹开封,开宝六年乃封晋王,邵伯温《见闻录》云'已约晋王'者,盖误。今改曰'吾弟',庶得其实。又云'始定下江南之议',此尤误。若谓荆、湖、西川则可耳。"[3] 考定此"雪夜定策"当发生在建隆三年中。

对于宋太祖君臣决定采用如此统一战略的原因及其具体步骤,上述对话并未明示,但北宋魏泰《东轩笔录》所载宋太祖对赵光义说的一段话,正好回答了这一问题:

---

1 《东都事略》卷二九《赵普传》。
2 《邵氏闻见录》卷一,第4页。
3 《长编》卷九开宝元年七月丙午条,第204—205页。

第五章 "先南后北"的统一战争

> 太祖皇帝得天下,破上党,取李筠,征维扬,诛李重进,皆一举荡灭,知兵力可用,僭伪可平矣。尝语太宗曰:"中国自五代以来,兵连祸结,帑廪虚竭,必先取西川(指后蜀),次及荆(指荆南高保勖、湖南周行逢)、广(指南汉)、江南(指南唐),则国用富饶矣。今之勍敌,正在契丹,自开运以后,益轻中国(中原王朝)。河东(指北汉)正扼两蕃,若遽取河东,便与两蕃接境,莫若且存(河东刘)继元,为我屏翰,俟我完实,取之未晚。"故太祖末年始征河东。[1]

称宋太祖"末年始征河东"并不正确。宋太祖所预想的兵取诸国之次序,《东都事略》也有记载,然文字却略有异同:

> 昔太祖既平湖湘,尝谓太宗曰:"中国自五代已来,兵连祸结,帑藏空虚。必先取西川巴蜀,次及广南、江南,即国用富饶矣。河东与契丹接境,若取之,则契丹之患我当之也。姑存之,以为我屏翰,俟我富实则取之。"[2]

结合后周王朴与周世宗商议确定的统一方略,加上宋太祖先取荆湖实是事出预想之举,则知宋太祖攻取诸国的次序当以《东轩笔录》"先南后北""先易后难"的方略为准。虽说宋太祖这一先消灭南方各个割据势力,然后北上消灭北汉的统一策略,大体为王朴一统天下之策的翻版,但宋太祖还是根据现实情况的变化而对原方略做了修订和

---

[1] 《东轩笔录》卷一,第1页。
[2] 《东都事略》卷二三"臣称曰"。

完善。因为南方诸割据政权的经济较富庶，但吏治腐败，军事不振，而且相互间还多有矛盾冲突，如吴越与南唐为死敌，湖南周行逢也曾与南唐屡次交战，其余诸国只图自保，故后周、宋初君臣皆决定先分化南方诸割据势力，再集中兵力各个击破，而南方诸国中以南唐的国力最强，故放在最后攻取，然后移师北征。不过，王朴的方略是先取江南，次下广南、西川，既定南方，再移师攻取契丹燕云地区，最后以强大的兵力制服北汉；而宋太祖和赵普的方略却是先取西川，然后东下攻灭荆湖、广南、江南诸国，然后再调兵北上攻击北汉。其中与周世宗北上先收复燕云失地，然后攻灭北汉的做法颇为不同，在宋太祖与赵普、赵光义的对话中，都未提及如何对付契丹。为此，有学者认为"宋初的统一方针不包括燕云"。[1] 其实这并不是宋太祖君臣有意不提契丹，更非已放弃收复燕云十六州失地的打算，而是在仔细分析了宋、辽两国政治、经济情况以及双方军事实力对比后，做出的一个重大变动。

自唐末五代以来，经过百余年的分裂战乱，身受长期战祸之害的百姓们大都强烈要求结束割据局面，而各割据小国也深感这种诸侯纷争的局势已不可能再维持下去了。据史书记载，当时诸国皆有臣僚曾预见到统一之趋势。如荆南之臣孙光宪先尝劝谏其主高保勖施行仁政："宋有天下，四方诸侯屈服面内，凡下诏书皆合仁义，此汤、武之君也。公宜克勤克俭，勿奢勿僭，上以奉朝廷，中以嗣祖宗，下以安百姓，若纵佚乐，非福也。"保勖不从。待宋军兵临城下，孙光宪又谏劝高继冲道："中国自周世宗时，已有混一天下之志。圣宋受命，凡

---

[1] 李华瑞：《关于宋初先南后北统一方针讨论中的几个问题》，载《河北大学学报（哲学社会科学版）》1997年第4期。

所措置，规模益宏远。"劝说其主"不若早以疆土归朝廷，去斥堠，封府库以待，则荆楚可免祸，而公亦不失富贵"。高继冲深以为然。[1]而后蜀宰相李昊也尝对后蜀主孟昶云："臣观宋氏启运，不类汉、周，天厌乱久矣，一统海内，其在此乎？若通职贡，亦保安三蜀之长策也。"[2]又南汉也有大臣告诉南汉主刘鋹道："夫天下乱久矣。乱久必治，今闻真主已出，将尽有海内，其势非一天下不能已。"[3]此类记载颇多，其中不无宋人自吹自擂的成分，但从中也颇可反映出统一已是当时大势所趋，不可逆转。当时诸国，除宋朝外，皆无统一天下之志或统一天下之实力，故一统海内的历史重任也由此落在了赵宋王朝身上。

不过，与南方诸割据势力相比，以渔猎游牧为主业的契丹虽说是地广人稀，经济实力难与中原地区相比拟，但兵民合一的特点，使其作战能力凌驾于四邻之上，又"自燕入于契丹，势日炽大"，[4]即契丹自五代后晋间占据燕云十六州以后，实力大增，而且契丹"兼用燕人治国"，因其俗而治，大体稳定了其在燕云地区的统治。而宋朝新造，内部尚存不安定因素，又南方诸国未附，其军力、财力皆无力支持与辽国决一死战。可以说，综合而论，辽国此时军力实在宋朝之上。当初周世宗于收复三关之后，本来欲乘势北征幽州，但随驾诸将皆以为未可，认为"今虏骑皆聚幽州之北，未宜深入"。[5]赵匡胤作为周世宗的御前大将，应该也为当时诸将之一，而此当也是宋太祖确定统一天

---

1 《长编》卷二建隆二年九月甲子条，第53—54页；卷四乾德元年二月丙戌条，第84—85页。
2 《长编》卷四乾德元年五月丁丑条，第92页。
3 《长编》卷五乾德二年九月戊子条，第132页。按：此语亦载于《新五代史》卷六五《南汉世家》。
4 《宋史》卷二九五《尹洙传》，第9832页。
5 《资治通鉴》卷二九四显德六年五月，第9597页。

下的步骤时，决意"先南后北"，然后平太原，最终取幽州的原因所在。史载宋太祖逝世那一年，即开宝"九年正月二十六日，皇弟晋王率群臣上表，请加尊号曰'应天广运一统太平圣文神武明道至德仁孝皇帝'，以汾、晋未平，燕、蓟未复，不欲称'一统太平'，诏答不允"。[1]即宋太祖认为太原未荡平，燕云未收复，羞称"一统太平"，故未接受臣下所上的皇帝尊号。可见宋太祖始终念兹在兹，欲在平定北汉以后再全力收复燕云失地，故此时只是限于形势而暂时未提而已。

此外，北宋人张师正《括异志》载宋太祖尝于驾崩前召道士张守真至京师，"设醮于宫廷。（神）降语曰：'天上宫阙成，玉锁开，十月二十日陛下当归天。'艺祖（太祖）恳祈曰：'死固不惮，所恨者幽、并未并，乞延三数年，俟克复二州，去亦未晚。'"[2]虽说张师正所记的神仙之言实属荒诞，但由此可知宋人仍认为宋太祖从未曾忘怀收复燕云失地。

对于宋太祖这一"先南后北""先易后难"而最后用兵幽燕的一统天下方略，后世不少学者认为是宋朝最终不能从契丹手中收复燕云地区的主要原因，从而大加批评：因为当宋军按原定计划先后消灭了南方诸国，再欲用武力收复燕云失地之时，辽国昏君辽穆宗已死，继位的辽景宗政治较为清明，内部统治渐趋稳定，并经过十数年休养生息，经济实力有所增强，从而扭转了衰微的国势。也就是说，宋太祖未能延续周世宗快收三关的势头，反而先去经营南方，终于失去了收复燕云失地的最佳时机。因今日持其说者仍颇有影响，故于此稍加辨析。

---

1 《宋会要辑稿·帝系》一之三。按：《长编》卷一七开宝九年二月己亥条（第364页）："群臣再奉表请加尊号曰'一统太平'。上曰：'燕、晋未复，遽可谓一统太平乎？'不许。"
2 （宋）张师正：《括异志》卷一《黑杀神降》，中华书局1996年版，第2页。

据现见史料,最初对宋太祖这一方略提出非议的是宋真宗。此前,宋太宗于太平兴国四年(979)、雍熙中两次大举进攻辽国,但都在幽州城下铩羽而归,宋太宗本人甚至在高梁河大战时腿中箭伤,最终伤发而死,[1]而宋真宗也被迫与"夷狄"订立了城下之盟——"澶渊之盟",由此正式向天下宣布放弃收复燕云失土的策略。为此,心中颇感尴尬的宋真宗曾对侍臣云:"(周世宗)智算雄武,当时亲征下瀛、莫,非遇疾班师,则克复幽、蓟矣。"[2] 稍后陶岳于《五代史补》中也说"世宗末年大举以取幽州,契丹闻其亲征,君臣恐惧,沿边城垒皆望风而下,凡蕃部之在幽州者亦连宵遁去"。[3] 欧阳修《新五代史》中同样评论道:

> 夫兵法,决机因势,有不可失之时。世宗南平淮甸,北伐契丹,乘其胜威,击其昏殆,世徒见周师之出何速,而不知述律(辽穆宗)有可取之机也。是时,述律以谓周之所取,皆汉故地,不足顾也。然则十四州之故地,皆可指麾而取矣。不幸世宗遇疾,功志不就。然瀛、莫、三关,遂得复为中国之人,而十四州之俗,至今陷于夷狄。彼其为志岂不可惜,而其功不亦壮哉![4]

---

1 《默记》卷中(第20页)云:"太宗自燕京城下军溃,北虏追之,仅得脱。……股上中两箭,岁岁必发。其弃天下竟以箭疮发云。"
2 《长编》卷六六景德四年八月壬戌条,第1486—1487页。
3 《五代史补》卷五《世宗上病龙台》,第2529—2530页。
4 《新五代史》卷七三《四夷附录》,第904—905页。

不过他们尚不敢明言指斥开国圣主宋太祖，只能借周世宗之事来浇胸中块垒，以暗示"先南后北"统一方略的失误。此后女真人以其所占据的燕云地区为基地发兵南下，一举攻破东京开封，北宋王朝覆亡，故而南宋人遂明言宋太祖施行的统一方略之非，其中可以南宋初大诗人陆游的说法为典型：

> 然世宗之谋，则诚奇谋也。盖先取淮南，去腹心之患；不乘胜取吴、蜀、楚、粤，而举胜兵以取幽州，使幽州遂平，四方何足定哉！甫得三关而以疾归，则天也。其后中国（指宋朝）先取蜀、南粤、江南、吴越、太原，最后取幽州，则兵已弊于四方，而幽州之功卒不成。故虽得诸国，而中国之势终弱，然后知世宗之本谋为善也。[1]

此后至明朝末年，满洲八旗兵再次自山海关攻占燕云地区，然后席卷天下，故当时学者如王夫之诸人痛定思痛，对宋太祖、赵普君臣商议决定的"先南后北"统一方略大加攻讦。清代诗人查慎行尝撰《甲马营》诗指斥道：

> 枥马惊嘶嘶不止，红光夜半熊熊起。
> 男儿堕地称英雄，检校还朝作天子。
> 陈桥草草被冕旒，版籍不登十六州。
> 却将玉斧画大渡，肯遣金戈逾白沟？

---

[1] （宋）陆游：《渭南文集》卷二五《书通鉴后》，上海古籍出版社《文渊阁四库全书》本。

> 隔河便是辽家地,乡社枌榆委边鄙。
> 当时已少廓清功,莫怪孱孙主和议。
> 君不见蛇分鹿死辟西京,丰沛归来燕代平。
> 至今芒砀连云气,不似萧萧夹马营。[1]

诗中"河"指界河,即白沟;"枌榆"为汉高祖故乡里社之名,此指宋太祖故乡涿州;"孱孙"指与辽人订立"澶渊之盟"的宋真宗;"蛇分"指汉高祖斩蛇起义,"鹿死"指秦朝灭亡,"辟西京"指建立汉朝;"芒砀"即汉高祖斩蛇起兵之地。查慎行以汉高祖刘邦作对比,严厉批评宋太祖不思进取,无意开拓疆土,以致燕云失地终于未能收复。此类说法虽说传布甚广,世人津津乐道,但究其实,仍属不谙史事的书生之见,或是在如此苛求于古人之议论的背后,依然只是借古讽今,以此浇胸中块垒而已。因为他们只看到周世宗收复三关之地势如破竹,辽穆宗荒淫无道,契丹国力有所下降,却昧于对宋方实力的深刻了解。

就经济而言,中原地区自中唐以来长时期处于战争状况之下,社会生产遭到严重破坏,经济凋敝,虽然后周政府为恢复中原经济做出了很大努力,但周世宗在位五六年间,五次发兵亲征,其他小规模的战事不绝,国家财政的压力甚重,并未给篡周的宋朝留下多少财富,根本不足以支持宋太祖为收复燕云而与北方强敌契丹打一场旷日持久的生死大战。而南方诸国实力相对较弱,其中国力较强的南唐、后蜀等政权因政治腐败,加上在后周时期皆遭到后周军队沉重打击,军力大损,此时只图自保,遂被宋廷分而治之。同时江南、四川、吴越等

---

[1] (清)查慎行:《敬业堂诗集》卷九《甲马营》,上海古籍出版社《文渊阁四库全书》本。

地区因多年未遭兵燹，远较中原富庶，所以宋朝如若能首先集中优势兵力占领经济富庶的南方诸国，即可大大增强自己国力，再发兵征服北汉，然后自河北、河东兵分东、西两路北攻辽国，则收复燕云地区的把握大为增加。历史进程也正如此，宋太宗待削平诸割据政权以后，随即发动了两次北伐契丹以收复燕云诸州的大战，虽然皆未成功，但其失败原因在于军事，而非经济。

就军事而言，周世宗能一举收复三关要地，虽说与后周军队在整军之后战斗力有所提高关系甚大，但辽国在当地未布置重兵驻守，结果守军不战自败，望风而降，恐怕更是一个不可忽视的原因。如若由此认为中原军队也能如此容易攻夺城高壕深、易守难攻且有重兵把守的燕京城，就显属知己不知彼了。因此，当周世宗欲乘胜进攻燕京时，随征诸将纷纷提出异议。这并非如周世宗所恼怒的是诸将"怯战"心理作怪，而实是这些老于战阵的宿将未见有可胜之机。入宋以后，经宋太祖大加整顿，宋军实力确实有所提高，但与周世宗时期相比，当无本质的跃升。当时，在与国贫兵弱的北汉军交战中，宋军虽胜多负少，但数次举兵灭北汉之战，却因辽军的增援而失败。辽穆宗时期契丹军力虽然有所下降，却强于北汉颇多。因此，在军力等方面，宋军与辽军相比并无优势可言，更无必胜之把握。有鉴于此，宋太祖决定在统一南方诸国以后，再引军北上收复燕云地区，应该说是一个知己知彼的明智决策。

至建隆三年六月，吴廷祚罢枢密使。十月，枢密副使赵普升任枢密使，宋太祖的另一位幕僚李处耘升补枢密副使，又恰逢难得易驰之良机，"先南后北"的统一方略遂得以渐次展开。

二、北御契丹

宋初，能真正对宋朝构成致命威胁的，也只有北方契丹骑兵。当年石敬瑭为换取辽朝支持，将燕云十六州拱手相送，使得纵横于北方草原上的契丹骑兵不战而获得这一具有重要战略地位之要地，而将其南部边界向南推进到山西雁门关、河北滹沱河一线。辽廷对燕云地区高度重视，升幽州（今北京）为南京析津府，也称燕京，此后又升云州（今山西大同）为西京大同府。[1] 因此，对中原王朝而言，燕云十六州既失，在河东方向尚有雁门关等关隘，相当于今内长城一线，还算是有险可守，但在河北方向，自古以来中原政权即将燕山山脉作为抵挡北方游牧民族骑兵南下的天然屏障，而处于燕山南麓的燕京地区被辽人控制以后，整个华北平原便无险可守，门户洞开，契丹骑兵动辄以燕京地区为基地扬鞭南下，牧马中原。故宋人富弼尝评论云：

> 臣伏以河北一路，盖天下之根本也。古者未失燕蓟之地，有松亭关、古北口、居庸关为中原险要，以隔阂匈奴不敢南下，而历代帝王尚皆极意防守，未尝轻视。自晋祖失全燕之地，北方关险尽属契丹，契丹之来，荡然无阻。[2]

也正因为此，周世宗于攻取南唐淮南地区之后就匆匆收兵，随即掉头北征燕京，自契丹才中夺得关南三州之地。宋朝建立后，出身行伍的

---

1 按：辽朝先后设有五京，其他三京为：上京临潢府，其地在今内蒙古昭乌达盟巴林左旗境内；东京辽阳府，其地在今辽宁辽阳；中京大定府，其地在今内蒙古昭乌达盟宁城西大明城。
2 《宋朝名臣奏议》卷一三五富弼《上仁宗论河北七事》，第1514页。

宋太祖十分明了燕云诸州的战略地位，虽然迫于双方实力对比，采取了"先南后北""先易后难"的战略方针，但对于燕云地区，其内心一刻也未或忘。

乾德元年（963）底，有军校至京城上书"献阵图，请讨幽州"，太祖"嘉之，赐以锦袍、银带、钱十万"以为鼓励。[1] 此后，宋太宗也曾对大臣说："幽州四面平川，无险固可恃，难于控扼。异时收复燕蓟，当于古北口以来据其要害，不过三五处，屯兵设堡寨，自绝南牧矣。"[2] 此当也是宋太祖的预想图：他日收复燕京以后，将在长城主要关隘古北口一带设防。只是当时宋军禁军兵力不足二十万，以步军为主，且此前连年战事不息，"帑藏空虚"，而空虚的国库根本无法支持宋军大规模北伐。而辽朝兵力，据《辽史》号称有精兵三十万，此一数字实属契丹人夸饰，[3] 但考虑到契丹游牧民族全民皆兵的特点，其军队人数当与宋军相近，而且多为骑兵，剽悍轻捷，利于野战。因此，在野外平原上作战，宋军实难占得便宜。既无胜算，老于战阵的宋太祖当然不会轻易去以硬碰硬，而是采取"北守南攻"战略，密切注意南方各国动向，积极寻找合适的突破口，以便逐个消灭之；同时向北则取守势，分派强将劲兵屯守边州，加强北方边境地区的防御：

以李汉超屯驻关南（今河北雄县、徐水一带），马仁瑀驻扎瀛州（今河北河间），韩令坤镇守常山（今河北正定），贺惟忠屯守易州（今

---

1 《长编》卷四乾德元年闰十二月乙卯条，第112页。
2 《长编》卷二四太平兴国八年十一月戊午条，第557页。
3 《辽史》卷三五《兵卫志中》（第401—402页）称：大帐皮室军，辽太宗增至"三十万骑"，而地皇后属珊军有"二十万骑"，实属夸饰之数。又，《契丹国志》卷二三《兵马制度》乃云："太宗攻下兵谓之大帐，有皮室兵约三万余骑，皆精甲也，为之爪牙。国母述律氏攻下谓之属珊，有众二万。"

属河北），何继筠守卫棣州（今山东惠民），以"拒北契丹"。

以郭进控扼西山（今河北石家庄西南一带），武守琪守卫晋州（今山西临汾），李谦溥戍守隰州（今山西隰县），李继勋驻守潞州（今山西长治），以"御北汉"。

以赵赞屯兵延州（今陕西延安），姚内斌（即当年赵匡胤从征三关时招降的辽军守将）戍守庆州（今甘肃庆阳），董遵诲驻扎环州（今甘肃环县），王彦升（即在"陈桥兵变"中杀死韩通者）驻守原州（今甘肃镇原），冯继业驻守灵武（今属宁夏），以"备西戎"，即用以监视分布于西北地区的党项等蕃部武装。[1]

为让守边众将帅能尽心职守，制御武将极严的宋太祖又煞费苦心地给予其许多特权：

> 国初，并、益、广南各僭大号，荆湖、江表止通贡奉，西北二方皆未宾伏。太祖垂意将帅，分命（李）汉超及（郭）进等控御西北，其家族在京师者，抚之甚厚；所部州县笼榷之利悉与之，资其回图贸易，免所过征税；许令召募骁勇以为爪牙，凡军中事悉听便宜处置；每来朝，必召对命坐，赐以饮食，锡赉殊异遣还。由是边臣皆富于财，得以养士用间，洞见蕃夷情状，时有寇钞，亦能先知预备，设伏掩击，多致克捷。故终太祖世无西北之忧，诸叛以次削平，武功盖世。斯乃得壮士以守

---

[1] 《长编》卷一七开宝九年十一月庚午条注，第385页。

四方，推赤心置人腹中之所致也。[1]

即首先，不同于在京及内地士卒实行按时更换驻地的屯戍法，沿边军兵都是久驻一地，亲戚子弟同在兵营，故守卫城垒就如同守卫家乡，临阵不易溃败。而镇守边关的将领也久于其任，有长达十数、二十年的，如李汉超"在齐州凡十七年，为政简易，吏民信爱"，又如"郭进守西山凡二十年"，[2] 虽也因功劳迁升官爵，但升其官而不易其任，所以他们能熟知边塞之事及麾下人马的长短之处，随机调用，不致误事。

其次，宋太祖在收缴各地方镇财权的同时，厚赏边关将士，给予边帅经济特权，可随意动用当地财政收入，并允许从事商品贸易，甚至有些地区还特许其从事边关贸易，免除关税，以便使他们拥有充裕的钱财"安边御众"，招募骁勇以为爪牙，奖励将士，收买间谍，刺探敌情，所以敌方将校饮食起居动静皆在其掌握之中，如若敌方来侵，宋军即刻迎击或伏击，使得宋太祖于全力经营南方之时，略无北顾之忧。

至于边帅"其家族在京师者，抚之甚厚"，只是唐末五代以来的

---

[1] 《长编》卷一七开宝九年十一月庚午条，第384—385页。按：《宋史》卷二七三"论曰"（第9346—9347页）所云稍详："宋初，交、广、剑南、太原各称大号，荆湖、江表止通贡奉，契丹相抗，西夏未服。太祖常注意于谋帅，命李汉超屯关南，马仁瑀矵瀛州，韩令坤镇常山，贺惟忠守易州，何继筠领棣州，以拒北敌。又以郭进控西山，武守琪戍晋州，李谦溥守隰州，李继勋镇昭义，以御太原。赵赞屯延州，姚内斌守庆州，董遵诲屯环州，王彦升守原州，冯继业镇灵武，以备西夏。其族在京师者，抚之甚厚。郡中筦榷之利，悉以与之。恣其贸易，免其所过征税，许其召募亡命以为爪牙。凡军中事皆得便宜，每来朝必召对命坐，厚为饮食，锡赉以遣之。由是边臣富贵，能养死士，使为间谍，洞知敌情；及其入侵，设伏掩击，多致克捷，二十年间无西北之忧。以至命将出师，平西蜀，拓湖湘，下岭表，克江南，所向遂志，盖能推赤心以驭群下之所致也。"其中云赵赞、姚内斌等屯守延州、庆州等，"以备西夏"，其说不然。党项李继迁反宋，在宋太宗时。
[2] 《长编》卷一七开宝九年十一月庚午条，第385页。

通行做法，即让边帅家族待在京师，以享用优厚的物质待遇，但也隐含有"人质"之意，使这些手掌重兵的边帅有"家室"之忧，而不敢轻易为出格叛逆之举。

为更好驾驭这些边帅，在剑、法之外，宋太祖又施展手段使他们对自己感恩戴德，忠心耿耿。如镇守环州的董遵诲，其父即五代后汉时随州刺史董宗本，是宋太祖之父赵弘殷的故交，当年赵匡胤投奔董宗本，曾遭受董遵诲的羞辱。后周时，董遵诲又与韩通交好，成为赵匡胤的政敌。入宋以后，有一天，宋太祖下令召见董遵诲。惊骇非常的董遵诲"欲自杀"，却为其妻所劝阻，只得硬着头皮穿戴整齐入便殿朝见天子。[1]一到天子面前，董遵诲即叩头请死，宋太祖见状笑道："卿尚记往日紫云及龙化之梦乎？"董遵诲"再拜呼万岁"。当时董遵诲的部下认为太祖必不会放过他，遂"击登闻鼓，诉其不法十余事"。董遵诲"益惶愧待罪"，然宋太祖"释不问"，又召见董遵诲告谕道："朕方赦过赏功，岂念旧恶耶？汝可勿复忧，吾将录用汝。"董遵诲自是"再拜感泣"。太祖又问董遵诲道："母安在？"董遵诲奏道："母氏在幽州，经患难暌隔。"于是太祖"因令人赂边民，窃迎其母，送与遵诲。遵诲遣外弟刘综贡马以谢，太祖解其所服真珠盘龙衣，命赍赐之"。刘综惶恐道："遵诲人臣，岂敢当此！"太祖告谕道："吾方委以方面，不此嫌也。"感激涕零的董遵诲因此誓死效命，于戍守环州时申严边地斥候，镇抚蕃部，号令如一，使得境内党项诸部"畏威惕息"，边民悦服。[2]

---

1 （宋）江少虞：《宋朝事实类苑》卷七《董遵诲》引《杨文公谈苑》，上海古籍出版社1981年版，第69页。
2 《宋史》卷二七三《董遵诲传》，第9342—9343页。

此外，宋太祖还往往法外施恩，恩威并施，以笼络这些悍宕不羁的边帅之心。如关南巡检使李汉超，在防御辽军南侵方面做得可圈可点，但自五代时养成的鱼肉百姓之习性却未有改变，平日多有犯法犯禁之事。当时有其治下的百姓来到京城告御状，声称李汉超借贷钱财不还，且强抢他女儿为妾。宋太祖也耳闻李汉超所做的诸多不法事，但因是用人之际，而且觉得事态还不算太严重，故未加惩处，但既然有人来告状，便决定乘机训诫一下李汉超。宋太祖先将那人召入宫中，问曰："汝女可适何人？"答曰："农家也。"又问："汉超未至关南，契丹如何？"答曰："岁苦侵暴。"又问："今复尔耶？"答曰："否。"太祖曰："汉超，朕之贵臣也，为其妾不犹愈于农妇乎？使汉超不守关南，尚能保汝家之所有乎？"故"责而遣之"。在天子劝诱、威胁并施之下，平头百姓怎敢自讨没趣，那人只得委屈而归。然后宋太祖遣使"密谕"李汉超道："亟还其女并所贷，朕姑贳汝，勿复为也。不足于用，何不以告朕耶？"李汉超自然也是"感泣，誓以死报。在郡十七年，政平讼理，吏民爱之，诣阙求立碑颂德"。太祖随之诏令词臣徐铉"撰文赐之"。[1]

当时镇守各地的将帅，如李汉超这样胡作非为者不少，但有鉴于李汉超的"遭遇"，也大都稍稍收敛自己行为。宋太祖由此既安抚了民心，也震慑了那些桀骜不驯的边帅悍将。

为巩固西、北边防，宋太祖还注意针对不同的对手采取不同对策。

偏处西北的党项蕃部割据势力，在政治上仍对中原政权保持着名义上的臣属关系。当时西北地区以夏州李彝兴的势力为盛，五代后唐

---

[1] 《宋史》卷二七三《李汉超传》，第9333页。

明宗因鞭长莫及,"但夏、银、绥、宥等州,最居边远,久属乱离,多染夷狄之风,少识朝廷之命",[1] 遂采取"羁縻"政策:来则不拒,去则不追。宋太祖承袭此法,一面增强守御,对其严加防备,一面又大力施展拉拢、利诱政策,如宋太祖罢除节镇大权,且仍令李彝兴为定难节度使,全权统领军政事务。同时,宋廷开展与这些部族的边境榷场贸易,禁止边境诸州发兵进入蕃部地区抢掠牛羊,要求边帅悉心安抚,使蕃部"安静"。若有边将擅自出兵劫掠蕃部牛羊,引起边境骚动,太祖往往将这些将领"内调",另命他人,"悉心绥抚,夷落安静"。[2] 宋太祖此举,既能确保西北边区的稳定,同时争取到了一支盟军,在与北汉作战时,颇得其支持和出兵配合。

在对北汉方面,宋太祖则采取积极防御之策,命令与北汉接壤的诸州不断发兵侵扰其境内,破坏农耕生产,攻击孤立少援的城寨,削弱其国力,迫使北汉军队龟缩于太原周围,不敢远出侵扰宋境。

但对付辽国的策略却又有不同。宋太祖命令河北边帅严守疆域,不主动攻击辽境,但如若辽军进入宋境抢掠,则必发兵迎击,同时遣将进入辽境报复。虽然南北之间不时发生小规模的战斗,双方互有胜负,却又不至于使局面失控,于是在这样一来一往的拉锯之中,较好地维系了北方边境双方力量的微妙平衡。

宋人宣称宋太祖"常注意于谋帅",分命诸将戍守要害州军以御北、西诸敌,"二十年间无西北之忧,以至命将出师,平西蜀,拓湖湘,下岭表,克江南,所向遂志"。[3] 宋人尹洙也称誉道:宋初,虽契

---

1 《旧五代史》卷一三二《世袭列传·李彝超传》,第 2032 页。
2 《长编》卷十开宝二年九月庚戌条,第 232 页。
3 《宋史》卷二七三"论曰",第 9346 页、第 9347 页。

丹与北汉合兵,"势益张,然(宋廷)止命偏师备御,王师伐蜀伐吴,泰然不以两河为顾"。[1]但如前文所述,宋太祖所面临的南北形势甚为严峻,实不似尹洙等人所称誉的如此洒脱。

在有关收复燕京这一问题上,还有一个流传颇广且似是而非的说法。北宋中期宋敏求《春明退朝录》卷上载:一日,宋太祖拿出一张燕州地图,向赵普示意。赵普细细观看地图,赞叹道:"是必曹翰所为也。"宋太祖问其原因:"何以知之?"赵普回答:"方今将帅材谋无出于翰,此图非翰,他人不可为也。翰往,必可得幽州。然既得幽州,陛下遣何人代翰?"宋太祖默然无言,"持图归内"。[2]稍后之王巩《随手杂录》也载此事,文字稍异:"太祖一日召赵韩王于别殿,左右无一人,出取幽燕图示之。赵熟视久之,曰:'此必曹翰所为。'帝曰:'何以知之?'曰:'非翰莫能也。'帝曰:'何如?'赵曰:'举必克之。须世世得曹翰守之,乃可。'帝不语,携图而入,不复言幽燕之讨。"[3]而吕陶《上哲宗请以兰州二寨封其酋长》奏议中亦言及此事,当引录自《春明退朝录》。[4]此后引录此文并据以发挥者更多,至清初,著名学者王夫之即根据这一记载,将赵普骂得狗血喷头。[5]确实,战略地位如此重要且城高池深的燕京城,在冷兵器时代,必定是易守难攻,何来一旦攻取之后却愁无人能守之理?而且从此后太平兴国四年(979)宋太宗进攻燕京失败的情况来看,宋军并无攻克燕京的把握,赵普之语实在过于轻率了,难怪遭到王夫之的严词痛斥。不过,赵普在此却

---

1 《宋史》卷二九五《尹洙传》,第9832页。
2 《春明退朝录》卷上,第15页。
3 《随手杂录》,第295页。
4 《宋朝诸臣奏议》卷一三八吕陶《上哲宗请以兰州二寨封其酋长》,第1558页。
5 《宋论》卷一《太祖》,第13—16页。

是枉担骂名，因为这则记载根本就不是史实。其大抵是北宋中后期，有人为反对宋神宗、王安石收复燕云失地的努力，故意编造了这则记载，用被宋人视为"圣君""明相"的宋太祖、赵普的言行，来证明宋军没有夺取燕云的能力，即使侥幸夺得燕京城，也无人能守住。不料这则谎言却被后人视为实录，广为流传，实在有些厚诬前贤，故在此略为辩白一二。

为能对辽之侧后方予以牵制，宋朝还主动联络地处大海之东的高丽国（朝鲜半岛上的一个古国）。高丽王建于五代后梁贞明四年（918）建国，此后先后灭新罗、百济，统一朝鲜半岛，成为海东强国。辽初，高丽与辽朝之间有聘使来往。后唐清泰元年（934），辽太祖灭渤海国，渤海国世子大光显率众数万投奔高丽，于是辽与高丽绝交，相互敌视。宋朝建立后，出于共御强辽的考虑，宋太祖主动遣人与高丽联系，面临强辽威胁的高丽也积极响应，于建隆二年底，遣使臣李兴祐等来宋朝贡；宋太祖随即下诏册封高丽国王。次年末，高丽采用宋朝年号，以表示臣属宋朝之意。此后，高丽多次遣使臣入宋纳贡，接受宋朝册封。高丽虽未与宋朝联手攻辽，但宋与高丽结盟的现实，确实让辽朝担心起东境的安全。这一情况，对宋军顺利展开统一南方诸国的战事颇为有利。

此外，宋太祖还设法与东北地区的女真部族保持联络。女真人生活在契丹人之北，因不愿接受辽朝统治，常与辽军发生冲突。与高丽遣使通好宋朝的目的相同，女真人也屡遣使者远来开封朝贡，在接受宋廷回赐而获得经济利益的同时，也希望得到宋朝支援以帮助自己抗衡契丹人。对宋人而言，接纳女真人朝贡还有另一目的，即欲由此获得产于北方草原的军马。因为生活于辽阔草原上的契丹人自小谙练骑术，骑兵成为辽军最大优势。而中原农耕地区不产战马，宋军只能以步兵为主，在与契丹骑兵作战中吃亏不少。因此，在宋初女真人的贡品中，名马是必不可少的物品。宋太祖还曾于乾德元年下诏令免除登州沙门岛（在今山东烟台市蓬莱区西北海中）"居民租赋，令专治舟渡女真所贡马"，[1] 以备军用。

宋太祖这一东联高丽以御强辽的战略，给此后宋朝诸帝带来颇为深远的影响。如宋太宗即位后，积极准备收复燕云地区，遂承继宋太祖的政策，屡次遣使臣渡海东去，欲与高丽结盟以夹击辽国。但高丽只是想通过结交大宋以自保，却并无攻辽的实力和胆量，所以对宋朝的要求敷衍推诿，不肯出军。又如胸怀收复燕云失地之志的宋神宗，也曾主动恢复了与高丽已中断数十年的外交联络。至于宋徽宗主动遣使臣去女真地界，起初的借口也是要向女真人购买马匹，恢复宋初故事，然后才提出要与女真人结盟以求灭辽。

由于宋、辽双方军力对比，宋人并不占优，而且辽穆宗昏庸残暴，吏治败坏，政局不稳，故宋太祖还曾设想过不通过战争而用金钱财物来赎回燕云失地。《王文正公笔录》载：

> 太祖皇帝削平僭伪诸国，收其帑藏金帛之积，归于京师，贮之别库，号曰封桩库。凡岁终国用羡赢之数皆入焉。尝密谕近臣曰："石晋苟利于己，割幽燕郡县以赂契丹，使一方之民独限外境，朕甚悯之。欲俟斯库所蓄满三五百万，当议遣使谋于彼国，土地民庶倘肯归之于我，则此之金帛悉令赍往以为赎直。

---

[1] 《长编》卷四乾德元年八月丁未条，第104页。

如曰不然，朕特散滞财，募勇士，俾图攻取，以决胜负耳。"
会太祖上仙，其事亦寝。[1]

对于此事，李焘《长编》分别记载于数处：

乾德三年三月末载："国初，贡赋悉入左藏库，及取荆、湖，下西蜀，储积充羡。上顾左右曰：'军旅饥馑，当预为之备，不可临事厚敛于民。'乃于讲武殿后别为内库，以贮金帛，号曰封桩库，凡岁终用度赢余之数皆入焉。"[2]

开宝三年十一月癸亥载："初，契丹以六万骑至定州，命判四方馆事田钦祚领兵三千御之。……钦祚与敌战满城，敌骑少却，乘胜至遂城。钦祚马中流矢而踣，骑士王超以马授钦祚，军复振。自旦至晡，杀伤甚众，夜入保遂城。契丹围之数日，钦祚度城中粮少，整兵开南门突围一角出，是夕至保塞，军中不亡一矢。北边传言'三千打六万'。癸亥，捷奏至，上喜，谓左右曰：'契丹数侵边，我以二十匹绢购一契丹首，其精兵不过十万，止不过费我二百万匹绢，则契丹尽矣。'自是益修边备。"[3]

太平兴国三年十月末载："初，太祖别置封桩库，尝密谓近臣曰：'石晋苟利于己，割幽蓟以赂契丹，使一方之人独限外境，朕甚悯之。欲俟斯库所蓄满三五十万，即遣使与契丹约，苟能归我土地民庶，则当尽此金帛充其赎直。如曰不可，朕将散滞财，募勇士，俾图攻取耳。'

---

[1] 《王文正公笔录》，第265页。
[2] 《长编》卷六乾德三年三月末条，第152页。
[3] 《长编》卷一一开宝三年十一月癸亥条，第252页。

会晏驾，不果。"[1]

所谓"三千打六万"，显然属于宋人的虚夸之语，将一场规模不大的遭遇战夸张为一场大捷。但由上述《长编》所载，结合《王文正公笔录》，可知封桩库建置于乾德初年，其用意在于"军旅饥馑，当预为之备，不可临事厚敛于民"，即储藏大量钱财以为出征之用度，只是设立封桩库的主要目的之一，另一目的在于备荒赈济之用，但世人一般只关注其第一个目的。而《长编》开宝三年与太平兴国三年所载两条记事，其宋太祖云云，当属一时之语，而分录于两处。其背景当是至开宝四年初，宋军已先后削平荆湖、后蜀、南汉诸政权，南方除南唐外，吴越、清源等割据势力皆唯宋廷马首是瞻，故宋太祖开始将目光转向北方，考虑解决燕云难题。至于宋太祖首先考虑以金钱赎回燕云诸州失地，如若不成功再"散滞财，募勇士"用武力收回，其原因在于燕云地区是石敬瑭割让给辽朝的，而非契丹骑兵攻战夺取的，当然，国力有所不及，也是其不敢轻易向辽朝开战的重要原因。至于其所云"以二十匹绢购一契丹首，其精兵不过十万，止不过费我二百万匹绢，则契丹尽矣"，只是为了向臣下证明，如若此时便向契丹开战，在财力支持方面也不存在问题而已。

对于宋朝"先南后北"的统一方略，辽国君臣是心知肚明的，如若乘宋军经营南方之机，举兵南下，显然可造成宋人腹背受敌的危局。但由于辽穆宗时期内乱不已，虽然此时"中原多事，藩镇争强，莫不求援于辽国以自存。晋阳之北汉，江南之李唐，使车狎至，馈遗络绎，

---

[1] 《长编》卷一九太平兴国三年十月末条，第436页。按："三五十万"，当为"三五百万"之讹。又此所载，当源出于《王文正公笔录》。

辽帝以政昏兵弱，不能应之"，[1]无力且无心与宋争胜。只有当"儿皇帝"北汉遭到宋军围攻、处于生死存亡之际，辽廷方发兵增援，事罢即退，已无主动大举南侵之事。不仅如此，辽廷还命令北汉不要主动生事，侵入宋境。于是宋军指南攻北，逐渐掌握了战场主动权。

开宝二年（辽应历十九年，969）二月，辽穆宗被近侍所弑，辽景宗乘乱抢得皇位。初即位的辽景宗因忙于稳定内部，也无暇顾及与宋争衡。宋太祖是年曾发兵亲征北汉，但是围攻太原城多日却未攻克，也就再次将目光转向南方，重又回到"先南后北"的既定方略上来。

宋太祖将兵锋指向南方诸国中实力最强的南唐，但为免北顾之忧，于发兵南征前夕，指示河北边州将领主动遣人与辽约和。对于此次"约和"事件，宋人一口咬定是辽朝首先提议的：如《宋史》卷三《太祖纪三》载开宝七年（辽保宁六年，974）十一月"辛丑，命知雄州孙全兴答涿州修好书"。《东都事略》卷一二三《附录一》载开宝"七年，其涿州刺史耶律琮以书遗雄州孙全兴乞修好，……全兴以闻，太祖命以书答之"。《长编》卷十五载开宝七年十一月，"契丹涿州刺史耶律琮致书于权知雄州、内园使孙全兴。……辛丑，全兴以琮书来上，上命全兴答书，并修好焉"。然《辽史》卷八《景宗纪》载保宁六年"三月，宋遣使请和，以涿州刺史耶律昌术加侍中，与宋议和"。[2]耶律昌术，宋方文献中称耶律琮。可见在是年三月中，宋雄州知州孙全兴奉命遣人入契丹联络辽涿州守将耶律昌术，试探约和之事。辽景宗接报后，出于对等原则，遂命涿州刺史耶律昌术加侍中，负责"与宋议和"事宜。十一月中，孙全兴将耶律昌术来书上报朝廷，宋太祖正式命令

---

1 《契丹国志》卷五《穆宗天顺皇帝》，第54页。
2 《辽史》卷八《景宗纪上》，第94页。

孙全兴"以书答之","并修好焉"。

孙全兴答书未见记载,而耶律昌术来书则被宋人誉为"其文采甚足观也",[1] 详云:

> 琮受君恩,猥当边任。臣无交于境外,言则非宜;事有利于国家,专之亦可。窃思南北两地,古今所同,曷尝不世载欢盟,时通赘币?往者晋氏后主,政出多门,惑彼强臣,忘我大义,干戈以之日用,生灵于是罹灾。今兹两朝,本无纤隙,若或交驰一介之使,显布二君之心,用息疲民,重修旧好,长为与国,不亦休哉!琮以甚微,敢干斯义,远希通悟,洞垂鉴详。[2]

辽廷同意宋人"请和",实也基于其内政需要。辽景宗登基以后,虽通过一系列措施来缓和皇族间势如水火的权力之争,初步扭转了辽穆宗时期的"中衰"局面,但统治远未稳固:次年(保宁二年,宋开宝三年,970)五月,北院枢密使萧思温被"盗杀";九月,"得国舅萧海只及海里杀萧思温状,皆伏诛,流其弟神睹于黄龙府"。三年(宋开宝四年,971)四月丁卯,"(辽)世宗妃啜里及蒲哥厌魅,赐死。己卯,祠木叶山,行再生礼"。[3] 所谓厌魅,乃古代害人巫术之一种。从此后数日辽帝"祠木叶山,行再生礼"上看,此厌魅事件给辽景宗造成了很大的心理威胁。就在宋人遣使"请和"不久的四月,宋王耶律喜隐"坐谋反废"。八年(宋开宝九年,976)七月,辽景宗异母

---

1 (宋)曾慥:《类说》卷五三引《谈薮》,上海古籍出版社《文渊阁四库全书》本。
2 《宋朝事实》卷二〇《经略幽燕》,第317页。
3 《辽史》卷八《景宗纪上》,第90—91页。

弟"宁王只没妻安只伏诛",只没与南院枢密使高勋等"除名"。[1]虽然说安只伏诛的原因在于其制造鸩毒,但从只没、高勋同时被除名上看,此事还是与最高权力之争相关。因此,辽景宗暂时不想,也无力与宋交战,虽然深知宋朝主动"请和"的目的就在于能全力以赴地攻灭江南,但还是决定接住宋廷抛来的"绣球"。随即宋、辽双方正式互派使臣。

开宝八年(辽保宁七年)正月,宋帝所遣使节如约前往辽廷庆贺正旦。[2]辽廷决定回遣使臣,并遣使告诫北汉政权不要侵扰宋境:"契丹将通好于我,遣使谕北汉主以强弱势异,无妄侵伐。北汉主闻命恸哭,谋出兵攻契丹,宣徽使马峰固谏,乃止。"[3]三月,辽朝使臣克妙骨慎思奉国书来到东京开封,宋太祖当日便予接见,并赐给衣带、器币有差,然后在长春殿设宴款待。宋太祖又将辽使召至便殿,观看禁军士卒的骑射表演,还令禁军卫士与辽使的两个侍从进行击球比赛。待到辽使辞别时,宋太祖又特予召见,赐给礼物,并对宰相说:"自五代以来,北敌强盛,盖由中原衰弱,遂至晋帝蒙尘,亦否之极也。今景慕而至,乃时运使然,非凉德可致。"[4]八月,辽朝再遣使臣"来聘,献御衣、玉带、名马",宋太祖回赠如仪,"因令从猎近郊"。宋太祖亲自走马射猎,箭无虚发,辽使一见,"俯伏呼万岁,私谓译者曰:'皇帝神武无敌,射必命中,所未尝见也。'"[5]此后双方每逢吉凶庆吊,并派遣使臣往还。于是在宋军攻灭南唐的关键时刻,宋、辽结成友邦,

---

1 《辽史》卷八《景宗纪上》,第94—95页。
2 《辽史》卷八《景宗纪上》,第94页。
3 《长编》卷一五开宝七年"是岁"条,第330页。
4 《长编》卷一六开宝八年三月己亥条,第337页。
5 《长编》卷一六开宝八年八月壬戌条,第344页。

和平相处。

对于开宝八年三月"契丹来聘",七月宋廷"初通使契丹"一事,宋人吕中如此评论道:

> 和非中国得已之事也。然和出于彼则和可坚,和出于我则和易败。太祖当南征北伐之始,而契丹复与太原相援,以汉高帝处此,必有平城之忧,唐太祖处此,必有借助之举。惟太祖专任边将,来则拒之,去则御之,且未尝遣一骑以出境,亦未尝命一使以通和,必待其边臣贻书而后命边臣以答之,必待其来聘有礼而后遣通和之使以报之,其殆中国之体矣。景德之和所以久,而宣和之和所以败者,以景德之和在彼,而宣和之和在我也。

从上述宋、辽双方通书议和的过程可知,所谓宋廷"必待其边臣贻书而后命边臣以答之"云云,所谓"和在彼则中国强,和在我则夷狄强"云云,[1] 实属宋人为本朝太祖贴金之辞。宋初能够实现宋、辽和议,确是南北双方皆存在不得不议和的现实困境,而从实际情况看,宋方更有与契丹议和的需要,故而此次议和也是在宋太祖的主动布置下得以完成的。

三、收荆湖

宋太祖确定"先易后难""先南后北"的统一方略以后,并未机

---

1 《类编皇朝大事记讲义》卷三《契丹和战》,第84页。

械地执行，而是视实际情况的变化加以调整，以寻找合适的时机与突破口。建隆三年（962）九月，割据湖南十四州的武平节度使周行逢病死，其子周保权年仅十一岁，继任武平节度使之位。五代初年，马殷建立楚国于湖南地区，后被南唐所灭。楚旧将周行逢等起兵击退南唐军队，收复湖南地区。但因内部统治不稳，周行逢也向中原王朝称臣，被周世宗封为武平节度使。宋朝建立后，升周行逢为中书令。湖南周氏虽称臣于中原王朝，未在十国之列，却仍属称雄一方的割据政权。但年幼的周保权继任，军心未服，衡州刺史张文表乘机发动兵变，占领潭州（今湖南长沙），威逼朗州（武平节度使治所，今湖南常德），兵威大振。周保权惧怕不敌，为求自保，急忙分遣使臣向荆南高氏政权以及宋廷求援，以抵御张文表军。不料却是前门拒狼，后门进虎，宋太祖趁势定下假途灭虢，袭占荆、湖之计。

原来荆南高氏政权内部也发生了变故。五代后梁时，高季平割据今湖北西部一带，拥有荆州（今属湖北）、归州（今湖北秭归）、峡州（今湖北宜昌）三州之地，被封为南平节度使，定都江陵城（今湖北荆州）。因高氏偏居于江汉一隅，势单力弱，故一直对中原王朝俯首称臣。宋太祖登基后，荆南主高保融为获得中原新统治者庇护，"一岁之间三入贡"。[1] 建隆元年八月，高保融死，其弟高保勖继位，于次年向宋廷进贡礼物，被封为南平节度使。建隆三年十一月，高保勖病死，其侄高继冲（高保融子）继位。是年底，周保权的求援文书送至开封城。此前，宋廷派使者卢怀忠去荆南吊唁高保勖之死，临行前，宋太祖告诫道："江陵人情去就，山川向背，我尽欲知之。"至此卢怀

---

[1] 《新五代史》卷六九《南平世家》，第974页。

忠也回转京城，报告说："高继冲甲兵虽整，而控弦不过三万；年谷虽登，而民困于暴敛。南通长沙，东拒建康，西迫巴蜀，北奉朝廷，观其形势，盖日不暇给，取之易耳。"早有吞并荆湖之意的宋太祖，认为荆南弹丸之地，四面受敌，遂召宰相范质等云："江陵四分五裂之国，今假道出师，因而下之，蔑不济矣。"[1] 故一口答应周保权的请求，先授予武平节度副使、权知朗州周保权为武平节度使，荆南节度副使、权知江陵府高继冲为荆南节度使。[2] 随即于乾德元年（963）正月，宋太祖授任镇守襄州（今湖北襄阳）的山南东道节度使慕容延钊为湖南道行营都部署，以当年幕府谋士、枢密副使李处耘为都监，调发十州之兵会聚襄州，以增援周保权讨伐张文表为名，借道荆南进入湖南。同时，宋太祖派遣酒坊副使卢怀忠、毡毯使张勋、染院副使康延泽等率步骑数千人奔赴襄州；命太常卿边光范权知襄州，户部判官滕白为南面军前水陆转运使。此外，宋太祖还诏令荆南发三千水军赶赴潭州会战。

李处耘临行上殿辞别天子时，宋太祖"遂以成算授之"。[3] 李处耘抵达襄州，慕容延钊正卧病在床，宋太祖获知后，即下诏令慕容延钊"肩舆即戎事"，即令慕容延钊坐肩舆（一种两人抬的小轿）指挥士卒出征。

二月初，宋军离襄州南下，李处耘随即遣阁门使丁德裕先去江陵城传谕天子诏书，向高继冲借道，并让荆南准备好宋军所需的粮草物资。高继冲当政后，借口年幼不知民事，将民政、赋税之事交给节度

---

[1]《长编》卷四乾德元年正月庚申条，第81—82页。
[2]《长编》卷三建隆三年十二月丁亥条，第76页；卷四乾德元年庚辰条，第82页。
[3]《长编》卷四乾德元年正月壬戌条，第82页。

判官孙光宪处理，军旅调度等事交给衙内指挥使梁延嗣负责，此时得知宋军欲借道荆南，即召集僚佐商议对策。这些僚佐也看出宋军的真实意图，但却是议论纷纷，莫衷一是，最后以"民众恐惧"为由，请求将物资运至城外百里处提供给宋军。李处耘自然不允，又遣丁德裕来施压。此时有荆南将领主张武力抗拒，荆南兵马副使李景威提议在荆门（今属湖北）道路险隘之处布设伏兵，待宋军前军经过时发动夜袭，只要将其击败，宋军即会知难而退："今王师（宋军）虽假道以收湖湘，然观其事势，恐因而袭我。景威愿效犬马之力，假兵三千，于荆门中道险隘处设伏，候其夜行，发伏攻其上将，王师必自退却，回军收张文表以献于朝廷，则公之功业大矣。不然，且有摇尾求食之祸。"高继冲认为"吾家累岁奉朝廷，必无此事"，并称李景威"又非慕容延钊之敌"，不予采纳。而孙光宪、梁延嗣等众多官员为保自身地位和财富，竭力劝说高继冲接受宋军的借道要求，孙光宪甚至对高继冲表示："景威，峡江一民尔，安识成败？且中国自周世宗时，已有混一天下之志。圣宋受命，凡所措置，规模益宏远。今伐文表，如以山压卵尔。湖湘既平，岂有复假道而去耶？不若早以疆土归朝廷，去斥堠，封府库以待，则荆楚可免祸，而公亦不失富贵。"[1]高继冲无可奈何，深知单凭荆南之力，根本不能与强大的宋军相抗，只好答应宋军要求，派叔父高保寅与梁延嗣前去宋营犒军，并侦察宋军的意图。李景威眼见大势已去，愤而自杀。

二月九日，满携牛酒的高保寅一行来到距离江陵百余里之外的荆门，与宋军相遇。因宋军主帅慕容延钊带病出征，故由都监李处耘殷

---

[1] 《长编》卷四乾德元年二月丙戌条，第84—85页。

勤招待高保寅等人，诉说宋军此行仅为借道而已，并留荆南使臣先在军营中歇息，待明天再归江陵城报告。梁延嗣大喜，急忙遣人飞骑回报高继冲，称不用担忧。当晚，慕容延钊在帅帐设宴为高保寅等人接风，却暗遣李处耘率数千轻骑星夜南下，直趋江陵城。十日凌晨，高继冲正等待高保寅、梁延嗣回来询问详情，忽然闻听宋军已来到城外，束手无策，只得惶恐出迎，在城北十五里处遇见李处耘。李处耘与高继冲略为寒暄，便让他在原地等候慕容延钊所统大军到来，自己则率兵疾速从北门入城，迅速抢占城中要点，布列街巷。等到高继冲随从慕容延钊一起入城，江陵城已完全被宋军所控制，无力回天的高继冲只得请降，献上印信、地图和户籍。

宋军就如此以借道为名，乘高继冲犹豫观望之机，以迅雷不及掩耳之势，兵不血刃、波澜不惊地削平了荆南高氏割据政权，将荆南三州十七县，共十四多万户民众收入囊中。此后，高继冲率家人入京觐见天子，被改封为武宁节度使，一同归宋的梁延嗣被授予复州防御使、孙光宪为黄州刺史。又宋太祖闻听李景威的抗宋谋略，称道："忠臣也。"命"厚恤其家"。[1] 高继冲在徐州居住近十年后于开宝六年（973）去世，终年三十一岁。[2]

宋军占领江陵后，慕容延钊随即调集荆南兵马万余人，随从宋军一起迅速向湖南境内进发。

此前，周保权的部将杨师璠奉命征讨张文表，先败后胜，已于正月中攻入潭州城，擒杀了张文表。此时，周保权眼见宋军不顾反叛已告平定，依然迅疾南下，赶忙遣使请求宋军止兵，但请神容易送神难，

---

[1] 《长编》卷四乾德元年二月辛亥条，第86页。
[2] 《宋史》卷四八三《荆南高氏世家》，第13955页。

志在必得的宋军岂肯空手而返。周保权大惧，急召臣僚商议。有人认为张文表已诛死而宋军依然南来，其意图已不容怀疑，而湖南以荆南为北门，现今高继冲不战而降，唇已亡，齿必寒，仅凭湖南军马势难抵御，故而主张迎降，以保一方平安，而如此则周氏家族也不失富贵。但张从富等将领力主抵抗，并派兵严守关隘，破坏路桥，沉船塞河，以阻止宋军进入湖南，并迫使宋军先锋将丁德裕知难而退。宋太祖得到前线军报，再遣使臣前来劝降周保权道："尔本请师救援，故发大军以拯尔难。今妖孽既殄，是有大造于汝辈也，何为反距王师，自取涂炭，重扰生聚？"[1] 如此强词夺理、以势压人之语，自然为周保权截口拒绝。

既然不能不战而屈人，宋军便在慕容延钊的指挥下兵分两路，水陆并进。二月底，宋军水师自江陵沿长江东下岳州（今湖南岳阳），在三江口（今湖南岳阳北）大败湖南兵，缴获战船七百多艘，歼敌四千余人，湖南统军使黄从志等将校十四人被俘。宋军乘胜占领了岳州城。

三月初，李处耘率陆路宋军先锋前行，慕容延钊统大军随后，出澧州（今湖南澧县），直指朗州。张从富率湖南兵在澧州城南阻截，但两军尚未交锋，湖南兵已望风而溃。宋军紧追不舍，杀获颇众。李处耘为恐吓敌人，就挑选了数十个身体肥胖的俘虏，处死烹煮后，当着其他俘虏之面"令左右分食之"，而在年轻力壮的俘虏脸上刺字，将他们放回朗州。次日，那些被放回者进入朗州城后，将所见所闻一说，称"被擒者为王帅所啖食"，守城士兵闻言大骇，遂纵火焚城，驱迫居民与自己一起弃城逃入深山中。十日，宋军长驱直入，乘势占

---

[1] 《长编》卷四乾德元年二月辛亥条，第86页。

领朗州城。张从富逃至西山下,被宋军擒杀;周保权躲入佛寺,被宋军搜出当了俘虏。湖南周氏政权遂亡,宋朝又获得十四州一监六十六县土地。[1] 此后,周保权率全家入京觐见,被授为右千牛卫大将军。

当时,四散溃逃的湖南士卒不断四出骚扰宋军,曾一度逼近朗州城。宋太祖为稳定在荆、湖地区的统治,就下诏在荆南、朗州、潭州等地大赦,免除湖南茶税及无名赋税,免去荆南地区夏税之半,其荆南兵中愿意归农者便放归田里等;为免心怀不轨者借机起事,下令"禁湖南竞渡"。[2] 同时,始命刑部郎中贾玭等为湖南诸州通判,[3] 由此渐渐控制了湖湘局势。

由于宋初湘西、湘西南地区为"蛮夷"聚集地,"重山复岭,杂厕荆、楚、巴、黔、巫中,……或以仇隙相寻,或以饥馑所逼,长啸而起,出则冲突州县,入则负固山林",故宋太祖"既下荆、湖,思得通蛮情、习险厄、勇智可任者以镇抚之"。当时有知溪州彭允林、前溪州刺史田洪赟等"列状归顺",诏授彭允林为溪州刺史、田洪赟为万州刺史。又有辰州瑶人秦再雄"武健多谋",在周行逢时,"屡以战斗立功,蛮党伏之。太祖召至阙下,察其可用",擢为辰州刺史,"赐予甚厚,仍使自辟吏属,予一州租赋。再雄感恩,誓死报效";遂训练土兵得三千人,"皆能被甲渡水,历山飞堑,捷如猿猱。又选亲校二十人分使诸蛮,以传朝廷怀来之意,莫不从风而靡,各得降表以

---

1 《长编》卷四乾德元年三月壬戌条,第86—87页。
2 《长编》卷四乾德元年四月戊子条,第88页。按:此后宋廷屡次诏令禁止民间竞渡等活动,其用意同此:《长编》卷八载乾德五年四月戊子,"禁民赛神为竞渡戏及作祭青天白衣会";卷一三载开宝五年九月庚午,"禁西川民敛钱结社及竞渡";卷四九载真宗咸平四年七月"乙酉,申命诸州禁竞渡"等。
3 《长编》卷四乾德元年四月乙酉条,第88页。按:此为诸州设置通判之始。

闻"。宋太祖大喜,擢秦再雄为辰州团练使。"再雄尽瘁边圉,五州连衺数千里,不增一兵,不费帑庾,终太祖世,边境无患"。[1]

平定荆、湖之战,是宋太祖统一战争中的第一仗,初战告捷,极大地振奋了宋军斗志,而宋军一战攻灭荆、湖这两个割据政权,也大大震撼了南方诸割据政权。因为荆、湖地处长江中游,东邻南唐,西接后蜀,南临南汉,战略地位重要。攻占荆、湖,使宋朝势力伸入到长江以南地区,有效地割裂江南诸国尤其是后蜀与南唐之间的东西联络,为其后宋军入川灭蜀、进兵南汉和东灭南唐,各个击破,创造了有利条件。

四、平后蜀

在宋太祖制定的"先南后北"统一方略中,计划最先攻取的当属后蜀,却因缘际会,首先一举攻占了长江中游战略要地荆南、湖南,但攻灭后蜀的准备并未暂停。乾德元年(963)三月平定湖南,宋太祖于四月即任命华州团练使张晖为凤州团练使兼西面行营巡检壕寨使,勘察川陕地形;同时又在开封城南开凿湖泊,赶造楼船,训练水军,号"水虎捷";[2] 命西南面转运使筹措军粮物资,并命诸州赶造山地轻车,以备攻战之用。

五代末,后蜀在后周军的打击下,被迫从关中西部、陇南地区南撤,但仍据有两川、汉中(今属陕西)四十五州,具有相当实力。不过,后蜀国主孟昶却疏于国事,追求奢侈荒淫生活,奸佞用事,国政颇为混乱。此时,宋军攻占荆湖的消息传来,后蜀君臣十分惊恐,宰

---

[1] 《宋史》卷四九三《蛮夷传一·西南溪峒诸蛮上》,第14171—14172页。
[2] 《长编》卷四乾德元年四月庚寅条,第89页。

相李昊主张与宋通好纳贡,使宋朝没有出兵川蜀的借口,作为保全后蜀偏安之策,但遭到知枢密院使王昭远的坚决反对。当年为抗衡后周,孟昶于即位之初专门组建了一支部队,因后周世宗姓柴,便名之曰"破柴都";[1] 并积极联络南唐、北汉,试图夺得关中地区,逐鹿中原。待宋太祖篡周以后,孟昶虽沉溺于奢靡享乐之中,但逐鹿中原的雄心并未全然消磨,所以要让他主动向宋朝臣服,自然不肯。于是孟昶决计依托四川北部、东部险要地形,严兵拒守要隘,以抗衡宋军。古代自中原地区进入四川的大路,主要有北线和东线两条。北线自关中平原南越秦岭进入汉中、川北地区,再穿过剑门险关深入四川腹地,直迫成都。自古以来,中原政权兵取四川,大都走此路,如三国时钟会、邓艾统军灭蜀汉,五代后唐军灭前蜀政权等就是。东线指由鄂西经三峡水路进入东川,因沿长江溯流而上,不善水战的中原军队作战颇为困难,故取此路进攻四川者较少。因此,后蜀原本主要在北线设置重兵防御,而东线因隔着弱小的荆南高氏政权,不与中原政权接壤,故防备较弱。但宋军占领荆南以后,后蜀东部地区也置于宋军瞰视之下,后蜀只得调整部署,遣军东屯三峡地区,并在涪州(今重庆涪陵)、泸州(今属四川)和戎州(今四川宜宾)一带训练水军,沿长江一线层层设置防线。

按说蜀弱宋强,后蜀应当谨守边界,尽量与宋朝和睦相处,避免给宋廷以开战的口实。但执掌后蜀军政大权的知枢密院事王昭远却是个不知天高地厚的狂妄之徒,当时有献媚者对他说:"公素无勋业,一

---

[1] (宋)陆游:《老学庵笔记》卷一(中华书局1979年版,第12页)云:"蜀人爨薪,皆短而粗,束缚齐密,状如大饼饵。不可遽烧,必以斧破之,至有以斧柴为业者。孟蜀时,周世宗志欲取蜀,蜀卒涅面为斧形,号'破柴都'。"

旦位至枢近，不自建立大功，何以塞时论？莫若遣使通好并门（指北汉），令其发兵南下，我即自黄花、子午谷出兵应之，使中原表里受敌，则关右之地，可抚而有也。"王昭远闻言大喜，随即力劝孟昶派遣使臣孙遇等人携带"蜡弹帛书"（封在蜡丸中的密信），化装潜入宋境，企图北上太原，与北汉联络，声称后蜀"已于襄、汉增兵，约北汉济河同举"，即相约南北同时发兵攻宋。不料，孙遇等人行至开封城，随从前来的后蜀军校赵彦韬叛蜀投宋，悄悄地偷出孟昶给北汉的密信献给了宋廷。[1]

宋太祖此前已不断派遣间谍深入川中侦察，并根据谍报所得情报绘制了颇为详细的后蜀全境地图。一日，宋太祖召见自川中归来的间谍，问道："剑外（指蜀中）有何事？"那人回答："但闻成都满城诵朱长山《苦热》诗曰：'烦暑郁蒸无处避，凉风清泠几时来？'"宋太祖道："此蜀民思吾之来伐也。"因为宋军"时虽已下荆楚，孟昶有唇亡齿寒之惧，而（宋）讨之无名"，[2]故宋太祖特发此语。至此，宋太祖一见所截获的后蜀给北汉的蜡书，当即开怀笑道："我西讨有名矣。"当然，即使毫无借口，宋太祖要出兵谁又能说个"不"字，但古代圣人向有"名不正则言不顺，言不顺则事不成"的古训，所以若有借口，宋太祖还是很乐意抓住的。宋太祖逮捕了后蜀密使孙遇等人，以赦免其罪为条件，逼迫孙遇等"指陈"后蜀境内"山川形势、戍守处所、道里远近，画以为图"，[3]并结合自己所掌握的情报，制定了详细的进军路线和周密的作战方略。

---

1 《宋史》卷四七九《西蜀孟氏世家》，第13875页。
2 （宋）文莹：《玉壶清话》卷六，中华书局1984年版，第60页。
3 《长编》卷五乾德二年十一月甲戌条，第134页。

十一月二日，宋太祖以后蜀主孟昶勾结北汉共谋犯宋为由，发兵数万，分北、东两路分进合击，约期会攻成都城，灭亡后蜀：

北路军为主力，以忠武节度使王全斌为西川行营凤州路都部署，侍卫亲军步军都指挥使崔彦进为副都部署，枢密副使王仁赡为都监，统率步骑禁军二万、诸州兵万余人，自凤州（今陕西凤县东）沿嘉陵江南下；东路军以侍卫亲军马军都指挥使刘光义为西川行营归州路副都部署，枢密承旨曹彬为都监，统领步骑二万，自归州（今湖北秭归）溯长江西上。宋帝又命给事中沈义伦为北路随军转运使，均州刺史曹翰为西南面转运使，负责粮饷转输供给；同时，又以"江陵当峡、江会冲"，遂命知江陵府卢怀忠任"供亿之劳"。[1]

宋太祖鉴于后蜀将校"多北人"，于后唐时随后蜀主孟知祥进入蜀中，故为分化蜀军，争取蜀人之心，下诏谕令巴蜀军民"转祸为福，有能乡（向）导大军，供饩兵食，率众归顺，举城来降者，当议优赏"；又令"行营所至，毋得焚荡庐舍，殴掠吏民，开发丘坟，剪伐桑柘，违者以军法从事"。[2] 此外，为宣示军民此番征伐后蜀必胜，特命在京城右掖门南临汴水之处，预先为孟昶修建一座大宅第，大小房屋共有五百余间，日常器具一应俱全，以待孟昶降宋以后来京城时居住。

三日，宋太祖特地在崇德殿设宴，为出征诸将饯行，分别赐予金玉腰带、衣装、鞍马、戎器等，随后将四川地图等授予王全斌等人，并故意问道："西川可取否？"那些猛将本就十分小觑后蜀军队，但王全斌等人还是中规中矩地回答："臣等仗天威，遵庙算，克日可定也。"此时龙捷右厢都指挥使史延德听得天子如此激将，便率尔作答道："西

---

1 《宋史》卷二七四《卢怀忠传》，第9353页。
2 《长编》卷五乾德二年十一月甲戌条，第135页。

川若在天上，固不可到，在地上，到即平矣。"天子大喜，于勉励之余，又授予诸将进军方略，特别出示地图，叮嘱东路军主帅刘光义说：蜀军在夔州（今重庆奉节东）设置有锁江浮桥，守备严密，必须先夺取浮桥，再水陆夹击，才能成功："我军至此，溯流而上，慎勿以舟师争胜，当先以步骑陆行，出其不意击之，俟其势却，即以战棹夹攻，取之必矣。"[1]最后，宋太祖表示："凡克城寨，止藉其器甲、刍粮，悉以钱帛分给战士，吾所欲得者，其土地耳。"[2]宋太祖此语的原意是欲激励将士死力进攻，以获取更多经济利益，不料想那些将士在"皆效命，所至成功"之余，一心抢夺财物，王全斌等将帅乃"纵部下掠夺子女玉帛及纳贿赂"，[3]最终激起民变，后来花费了很大力气才得以平息。此后，宋太祖汲取教训，在遣军将攻灭其他割据政权时，再也不敢下达如此命令了。

后蜀主孟昶闻知宋军大举来攻，立即授任王昭远为北面行营都统，大将赵崇韬为都监，领兵三万由成都北上，扼守利州（今四川广元）、剑门（今四川剑阁东北）一线关隘险道；山南节度使韩保正为招讨使、洋州节度使李进为副招讨使，率数万兵赴兴元（今陕西汉中东），以加强北面防御。孟昶告诫王昭远道："今日之师，卿所召也，勉为朕立功。"王昭远志大才疏，自恃读过不少兵书，"颇以方略自任"，自比为诸葛亮，临行前，手挥铁如意调动军队，对前来郊外送行的宰相李昊夸下海口道："吾此行何止克敌，当领此二三万雕面恶小儿（脸上

---

1 《宋史》卷二五九《刘廷让传》，第9002页。按：刘廷让，原名刘光义，后因避宋太宗讳而改名。
2 《长编》卷五乾德二年十一月乙亥条，第135页。
3 《宋史》卷二五九《刘廷让传》，第9003页。

刺字的强悍士卒），取中原如反掌尔！"[1]随后趾高气扬地上路了。

十二月初，宋北路军进入后蜀境内，旗开得胜，连克兴州（今陕西略阳）外围各据点，乾渠渡、万仞寨、燕子寨等营寨相继落入宋军之手。十九日，宋军攻下兴州，败蜀军七千人，缴获军粮四十多万斛；又乘胜进兵，连克石圌、鱼关、白水军等二十余座营寨。后蜀招讨使韩保正闻听兴州失陷，遂放弃兴元城，退保西县（今陕西勉县西老城）。宋军先锋将史延德率兵尾追而至，韩保正不敢迎击，命部下数万于三泉（今陕西宁强西北阳平关）依山背城，结阵自固。史延德挥军直进，蜀军溃逃，韩保正、李进等将校被擒；宋军追击蜀军溃兵至嘉川（今四川旺苍西南嘉川镇），杀获甚众。蜀军伤亡惨重，余部遂退保葭萌（今四川广元南），烧毁栈道，以阻截宋军南下。

王昭远率蜀军主力驻扎于利州，并遣偏师在城北的大、小漫天寨立寨扼守。利州城位于嘉陵江东岸，群山环立，形势险峻，为关中入蜀的咽喉要塞。因栈道被毁，宋军前进受阻，王全斌采纳部将康延泽的建议，命崔彦进率一部士卒抢修栈道，先取金山寨，再进克小漫天寨；自率主力从嘉川东南之罗川小路迂回前进，夹攻利州。数日后，这两支宋军会合于大、小漫天寨之间的嘉陵江渡口深渡，崔彦进遣部将奋击，夺得蜀军守护的桥梁，突破了嘉陵江蜀军防线。后蜀军连战不利，乘夜退守大漫天寨（今四川广元东北漫天岭）。次日，王全斌分兵三路夹攻大漫天寨，后蜀守将兵败被俘，大漫天寨失守。蜀兵精锐在王昭远、赵崇韬的指挥下竭力反扑，但三战皆败。王昭远被迫放弃利州城，仓皇逃过桔柏江，烧毁桥梁，退保剑门，企图依凭剑门关

---

[1] 《长编》卷五乾德元年十一月壬寅条，第136页。

天险进行抵抗。三十日,宋军占领利州城。

当王全斌的辉煌战绩报到京城时,正逢冬雪纷飞,宋太祖在讲武殿中用毛毡围成一小间,身穿紫貂裘、帽披阅战报,获知此消息,忽然对左右侍从说道:"我被服如此,体尚觉寒,念西征将帅冲犯霜霰,何以堪处!"遂解下衣裘、帽子,特命侍从快马送至前线赐给王全斌,并传话诸将云"不能遍及也"。[1]宋太祖作秀作得如此明白,王全斌自是感动得涕泪纵横,誓言要用更大胜利来报答皇恩浩荡。

在北路军连克城寨之际,东路宋军在刘光义统领下,自归州溯江西上,连破三会(今重庆巫山东北)、巫山(今重庆巫山东)等蜀军营寨,歼灭后蜀水、步军万余人,缴获战船二百余艘,逼近川东重镇夔州。夔州人称"巴蜀喉吭",是由长江入蜀之门户。当时蜀军已在江上架浮桥锁江,"上设敌棚三重,夹江列砲具",严密封锁。刘光义针对蜀军锁江设防而水强陆弱的弱点,按照出征前宋太祖面授的避强击弱战法,在距蜀军水面设防处三十里外"舍舟步进,先夺其桥,复牵舟而上",[2]进围夔州城。后蜀宁江节度使高彦俦见宋军兵临城下,主张坚壁固守,不宜速战,但监军武守谦不从,独领部下千余人出战,大败。宋军前锋乘胜登城,刘光义率大军继至,高彦俦兵败自杀,夔州遂陷,川东门户洞开。

乾德三年正月,后蜀主孟昶见蜀军节节败退,情况危急,十分震恐,忙授命太子孟玄喆为元帅,武信节度使李延珪等为副将,统领万余兵马增援剑门。孟玄喆虽然临危受命,但素来不晓兵事,却派头十足,军中旌旗均用彩色刺绣,旗杆上缠绕着蜀锦。临出发时,忽然天

---

1 《长编》卷五乾德二年十二月"是月"条,第139页。
2 《宋史》卷二五九《刘廷让传》,第9002页。

降大雨，孟玄喆担心绣旗被雨水淋湿不好看，下令把旗子全拆下，一会儿雨过天晴，又下令旗子系上，但混乱中，不少军旗都挂倒了，引得沿途观看的民众无不窃笑。孟玄喆对此毫不介意，带着成群姬妾和数十个优伶戏子同行，一路上游山玩水，日夜嬉戏，却置日趋紧急的战事于不顾。

此时宋军已进占益光（今四川广元西南昭化镇），正挺进剑门。剑门自古称天险，形势险峻，易守难攻，向有"一夫荷戈，万夫莫前"之称。王全斌与部将商议对策，从后蜀降卒那里得知益光东有一条山路可绕至剑门关南，遂决定让先锋将史延德率一支奇兵翻越峻岭，经来苏（今四川剑阁东）小路渡江迂回至剑门以南二十里的清强店，与王全斌所帅主力南北夹击驻守剑门的蜀军。蜀兵完全没料到宋军会出现在剑门关南，纷纷弃寨而逃。王昭远闻讯惊惧，只留下偏将守剑门，自引兵退守汉源坡（今四川剑阁东），等待援兵。王全斌率精锐从正面猛攻剑门，守关蜀兵一哄而散。宋军进迫汉源坡，王昭远惊惶失措，坐在胡床（一种可折叠的轻便坐具）上站不起来，赵崇韬跃马率军布阵迎击。但蜀军军心已散，甫一接战，纷纷溃散，赵崇韬兵败被擒。宋军乘胜占领剑州城（今四川剑阁），歼蜀军万余人。王昭远抛胄弃甲，逃到东川（今四川三台）郊外一家百姓仓库中藏匿，悲叹流泪，双目红肿，口中只是反复念诵着唐代诗人罗隐的诗句："运去英雄不自由。"王昭远随即被尾追而来的宋军士兵擒获。

此时，奉命增援的太子孟玄喆才进至绵州（今四川绵阳），听说剑门天险已失，即刻掉头逃回成都城，沿途焚烧房屋，实行所谓焦土抗战之策。但宋军根本未受影响，自剑门南下，如入无人之境，迅速进抵成都城北。

东路宋军也自夔州西进，势如破竹，连克万州（今属重庆）、开州（今重庆开县）、忠州（今重庆忠县）、遂州（今四川遂宁）等地。当时"诸将所过，咸欲屠戮以逞，独曹彬禁之，乃止，故峡路兵始终秋毫不犯"，[1] 后蜀州县纷纷迎降，所以进军迅疾，从东面迫近成都城。

前方兵败消息接踵而至，孟昶惊骇失措，赶忙召集左右臣僚问计，有老将建议坚壁清野，固守成都城，宋军远来，不能持久，定会退兵。孟昶深知后蜀将帅战守无方，军无斗志，只得哀叹"吾父子以丰衣美食养士四十年，一旦遇敌，不能为吾东向放一箭。今虽欲闭壁，谁肯效死者？"宰相李昊遂劝他出降，孟昶见大势已去，遂让李昊起草降表，于是月七日遣使臣奉表向已抵达成都城下的宋军投降。[2]

后蜀孟氏政权建立于五代后唐同光三年（925），至此灭亡，立国近四十年。准备十分充分的宋军自出师至灭后蜀，前后只用了六十六天，共得巴蜀四十六州二百四十县，共五十三万余户。据史载，"蜀土富饶，自乾德间孟昶既降，府库充溢，重货铜布，由舟运下三峡，轻货设传置，以四十兵隶为一纲，号曰'进纲'，水陆兼运十余年，始悉归内库"。[3] 宋太祖达到了预定的以战养战目的，为此后攻灭诸割据政权提供了较为坚实的物质基础。

不久，宋太祖命人将孟昶及其家人、僚属一起押解入京。为人谨慎的东路军都监曹彬密奏天子说："孟昶王蜀三十年，而蜀道千余里，请族孟氏而赦其臣，以防变。"所谓"族"者，乃灭孟氏一族之谓也。

---

1 《长编》卷六乾德三年正月辛卯条，第145页。
2 《长编》卷六乾德三年正月己卯条，第144页。又云："初，前蜀之亡也，降表亦（李）昊所为，蜀人夜书其门，曰'世修降表李家'，当时传以为笑。"
3 《隆平集校证》卷二〇《妖寇》，第628页。

故宋太祖在其奏章后批曰:"你好雀儿肠肚!"[1] 宋太祖这份豪爽、豁达之气度与超凡之自信确非臣下百官所可效仿,如此不以杀戮对待降王,在为自己赢得宽恕之名的同时,极大地安抚了那些被灭之国的旧臣之心,而有利于宋朝在这些新占领地区的统治稳定。

二月中,孟仁贽(孟昶弟)奉孟昶上表来到开封,上表中有"自量过咎,尚切忧疑"等语,宋太祖下诏答之,"所答诏仍不名",其语略曰:"既自求于多福,当尽涤于前非。朕不食言,尔无过虑。"以消弭孟昶的忧惧;并称呼孟昶母李氏为"国母"。[2]

五月,孟昶一行在宋军押送下,顺长江东下,经江陵、襄州抵达东京开封城郊外,宋太祖先派皇弟赵光义在玉津园慰问。次日,宋太祖命禁军卫士在皇宫前列阵,自己在崇元殿备礼召见后蜀君臣孟昶以下三十三人,礼毕,即让孟昶等陪自己登宫城门楼检阅三军,耀武扬威,然后在大明殿大摆筵席为孟昶接风。六月初,孟昶被授官开府仪同三司、检校太师兼中书令、秦国公,其弟孟仁贽、其子孟玄喆及其宰相李昊等皆授官有差。孟昶虽从一国之君沦落为阶下囚,但一时倒也富贵依旧,入住宋太祖预先为他建好的宅邸,差可自慰。然而天有不测风云,福为祸基,此后仅过了五天,孟昶忽然在住所内暴卒。宋太祖闻讯后,按国公之礼暂停上朝五天,赠孟昶官尚书令,追封为楚王,赐谥曰恭孝,并赐给其家布帛千匹,操办丧事所需费用皆由官府供给,也算享极哀荣。

孟昶母李氏颇为贤惠,也很有政治头脑,早在亡国之前,就对孟

---

[1] 《后山谈丛》卷五,第70—71页。按:史载曾被宋太祖斥为"雀儿肠肚"的,还有其心腹大臣赵普。据《宋史》卷二五六《赵普传》(第8940页)载,宋朝建立后,赵普"屡以微时所不足者言之,太祖豁达,谓普曰:'若尘埃中可识天子、宰相,则人皆物色之矣。'"
[2] 《长编》卷六乾德三年二月庚申条,第149页。

昶在用人等方面的失误提出过忠告，却未被采纳。此时李氏随孟昶来到开封，宋太祖命人用肩舆将李氏抬入宫中接见，并尊称李氏为"国母"，说："国母善自爱，无戚戚怀乡土，异日当送母归。"李氏便问要将自己送去何处，宋太祖答是蜀地，李氏就说："妾家本太原，倘获归老并门，妾之愿也。"宋太祖正有北征之意，闻听此语甚喜，认为是攻取北汉的吉兆，便道："俟平刘钧（北汉主），即如母所愿。"至此孟昶暴卒，遭受丧子之痛的李氏并未流泪，却洒洒醑地道："汝不能死社稷，贪生至今日。吾所以忍死者，为汝在耳。今汝既死，吾安用生！"[1] 由此绝食数日而死。

孟昶暴卒的原因，宋代国史中全无记载，但一些宋人的野史笔记中，却暗示与孟昶之宠妃花蕊夫人的遭遇有关。

五代时期被称作"花蕊夫人"者有两人：前者为前蜀开国皇帝王建淑妃徐氏，后即为后蜀主孟昶之妃费氏。徐氏，成都人，有一姐，皆国色天香。王建创立前蜀后，徐氏姐妹皆被纳入后宫，皆受宠幸，称大、小徐妃。小徐妃因其容貌"花不足以拟其色，蕊差堪以状其容"，被称作"花蕊夫人"。王建死，其子王衍即位，世称前蜀后主，小徐妃被尊为顺圣太后。王衍少不更事，为政荒嬉无度，吏治大坏，遂被后唐庄宗所灭，王衍与大、小徐妃等皆被杀。传说北宋中期，王安国（王安石弟）"奉诏定蜀民、楚民、秦民三家所献书可入三馆者，令令史李希颜料理之。其书多剥脱，而二诗弊纸所书花蕊夫人诗，笔书乃花蕊手写，而其辞甚奇，与王建《宫词》无异"。王安国因见"（王）建之辞，自唐至今，诵者不绝口，而此独遗弃不见取，受诏定三家书

---

[1] 《长编》卷六乾德三年六月庚戌条，第155页。

者又斥去之，甚为可惜也，遂令令史郭祥缮写入三馆"。[1]但以为其著者是后蜀花蕊夫人费氏。这一说法为世人所沿袭，清人编《全唐诗》时也把《宫词》的著作权归属于孟昶妃花蕊夫人。但据今人浦江清考订，传世之蜀宫《宫词》为前蜀王衍时作品，著者或为号称花蕊夫人的小徐妃，其中恐亦杂入大徐妃与王衍诸人之作。[2]

后蜀孟昶之妃费氏，一说亦姓徐，青城（今四川都江堰市东南）人。费氏也是一位颇富才情的美女，故也被称作"花蕊夫人"。传说孟昶得到花蕊夫人，如获至宝，封为慧妃。后蜀亡，宋太祖久闻花蕊夫人艳名，命人别送至开封城。[3]传说宋太祖于初次召见花蕊夫人时，叱责她红颜误国，而花蕊夫人即席吟诵一诗云：

> 君王城上竖降旗，妾在深宫那得知。
> 十四万人齐解甲，宁无一个是男儿！[4]

宋太祖由此对风流蕴藉的花蕊夫人极为中意，而孟昶也就不明不白地

---

[1] 《续湘山野录》，第7—8页。
[2] 浦江清：《花蕊夫人宫词考证》，载张鸣选编：《浦江清文选》，北京大学出版社2010年版。
[3] （宋）吴曾：《能改斋漫录》卷十六《花蕊夫人词》（上海古籍出版社1979年版，第478页）云："王师下蜀，太祖闻其名，命别护送，途中作辞自解曰：'初离蜀道心将碎，离恨绵绵。春日如年，马上时间闻杜鹃。三千宫女皆花貌，妾最婵娟。此去朝天，只恐君王宠爱偏。'"
[4] （宋）陈师道：《后山诗话》（中华书局1981年《历代诗话》本，第303页）称：花蕊夫人于"国亡，入备后宫。太祖闻之，召使陈诗，诵其国亡诗"云云。按：吴曾《能改斋漫录》卷八《更无一个是男儿》（第241页）云："前蜀王衍降后唐，王承旨作诗云：'蜀朝昏主出降时，衔璧牵羊倒系旗。二十万人齐拱手，更无一个是男儿。'其后花蕊夫人记孟昶之亡，作诗云：'君王城上竖降旗，妾在深宫那得知。二十万人齐解甲，更无一个是男儿。'陈无己《诗话》载之，乃知沿袭前作。"按：前蜀王承旨之诗当时颇为流传，为世人所熟知，才名远播之花蕊夫人当不至于一无所闻，故当其面对宋太祖责难时，改易王承旨诗为己辩护，亦甚为自然，似并非如有学者所云此诗当属后人改易五代后唐王承旨之诗，托名于花蕊夫人。

暴卒了。孟昶死后，花蕊夫人即被宋天子召入宫中，甚得宠幸。

一般认为，宋太祖为人宽厚，被宋人尊奉如"圣人"，对降宋的诸国降王还是颇为优待的，不过对于孟昶似属例外。虽说宋太祖贵为天子，但仍是一个食烟火的尘世凡人，宠爱容颜绝世的佳人也属人之常情，况且是对降王有生杀予夺大权的皇上，然而为得到一绝色美人，杀其夫而夺其妻，终究有欠光明磊落，因此宋人对此讳莫如深，似也就情有可原了。

花蕊夫人入宫以后的情况，史书中甚少记载，即使有零星记载，也多闪烁其词：南宋初晁公武《郡斋读书志》称"蜀平，（花蕊夫人）以俘输织室，后有罪，赐死"。[1] 北宋末蔡絛《铁围山丛谈》乃云："国朝降下西蜀，而花蕊夫人又随（孟）昶归中国。昶至且十日，则召花蕊夫人入宫中，而昶遂死。昌陵后亦惑之。尝进毒，屡为患，不能禁。太宗在晋邸时，数数谏昌陵，而未果去。一日，兄弟相与猎苑中，花蕊夫人在侧，晋邸方调弓矢引满，政拟射走兽，忽回射花蕊夫人，一箭而死。"[2] 一说被晋王赵光义射死的花蕊夫人乃"闽人之女，南唐李煜选入宫，降，宋祖嬖之。一日游苑中，使奉晋王酒，晋王言：'得夫人手摘一花来，乃饮。'甫至树下，王从后弯弓射杀之，太祖欢饮如故"。[3] 然《闻见近录》乃称被射死者乃金城夫人："金城夫人得幸太祖，颇恃宠。一日宴射后苑，上酌巨觥以劝太宗，太宗固辞，上复劝之。太宗顾庭下，曰：'金城夫人亲折此花来，乃饮。'上遂命之，太

---

1 《郡斋读书志校证》卷十八《花蕊夫人诗》，第953页。
2 《铁围山丛谈》卷六，第109页。
3 （清）吴景旭：《历代诗话》卷五四《花蕊》，上海古籍出版社《文渊阁四库全书》本。（明）陆容：《菽园杂记》（上海古籍出版社《文渊阁四库全书》本）卷十一云所谓闽人之女，"其有墓在闽之崇安者，本南唐宫人，随后主归宋，选入后宫。太祖以其能诗，谓之小花蕊云"。

宗引弓射而杀之，即再拜而泣抱太祖足曰：'陛下方得天下，宜为社稷自重。'而上饮射如故。"[1] 至于花蕊夫人费氏，史称其"入宋宫，念其故主"，偶携"蜀王孟昶挟弹图"，故"遂悬于壁，谨祀之。一日，太祖幸而见之，诘焉，花蕊跪答曰：'此蜀中张仙神也，祀之能令人有子。'"[2] 可见宋人称"念其故主"的花蕊夫人"尝进毒，屡为患"，当非无根之谈，又虽说宋人的记载不一，但花蕊夫人未能得善终，应无疑义。[3]

再说宋军北、东两路兵马会师成都之初，已降宋的后蜀主孟昶馈赠两路将帅及"犒师并同"，而天子"诏书颁赏，诸军亦无差降。由是两路兵相嫉，蜀人亦构，主帅遂不协"。加上王全斌等"先受诏，每制置必须诸将佥议，至是，虽小事不能即决"。[4] 此时，挥军攻灭后蜀、立下殊勋的宋军主将王全斌等将帅，却是日夜饮宴，不恤军务，并私吞了后蜀府库十六万贯钱以备日后所需。其实私吞战利品在唐末五代将帅中甚为普遍，当初宋太祖于出征之前面授机宜，也曾指示王全斌，诸如钱帛之类战利品一概用来赏赐将士。史称王全斌"轻财重士，不求声誉，宽厚容众，军旅乐为之用"，[5] 但随之而来的问题却是治军不严，军纪不肃。至此，王全斌对部下更是过度放纵，使得兵士肆无忌

---

[1] 《闻见近录》，第20—21页。按：此"金城夫人"，似是花蕊夫人入宋宫后的封号。
[2] （明）胡应麟：《少室山房笔丛》正集卷二四《庄岳委谈上》引"陆文裕《金台纪闻》"，上海古籍出版社《文渊阁四库全书》本。
[3] 元初徐大焯《烬余录》（转引自张其凡：《宋太宗》，吉林文史出版社1997年版，第40页）称"太祖寝疾，中夜，太宗呼之不应，乘间挑费氏，太祖觉，遽以玉斧斫地。皇后、太子至，太祖气属缕，太宗惶窘归邸。翌夕，太祖崩"。按：此说大概是根据历史上隋炀帝乘隋文帝病重时调戏其父之爱妃，被隋文帝发觉后逃归，终于弑君父而篡其位的故事附会而成，实非信史。
[4] 《宋史》卷二五五《王全斌传》，第8921页。
[5] 《宋史》卷二五五《王全斌传》，第8924页。

惮地抢掠"子女"、财货，其部将王继涛受命押送孟昶一行至开封，却乘机勒索宫人、金帛，从而激起蜀人愤怒。

此时，宋廷为稳定蜀中局势，命王全斌将后蜀降军押送京城，并诏"人给钱十千，未行者，加两月廪食"。但王全斌却擅自削减后蜀降兵前往开封的路费，于是"蜀军愤怨，人人思乱"，在途中爆发兵变，并推举原蜀将全师雄为首领。面对如此严重局势，王全斌又措置不当，派部将刘光绪率七百骑兵前去招抚，刘光绪却尽灭全师雄之族，强纳其爱女，并侵夺其行李财物，于是局势进一步激化。全师雄"遂无归志"，率军急攻绵州（今四川绵阳）不克，遂转攻彭州（今四川彭州），杀死都监，据有其城。全师雄自称"兴蜀大王"，置僚属，署节帅，分兵占领灌口、新繁、青城等要地，屡战屡胜，很快兵临成都城下。成都附近州县纷纷起兵响应，很快发展到十余万人，占据了十七州，形势日益危急。当时成都城内尚有后蜀降兵二万七千人，王全斌害怕他们起兵做内应，遂与部将合谋将他们骗入夹城中全部诛杀。残暴的屠杀致使乱兵的抵抗更为坚决，各地兵变此起彼伏。王全斌一时手忙脚乱，颇为狼狈，只好一面奏报朝廷请求增援，一面遣将领刘光义、曹彬等出击，击溃乱兵，"贼势既衄，余党散保州县"，局势稍见缓和。次年（966）末，全师雄病死，部众散降，蜀地始定，但宋军付出了沉重代价，且带来了严重的负面影响。此后四川王小波、李顺等起兵反宋，也与此次兵乱有着相当关系。

王全斌深知此次兵乱与自己处置失当密切相关，遂对亲信道："我闻古之将帅，多不能保全功名。今西蜀既平，欲称疾东归，庶免悔吝。"但有人提醒说："今寇盗尚多，非有诏旨，不可轻去。"王全斌犹豫未决。[1] 正好此时有人控诉王全斌等将帅"豪夺子女玉帛及擅发府库、隐没货财诸不法事",为严明军纪,乾德五年(967)初,宋太祖将王全斌诸将领自成都召回亲自审讯。宋太祖昔日幕僚、枢密副使王仁赡"历诋诸将过失,冀自解免",宋太祖叱责道:"纳李廷珪(后蜀降将)妓女,开丰德库取金贝,此岂诸将所为耶?"王仁赡惶恐服罪。宋太祖念诸将战功,不想重惩他们,遂以"凡所取受、隐没,共为钱六十四万四千八百余贯,而蜀宫珍宝及外府他藏不著籍者又不与焉,并按以擅克削兵士装钱、杀降致寇之由",责其退还赃物,并贬责忠武节度使王全斌为崇义军节度观察留后,随州安置;副帅侍卫亲军步军都指挥使、武信军节度使崔彦进贬为昭化军节度观察留后,枢密副使、左卫大将军王仁赡罢为右卫大将军。[2] 直到开宝九年(976),宋灭南唐,宋太祖特意召见王全斌,说:"朕以江左未平,虑征南诸将不遵纪律,故抑卿数年,为朕立法。今已克金陵,还卿节钺。"授王全斌为武宁军节度使,赐银器钱帛甚多。[3] 崔彦进也复授予彰信军节度使。南宋洪迈于《容斋随笔·取蜀将帅不利》中说,历来割据四川的政权即所谓"割据擅命者"最多只传两代便会灭亡,"而从东方举兵临之者"即攻取四川的将帅,也大多结局不佳,"至于死贬",如"汉伐公孙述,大将岑彭、来歙遭刺客之祸,吴汉几不免。魏伐刘禅,大将邓艾、钟会皆至族诛。唐庄宗伐王衍,招讨使魏王继岌、大将郭崇韬、康延孝皆死。国朝伐孟昶,大将王全斌、崔彦进皆不赏而受黜,十年乃复

---

1 《宋史》卷二五五,《王全斌传》,第8921—8923页。
2 《长编》卷八乾德五年正月壬子条,第187—188页。
3 《宋史》卷二五五,《王全斌传》,第8924页。

故官"。[1]即王全斌、崔彦进的结局稍好,终得善死。

与宋军取后蜀相关的,还有那则传播甚广的"宋挥玉斧"故事。史载宋徽宗政和末年,有人上书宋廷,要求于大渡河外建筑城邑,以便与大理国"互市"贸易。宋廷就向知黎州(今四川汉源)宇文常了解情况,宇文常上奏道:"自孟氏入朝,艺祖(宋太祖)取蜀舆图观之,画大渡为境,历百五十年无西南夷患。今若于河外建城立邑,虏情携贰,边隙浸开,非中国(此指宋朝)之福也。"[2]又南宋李心传记载绍兴二十六年(1156),左承议郎、新知黎州唐桓奏言:"臣所治黎州,控制云南极边,在唐为患尤甚。自太祖皇帝即位之初,指舆地图弃越巂不毛之地,画大渡河为界,边民不识兵革,垂二百年。"[3]据明人杨慎《滇载记》称:王全斌既平后蜀,"欲因兵威取滇(今云南),以图进于上。太祖鉴唐之祸基于南诏(唐时之云南地方政权),以玉斧画大渡河曰:'此外非吾有也。'由是云南三百年不通中国(宋朝)",段氏(大理国)得以割据云南。[4]此即所谓"宋挥玉斧"故事,显然其中颇有后人"语增"痕迹。史载宋初灭后蜀时,云南大理政权曾让其臣属的建昌城(今四川西昌)遣人送信到黎州,主动与宋王朝联络。[5]宋太祖未乘势攻取云南的原因,当主要在于遥远的云南地区让宋廷大有鞭长莫及之感,而且宋廷正忙于稳固政权、平定南方诸割据政权,

---

1 (宋)洪迈:《容斋随笔·四笔》卷十六《取蜀将帅不利》,上海古籍出版社1978年版,第807页。
2 《宋史》卷三五三《宇文常传》,第11149页。
3 《建炎以来系年要录》卷一七一绍兴二十六年正月辛未条,第2978页。
4 (明)陆楫:《古今说海》卷十六杨慎《滇载记》,上海古籍出版社《文渊阁四库全书》本。按:(明)田汝成《炎徼纪闻》(上海古籍出版社《文渊阁四库全书》本)卷四《云南》所载同。
5 《长编》卷一〇开宝二年六月"是月"条注,第228页。

也无暇顾及远在西南一隅的大理国。至于"画大渡河为境"的说法，当是后蜀与大理国的分界线大体就在大渡河一线，所以宋朝灭后蜀之后，其与大理国的边界自然就定在了那里。又宋将王全斌平四川不久，因激起兵变而被围困于成都城内，待两年后兵乱被平定，便遭贬官而离开四川。因此《滇载记》所称，王全斌欲趁势攻取云南之说，也颇存疑问。而"云南三百年不通中国"云云，也与史实不符。大理国自段思平于五代后晋天福二年（937）立国，至段兴智于南宋宝祐元年（1253）被蒙古统帅忽必烈（即元世祖）所灭，共二十二王，历时三百一十七年，大体与宋王朝相始终。宋王朝虽未直接治理过云南地区，但大理国与中原王朝的关系，并未如史书所载被宋太祖"玉斧"一划而割断了往来，如宋太宗太平兴国二年（977）初，大理首领白万"款塞，乞内附"，宋廷封其为"云南八国都王"；[1] 政和七年（1117），宋徽宗又册封大理王段和誉为金紫光禄大夫、检校司空、云南节度使、上柱国、大理国王。[2] 此外，宋人史料中并无宋太祖手挥玉斧的记载，而元人袁桷《清容居士集》卷八《龙尾歌》诗有"建隆天子不用武，玉斧手画大渡河"句，推知"宋挥玉斧"故事，至迟在元朝中已定型。

虽然"宋挥玉斧"的传闻与历史事实出入甚大，但也并非向壁虚构：当时宋太祖为集中力量对付北方强敌，故对遥远的云南地方政权采取了与唐代不同的政策，主动划河为界，与大理国和平相处。

五、灭南汉

按宋太祖既定的统一天下之步骤，其夺取荆湖、后蜀之后，即当

---

[1] 《长编》卷二六七熙宁八年八月庚寅朔条注，第6539页。
[2] 《宋史》四八八《外国传四·大理》，第14073页。

着手攻取两广的刘氏政权，但由于意外的后蜀降兵叛乱，使此计划迟迟未得实行。开宝元年（968），北汉内乱，时刻关注北边动静的宋太祖迅速改变计划，先调兵北上亲征太原城，但并未如愿得手。于是宋太祖又重回"先南后北"的既定方略上来。

当初宋军平定荆湖未久，又攻下了南汉郴州（今属湖南），南方诸政权大震，南唐、吴越等国皆表示臣服，宋太祖也遣使劝说南汉归附，并交还被南汉夺占、原属楚国的十四州，但南汉主刘铱不从。宋太祖通过郴州俘获的南汉内侍得知，建都广州（今属广东）的南汉政权，因久无战事，士兵不识旗鼓，人主不知兴亡，加上南汉主荒淫无道，国内宦官当权，通过横征暴敛、严刑峻法来维持统治，所以人心愤怨。但此时宋廷正全力攻击后蜀，无暇他顾。至宋军攻击北汉未捷，宋太祖遂决定乘南唐、吴越皆被慑服之际先攻灭南汉。

开宝二年（969）六月，尚在自太原南回开封途中的宋太祖，任命王明为荆湖转运使，负责调集物资，做好南进准备。开宝三年九月一日，宋太祖任命潭州防御使潘美为贺州道行营兵马都部署，朗州团练使尹崇珂为副都部署，道州刺史王继勋为行营马军都监，率潭、朗等十州兵马自郴州西向，避开位于湘粤交界的骑田岭、萌渚岭险道，直插入南汉中部地区。宋军首先攻克富川（今广西钟山），歼灭南汉军万余人，继又占领白霞（今广西钟山西）。十五日，宋军进围贺州（今广西贺州东南）。

此前南汉主为保住权位，即位后大杀旧将、宗工，任用宦官掌兵权，但是对宋防务却十分懈怠，战舰、器甲都已腐朽，不堪使用，至此突闻贺州被围，大为惊恐。南汉主刘铱急招宿将潘崇彻领军出征，但潘崇彻因久受南汉主冷落，便以眼疾为由推辞。刘铱大恨，即刻改命大将伍彦柔率舟师万余人，出西江，沿贺水（今贺江）北上救援。二十日，潘美侦知南汉援军将至，令全军佯退二十里，悄悄遣一支精锐设伏于南乡（今广西八步南）。当夜，南汉援军的战舰停泊于南乡水中，翌日晨，方离船登岸，猝遭宋军袭击，死亡过半，伍彦柔也被俘杀。宋军复围贺州，随军转运使王明率百余辎重兵及数千名丁夫，挖土填堑助战，贺州守军遂降。

贺州之捷后，潘美想引诱南汉军主力北上，寻机歼之，便扬言要顺贺水东下进攻兴王府（今广东广州）。刘𬬮果然十分惊恐，只好起用潘崇彻为内太师、马步军都统，统兵三万（一说五万）进驻贺江（今广东封开东北），以阻截宋军。十月，潘美为解除侧翼威胁，先攻取昭州（今广西平乐西）、桂州（今广西桂林），转而向东，于十一月中攻占连州（今广东连县）。潘崇彻拥兵自保，观望不战。南汉主闻听昭、桂、连、贺四州已被宋军攻占，便对左右侍臣说："昭、桂、连、贺本属湖南，今北师取之足矣，其不复南也。"[1]但出乎其意料，宋军乘胜长驱直入，于十二月中攻向位于两水交汇处的粤北重镇韶州（今广东韶关）城。为保韶州，刘𬬮急遣南汉都统李承渥领兵十余万列阵于莲花峰（今广东曲江南），并集合军中象兵排列于阵前，每头大象驮载十余名武士，各执兵器，向宋军逼进。潘美严阵以待，命宋军以拒马（可移动障碍物）设障，集中强弓劲弩猛射象阵，大象中箭惊跃，向后狂奔，骑手皆坠落，反践踏南汉军阵，南汉军大乱。宋军乘势冲杀，大败南汉军主力，斩杀数万人，攻占韶州。开宝四年（971）正月，宋军又占雄州（今广东南雄）、英州

---

[1]《长编》卷一一开宝三年十一月"是月"条，第252—253页。

（今广东英德），南汉的北大门洞开。扼守贺江口的南汉大将潘崇彻见大势已去，不战降宋。

前方败报频传，刘𬬮无计可施，只得勉强收拢自前线溃败下来的士卒，加上其他部队，凑成六万兵马，由大将郭崇岳、植廷晓统率，进至距离兴王府仅百余里的马迳（今广州马鞍山）筑垒列栅，阻击宋军。

潘美率宋军乘胜沿北江南下，经泷头（今广东英德南）、栅口，于二十七日进至马迳，攻占广州之西双女山，逼近南汉军阵地。潘美数遣游骑挑战，郭崇岳避不出战。刘𬬮见形势危殆，遂将妃嫔和金货宝物分装十余艘海船，准备逃去海岛避难，却被宦官及卫兵连船带宝物窃盗而去。刘𬬮无奈，只得再遣人到军前乞降。潘美命部下护送南汉使者去开封报捷，而刘𬬮久候使者不回，心中大惧，再命其弟祯王刘保兴率兵增援郭崇岳，抵御宋军。二月四日，南汉大将植廷晓率所部兵马据水列阵，潘美指挥宋军涉水进攻，植廷晓败死；宋军遂连夜对南汉军用竹编成的栅垒实施火攻，大败南汉军，南汉大将郭崇岳死于乱兵，刘保兴逃回兴王府。

当夜，陷入绝境的南汉主刘𬬮下令焚烧府库宫殿。次日，宋军兵临城下，刘𬬮出城投降。四月，潘美遣人将刘𬬮等南汉君臣送去京城开封。五月一日，宋太祖用布帛系刘𬬮之颈牵引至太庙、太社举行献俘仪式，随后在皇宫明德门前历数南汉君臣之罪，斩杀南汉权臣龚澄枢等人，而赦免刘𬬮等人，不久又授了刘𬬮右千牛卫大将军，封恩赦侯；其弟刘保兴被授予左监门卫率府率。

史载此后有一天，宋太祖至讲武池阅兵，从官未至，刘𬬮先到，宋太祖遂"诏赐卮酒"。因刘𬬮在南汉时，"多置鸩以毒臣下"，故此时见天子独赐自己饮酒，不禁大为惊恐，奉杯泣道："臣承父祖基业，抗违朝廷,劳王师致讨,罪固当死,陛下不杀臣,令见太平,为大梁布衣矣。愿延旦夕之命,以全陛下生成之恩,臣未敢饮其酒。"宋太祖待明白其中原因以后笑道:"朕推心置人腹,安有此事?"遂让侍从将酒杯拿来,一饮而尽,再斟酒赐予刘铢,刘铢大惭,顿首谢罪。[1] 宋太宗赵光义即位后,刘铢被改封为卫国公。太平兴国四年(979),宋军北征北汉,宋太宗于长春殿设宴,刘铢与其他降王等陪席。刘铢自言:"朝廷威灵及远,四方僭窃之主,今日尽在坐中,旦夕平太原,刘氏继元至,臣率先归朝,愿得以执挺为诸国降王之长。"[2] 宋太宗大笑,赏赐其很多财物。刘铢就是依靠此类"诙谐",不断取欢于天子,作为自保之计。

宋军经过五个多月的艰苦征战,终于如愿以偿地灭亡了南汉割据政权,占领了整个岭南地区。宋太祖以潭州防御使潘美、朗州团练使尹崇珂同知广州,不久授潘美领山南东道节度使、尹崇珂领保信节度使,并兼任执掌广州对外贸易事务的市舶使;右补阙王明为秘书少监,领韶州刺史、广南诸州转运使,以赏其功。宋朝占领两广地区,从而使南唐的南部边疆也处于宋军的直接威胁之下。

六、取南唐

当年南唐被周世宗夺去淮南地区,国力大减,其逐鹿中原的野心大为消减,只欲苟安江南。不过南唐仍据有江南十九州,土地肥沃,甲马颇盛。宋太祖初篡大政,为免四面受敌,主动向南唐示好,将后周俘获的南唐降将周成等人放归江南。向后周称臣纳贡的南唐中主李

---

1 《长编》卷一二开宝四年六月壬午条,第267页。
2 《东都事略》卷二三《刘铢传》。

璟正为不知新朝对自己的态度而忧虑,现见宋朝主动示好,喜出望外,立即遣使送上大批金帛祝贺,并拒绝出兵援助扬州李重进反宋。但宋太祖对南唐仍然颇为戒备,待到攻克扬州以后,颇有意乘胜渡江南下,南唐官员杜著、薛良也乘势叛逃而来,向宋军密告江南防务情况,南唐君臣大骇。但宋太祖考虑再三,认为时机尚未成熟,便以"不忠"的罪名,斩杜著,将薛良编配庐州服苦役,示意自己无意进军江南。结果,早被吓得胆战心惊的李璟随即答应以事后周之礼节侍奉宋朝,并每年进献大批贡物给宋朝。迫于宋军大兵逼境的压力,李璟将国都从金陵迁往南都(今江西南昌),于次年建隆二年(961)六月郁郁而亡。其子李煜于金陵嗣位,时年二十五岁,史称南唐后主或李后主。李煜才华横溢,北宋史家欧阳修在《新五代史》中对他评价道:"性骄侈,好声色,又喜浮图,为高谈,不恤政事。"[1]面对新兴的强敌和日趋衰落的南唐国势,李煜也别无良策,只能通过每年向宋朝进贡大量金银财宝,换来暂时的偏安局面。怀有远大目标的宋太祖,对李煜倒也客气相待,着力安抚、笼络,以便自己能腾出手来全力对付其他割据势力。当时,李煜上表宋廷,希望追尊李璟为皇帝,庙号元宗,宋太祖慨然允诺。[2]但当年"周世宗既取江北,贻书江南,如唐与回鹘可汗之式,但呼国主而已",宋太祖"因之。于是,始改书称诏"。[3]即将两国平等交往的"国书",改为以君命臣的"诏敕",表示南唐已臣属于宋朝。

乾德元年(963)冬,原先朝贡南唐的清源(治今福建泉州)节

---

1 《新五代史》卷六二《南唐世家·李煜》,第875页。
2 《长编》卷二建隆二年"是岁"条,第57页。
3 《长编》卷二建隆二年九月壬戌条,第53页。

度副使陈洪进遣使者至开封,"听命于朝"。宋太祖随即遣使臣携诏书前去"授旄钺",同时又赐予李煜诏书告知其事。[1] 李煜赶忙上表称"陈洪进首鼠两端,不可听,乞寝其旄钺"。宋太祖如此行事,就是为削弱南唐势力,怎会因李煜一纸上表而作罢,遂不允。惶恐不安的李煜只得再上表表示赞同,并"上表乞呼名",即恳请宋太祖取消赐江南的诏书中不直呼南唐国主之名的优待,但宋太祖照例答诏"不允"。[2] 至乾德三年宋灭后蜀以后,南唐也"遣使来修贡,贺平蜀也"。[3] 甚至于宋军发兵进攻南汉以前,李煜还令其知制诰潘佑"作书数千言谕南汉主以归款于中国,遣给事中龚慎仪往使",刘铱得书大怒,遂囚禁龚慎仪,"驿书答唐主,甚不逊。唐主以其书来上",据载宋太祖由此"始决意伐"南汉。[4] 宋人如此解释宋太祖征伐南汉的起因,其意大概一是为宋朝出兵灭南汉寻找冠冕堂皇的理由,二是为显示李后主的懦弱和愚蠢。确实当时宋、南唐双方虽然各怀鬼胎,彼此心照不宣,但还算是和睦相处:李煜通过时时表忠心,进献大量财物等换来暂时的偏安局面;宋太祖按既定的"先南后北"统一方略,暂时也不愿出兵南唐,并为保持南线和平相处,下令限制宋军对南唐疆域的侵扰,而遇到南唐境内荒年,宋廷还主动调拨粮食给予救济。但每年进献宋朝的贡物和为防备宋军而支出的巨额军费,南唐不胜负担,国力渐趋衰微。随着荆湖、后蜀、南汉等政权被宋军次第攻灭,南方割据政权就只剩下南唐以及已唯宋朝马首是瞻的吴越、清源三家,宋太祖对南唐的态度就逐渐不那么友善了。李煜对此束手无策,南唐将帅却还想

---

1 《长编》卷四乾德元年十月戊申条,第107页;乾德元年十一月丁巳条,第108页。
2 《长编》卷四乾德元年十二月癸卯条、乙巳条,第111—112页。
3 《长编》卷六乾德三年四月癸丑条,第153页。
4 《长编》卷一一开宝三年八月庚寅条,第249页。

做一番抗争。南都留守林仁肇即上密奏告诉李煜道:

> (宋)淮南诸州戍兵各不过千人,宋朝前年灭蜀,今又取岭表,往还数千里,师旅罢敝。愿假臣兵数万,自寿春北渡,径据正阳,因思旧之民,可复江北旧境。彼纵来援,臣据淮对垒而御之,势不能敌。兵起之日,请以臣举兵外叛闻于宋朝,事成国家享其利,败则族臣家,明陛下无二心。

虽然林仁肇为李煜详细分析了宋、唐双方态势,认为此时正是恢复江北旧地的最好时机,并为李煜拟好了一旦失败而开脱责任的话语,但怯弱的李煜还是"惧无成功,徒速败,不从"。[1] 确实,从当时实际情况以及宋太祖的处事风格来看,林仁肇此举成功的可能性并不太大,而一旦失败,宋朝必将以此为借口,出兵灭南唐。又南唐枢密院承旨、沿江巡检卢绛屡率水军与吴越交战,此时也献策道:"吴越,仇雠也。他日必为北朝(宋朝)乡导(向导),掎角攻我,当先灭之。"李煜不同意,说:"(吴越)大朝附庸,安敢加兵?"卢绛便道:"臣请诈以宣(今安徽宣城)、歙州(今安徽歙县)叛,陛下声言讨伐,且乞兵于吴越,兵至拒击,臣蹑而攻之,其国必亡。"李煜也不敢采纳。[2] 李煜只想以卑微而恭顺的言辞和巨额的金银锦绮玩物来讨得宋帝欢心,维持其偏安现状。显然,这只是李煜的一厢情愿而已。

开宝四年(971)初,宋军灭南汉。四月,李煜遣其弟吉王李从

---

1 《长编》卷一一开宝三年"是冬"条,第254页。
2 《长编》卷一一开宝三年"是冬"条,第254—255页。

谦来开封"朝贡,且买宴,珍宝器币,其数皆倍于前"。[1]李煜还曾经赠送宰相赵普银五万两,赵普报告天子,宋太祖便说:"此不可不受,但以书答谢,少赂其使者可也。"赵普叩头辞让,宋太祖道:"大国之体,不可自为削弱,当使之不测。"于是,心底忐忑的李煜再遣其弟郑王李从善来"朝贡。于是始去唐号,改印文为'江南国印',赐诏乞呼名"。[2]即李煜自己将国号从"唐"改为"江南国",自称"江南国主",并请求宋太祖取消在诏书不称呼李煜之名的特权。上次李煜相同的请求,宋太祖未同意,但此时南唐之西、南两面的割据政权荆南、湖南和南汉皆已灭亡,割据浙江的吴越钱氏政权与南唐有世仇,此时又与宋朝结成同盟,使南唐身处于宋军的四面包围之中。因此,已将经营江南排上议事日程的宋太祖即刻允准了李煜的请求,而且还将李从善留在了开封,不让他回转江南。李煜大惧,赶紧又于次年二月贬损南唐制度,把国主旨令"诏"贬称为"教",将诸王降为国公,将中书、门下降称左、右内史府,宰相降称左、右内史,尚书省降称为司会府,御史台降称司宪府,翰林院降称修文馆,枢密院降称光政院等,欲由此延缓宋军的进讨。不少南唐大臣已预料到亡国之祸近在眼前,如南唐名臣徐锴因"国势日削"而"忧愤郁郁,得疾",却于病逝时反而庆幸"吾今乃免为俘虏矣"。[3]李煜也知此类表面文章作用有限,为求自保,故在明里遣使向宋朝表示臣服,暗中却将兵力部署在长江中下游各要点。

胸怀"一天下"之志的宋太祖怎能容忍这一割据政权长久存在,

---

1 《长编》卷一二开宝四年四月庚寅条,第263页。
2 《长编》卷一二开宝四年十一月癸巳朔条,第272页。
3 (宋)陆游:《南唐书》卷五《徐锴传》,杭州出版社2004年《五代史书汇编》本,第5502页。

而且在消灭荆、湖、后蜀、南汉之后，宋朝国力大增，攻灭南唐的时机已然成熟。自开宝五年起，宋太祖屡次要李煜上京师开封来朝觐，欲不通过战斗即让李煜自动交出南唐政权。但谁又肯轻易放弃权位，故李煜"外示畏服，修藩臣之礼"，将每年进献贡物数量增加许多的同时，却每每"称疾不行"，而"内实缮甲募兵，阴为战守计"。[1] 宋太祖对此倒也一时没辙，只是加紧备战。

南唐南都留守林仁肇骁勇善战，有威名，外号"林虎子"，对南唐忠心耿耿，宋廷对他颇为畏忌，必欲除之而后快，故精心策划了一个反间计。宋太祖先派人去江南，贿赂林仁肇的侍从，将林的肖像窃来，悬挂在宫中别殿之内，然后再遣人引导南唐使臣来此观览，故意询问南唐使臣可否认识，南唐使臣答："林仁肇也。"宋人便说："林仁肇将来降，先持此为信。"又指着一座空宅第说："将以此赐予仁肇。"信息秘密传回金陵，李煜不知是反间计，竟用鸩酒毒杀了林仁肇。[2] 北宋中期人郭若虚《图画见闻志》称宋太祖乃是遣"工画佛道人物，长写貌"的京师画工王霭去江南"潜写宋齐丘、韩熙载、林仁肇真，称旨"。[3] 宋齐丘、韩熙载皆尝为南唐宰相，看来宋太祖所欲行反间的尚

---

1 《长编》卷一三开宝五年闰二月癸巳条，第280—281页。
2 《长编》卷一三开宝五年闰二月癸巳条，第281页。按：(宋)龙衮《江南野史》(杭州出版社2004年《五代史书汇编》本，第5222页)卷九《林仁肇传》称宋太祖亲自对南唐使臣旨称林仁肇将降宋。而(宋)马令《南唐书》(杭州出版社2004年《五代史书汇编》本，第5344页)称林仁肇"与皇甫继勋、朱全赟辈不协，因构仁肇求援皇朝(宋朝)，欲自于江西，后卒潜使人鸩之"。显然回避了宋太祖尝施行反间计杀林仁肇一事，有欠磊落。陆游《南唐书》卷十四《林仁肇传》综合诸书记载，云："时皇甫继勋、朱全赟掌兵柄，忌仁肇雄略，谋有以中之。会朝贡使自京师回，擒使言仁肇密通中朝，见其画像于禁中，且已为筑大第以待其至。后主方任继勋等，惑其言，使人持酖往毒之。"亦回避明言宋太祖尝行使反间计。又(清)吴任臣《十国春秋》(中华书局1983年版，第338页)卷二四称被引去观看林仁肇画像的南唐使臣乃出使宋廷的李煜之弟李从善。
3 (宋)郭若虚：《图画见闻志》卷三，上海人民美术出版社1963年版，第79页。

不止林仁肇一人。但南唐中计而自毁长城，为宋朝除去了兵吞江南的一大障碍。待到李煜成为宋朝阶下囚之后，也曾后悔误杀林仁肇，铸成大错，但已无济于事了。

开宝六年四月，宋廷遣翰林学士卢多逊出使江南，待准备渡江北还时，卢多逊遣人转告南唐主李煜道："朝廷重修天下图经，史馆独缺江南诸州，愿各求一本以归。"李煜不知是计，赶忙令臣下徐锴等通宵缮写校对，送至江边，卢多逊得书以后即发船北归。"于是江南十九州之形势、屯戍远近、户口多寡"等情况，皆为宋廷所知。深知天子心意的卢多逊回朝以后，即上奏宋太祖分析南唐"可取状"。宋太祖对卢多逊的深谋远略和政治才干颇为赏识，"始有意大用"。[1]

当时李煜的宠臣张洎参与国家机密决策，李煜不欲张洎远离左右，故特为张洎设置一官职，以皇宫后苑中的清辉殿为名，称清辉殿学士。张洎与太子太傅徐邈、太子太保徐游共居于澄心堂，秘密筹划国事。南唐主的敕令，大都由澄心堂发出执行，宰相、枢密使形同虚职。为此，宋太祖欲再施离间计。开宝七年南唐使臣陆昭符入见时，宋太祖知道陆昭符与张洎有过节，故意对他说道："尔国弄权者结喉小儿张洎，何不入使？尔归，可谕令一来，朕欲观之。"陆昭符大为害怕，遂不敢归国。[2]

在此之前，宋太祖曾对前来朝贡的吴越国王、天下兵马大元帅钱俶的使臣说道："汝归语元帅，当训练兵甲。江南倔强不朝，我将发师讨之。元帅当助我，无惑人言，云'皮之不存，毛将安傅'也。"为进一步施加压力，宋太祖特意在开封城南熏风门外建筑一座大宅第，

1　《长编》卷一四开宝六年四月辛丑条，第299页。
2　《长编》卷一五开宝七年六月甲申条，第320页。

"连亘数坊,栋宇宏丽,储偫什物,无不悉具",然后再召见吴越进贡使,宣称道:"朕数年前令学士承旨陶谷草诏,比于城南建离宫,今赐名礼贤宅,以待李煜及汝主,先来朝者赐之。"[1]并将那份诏书拿给吴越使臣观看,然后遣还使臣。钱俶不敢怠慢,赶紧派遣自己宠妃之兄孙承祐入京朝贡。开宝七年八月,孙承祐辞归,宋太祖赐下很多礼物,并将宋军发兵进攻南唐的日期告诉钱俶,要吴越国配合宋军,出兵夹击南唐。

吴越国与南唐为世仇,因实力弱于南唐,故在五代十国乱世中,一直以"善事中国"和"保境安民"为国策,通过臣服中原王朝以借力的形式抗衡南唐。故宋太祖篡周立宋,钱俶马上遣使称臣纳贡,始终对宋朝采取恭顺的态度,而宋太祖对他也十分礼遇,以此来牵制南唐。对于是否配合宋军出兵攻打南唐,吴越国内颇有争议,丞相沈虎子苦谏道:"江南,国之藩蔽,今大王自撤其藩蔽,将何以卫社稷乎?"[2]南唐主李煜也致书钱俶,略云:"今日无我,明日岂有君!明天子一旦易地酬勋,王亦大梁一布衣耳。"[3]钱俶也深知唇亡齿寒之理,但是吴越国如不助宋军,则被惹怒的宋军兵锋或许首先指向吴越,待灭亡吴越以后再夹击南唐,到那时根本不能指望南唐会出兵救援吴越国。反复权衡之下,钱俶决定罢免沈虎子丞相之职,命支持出兵合击南唐的通儒学士崔仁冀接任,"总其兵要";并将李煜来信呈送给宋太祖,以表示自己出兵助宋灭南唐的决心。

宋灭南唐之战,宋太祖做了精心而周详的准备,除要求吴越国出

---

[1] 《长编》卷一五开宝七年八月丁亥条,第322页。
[2] 《长编》卷一六开宝八年四月癸丑条,第338页。
[3] 《长编》卷一五开宝七年十一月物资条,第328页。

兵配合宋军作战之外，还于开宝七年中与北方强敌辽朝约和。同时，李煜十分信佛，曾用宫中钱财募人为僧，金陵僧尼因此多达万人。退朝后，李煜往往与皇后一起换上僧衣，诵读经书，顶礼膜拜，以致手上生茧，额上起包。宋太祖闻知此事，遂"阴选少年有经业口辨者"剃度为僧，南下金陵拜见李煜。"后主崇奉，谓之'一佛出世'，号为小长老，朝夕与论六根四谛、天堂地狱、循环果报。又劝说令广施刹梵，营造塔像。身被红罗销金三事，后主让其太奢，乃曰：'陛下不读《华严经》，争知佛富贵？'自是襟怀惝恍，兵机守御之谋茫然而弛，困廪渐虚，财用益竭。"[1]

长江自古号称天堑，南北争战历来视渡江为艰难。宋太祖在吞并荆湖时挑选了一批精通造船术和水战的人才，送至开封建造战舰，教练水师。宋太祖还多次亲临视察检阅，至此已训练成一支颇具战斗力的水军。长江水面宽深，如何将大量步骑兵马快速运过长江，实为南渡作战成败的关键，但宋军这一能力显然不足。正当宋太祖犯愁之际，一个名叫樊若冰的江南人为他解决了这一难题。

樊若冰为南唐落第进士，曾上书李煜"言事"，未被理睬，遂决意北归宋朝。樊若冰深知宋军南下渡江作战已成必然之势，遂先在采石（今安徽当涂北）长江江面上，以钓鱼为掩护，"以小舫载丝绳其中，维南岸而疾棹抵北岸，以度江之广狭，凡数十往反，而得其丈尺之数"，然后于开宝六年冬跑到京城开封上书，根据所得的采石附近长江江面宽窄之准确数据，建议宋廷在长江上架设浮桥以渡军马。宋太祖大喜，"令学士院试"后，于开宝七年初赐樊若冰进士及第，授予舒州团练推

---

[1] 《江南野史》卷三，第5175页。

官；并命令李煜将樊若冰的家人送过长江。李煜不敢有违，听命办理。七月，宋太祖力排"长江自古无有浮桥"之众议，遣官员去荆湖，"如若冰之策，造大舰及黄黑龙船数千艘，将浮江以济师也"，[1]即以备架设浮桥之用。

李煜自宋廷使臣卢多逊北还以后，深知宋廷"有南伐意，遣使愿受封策"，但宋太祖未予答应，却遣阁门使梁迥出使江南。梁迥告诉李煜道："朝廷今冬有柴燎（古时祭天之礼）之礼，国主盍来助祭？"李煜"唯唯不答"。梁迥北归奏告天子，宋太祖"始决意伐之"。[2]九月中，宋太祖命颍州团练使曹翰领先锋兵马先赴荆南，数日后，再命宣徽南院使曹彬、侍卫亲军马军都虞候李汉琼、判四方馆事田钦祚同领大兵继之，又命山南东道节度使潘美、侍卫亲军步军都虞候刘遇、东上阁门使梁迥等同领兵赴荆南，并以太子中允、知荆湖转运使许仲宣兼南面随军转运使事。然而虽"已部分诸将，而未有发兵之端"，[3]即宋太祖为博取民心，

---

1 《长编》卷一五开宝七年七月戊辰条，第321—322页。按：（宋）陆游《入蜀记》卷二（上海书店出版社2013年《宋人日记丛编》本，第753—754页）云："初，若冰不得志于李氏，诈祝发为僧，庐于采石山，凿石为穿，及建石浮图，又月夜系绳于浮图，棹小舟急渡，引绳至江北，以度江面，既习知不谬，即亡走京师上书。其后王师南渡，浮梁果不差尺寸。……方若冰之北走也，江南皆知其献南征之策，或请诛其母、妻，李煜不敢，但羁置池州而已。其后若冰自陈母、妻在江南，朝廷命煜护送，煜虽愤切，终不敢违，厚遗而遣之。然若冰所凿石穿及石浮图皆不毁，王师卒用以系浮梁，则李氏君臣之暗且怠，亦可知矣。"又樊若冰，《宋史》卷二七六有传，然称其初名"若水"，云慕唐尚书右丞相倪若水"亮直"，故以为名，而太祖云"可改名知古"，然"倪若水实名若冰，知古学浅，支引以对，人皆笑之"。而《隆平集》卷三《杂录》称"唐右丞相乃倪若水，谓之若冰，谬矣"，故改化知古，盖上恶其声近'弱兵'也。又《玉壶清话》卷八（第81页）亦称"知古旧名若冰，太祖以其声近'弱兵'之厌，故改之"。（宋）孙逢吉《职官分纪》（上海古籍出版社《文渊阁四库全书》本）卷四七《催纲拨发辇运》更指出太祖"以为用武，恶其名类'弱兵'也"，故为之改名"知古"。宋时文献中"若冰""若水"互见，录此备考。又按：倪若水，《旧唐书》卷一八五、《新唐书》卷一二八有传。
2 《长编》卷一五开宝七年七月壬子条，第321页。
3 《宋史》卷二六三《李穆传》，第9105—9106页。

颇注意维护自己"王者之师"形象,每次出兵都要求"师出有名",所以虽然宋太祖已命令吴越国王钱俶出兵配合宋军南下,又派颍州团练使曹翰先率军进驻荆南待命,在开封的宋军也做好出征准备,但南唐对宋朝恭顺驯服异常,一时未有合适的兴兵讨伐之借口,故宋太祖决定再派遣一位使臣至江南,将宋廷之意明告李煜。史载:

> 上已部分诸将,而未有出师之名,欲先遣使召李煜入朝,择群臣可遣者。先是,左拾遗、知制诰开封李穆与参知政事卢多逊同门生,上尝谓多逊曰:"穆性仁善,文辞之外无所豫。"多逊曰:"穆操行端直,临事不以生死易节,仁而有勇者也。"上曰:"诚如是,吾当试之。"丁卯,遂遣穆使江南。穆至,谕旨,国主将从之,光政使、门下侍郎陈乔曰:"臣与陛下俱受元宗顾命,今往,必见留,其若社稷何!臣虽死,无以见元宗于九泉矣。"清辉殿学士、右内史舍人张洎亦劝国主无入朝。时乔与洎俱掌机密,国主委信之,遂称疾固辞,且言:"谨事大国者,盖望全济之恩。今若此,有死而已。"穆曰:"朝与否,国主自处之。然朝廷兵甲精锐,物力雄富,恐不易当其锋也。宜熟计虑,无自贻后悔。"使还,具言其状,上以为所谕要切,江南亦谓穆言不欺己。[1]

李煜虽竭力通过卑颜谦辞和巨额贡物来讨好宋太祖,以苟且眼前,但事到临头,却也不肯束手就擒。在大臣陈乔、张洎的建议下,李煜决

---

[1] 《长编》卷一五开宝七年九月丁卯条,第323—324页。

定采取坚壁固守以劳宋师的策略，欲通过旷日持久的相持作战，来消耗、疲惫宋军，求得生存，所以将南唐军队部署在长江中下游南岸各要地，重点屯驻于湖口（今属江西）、升州（即金陵，今江苏南京）和润州（今江苏镇江）三处，左右翼卫都城金陵。至此，面对宋朝皇帝以发动战争来逼迫自己入朝觐见的威胁，李后主于低声哀求之余，也不无决绝地表态：如若欺人太甚，则以死相拼。宋太祖经过多年充分详密的准备，对于南唐军力已了如指掌，对于一举灭亡南唐颇有把握，现今军队已调发完毕，再遣使臣去江南催促李煜来朝，完全是为了给李后主加上一个"倔强不朝"的罪名，使自己能"师出有名"。至此，宋太祖命宣徽南院使曹彬为升州西南面行营马步军战棹都部署，山南东道节度使潘美为都监，曹翰为先锋都指挥使，发兵十余万，战船数千艘，联合吴越军，五路并进，会攻南唐：

命曹彬与侍卫亲军马军都虞候李汉琼、判四方馆事田钦祚同领荆湖水军，自江陵（今湖北荆州）沿长江顺流东进，攻取池州（今属安徽）以东长江南岸各要地，直指金陵。

命潘美与侍卫亲军步军都虞候刘遇、东上阁门使梁迥同率步骑军集结于和州（今安徽和县）一带，准备在和州与采石之间渡过长江，会合曹彬军围攻金陵。

命京师水军沿汴河而下，经大运河取道扬州进入长江，会合吴越军队攻取润州，从东面威胁金陵城。

以吴越王钱俶为升州东南面行营招抚制置使，率吴越军数万自杭州（今属浙江）北上策应；命宋将丁德裕为其前锋，并监视吴越军作战，从东面攻取常州（今属江苏），配合宋东路水军夺取润州。

命黄州刺史王明为池州至岳州（今湖南岳阳）江路巡检战棹都部

署,牵制武昌(今湖北武汉)、湖口方向的南唐军,阻击其东下赴援,掩护宋军主力东进。

在这五路水陆大军中,以曹彬、潘美两路为主力,主攻方向选择在金陵西南面,而东路水军与吴越军两路为助攻,从东面牵制守卫金陵的南唐军,至于西路王明一军则主要为牵制江西方向的南唐军。

十月初,诸路大军分别开始行动。为保证统一指挥,且鉴于平定后蜀时发生抢掠百姓、滥杀降卒而激起兵变的教训,宋太祖命令五路大军皆听曹彬节制,并在为诸将饯行时告诫"性仁厚"的曹彬道:"南方之事,一以委卿,切勿暴略生民,务广威信,使自归顺,不须急击也。"同时将一把佩剑放入剑匣中交给曹彬,宣称:"副将以下,不用命者斩之。"在场诸将无不相顾失色。[1] 关于宋太祖此举,宋人笔记中所载则更具戏剧性。两宋之际叶梦得《石林燕语》云:

> 太祖初命曹武惠彬下江南,潘美副之。将行,赐燕于讲武殿。酒三行,彬等起跪于榻前,乞面授处分。上怀中出一实封文字,付彬曰:"处分在其间。自潘美以下有罪,但开此,径斩之,不须奏禀。"二臣股栗而退。讫江南平,无一犯律者。比还,复赐燕讲武殿。酒三行,二臣起跪于榻前:"臣等幸无败事,昨面授文字不敢藏于家。"即纳于上前。上徐自发封示之,乃白纸一张也。上神武机权如此。初特以是申命令,使果犯而发封,见为白纸,则必入禀;及归而示之,又将以见初无轻斩之意。恩威两得,故虽彬等无不折服。[2]

---

1 《长编》卷一五开宝七年十月丙戌条,第324页。
2 《石林燕语》卷五,第64—65页。

潘美本为宋太祖心腹将领,且又尝率军攻灭南汉,但此次进攻南唐,仅为曹彬副将,而曹彬与太祖关系并不算密切,其原因何在?

曹彬字国华,真定灵寿(今属河北)人。其姨母张氏为周太祖郭威的贵妃,在周世宗柴荣镇守澶州时为帐下供奉官,以处事谨慎、执礼恭敬著称。曹彬虽尝与赵匡胤共事柴荣,但两人之间显然交往不多。宋朝初建,曹彬曾任客省使,领军驻扎河东地区,屡与北汉军交战,小有战功,后改左神武将军,兼枢密承旨。故在灭后蜀作战中,曹彬仅任东路军副将。但此时宋太祖却擢拜曹彬为征伐南唐的主帅,此后宋人甚至称誉曹彬为宋代"良将第一":"君子谓仁恕清慎,能保功名,守法度,唯彬为宋良将第一。"[1] 宋朝虽说奉崇文抑武为国策,但此后屡与辽、西夏、金、蒙古等作战,故有宋一代虽不好说名将辈出,然能称为名将者也不算少,如为大众所熟知的杨家将、狄青、岳飞、韩世忠等。而曹彬并无赫赫武功,甚至有人因为曹彬在宋太宗雍熙年间统领大军北征契丹,于岐沟关之战惨败,使得宋军再也无力收复燕云失地,而怒斥曹彬为庸将。[2] 然对于"良将"之评价标准,宋人实与今人颇不相同。确实,擎旗陷阵,夺关斩将,叱咤风雷,威震敌胆,如此等等,固然是武将之本色,但宋朝"君子"却以为这些只是勇将、悍将、猛将、战将、斗将而已;运筹帷幄而决胜千里,进退三军于挥顾之间,御敌于国门之外,当然能称之为名将、大将,称之为国之干城,但这依然不是"君子"口中之"良将"。所谓良将,是指君王能放心将国家军权全部托付,而君王自己却还能高枕而卧的将军,如唐代汾阳王郭子仪。而曹彬身为周太祖郭威亲戚,却逐渐获得宋太祖的信任,

---
1 《宋史》卷二五八"论曰",第8994—8995页。
2 张其凡:《庸将负盛名——略论曹彬》,载《宋史研究论文集》,浙江人民出版社1987年版。

成为率领宋军灭南唐的主帅,此后又被生性忌疑的宋太宗信任有加,成为北征契丹的主将,其所依仗的即是"能保功名,守法度"这两点。《宋史》本传称曹彬"平蜀回,太祖从容问官吏善否,对曰:'军政之外,非臣所闻也。'固问之,唯荐随军转运使沈伦廉谨可任",别无他言。沈伦(即沈义伦,因避宋太宗讳而改名)后来官拜宰相,可见曹彬眼光不差。又称誉曹彬"性仁敬和厚,在朝廷未尝忤旨,亦未尝言人过失。伐二国,秋毫无所取。位兼将相,不以等威自异"。[1] 故由此而论,称誉曹彬为宋代"良将第一"倒亦不为过,即"良将"之称,非仅指军事方面如何,更在于他是否有良好的政治意识。至此,宋太祖认为在灭蜀之战中,宋将大杀降军之举,实在有损自己以"王师"讨伐"不道"之国的形象,颇失民心,故特意任命并无多少战功可言却为人厚重宽恕的曹彬为进攻南唐的主帅,并赐下尚方宝剑,赋予他副将以下不"用命"者斩之的权力。

宋太祖于命将出征以后数天,登上汴水河堤目送战舰远行,攻取江南之战正式展开。

十月十八日,曹彬率水军出江陵,沿长江北岸东下,令八作使郝守濬率领载运架设渡江浮桥用的巨竹、绳索之大舰及数千艘黄黑龙战船顺流跟进。屯兵湖口的十万南唐军误以为这只是宋军例行巡江,故闭关自守,未加阻截,等到发觉情况有异,曹彬大军已顺利通过了湖口。二十五日,曹彬大军突然袭占南唐峡口寨(今安徽池州西),擒杀守军千余人。闰十月五日,宋军轻取池州;又在铜陵(今属安徽)击败南唐军,获战船二百余艘,俘八百余人;此后又连克芜湖(今属

---

[1] 《宋史》卷二五八《曹彬传》,第 8982 页。

安徽）、当涂（今属安徽），迫近长江南岸的要隘采石矶。

采石与和州隔长江相对，是长江下游的重要渡口、金陵西南方的门户，形势险要，南唐马步军副部署杨收、兵马都监孙震率兵马二万多于此凭险据守。二十三日，曹彬挥师奋击，大破采石南唐守军，生擒杨收、孙震等千余人，缴获战马三百余匹，控制了采石矶要隘。但此时潭州方向的宋军偏师攻向萍乡（今属江西），却被南唐守军击败。

长江采石矶附近水深浪急，为保证长江浮桥架设成功，曹彬先让郝守濬率丁匠在水文条件与采石江面相仿的石牌镇（今安徽怀宁）试架浮桥，把数千艘战舰用巨竹、绳索维系，头尾相连搭成浮桥，一举成功。十一月九日，曹彬下令将石牌镇浮桥移于采石矶，系于先前樊若冰所造的石塔上，三天后浮桥搭成，长度"不差尺寸"，聚集于和州的潘美所部马步军数万人由浮桥顺利过江，"如履平地"。[1] 由此一细节，可见宋太祖战前准备之周密。

当宋军在采石矶江面架设浮桥的消息传入金陵城时，李煜向大臣张洎询问对策，张洎答道："载籍以来，无有此事，此必不成。"李煜也讥笑说："吾亦谓此儿戏耳。"[2] 不料三天后浮桥架通，南唐君臣大为惊惧，赶紧派遣镇海节度使郑彦华与天德都虞候杜真分率水、步兵各万人，水陆并进反击。但因南唐军兵力不足，相互间又不协同作战，先后被宋军击败。

宋灭南唐之战，是继西晋灭东吴之战和隋灭南朝陈之战以后，中国战争史上第三次大规模渡江作战。从战事进展情况来看，宋太祖采纳臣下建议，预先建造架设浮桥的战船，在长江下游成功架通跨江浮

---

1 《长编》卷一五开宝七年十一月甲申条，第327页。
2 《长编》卷一五开宝七年十一月甲申条，第327页。

桥，顺利突破长江天堑，保障后续部队继续南下，成为保证灭南唐之战成功的一大关键，也是中国古代战争史上的一个创举。南唐君臣过分依赖长江天险，从而坐失利用宋军渡江时进行反击之良机，终致局面不可挽回。

宋军主力顺利渡过长江以后，水陆并进，连克金陵西南的新林寨、白鹭洲和新林港，自西南方向进逼金陵城。曹彬还分遣两支偏师进攻溧水（今属江苏）、宣州（今安徽宣城），以扫清金陵外围南唐守军，彻底孤立金陵城。其他三路宋军也接连告捷，分守各地的南唐军自顾不暇，被各个击破。

十二月，金陵开始戒严，李煜下令不再尊奉宋朝"正朔"，去"开宝"年号，只用甲子纪年；招募平民为兵，将城内外十万水陆大军前依秦淮河、背靠金陵城列阵防守。开宝八年正月十七日，宋军正式开始攻城。为不失战机，打敌方一个措手不及，都监潘美不待渡河船只齐备，即令步、骑兵涉秦淮河强攻；大将李汉琼亦率所部渡过秦淮河，以大舰满载芦苇，对南唐水寨实施火攻，歼灭南唐军数千人。守护秦淮河的南唐军不能支持，退入城中。为迫使宋军从城下退军，南唐急遣水师溯江而上，企图夺取采石浮桥，切断江南宋军的后勤补给线，却被潘美率军击破，南唐神卫都军头郑宾等将领被俘。二月，宋军又攻克金陵外关城，并击败南唐军多次反扑，对金陵城形成三面围攻的态势。

四月，吴越军围攻常州城，南唐常州刺史禹万成登城拒守，但其部将金成礼劫持禹万成，开门降宋，常州陷落。不久，江阴（今属江苏）宁远军以及沿长江诸寨南唐守军也不战而降。

南唐亡在旦夕，但李煜自恃金陵城虎踞龙盘，地势险要，只要坚守壁垒，敌疲自退，遂将政事交给陈乔、张洎，将兵权交给负责守卫都城的皇甫继勋，自己深处内宫，终日与一批和尚、道士诵经谈道，不多过问外事。怎奈皇甫继勋本是纨绔子弟，少年骄贵，无能而又怕死，大敌当前，不思御敌之策，却不断散布悲观论调，并遣其子至城下宋营内商议投降事宜。直至五月间，李煜偶然登城巡视，才惊骇地发现城外旌旗遍野，金陵城已被重重围困。李煜怒杀皇甫继勋，急调屯驻湖口的大将朱令赟率军入援，并调兵增援金陵城东面门户润州城，以阻击宋、吴越联军。

宋太祖眼见江南酷暑，中原将士因久驻坚城之下，水土不服，军营内时疾流行，而南唐凭借有利地形坚守不下，就考虑将围攻金陵的部队后撤至扬州休整，待到秋后天气凉爽时再行攻击，故于七月中将此前出使开封被扣留的李从镒（李煜弟）放回金陵，劝说李煜投降。参知政事卢多逊提出不同意见，但未为天子所接受。卢多逊设法让知扬州侯陟把金陵城内危殆情形告诉天子，侯陟并声称："江南平在朝夕，陛下奈何欲罢兵？愿急取之。臣若误陛下，请夷三族。"[1] 宋太祖经详细询问，即刻取消了罢兵休整的命令，并调集其他地区的宋军向金陵城下增援。

金陵形势愈益窘迫，李煜盼望的江上援兵，却因受到宋西路军的牵制，加上朱令赟担心一旦离开湖口，被宋军断绝后路，所以迟迟不敢东进。为抵抗宋军，李煜几乎将境内所有成年男子都征召入伍，因

---

[1] 《长编》卷一六开宝八年八月甲辰条，第343页。

缺乏兵甲，甚至出现了"以纸为甲、农具为兵"的"白甲军"。[1]

吴越军在攻克常州以后，继续西上，与自扬州南下的宋东路水军会合于润州城下，围攻润州城。九月中，怀有二心的南唐润州守将打开城门出降。宋东路军攻克润州后，迅速赶赴金陵城下，与曹彬、潘美所率宋军主力会合。

李煜内外交困，但仍不愿就此投降，一面严令朱令赟火速来援，一面又乘宋朝劝降使臣回去之机，派大臣徐铉北去宋廷乞和。十月，曹彬遣人送徐铉一行来到东京开封。

徐铉以博学多才闻名于世，平素以"名臣"自居，此时想效仿战国时期纵横家，通过言辞说动宋太祖退兵，以保全南唐社稷，所以在来京城路上，日夜思虑应答言语，考虑甚为周详。深知徐铉学问与为人的宋朝大臣，预先提醒天子说"（徐）铉博学有才辩，宜有以待之"，宋太祖却笑答道："第去，非尔所知也。"果然徐铉一见宋太祖就声明道："李煜无罪，陛下师出无名。"宋太祖也不答语，只是招呼徐铉上殿，让他把话说完。徐铉继续说道："李煜以小事大，如子事父，未有过失，奈何见伐？"其论说反复数百言，宋太祖徐徐问道："尔谓父子者为两家可乎？"徐铉未料到宋太祖有如此话语，无法回答，[2]只得怏怏而还。

宋太祖与徐铉见面时的言辞相角，在一些宋人笔下却是另一番景

---

[1] 陆游《南唐书》卷三《后主本纪》（第5491页）云："元宗时，许郡县村社竞渡，每岁重午日，官阅试之，胜者给彩帛银碗，皆籍姓名。至是，尽取为卒，号凌波军。民奴及赘婿，号义勇军。募豪民以私财招聚亡赖亡命，号自在军。至是又大搜境内，自老弱外皆募为卒，号排门军。民间又有自相率拒敌，以纸为甲、农器为兵者，号白甲军。凡十三等，皆使捍御，然实皆不可用，奔溃相踵。"

[2] 《长编》卷一六开宝八年十月己亥朔，第347—348页。

象。陈师道《后山诗话》称"王师围金陵,唐使徐铉来朝。铉伐其能,欲以口舌解围,谓太祖不文,盛称其主博学多艺,有圣人之能。使诵其诗。曰《秋月》之篇,天下传诵之,其句云云。太祖大笑曰:'寒士语尔,吾不道也。'铉内不服,谓大言无实可穷也,遂以请。殿上惊惧相目。太祖曰:'吾微时自秦中归,道华山下,醉卧田间,觉而月出,有句曰:"未离海底千山黑,才到天中万国明。"'铉大惊,殿上称寿"。[1] 而岳珂《桯史》也尝记载一事,道:南唐"会修述职之贡,骑省(徐铉)实来,及境,例差官押伴。朝臣皆以辞令不及为惮,宰相亦难其选,请于艺祖(太祖)。玉音曰:'姑退朝,朕自择之。'有顷,左珰传宣殿前司具殿侍(低级武官)中不识字者十人,以名入。宸笔点其中一人,曰:'此人可。'在廷皆惊,中书不敢请,趣使行。殿侍者慌不知所繇,薄弗获已,竟往。渡江始燕,骑省词锋如云,旁观骇愕。其人不能答,徒唯唯;骑省叵测,强聒而与之言。居数日,既无与之酬复者,亦倦且默矣。余按当时陶、窦诸名儒,端委在朝,若使角辩骋词,庸讵不若铉?艺祖正以大国之体,不当如此耳,其亦不战屈人,兵之上策欤"。[2] 史载徐铉来开封为使臣仅有两次,皆在宋军围攻金陵之时,而所谓"修述职之贡",据《孟子·梁惠王下》云"诸侯朝于天子曰述职。述职者,述所职也"。则述职乃指古时诸侯向天子陈述职守,非指战时。而陶、窦诸名儒,乃指陶谷、窦仪,然至此时皆已前卒,岳珂《桯史》云云,大概出自道听途说,恐非事实。不过,宋人虽为美化宋太祖而有所增饰,却也凸显了宋太祖的言行特色。

---

[1] 《后山诗话》,第302页。按:(宋)祝穆《古今事文类聚》(上海古籍出版社《文渊阁四库全书》本)前集卷二《御制日诗》云"按《后山诗话》谓作月诗,而《国史》以为日诗,当从《国史》"。

[2] 《桯史》卷一《徐铉入聘》,第3页。

徐铉未能带回好消息，而上游传来的消息却更为糟糕。在李煜的反复催促下，驻军湖口的朱令赟也知形势危急，急率大军入援，号称十五万，分乘长百余丈的木筏和能容纳千人的大舰顺江东下，直扑采石，欲冲断采石浮桥，断绝宋军长江南北的联络。

向湖口方向警戒的宋西路军王明所部就屯驻于独树口（今安徽安庆附近），发觉朱令赟军的动向后，立即奏报天子，请求宋太祖同意"增造战舰三百，以袭令赟"。宋太祖说："此非应急之策也。令赟朝夕至，金陵之围解矣。"命使者传下密令，让王明在洲浦之间多立舰桅状木杆以为疑兵。朱令赟望见后，果然怀疑有伏兵，不敢贸然轻进。此时正是初冬时节，长江水位浅涸，航道狭窄，不利于航行，南唐水军船高载重，行动缓慢，舰队行距拉长。宋军主将曹彬得知朱令赟率军东下，急遣大将刘遇增援王明。是月二十一日，朱令赟乘大舰航行至皖口（今安徽安庆西南，皖水入江口），遭到宋军刘遇部阻截，朱令赟遂用火油来攻击宋军，不料正碰到北风大起，猛火反烧向己方，南唐军不战自溃。朱令赟见败局已定，投火自焚。南唐战棹都虞候王晖等将领被俘，数万件兵器为宋军缴获。南唐君臣日夜企盼的南唐最后一支有生力量，就此烟消云散，"金陵独恃此援，由是孤城愈危蹙矣"。[1]

---

1 《长编》卷一六开宝八年十月己未条，第349页。按：《长编》卷一六、《宋史》卷三《太祖纪三》、卷二六〇《刘遇传》、卷二七〇《王明传》、卷四六六《宦者传·李神祐》、《九朝编年备要》卷二皆称朱令赟为宋军所生擒。而史氏《钓矶立谈》、龙衮《江南野史》三皆称南唐军败，"令赟死之"；马令《南唐书》卷五所载同。《江南野史》卷十称朱令赟"力穷，投火而死"；马令《南唐书》卷一七《朱令赟传》所载同。又，陆游《南唐书》卷三称朱令赟战败被擒，然卷八《朱令赟传》却云南唐军"不战皆溃，令赟惶骇赴火死"，自相龃龉。由此推知，朱令赟当因兵败而投火而死，诸书称生擒者，或属宋将误报，或属冒功。

此时曹彬等宋将分列三寨围困金陵城，潘美驻防城北，并将营寨图奏报天子。宋太祖一见，即指着北寨对使者说："此宜深沟自固，江南人必夜出兵来寇。尔亟去语曹彬等，并力速成之，不然，终为所乘矣。"并召来枢密使楚昭辅起草诏书，"令徙置战棹，以防它变"。曹彬等奉令从事。果然不久后的一天深夜，南唐军出兵五千人偷袭北寨，"人持一炬，鼓噪而进"，但宋军已严阵以待，将来犯者一举歼灭，其中佩带将帅之符印者有十多人。[1] 经此惨败，南唐军再也不敢轻易出战了。

陷入绝境的李煜只得让刚回金陵的徐铉再次出使开封，苦苦恳求宋太祖缓师："李煜事大之礼甚恭，徒以被病，未任朝谒，非敢拒诏也，乞缓兵以全一邦之命。"言语甚为恳切，宋太祖与他"反覆数四，铉声气愈厉"。宋太祖听得不耐烦，便按剑怒喝道：

不须多言！江南亦有何罪，但天下一家，卧榻之侧，岂容他人酣睡乎！[2]

如此豪爽之语，直透出军人本色，既然没有借口可寻，就干脆不再苦寻借口。于是，文士徐铉只能惶恐而退。

曹彬自围城以后，遵循宋太祖"使自归顺，不须急击"的指示，并不急于攻城，而是采用长围久困之法来迫使南唐投降。[3] 当宋军四面

---

1 《长编》卷一六开宝八年十一月丙戌条，第351页。
2 《长编》卷一六开宝八年十一月辛未条，第350页。
3 按：《邵氏闻见录》卷一（第5页）云曹彬统军征伐南唐，"将行，夜召彬入禁中，帝亲酌酒，……帝抚其背以遣曰：'会取会取，他本无罪，只是自家着他不得。'盖欲以恩德来之也"。

攻城时，金陵城内所受矢石如雨，士民死伤者众多；又城中经长期围困，"斗米十千，死者相枕"，已无力再支撑了。十一月，曹彬写信劝告李煜停止抵抗，并明确宣告当于二十七日发起总攻，希望李煜放弃幻想，早日出降，以免全城生灵涂炭，但为李煜所拒绝。李煜为表示至死不降的决心，命人在宫中堆起柴草，扬言城破时将率全家赴火自焚。

因为天子多次派来使臣传言，严令宋军入城时不得杀掠，以保存江南财富，并说城中"若犹困斗，李煜一门，切无加害"，故曹彬于是月二十五日假装生病，并对前来探视的众将说道："余之病非药石所愈，须诸公共为信誓，破城日不妄杀一人，则彬之疾愈矣。"众将应诺，"相与焚香约言"。[1] 随后曹彬起床处理军务，部署总攻金陵事宜。

二十七日，曹彬传令攻城，被围攻已一年的金陵城很快被攻破。曹彬率领宋军整队进城，李煜全无投火自焚的勇气，带着大臣走出宫门，奉表向曹彬投降，南唐灭亡。南唐大臣陈乔自杀。史载当时李煜"与其臣百余人诣军门请罪，彬慰安之，待以宾礼，请煜入宫治装。彬以数骑待宫门外，左右密谓彬曰：'煜入或不测，奈何？'彬笑曰：'煜素懦无断，既已降，必不能自引决。'"[2] 果然李煜如约出宫而来。

宋军平定江南，获得十九州一百零八县，共六十五万余户。宋人尝记载道："皇朝初下江南，置水路、陆路发运二使，运江南之粟以赡京师。"[3] 富庶的江南地区，并未如中原地区自唐末以来遭到长期战争的破坏，故其大致完好地归入宋朝版图，使宋之国力由此大为增强，

---

1 《长编》卷一六开宝八年十一月乙未条，第352页。
2 《宋史》卷二五八《曹彬传》，第8980页。
3 《燕翼诒谋录》卷五，第49页。

宋太祖"先南后北"统一大业的前半程，即平定南方诸割据政权的任务，可算是基本完成。

开宝九年正月，李煜及其后妃、子弟与张洎、徐铉以下官属北上汴京开封，宋太祖登上明德门举行献俘虏之仪式。李煜身穿素衣，匍匐于地，等待宋天子发落。有官员建议宋太祖用太庙献俘之礼，如同当年对待南汉国主刘铱那样，但宋太祖对李煜倒还算优待，说："煜尝奉正朔，非铱比也。"[1] 随后授予李煜右千牛卫上将军，封违命侯；其子弟皆被授予诸卫大将军，随从至东京的大臣也分别被授予官职，并各赐予器币、鞍马等。

据说宋太祖设宴招待李煜时，尝问"闻卿在国中好作诗"，遂让李煜"举其得意者一联。煜沉吟久之，诵其咏扇云：'揖让月在手，动摇风满怀。'上曰：'满怀之风，却有多少？'他日复燕煜，顾近臣曰：'好一个翰林学士。'"[2] 在这宋太祖、李煜一问一答之间，两人之不同器局判然若揭。出身军人的大宋皇帝，对于诗人"动摇风满怀"的风情自然大为不屑，而多才多艺的李煜的细腻情感中，定不会接受如赵匡胤咏日诗"欲出未出光辣挞，千山万山如火发。须臾走向天上来，逐却残星赶却月"[3] 般的粗犷，但成王败寇，已沦为亡国之君阶下囚，李煜除了三呼"万岁"外，还得接受深含侮弄意味的"违命侯"这种爵位。宋太祖虽以赐封李煜"违命侯"的方式，表达内心不屑，并以震慑诸国降王，不过令李煜稍感欣慰的是，与不明不白暴卒的后蜀降

1　《长编》卷一七开宝九年正月辛未条，第361页。
2　《石林燕语》卷四，第60页。
3　《藏一话腴》甲集卷上，第6页。

王孟昶相比，自己总算保住了性命。[1] 当然，随着是年十月宋太祖驾崩，宋太宗即位，李煜还是遭遇了与孟昶同样的结局。

宋人誉称曹彬统军灭南唐，"未尝妄戮一人，而江南平"。[2] 这实属宋人的夸饰而已，并非史实。史载开宝八年九月，宋东路军先锋将丁德裕部送润州南唐降卒数千人赴金陵城下，途中降卒多有逃亡。"曹彬发檄招诱，稍稍来集，虑其为变，又尽杀之"，然后上奏天子称"败润州溃卒数千人于升州，斩首七百级"。[3] 而金陵城破之日，尽管宋太祖和曹彬都严令将士不得滥杀，但并未能制止杀戮。据《江南野史》卷三记载："王师既入建康，惟后主宫门不入。时升元寺阁数层，高可十余丈，梁时为瓦官阁，豪民富商之家避难于上迨千余人，为越人所焚，一炬而（熄）[烬]。"[4] 陆游也称金陵城瓦官阁"及南唐之亡，为吴越兵所焚"。[5] 又邵思《雁门野说》称"开宝八年十一月二十七日夜半，金陵城陷，大军将入。……至卯辰间，大军既入，火照台城。……二十八日招安，城中多被杀伤"。[6] 而李焘《长编》亦记载："（曹）彬既入金陵，申严禁暴之令，士大夫赖彬保全，各得其所。亲属为军士所掠者，即时遣还之。因大搜于军，无得匿人妻女。仓廪府库，委

---

1 《后山谈丛》卷三云："或劝太祖诛降王，久则变生，太祖笑曰：'守千里之国，战十万之师，而为我擒，孤身远客，能为变乎？'"按：此条记载虽未明载降王姓名，然据宋太祖朝诸降王之情况推断，当指南唐降王李煜。
2 《邵氏闻见录》卷一，第5页。
3 《长编》卷一六开宝八年九月庚寅条，第346页。
4 《江南野史》卷三《后主》，第5173—5174页。按：马令《南唐书》卷五《后主书》称当时瓦棺阁内，"士大夫暨豪民富商之家美女少妇避难于其上迨数百人，越兵举火焚之，哭声动天，一旦而烬"。
5 《入蜀记》卷一，《宋代日记丛刊》本，第752页。
6 （元）陶宗仪：《说郛》卷二四下邵思《雁门野说·入仓避兵》，上海古籍出版社《文渊阁四库全书》本。

转运使许仲宣按籍检视。"[1]可知除了受到特别保护的李煜宫室等少数几处重要场所之外，金陵全城，无论平民蓬门还是官宦朱门，大多遭受抢掠烧杀。而宋人记载中声称瓦官阁乃是吴越兵所焚，大抵是为掩饰宋军的暴行，因为由宋将丁德裕为监军的吴越军，参与了围攻常州、润州作战，却并未有接近并参与围攻金陵城的相关记载，而且在宋军主将的眼皮底下，吴越兵一把火将著名的瓦官阁焚毁，且烧死数百人，事后却无一人受到惩处，宋军对吴越友军似乎也过于放纵了。此外，李煜降宋以后，曹彬令李煜"作书谕江南诸城守，皆相继归顺"，唯独江州守军仍拼死抵抗，宋太祖命悍将曹翰率兵进讨。江州城险固，曹翰直至次年四月才攻破城守，死者甚众。宋军进入江州，曹翰下令杀尽全城男女老幼数万人，所掠金帛数以十万计。曹翰为搬运私吞的金帛财物，还调用了十余艘巨舰运送，为免物议，曹翰特地请求宋太祖同意将庐山下东林寺内五百铁罗汉装在船上，宣称献给皇上，时称"押纲罗汉"。据载宋太祖"闻江州城垂破，遣使持诏赐翰，禁止杀戮。使者至独树浦，值大风不能渡，比至，城已屠矣"。[2]因此，宋人著述中称誉的宋军攻破金陵城时未尝妄杀一人，显非史实，只是与当年宋军灭后蜀时宋军劫掠成都城民，终于激起大规模叛乱相比，此时的行动确实要稍"文雅"一些，但也仅此而已。

此外，自润州退守宣州的南唐将领卢绛，当"金陵城陷，诸郡皆下，绛独不降，谋南据闽中。过歙州（今安徽歙县），怒刺史龚慎仪不出迎，杀之而行。太祖使绛弟袭招绛，绛初欲杀袭以明不屈，已而卒降"。卢绛至京师开封，被授予冀州团练使。卢绛在朝中遇到赞善

---
1 《长编》卷一八开宝八年十一月乙未条，第353页。
2 《长编》卷一七开宝九年四月丁巳条，第370—371页。

大夫龚颖（龚慎仪侄子），龚颖诉骂卢绛，并"执至殿陛诉冤。诏属吏，枢密使曹彬言其才略可用，愿宥其死，使自效。太祖曰：'是貌类侯霸荣，何可留也？'斩于西市。绛临刑大呼曰：'陛下不记以铁券誓书招臣乎？'霸荣河东将，尝来降，已而复叛归，弑其主刘继恩者，故太祖深恶之"。[1] 当年宋太祖也曾为安抚扬州节度使李重进而赐与其"铁券誓书"，结果李重进起兵反宋失败自杀；至此宋太祖再次以"铁券誓书"招降南唐大将卢绛，结果却是始降而授官，然后因其面貌与降而复叛的侯霸荣相像而被杀。对于宋太祖此番失信杀降，李焘《长编》引《江南野录》言卢绛归朝，"太祖诘绛不即降，绛言李煜未受王爵，故不即降。太祖嘉其忠，因授冀州团练使。及龚颖诉冤，曹翰复言绛不可留，乃杀之"。又言《江南野录》所称"铁券、毡褥等事，皆与《国史》异，今不取"。[2] 而清人吴任臣《十国春秋·卢绛传》乃据郑瑗《井观琐言》所载，云南唐昭武节度使卢绛当"金陵陷，募骁勇敢死千余，由宣、歙长驱入福建，循海聚兵，以图兴复，不果而败，今句容县东阳镇市东有卢大王庙，志云即绛祠"。马令《南唐书》乃云"金陵既平，绛独不顺，杀歙州刺史龚慎仪"云云，后斩于固子坡。吴任臣对此辨析云："据旧史则绛为忠于所事而死，据马书则绛为仇人所讼而死。瑗谓绛聚兵为唐兴复，歙既降宋，则杀其守臣，乃势所宜。然以宋艺祖追赠韩通、录用卫融、张洎事观之，则龚颖惟为季父讼冤，艺祖未必遽肯杀绛，句容之人必不为绛立祠，旧史当得其实。"就如吴任臣所言，宋太祖仍难脱失信杀降之嫌。

开宝九年初，灭亡南唐的功臣回到京城，一向低调的主将曹彬在

1　陆游：《南唐书》卷一四《卢绛传》，第5575页。
2　《长编》卷一七开宝九年五月乙亥条注，第372页。

觐见天子的奏状上写道："奉敕差往江南句当公事回。"[1] 如此谦恭地功归皇上，自得主上欢心。史称曹彬领兵南征前，宋太祖许诺："俟克李煜，当以卿为使相。"所谓使相，是指节度使兼中书令、侍中、同平章事之官，为武官品阶之最。此时顺利平定江南，副帅潘美等预贺曹彬荣升，不料曹彬回答："不然，夫是行也，仗天威，遵庙谟（皇上之筹划），乃能成事，吾何功哉？况使相极品乎？"潘美不解，曹彬遂解释道："太原未平尔。"至此，宋太祖在接见南征将帅时果然说道："本授卿使相，然刘继元还未下，姑少待之。"潘美闻听此语，不禁看着曹彬偷笑，宋太祖发觉后即询问原因，潘美不敢隐瞒，就将此前两人间的对话说了，宋太祖听后亦大笑，特赏赐钱二十万给曹彬。曹彬回家看着屋内一大堆钱说道："人生何必使相，好官亦不过多得钱尔。"[2] 对此，史臣评论道："上（太祖）爱惜爵位，不妄与人，类此。"[3] 但在此后不久的二月中，宋太祖为厚赏平定江南之功勋，拜宣徽南院使、义成军节度使曹彬为枢密使、检校太尉、领忠武军节度使，又授山南东道节度使潘美为宣徽北院使，其他功臣也封官晋爵有差。此后，直至宋太宗即位，曹彬才官加同平章事。

南唐被攻灭以后，南方割据势力仅剩下吴越钱俶及福建漳州、泉州一带的陈洪进两家了，而钱、陈两家皆接到宋天子让他们入京觐见的谕令。因泉州距离开封路途甚远，陈洪进遵命登程，但在半路上闻听宋太祖猝死，就转回泉州了。

---

1 《长编》卷一七开宝九年二月庚戌条，第364页。
2 《宋史》卷二五八《曹彬传》，第8980页。按：《长编》卷一七开宝九年二月庚戌条乃云：当时宋太祖"因密赐钱五十万。彬怏怏而退，至家，见布钱满室，乃叹曰：'好官亦不过多得钱耳，何必使相也。'"
3 《长编》卷一七开宝九年二月庚戌条，第364页。

宋太祖在宋军围攻金陵城时，召见吴越国进奏使，令转告钱俶："元帅（钱俶）克毗陵（常州）有大功，俟平江南，可暂来与朕相见，以慰延想之意。即当复还，不久留也。朕三执圭币以见上帝，岂食言乎！"钱俶近臣崔仁冀也说："主上（太祖）英武，所向无敌。今天下事势已可知，保族全民，策之上也。"因李煜前车之鉴，故不管宋太祖食言与否，钱俶其实并无选择的余地，遂上奏"请赴长春节（宋太祖诞辰）朝觐，诏许之"。[1] 钱俶要北上入朝，吴越国中一片惊恐，认为此去凶多吉少，相传为祈求钱俶平安归来，臣僚们在杭州西湖边的宝石山上建造了一座佛塔，称保俶塔。

开宝九年二月，钱俶携妻、子来开封觐见，宋太祖特地派皇子赵德昭前往宋州（今河南商丘）迎接。钱俶一行至开封，宋太祖即赐予礼贤宅居住，款待优渥，多次在皇宫中隆重宴请。一天，宋太祖召钱俶与其子钱惟濬"宴射苑中，惟诸王预坐。俶拜，辄令内侍掖起，俶感泣。又尝令俶与晋王光义、京兆尹廷美叙兄弟之礼，俶伏地叩头固辞，得止"。三月，宋太祖要去西京洛阳巡察，钱俶请求随行，宋太祖未应允，依当初诺言让钱俶回去，而留下其子钱惟濬"侍祠"；命吴越王钱俶"剑履上殿，诏书不名"，又封钱俶妻贤德顺穆夫人孙氏为吴越国王妃。宰相进言"异姓诸侯王妻无封妃之典"，宋太祖回答："行自我朝，表异恩也。"并在讲武殿设宴钱行，席间对钱俶说道："南北风土异宜，渐及炎暑，卿可早发。"钱俶"泣涕"请求"三年一朝"，宋太祖表示"川途迂远，俟有诏乃来也"。但交给钱俶一个黄布包裹，"封识甚固"，说："途中宜密观。"当时宋朝群臣纷纷上书天子，要

---

[1] 《长编》卷一六开宝八年十二月丁卯条，第355页。

求将钱俶留下,迫使他交出吴越国土,宋太祖不允。行至中途,钱俶打开包裹一看,"皆群臣乞留俶章疏也,俶益感惧"。[1] 南唐灭亡以后,对于是否交出吴越国疆土,钱俶也是心存侥幸的,至此终于明白宋廷是不会让吴越政权长期存在的,宋太祖只是想让钱俶自动纳土而已。不久宋太祖猝死,此事就暂时搁下了。数年以后,钱俶再次入京觐见宋帝,但被继位的宋太宗所扣留,不得已将吴越国十三州一军的"三千里锦绣山川"和十一万带甲将士悉数献给宋朝,以"保族全民"。史称"吴越扫地"。在此稍前,陈洪进亲至开封朝贡,主动献出漳、泉二州土地。史称陈洪进"纳土"。

关于吴越纳土,北宋中后期马永卿所记刘安世之语有云:

> 先生与仆论国初之事,以谓太祖规模出于前代远甚:"……大哉!太祖之神武也。既平孟蜀,而两浙钱王入朝,群臣自赵普已下争欲留之,圣意不允。一日,赵相拉晋王于后殿奏事毕,晋王从容言钱王事,太祖曰:'二哥,你也出这言语?我平生不曾欺善怕恶,不容易留住这汉,候捉得河东刘王,令纳土。'于后数日,钱王陛辞,太祖封一轴文字与钱王,曰:'到杭州开之。'钱王至杭,会其下开视,乃满朝臣僚乞留钱王表札。君臣北面再拜谢恩。至太平四年,河东已平,乃令钱王纳土。"

---

[1] 《长编》卷一七开宝九年三月辛未条,第366页。按:《石林燕语》卷四云:"吴越钱俶初来朝,将归,朝臣上疏请留勿遣者数十人,太祖皆不纳,曰:'无虑,俶若不欲归我,必不肯来,放去适可结其心。'及俶辞,力陈愿奉藩之意,太祖曰:'尽我一世,尽你一世。'乃出御封一匣付之,曰:'到国开视,道中勿发也。'俶载之而归,日焚香拜之。既至钱塘发视,乃群臣请留章疏,俶览之涕下曰:'官家独许我归,我何可负恩!'及太宗即位,以尽一世之言,遂谋纳土。"可知所称钱俶乃主动纳土,当属后世附会之语。

先生曰:"太祖此意何也?"仆曰:"此所谓不欺善也。"先生曰:"此固然也。钱氏久据两浙,李氏不能侵。藉使钱王纳土,使大将镇之,未必能用其民,须本朝兵去镇服,又未必能守。两浙必不敢附李氏,李氏既平,则两浙安归乎?此圣模之宏远也。"[1]

此所云云,显属似是而非之论。其一,钱俶从未在"既平孟蜀"时入京觐见,其至开封乃在开宝九年初,是时李唐已灭;其二,赵普于开宝六年罢相,出守州郡,开宝末年钱俶至开封时,赵普并不在京城;其三,就当时形势而言,南唐未平,宋廷不可能逼迫吴越纳土,以免一敌未去,又生一敌。但刘安世所言"李氏既平,则两浙安归乎",确实点出了不管主动与否,吴越国必将纳土于宋朝。

据说钱俶来朝,宋太祖设宴招待,让内宫乐伎弹奏琵琶曲,钱俶当场献词,中有"金凤欲飞遭掣搦,情脉脉,看取玉楼云雨隔"之句,宋太祖听出词中微意,起身抚摸钱俶之背说:"誓不杀钱王!"[2] 钱俶死于端拱元年(988)六月,被追封为秦国王,葬于洛阳。据宋人野史所载,钱俶也是在饮用了宋太宗所赐的御酒以后暴卒的,[3] 故宋人记载宋太祖宣示"誓不杀钱王",在彰显宋太祖快意恩仇的天子气度的同时,当也含有对钱俶在宋太宗时死得不甚分明的腹诽之情。

---

1 (宋)马永卿编,(明)王崇庆解:《元城语录解》卷中,上海古籍出版社《文渊阁四库全书》本。
2 《后山诗话》,第305页。
3 (宋)佚名:《吴越备史补遗》,上海古籍出版社《文渊阁四库全书》本。

七、三征北汉

宋人叶梦得尝宣言"太祖英武大度,初取僭伪诸国,皆无甚难之意"。[1] 吕祖谦也称誉太祖"一举而平荆、湖,再举而平蜀汉,三举而平刘鋹,四举而平李煜。兵锋所向,如雷如霆,如摧枯,如破竹,无不陨灭者"。[2] 但宋太祖对北汉的进攻却难以如叶梦得、吕祖谦等人所言"如摧枯,如破竹"般容易,而是一波三折,颇不如意。

北汉割据政权虽然局处河东一隅,土地狭小,出产微薄,但城坚地险,民风剽悍,并仿效五代后晋皇帝石敬瑭臣服于辽的做法,向辽朝称"儿皇帝""侄皇帝",换得契丹铁骑的支持,才得以立国,并与中原后周政权抗衡。当年曾跟随周世宗在高平与北汉军激战过一场的宋太祖,对于北汉,心中始终未能忘怀,而且若能夺得太原,守住雁门关一线,就足以堵住契丹骑兵自山后南下河东的通道。尤其是当时反宋势力如盘踞潞州的李筠,如割据四川的后蜀主孟昶等,皆尝联络北汉,以图威胁宋朝河南、关中等腹心地区。因此,宋太祖也屡次将北汉作为首要攻取目标,欲相机拔除这一眼中钉,但终因时机未成熟而作罢。

建隆元年(960)七月,宋太祖欲借一战消灭潞州李筠之余威,乘势进攻出兵助李筠反宋的北汉。为此,宋太祖秘密询问宿将张永德的看法,张永德却认为如此行事有弊无利,建议:"太原兵少而悍,加以契丹为援,未可仓卒取也。臣愚以为每岁多设游兵,扰其田事,仍发间使谍契丹,先绝其援,然后可图。"宋太祖对此颇为认可。[3] 此后,

---

1 《石林燕语》卷一,第1页。
2 (宋)吕祖谦:《东莱吕太史外集》卷四《太祖皇帝阅武便殿颂》,载黄灵庚、吴战垒主编:《吕祖谦全集》,浙江古籍出版社2008年版,第1册,第677页。
3 《长编》卷一建隆元年八月丙子条,第21页。

宋太祖确立了先南后北、先易后难的统一方略，放弃了先攻北汉的打算，而在削平南方割据势力之前，在北线取守势，不断派遣兵马出击、骚扰北汉城寨，破坏其耕作，削弱其国力，积极防御北汉出兵南下。

依照宋太祖所制订的统一天下步骤，在夺得荆湖、四川以后，当着手攻取两广的刘氏政权，但由于出乎意料的后蜀降兵叛乱，使原定计划迟迟未能施行。至开宝元年（968），北汉政权因王位继承问题发生内乱，宋太祖遂相机行事，先调兵北上攻打太原城。

是年七月，北汉主刘钧病死，其养子刘继恩在获得辽廷允准后，在太原即位。刘继恩为人刚愎自用，且又怯弱无能，因愤恨宰相郭无为独揽朝政，多次想除掉郭无为。郭无为原是武当山道士，后因得到刘钧的赏识而获重用。刘钧病重时，尝与郭无为论及继承人选，郭无为认为刘继恩才干不足。因此，刘继恩继位后，对郭无为怀恨在心，却终因怯懦而迟迟不敢付之行动。但君臣互相猜忌，使得境内汹汹不安。八月，宋太祖认为有机可乘，遂不顾"先南后北"的既定战略，任命昭义军节度使李继勋为河东行营前军都部署，侍卫亲军步军都指挥使郭进为副都部署，宣徽南院使曹彬为都监，率领河东诸州精兵分潞州和汾州两路北征太原。

对于宋太祖此番征讨北汉，宋人流传有如此说法：

> 太祖皇帝尝因界上谍者谓承钧曰："君家与周氏为世雠，宜其不屈。今我与尔无所间，何为困此一方之人也？若有志于中国，宜下太行以决胜负。"承钧遣谍者复命曰："河东土地兵甲，不足以当中国之十一；然承钧家世非叛者，区区守此，盖惧汉氏之不血食也。"太祖哀其言，笑谓谍者曰："为我语承钧，开

尔一路以为生。"故终其世不加兵。[1]

这一说法，大概是因为北汉主刘钧（刘承钧）一死，宋太祖即遣将统兵大举征伐北汉而附会的。其实当年潞州李筠起兵反宋失败，北汉援军狼狈撤回以后，虽不敢再独力大举南侵，但依然屡屡主动挑衅，或者联络辽军，攻扰宋疆。如在乾德初年，北汉军会合契丹兵六万骑来攻平晋。而在此前后，如南方后蜀主孟昶即曾联络北汉，欲南北合击宋关中之地。因此，北线不宁，正全力经营南方的赵宋王朝就难免有北顾之忧，故宋太祖欲乘机翦灭北汉政权。

大敌当前，北汉国内局势却更为混乱。九月间，郭无为先下手为强，让供奉官侯霸荣等十余人持刀闯入北汉主寝宫，杀死刘继恩。侯霸荣等人见大事已就，便欲逃走，谁知郭无为又暗中遣兵跟随在后，将侯霸荣等人一起杀死灭口，然后将刘钧的另一养子太原尹刘继元扶上了皇位。

侯霸荣官北汉散指挥使，于乐平之战中归降宋朝，被授官内殿直，但不久悄悄地逃回北汉，被授供奉官，"于是谋杀（刘）继恩，持其首归朝，旋为无为所杀"。但从当时一些记载分析，侯霸荣似是被放回，或为宋太祖派至北汉的间谍，而郭无为杀侯霸荣，"或谓无为实

---

[1]《新五代史》卷七〇《东汉世家》，第983页。按：《乐都事略》卷二二《刘继元传》、《宋史》卷四八一《北汉刘氏世家》所识同。《长编》卷九开宝元年七月丙午条（第205—206页）亦载此事，且其注文引《十国纪年》云："北汉天会七年，宋帝使邢州人盖留来谓帝曰：'君家自与周室有隙，何预我事？胡不改图，使一方之人困苦兵战！契丹多诈，终不足恃。君必欲中原，何不下太行，与君匹马较胜负于怀、洛川。'帝遣留归，曰：'为我谢赵君，余家世非叛人，欲存汉氏宗祀耳。土地士马，不能敌君十一，安敢深入？君欲决胜负，当过团柏谷来，背城一战。'宋帝笑曰：'存之何害？'终帝世，宋帝不复北伐。天会七年，本朝乾德元年也。"

使霸荣作乱,亟诛霸荣以灭口,故人无知者",[1] 郭无为似亦在暗中与宋人交往,为自己多留一条后路。当时,宋太祖还派遣间谍惠璘,"伪称殿前散指挥使,负罪奔北汉",在郭无为安排下,惠璘也成为北汉供奉官。此时,惠璘见侯霸荣被杀,又知宋军已攻入北汉界内,便欲逃奔宋军,不料途中被北汉兵抓获,送回太原城。郭无为"知其谍也,释不问",设法释放了惠璘。但知晓惠璘底细的北汉将校李超便将此事上告北汉枢密使马峰,"请以璘属吏",要求依法处置,郭无为"怒,并超斩之以灭口"。[2] 郭无为种种作为,引起了北汉主刘继元等人愤怒,北汉内部矛盾愈加激化。

刘继元刚即位,宋军已进入北汉境内,连克北汉军寨,战于洞涡河,"斩二千余级,俘获甚众",[3] 直逼太原城下,夺取汾河桥,焚毁延夏门。北汉主急遣使臣向辽朝求救。

宋太祖再次施展软硬两手,在宋军兵临太原城下的同时,又遣使臣持诏书晓谕刘继元出降,并承诺归降以后授予其平卢节度使;并赐郭无为以下四十多位北汉大臣诏书,许诺授予郭无为安国节度使,马峰以下群臣也并以"节镇"相酬。郭无为得到宋帝诏书,心为之动,"自是始有二志",就藏匿了其他诏书,只拿出给刘继元的那份诏书,并劝说刘继元降宋,但刘继元一口拒绝。[4]

当时辽与北汉矛盾颇深,却亦不愿坐视北汉被宋朝所灭,所以接到刘继元求救书信以后,即出军驰援。十一月,久攻太原城不下的宋将李继勋等得知辽军来援,担心腹背受敌,引军而退。北汉兵乘机联

---

1 《长编》卷九开宝元年九月辛卯条,第208页。
2 《长编》卷九开宝元年十月"是月"条,第210—211页。
3 《宋史》卷二五八《曹彬传》,第8979页。
4 《长编》卷九开宝元年十月"是月"条,第210页。

合辽军，入寇晋、绛二州，大掠一番后北还。

宋太祖不甘心北征无功，打算亲征北汉，特意先征求旧相魏仁浦的意见。魏仁浦认为"欲速不达，惟陛下慎之"，[1]但宋太祖决心已下，于开宝二年（969）二月下令御驾亲征，以皇弟开封尹赵光义为东京留守、枢密副使沈义伦为大内部署镇守京师，并命保顺军节度使李进卿为在京都巡检，颍州刺史常晖、淄州刺史韩光愿分任河南、河北巡检；[2]再派遣宣徽南院使曹彬、侍卫亲军步军都指挥使党进等人各领所部兵马作为先锋杀向太原，又命昭义军节度使李继勋为河东行营前军都部署、建雄节度使赵赞为马步军都虞候，率前军跟进，然后于十九日亲率大军出开封而行。

为防备契丹骑兵乘虚南下进攻河北，宋太祖并未率军直接赶赴太原，而是去河北绕了一大弯，经滑州（今河南滑县东）、相州（今河南安阳）、磁州（今河北磁县），至三十日才抵达河东潞州。在途经河北时，彰德军节度使韩重赟前来"迎谒"，宋太祖任命韩重赟为北面都部署、义武节度使祁廷义为副都部署，嘱咐道："契丹知我是行，必率众来援。彼意镇、定无备，必由此路入。卿为我领兵倍道兼行，出其不意，破之必矣。"此后果然如宋太祖所料，韩重赟"令军士衔枚夜发，果遇契丹兵于定州"，辽军猛然发现韩重赟部"旗帜，大骇欲引去，重赟乘之，大破其众，获马数百匹"，辽军遁回。[3]

鉴于上一年征讨北汉因契丹援兵南来而失败，故为了保证此次御驾亲征的成功，宋太祖又任命棣州防御使何继筠为石岭关（今山西阳

---

1 《宋史》卷二四九《魏仁浦传》，第8804页。
2 《宋史》卷二七三《李进卿传》，第9324页。
3 《宋史》卷二五〇《韩重赟传》，第8824页。

曲东北）部署，屯兵阳曲（今属山西）；又命冀州刺史蔡审廷为北面步军都指挥使，屯兵易州（今河北易县），[1]以阻击辽军自幽州方向西上增援太原。

对于此番亲征可能遇到的困难，宋太祖都安排了相应对策，但没料到天气也会来作对。当宋太祖率宋军主力进入潞州，却逢阴雨连绵，为此停留避雨竟达十八天。一日，宋军抓住一名北汉间谍，宋太祖亲自审问，以了解太原城中情况。那间谍答道："城中民罹毒久矣，日夜望车驾，惟恨其迟耳。"[2]从此后情况来看，那间谍当是为活命而撒了谎，但宋太祖闻言而笑，一扫郁积心中多日的烦恼，下令三军催马启程，杀奔太原。三月十八日，宋太祖进抵南关，接连收到前方传来的捷报，故于二十一日率军进逼太原城下。

两日后，宋太祖登上太原城外高坡，经仔细考察地形，命令征召数万民夫来城下挖壕立栅，号长连城，将太原城重重围住。二十八日，宋太祖又纵马来到城东南高坡，俯视太原城。当时有人提议要增兵攻城，而左神武统军陈承昭在一旁进言说："陛下自有数千万兵在左右，胡不用之？"宋太祖未明白所指，陈承昭便以马鞭遥指坡下汾水。[3]宋太祖恍然大笑，随即命令陈承昭率众筑堤蓄水，要引汾水灌淹太原城。宋太祖也时常手持宝剑，赤露手脚，坐在黄盖之下亲督工程进度。

当时，宋太祖命李继勋、赵赞、曹彬、党进四将率兵分攻太原城四面：李继勋在城南，赵赞在城西，曹彬在城北，党进在城东。其余诸将奉令四出，攻打北汉其他州县。

---

1 《宋史》卷二七一《蔡审廷传》，第9287页。
2 《长编》卷一〇开宝二年三月辛卯条，第219页。
3 《长编》卷一〇开宝二年三月乙巳条，第219页。

不过宋军的凌厉攻势，却遇到北汉大将刘继业率领的北汉士卒顽强抵抗，一时难有进展。刘继业即后来的杨家将之杨老令公杨业，因被北汉主刘崇收为养子，故改姓刘。他能攻善守，颇有谋略。刘继业在稍前数日率军前往团柏谷抵御，失利而还。宋军进逼太原城，为争夺入城要道汾河桥，与北汉士兵激烈交战，北汉军死伤千余人，逃归太原城内。刘继业为此一度被北汉主停职，至此又得复职，再率北汉军乘夜色从西门突出，偷袭赵赞所在的城西宋寨。赵赞率众迎击，"弩矢贯足"，宋军一时有些支持不住。因汾河桥在此前战斗中被毁，宋太祖令东寨都监李谦溥率部采伐太原西山林木来重建汾河桥。这时李谦溥听到战鼓声急，火速率部赶来，和赵赞合兵，才将北汉军击退。[1] 刘继业又率精骑数百人突袭东寨，被宋将党进领兵挡回。刘继业被逼退到城下"隍中，会援兵至，缘缒入城获免"。[2] 但即便如此，北汉军的防守依然严整。

四月，继位未久的辽景帝接到北汉求救，虽然其首要任务是稳定内政，但还是命令燕京地区的辽军兵分两路：一路辽军南下定州侵扰宋境，欲迫使河东宋军撤兵回援河北，但在遭到宋将韩重赟部痛击后北撤；宋将马仁瑀还奉命"率师巡边，至上谷、渔阳。契丹素闻仁瑀名，不敢出，因纵兵大掠，俘生口、牛羊数万计"，[3] 以向燕京辽军施加压力。另一路辽军欲经石岭关西进增援太原，也遭到了宋军何继筠部的强力阻击。史载宋太祖闻知辽军"分道来援北汉，其一自石岭关入"，即急召何继筠来，"授以方略，并给精骑数千，使往拒之"，

---

1 《宋史》卷二五四《赵赞传》，第8892页；卷二七三《李谦溥传》，第9338页。
2 《宋史》卷二六○《党进传》，第9018页。
3 《宋史》卷二七三《马仁瑀传》，第9345—9346页。

并叮嘱道:"翌日亭午,俟卿捷奏至也。"当时正当盛夏,宋太祖特命人做了一碗麻浆粉,亲手递给何继筠,何继筠一吃完,上马即行。何继筠至石岭关布阵,在阳曲县北与辽军大战,擒获辽武州刺史王彦符等百余人和战马七百余匹,斩首上千级。此时太原城内北汉君臣"阴恃契丹,城久不下",宋太祖为瓦解北汉军民斗志,命令将宋军在石岭关一战中斩获的首级和缴获的铠甲陈列于太原城外,太原"城中人夺气",[1]但仍旧严守不降。

经过围城打援之后,太原已成了一座孤城。宋太祖见时机已到,于五月八日下令破堤放水灌城,太原城内外顿时一片汪洋。十二日,宋太祖至城东南督战,命水军乘小舟、架强弩攻城,内外马步军都军头王廷义"性勇敢,亲鼓士乘城,独免胄,矢中其脑而颠,经宿卒"。[2]十五日,殿前指挥使都虞候石汉卿也在攻城时中流矢,坠入水中淹死。二十一日,宋太祖再至城西督战,命诸军急攻太原西门。虽然双方都伤亡惨重,但宋军仍未能突破北汉城防。至闰五月二日,在大水的多日漫灌与浸泡下,太原南城延夏门旁的一段城墙崩塌,大水冲入城内,城内一片惊恐,宋军驾小船乘着水势发起猛攻,放火烧毁了南城门。宋太祖来到城外长堤上观察,那水口渐渐扩大,北汉将士赶紧在豁口内设置壁障,但在宋军密集的箭雨下,壁障无法施展,宋军争先恐后向那里冲击,眼见城陷在即,不料处于绝境之中的北汉将士拼死抵抗,"俄有积草自城中飘出,直抵水口而止",宋军"弩矢不能彻",[3]于

---

1 《长编》卷一〇开宝二年四月己未条,第220—221页。按:《宋史》卷二七五《孔守正传》(第9370页):"开宝中,太祖征太原,守正隶何继筠麾下。会契丹遣兵来援晋阳,守正接战于石岭关,大败之,斩首万级,获其将王破得。"
2 《宋史》卷二五二《王廷义传》,第8847页。
3 《长编》卷一〇开宝二年闰五月戊申条,第223页。

是北汉人赶忙设法在豁口处竖立起壁障，堵住缺口，修补好崩塌的城墙。被困孤城内的辽朝使臣韩知璠深惧刘继元出降，自己将成为宋军俘虏，所以也日夜亲临城头督战，等待契丹军队再次赴援。

北汉宰相郭无为见形势危殆，再次苦劝北汉主刘继元出降，并在刘继元大宴群臣时拔出佩剑装出要自杀的样子，声称："奈何以孤城抗百万之师乎？"[1] 但为刘继元所劝阻。不久，郭无为又向刘继元表示要与宋军决一死战，请求让他率军出城夜袭宋军。刘继元对郭无为已很不信任，但看在他扶持自己登基的份上，还是选出一千精兵随他出击，却又派大将刘继业、郭守斌为其副将，以便暗中监视。当晚天气晴朗，忽然间风雨大作，郭无为领兵行至北桥，才发现刘继业已借口坐骑伤足引兵回城，郭守斌也因迷失道路而失去了联系。郭无为本有裹胁众将士降宋之意，此时见身边仅剩数十人骑，只得无奈转回城内。宦官卫德贵早对郭无为不满，至此向北汉主刘继元揭发郭无为"反状明白，不可赦"，[2] 刘继元为稳定人心，下令将郭无为缢杀于太原南城城头，向宋人示威。

北汉军封堵住城南缺口，乘宋军主攻城南之际，遣士卒自城西出城偷袭宋军，打算烧毁宋军"攻战之具"，但被宋军击退。当夜，忽有人在宋军营寨外"传呼"，称"北汉主降"。宋太祖遂命卫兵列阵，大开寨门。宋将赵瑢在一旁进言："受降如受敌，讵可夜半轻诺乎？"宋太祖遂遣人打探，果然是"谍者诈为也"。[3]

宋太祖此番亲征，可谓势在必得，宰相赵普、前宰相王溥等皆随

---

1 《长编》卷一〇开宝二年二月丙子条，第218页。
2 《长编》卷一〇开宝二年闰五月戊申条，第223页。
3 《长编》卷一〇开宝二年闰五月戊申条，第223—224页。

从出征，连当年宋太祖亲征潞州李筠时，称病不愿从征的赵逢，也表现积极，随驾任随军转运使，"会发诸道丁壮数十万，筑堤壅汾水灌晋阳城。逢白太祖乞效用，即命督其版筑。时方盛暑，逢于烈日中亲课力役，因而遘疾，舆归京师"。[1] 又权知府州事折御勋闻听宋帝亲征，也"诣行在谒见"。[2] 至此，经历四个月的苦战之后，宋军攻势已成强弩之末，而且潮湿炎热的环境也使宿营野外的宋军将士中痢疾流行，士气不振。宋太祖对此颇感进退两难，亲征太原如以失败告终，实在有损天子的威名，但督师强攻恐也一时难以奏效，此时又传来辽军再次遣发大军陆续赶来增援的消息，形势发展渐对宋军不利。时议"欲班师以休息士卒"，但那些渴望建功立业的将校们不甘就此退兵，东西班都指挥使李怀忠进言道："贼婴孤城，内无储峙，外无援兵，其势危困，若急攻之，破在旦夕，臣愿奋锐为士卒先。"但李怀忠随即在战斗中身受箭伤，"几死"。而殿前司武将赵廷翰率诸班卫士叩头请战，愿以死效力，已萌生退兵之意的宋太祖不愿再让自己的精锐卫兵无端送死，遂阻止道："汝曹皆我所训练，无不一当百，所以备肘腋，同休戚也。我宁不得太原，岂忍驱汝曹冒锋刃，蹈必死之地乎！"[3] 于是太常博士李光赞不失时机地上书论事，建议天子退兵：

> 陛下应天顺人，体元御极，战无不胜，谋无不臧，四方恃险之邦，僭窃帝王之号者，昔与中国为邻，今与陛下为臣矣。蕞尔晋阳，岂须亲讨！重劳飞挽，取怨黔黎，得之未足为多，

---

1 《宋史》卷二七〇《赵逢传》，第9258页。
2 《宋史》卷二五三《折御勋传》，第8862页。
3 《宋史》卷二六〇《李怀忠传》，第9022页；《长编》卷一〇开宝二年闰五月壬子条，第224页。

失之未足为辱。国家贵静,天道恶盈。所虑向来恃险之邦,闻是役也,竭府库之财,尽生民之力,中心踊跃,各有窥觎。《传》曰:"邻之厚,君之薄也。"岂若回銮复都,屯兵上党,使夏取其麦,秋取其禾,既宽力役之征,便是荡平之策,惟陛下裁之。况时属炎蒸,候当暑雨,倘或河津泛滥,道路阻难,辇运稽迟,恐劳宸虑。

宋太祖"览奏,甚喜"。[1]因为李光赞这封奏章,于阿谀奉承之外,倒也点出了宋军所处之困境。其一,如若宋军长久顿兵于太原坚城之下,"竭府库之财,尽生民之力",则"向来恃险之邦",将"中心踊跃,各有窥觎",从而危及一统大业。其二,现今"候当暑雨",若"河津泛滥,道路阻难,辇运稽迟",则宋军将有粮草断绝之忧,而再遭北汉、契丹两军夹击,将形势危殆。而李光赞建议宋帝"屯兵上党,使夏取其麦,秋取其禾,既宽力役之征,便是荡平之策",倒与当年张永德的建策相似。于是宋太祖在与宰相赵普商量后,决定采纳李光赞的建议,部署撤军。

当时,有人上奏献策道:

> 凡伐木,先去枝叶,后取根柢。今河东外有契丹之助,内有人户赋输,窃恐岁月间未能卜,宜于太原北石岭山及河北西界西山东静阳村、乐平镇、黄泽关、百井社各建城寨,扼契丹援兵;起其部内人户于西京、襄、邓、唐、汝州,给闲田使自

---

[1] 《长编》卷一〇开宝二年闰五月壬子条,第224—225页。

耕种，绝其供馈。如此，不数年间，自可平定。

宋太祖接纳此策，命禁军护送太原城外"民万余家于山东、河南，给粟"。[1]

是月十六日，宋太祖离太原而归。宋太祖因亲征北汉未能成功，为震慑契丹，再次取道河北。二十二日，宋太祖抵达镇州（今河北正定），调兵遣将重新布置河北防线。知屯兵易州的北面步军都指挥使蔡审廷"训练士卒甚整"，故宋太祖于召见时特赐名马、宝剑，命为镇州兵马都钤辖；又授任仪鸾使、知易州贺惟忠为易州刺史兼易、定、祁等州都巡检使，因其"捍边数有功，故迁其秩而不易其任"。[2]六月初，宋太祖离镇州，经邢州（今河北邢台）、相州、滑州回到开封。

宋军撤退后，北汉主刘继元立即派人排去城内外积水。太原城墙因浸泡时间过久，待积水下落后，接连有多处崩塌。契丹使者韩知璠见状大为感叹说："王师（宋军）之引水浸城也，知其一而不知其二。若知先浸而后涸，则并（太原）人无噍类矣。"[3]此语如若传入宋太祖耳中，不知久经战阵的宋太祖该作如何想。

宋军北征时浩浩荡荡，至此撤军之际颇有些狼狈、匆忙，沿途遗留下大量辎重、粮食、布匹等，仅落入北汉手中的粮食就有三十万斛，茶、绢各数万。北汉于兵火之余，得到这些物品，才得以稍解困窘。

1　《长编》卷一〇开宝二年闰五月庚申条，第225页。按：据《宋史》卷二六〇《崔翰传》（第9026页）云"开宝初，迁河东降民以实陕西地，晋人勇悍，多习武艺，命翰差择之"。然《长编》卷一〇开宝二年六月癸巳条（第227页）称"遣使分往京西诸州赐太原所徙民帛，人一匹。又命控鹤都虞候京兆崔翰差择其勇悍习武艺者籍为禁军"。则知《宋史·崔翰传》之"陕西"当为"京西"之讹。

2　《宋史》卷二七一《蔡审廷传》，第9287页；《长编》卷一〇开宝二年六月己卯条，第226页。

3　《长编》卷一〇开宝二年六月"是月"条，第228页。

但北汉经此一战，又被宋军撤退时裹胁太原城外的一万余户百姓随之南去，国力更为凋敝。

亲征太原失利，宋太祖重新回到"先南后北"的既定统一方略上来，对北防御，派悍将驻守北边诸州，时遣将士攻扰北汉境内，以进一步削弱其国力。如供奉官、护隰州白壁关屯兵袁继忠，"时河东拒命，继忠累入其境，破三砦，擒将校二人，得生口、马牛羊、铠仗逾万计"。[1] 又开宝六年，晋、隰缘边巡检使李谦溥"领兵入太原，连拔七砦"。[2] 直至宋军攻克金陵，灭亡南唐，南线基本平定，宋太祖再次将目光转回太原。

开宝九年（976）八月，宋太祖任命侍卫马军都指挥使党进为河东道行营马步军都部署，宣徽北院使潘美为都监，虎捷右厢都指挥使杨光义为都虞候，骁将镇州西山巡检郭进为河东忻、代等州行营马步军都监，分兵五路开始了第三次北伐，会攻北汉：西上阁门使郝崇信、解州刺史王政忠率一部出汾州（今山西汾阳），内衣库副使阎彦进、泽州刺史齐超率军出沁州（今山西沁县），内衣库副使孙晏宣、濮州刺史安守忠率一部出辽州（今山西左权），引进副使齐延琛、汝州刺史穆彦璋率部出石州（今山西离石），而郭进与洛苑副使侯美率所部出代州（今山西代县）一带，以阻击南援的辽军。九月，各路宋军进展顺利，党进率领宋军主力抵达太原城下，大败北汉军数千人。十月初，夏州（今陕西横山西）定难节度使李光叡率所部兵马进抵黄河西岸，准备待天寒黄河冰封时，即过河杀入北汉界内。

北汉军数战皆败，赶忙遣使向契丹求救，辽景宗即命将出兵南援。

---
1 《宋史》卷二五九《袁继忠传》，第9004页。
2 《宋史》卷二七三《李谦溥传》，第9339页。

但辽军尚未出境,就传来宋太祖猝死、宋军退兵的消息。宋军数路会攻太原,再一次无功而返。

宋太祖三次北征太原,虽未达到灭亡北汉的初衷,但还是沉重打击了北汉政权。当时北汉所属十一州中仅剩下军兵三万,人口约三万五千户,"得之不足以辟土,舍之不足以为患",[1]北汉灭亡已指日可待。至太平兴国四年(979),宋太宗在初步稳定了统治,并迫使清源陈洪进、吴越钱俶"纳土"以后,再次集中兵力,派大将潘美等分兵四路进攻北汉,将太原城围得水泄不通。宋太宗吸取以往宋太祖两次遣军出征北汉,都因契丹增援而无功而返的教训,特派勇将郭进驻扎在白马岭,击溃契丹援军,契丹大将耶律敌烈败死。四月,宋太宗亲至太原城下督战。五月,孤立无援的北汉主刘继元计穷力竭,开城出降。至此,军阀混战、政局动荡、生灵涂炭、民不聊生的五代十国历史全部结束。

---

[1] 《宋史》卷四八二《北汉刘氏世家》,第13939页。

第六章 创业垂统,建法立制

一、宋太祖誓碑

在有关宋太祖创制立法的记载中，所谓"太祖誓碑"实为一个对宋朝政治影响深远且又人言纷纭之事。据题为陆游所撰的《避暑漫抄》记载：

> 艺祖受命之三年，密镌一碑，立于太庙寝殿之夹室，谓之誓碑，用销金黄幔蔽之，门钥封闭甚严。因敕有司，自后时享及新天子即位，谒庙礼毕，奏请恭读誓词。是年秋享，礼官奏请如敕。上诣室前再拜升阶，独小黄门不识字者一人从，余皆远立庭中。黄门验封启钥，先入焚香明烛揭幔，亟走出阶下，不敢仰视。上至碑前再拜跪瞻默诵讫，复再拜而出。群臣及近侍皆不知所誓何事。自后列圣相承，皆踵故事，岁时伏谒恭读如仪，不敢漏泄。虽腹心大臣，如赵韩王、王魏公、韩魏公、富郑公、王荆公、文潞公、司马温公、吕许公、申公，皆天下重望，累朝最所倚任，亦不知也。靖康之变，犬戎入庙，悉取礼乐祭祀诸法物而去，门皆洞开，人得纵观。碑止高七八尺，阔四尺余，誓词三行，一云"柴氏子孙有罪不得加刑，纵犯谋逆，止于狱中赐尽，不得市曹刑戮，亦不得连坐支属"；一云"不得杀士大夫及上书言事人"；一云"子孙有渝此誓者，天必殛之"。至建炎中，曹勋自虏中回，太上寄语云"祖宗誓碑在太庙，恐今天子不及知"云云。（原注：《秘史》。）[1]

---

[1] 《避暑漫抄》，第139—140页。按："太祖受命之三年"，即建隆三年；黄门，指宦官；柴氏，指周世宗；太上，指宋徽宗。又，宋末元初俞德邻《佩韦斋集》（上海古籍出版社《文渊阁四库全书》本）卷一七《辑闻》云："昌陵初即位，誓不杀大臣，不杀功臣，不杀谏臣，折三矢藏之太庙，俾子孙世守之。"显属后人据后唐庄宗以三矢藏于庙庭一事附会而成。明末清初王夫之《宋论》卷一（第4页）云誓碑"其戒有三：一，保全柴氏子孙；二，不杀士大夫；三，不加农田之赋"。其所云第三戒，不详其所依据，恐亦属传讹。

这誓词虽有三条，其中有实质内容的仅两项，但在古代，其第三条乃属分量极重之毒誓。对于"太祖誓碑"内容，其他文献也有记载，有的文字还稍有异同。如《三朝北盟会编》所引录曹勋《北狩闻见录》云曹勋南归之前，宋徽宗叮嘱云：

> （太上）又曰："艺祖有约，藏于太庙，誓不诛大臣，言有违者不祥，相袭未尝辄易。每念靖康诛罚为甚，今日之祸虽不止此，要当知而戒焉。"[1]

曹勋有关"太祖誓碑"之说，为载于史籍最早者，然今传世单行本曹勋《北狩见闻录》及其《松隐集》卷二六《进前十事札子》所载亦有异同：

> （徽庙）又宣谕曰："艺祖有约藏于太庙，誓不诛大臣、用宦官，违者不祥，故七圣相袭，未尝辄易。每念靖康中诛罚为甚，今日之祸虽不止此，要知而戒焉。[2]

> （太上皇帝）又语臣曰："归可奏上，艺祖有约，藏于太庙，誓不诛大臣、言官，违者不祥。故七祖相袭，未尝辄易。每念靖康年中诛罚为甚，今日之祸虽不止此，然要当知而戒焉。[3]

1　（宋）徐梦莘：《三朝北盟会编》卷九八引曹勋《北狩闻见录》，上海古籍出版社2008年第2版，第722页。按：一般认为"言有"当为"言官"之讹，然据上下文义，作"言有违者不祥"也通。
2　（宋）曹勋：《北狩见闻录》，大象出版社2008年《全宋笔记》（第三编）本，第186页。
3　（宋）曹勋：《松隐集》卷二六《进前十事札子》，上海古籍出版社《文渊阁四库全书》本。

同为曹勋所带来的徽宗口信,却是一作"誓不诛大臣,言有违者不祥",二作"誓不诛大臣、用宦官,违者不祥",三作"誓不诛大臣、言官,违者不祥",各有异同。对此,今有学者认为曹勋此段文字屡经修改,《进前十事札子》当上奏于建炎元年(1127)七月曹勋抵达应天府之后未久,而《三朝北盟会编》所引录的《北狩闻见录》当撰成于绍兴七年(1137)以前,然传世单行本《北狩见闻录》所载者约最后修订于绍兴二十七年(1157)前后。[1]由于诸书所载互有差异,故后世颇有人对此说提出质疑。

20世纪40年代,张荫麟先生首先撰有《宋太祖誓碑及政事堂刻石考》一文,指出"太祖誓约"最初见于曹勋《北狩见闻录》,有关"太祖誓碑"的记载仅见于署名陆游的《避暑漫抄》,故推断"誓碑之说,盖由《北狩见闻录》所载徽宗之寄语而繁衍耳",然并未否定"太祖誓约"的存在,指出"北宋人臣虽不知有此约,然因历世君主遵守惟谨,遂认为有不杀大臣之不成文的祖宗家法"。[2]此后针对这一话题,学界议论各殊,或以为太祖誓碑、誓约全出伪托,可能是宋高宗与曹勋出于政治目的而共同编造的,"是高宗笼络士大夫以换取他们支持的一种权术";[3]或以为宋初确有太祖誓碑,规定"不得杀士大夫与上

---

[1] [美]蔡涵墨撰,陈元译:《曹勋与"太祖誓约"的传说》,载《中国史研究》2016年第4期。按:蔡氏分析上述三条记载的文字互异,可能"反映了曹勋在不同时间、不同情况下的刻意修改",即其所云的不同版本"太祖誓约"只是反映了曹勋南归以后,"对南宋朝廷时刻变化的政治环境做出的不同回应"。

[2] 张荫麟:《宋太祖誓碑及政事堂刻石考》,载《文史杂志》第1卷第7期,1941年1月;又收入张云台编:《张荫麟文集》,教育科学出版社1993年版,第497—501页。

[3] 杜文玉:《宋太祖誓碑质疑》,载《河南大学学报(社会科学版)》1986年第1期。按:此文讹误不少,且将"誓碑""誓约"混为一谈。此后,李峰《论北宋"不杀士大夫"》(载《史学月刊》2005年第12期)更进而认为太祖誓约可能出自徽宗而非高宗的杜撰。

书言事人",更指出宋高宗杀岳飞即违背了太祖誓约。[1] 但学者大多认为宋初确实存在"不杀大臣"的誓约或祖宗家法,而对是否有太祖誓碑则持审慎或怀疑态度。[2] 其实,细加分析相关史料,可见上述议论往往是将不同层面的问题混同于一起来讨论,故而论证纷纷而不定。

其一,宋代是否存在"不杀大臣、言官"或"不杀士大夫与上书言事人"的誓约或祖宗家法?对此,多数学者认为宋朝"优待士大夫,不轻率加以诛杀,确为事实",但这"所谓'不杀'乃指不轻率诛杀,决非绝对不杀"。[3] 此观点也与宋代史籍记载相符合。如徽宗即位之初,左正言任伯雨《又论章惇状》中有云"伏望陛下躬揽之初,先正(章)惇罪,虽用祖宗之意不杀大臣,而流窜之刑亦有近例,惟速示威断,以协公议,天下幸甚"。[4] 又范仲淹亦曾云:"祖宗以来未尝轻杀臣下,此盛德之事。"[5] 南宋时王明清也称道:"本朝法令宽明,臣下所犯,轻重有等,未尝妄加诛戮。"[6] 但"未尝轻杀臣下""未尝妄加杀戮",并非绝对不杀,有时为保证帝位稳定,不得已时还是有将祖宗家法置于脑后之事发生;但一般还是遵循不杀士大夫的祖训,故政争失败者常有被一贬三千里而老死客乡者,但无如汉、唐朝加以杀戮的。至于

---

1 王曾瑜:《岳飞之死》,载《历史研究》1979年第12期。
2 徐规《宋太祖誓约辨析》,载《历史研究》1986年第4期,又收入氏著:《仰素集》,杭州大学出版社1999年版,第589—592页;张希清:《宋太祖誓约与岳飞之死》,载《岳飞研究》第2辑,《中原文物》1989年特刊;张其凡:《"皇帝与士大夫共治天下"试析——北宋政治架构探微》,载《暨南学报》2001年第6期;等等。
3 徐规:《宋太祖誓约辨析》,载《历史研究》1986年第4期。参见刘浦江:《祖宗之法:再论宋太祖誓约及誓碑》,载《文史》2010年第3辑。
4 (明)黄淮、杨士奇:《历代名臣奏议》卷一八一任伯雨《又论章惇状》,上海古籍出版社1989年影印明刊本。
5 《长编》卷一四五庆历三年十一月壬午条,第3499页。
6 《挥麈后录》卷一,第89页。

曹勋《进前十事札子》等所称"每念靖康中诛罚为甚"云云，乃指宋钦宗靖康时杀前宰相王黼于雍丘辅固村，"以遇盗闻，议者惜不与童贯辈明正典刑，顾乃回枉如此"；蔡京子蔡攸、蔡絛"亦赐死"。时"或以靖康刑戮为疑，识者云：'祖宗特不诛大臣尔，若首祸贼党，罪恶显著，在天之灵当亦不赦也。'"[1] 则所谓"或以靖康刑戮为疑"，当即针对曹勋所传徽宗"每念靖康中诛罚为甚"之语而言；而王黼被杀却"以遇盗闻"，其原因当就在于有"不杀大臣"的祖宗家法存在。

其二，言及宋太祖"誓碑"或"誓约"，不管认定其为真或伪，当今学者大都会论及宋高宗诛杀大将岳飞之冤狱，认为宋高宗屈杀岳飞，实质违背了宋朝自宋太祖以来不杀大臣的传统，如台湾学者王德毅《宋高宗评》一文中认为："宋太祖有不杀大臣的誓约，宋朝士大夫颇津津乐道，岳飞位至枢密副使，是国之大臣，最后赐死于大理寺，乃高宗假秦桧之手而杀之，有背祖宗的圣训。"大陆学者王曾瑜、何忠礼等也持相同看法。[2] 而杜文玉《宋太祖誓碑质疑》乃称仅据《宋史》《长编》所载统计，宋太祖在位时就诛杀臣子有八十八人之多，"为北宋诸帝中杀臣子最多者"，其中"上至枢密直学士、殿前都虞候、州刺史，下至指挥使、监察御史、县令等"，可证誓碑内容与史实不符。[3] 确实，宋太祖在位时杀过不少官员，但仔细分析相关记载，可发现这些被杀的官员多属武官，且其中多为低级将官，中级军官颇少，

---

1 （宋）周辉撰，刘永翔校注：《清波杂志校注》卷二《王黼身任伐燕》，中华书局1994年版，第42页。
2 见王德毅：《宋高宗评——兼论杀岳飞》，何忠礼：《岳飞遇害是宋高宗蓄谋已久的阴谋》，均载岳飞研究会编：《岳飞研究（第三辑）》，中华书局1992年版；王曾瑜：《岳飞新传》，上海人民出版社1983年版，第295页。
3 杜文玉：《宋太祖誓碑质疑》。按：宋太祖未曾诛杀过枢密直学士，杜氏所云不确。

高级将领仅殿前都虞候张琼一人，而被杀的文官全是中低级官员，能称作大臣者无一人，且没有以上书言事而被杀者。那么高级将领如张琼、岳飞被杀，是否违背了"不杀大臣"之祖宗家法？

其实，宋太祖乃是有鉴于后汉末大杀掌国大臣、激起兵变而亡国的教训，故立下此"不杀大臣"之重誓，但就现见有关史料分析，此处所谓"大臣"，应主要是指文臣士大夫，而不包括武将在内，即使如岳飞之类曾建立殊勋、身居高位的大将也是如此，[1] 故而《避暑漫抄》所载誓碑之第二条中乃明确云"不得杀士大夫"，即大臣可包括文臣与武官，而武官则一般不属于士大夫。而可为此点作印证者，宋太祖虽曾诛杀大将张琼等，却并未杀一个文官大臣。

宋太祖于"杯酒释兵权"后，任命心腹大将张琼代其弟赵光义为殿前都虞候，统领殿前禁军，并十分信任地宣称："殿前卫士如狼虎者不啻万人，非琼不能统制。"但此后被人告发其"擅乘官马，纳李筠隶仆，畜部曲百余人，恣作威福，禁军皆惧；又诬毁太宗为殿前都虞候时事"时，宋太祖"乃召讯琼，琼不伏，太祖怒，令击之，……气垂绝，曳出，遂下御史案鞫之。……狱具，赐死于城西井亭"。[2] 但《太祖旧录》为掩饰宋太祖屈杀大将的真相，声称张琼"自知不免"而"自杀"，而南宋史臣李焘似也出于同样目的，虽然《太祖新录》《三朝国史》和宋白所撰《张琼传》皆已指明张琼乃是被天子赐死，仍认为这些记载"或加润饰也"，而将《旧录》说法采入《长编》。继而又称张琼"性粗暴，多所陵轹，时军校史珪、石汉卿等方得幸，琼轻目

1　如《建炎以来系年要录》卷一一二绍兴七年七月丁卯条（第1878页）即载："上（高宗）谓（岳）飞曰：'卿前日奏陈轻率，朕实不怒卿，若怒卿，则必有行遣，太祖所谓"犯吾法者，惟有剑耳"。所以复令卿典军，任卿以恢复之事者，可以知朕无怒卿之意也。'"
2　《宋史》卷二五九《张琼传》，第9009—9010页。按：《宋史·太祖纪》中称张琼自杀。

为巫蛊,珪、汉卿衔之切齿",故史、石二人伺机告发报复,[1]以此为宋太祖开脱。又如乾德五年(967),有人密奏殿帅韩重赟"私取亲兵为心腹",宋太祖大怒,下令诛杀韩重赟,宰相赵普阻止道:"陛下必不自将亲兵,须择人付之,若重赟以谗诛,即人人惧罪,谁敢为陛下将者。"但宋太祖"怒犹未解",经赵普再三劝谏,方才息怒,但仍罢其殿帅之职。[2]韩重赟为宋太祖"义社十兄弟"之一,为宋太祖篡周立有大功,而且其虽任殿前都指挥使,却并不执掌军机,而主要从役于工程之事,如建隆三年(962)宋太祖调发京畿壮丁数千人,修筑皇城东北隅,并令有关机构先绘制西京洛阳宫殿,按图修建,皆命韩重赟负责此事;乾德三年秋,黄河在澶州决口,天子命韩重赟率数十万壮丁前往堵塞决口;乾德四年,天子举行郊祀大典,韩重赟被任命为仪仗都部署。但即使如此,也未能使天子放心,反而几乎因这一未经证实的罪名而遭诛杀,可见宋天子对武将忌疑之深。在如此背景下,宋初发生多起监军逼死主将之事,如名将杨业因受监军王侁等羞辱逼迫而被迫战死陈家谷,勇将郭进因不堪监军田钦祚凌辱而被逼自杀等,这些监军于事后并未受到天子重责。[3]这成为有宋一代文官重臣屈杀或逼死统兵大将的先例。

或有人以为此属宋初战时状态,实为不得已之事,但即使在史称"恭俭仁恕"的宋仁宗时期,其大将之处境也未得本质改变。如枢密使

---

1 《长编》卷四乾德元年八月壬午条,第101页。按,宋太祖无端冤杀大将张琼之事,颇有损宋太祖"圣明"天子之光辉形象,且张琼被杀之隐含原因,实与宋初皇位授受有关(有关讨论参见下文,此处从略),故编修《太祖旧录》时对此曲笔,而至编撰《太祖新录》等时,因时代相隔,故忌讳稍少,遂直书其事,由此造成了史书记载上的差异。
2 《长编》卷八乾德五年二月甲戌条,第190页。
3 《长编》卷二七雍熙三年八月条,第621—623页;卷二〇太平兴国四年四月癸酉条,第450页。

王德用"为将,善抚士,而识与不识,皆喜为之称誉。其状貌雄伟动人,虽里儿巷妇,外至夷狄,皆知其名氏"。于是御史等纷纷上疏论奏,动作危言,王德用遂罢枢密使,并因"言者不已"而出知随州,并特为置判官,"士皆为之惧"。[1]而士之所惧,乃是惧怕王德用死于非命。但因王德用善自养晦,终得善死。然同时之名将狄青的遭遇就无如此幸运了:狄青因战功而擢拜枢密使,但言者借口彗星出,"皆指青跋扈可虑,出青知陈州"。[2]据王大成《野老纪闻》载,当时狄青向宋仁宗申述,"仁宗亦然之,及文公(文彦博,时为宰相)以对",仁宗说明狄青的情况,"且言狄青忠臣,公曰:'太祖岂非周世宗忠臣,但得军情,所以有陈桥之变。'上默然。青未知,到中书"向宰相理论,"文公直视语之曰:'无他,朝廷疑尔。'青惊怖,却行数步。青在镇,每月两遣中使抚问,青闻中使来,即惊疑终日,不半年,疾作而卒。皆文公之谋也"。[3]狄青之官爵与韩琦、文彦博不相上下,只是文武有别,就遭受如此羞辱,终至惊疑而卒。一般认为韩、文二人为宋朝文臣中较有远见者,但其有鉴于"陈桥之变",故对于防止武将权力尾大不掉这一点上,与宋朝天子一样都极其重视。如认为王、狄之遭遇乃出于文臣的猜疑,那曹利用之死就直出于"天意"了。宋仁宗初年,章献太后垂帘听政,枢密使、尚书左仆射兼司空、武宁军节度使、景灵宫使曹利用"性悍梗少通,力裁侥幸","在朝廷忠荩有守",但因"在位既久,颇恃功",而为太后所"严惮",结果在宦官诬构下罢贬流放,于途中,在"护送"的宦官逼迫下"投缳而绝,以暴卒闻"。[4]两宋之

---

1 《欧阳修全集》卷二三《忠武军节度使同中书门下平章事武恭王公神道碑铭》,第357页。
2 《默记》卷上,第16页。
3 《野客丛书》附录一《野老记闻》,第449—450页。
4 《宋史》卷二九〇《曹利用传》,第5706—5708页。

交的蔡絛曾说:"国朝实录、诸史,凡书事皆备《春秋》之义,隐而显。若至贵者以不善终,则多曰'无疾而崩',大臣、亲王则曰'暴卒',或云'暴疾卒'。"[1]可见曹利用死得不分明。宋人有鉴于唐朝后期宦官擅权的危害,故对宦官擅权的防范,与防范武将尾大不掉同样重视。章献太后垂帘时宦官势力虽有所扩大,但远未到敢擅自逼死朝廷大臣的地步。同样在宋仁宗朝,谏官"唐介贬岭南,帝遣中使护以往,(胡)宿言:'事有不可测,介如不幸道死,陛下受杀直臣之名。'帝悟,追还使者"。[2]此也从侧面证实了"护送"中使所为,当据天子旨意行事。故曹利用"死非其罪,天下冤之"。[3]如曹之死确属宦官胡作非为,士大夫岂能默默?因此事出自"天意",故天下人只能"冤之"而已。

曹、王、狄三人是北宋中期武将中较有才干、功勋者,且官拜枢密使,在百姓和军队中甚有声望。但也正因为其有才干、功勋和声望,所以横被天子、文臣们猜忌、打压。因此,南宋初宋高宗屈杀岳飞,不但未与宋太祖的誓约相违背,而且完全可说与其祖宗猜忌、迫害武将的家法一脉相承。宋高宗因其特殊经历,对武将的猜忌更深更重。据《宋史·高宗纪》载,宋高宗在杀岳飞之前,就曾发生多起诛杀统兵武将事件,且多次表示"武臣少能知义理",[4]要求心腹大将张俊仿效唐朝中兴功臣郭子仪之作为:"今卿所管兵,乃朝廷兵也。若知尊朝廷如子仪,则非特身享福,子孙昌盛亦如之;若恃兵权之重而轻视朝廷,有命不即禀,非特子孙不享福,身亦有不测之祸,卿宜戒之。"[5]

---

1 《铁围山丛谈》卷三,第57页。
2 《宋史》卷三一八《胡宿传》,第10367页。
3 《宋史》卷二九〇《曹利用传》,第5708页。
4 《建炎以来系年要录》卷二六建炎三年八月戊申条,第535页。
5 《建炎以来系年要录》卷一三九绍兴十三年正月庚戌条,第2343页。

也曾对岳飞宣称"太祖所谓犯吾法者,惟有剑耳"。[1] 在此背景下,大臣也多以诛杀武将立威,著名者如张浚屈杀方面大将赵哲、曲端而失陷陕西五路,但因张浚忠实地执行了防范武将的国策,故宋高宗并未给予严罚。与此相对应,宋高宗于建炎初年曾诛杀了上书人陈东、欧阳澈二人,但未久即在朝野舆论压力下予以昭雪,恤及家人。绍兴八年(1138)宋、金和议时,枢密院编修官胡铨上书坚决反对,请天子"诛秦桧以谢天下",由此"高宗震怒,以为讦忤,欲正典型。谏者以陈东启上,上怒为霁,遂贬胡儋耳"。[2] 此与岳飞被杀时满朝大臣无人上书营救恰成鲜明对照。或有人认为此因世人有惧于秦桧淫威而不敢上书营救的缘故,其实不然。当时秦桧尚未有只手遮天的威权,而秦桧晚年虽有尽诛胡铨等政敌的图谋,但也因种种原因而终于未果。故此正可以看出两宋君臣对于文臣、武将的不同态度。此处再举一例,以证明宋高宗君臣反对轻易诛杀文臣的态度:建炎四年(1130)六月,宋高宗对宰执说:"(潘)良贵顷为谏官,与袁植皆劝朕诛杀。祖宗以来,未尝戮近臣,故好生之德信于天下。若此,必失人心。"宰相赵鼎也称"谏诤之职,尤不可以此导人主"。[3] 罗大经《鹤林玉露》详载袁植劝诛之事,曰:"建炎初,维扬之祸,谏官袁植乞诛黄潜善等九人,高宗不可,曰:'朕方责己,岂可归罪股肱?'宰相吕颐浩曰:'我朝辅弼大臣,纵有大罪,止从贬窜,故盛德足以祈天永命。植发此言,亏陛下好生之德。'乃出植知池州。"罗大经论赞此事道:"大哉!高宗之德。至哉!颐浩之论。当时若从植言,潜善等固死有余罪,然此门

---

1 《建炎以来系年要录》卷一一二绍兴七年七月丁卯条,第1878页。
2 (宋)叶绍翁:《四朝闻见录》甲集《请斩秦桧》,中华书局1989年版,第27页。
3 《建炎以来系年要录》卷三四建炎四年六月壬午条,第685页。

既开,厥后秦桧专国,必借此借口,以锄善类,其产祸,宁有极乎!"[1]由此可见,对于宋高宗屈杀岳飞,罗大经并未认为有违"祖宗以来未尝戮近臣","我朝辅弼大臣,纵以大罪,止从贬窜"的祖宗家法,更未有亏宋高宗的"好生之德"。此也可证明,南宋士大夫同于北宋时人,似也没有把官任枢密副使的大将岳飞等同于天子"近臣"与"辅弼大臣"。[2]

其三,今日学者讨论太祖誓约(誓碑),大多关注于"不杀大臣、言官",但少有人提起《避暑漫抄》所载誓碑第一条"保全柴氏子孙"的内容,其理由在于"时过境迁之后,柴氏子孙的命运已淡出人们的视野,后人所看重的几乎都是不杀士大夫的誓言"。[3]其实,对于宋太祖而言,此第一条内容似乎更为重要,如清人袁栋所言:其誓碑"虽有三语,其实止一语也。末行是总束语,中行是陪衬语,止有首行是主意。宋祖得天下于小儿,原有歉于隐微,故为是誓碑,而其忠厚处实过于六朝、五代远矣,宜其享国久长哉"。[4]袁氏之说,也对也不对。虽说宋太祖立此誓碑,其侧重点在此第一条,然其第二条绝不能视之为"陪衬语",其实此两条内容,皆属宋初君臣有鉴于唐末五代时期政治之经验教训而得出。考《资治通鉴》等史书,知五代时期十三位皇帝,无有享国十年以上者,勉强为帝十年的后梁末帝终以亡国亡身下场;同时五代天子大都享年不永,死于非命者多达7人。而且自后

---

[1] (宋)罗大经:《鹤林玉露》甲编卷五《杜惊范文正》,中华书局1983年版,第51页。
[2] 顾宏义:《岳飞之死与宋太祖"不杀大臣"誓约考》,载《华东师范大学学报(哲学社会科学版)》2001年第1期。
[3] 刘浦江:《祖宗之法:再论宋太祖誓约及誓碑》,载《文史》2010年第3辑。
[4] (清)袁栋:《书隐丛说》卷六《宋祖誓碑》,转引自刘浦江:《祖宗之法:再论宋太祖誓约及誓碑》,载《文史》2010年第3辑。

梁太祖朱温诛杀唐哀宗起，五代用武力篡国者，往往对前朝末帝及皇室大开杀戒，如辽太宗灭后晋，未久辽军北还，召后唐明宗子许王李从益来"立以为帝"。后汉太祖率军自太原南下，李从益自称梁王，"遣使奉表称臣迎帝，请早赴京师，仍出居私第"，然后汉太祖却遣部将"先入大梁清宫，密令杀李从益"。故胡三省对此评道："为汉祖者，待李从益以不死可也，杀之过矣。"[1] 结果后汉成为五代最短之王朝，仅二世四年而亡。同时，在唐末五代时期，各地藩镇，执掌军政大权的宦官、军将以及出身军阀的皇帝，大都很鄙视士大夫，往往动辄杀害士大夫及向皇帝上书议论朝政的士人，如后汉"汉法既严"，而权臣史弘肇行法"尤残忍"，平时"尤恶文士，常曰：'此属轻人难耐，每谓吾辈为卒。'"苏逢吉觊觎前宰相李崧家财，而借故诛杀李崧一家五十人，"时人无不冤之"。[2] 由此大失人心，使文臣与士人离心离德，不肯为国事尽力，影响了王朝统治稳定。唐末五代时期政局动荡，政权屡更，这也是其中一大原因。有鉴于此，宋太祖在登基后，反其道而行之，一革五代弊政，而宋太祖能顺利施行"杯酒释兵权"、推行崇文抑武国策，也与其获得士大夫的支持密不可分。

《避暑漫抄》称誓碑立于"艺祖受命之三年"，即建隆三年。据载是年周郑王（即周幼主恭帝）"出居房州"。[3] 此二者显然不是巧合。而周郑王"出居房州"，实乃仿用唐朝武则天废唐中宗并将其囚禁于房州的故事。至于其原因，恐与是年五月宋太祖"始大治宫阙，仿西

1　《资治通鉴》卷二八七后汉高祖天福十二年，第9362页、第9364页、第9366页。
2　《资治通鉴》卷二八八后汉高祖乾祐元年，第9402页、第9403页。
3　《宋史》卷一《太祖纪一》，第13页；《长编》卷三建隆三年"是岁"条，第77页。

京之制"有关。[1] 在周郑王移出西宫时，或许有对其加以"处置"之类建议，但宋太祖未予采纳，并立誓碑（誓约）告诫嗣帝务必"保全柴氏子孙"；太祖其后又选命太子中允、判太府寺辛文悦知房州事，因"上幼从文悦肄业""上谓文悦长者"，故尔。[2]

有学者认为宋太祖这种保全柴氏子孙、安抚优待士大夫的誓约完全可以公开，有利于赵氏王朝统治，完全没有保密的必要；而且此类事"对史官不存在保密的问题""此类事按理应在日历、实录中有所反映，《续资治通鉴长编》《宋史》本纪部分多根据日历、实录、国史，可是，遍查《长编》《宋史·太祖本纪》竟无一丝踪迹，《宋史·高宗本纪》虽载有曹勋南归之事，但对'誓约'却无一字提及，正史记载虽不能说无有疏漏，但较为重大的事件是不可能疏脱的"，故断言这誓碑"纯属子虚乌有"。[3] 这一说法，颇可商榷。因为其一，朝廷军政大事一般会为史官记录在案，但这并非是说有关朝廷军政机务、禁闱秘事都会被记载于国史，而通常只是传闻于时人口耳之间，记录于私家笔记野史之中。宋代此类事例颇多。其二，曹勋《北狩见闻录》虽未如《避暑漫抄》那样明确记载太庙中密藏有太祖誓碑，但亦明言"艺祖有约，藏于太庙"，与《避暑漫抄》所载并无冲突。而南宋著述如王明清《挥麈录》、徐梦莘《三朝北盟会编》、李心传《建炎以来系年要录》以及《宋史·曹勋传》等文献皆曾引录此事，却并未怀疑

---

1 《长编》卷三建隆三年五月"是月"条，第68页。按：《宋史》卷一《太祖纪一》（第11页）载是年五月"乙酉，广大内"。
2 《长编》卷一〇开宝二年十二月戊戌条，第236页。
3 杜文玉：《宋太祖誓碑质疑》，载《河南大学学报（社会科学版）》1986年第1期。按：邓小南《祖宗之法：北宋前期政治述略》（三联书店2006年版，第475页）也认为"不杀大臣"当属宋祖祖宗家法之一，但"这并不等于说确有这样的成文规定"，若真存在誓约，按理"不应当秘而不宣"。

其真实性。其三，任何政权都以武立国，自中唐以来一直傲视朝廷的武人们忽然遭到天子明里暗里的打压，如再得知宋太祖立有如此优待士大夫的誓碑，恐会引起很大的负面作用，而如若士大夫得知有此誓碑，恐也可能变得难以控制，反而有违保护、优待士大夫的初衷。因此，此誓约"应视为宋代君主的一种自我约束"，"只是由君主掌握的一项施政原则"，则"属于'内部掌握'的原则"，而且宋太祖"子孙有渝此誓者，天必殛之"之类毒誓，恐也不好"公诸于世"。[1]

宋太祖誓约对宋代政治影响深远，其"保全柴氏子孙"之戒约，如清人袁栋所言，正反映出"其忠厚处实过于六朝、五代远矣，宜其享国久长哉"；而对于"不得杀士大夫及上书言事人"之戒约，张荫麟先生尝有过精辟的分析：

> 太祖不杀大臣及言官之密约所造成之家法，于有宋一代历史影响甚巨。由此事可以了解北宋言官之强横，朝议之嚣杂，主势之降杀，国是之摇荡，而荆公所以致慨于"今人未可非商鞅，商鞅能令法必行"也。神宗变法之不能有大成，此其远因矣。此就恶影响言也。若就善影响言，则宋朝之优礼大臣言官实养成士大夫之自尊心，实启发其对于个人人格尊严之认识。此则北宋理学或道学之精神基础所由奠也。[2]

即"宋代士大夫'以天下为己任'的集体意识，'共治天下'的政治理想"，也即余英时强调的宋代"士大夫政治主体意识的形成"，皆

1　刘浦江：《祖宗之法：再论宋太祖誓约及誓碑》，载《文史》2010年第3辑。
2　张荫麟：《宋太祖誓碑及政事堂刻石考》，载《文史杂志》第1卷第7期，1941年1月。

与这一太祖誓约（祖宗之法）有着密不可分的关系。[1]

与宋太祖誓碑颇有些类似的还有"政事堂刻石"之传说。据宋人笔记《道山清话》载：

> 太祖尝有言，不用南人为相，《实录》《国史》皆载，陶谷《开基万年录》《开宝史谱》言之甚详，皆言太祖亲写"南人不得坐吾此堂"，刻石政事堂上。或云，自王文穆大拜后，吏辈故坏壁，因移石于他处，后浸不知所在。既而王安石、章惇相继用事。为人窃去，如前两书，今馆中有其名而亡其书也。顷时尚见其他小说往往互见，今皆为人节略去，人少有知者，知亦不敢言矣。[2]

此处《实录》《国史》当指《太祖实录》（或《三朝实录》）、《三朝国史》；王文穆即江西人王钦若，王安石亦为江西人，章惇为福建人。陶谷《开基万年录》《开宝史谱》二书，除《道山清话》外，未见其他文献曾予引录、提及，而李焘《长编》实据历朝《实录》《国史》而修，然并无只言片语提及此事。《道山清话》中所记载之事"终于崇宁五年，则成书当在徽宗时。书中颇诋王安石之奸，于伊川程子及刘挚亦不甚满，惟记苏、黄、晁、张交际议论特详，其为蜀党中人固灼可见矣"。[3] 由此可知《道山清话》"顷时尚见其他小说往往互见，今皆为人节略去，人少有知者，知亦不敢言矣"云云，当是暗指蔡京

---

1 刘浦江：《祖宗之法：再论宋太祖誓约及誓碑》，载《文史》2010年第3辑。
2 （宋）佚名：《道山清话》，大象出版社2006年《全宋笔记》（第二编）本，第102—103页。
3 （清）永瑢等：《四库全书总目》卷一四一《道山清话》，中华书局1981年版，第1195页。

(福建人)执掌国政时,立"元祐党籍碑",而士人迫于其淫威而不敢言此事。然而考诸史籍,《道山清话》此则记载,当出自凭空虚造。

宋太祖和宋太宗固然从未任命南方人为宰相,这是因为宋初两朝之政治基础在中原地区,南方人入朝者大多为远方降臣,自然没有冠列朝臣之理。到宋真宗后期,通过科举踏上仕途的南方人逐渐进入高层,并开始出任宰相,如王钦若;至宋神宗时,北方人在朝堂上的地位已在南方人之后。南宋中叶赵彦卫《云麓漫钞》云:"艺祖御笔:'用南人为相,杀谏官,非吾子孙。'石刻在东京内中。虽人才之出无定处,然'山东出相,山西出将',古亦有此语。其后王荆公首变法,吕惠卿实为谋主,章子厚、蔡京、蔡卞继之,卒致大乱。圣言可谓如日矣。渡江后,士大夫不复言,仅见于《邵氏闻见录》及《长编》。"[1]其中所谓御笔"用南人为相,杀谏官"云云,显然是将"太祖誓碑"与"政事堂刻石"的内容误合为一。至于《邵氏闻见录》云云,乃指邵伯温记载其父邵雍因"天津桥上闻杜鹃声",而预示"不三五年,上用南士为相,多引南人,专务变更,天下自此多事矣"[2]。《长编》云云,当指《长编》卷九〇所载宋真宗"欲相钦若,王旦曰:'钦若遭逢陛下,恩礼已隆,且乞令在枢密,两府任用亦均。臣见祖宗朝未尝使南方人当国,虽古称立贤无方,然必贤士乃可。臣位居元宰,不敢阻抑人,此亦公议也。'上遂止。及旦薨,上卒相钦若。钦若尝语人曰:'为王子明故,使我作相晚却十年。'"[3]倘若真有宋太祖"政事堂刻石"这一有力证据,王旦为何不加引用?而宋真宗于王旦死后即任用王钦若

---

1 (宋)赵彦卫:《云麓漫钞》卷一〇,古典文学出版社1957年版,第147页。
2 《邵氏闻见录》卷一九,第214页。
3 《长编》卷九〇天禧元年八月庚午条,第2075页。按:王旦字子明。

为相，难道就不怕违背祖宗家法？可证此所谓"政事堂刻石"之说实不可信。[1]

二、"宰相须用读书人"与"异论相搅"

据宋人《刘贡父诗话》记载：

> 太祖欲改元，谓宰相等曰："今改年号，须古来未有者。"时宰相以"乾德"为请，且言前代所无。三年正月平蜀，蜀宫人有入掖廷者，太祖因阅其奁具，得鉴背字云"乾德四年铸"，大惊曰："安得四年所铸乎？"出鉴以示宰相，皆不能对，乃召学士陶谷、窦仪，奏曰："蜀少主曾有此号，鉴必蜀中所铸。"太祖大喜，因叹曰："作宰相须是读书人。"自是大重儒臣矣。[2]

此事也载于《宋史·太祖纪三》《长编》等。《长编》卷七所载较《刘贡父诗话》稍详，云：

> 上初命宰相撰前世所无年号，以改今元（乾德）。既平蜀，蜀宫人有入掖廷者，上因阅其奁具，得旧鉴，鉴背有"乾德四年铸"，上大惊，出鉴以示宰相曰："安得已有四年所铸乎？"皆不能答。乃召学士陶谷、窦仪问之，仪曰："此必蜀物，昔伪蜀王衍有此号，当是其岁所铸也。"上乃悟，因叹曰："宰相须用读书人。"由是益重儒臣矣。赵普初以吏道闻，寡学术，上

---

[1] 张荫麟：《宋太祖誓碑及政事堂刻石考》，载《文史杂志》第1卷第7期，1941年1月。
[2] 《宋朝事实类苑》卷五九《窦仁惠》引《刘贡父诗话》，第782页。

每劝以读书,普遂手不释卷。(原注:此事不知果何时,既无所系,因附见收伪蜀图书法物之后。)[1]

世人大都以为此宰相即赵普。因上述记载,与宋朝"崇文"国策关系甚为密切,故每为后人所引用发挥,但细析文句,其中颇有些问题。

宋太祖登基时建年号曰建隆,至四年改曰乾德,再至六年改曰开宝。史载改建隆四年(963)为乾德元年在是年十一月甲子,是日"合祭天地于南郊",并"大赦,改元"。[2] 而此时宰相为范质、王溥、魏仁浦三人,次年正月三人罢相,赵普方擢拜宰相。[3] 然而此三人中仅魏仁浦出身"小史"即小吏,[4] 范质、王溥二人皆进士出身。范质于后唐长兴四年(933)举进士,历直史馆,授翰林学士,后周广顺初拜宰相。"初,质既登朝,犹手不释卷,人或劳之,质曰:'有善相者,谓我异日位宰辅。诚如其言,不学何术以处之?'"[5] 王溥于后汉乾祐间中进士甲科,亦历官翰林学士,后周广顺间拜宰相。"溥好学,手不释卷,尝集苏冕《会要》及崔铉《续会要》,补其阙漏,为百卷,曰《唐会要》。又采朱梁至周为三十卷,曰《五代会要》。有集二十卷。"[6] 史称"质以儒者晓畅军事,及其为相,廉慎守法。溥刀笔家子,而好学终始不倦"。[7] 显然应属宋太祖口中所称誉的"读书人",如说其竟然不知此前不久的前蜀后主王衍时曾用过"乾德"这一年号,显属不可信。而

1 《长编》卷七乾德四年五月乙亥条,第171页。
2 《长编》卷四乾德元年十一月甲子条,第108页。
3 《宋史》卷二一〇《宰辅表一》,第5418—5419页。
4 《宋史》卷二四九《魏仁浦传》,第8802页。
5 《宋史》卷二四九《范质传》,第8793页、第8795页。
6 《宋史》卷二四九《王溥传》,第8799页、第8801页。
7 《宋史》卷二四九"赞曰",第8808页。

且宋灭后蜀在乾德三年（965）初，然后宋太祖在宫中发现铸有"乾德四年"年号的铜镜，却至乾德六年十一月才改元开宝，显然其所用年号与前代相同，并非宋太祖将"乾德"改为"开宝"的主要原因。[1]

由于乾德二年以后赵普独相十年，故宋太祖当时所询问者即赵普。据叶梦得《石林燕语》云卢多逊素与"赵韩王（赵普）不协，韩王为枢密使，卢为翰林学士，一日，偶同奏事，上初改元乾德，因言此号从古未有，韩王从旁称赞。卢曰：'此伪蜀时号也。'帝大惊，遂令检史，视之果然。遂怒，以笔抹韩王面，言曰：'汝争得如他多识！'"[2] 叶梦得所言显含传闻之讹，此时赵普实已拜宰相，而非枢密使，且"以笔抹面"，也属夸张。但可注意的是当时皇上言"乾德"年号"从古未有"，赵普"从旁称赞"，据《刘贡父诗话》所言，当时宋太祖"出鉴以示宰相，皆不能对"，则其所示者，当非赵普一人。当时宰相赵普，参知政事薛居正，枢密副使李崇矩、王仁赡，李崇矩、王仁赡二人属武官，薛居正虽在后唐时"登第"，但与赵普相似，乃以"材干"闻名。[3] 宋太祖之感喟，当由此而发。因此，宋太祖乃有劝赵普"读书"之说，而赵普"遂手不释卷"。

宋太祖感喟"宰相须用读书人"，似还与此前发生的一件事相关。即乾德二年正月，范质、王溥、魏仁浦三人罢相，数日后任命枢密使赵普为宰相，李崇矩为枢密使。然此时二人任命敕书"乃无宰相署敕，上（太祖）时在资福殿，普因入奏其事，上曰：'卿但进敕，朕为卿署

---

[1] 按：李华瑞《宋代建元与政治》（载《中国史研究》1996年第4期，又载氏著：《宋史论集》，河北大学出版社2001年版）也认为宋初宰相不知后蜀年号有名乾德，而为太祖定年号乾德的"记载似不可信"。
[2] 《石林燕语》卷七，第99页。
[3] 《宋史》卷二六四《薛居正传》，第9109—9110页。

字,可乎?'普曰:'此有司所行,非帝王事也。'乃使问翰林学士讲求故实。陶谷建议,以为:'自古辅相未尝虚位,惟唐太和中,甘露事后数日无宰相,时左仆射令狐楚等奉行制书。今尚书亦南省长官,可以署敕。'窦仪曰:'谷所陈非承平令典,不足援据。今皇弟开封尹、同平章事,即宰相之任也。'上从仪言"。[1]唐朝以同平章事为宰相正式官名,但使相官衔中所带的同平章事乃属荣誉称号,不参与宰相事务,然在名义上仍视同于宰相。故作为权宜之计,开封尹赵光义即可以同平章事的名义代行宰相之事权,在敕书上"署字"。与陶谷的建议"非承平令典,不足援据"相比较,窦仪显然更识大体,故大得天子赏识。

宋太祖于陈桥兵变"黄袍加身"以后,为使政局平稳过渡,留用后周范质等三位宰相,但罢去范质、王溥二人参知枢密院事。当时,国家军政机事大体掌于枢密院,而宋太祖命心腹赵普以枢密直学士、李处耘、王仁赡以枢密承旨执掌枢密院职事。范质等三宰相因其本为前朝旧臣,所以与新朝天子相处、议事行政不免时有尴尬。

范质为人廉洁刚介,"时号贤相",[2]宋太祖尝称誉:"朕闻范质居第之外,不植资产,真宰相也。"然宋太宗"尝对近臣称累朝宰相,以为循规矩、重名器、持廉节,无出质之右者,其所不足,但欠世宗一死耳"。对于这位曾仕前朝而被留用的宰相,宋太祖、太宗的评价是很高的,而"但欠世宗一死"之断语,确实击中了范质一生之隐痛,"稍存形迹"的范质年仅五十四岁就病卒,临终前"戒其子旻以毋请谥,毋刻墓碑",[3]当皆与此有关。

---

1 《长编》卷五乾德二年正月庚寅条,第119页。
2 《长编》卷五乾德二年正月戊子条,第118—119页。
3 《长编》卷五乾德二年九月辛丑条,第133页。

赵普虽然为宰相多年，但出身"文吏"、被天子"每劝以读书"，显然不属宋太祖宣称"宰相须用读书人"之"读书人"。据载宋太祖当时确有起用"文儒之臣"为宰相的意图。史载窦仪"清介重厚""学问优博，风度峻整"，故"太祖屡对大臣称仪有执守，欲相之。赵普忌仪刚直，乃引薛居正参知政事。及仪卒，太祖恻然谓左右曰：'天何夺我窦仪之速耶！'盖惜其未大用也"。[1] 按窦仪卒于乾德四年（966）冬。然宋人又有记载道：

> 窦仪，开宝中为翰林学士，时赵普专政，帝患之，欲闻其过。一日召仪，语及普所为不法，且誉仪早负才望之意。仪盛言普开国勋臣，公忠亮直，社稷之镇。帝不悦。仪归，言于诸弟，张酒引满，语其故曰："我必不能作宰相，然亦不诣朱崖，吾门可保矣。"既而召学士卢多逊，尝有憾于普，又喜于进用，遂攻普之短，果罢相，出镇河阳。……多逊遂参知政事，作相。[2]

这则记载传播甚广，窦仪忠厚刚介，不落井下石，亦符合其平日为人，但推究其事却是假的，因为开宝年间，窦仪早已谢世，不可能被天子召见来议论赵普的短长。据《宋史·陶谷传》，当时陶谷为翰林学士，"与窦仪不协。仪有公望，虑其轧己，尝附宰相赵普与赵逢、高锡辈共排仪，仪终不至相位"。[3] 可知窦仪终于未得"大用"，实与宰相赵普

---

[1] 《宋史》卷二六三《窦仪传》，第9093—9094页。
[2] （宋）杨亿口述、黄鉴笔录、宋庠整理，李裕民辑校：《杨文公谈苑·窦仪不攻人之短》，上海古籍出版社1993年版，第65页。
[3] 《宋史》卷二六九《陶谷传》，第9237页。

的排挤有关。因此，有学者以为宋太祖宣称"宰相须用读书人"，只不过是表示"一种导向"而已。[1]

宋人笔记中又有一则记载称，"周世宗尝欲以窦仪、陶谷并命为宰相，以问范质，质曰：'谷有才无行，仪执而不通。'遂寝其事"。[2]陶谷其人，"强记嗜学，博通经史，诸子佛老，咸所总览，……为人隽辨宏博，然奔竞务进，……闻达官有闻望者，则巧诋以排之"，有记载说当初"太祖将受禅，未有禅文，谷在旁，出诸怀中而进之曰：'已成矣。'太祖甚薄之。尝自曰：'吾头骨法相非常，当戴貂蝉冠尔。'盖有意大用也，人多笑之"。[3]貂蝉冠指宰相的官帽，其渴望拜相之欲望展露无遗。对于陶谷终未拜宰相的原因，宋人尝云：

> 国初文章，惟陶尚书谷为优，以朝廷眷待词臣不厚，乞罢禁林。太祖曰："此官职甚难做？依样画葫芦，且做且做。"不许罢，复不进用。谷题诗于玉堂，曰："官职有来须与做，才能用处不忧无。堪笑翰林陶学士，一生依样画葫芦。"驾幸见之，愈不悦，卒不大用。[4]

又魏泰《东轩笔录》也载此事，然文字稍异：

> 陶谷，自五代至国初，文翰为一时之冠。然其为人倾险很

1　邓小南：《谈宋初之"欲武臣读书"与"用读书人"》，载《史学月刊》2005年第7期。
2　《国老谈苑》卷一《窦仪陶谷终不入中书》，第56页。
3　《宋史》卷二六九《陶谷传》，第9238页。
4　《续湘山野录》，第75页。

媚,……太祖虽不喜,然藉其词章足用,故尚置于翰苑。谷自以久次旧人,意希大用。建隆以后为宰相者,往往不由文翰,而闻望皆出谷下。谷不能平,乃俾其党与,因事荐引,以为久在词禁,宣力实多,亦以微伺上旨。太祖笑曰:"颇闻翰林草制,皆检前人旧本,改换词语,此乃俗所谓依样画葫芦耳,何宣力之有!"谷闻之,乃作诗,书于玉堂之壁,曰:"官职须由生处有,才能不管用时无。堪笑翰林陶学士,年年依样画葫芦。"太祖益薄其怨望,遂决意不用矣。[1]

此事也颇为世人所引用,但"建隆以后为宰相者,往往不由文翰,而闻望皆出谷下"云云,却非事实,因为自宋初至开宝三年(970)陶谷卒,其间新拜相者仅赵普一人,而据《宋史·陶谷传》,陶谷实"附宰相赵普"者。

乾德二年初,赵普拜相。凭借天子的信任,赵普"独相凡十年,沉毅果断,以天下事为己任,上倚信之,故普得成其功",[2] 始终执掌中枢机构,尽力辅佐天子,襄理国事,为子孙后代创制"法度":"及其当揆,献可替否,惟义之从,未尝以勋旧自伐。偃武而修文,慎罚而薄敛,三百余年之宏规,若平昔素定,一旦举而措之"。[3] 南宋初大臣吕颐浩也曾对宋高宗曰:"臣尝见太祖皇帝与赵普论事书数百通,其有云:'朕与卿定祸乱以取天下,所创法度,子孙若能谨守,虽百世可也。'"[4] 因此,宋人每视赵普为"佐命功臣""社稷臣",是宋太

---

[1] 《东轩笔录》卷一,第5页。
[2] 《长编》卷一四开宝六年八月甲辰条,第306页。
[3] 《宋史》卷二五六"论曰",第8945页。
[4] 《建炎以来系年要录》卷六一绍兴二年(1132)十二月癸巳条,第1075页。

祖治理天下不可或缺的左臂右膀。《长编》卷九开宝元年十月甲戌日记事，充分揭示了宋太祖对赵普的宠信：

> 屯田员外郎雷德骧责授商州司户参军。德骧判大理寺，其官属与堂吏附会宰相，擅增减刑名，德骧愤惋求见，欲面白其事，未及引对，即直诣讲武殿奏之，辞气俱厉，并言赵普强市人第宅，聚敛财贿。上怒，叱之曰："鼎铛犹有耳，汝不闻赵普吾之社稷臣乎！"引柱斧击折其上腭二齿，命左右曳出，诏宰相处以极刑。既而怒解，止用阑入之罪黜焉。[1]

压下臣僚的控告以示对宰相赵普的宠信，然后轻责雷德骧以开臣僚敢言之路。对此，《宋会要辑稿·礼》四七之二评论道：

> 以判大理寺而敢于言大臣之短，不惟养日后敢言之风，亦可以无大臣专权之祸。汉高祖闻萧何多买田宅之污则有械系元勋之辱，此汉一代所以有诛戮大臣之祸。我太祖闻赵普擅市人第宅之事，则有鼎铛有耳之责，此本朝所以有进退大臣之礼。

也因此故，《宋史·赵普传》"论曰"即如此评论太祖与赵普的关系：

> 自古创业之君，其居潜旧臣，定策佐命，树事建功，一代有一代之才，未尝乏也。求其始终一心，休戚同体，贵为国卿，

---

[1] 《长编》卷九开宝元年十月甲戌条，第210页。

亲若家相，若宋太祖之于赵普，可谓难矣。[1]

其所谓"贵为国卿，亲若家相"者固然不假，但云"始终一心，休戚同体"则是过誉了。世事总是盛极而衰。随着赵普为相日久，其"事权之重，闻于中外"。[2] 史载赵普为相，"尝设大瓦壶于视事阁中，中外表疏，普意不欲行者，必投之壶中，束缊焚之。其多得谤訾，殆由此也"。[3] 魏泰《东轩笔录》也称"祖宗朝，宰相怙权，尤不爱士大夫之论事。赵中令普当国，每臣僚上殿，先于中书供状不敢诋斥时政，方许登对。田锡为谏官，尝论此事，后方少息"。[4] 田锡为谏官，在宋太宗朝。但赵普在宋太宗时第二次拜相，其与宋太宗的关系颇为微妙，故无论如何也不敢要求"每臣僚上殿，先于中书供状不敢诋斥时政，方许登对"，此类事只会发生在宋太祖朝赵普独相期间。赵普的专权自用，终于招致天子的忌疑。

与宋代史籍刻意宣扬的赵普"得君"不同，宋太祖在"倚信"的同时，也颇为注意防范赵普"专权"。当然，宋太祖对赵普的防范，与宋初其他政治疑案如"陈桥兵变""斧声烛影"一样，在宋代文献中大都被刻意掩饰，仅有零散记载，且不无讹误之处。仔细辨析各种史料，可见宋太祖对赵普的防范，主要是通过其所倚重的原幕府成员控制的枢密院来施行。

宋太祖 ·朝，据《宋史·宰辅表一》，新任枢密院长官者计八人，其中五人为宋太祖旧日幕僚，枢密院实权始终掌控在宋太祖"旧臣"

---

1 《宋史》卷二五六《赵普传》，第8945页。
2 李全德：《唐宋变革期枢密院研究》，国家图书馆出版社2009年版，第267页。
3 《长编》卷一四开宝六年八月甲辰条，第306页。
4 《东轩笔录》卷一四，第158页。

之手：

建隆元年八月，枢密直学士赵普拜枢密副使。

建隆三年十月，赵普擢升枢密使，召宣徽北院使李处耘任枢密副使。

乾德元年九月，李处耘罢职；二年正月赵普升拜宰相，宣徽北院使李崇矩擢任枢密使，即以枢密承旨王仁赡充枢密副使。

乾德五年正月，王仁赡罢官；二月，召西川转运使沈义伦为枢密副使。

开宝五年九月，李崇矩罢枢密使。六年八月，赵普罢相；九月，沈义伦拜相，判三司楚昭辅继任枢密副使，直至太祖末年。

开宝九年二月，宣徽南院使曹彬拜枢密使。

赵普、李处耘、王仁赡、沈义伦、楚昭辅数人皆为宋太祖昔日幕府成员。赵普自枢密使升拜宰相以后，"参总庙权"，"大小之务，尽决于公"，而作为其副手的参知政事吕余庆诸人"但奉行制书，备位而已"。[1] 然而宋太祖却同时授任其他"旧臣"为枢密使副，从而始终将枢密院的实权控制在手，由此形成有宋一代中书、枢密院"遂号为两府，事权进用，禄赐礼遇，与宰相均"[2] 的局面。由此之故，宋太祖对两府大臣的营私结党颇为警惕，[3] 太祖旧日幕僚之间当亦由此而政争不绝。

赵普与其他昔日幕僚的矛盾，大抵首先出现在其与李处耘之间。史载赵普为枢密直学士时，李处耘为枢密承旨，当赵普擢升枢密使时，李处耘擢任枢密副使。此后不久，即乾德元年初，宋廷以节度使慕容延钊为湖南道行营都部署，李处耘为都监，率军南平荆湖。是年九月，

1　《玉壶清话》卷六，第58页。
2　《归田录》卷二，第27页。
3　如《长编》卷一三开宝五年九月癸酉条（第289页）："枢密使李崇矩与宰相赵普厚相交结，以其女妻普子承宗，上闻之，不喜。"

李处耘因故责授淄州刺史。李处耘被贬责的背后,即有赵普的因素。[1]

李处耘之外,曾同为宋太祖昔日幕僚的赵普、王仁赡之间关系亦不睦。宋人龚鼎臣《东原录》载:

> 蔡君谟说:艺祖尝留王仁赡语,赵普奏曰:"仁赡奸邪,陛下昨日召与语,此人倾毁臣。"艺祖于奏劄后亲翰,大略言:"我留王仁赡说话,见我教谁去唤来?你莫肠肚儿窄,妒他。我又不见是证见,只教外人笑我君臣不和睦,你莫殢恼官家。"赵约家见存此文字。[2]

据《宋史》等记载,乾德二年(964)春,赵普自枢密使拜相,王仁赡官枢密副使;是年十一月,王仁赡以行营都监统军出征西蜀,但因所为不法事,于五年初罢官,直至开宝末才重被任用,而赵普已于开宝六年罢相。故据龚鼎臣所云,推断赵普专横干涉天子召见"旧臣"谈话,当在王仁赡罢官之后的开宝年间,而两人交恶可能就在王仁赡任枢密院长官时;然而宋太祖明知赵普、王仁赡两人有隙,却仍"留王仁赡说话",从而引起赵普激烈反应。此后太宗太平兴国七年(982)春,已判三司近十年的王仁赡"以政事与僚属相矛盾,争辩帝前,仁赡辞屈",责授右卫大将军。[3]而在前一年的九月,正好赵普第二次拜相,其间恐不无关系。

又史载开宝五年(972)七月,"三司言仓储月给止及明年二月,

---
1 按:详见下文第七章之二"赵光义与赵普的暌违争斗"。
2 《东原录》,第187页。
3 《宋史》卷二五七《王仁赡传》,第8958页。

请分屯诸军,尽率民船以资江、淮漕运,上大怒,召权判三司楚昭辅切责之,……昭辅皇恐,计不知所出,乃径诣开封府,见皇弟光义泣告,乞于上前解释,稍宽其罪,使得尽力营办,光义许之",遂令其幕僚陈从信画策,"具以告上,上悉从其言。由是事集,昭辅亦免责焉"。[1] 楚昭辅早岁与赵普同在刘词幕府,并约同时进入赵匡胤幕府,在陈桥兵变中同建功勋,应与赵普渊源颇深,但此时有难,却径赴开封府求助,可见其与赵普关系亦是不佳。据《宋史·楚昭辅传》,楚昭辅于开国初为军器库使,建隆四年权知扬州,"使江表。还,命钩校左藏库金帛,数日而毕,条对称旨。开宝四年,帝以其能心计,拜左骁卫大将军、权判三司"。[2] 可知在乾德及开宝前期赵普得势之时,楚昭辅的官爵并无明显擢升,而当赵普遭天子忌疑之际,遂被任用。开宝六年九月赵普罢相,楚昭辅即被擢任枢密副使。

以"清介醇谨"著名的沈义伦,似没有与赵普龃龉的记录,但由赵普罢相而沈义伦自枢密副使超拜宰相,以及太平兴国七年赵普排挤掉宰相卢多逊,而沈义伦亦因与卢"同列,不能察觉,诏加切责"[3]而罢去宰相上分析,沈义伦当亦与赵普不合,至少不相亲近。

由上可见,在赵普独相十年间,作为天子"旧僚"而先后任枢密副使的李处耘、王仁赡、沈义伦、楚昭辅四人,虽无史料证明李、王、沈、楚四人曾相互结党,但确实皆与赵普关系不佳,李、王二人还遭到赵普明显的打压。而曾任参知政事的吕余庆、刘熙古二人,其与赵普关系如何,史无记载,然《宋史》本传称吕"重厚简易",刘"性

---

[1] 《长编》卷一三开宝五年七月甲申条,第287页。
[2] 《宋史》卷二五七《楚昭辅传》,第8959页。
[3] 《宋史》卷二六四《沈伦传》,第9114页。

淳谨",[1] 想来与强势宰相赵普相处尚可，而且亦未见吕、刘二人与李、王、楚、沈诸人交恶相争的记载。可证宋太祖施政以"事为之防，曲为之制"[2]为原则，在放手让赵普"独断政事"的同时，又让其他"旧僚"入掌枢密院，以与中书权力抗衡，即倚重旧日幕僚以掌控东、西两府，使其相互制衡，从而达到乾纲独断之效。宋代皇帝有让执政大臣"异论相搅，即各不敢为非"[3]的传统，由上可知，此传统正源于宋太祖。不过，宋太祖将与赵普关系不佳的"旧僚"放入枢密院，而任命吕、刘二人为参知政事，确实也体现出他的苦心。

至开宝六年八月，赵普罢相；九月，卢多逊为参知政事。卢多逊于后周显德初举进士，历官秘书郎、集贤校理、知制诰、翰林学士。卢多逊"博涉经史，聪明强力，文辞敏给，好任数，有谋略，发多奇中。太祖好读书，每取书史馆，多逊预戒吏令白己，知所取书，必通夕阅览，及太祖问书中事，多逊应答无滞，同列皆伏焉"。尝受诏修《五代史》，待其为参知政事时，"会史馆修撰扈蒙请复修时政记，诏多逊专其事"。[4]因此，自宋太祖云"宰相须用读书人"以后，卢多逊大概可算是首位符合"读书人"要求的宋朝宰执了。南宋吴渊《鹤山集序》有云："艺祖救百王之弊，以'道理为最上'一语开国，以'用读书人'一念厚苍生。"[5]宋太祖当开国之初，建立统治秩序、安定赵宋政权乃其当务之急，故其所需者乃长于吏干、富有治政经验的"文吏"，

1　《宋史》卷二六三《吕余庆传》《刘熙古传》，第9099页、第9101页。
2　《长编》卷一七开宝九年十月乙卯条，第382页。
3　《长编》卷二一三熙宁三年七月壬辰条，第5169页。
4　《宋史》卷二六四《卢多逊传》，第9118页。
5　（宋）魏了翁：《鹤山集》卷首吴渊《序》，上海古籍出版社《文渊阁四库全书》本。按："道理为最上"一语，（宋）陈起编《江湖小集》卷七一《吴渊退庵遗集·鹤山文集序》（上海古籍出版社《文渊阁四库全书》本）作"道理最大"。

并为宋朝长治久安计,也要求从根本处着手,"丕变敝俗,崇尚斯文",而此事的施行实也离不开渊博饱学的"文儒之臣"。[1] 其效用如范祖禹上宋哲宗的《劝学札子》所言:"太祖皇帝……晚年尤好读书,尝曰:'宰相须用读书人。'陛下试思太祖此言,宰相既用读书人,则自余执政、侍从之臣,台谏之职,必皆文学之士然后可用,外至州县,亦必由进士出身乃可委以亲民刑狱之任,是朝廷之士皆不可以无学也。"[2] 由此奠定了宋朝施行"尚文"国策的基础。

三、"尚文抑武"国策的确立

宋太祖出身军伍,但治国理政与五代诸帝区别最大者,在于他并不漠视读书人,深知可以马上得天下却不可以马上治天下的道理,从而在士大夫帮助下,制定、完善了一系列政治、军事、经济、文化制度。《宋史·文苑传序》尝云:

> 自古创业垂统之君,即其一时之好尚,而一代之规模,可以豫知矣。艺祖革命,首用文吏而夺武臣之权,宋之尚文,端本于此。[3]

虽说"宋之尚文,端本于此",但有鉴于五代乱政以及自己"黄袍加身"的经历,宋太祖仍然十分重视对禁军的控御,首先通过"杯酒释兵权"成功解决了大将专制兵权问题,又建置制度分离掌兵权与

---

1 邓小南:《谈宋初之"欲武臣读书"与"用读书人"》,载《史学月刊》2005年第7期。
2 《范太史集》卷一四《劝学刹子》。
3 《宋史》卷四三九《文苑传一》,第12997页。

发兵权，并逐步剥夺了节度使的兵权、财权和人事权，从而将兵权集中于天子之手。同时，为避免再次出现唐末五代时期频繁兵变、军阀混战、社会动荡的乱局，宋太祖初步确立了"尚文抑武"国策。此后，充分认识到"王者虽以武功克定，终须用文德致治"的宋太宗，所执行的"兴文教、抑武事"治国方略，[1]即是对宋太祖"首用文吏而夺武臣之权"策略的深化。

有人认为宋太祖推行的是"重文轻武"政策，其说不然。宋太祖以武立国，通过武力一统天下、维持其统治，故其所推行的只能是"尚文（崇文）抑武"，即通过尚文来达到其抑制武人势力的目的。可见，宋太祖所施行的崇文抑武国策是相对于唐末五代时期重武轻文而言的，并非是说宋太祖轻视武事。如建隆三年（962），宋太祖诏令修建代表武人精神的武成王庙，与作为文学之士最高学府的"国学相对"，"仍令（左谏议大夫崔）颂检阅唐末以来谋臣、名将勋绩尤著者以闻"，[2]即天子"方励军戎，将遏乱略，讲求兵法，缔创武祠，盖所以劝激武臣，资假阴助"。[3]据《长编》记载，宋太祖于乾德四年（966）"幸国子监，遂幸武成王庙"，七月"幸武成王庙，遂幸新池观习水战"；开宝二年（969）九月"幸武成王庙"。由此而言，宋太祖在重视武将、武事的同时，施行"抑武"之策。

如前文所述，宋太祖通过"杯酒释兵权"，颇为"平和"地解决了开国勋臣及禁军统兵将帅的兵权，但为了防患于未然，不少将领即使未能荣任禁军统帅，也会因种种原因而遭遇无端的忌疑。如乾德初

---

[1] 《长编》卷二三太平兴国七年十月辛酉条，第528页；卷一八太平兴国二年正月戊辰条，第394页。
[2] 《宋史》卷一〇五《礼志五》，第2556页。
[3] 《长编》卷四乾德元年六月乙未条，第94页。

年，宋太祖本欲任用宿将符彦卿"典兵"，却为赵普以符彦卿"名位已盛"所竭力谏阻，而且当宋太祖认为"朕待彦卿至厚，彦卿岂能负朕耶"，赵普点破道："陛下何以能负周世宗？"于是天子"默然，事遂中止"，而符彦卿随即"辞归镇"。[1] 此后宋太祖对符彦卿的态度急转，变得甚为戒备。是年六月，宋廷命大理正奚屿知馆陶县、监察御史王祐知魏县、杨应梦知永济县、屯田员外郎于继徽知临清县，理由是"时符彦卿久镇大名，专恣不法，属邑颇不治，故特选强干者往莅之"。[2] 至开宝初年，因符彦卿"镇大名，颇不治，太祖以祐代之，俾察彦卿动静"，王祐"以百口明彦卿无罪，且曰：'五代之君，多因猜忌杀无辜，故享国不永，愿陛下以为戒。'彦卿由是获免"。[3] 符彦卿的前后境遇反差如此悬殊，虽有宋初皇位授受之事所带来的问题，但其中与宋太祖忌疑武将的心态有着莫大的关系。

此外，宋太祖的老上司张永德之遭遇也颇能说明问题。当年，张永德因周世宗的猜疑而被免去殿前都点检之职，但在宋太祖称帝之后，随即入朝效顺，被授予武胜军节度使、兼侍中。史称张永德"性好道"，喜散财与方士交游，时人戏称之为"张道人"。开宝后期，宋军进攻南唐，张永德"以己资造战船数十艘，运粮万斛，自顺阳沿汉水而下。富民高进者，豪横莫能禁，永德乃发其奸，置于法。进潜诣阙，诬永德缘险固置十余砦，图为不轨。太祖命枢密都承旨曹翰领骑兵察之，诘其砦所，进曰：'张侍中诛我宗党殆尽，希中以法，报私愤尔。'翰以进授永德，永德遽解缚就市，笞而释之。时称其长者"。[4] 然据《长编》

1　《长编》卷四乾德元年二月丙戌条、四月戊戌条，第83—84页、第89页。
2　《长编》卷四乾德元年六月庚戌条，第96页。按：王祐，《宋史》等写作"王祜"，形近而异。
3　《宋史》卷二六九《王祐传》，第9242页。
4　《宋史》卷二五五《张永德传》，第8916—8917页。

所载，当时宋太祖得到报告，知是高进诬构，放心道："吾固知张道人非反者也。"随即命将高进交付给张永德处置。对此，李焘颇感不解：时"王师讨金陵"，而"曹翰时实将先锋，安得至唐、邓间也？且方察其砦之有无，安用便领骑兵，不亦张皇生事乎？且不应以告者付永德，恐《（张永德）传》必误"。[1] 其实高进敢诬告张永德，乃是利用天子忌疑武将的心理，而当时宋军主力正与南唐军队激战于江南地区，张永德虽然好与方士结交，似已无政治野心，但这种事可实在难以确定，虽说张永德已解除了军职，可他作为身经百战并在军中颇有威望的宿将，一旦真有异图，那可实在是一件要命之事，所以宋太祖不惜从前线调回勇将曹翰率领骑兵调查此事，如若事情属实，即可当场处置，以免时久变生。至于宋太祖"以告者付永德"，本属非常时期的"御将"之道，并不难理解。张永德当然也看透了天子的心思，所以只是将诬告者押到市场上"笞而释之"。

正因为天子的疑心病日重，[2] 宋初诸武将大多小心谨慎，并通过各种韬晦之策来保全自己。据《宋史》有关传记可知，当时诸将多有崇奉佛教者，如前述被罢免殿前都指挥使的韩重赟，在彰德军节度使任上六七年，信奉佛教，"课民采木为寺，郡内苦之"，[3] 但韩重赟仍佞佛不已。又如太祖欲重用符彦卿"典兵"，因遭到赵普反对而未果，但符彦卿"归镇"后却颇受天子忌疑，故符彦卿晚年闲居洛阳时颇谦恭礼遇下士，对宾客终日谈笑，"不及世务，不伐战功"。[4] 这大概是

---

[1] 《长编》卷一六开宝八年十一月庚午条并注，第350页。
[2] 《宋史》卷二六九《王祐传》（第9242页）载王祐曾告诫天子云："五代之君，多因猜忌杀无辜，故享国不永，愿陛下以为戒。"
[3] 《宋史》二五〇《韩重赟传》，第8824页。
[4] 《宋史》卷二五一《符彦卿传》，第8840页。

仿效当年西汉相国萧何自毁名望以求汉高祖刘邦释疑之法，以示自己全无政治野心，由此使天子得以放心无忧，而自己可得优游自适，以终天年，可谓皆大欢喜。

只是由此带来了一大弊端，即军中敢于负责任的将帅越来越少，而谨小慎微、惟上命是从的将官日渐普遍，极大地影响了宋军士气和战斗力。宋太祖也深知如此状况并不利于赵宋王朝的长治久安，因此，为消除武将们自晚唐五代时期养成的骄横、跋扈之风，培养出新的符合中央集权统治利益的"忠君观"，宋太祖大力倡导臣下读书。

史载建隆三年二月中，宋太祖谓近臣云："今之武臣欲尽令读书，贵知为治之道。"然而"近臣皆莫对"。[1]《宋史·太祖纪》也载此事："上谓侍臣曰：'朕欲武臣尽读书以通治道，何如？'左右不知所对。"[2] 所谓"治道"，即"为治之道"，也即儒家始终宣扬的以礼乐教化为基础的治国理民之道。[3] 对于宋太祖"欲武臣尽读书以通治道"的背景，在于五代时，"武夫用事，贤者伏匿消沮而不见，在位无复有知君臣之义、上下之礼者也。当是之时，变置社稷，盖甚于奕棋之易"。[4] 故"节度使富强者，辄怀跋扈之志"，[5] 即"兵骄则逐帅，帅强则叛上"。[6]

---

[1]《长编》卷三建隆三年二月壬寅条，第62页。按：《演繁露续集》卷一《太祖右文》（第178页）：建隆二年二月，宋太祖谓近臣云："今之武臣，欲尽令读书，贵知为治之道。"此"建隆二年"当为"建隆三年"之讹。

[2]《宋史》卷一《太祖纪一》，第11页。按：《太祖纪》系此事于建隆三年二月壬午日，然二月无壬午，此"壬午"当为"壬寅"之讹。

[3] 按：关于武将读书与"识君臣父子之道"之关系，宋真宗时赵安仁尝有颇为透彻的说明："太祖、太宗亲选天下士，今存在中外不啻数千人，其间知兵法可为将者固有之矣，若选而用之，则总戎训旅、安边制敌，不犹愈于有一夫之勇者乎？况其识君臣父子之道，知忠孝弟顺之理，与夫不知书者固亦异矣。"

[4]（宋）王安石：《王文公文集》卷一《上皇帝万言书》，上海人民出版社1974年版，第13页。

[5]《长编》卷五乾德三年六月辛亥条，第127页。

[6]《新五代史》卷六〇《职方考》，第803页。

其节镇以下武臣用事者多不知书识理:"五代间,凡为节度使,皆补亲随为镇将。镇将者,如两京军巡、诸州马步军判官是也。此等既是武人,又皆有所凭恃,得以肆为非法,民间甚苦之。……武人多不知书,案牍、法令、书判、行移悉仰胥吏,民之受病既多,而又果于营私。"而宋太祖"微时,深知其弊",故寻思解弊之道,即于政治、军事、经济上采用"防""堵"之策以外,又取"疏"策,设想使武将们"自觉地抵制叛乱,自觉地效忠于皇帝",即有意引导武臣读书。[1]《后山谈丛》乃称"太祖尝幸秘书省,召管军官使观书焉"。[2]确实,"宋初诸将,率奋自草野,出身戎行,虽盗贼无赖,亦厕其间,与屠狗贩缯者何以异哉?"[3]但宋太祖此处所谓武臣,当非指或主要非指"盗贼无赖,亦厕其间"的中低层武将,而指向统兵将帅、勋臣等,欲使他们通过读书而明了君臣大义。

但宋太祖所劝导读书的并不仅限于武臣,如其曾针对赵普"寡学术",而"每劝以读书"。[4]对此,文莹《玉壶清话》载曰:"太祖尝谓赵普曰:'卿苦不读书,今学臣角立,隽轨高驾,卿得无愧乎?'普由是手不释卷,然太祖亦因是广阅经史。"[5]刘安世亦称:"太祖极好读书,每夜于寝殿中看历代史,或至夜分,但人不知,口不言耳。至与大臣论事,时出一语,往往独尽利害之实。"[6]由于当时"初定天下,日不暇给",万机待新,所以宋太祖倡导武臣读书的要义,当是"希望通

---

1 范学辉.《释宋太祖"令义武臣纳尽令读书"》,载《西北师大学报(社会科学版)》2006年第4期。
2 《后山谈丛》卷六,第77页。
3 《宋史》卷二七五"论曰",第9383页。
4 《长编》卷七乾德四年五月乙亥条,第171页。
5 《玉壶清话》卷二,第19页。
6 《元城语录解》卷上。

过读书改善武臣参与'为治'的方式",而不是要臣僚去"博览群书","研习某些具体内容,更在于转向'文治'的姿态,在于营造一种上下、尊卑洗涤井然的氛围"。[1] 对此,宋真宗时史臣李沆等人指出:

> 昔光武中兴,不责功臣以吏事,及天下已定,数引公卿郎将讲论经义,夜分乃罢。盖创业致治,自有次第。今太祖欲令武臣读书,可谓有意于治矣。近臣不能引以为对,识者非之。[2]

因此,宋太祖"欲令武臣读书",被宋人视为天子"有意于治"即崇尚文治的标志性事件,于是,为强调宋太祖"欲令武臣读书"的儒学背景,宋人在记录此事时大都如司马光《涑水记闻》引录《三朝训鉴图》的记载:"太祖闻国子监集诸生讲书,喜,遣使赐之酒果,曰:'今之武臣,亦当使其读经书,欲其知为治之道也。'"[3] 范祖禹《帝学》更系此事于建隆三年六月崔颂判国子监,"始收生徒讲学"时。[4] 此说似当出自《三朝宝训》。然李焘认为"赐崔颂等酒果"在后,二者并非前后相接之事。[5] 然而检之史料可知,此事实与宋初恢复国子监的教学职能有着密切联系:

当初"周世宗之二年,始营国子监,置学舍"。宋太祖"既受禅,即诏有司增葺祠宇,塑绘先圣、先贤、先儒之像。上自赞孔、颜,命宰臣、两制以下分撰余赞,车驾一再临幸焉"。至建隆三年六月,左

---

1 邓小南:《谈宋初之"欲武臣读书"与"用读书人"》,载《史学月刊》2005年第7期。
2 《长编》卷三建隆三年二月壬寅条注,第62页。
3 《涑水记闻》卷一,第15页。
4 (宋)范祖禹:《帝学》卷三,上海古籍出版社《文渊阁四库全书》本。
5 《长编》卷三建隆三年二月壬寅条注,第62页。

谏议大夫崔颂判国子监事,"始聚生徒讲书,上闻而嘉之。乙未,遣中使遍赐以酒果。寻又诏用一品礼,立十六戟于文宣王庙门"。[1] 二程再传弟子罗从彦《遵尧录》更明确指出宋太祖"欲令武臣读书"与其推行"尚文"国策之间的关系:

> 太祖初定天下,扫五代之失,日不暇给矣,然犹命汪彻定宗庙,窦俨典礼仪,聂崇义正礼器,和岘修雅乐,揽访儒术,畴咨治道。建隆元年,太祖幸国子监,因诏修饰祠宇及塑绘先圣、先贤、先儒之像。帝亲撰文宣王、兖国公二赞。二年,以右谏议大夫崔颂判监事,始聚生徒讲学,遣中使以酒果赐之,谓侍臣曰:"今之武臣,欲尽令读书,贵知为治之道。"[2]

正是在开始倡导文治以求长治久安的背景下,宋太祖一面表彰国子监恢复"集诸生讲书",一面又大力劝诱武臣"读书以通治道"。确实,在天子竭力提倡下,武将读书也成为一时风尚。当然,那些武将或许只是为了迎合"官家"而已。如文盲将军党进,"本出奚戎,不识一字",有一年秋天,受命去河北高阳关"防秋"。宋朝制度,大臣自京城出外任职,"朝辞日,须欲致词叙别天陛",阁门使吏告诉党进说:"太尉边臣,不须如此。"党进"性张很,坚欲之"。负责此事的官吏无法,"不免写其词丁笏,侑进于庭,教令熟诵。进抱笏前跪,移时不能道一字,忽仰面瞻圣容,厉声曰:'臣闻上古,其风朴略,愿官家好将息。'仗卫掩口,几至失容。后左右闻之曰:'太尉何

---

[1] 《长编》卷三建隆三年六月乙未条,第68页。
[2] 《豫章文集》卷二《遵尧录一·太祖》。

故忽念此二句?'进曰:'我尝见措大们爱掉书袋,我亦掉一两句,也要官家知道我读书来。'"[1]"臣闻上古,其风朴略",当作"朕闻上古,其风朴略",乃唐玄宗《孝经序》篇首二句。党进不识字,只是听人诵读,而误以"朕"为"臣",使其意思大异,而且《孝经》又为唐宋时期蒙学之书,人所熟知,所以殿廷上下之人猛然听得党进如此牛头不对马嘴的"掉书袋",自然"掩口,几至失容"了。性格强横而又痴戆的党进此番怪异言行,每为世人传为笑谈,但党进"也要官家知道我读书来"的临场表演,却颇为形象地从一个侧面反映了宋太祖倡导"武臣读书"所带来的社会风尚变化。

宋太祖在"抑武"的同时,又通过重用儒士、着手恢复在长期战乱中遭到极大破坏的文化设施等"尚文"措施来扭转五代时期轻忽文士的社会风气。据《三朝宝训》记载:

> 建隆元年正月,太祖幸国子监。二月又幸,因诏加修饰祠宇及塑绘先圣、先贤、先儒之像,帝亲撰文宣王、兖国公二赞。三年六月,以右谏议大夫崔颂判监事,始聚生徒讲学,帝诏中使以酒果赐之。四年四月又幸。[2]

据《长编》记载,宋太祖还在建隆二年"十一月己巳,幸相国寺,遂幸国子监";三年正月"癸未,幸国子监";二月"丙辰,幸国子监,

---

[1] 《玉壶清话》卷八,第76页。按:措大,古人对读书人的蔑称。
[2] 《周必大集校证》卷一六一《东宫故事五》引《三朝宝训》,第2425页。

遂幸迎春苑，宴从官"。[1] 宋太祖所撰《宣圣（孔子）赞》云："王泽下衰，文武将坠。尼父挺生，河海标异。祖述尧舜，有德无位。哲人其萎，凤鸟不至。"[2] 对此，范祖禹于《帝学》卷三中评议道：

> 昔武王克商，未及下车，而褒先圣之后，封贤臣之墓，表商容之闾，释箕子之囚，是以天下悦服，传世三十，历祀八百，盖由此也。太祖皇帝承五代之季，受天眷命，皇业初基，日不暇给，而即位之月，首幸国学，谒款先圣，次月又幸，尊师重道，如恐不及。儒学复振，实自此始。所以启佑后嗣，立太平之基也，与武王未及下车之政，何以异哉！

南宋周必大《东宫故事》也评论道：

> 某恭惟太祖皇帝之有天下，适当五代干戈扰攘、四分五裂之后，刘氏据河东，李氏据江南，孟氏据全蜀，皆传袭浸久，僭窃位号；荆南高氏、两浙钱氏虽名称藩，实非纯臣。其他如李筠、李重进之徒，大率强藩悍将，人怀向背。自今观之，当时练兵择将，夷凶剪乱，日不暇给矣。乃于即位之月，而幸国学，修饰祠宇，亲制先圣之赞。虽前代太平极治、持盈守成之君，未必能汲汲皇皇如此。其于先后缓急之序，似若倒置。窃尝深

---

1 《长编》卷二建隆二年十一月己巳条，第55页；卷三建隆三年正月癸未条、二月丙辰条，第61页、第63页。
2 （宋）孔传：《东家杂记》卷上《历代崇奉》，大象出版社2008年《全宋笔记》（第三编）本，第212页。

求其说，然后窥圣意之万一。盖五代所以扰攘分裂、大乱不止者，正以自唐之末，君臣上下谓学校为无益，指圣贤为迂阔，视君如弈棋，杀人如刈草，礼义消亡，风俗大坏故也。今先示以崇儒重道之礼，则人将知有尊君亲上之心。人有尊君亲上之心，则忠孝根于内，暴乱弭于外，销患冥冥，莫见其迹，积善在身，不知其长，僭伪所由削平，华夷所由畏服，而创业垂统所由，亿万年无穷也。昔舜舞干羽而苗格，文王修德而崇降，太祖规模，真舜、文之规模也哉！[1]

范氏、周氏之语不无夸饰之嫌，但五代时皇帝确实无如宋太祖这样频频视察国子监的。不过，宋太祖如此行事，却也是有其榜样的。周太祖郭威即位第二年，尝"幸曲阜县，谒孔子祠。既奠，将致拜，左右曰：'仲尼，人臣也，无致拜。'帝曰：'文宣王，百代帝王师也，得无敬乎！'即拜奠于祠前。其所奠酒器银炉并留于祠所。遂幸孔林，拜孔子墓"，授孔子、颜渊后裔官爵，"仍敕兖州修葺孔子祠宇，墓侧禁樵采"。[2] 故善于"学习"的宋太祖，在登基后多次"幸国子监"以示天下，但与宋人宣称的稍有异者，宋太祖"尚文"国策的确立和推行并非一蹴而就。

出身行伍的宋太祖登基未久，即认识到文治之用而施行"尚文"之策，确是有异于五代君主。开国之初，宋太祖为减弱反抗而留用后周旧臣，但那些前朝士大夫面对昔日同僚、今日新主却心态颇异，或投机，或顺应，或抵触，或观望。因翰林学士有着文士大夫之"典型"、

---

1 《周必大集校证》卷一六一《东宫故事》，第2425—2426页。
2 《旧五代史》卷一一二《周书·太祖纪三》，第1726页。

天子之"私人"之誉,故以下即通过对宋初四位翰林学士陶谷、窦仪、王著、李昉,[1]对新天子的不同态度及各自境遇的介绍,来探析宋初"尚文"政策的效能与影响。

陶谷字秀实,周世宗时为翰林学士,拜承旨,入宋后官至户部尚书。对于陶谷,时评不高:"谷强记嗜学,博通经史,诸子佛老,咸所总览。……为人隽辨宏博,然奔竞务进,见后学有文采者必极言以誉之,闻达官有闻望者则巧诋以排之,其多忌好名类此。"[2] 推究其原因,当与其主动投靠新主颇有关系。张舜民《画墁录》载:"太祖北征,群公祖道于芳林园。既授绥,承旨陶谷牵衣留恋,坚欲致拜,上再三避,谷曰:'且先受取两拜,回来难为揖酌也。'"而《宋史·陶谷传》亦载"初,太祖将受禅,未有禅文,谷在旁,出诸怀中而进之曰:'已成矣。'太祖甚薄之。尝自曰:'吾头骨法相非常,当戴貂蝉冠尔。'盖有意大用也,人多笑之。"这两则记事前后相接。在唐末五代时期,"天子"成为武士辈"贩弄之物",[3] 官吏军民皆对以兵戈攘夺天子大位之举视为平常,故陶谷于赵匡胤统兵出城之际"坚欲致拜",后又于"受禅"之际献上预先撰成的"禅文",其目的自然是向"新天子"献忠输诚。因此,史载尚未坐热天子宝座的宋太祖因此而对主动投身的陶谷"甚薄之",看来是纯出宋朝史臣之"妙笔"所为。因为,通过陈桥兵变攘夺后周大位的宋太祖实无资格,也显然不会在此时此刻要求

---

[1] 按:宋朝创立时,有翰林学士四人,即陶谷、窦俨、王著和李昉。因窦俨卒于建隆元年中,而其兄窦仪于周世宗时曾为翰林学士,至乾德元年又继王著入翰林(《宋史》卷二六三《窦俨传》,第9097页),故此处讨论即以陶谷、窦仪、王著和李昉四人为代表。
[2] 《宋史》卷二六九《陶谷传》,第9238页。
[3] 《资治通鉴》卷二八一天福二年七月,第9178页。

由后周入宋之臣僚以"忠"。[1] 而且宋太祖起初对陶谷还是颇为欣赏的，如李昉知衡州，"逾年代归。陶谷诬奏昉为所亲求京畿令，上怒，召吏部尚书张昭面质其事。昭老儒，气直，免冠上前，抗声云：'谷罔上。'上疑之不释，出昉为彰武军行军司马"。[2] 而欧阳修《归田录》所载二事亦可为证：

> 太祖建隆六年，将议改元，语宰相勿用前世旧号，于是改元乾德。其后，因于禁中见内人镜背有乾德之号，以问学士陶谷，谷曰："此伪蜀时年号也。"因问内人，乃是故蜀王时人。太祖由是益重儒士，而叹宰相寡闻也。
>
> 陶尚书谷为学士，尝晚召对，太祖御便殿，陶至，望见上，将前而复却者数四，左右催宣甚急，谷终彷徨不进。太祖笑曰："此措大索事分！"顾左右取袍带来，上已束带，谷遽趋入。[3]

关于乾德年号事，孔平仲《谈苑》卷三亦称太祖乃是询问陶谷。但由于陶谷声名欠佳，如此裨益天子之言行似不当出自其人，故有宋人将

---

1 如苏辙《龙川别志》卷上（第71页）云：篡位前夕之赵匡胤因"功业日隆"，故"老将大校多归心者"，朝中大臣多与其交游，如"宰相王溥亦阴效诚款"，当时"惟范质忠于周室，初无所附"。又《宋史》卷二四九《魏咸信传》（第8805页）载："太祖在潜邸，昭宪太后尝至仁浦第，（其子）咸信方幼，侍母侧，俨如成人。太后奇之，欲结姻好。"因此，宋太祖、太宗对范质之评介就颇有异同且又甚显微妙。《宋史》卷二四九《范质传》（第8796页）曰："太祖因论辅相，谓侍臣曰：'朕闻范质止有居第，不事生产，真宰相也。'太宗亦尝称之曰：'宰辅中能循规矩、慎名器、持廉节，无出质右者，但欠世宗一死，为可惜尔。'"此中对"忠"的不同要求，正与太祖、太宗的不同境遇相关，即因太宗无太祖之顾忌，故大可责备范质"欠世宗一死"。
2 《宋史》卷二六五《李昉传》，第9136页。
3 《归田录》卷一，第5页、第7页。按："建隆六年"，当为"建隆四年"之讹。

此类"好事"归之于同在禁林的窦仪。如李焘《长编》卷七云此二事皆窦仪所为,并于记载宋太祖晚召窦仪之事后特加注云:"或以此事为陶谷,误也。谷必不办此。丁谓《谈录》亦称窦仪。"[1] 前文已述为人"奔竞务进"的陶谷在翰苑,因"意希大用"而被天子所拒:"颇闻翰林草制,皆检前人旧本,改换词语,此乃俗所谓依样画葫芦耳,何宣力之有!"陶谷遂题诗发牢骚:"堪笑翰林陶学士,年年依样画葫芦。"于是真正得罪了天子,"太祖益薄其怨望,遂决意不用矣"。[2] 因宋太祖朝前期宰相,乾德间范质、王溥、魏仁浦三相罢,即"飞龙"功臣赵普独相,故可推知陶谷发牢骚当在乾德末、开宝初。史载开宝元年(968)三月,"权知贡举王祐擢进士合格者十人,陶谷子邴名在第六。翌日,谷入致谢,上谓左右曰:'闻谷不能训子,邴安得登第?'遽命中书覆试,而邴复登第"。[3] 太祖此举,显非善意。《画墁录》甚至有"太祖常谓陶谷一双鬼眼"之评语,"遂决意不用矣",于是积极投身新主的陶谷虽自诩"头骨法相非常",却始终也戴不上"貂蝉冠"。而且,虽说因乾德年号,太祖"由是益重儒士",然从"依样画葫芦"一语可看出其对文士并不太看重,当然与五代天子相比,太祖可算是"尚文"之君,但与宋人大加夸饰者尚有不小距离。不过,陶谷作为宋初闻名的文臣、翰林学士,对宋代文化礼仪制度的制定和完善,还是起着重要作用,故宋太祖虽对他颇为鄙薄,然在开宝三年陶谷卒后,还是依例赠官尚书右仆射。

---

1 《长编》卷七乾德四年五月乙亥条、十一月癸丑条,第171页、第182页。
2 《东轩笔录》卷一,第5页。
3 《长编》卷九开宝元年三月癸巳,第200页。

王著字成象，[1]生性豁达，胸无城府，善属文，作为周世宗的幕府旧僚，甚得天子信任尊敬，时常召入禁中谈话。周世宗屡次欲拜王著为相，但因他嗜酒如命，举止散漫，故一直未能擢用。至周世宗病危，召范质、赵匡胤等付托后事，特别嘱咐"王著藩邸旧人，我若不讳，当命为相。"但周世宗死，此事不成。[2]宋初，王著仍为翰林学士。与陶谷主动投靠新主不同，王著实对太祖颇怀"异意"。据《宋史·王著传》，建隆二年"时亳州献紫芝，郓州获白兔，陇州贡黄鹦鹉，（王）著献颂，因以规谏。太祖甚嘉其意，下诏褒之"。而据《宋史》卷六三《五行志二上》，亳州"献芝一株"在建隆二年九月。当时各地纷纷进献吉祥瑞物，以作为新朝顺应天意的象征，王著为此特意撰写了颂文。对王著献颂，《玉海》引《国史·王著传》云：

建康（今按：当为"建隆"之误）二年，时亳州献紫芝，郓州获白兔，陇州贡黄鹦鹉。著上颂曰：

庚申逮于辛酉，休祥有三：亳社紫芝，汶阳白兔，陇右黄鹦鹉。其芝也，共本殊茎，无根自植。其兔也，明眸皓质，厥性惟驯。鹦鹉色禀中央，状殊同类，毛灿金丝，舌传人意。不远千里，上达九重，颂美群臣，升歌清庙。

《紫芝颂》：匪根其土，匪叶之春。枢电分彩，天香降真。擢秀尧风，飞英舜日。在晦含华，逢时显质。谠言获进，愿比用于刍荛；佞者难前，讵争芳于屈轶？

---

1 按：宋初名王著者有二人，一字知微，为书法家，宋太宗时曾侍从天子，官著作佐郎、翰林侍书，《宋史》卷二九六有传。另一人即为翰林学士王著。
2 《宋史》卷二六九《王著传》，第9240—9241页。

《白兔颂》：精分建卯，瑞降玄穹。玉肌莹澈，霜毛混同。和气内融，奇形外皎。白为色也，位列金方。王者好义，是告殊祥。兔为兽焉，名载礼秩。宗庙严禋，俄呈异质。

《黄鹦鹉颂》：金缕裁衣土，惟方以色正。琼簧转舌人，异类而言同。

著因以献规，太祖嘉其言，下诏褒之。[1]

王著《三瑞颂》中所言"庚申逮于辛酉"，即建隆元年、二年。虽然诸书皆言王著是"献颂因以规谏"，但其实质却是向宋太祖示好。因为在后周"显德元年，汜水献紫芝。三年，颍州献白兔。四年五月癸卯，学士陶谷进颂"。[2] 陶谷向周世宗"进颂"可不是为"规谏"，而纯为"颂德"，而王著终究是书生，故还要顶着"规谏"之名。但从此后宋太祖对王著的态度上看，其对王著依然存有忌疑之意。建隆四年（963）春，王著"宿直禁中，被酒，发倒垂被面，夜扣滋德殿门求见。帝怒，

---

[1] 《玉海》卷二〇〇《建隆三瑞颂》，第3664页。
[2] 《玉海》卷一九八《建隆白兔颂》，第3632页。（宋）王钦若等《册府元龟》（上海古籍出版社《文渊阁四库全书》本）卷三七《帝王部·颂德》云："周世宗显德四年五月癸卯，翰林学士、兵部侍郎、知制诰陶谷进《紫芝白兔颂》曰：陛下嗣位之元年，岁次甲寅，薄伐太原，兴六月之师，定王业也。虎贲振旅，兵度孟津，汜水献紫三芝，晔晔分化，蔼度关之气。越三载，岁在丙辰，亲征淮夷，破十万之众，宣武功也。戎辂旋轸，途次商唐，颍州献白兔一头，皎皎双质，凝照社之光。谨案《瑞应图》曰：'王者恩沾行苇则紫芝秀。'《五行传》曰：'国君德及比虫则白兔驯。'上宴息之暇，有叩临玩，睹帧帏而修德，善驯抃之谏怀。二者昭万物肇牛之数，白者叶太素返朴之义。芝为瑞也，左盘右屈，而自然成形。兔之异也，或白或苍，亦不常其色。岂可使旷代嘉瑞，来者无闻？今圣君俭德罢露台，至仁祝疏罗。重林衡不时之禁，则草木茂矣；崇宗庙祈祭之礼，则禽鱼乐矣。若然则朱草冀英，将擢秀于庭际；丹凤麒麟，岂空游于郊薮。下臣不佞，再拜作颂。颂曰：美哉灵草，邈矣明视。庆上帝之所临，昭王者之嘉瑞。考其祥，稽其事。芝为草也，岂夺朱而效灵？兔乃兽焉，取守黑而为异征。其荐瑞之日，俱在回銮之次。酌物情，顺天意，吾君当垂衣而治。"

发其醉宿倡家之过,黜为比部员外郎"。[1]《长编》所记同而稍详:

> 二月甲申朔,翰林学士、中书舍人王著责授比部员外郎。著嗜酒,不拘细行。尝乘醉夜宿娼家,为巡吏所执,既知而释之,密以事闻,上置不问。于是宿直禁中,夜叩滋德殿求见。上令中使引升殿,近烛视著,发倒垂被面,乃大醉矣。上怒,发前事黜之。[2]

其实此只是公之于世的理由而已。《国老谈苑》尝记云:

> 太祖尝曲宴,翰林学士王著,御宴既罢,著乘醉喧哗。太祖以前朝学士,优容之,令扶以出。著不肯退,即趋近屏风,掩袂恸哭,左右拽之而去。明日,或奏曰:"王著逼宫门大恸,思念世宗。"太祖曰:"此酒徒也。在世宗幕府,吾所素谙。况一书生,虽哭世宗,能何为也!"[3]

而《圣宋掇遗》所载宋太祖形象则更显得"圣明":"上尝曲宴,翰林学士王著醉,恸哭归第。有衔者曰:'著昨恸哭,追念周世宗之顾遇。'上曰:'诚忠臣也。'赐以上尊三十壶。"[4]宋太祖如此作为,确实反映出其胸襟宽厚的一面,但另一方面,王著作为闻名当时的酒徒、名士,

---

1 《宋史》卷二六九《王著传》,第9241页。
2 《长编》卷四乾德元年二月甲申朔,第83页。
3 《国老谈苑》卷一,第48页。
4 《类说》卷四五引录《圣宋掇遗》。

曲宴醉酒，借酒以浇心中块垒，"恸哭"思念旧主，也同样反映出这一批由周入宋的士大夫的一种复杂心态。[1]因此，宋太祖对王著借醉"恸哭"一事置而不问，固然可以此显示其帝王气度，但更主要的还是着眼于争取后周旧臣的归附。因为周世宗虽为明君，但"用法太严，群臣职事小有不举，往往置之极刑"，[2]所以宋太祖如此做法，倒亦颇能赢得那些大臣们的钦服。当然，王著此举毕竟令宋太祖颇为难堪，故至此遂以"宿直禁中"而醉酒胡为的过失，加上尝"乘醉夜宿娼家"之罪，免去其翰林学士一职，逐出禁苑。但此时赵宋王朝统治已趋稳固，王著经此贬责，可能已不再将心中不满形诸辞色，所以数年以后又被召入翰林为学士。但王著与新朝的隔膜似乎并未消解，未久便抑郁而终。

与陶谷、王著不同，窦仪属于顺应政局变化者，虽然暂时观望，但未久就逐渐接受新天子。大多数官员皆属此类情况。

窦仪字可象，兄弟五人相继登科，故宰相冯道曾赠诗与窦仪的父亲，有"灵椿一株老，丹桂五枝芳"之句，时号"窦氏五龙"。窦仪于后周太祖时召为翰林学士，周世宗时迁端明殿学士，"从征淮南，判行在三司。世宗以其饷馈不继，将罪之，宰相范质救解得免。淮南平，判河南府兼知西京留守事"。周恭帝初迁兵部侍郎。入宋，迁工部尚书。"会翰林学士王著以酒失贬官，太祖谓宰相曰：'深严之地，当得宿儒处之。'范质等对曰：'窦仪清介重厚，然已自翰林迁端明矣。'太祖曰：'非斯人不可处禁中，卿当谕以朕意，勉令就职。'即日再入翰林为学士。"至乾德二年，范质等三相并罢。"越三日，始命赵普平章

---

1 如（宋）王应麟撰、（清）翁元圻等注《困学纪闻》卷一八《评诗》（上海古籍出版社2008年版，第2005页）亦载："建隆初，诏五代时命官投状叙理，复命之。郭恕先诗云：'为逢末劫归依佛，不就新恩叙理官。'飞龙在天，利见大人，而犹不屈其志如此。"
2 《资治通鉴》卷二九四显德六年六月，第9602页。

事。制书既下，"太祖问翰林学士道，"质等已罢，普敕何官当署？"翰林学士承旨陶谷时官尚书，乃建议："相位不可以久虚，今尚书乃南省六官之长，可以署敕。"窦仪反对："谷所陈非承平之制，皇弟开封尹、同平章事，即宰相之任。"太祖赞同窦仪的说法，即命皇弟赵光义"署敕赐之"。宋太祖对窦仪颇为赏识，早在"显德中，太祖克滁州，世宗遣仪籍其府库。太祖复令亲吏取藏中绢给麾下，仪曰：'太尉初下城，虽倾藏以给军士，谁敢言者。今既著籍，乃公帑物也，非诏不可取。'后太祖屡对大臣称仪有执守，欲相之。赵普忌仪刚直，乃引薛居正参知政事。及仪卒，太祖闵然谓左右曰：'天何夺我窦仪之速耶！'盖惜其未大用也"。[1]

历来对窦仪评价甚高，有"刚方清介，有应务之材，将试大用而遽沦亡"之叹。[2] 然据《旧五代史》所载一事，则知被士人誉为"刚方清介"之窦仪，实为一位"识时务"之人：

> （后周显德五年四月）丙辰，太常博士、权知宿州军州事赵砺除名，坐推劾弛慢也。先是，翰林医官马道玄进状，诉寿州界被贼杀却男，获正贼，见在宿州，本州不为勘断。帝（周世宗）大怒，遣端明殿学士窦仪乘驿往按之，及狱成，坐族死者二十四人。仪奉辞之日，帝旨甚峻，故仪之用刑伤于深刻。[3]

此事《国老谈苑》也有记载：

---

1 《宋史》卷二六三《窦仪传》，第9093—9095页。
2 《宋史》卷二六三"论曰"，第9108页。
3 《旧五代史》卷一一八《周书·世宗纪二》，第1824页。

> 窦仪自周朝以来,负文章识度,有望于时,搢绅许以廊庙之器。仪因以公台自许,急于大用,乃设方略以经营之。为端明殿学士、判河南府时,括责民田,增其赋调,欲期恩宠,以致相位。当时洛人苦之。又尝奉诏按筠州狱,希世宗旨,锻炼成罪,枉陷数人,士君子以此少之。[1]

由于接受新朝的窦仪"有应务之材",且与新天子颇有渊源,所以宋太祖对"识时务"的窦仪亦甚为欣赏,欲加重用。对于赵普排挤窦仪,史称太祖"屡对大臣言,欲用(窦仪)为相。赵普忌仪刚直,遽引薛居正及吕余庆参知政事,陶谷、赵逢、高锡等又相党附,共排仪,上意中辍"。[2]至于范质等三位罢相、赵普拜相皆在乾德二年正月,此时赵普与皇弟开封尹赵光义已有间隙,正各自结党相争。[3]宋初,三省长官虽一般只是荣誉之官,但仍有一定职守,而此时赵光义虽官同平章事,却属荣誉之衔,非真宰相。而且当时有同平章事衔者也非仅赵光义一人,故窦仪让开封尹赵光义签署赵普拜相敕书的建议,实有抬高赵光义的政治地位之嫌。又赵普作为宋太祖的"龙飞"功臣,甚得天子倚重,而窦仪却能与之相抗,看来其背后似亦映现有皇弟的身影。因此,赵普结党排挤窦仪,亦似有间接抑制赵光义势力扩张的用意。而宋太祖既未用窦仪为相,亦未重用陶谷,似乎还有在赵普与赵光义之间平衡权力的目的。

至于李昉,其情况却又与窦仪有所不同,其对新朝持暂时观望态

---

1 《国老谈苑》卷一《窦仪有才无行》,第57页。按:"按筠州狱"之"筠州",当是"寿州"之讹,因筠州在江西,不属后周所辖。
2 《长编》卷七乾德四年十一月癸丑条,第182页。
3 《宋初政治研究——以皇位授受为中心》,第150—161页。

度,且又在言行上偶尔有一些消极的发泄。

李昉字明远,后周显德四年(957)冬,"世宗南征,从至高邮,会陶谷出使,内署书诏阙委,乃命为屯田郎中、翰林学士。六年春,丁内艰。恭帝嗣位,赐金紫"。[1] 李昉对"新主"的态度,实异于陶谷、王著、窦仪三人。据《后山谈丛》记载:

> 李相昉在周朝知开封府,人望已归太祖,而昉独不附。王师入京,昉又独不朝,贬道州司马。昉步行日十数里,监者中人问其故,曰:"须后命尔。"上闻之,诏乘马,乃买驴而去。三岁,徙延州别驾。在延州,为生业以老。三岁当徙,昉不愿内徙。后二年,宰相荐其可大用,召判兵部,昉五辞。行至长安,移疾六十日,中使促之行。至洛阳,又移疾三十日而后行。既至,上劳之,昉曰:"臣前日知事周而已,今以事周之心事陛下。"上大喜曰:"宰相不谬荐人。"[2]

按《后山谈丛》所云李昉履历与宋《国史》记载颇有不同。据汪应辰《跋陈无己谈丛》云:"按《国史》,李昉仕周朝至翰林学士,国初仍旧职,俄罢知衡州。归为陶谷所谮,出为彰武军司马。六年,复归翰林。太宗即位,以为承旨,为文明殿学士,为参知政事,为同平章事。今《谈丛》记昉知开封府,会太祖还师,独不朝,贬道州司马。三年,徙延州别驾。五年,召判兵部。与《国史》所载绝异。"[3] 详检《宋史·李昉传》所载,

---

[1] 《宋史》卷二六五《李昉传》,第9135页。
[2] 《后山谈丛》卷五,第69页。
[3] (宋)汪应辰:《文定集》卷一二《跋陈无己谈丛》,上海古籍出版社《文渊阁四库全书》本。

李昉于宋初乃为翰林学士,"加中书舍人。建隆三年,罢为给事中。四年,平湖湘,受诏祀南岳,就命知衡州,逾年代归。陶谷诬奏昉为所亲求京畿令,上怒,……出昉为彰武军行军司马,居延州为生业以老。三岁当内徙,昉不愿。宰相荐其可大用,开宝二年,召还,复拜中书舍人。未几,直学士院。三年,知贡举。五年,复知贡举。……昉之知贡举也,其乡人武济川预选,既而奏对失次,昉坐左迁太常少卿,俄判国子监。明年五月,复拜中书舍人、翰林学士"。[1] 可知李昉未曾为道州司马,其出为彰武军行军司马(即延州别驾)乃因陶谷进谮言,《后山谈丛》所云有误。但陈后山所言亦非全无根据。

《宋史·李昉传》称李昉"和厚多恕,不念旧恶,在位小心循谨,无赫赫称"。但其在宋太祖朝,却屡遭罢官贬斥:建隆三年(962)罢翰林学士而为给事中,其原因不详。而其自权知衡州归京,虽得张昭向天子直言陶谷所言乃属诬陷之词,但仍遭贬斥为彰武军行军司马,其原因恐不仅是宋太祖听信谮言如此简单。至于开宝六年(973)李昉罢翰林学士乃因"坐试人失当,责授太常少卿",[2] 然据《文献通考·选举考三》所云,亦似别有原因:

> 至开宝六年,李昉知举,放进士后,下第人徐士廉等打鼓论榜,上遂于讲武殿命题重试。御试自此试始。昉等所取十一人,重试共取二十六人。然于昉等所取十一人内,只黜武济川一人,余十人则高下一依元次,而续取到二十六人,不过附名

---

[1] 《宋史》卷二六五《李昉传》,第9136页。
[2] 《宋史》卷三《太祖纪三》,第39页。

在此十人之后，共为一榜。[1]

当时确有知贡举官因"取士不精"而遭贬官者，李昉自己在后周时即曾因此而"覆试"及第进士：后周显德四年，右谏议大夫刘涛"再知贡举。枢密使王朴尝荐童子刘谱于涛，涛不纳，朴衔之。时世宗南征在迎銮，涛引新及第人赴行在。朴时留守上都，飞章言涛取士不精。世宗命翰林学士李昉覆试，出者七人。涛坐责授太子右赞善大夫"。[2] 但刘涛所取新进士共十五人，[3] 被黜者达七人，而李昉此次所取进士十一人，除同乡人武济川一人被黜以外，其他诸新进士及其等第先后皆"一依元次"，可证此番李昉被责，似并不因其"取士不精"或知举"用情，取舍非当"，[4] 深究其因，恐仍与"王师入京，昉又独不朝"相关涉，而李昉又有"好接宾客"[5]之誉，在士林中颇具影响，故而屡遭打击。由此，贬责在延州的李昉竟然欲在当地"为生业以老"，并"不愿内徙"，亦颇可理解了。

此后李昉复拜翰林学士，时宰相"赵普之为政也专，廷臣多疾之。……卢多逊在翰林，因召对，数毁短普。……上访诸李昉，昉曰：'臣职司书诏，普所为，臣不得而知也。'上默然"。[6] 但李昉此后仕途平坦，宋太宗朝再拜宰相，当是因为"臣前日知事周而已，今以事周之心事陛下"，即李昉已接受现实，服膺"新主"，而宋帝亦需忠诚、

---

1 《文献通考》卷三〇《选举考三·举士》，第878页。
2 《宋史》卷二六二《刘涛传》，第9078页。按：显德五年原作"四年"，不确。
3 《旧五代史》卷一一八《周书·世宗纪五》，第1823页。
4 《长编》卷一四开宝六年三月辛酉，第297页。
5 《宋史》卷二六五《李昉传》，第9138—9139页。
6 《长编》卷一四开宝六年六月庚戌，第304页。

谨慎而又有才望之臣,且宋太宗所处背景亦颇与宋太祖时不同,由此君臣相得而久:李昉颂扬宋太宗"若今日四海清晏,民物阜康,皆陛下恭勤所致也",宋太宗称誉李昉为"善人君子",云"李昉事朕,两入中书,未尝有伤人害物之事"。[1]

五代乱世,改朝换代实为司空见惯的平常事,后世理学家所竭力宣扬的"忠节"思想,很少在那时之人身上体现,所以当宋太祖利用兵变篡周立宋,尚在惊骇之中的众多士大夫旋即接受了现实,与新朝合作。随着新天子迅速镇压了二李起兵反叛,稳定了统治,那些尚处在观望中的士大夫亦就随之投身新朝,成为新朝的拥趸。

但宋太祖又很实际,其好儒并非为博得虚名。这在宋太祖任用后蜀、南唐降臣上也得到充分的反映。如宋灭后蜀,后蜀宰相欧阳迥随后蜀主孟昶来到东京开封,乾德三年六月任为右散骑常侍,八月即任翰林学士。[2] 宋灭南唐,南唐大臣徐铉、张洎等随南唐后主李煜北上开封,宋太祖在召见时严责徐铉不早劝李煜出降,"声色甚厉",徐铉从容回答:"臣为江南大臣,而国灭亡,罪固当死,不当问其他。"宋太祖听后回怒为喜,说:"忠臣也,事我当如事李氏。"赐座慰抚。随即又怒责张洎道:"汝教李煜不降,使至今日。"并出示金陵被围攻时,张洎所起草的召驻扎湖口之南唐大将朱令赟前来救援的密信。张洎为人不足道,然颇有胆气、急智,见事已至此,索性叩头求死道:"书实臣所为也。犬吠非其主,此其一耳,他尚多。今得死,臣之分也。"却脸色依旧。宋太祖本有杀张洎之意,见张洎如此表态,倒也颇感惊奇,便道:"卿大有胆,朕不罪卿。今事我,无替昔之忠也。"于是徐

---

1 《宋史》卷二六五《李昉传》,第9138页。
2 《长编》卷六乾德三年六月甲辰条、八月辛酉条,第155页、第157页。

铉、张洎皆被授予官职。待是年末，宋太宗赵光义即位之初，南唐旧臣汤悦、徐铉并升任直学士院，张洎直舍人院，即权任翰林学士、中书舍人之职。[1]

宋初天子任用降臣出任翰林学士、中书舍人之类重要官职，而未将他们视作贰臣加以排挤，一是因为五代以来政权屡屡更迭，故臣不以事二君而自卑，君亦不以臣事二朝为不忠，宋初文武大臣皆曾臣事前朝，故而南唐旧臣出仕宋朝，也就不存在任何障碍；二是中原地区经过长期战火，士大夫大量南逃兵祸相对较少的江南等地，而自中唐以来，随着经济中心逐渐南移，江南地区经济发展，文化也随之兴盛，故五代宋初，江浙一带文学名臣辈出，中原文人相形之下就有所不逮，因而后蜀、南唐降臣入宋后，不少人出任宋朝文学词臣之职。南宋王明清《挥麈后录》有云："太平兴国中，诸降王死，其旧臣或宣怨言，太宗尽收用之，置之馆阁，使修群书，如《册府元龟》《文苑英华》《太平广记》之类，广其卷帙，厚其廪禄赡给，以役其心，多卒老于文字之间云。"[2] 此是南宋人据传闻而立说，实与史实不符，因为《册府元龟》实撰修于宋真宗时，而且在《太平御览》等其他三大类书的编撰者中，不乏当时中原名臣，甚至包括宋太宗朝的宰执大臣。不过这一传言，也充分说明了宋初对这些文学降臣的倚重。

宋初的"尚文抑武"还表现在任用文吏以替代武臣。开宝二年，前宰相王溥迁官太子太师，王溥上殿致谢，宋太祖对左右侍臣说道："溥十年作相，三迁一品，福履之盛，近世所未有也。"[3] 但当时所重用的

---

[1] 《长编》卷一七开宝九年正月辛亥条、十一月乙亥条，第361—362页、第386页。
[2] 《挥麈后录》卷一，第73页。
[3] 《长编》卷一〇开宝二年十月己亥条，第234页。

并非"纯儒",如南宋大儒朱熹所评价的:"秀才好立虚论事,朝廷才做一事,哄哄地哄过了,事又只休。……太祖当时亦无秀才,全无许多闲说,只是今日何处看修器械,明日何处看习水战,又明日何处教阅。日日著实做,故事成。"[1] 史载开宝五年间:

> 初,上问宰相赵普曰:"儒臣有武干者何人?"普以知彭州、左补阙辛仲甫对。乃徙仲甫为西川兵马都监。于是召见,面试射。且问:"能擐甲否?"仲甫曰:"臣在郭崇幕府,屡从征讨,固尝被介胄矣。"上曰:"汝见王明乎?朕已用为刺史。汝颇忠淳,若公勤不懈,不日亦当为牧伯也。"仲甫顿首谢。上因谓普曰:"五代方镇残虐,民受其祸。朕令选儒臣干事者百余分治大藩,纵皆贪浊,亦未及武臣一人也。"[2]

宋太祖任用儒臣替代武臣"分治大藩",确实有效地限制了武臣势力,但其中称儒臣"纵皆贪浊"云云,却可见天子对儒臣实是颇有保留的,尤其对"儒生""措大"心存轻蔑,嘲笑翰林学士陶谷撰写诏令制诰是"依样画葫芦",由此遂有武将党进"措大们爱掉书袋"之说。而对于任用辛仲甫,也可证实宋太祖所看重的乃是"儒臣中有武勇兼济者"。据《玉壶清话》卷一所载,辛仲甫虽然"才勇有文,顷从事于郭崇,教其射法,后崇反师之。赡辩宏博,纵横可用",在天子召见时,因"太祖方以武臣戡定寰宇,更不暇他试,使令武库以乌漆新劲弓令射。仲甫轻挽即圆,破的而中。又取坚铠令擐之,若被单衣。太

---

[1] (宋)黎靖德:《朱子语类》卷一二七《本朝一·太祖朝》,中华书局1986年版,第3043页。
[2] 《长编》卷一三开宝五年"是岁"条,第293页。

祖大称爱",但辛仲甫对于自己改任武职,并不心甘情愿,上奏道:"臣不幸本学先王之道,愿致陛下于尧、舜之上。臣虽遇昌时,陛下止以武夫之艺试臣,一弧一矢,其谁不能?"太祖抚慰道:"果有奇节,用卿非晚。"[1]当然,宋太祖如此所为,也是宋初应对政治、军事形势发展的需要,即所谓"方以武臣戡定寰宇"。因此,当知灵州冯继业"自灵州举宗来朝",宋太祖遂选遣考功郎中、知泗州段思恭代知州事,并说:"冯继业言灵州非卫、霍名将镇抚之不可,汝其往哉!"[2]也是因为段思恭才济武勇而被遣授边州重任。

因此,宋太祖尝如此告诉秦王府侍讲道:"帝王之子,当务读经书,知治乱之大体,不必学作文章,无所用也。"[3]即宋太祖所关注的是让皇子们知晓治国理民之道,而不必学那"无所用"的"作文章"。基于如此考虑,宋太祖对文臣儒生的某些不甚实用的做法颇为不屑。有一次,宋太祖经过朱雀门时,"指门额问(赵)普曰:'何不只书"朱雀门",须著"之"字安用?'普对曰:'语助。'太祖大笑曰:'之乎者也,助得甚事。'"[4]又有一次,"太祖初即位,朝太庙,见其所陈笾豆簠簋,则曰:'此何等物也?'侍臣以礼器为对。帝曰:'我之祖宗,宁曾识此?'命彻去,亟令进常膳。亲享毕,顾近臣曰:'却令设向来礼器,俾儒士辈行事。'至今太庙先进牙盘,后行礼。康节先生(邵雍)常曰:'太祖皇帝其于礼也,可谓达古今之宜矣。'"[5]虽然北宋大儒邵雍对宋太祖既不拘泥于旧制,又不违背古礼的做法给予

---

1 《玉壶清话》卷一,第10页。
2 《宋史》卷二七〇《段思恭传》,第9272页。
3 《涑水记闻》卷一,第20页。
4 (宋)文莹:《湘山野录》卷中,中华书局1984年版,第35页。
5 《邵氏闻见录》卷一,第5页。

了极高评价，但这却无法掩饰宋太祖对"儒士"的轻视。如《长编》云："旧制，每命将帅出征，还，劳宴于便殿，当直翰林学士，文明、枢密直学士皆预坐。开宝中，梁迥为阁门使，白太祖曰：'陛下宴犒将帅，安用此辈。'遂罢之。"[1] 而太祖朝末科状元王嗣宗的遭遇，更可说明问题。

司马光《涑水记闻》载："王嗣宗，汾州人，太祖时举进士，与赵昌言争状元于殿前，太祖乃命二人手搏，约胜者与之。昌言发秃，嗣宗殴其幞头坠地，趣前谢曰：'臣胜之！'上大笑，即以嗣宗为状元，昌言次之。"[2] 王嗣宗确为开宝八年（975）进士第一，但据《宋史·赵昌言传》，赵昌言太平兴国三年（978）举进士甲科，《涑水记闻》云云有误。但《长编》卷七六、《隆平集·种放传》、《东都事略·王嗣宗传》等皆曾记载王嗣宗乃因"角力而中第"为状元，可见宋太祖令进士"二人手搏，约胜者与"状元之事不假，只是与王嗣宗"手搏"者非赵昌言而已。据南宋王明清记载，当时"廷考王嗣宗与陈识齐纳赋卷，艺祖命二人角力以争之，而嗣宗胜焉，嗣宗遂居第一名，而以识为第二人"。[3]

此类颇违宋人夸饰的"崇儒"之"圣君"形象的宋太祖言行，充分说明其"尚文"之目的，就在于处心积虑地抑制藩镇、武将权势。

宋太祖制定相应官制以优待文臣，从而在很大程度上扭转了唐末

---

[1] 《长编》卷三四淳化五年十一月丁卯条，第759页。按：《宋史》卷二六六《苏易简传》（第9172页）："先是曲宴将相，翰林学士皆预坐，梁迥启太祖罢之。又皇帝御丹凤楼，翰林承旨侍从升楼西南隅，礼亦废。至是易简请之，皆复旧制。"

[2] 《涑水记闻》卷三，第47页。按：《宋史》卷二八七《王嗣宗传》亦云：王嗣宗"即拜耀州观察使、知永兴军府。真宗作诗赐之。时种放得告出山，嗣宗逆于传舍，礼之甚厚。放既醉稍倨，嗣宗怒以语讯放，放曰：'君以手搏得状元耳，何足道也。'初，嗣宗就试讲武殿，搏赵昌言帽，擢首科，故放及之"。

[3] 《玉照新志》卷四，第72页。

以来武人左右政局以及社会上重武轻文的风气，使得"崇文抑武""宰相须用读书人"等理念深入人心，在加强中央集权的同时，也对宋朝政治文化的发展产生深远影响：宋代之所以能创造出"郁郁乎文哉"的文化景象，在哲学、思想、文学、史学等诸领域都达到了前所未有的发展高度，确与宋太祖所制定、倡导的"崇文"国策以及由此带来的宽松文化氛围密切相关。随着文化的振兴和开科取士人数的增多，文人的社会地位全面提升，大批文人进入仕途，宰相、地方长官大都由文人充任，甚至枢密院长官以及边防重镇之长官也逐渐委任儒士。据宋人所言，至宋仁宗时，全国上下几乎成了文人之天下："今世用人，大率以文词进：大臣，文士也；近侍之臣，文士也；钱谷之司，文士也；边防大帅，文士也；天下转运使，文士也；知州郡，文士也。虽有武臣，盖仅有也。"[1]文人政治的确立，有效地保障了赵家天下的长治久安。

说起宋太祖"尚文"之策，世人大都会联想起赵普"半部《论语》治天下"的典故。这一典故，其意在于强调学习儒家经典著作的重要性，尊奉孔孟之道为治国理民之本。针对此典故，洪业先生尝撰《半部论语治天下辨》[2]一文予以辨析，认为其说出自后人伪托，并探考其源头至南宋高、孝时期的《乐庵语录》。乐庵为南宋初学者李衡之号，李衡"为学以《论语》为本"，其学生汇编其"平日讲学之语"而成《乐庵语录》。《乐庵语录》载：

> 先生（李衡）所至授徒，其教人无他术，但以《论语》朝夕讨究，能参其一言一句者，莫不有得。或曰："李先生教学且三十

1　（宋）蔡襄：《端明集》卷二二《任材》，上海古籍出版社《文渊阁四库全书》本。
2　洪业：《洪业论学集》，中华书局1981年版，第405—426页。

年,只是一部《论语》。"先生闻之曰:"此真知我者。太宗欲相赵普,或谮之曰:'普山东学究,惟能读《论语》耳。'太宗疑之,以告普,普曰:'臣实不知书,但能读《论语》,佐艺祖定天下,才用得半部,尚有一半可以辅陛下。'太宗释然,卒相之。又有一前辈,平生蓄一异书,虽子弟莫得见。及其终,发箧以视,乃《论语》一部。此书诚不可不读,既读之,又须行之。"[1]

与赵普"半部《论语》治天下"相关联者,还有赵普"夜读《论语》"的传说。据王称《东都事略·赵普传》载:

> 普佐太祖、太宗定天下,平僭伪,大一统。当其为相,每朝廷遇一大事,定一大议,才归第,则亟阖户,自启一箧,取一书而读之,有终日者。虽家人不测也。及翌旦出,则是事决矣。用是为常。后普薨,家人始得开其箧而见之,则《论语》二十篇。[2]

而《宋史·赵普传》也称:

> 普……晚年手不释卷,每归私第,阖户启箧取书,读之竟日。及次日临政,处决如流。既薨,家人发箧视之,则《论语》二十篇也。[3]

---

1 (宋)龚昱编:《乐庵语录》卷五,上海古籍出版社《文渊阁四库全书》本。
2 《东都事略》卷二六《赵普传》。
3 《宋史》卷二五六《赵普传》,第8940页。

显然，李衡所云"又有一前辈，平生蓄一异书"，实为赵普"夜读《论语》"的另一传本，但李衡认为此人并非赵普，故称"又有一前辈"云云。经检《东都事略》所载的赵普"夜读《论语》"故事，当源自蔡絛《铁围山丛谈》：

> 赵安定王普，佐艺祖以揖让得天下，平僭乱，大一统。当其为相时，每朝廷遇一大事，定大议，才归第则亟闭户，自启一箧，取一书而读之，有终日者，虽其家人莫测也。及翌旦出，则是事必决矣。用是为常，故世议疑有若子房解后黄石公事，必得异书焉。及后王薨，家人始得开其箧而视之，则《论语》二十卷。[1]

两宋之际叶梦得、李纲皆有记载北宋宰臣嗜读《论语》之事。叶梦得《岩下放言》卷中载：

> 韩魏公不甚言佛理，……每为人言："自少至老，始终所践履，惟在一部《论语》中，未尝须臾敢离。"文若云："公晚镇北门，已六十余矣。玉汝为都转运使，公时多病，不甚视政事，数谒告家居，玉汝每携文若问候。至则直造卧内，几案间不见他物，惟一唾壶与《论语》耳。乃信传者不谬。"[2]

---

[1] 《铁围山丛谈》卷三，第45—46页。
[2] （宋）叶梦得：《岩下放言》卷中，大象出版社2006年《全宋笔记》（第二编）本，第333页。

又李纲《论语详说序》中亦云:

> 故相王文正公旦每以锦囊贮其书,观毕则亲缄题之。同列疑其为秘方异书也,窃视之则《论语》,怪而问其故,公曰:"此皆圣人之言,治心修身之要,吾辈行己,有愧于此多矣。"先进之尊道畏圣人之言如此。[1]

综上则《乐庵语录》中"又有一前辈,平生蓄一异书"云云,当即是李纲所说的王旦故事的另一传本。据上述诸引文,大体可推知所谓赵普"夜读《论语》",当是糅合王旦、韩琦等读《论语》故事而成,恰好赵普宋人习称赵韩王,曾封爵韩国公,韩琦也皆尝封爵魏国公,而王旦乃追赠魏国公;[2] 又《四明续志》卷一载录判庆元府吴潜"生祠记",其中有云"先生以此学魁天下,相天子,航世于安流,栋国于乔岳,奚止忠献一部《论语》",[3] 而赵普、韩琦皆谥曰忠献。或由此后人将此三人之事混合为一,而归诸赵普,并被收载于《东都事略》《宋史》而广为世人所知。《乐庵语录》所载的"半部《论语》治天下"之故事,经南宋后期罗大经《鹤林玉露》宣扬,也被后世视作信史:

> 杜少陵诗云:"小儿学问止《论语》,大儿结束随商贾。"盖以《论语》为儿童之书也。赵普再相,人言普山东人,所读

---

1 (宋)李纲:《梁溪集》卷一三八《论语详说序》,上海古籍出版社《文渊阁四库全书》本。
2 《宋史》卷二五六《赵普传》,第8939页;卷三一二《韩琦传》,第10226页;卷二八二《王旦传》,第9552页。
3 (宋)梅应发、刘锡等:《(开庆)四明续志》卷一《生祠记》,清咸丰四年刻《宋元四明六志》本。

者止《论语》。盖亦少陵之说也。太宗尝以此语问普，普略不隐，对曰："臣平生所知，诚不出此。昔以其半辅太祖定天下，今欲以其半辅陛下致太平。"普之相业，固未能无愧于《论语》，而其言则天下之至言也。[1]

此则半出于后人附会的所谓赵普"半部《论语》"故事，实是借用开国"圣君"及"明相"之声名来神化《论语》的功用。确如罗大经引杜甫诗句所显示的，唐时《论语》主要用为"儿童之书"，即使在宋代，《论语》仍属蒙训主要读物。但与汉、唐人视《论语》为"传"不同，《论语》于宋初即已被尊为"九经"之一，由官府组织学者予以校勘出版。[2] 而且宋人解经不同于汉、唐时人以文字释读、名物制度的考据训诂和章句之串讲等为主，其更多关注于对经典义理的解说与阐释，即其注释经书并不仅仅是为"以今释古、扫除阅读理解上的障碍"，而是"欲以注释经书为手段，皆以阐发新儒学，即由训诂以通义理"，并通过此一"通经明道"之法，来"为重建政治的合法性"服务。[3] 由此，宋代著名政治家和学者大多有解说《论语》的著述，以阐发自己的政治、学术见解。北宋宰相也多有视《论语》所言为治政要旨者，除上述王旦、韩琦外，还有如宋真宗时李沆"作相，尝读《论

---

[1] 《鹤林玉露》乙编卷一《论语》，第128页。
[2] 《玉海》卷四三《端拱校五经正义》《咸平校定七经疏义》（第813页、第814页）：宋太宗端拱元年（988）三月，校勘孔颖达《五经正义》完毕，并予刊印。咸平三年（1000）三月，宋真宗又"命国子祭酒邢昺等校定《周礼》《仪礼》《公羊》《谷梁传正义》，又重定《孝经》《论语》《尔雅正义》"。四年九月，邢昺等"表上重校定《周礼》《仪礼》《公》《谷传》《孝经》《论语》《尔雅》七经疏义，凡一百六十五卷"，"十月九日命摹印颁行。于是九经疏义具矣"。
[3] 唐明贵：《宋代〈论语〉研究的勃兴及成因》，载《东岳论丛》2007年第3期。

语》。或问之,公曰:'沉为宰相,如《论语》中"节用而爱人""使民以时"两句尚未能行。圣人之言,终身佩之可也。'"[1] 此外,《论语》又作为宋时主要蒙训读物,颇为民间所习用,[2] 而与王旦、韩琦乃进士高科出身、文学著名一时者不同,赵普乃"少习吏事,寡学术",故而将"半部《论语》治天下"的故事附会在赵普身上,也就颇为自然合适。

四、"天子门生"与官吏的选任考核

为真正实施"尚文抑武"国策,宋初急需一大批有才学的士人充实到各级政府部门,以稳固新政权。但因晚唐五代时期社会动荡,战火频仍,众多士人隐居山野,不乐出仕,以为自保和保家。宋朝建立以后,不少士人仍然采取观望、疑虑的心态,使得当时人才匮乏情况一度较为严重。为缓解人才缺乏、官员未充的困境,宋太祖一面诏令翰林学士、文班常参官及诸州长吏等举荐人才,一面则主要通过科举考试制度来笼络、选拔人才,同时针对唐末五代时期吏治腐败、吏制紊乱等现象,逐渐建立和完善着官员考核、奖惩等制度。

以下首先叙述宋太祖时期科举取士情况。

科举是一种设科考试、择优录取选拔官吏的制度,始于隋,发展于唐朝。入宋后,宋太祖沿用唐朝以来科举取士制度,吸收中下层士人参与国家政治统治,以利于扩大政治基础,并提高官吏的整体素质。但科举中也出现不少弊端,如取士不公、势家豪门操纵录取、主试官

---

[1] 《邵氏闻见录》卷七,第71页。
[2] 顾宏义:《宋代〈四书〉文献研究》,上海古籍出版社2014年版,第26—28页。

擅权舞弊等，如若不对此类现象进行鼎新、革除，不但难以取信天下士人，还将给中央集权统治带来问题。然而多年来这些问题盘根错节，而宋初最需急迫解决的问题是解除禁军大将的兵权以巩固皇权，消灭各割据政权以实现统一大业，所以宋太祖对科举取士中的弊端只能逐步、逐一予以解决，以免激起震荡而欲速不达。

唐代后期，党争激烈，绵历数十年不息，实与主试官利用科举取士制度以培养私人势力有着很大关系。即及第进士都以主试官为恩师，致使"恩出私门，不复知有人主"，[1]使主试官与门生之间、门生与门生之间往往结为朋党，缠斗不休。因此，有人曾愤慨地表示唐朝实亡于朋党。宋太祖深知其弊，首先于建隆三年（962）下诏禁止考官、考生之间结成座主、门生关系：

> 太祖建隆三年九月一日，诏曰："国家悬科取士，为官择人，既擢第于公朝，宁谢恩于私室？将惩薄俗，宜举明文。今后及第举人，不得辄拜知举官子孙弟侄，如违，御史台弹奏。应名姓次第，放榜时并须据才艺高低，从上安排，不得以只科为贵。兼不得呼春官为恩门、师门，亦不得自称门生。除赐宴外，不得辄有率敛。并依后唐长兴元年六月敕处分。"[2]

所谓"依后唐长兴元年六月敕处分"，乃指五代后唐明宗长兴元年（930）六月，朝廷颁令及第举人"不得呼春官为恩门、师门，不得自

---

1 《燕翼诒谋录》卷一，第2页。
2 《宋会要辑稿·选举》三之一、之二。

称门生"，[1] 但这一命令在当时仅为具文而已，而宋太祖的这一禁令却在宋代得到认真执行。此后宋人虽尚有恩师、门生的称呼，但多属客套而已。[2]

为纠正科举取士中存在的弊端，宋太祖通过完善制度来限制主试官的权力。宋朝科举主试官属临时差遣，称"权知贡举"，并增设副职名"权同知贡举"。每年开科考试之前，临时命官权知贡举。主试官与其他考官须共同评卷，定其优劣，去取不能由一人作主。考官如受人请托，徇私舞弊，将遭受贬官等处分。乾德二年（964）九月，库部员外郎王贻孙、《周易》博士奚屿共同主持品官子弟考试，翰林学士承旨陶谷将其子陶戬请托给奚屿，"戬诵书不通，屿以合格闻，补殿中省进马。俄为人所发，下御史府按之"。于是奚屿"坐受请求"，被贬责为乾州司户，王贻孙负连带责任，也被贬为左赞善大夫，陶谷被扣两个月俸禄。[3] 又司马光《涑水记闻》记载有这样一件事：

太祖时，宋白知举（原注：疑为陶谷），多受金银，取舍

---

1 《五代会要》卷二三《缘举杂录》，第283页。
2 《日知录集释》卷一七《座主门生》（第995页）举吕祖谦事为例，言南宋孝宗时"犹未呼座主作先生也。寻其言，盖宋末已有先生之称。而至于有明，则遂公然谓之座师，谓之门生"。按：（宋）王明清《挥麈录》［大象出版社2013年《全宋笔记》（第六编）本，第33页］卷三引陆游言，称："刘器之晚居南京，马巨济涓作少尹，巨济莅试日，器之作详定官所取也，而巨济每见器之，未尝修门生之敬。器之不平，因以语宫，宫以讽巨济，巨济曰：'不然。凡省闱解送则有主文，故所取士得以称门生。殿试盖天子自为座主，岂可复称门生于他人？幸此以谢刘公也。'客以告器之，器之叹服其说，自是甚欢。"此北宋后期之事。又《建炎以来系年要录》卷一五七绍兴十八年四月丙辰条载"始秦桧举进士，（郑）滋为南省参详官，至是桧因（汤）鹏举应办北使，寓书于滋，称'门生'"。此南宋初年事。则吕祖谦虽未称"座师"为"先生"，然"所取士得以称门生"在宋代始终存在，不待宋末始出现。只是其座主、门生大都属礼节性之称呼，与唐时不同。
3 《长编》卷五乾德二年九月甲戌朔条，第131—132页。

不公，恐榜出群议沸腾，乃先具姓名以白上，欲托上旨以自重。上怒曰："吾委汝知举，取舍汝当自决，何为白我？我安能知其可否？若榜出别致人言，当斫汝头以谢众。"白大惧而悉改其榜，使协公议而出之。[1]

史载宋太宗太平兴国八年（983）始以中书舍人宋白等十人权知贡举，而陶谷曾于乾德二年权知贡举，[2] 故确如司马光所疑的，遭到宋太祖叱责的似是陶谷，而非宋白。但不管如何，上述种种措施，大大限制了主试官舞弊的空间。

为尽可能杜绝科举取士过程中的种种营私舞弊行为，宋太祖在以下几个方面订立和完善了相应制度：其一，禁止"公荐"行为；其二，限制"势家"子弟与"孤寒之士"争夺录取名额；其三，拓宽科举之路与取士名额；其四，于省试以外增加复试、殿试。

唐朝在科举取士中盛行"公荐"，即"知举官将赴贡院，台阁近臣得保荐抱文艺者，号曰公荐"，即高官、名士可根据自己的了解，将才艺皆优者举荐给考官，从而造成一种变相的请托，故取士时就不能"无所私"。[3] 公荐在唐朝科举取士中起着重要的作用，故虽说原则上要求被举荐者应具有真才实学，然由于缺乏有效的制约机制，至中唐以后弊端丛生，公荐成为权贵把持仕宦、网罗"党与"的重要方式之一，从而将占大多数的出身寒微、无家世背景者排斥于科场之外。[4]

---

1 《涑水记闻》卷一，第21页。
2 《长编》卷五乾德二年三月"是月"条，第124页；卷二四太平兴国八年正月甲子条，第537页。
3 《长编》卷四乾德元年九月丙子条，第105页。
4 徐红：《北宋初期进士研究》，人民出版社2009年版，第78—79页。

因此，乾德元年九月，宋太祖鉴于公荐得以"因缘挟私"，故"诏礼部贡举人，自今朝臣不得更发公荐，违者重置其罪"。[1]然如何"重置其罪"，却并无具体惩处条文，故难以令行禁止。如是年"龙捷左厢都指挥使、汉州防御使马仁瑀尝私以士属知贡举薛居正，居正实不许而阳诺之，及闻喜宴日，仁瑀乘醉携所属士慢骂居正"，[2]可见"公荐"依然公行。甚至有官员借机"私荐"子弟于考官。[3]故至开宝六年（973）四月，宋廷又重申此一禁令，诏曰：

> 今后凡中外文武官僚荐嘱举人，便即主司密具闻奏，其被荐举人，勒还本贯重役，永不得入举场。其发荐之人，必行勘断。犯者许逐处官吏及诸色人陈告，如得实，应幕职及令录当与升朝官，判司簿尉即与本处令录。其诸色人赏绢五百匹，以犯事人家财充，不足，以系省绢添支。[4]

宋廷实行严禁"公荐"的措施，提高了科举取士的公正性和透明度，有利于激发中底层士人参加科举的积极性。

与禁止"公荐"措施相配套，宋太祖颇为注意在科举取士时抑制官宦子弟，拔擢寒俊之士。开宝元年（968），权知贡举王祐录取进士合格者十人，陶谷之子陶邴名列第六，但太祖以"闻谷不能训子，

1　《宋史》卷一〇八《选举志一·科目上》，第3604页；《长编》卷四乾德元年九月丙子条，第105页。
2　《长编》卷四乾德元年八月甲申条，第102页。
3　如《长编》卷五乾德二年五月丁丑条（第127页）云："屯田员外郎、知制诰高锡以弟铣应进士举，属之开封府推官河南石熙载求首荐。"
4　《宋会要辑稿·选举》三之三。

邴安得登第"为由,"遽命中书覆试,而邴复登第",却仍下诏云:"造士之选,匪树私恩,世禄之家,宜敦素业。如闻党与,颇容窃吹,文衡公器,岂宜斯滥!自今举人凡关食禄之家,委礼部具析以闻,当令覆试。"[1] 此后应试举子凡是品官子弟,为杜绝舞弊,礼部都要登记造册上报,由宰相另行安排复试,并形成制度。

同时,为使更多的寒素子弟进入仕途,宋太祖着意降低举人应试资格的门限,拓宽科举取士之路。乾德元年(963)八月,宋太祖"诏礼部贡院,所试九经举人落第,宜依诸科举人例,许令再试"。乾德四年二月,权知贡举王祐取进士合格者六人、诸科合格者九人。宋太祖"恐其遗才,复令于不中选人内录其优长者,第而升之"。[2] 开宝三年三月壬寅朔,"诏礼部贡院阅进士、诸科十五举以上曾经终场者以名闻。甲辰,得司马浦等六十三人;庚戌,复取十五举未经终场者四十三人,并赐出身,仍诏自今勿得为例"。[3] 这是由于进士录取名额有限,僧多粥少,每科落第者众多,"皆困顿风尘,潦倒场屋,学固不讲,业亦难专,非以特恩,终成遐弃",[4] 故宋太祖特施恩惠,于进士、诸科落第者选择应试十五次以上者"并赐出身",称"特奏名",亦称"恩科"。此后形成一代制度。特奏名,成为宋太祖在新的社会历史条件下新创的一种笼络士子的有效手段,即通过此特奏名制度,

---

1 《长编》卷九开宝元年三月癸巳条,第200页。按:《宋会要辑稿·选举》三之二所载诏令文字稍异:"取士之道,贵实为先。今岁辟礼闱,明悬科级,贤良之选,务在得人。世禄之家,尤宜笃学。如闻搢绅之内,朋比兼容,论才苟爽乎无私,擢第即成乎滥进。自今应诸色举人内有父兄骨肉食禄者,委礼部贡院于奏名之时,并别具开析,当议更与覆试。贵于公道,无所屈焉。"
2 《长编》卷四乾德元年八月壬辰条,第103页;卷七乾德四年二月辛酉条,第167页。
3 《长编》卷一一开宝三年三月壬寅条,第243页。
4 《宋会要辑稿·选举》三之三。

使得那些应试多次而无法取得功名的举子有了出头希望,终老科场而无怨无悔。开宝七年二月,又"诏学究举人所习《诗》《书》并《易》为一科,及第选叙与《三礼》《三传》同例"。[1] 开宝八年二月,权知贡举王祐等奏合格进士,宋太祖诏令:"向者登科名级,多为势家所取,致塞孤寒之路,甚无谓也。今朕躬亲临试,以可否进退,尽革畴昔之弊矣。"[2] 是年,宋太祖又特"诏贡士之下第者,特免将来请解,许直诣贡部"。[3]

为避免考试官"朋比相容",从而"论才苟爽于无私,擢第即成于滥进",[4] 宋太祖又命于"常试"、省试外增设复试、殿试。建隆三年(962)九月,复置书判拔萃科。乾德元年底,宋太祖"召翰林学士、中书舍人于内殿覆试吏部试中应拔萃科田可封、孙迈、宋白、谭利用。上临轩观之,试毕称旨",擢谭利用为右拾遗、宋白为著作佐郎,田可封、孙迈授赤县尉。[5]

乾德二年正月,因令各地州府"解送"应制科人至吏部,然各地"未有应者",故诏令"继今不限内外职官、前资见任、布衣黄衣,并许诣阁门投牒自荐,朕当亲试焉"。[6] 此一诏令,实是对后周显德四年(957)周世宗设置贤良方正直言极谏、经学优深可为师法、详闲吏理达于教化等科的重申。[7] 元人胡三省指出:"此所谓制举也。时诏应天

---

1 《长编》卷一五开宝七年二月癸卯条,第318页。
2 《长编》卷一六开宝八年二月戊辰条,第336页。
3 《长编》卷一六开宝八年"是岁"条,第355页。
4 《宋会要辑稿·选举》三之二。
5 《长编》卷三建隆三年九月癸未条,第72页;卷四乾德元年闰十二月丁卯条,第113页。
6 《长编》卷五乾德二年正月壬辰条,第119—120页。
7 按:《宋史》卷一五六《选举志二》(第3646页)称"太祖始置贤良方正能直言极谏、经学优深可为师法、详闲吏理达于教化凡三科",不确。

下诸色人中,不限前资见任职官、黄衣草泽,并许应诏。其逐处州府,依每年贡举人式例,差官考试,解送尚书吏部,仍量试策论三道,共三千字已上,当日取文理俱优、人物爽秀,方得解送,取来年十月集上都。其登朝官亦许上表自举。"[1] 由宋太祖的诏令可知,周世宗设置制度至此数年,并无士人前来应试。但与周世宗不同,为消弭应举者对于考试不公的疑虑,宋太祖允诺到时将"亲试"。是年四月,前博州军事判官颖贽应贤良方正能直言极谏科,"策试称旨",遂擢为著作佐郎。[2] 乾德四年五月,宋太祖在紫云楼下亲试制科举人姜涉等,"涉等所试文理疏略,不应策问,并赐酒食遣之"。[3] 此为宋太祖亲试制科举人之始。

乾德五年二月,权知贡举卢多逊奏进士合格者十人,宋太祖"复诏参知政事薛居正于中书复试,皆合格,乃赐及第"。[4] 此为进士常科复试之始。开宝五年闰二月,权知贡举扈蒙奏合格进士安守亮等十一人,宋太祖"召对于讲武殿,始下榜,新制也"。[5] 即宋太祖打破惯例,亲自在讲武殿召对新科进士,然后下诏放榜。由此逐渐将科举取士之权收归己手。

开宝六年三月,新科进士及诸科举人三十九人接受天子召对,"诣讲武殿谢"。宋太祖发觉进士武济川、三传举人刘濬"材质最陋,应对失次,黜去之"。宋太祖随即得知武济川是权知贡举、翰林学士李昉"乡人",颇不高兴。此时落第进士徐士廉等人"击登闻鼓,诉(李)

---

1 《资治通鉴》卷二九三后周世宗显德四年十月,第9572—9573页。
2 《长编》卷五乾德二年正月丁未朔,第125页。
3 《长编》卷七乾德四年五月庚寅条,第172页。
4 《长编》卷八乾德五年二月壬申条,第189页。
5 《长编》卷一三开宝五年闰二月壬辰条,第280页。

昉用情，取舍非当"。宋太祖询问翰林学士卢多逊，卢多逊称："颇亦闻之。"于是宋太祖"乃令贡院籍终场下第者姓名，得三百六十人。癸酉，皆召见，择其一百九十五人，并准以下及士廉等，各赐纸札，别试诗赋，命殿中侍御史李莹、左司员外郎侯陟等为考官。乙亥，上御讲武殿亲阅之，得进士二十六人，士廉预焉；《五经》四人、《开元礼》七人、《三礼》三十八人、《三传》二十六人、《三史》三人、学究十八人、明法五人，皆赐及第。又赐准钱二十万，以张宴会。……自兹殿试遂为例程"。[1] 在是年进士及第的柳开日后尝称道：

> 太祖皇帝开宝六年，命令仆射李公考试贡举人，取士有不能尽。是时，太祖方刻意务理，思与前代英主并立，然而刑政德业，世用不变于唐。春，进士徐士廉……旦伏阙下求见太祖，太祖夕召与之见，[士]廉即具道贡举人事，请太祖廷试之，曰："方今中外兵百万，提强黜弱，日决自上前，出无敢悖者。惟岁取儒为吏，官下百数，常常赘戾，以其受于人而不自决致也。为国家天下，止文与武二柄取士耳，无为其下鬻恩也。"太祖即命礼部试所中不中贡举人，列于殿廷试之，得百有二十七人，赐登高第。[2]

徐士廉的这一建议颇符合天子欲收回取士权柄的私意，于是宋太祖随即令在讲武殿出题重试及第、落第举人，亲自阅卷，定下录取名单。而考官李昉等人遭到贬官处罚。这一由皇帝复试奏名进士、诸科并确

---
1 《长编》卷一四开宝六年三月辛酉条，第299—300页。
2 （宋）柳开：《河东集》卷八《与郑景宗书》，上海古籍出版社《文渊阁四库全书》本。

定其等第的做法，即称为"殿试"，亦称"御试""廷试"。殿试最早见于唐代武则天时，但未形成制度。开宝八年二月，宋太祖"御讲武殿，覆试王祐等所奏合格举人王式等，……于是内出诗赋题试，得进士王嗣宗以下三十人，诸科三十四人"。[1] 宋太祖殿试所定合格进士名次，与礼部试（省试）有不同。从此殿试成为"常式"，科举取士之权由天子直接掌握，而及第进士也因此被世人誉称为"天子门生"。至此，科举考试分为解试（乡试）、省试（会试）、殿试三级之制大抵定型，并为后世所基本遵循。

一般认为殿试设置于开宝六年李昉知贡举时，马端临《文献通考·选举考》对此辨析云：

> 殿前试士始于唐武后，然唐制以考功员外郎任取士之责，后不过下行其事，以取士誉，非于考功已试之后再试之也。开元以后，始以礼部侍郎知贡举，送中书门下详覆。……长庆以后，则礼部所取士，先详覆而后发榜，则虽有详覆之名，而实未曾再试矣。五代以来，所谓详覆者，间有升黜人。宋太祖乾德六年，命中书覆试，则以帝疑陶谷之子不能文而中选，故覆之，亦未尝别为之升黜也。至开宝六年，李昉知举，放进士后，下第人徐士廉等打鼓论榜，上遂于讲武殿命题重试。御试自此试始。昉等所取十一人，重试共取二十六人，然于昉等所取十一人内，只黜武济川一人，余十人则高下一依元次，而续取到二十六人，不过附名在此十人之后，共为一榜。然则是年虽别试而共为一

---

[1] 《长编》卷一六开宝八年二月戊辰条，第336页。

榜,亦未尝有省试、殿试之分也。至八年,覆试礼部贡院合格举人王式等于讲武殿,内出试题,得进士三十六人,而以王嗣宗为首;王式者,礼部所定合格第一人,则居其四。盖自是年御试始别为升降,始有省试、殿试之分,省元、状元之别云。[1]

宋太祖朝进士及第情况表

年月	知举官	及第进士人数	状元	史料出处
建隆元年二月	扈蒙	19人	杨砺	《长编》卷一
建隆二年二月	窦仪	11人	张去华	《太平治迹统类》卷二七
建隆三年三月	王著	15人	马适	《长编》卷三
乾德元年二月	薛居正	8人	苏德祥	《太平治迹统类》卷二七
乾德二年三月	陶谷	8人	李景阳	《太平治迹统类》卷二七
乾德三年二月	卢多逊	7人	刘察	《长编》卷六
乾德四年二月	王祐	6人,诸科9人	李肃	《长编》卷七、《太平治迹统类》卷二七
乾德五年二月	卢多逊	10人	刘蒙叟	《宋会要辑稿·选举》一之一

---

[1] 《文献通考》卷二〇《选举考三·举士》,第878—879页。按:开宝六年李昉取进士十一人,"重试共取二十六人",于原榜中只黜武济川一人,则续取乃十六人,故《文献通考》所云"续取到二十六人"之"二",当为衍文。又,开宝八年所取进士数,《长编》卷一六、《太平治迹统类》卷二七《祖宗科举取人》、《宋史全文》卷二称三十人,《宋史·太祖纪三》、《九朝编年备要》卷二、《文献通考》卷三二《选举考五·宋登科记总目》称三十一人,李心传《旧闻证误》卷一考辨称是年"榜放三十一人"。则是年取进士数当为三十一人。

(续上表)

年月	知举官	及第进士人数	状元	史料出处
开宝元年三月	王祐	10人	柴成务	《宋会要辑稿·选举》一之一
开宝二年	赵逢	7人	安德裕	《太平治迹统类》卷二七
开宝三年三月	扈蒙	8人	张拱	《太平治迹统类》卷二七
开宝四年二月	卢多逊	10人	刘寅	《长编》卷一二
开宝五年闰二月	扈蒙	11人，诸科17人	安守亮	《长编》卷一三
开宝六年三月	李昉	26人，诸科101人	宋准	《长编》卷一四
开宝八年二月	王祐	31人，诸科34人	王嗣宗	《长编》卷一六、《九朝编年备要》卷二

宋初上述政策的施行，对形成宋朝科举取士不尚谱牒、不重乡贯、不讲门第的特点有着重要影响。宋人有言："应举不作状元，仕宦不作宰相，乃虚生也。"[1] 宋人甚至夸耀道："状元登第，虽将兵数十万，恢复幽蓟，逐强敌于穷漠，凯歌劳还，献捷太庙，其荣亦不可及也。"[2] 故状元在宋朝有着非常高的地位。据统计，唐朝状元一百六十人，其中祖、父或兄长官爵四品以上者有六十一人，占总数之38%（唐朝后期比例更高，有三十人，占48%）；出身于中下级官员家庭者

1　（宋）王辟之：《渑水燕谈录》卷四引胡旦语，中华书局1981年版，第40页。
2　《儒林公议》，第88页。

二十一人，占13%；寒素家庭出身者有七十八人，占49%，然这当中因包括未见其家庭背景史料者，故其比例当小于49%。但至宋初三朝，状元出身情况颇有不同（详见下表）。

宋初三朝状元出身情况表

时期	状元人数	高级官员家庭出身人数	比例	中下级官员家庭出身人数	比例	寒素家庭出身人数	比例
太祖朝	15	5	33%	5	34%	5	33%
太宗朝	8	1	12%	5	63%	2	25%
真宗朝	12	2	17%	2	17%	8	66%
小计	35	8	23%	12	34%	15	43%

即出身高级官员家庭的状元数明显下降，尤其在太宗、真宗两朝，中下级官员家庭、寒素家庭出身者的比例大为增加，这是因为在宋太祖以后，宋太宗、真宗仍然执行在科举取士中抑制世禄之家的政策。如雍熙二年（985）知举官所奏及第进士中有宰相李昉之子、参知政事吕蒙正之从弟、盐铁使王明之子、度支使许仲宣之子等，宋太宗认为"此并势家，与孤寒竞进，纵以艺升，人亦谓朕为有私也"，皆黜去之。宋真宗于即位之次年，任翰林学士杨砺等知贡举，告诫道："贡举重任，当务选擢寒俊，精求实艺，以副朕心。"[1] 从宋初三朝状元出身情况变化以及其与唐朝情况的比较分析，可证宋太祖抑制势家、选

---

[1] 《长编》卷二六雍熙二年三月庚申条，第595页；卷四三咸平元年正月丙寅条，第907页。详见徐红：《北宋初期进士研究》，第80—82页。

擢寒俊的科举取士政策，大体达到了预期目的。

因路途较远地区的贫寒士子赴京师应试颇有困难，为鼓励士子积极应举，宋太祖遂于开宝二年十月特命"西川、山南、荆湖等道自今发遣举人，往来并给券"，下诏云："昔西汉求吏民之明经术者，令与计偕，县次续食，盖优贤之道也。国家岁开贡部，敷求俊乂，四方之士，无远弗届，而经途遐阻，资用或阙，朕甚愍焉。自今西川、山南、荆湖等举人，往来给券。"[1] 即上京应试的举子凭此券，在途中食宿可皆由官府负责，大大缓解了贫寒举子的经费难题。

洞开孤寒之门及其他优惠措施的施行，使得入京应试之人大为增多，为防止滥进，宋太祖又颁发了多项措施和规定，以规范各地发解试。首先，宋廷颁行州府发解条例，规定州府长吏必须选择有才学、处事公正者担任地方考官，考生合格则上荐，不可使无才学之人蒙混过关。乾德二年九月，"权知贡举卢多逊言诸州所荐士数益多，乃约周显德之制，定发解条例及殿罚之式，以惩滥进。诏颁行之"。[2] 据称是因当时"诸州所荐士数益多，乃约周显德之制，定诸州贡举条法及殿罚之式：进士'文理纰缪'者殿五举，诸科初场十'不'殿五举，第二、第三场十'不'殿三举，第一至第三场九'不'并殿一举。殿举之数，朱书于试卷，送中书门下"。[3] 开宝三年三月，"诏礼部贡院疏特赐出身人姓名各下所属州县，令官吏察其行实以闻，隐蔽者罪之"。[4] 开宝五年十一月，宋太祖下诏曰："诸道举人，自今并于本贯州府取解，不得更称寄应。如从化外至者，先投牒开封府，奏请得旨，

---

1 《长编》卷一〇开宝二年十月丁亥条，第232页。
2 《长编》卷五乾德二年九月癸未条，第132页。
3 《宋史》卷一五五《选举志一·科目上》，第3606页。
4 《长编》卷一一开宝三年三月庚戌条，第243页。

方许就试。其国学亦不得妄署监生,参预荐送。"[1]六年四月又下诏令:"诸州考试官,令长吏精选僚属有才学公正者充。知贡举与考试官同看详义卷,定其通否,否即驳放,不得优假,虚至终场。申禁私荐属举人,募告者,其赏有差。举人勒还本贯重役,永不得入科场。"[2]即要求地方州府长吏负担起考校、荐送举人的责任,申令禁止不经考试而私荐举人,严惩行私舞弊者与弄虚作假的举人,并以官爵、钱财鼓励举报者。

对于这些防弊措施、禁令的颁行,宋太祖尝得意地自夸:"尽革畴昔之弊矣。"[3]"尽革"科举中的种种弊端,古今难以做到,不过宋太祖的抑制势家、洞开孤寒之门的做法,确实在施行优待士大夫之国策方面发挥着重大作用。唐代科举为门阀操纵,取士甚少。经唐末五代战乱荡涤,至宋初,门阀制度消亡,士子只要应试合格,不分门第乡里,皆可通过科举入仕。然受前朝制度影响,宋太祖时取士依然不多,如建隆二年录取进士十一人,建隆四年、乾德元年仅八人,只是从太宗朝开始,科举取士数量逐渐增多,一科进士可多到三四百人,加上诸科甚至达到千人上下。但在宋太祖优待举子的政策激励下,贫寒士人可以通过读书、应举、入仕这一途径进入上层社会,并带来良好的示范效应,提高了世人读书尚文的积极性,进一步普及了社会文化教育,

---

[1] 《长编》卷一三开宝五年十一月己巳条,第291页。按:所谓"寄应",指在寄居之地参加科举考试。

[2] 《长编》卷一四开宝六年四月乙酉条,第299页。按:《宋会要辑稿·选举》三之三亦载此诏,文字稍异,曰:"应考试官以举人所对义卷明下通不,如有通数少者,逐场便须驳放,不得虚至终场。今后凡中外文武官僚荐嘱举人,便即主司密具闻奏,其被荐举人,勒还本贯重役,永不得入举场。其发荐之人,必行勘断。犯者许逐处官吏及诸色人陈告,如得实,应幕职及令录当与升朝官,判司簿尉即与本处令录。其诸色人赏绢五百匹,以犯事人家财充,不足,以系省绢添支。"

[3] 《长编》卷一六开宝八年二月戊辰条,第336页。

同时也大大提高了士人对赵宋统治的拥护程度。

不过在宋太祖朝，诸事皆属草创阶段，故多有粗率之处。如开宝八年殿试时，王嗣宗通过手博角力得胜而夺得状元，后人每每引以为笑料。当然，此乃属宋太祖偶然率意之作，在整个宋朝也仅此一次"杰作"。此外，大抵因为相似的原因，当时状元的待遇不高，而与宋太宗朝及以后的情况大异。如王嗣宗状元及第，其初授官仅为秦州司寇参军。对此，马端临议论道：

> 艺祖、太宗皆留意于科目，然开宝八年王嗣宗为状元，止授秦州司理参军，尝以公事忤知州路冲，冲怒，械系之于狱。然则当时状元所授之官既卑，且不为长官所礼，未至如后世"荣进素定，要路在前"之说也。至太平兴国二年始，命第一、第二等进士及九经授将作监丞、大理评事，通判诸州，其次皆优等注拟，凡一百三十人。淳化二年试士，第一甲至三百二人，皆赐及第。[1]

当时状元初授官不"优"，实与宋初诸制度尚处于变革中而未能完全定型有关。即五代周世宗始施行变革弊政，然因病卒而未果，宋太祖承袭其事，进行包括官员选任在内的诸项制度建设，为此后宋朝制度的定型奠定了基础。

周世宗初继位，"志在四方"，立下"以十年开拓天下，十年养百姓，十年致太平"[2]的宏愿。故周世宗在位期间，亲自裁决政事，进行了政

---

1 《文献通考》卷三〇《选举考三·举士》，第882页。
2 《五代史补》卷五《世宗问王朴运祚》，第2529页。

治、军事、经济和文化等方面变革。在政治方面，针对当时普遍存在的吏治腐败、官员庸碌无为等现象，周世宗打破常规，破格任用有才干之人，以提高政府部门的办事效率；严惩贪官污吏，力革贪风，整顿吏治，赏罚严明。如左羽林大将军孟汉卿"坐纳刍税，场官扰民，多取耗余，赐死。有司奏汉卿罪不至死"，周世宗曰："朕知之，欲以惩众耳。"[1] 其他贪财、虐待役夫的官员和滥杀降兵的将官，也屡被周世宗毫不留情地处死。对于利用制度的漏洞胡乱推荐官员者或骗取官职者，周世宗也都严惩不贷，予以贬官或罢官的处分。经过如此整治，唐末以来混乱而黑暗的吏治局面得到初步改善，但因周世宗猝死，这些变革并未能最终完成。

宋承五代之乱，法制大坏，宋太祖为坐稳天下，承袭周世宗的变革，注意革除五代弊政，即所谓"太祖设官分职，多袭五代之制，稍损益之"，[2] 以创置法度。据刘安世尝称：

> 太祖即位，常令后苑作造薰笼，数日不至。太祖责怒左右，对以事下尚书省，尚书省下本部，本部下本曹，本曹下本局，覆奏又得旨，复依方下制造，乃进御。以经历诸处，行遣至速，须数日。太祖怒曰："谁做这般条贯来约束我？"左右曰："可问宰相。"上曰："呼赵学究来。"赵相既至，上曰："我在民间时，用数十钱可买薰笼。今为天子，乃数日不得，何也？"普曰："此是自来条贯，盖不为陛下设，乃为陛下子孙设。使后

---

1 《资治通鉴》卷二九二后周显德元年十月，第9518页。按：耗余，又称耗羡，胡三省注曰："耗余者，于纳刍束正数之外，又多取之，言以备耗折也。"即古时官府征收钱粮时以弥补损耗为名，于正额之外加征的部分。
2 《宋史》卷一五八《选举志四》，第3693页。

代子孙若非理制造奢侈之物，破坏钱物，以经诸处行遣，须有台谏理会。此条贯深意也。"太祖大喜曰："此条贯极妙。若无薰笼，是甚小事也。"其后法坏，自御前直降下后苑作，更不经由朝廷，至今以为例。[1]

此类"以事下尚书省，尚书省下本部，本部下本曹，本曹下本局，覆奏又得旨，复依方制造，乃进御"的细致且复杂的规定，应是宋神宗元丰改官制以后的产物，而不大可能出现在宋初。但由此可见宋人对宋初君臣重视制度建设的认识。宋太祖、赵普确实也十分重视法度的创立，[2] 宋太祖就曾在赵普所上论事奏章下批示道："朕与卿定祸乱以取天下，所创法度，子孙若能谨守，虽百世可也。"[3]

虽然创立了法度，但如无良吏贯彻执行，也只是一纸空文而已。因此，在官吏选用方面，在贯彻"尚文"国策大背景下，宋太祖对原有制度进行了诸多修订、调整和完善。如在官员选任上，注重其操守，关注其能否谨守法制，且一旦任用，往往久任其职而得其用。南宋吕中即如此评价宋初官员久任：

> 开宝四年秋七月，刘温叟卒。为中丞十二年，上艰其代，终不许解职。及卒，上曰："必纯厚如温叟者乃可。"
> ——中丞任之十二年，及其既卒也，则曰："必纯厚如温叟乃可。"国初之不轻用人如此。盖其始也择之精，其终也任之久。

---

[1] 《元城语录解》卷上。
[2] 如《长编》卷一一开宝三年四月戊子条（第245页）："诏诸司营缮必先定课程，每旬合给物料，绝其委积侵盗之端。"
[3] 《建炎以来系年要录》卷六一绍兴二年十二月癸巳条，第1075页。

择之精，则小人不得以滥其选；任之久，则君子举得以任其职。赵中令（赵普）之相凡十二年，郭进之守西山凡二十年，李汉超之守关南凡十七年，作坊至卑贱也，而曹玘典之至十余年，皆久任而成功也。[1]

宋太祖对各级官员既选任之，又颁行制度以严格其考核。建隆二年五月，"旧制，文武常参官各以曹务闲剧为月限，考满即迁。上谓宰相曰：'若是，非循名责实之道。'会监门卫将军魏仁涤等治市征有羡利，己卯，并诏增秩，因罢岁月序迁之制"。至三年十月，"有司上新删定《循资格》《长定格》《编敕格》各一卷。诏选人三十以下依旧不得入令录，余皆可"。[2] 至乾德二年初，宋太祖"以选人食贫者众，诏吏部流内铨听四时参选，仍命翰林学士承旨陶谷等与本司官重详定循资格及四时参选条"。[3] 此与宋太祖于科举取士时关注拔擢寒俊的精神相一致。未久，翰林学士窦仪等上《新定四时参选条件》：

> 诸州印发春季选人文解，自千里至五千里外，分定日限为五等，各发离本处，及京百司文解，并以正月十五日前到省，余季准此。若州府违限及解状内欠少事件，不依程式，本判官罚直，录事参军、本曹官殿选。诸州员阙，并仰申阙解条样，以木夹重封题号，逐季入递送格式，其百司技术官阙解，亦准此。季内不至及有漏误，诸州本判官以下罚直、殿挺，京百司

---
1 《类编皇朝大事记讲义》卷二《中丞久任》，第59页。
2 《长编》卷二建隆二年五月己卯条，第45页；卷三建隆三年十月癸巳条，第73页。
3 《长编》卷五乾德二年正月甲申条，第117页。

本官奏裁。诸司归司官合格日，四时奏年满，俟敕下，准格取本司文解赴集，流内铨据状申奏，依四时取解参选。[1]

宋太祖从之。此前，京官七品以上考核属之吏部流内铨，乾德二年三月吏部尚书张昭致仕，为便于天子对官员的选拔考核权的掌控，宋太祖"始用他官权判，颇更旧制，京官以上无选，并中书门下特除，使府不许召署幕职，悉由铨授矣"。七月，"中书门下上重详定翰林学士承旨陶谷所议《少尹幕职官参选条件》"，宋太祖从之，"自是铨选渐有伦矣"。[2]至开宝五年末，又诏令"流外选人经十考入令录者，引对方得注拟。驱使、散官、技术人，资考虽多，亦不注拟"。[3]其制度渐趋严格。

原先"令文"规定州县官僚是以"抚育有方，户口增益"与否作为其奖惩依据，然多年来因"主司因循，例不进考，唯按视阙失，不以轻重，便书下考"，有失公平，故建隆三年十一月，有司上言："自今请以减损户口一分，科纳系欠一分已上，并降考一等。如以公事旷遗，有制殿罚者，亦降一等。"又请示道："京官月限多少不等，有以三十六月为满者，有以三十月者，有以二十月住支料钱者，有司逐年书校考第，并无准绳。自今请应有曹局料钱，京官并以三十月为满。内有合校考第者，以此为限，其料钱一依旧例月数支给。"宋太祖并依从颁行。[4]乾德二年初，又"诏州县官有昏耄笃疾不任从政者，令判

---

1 《长编》卷五乾德二年二月戊申朔条，第121—122页。
2 《长编》卷五乾德二年三月丁丑朔条，第123页；乾德二年七月庚寅条，第129页、130页。
3 《长编》卷一三开宝五年十二月甲寅条，第292页。
4 《长编》卷三建隆三年十一月甲子条，第74—75页。

官、录事纠举，与长吏同署，列状以闻。判官、录事之能否，则委长吏察焉"。开宝三年五月，"诏诸州长吏毋得遣仆从及亲属掌厢镇局务"。四年初，"诏诸道州县自今并不得更差摄官，凡有阙员，即具闻奏，当旋与注授。前所差摄官皆罢之，职事以见任官权管"。[1] 其考核条理也渐趋细化。

宋初对官员的考核颇为严格，但也奖惩分明不含糊，不似北宋中期以后官场上常见的因循苟且"和稀泥"做法。建隆二年四月，给事中常准"夺两官，授兵部郎中免。先是，大名馆陶民郭贽诣阙诉括田不均，诏令他县官按视，所隐顷亩皆实。上怒，本县令程迪决杖流海岛，准实为括田使，故责之"。[2] 三年三月，封丘县令苏允元"坐申雨降不实免官"；六月，右补阙袁凤"坐检田不实"，责授曲阜县令；十二月，左赞善大夫段昭裔也因"坐检视民田失实"，责授海州司法参军。[3] 开宝七年二月，"令诸州知州、通判、判官、兵马都监、县令所掌盐曲及市征、地课等，并亲临之，月具籍供三司，秩满校其殿最，欺隐者当置于法，募告者赏钱三十万"。[4] 而在建隆三年初，监察御史刘湛即因"奉诏榷茶于蕲春，岁入增倍"，故擢为膳部郎中，属"迁拜越级，非旧典也"。[5]

唐五代时期铨选之"选格"有"可以见功过而不可以见人材"[6] 之

---

1 《长编》卷五乾德二年正月丁未条，第121页；卷一一开宝二年丑月戊申条，第246页，卷一二开宝四年正月丙午条，第358页。
2 《长编》卷二建隆二年四月甲午条，第43页。
3 《长编》卷三建隆三年三月己卯条，第64页；六月丁酉条，第69页；十二月丙戌条，第76页。
4 《长编》卷一五开宝七年二月庚子条，第318页。
5 《长编》卷三建隆三年正月丁亥条，第61页。
6 《宋史》卷一六〇《选举志六》，第3745页。

弊,即其选拔制度重资历,而不甚利于拔擢俊逸之士,故为纠正其弊,宋廷规定"铨注有格,概拘以法,法可以制平而不可以择才,故予夺升黜,品式具在,而又责官以保任之。凡改秩迁资,必视举任有无,以为应否;至其职任优殊,则又随事立目,往往特诏公卿、部刺史、牧守长官即所部所知,扬其才识而任其能否,上自侍从、台谏、馆学,下暨钱谷、兵武之职,时亦以荐举命之,盖不胶于法矣",[1] 即在铨选外,又命中高级官员举荐内外官员中具有真才实学者而重用之。但起初"保任未立限制",建隆三年二月,始"令翰林学士、文班常参官曾任幕职、州县者,各举堪为宾佐、令录一人,如有近亲,亦听内举。异时贪浊畏懦、职务旷废者,举主坐之"。[2] 但随即出现"举者颇因缘为奸"现象,故依据知制诰高锡的建议:"许人讦告,得实,则有官者优擢,非仕宦者授以官,或赏缗钱;不实,则反坐之。"此后,宋廷"或特命陶谷等举才堪通判者,或诏翰林学士及常参官举京官、幕职、州县正员堪升朝者。藩镇奏掌书记多越资叙,则诏历两任有文学方得奏。又令诸道节度、观察使于部内官选才识优茂、德行敦笃者各二人,防御、团练使各举一人,遣诣阙庭,观其器业而进用焉。凡被举擢官,于诰命署举主姓名,他日不如举状,则连坐之"。[3] 即为避免举荐者夹带"私货",故规定举荐失实或被举荐的官员因过罪遭受处罚时,举荐者也将因"连坐"而遭处分。[4] 由此,宋初士人"入仕,有贡举、奏

---

1 《宋史》卷一六〇《选举志六》,第3739页。
2 《长编》卷三建隆三年二月庚寅条,第61页。
3 《宋史》卷一六〇《选举志六》,第3739—3740页。
4 如《长编》卷二建隆二年正月戊申条(第37页)载大仆少卿王承哲"坐举官失实,责授殿中丞";卷一一开宝三年三月乙丑条(第244页)又载开宝三年三月,都官员外郎高冕责授左赞善大夫,"冕尝举监察御史符翻,翻有罪削官,冕连坐故也"。

荫、摄署、流外、从军五等。吏部铨惟注拟州县官、幕职，两京诸司六品以下官皆无选；文臣少卿、监以上中书主之，京朝官则审官院主之；武臣刺史、副率以上内职，枢密院主之，使臣则三班院主之"。[1] 此制度为宋太宗以后诸朝所沿用并日趋严密，成为有宋一代之制。故后人称誉道："宋朝有择举主、察举人、责举主之法。择举主于未用之先，察举人于方用之始，责举主于已用之后，此祖宗之良法也。"[2]

随着宋朝统治日渐稳固，宋太祖又开始施行减员增效之举措，于开宝三年七月颁布诏令曰：

> 吏员猥多，难以求其治，俸禄鲜薄，未可责以廉。与其冗员而重费，不若省官而益俸。西川管内州县官，宜以户口为率，差减其员，旧俸月增给五千。诸州凡二万户者，依旧设曹官三员；户不满二万，止置录事参军、司法参军各一员，司法兼司户；不满万，止置司法、司户各一员，司户兼录事参军；不满五千，止置司户一员，兼司法及录事参军事。县千户以上，依旧置令、尉、主簿，凡三员；户不满千，止置令、尉各一员，县令兼主簿事；不满四百，止置主簿、县尉，以主簿兼知县事；不满二百，止置主簿，兼县尉事。

随即又"诏天下州县官宜依西川例省减员数"。[3] 所谓"吏员猥多，难以求其治，俸禄鲜薄，未可责以廉。与其冗员而重费，不若省官而益

---

[1] 《宋史》卷一五八《选举志四》，第3693页。
[2] （宋）章如愚：《群书考索》卷三八《荐举》，上海古籍出版社1992年影印本。
[3] 《长编》卷一一开宝三年七月壬子条、丙辰条，第247页。

俸",简言之,即是减员增效、厚禄养廉。这份诏令为赵宋王朝厚禄养廉著明于政令之始,也表示优待士大夫得到了制度上的保证。

虽然相关制度得以渐次建立、完善,但宋太祖仍然担忧"铨衡止凭资历,英俊或沉于下僚",故特"诏吏部南曹,自今常调赴集选人,取历任多课绩而无阙失,其人材可副升擢者,具名送中书门下引验以闻,当与量材甄奖"。[1] 同时,注意在制度的施行过程中及时调整、更正。如在乾德二年初,"前开封户曹参军桑埙挝登闻鼓,诉吏部条格前后矛盾,己当为望县令,乃注中县。诏集三署官议于尚书省,以埙所诉为是,擢殿中丞"。[2] 又如诸州设置通判,宋太祖"明诏州事取决焉,而武臣之为太守者,不得专执"。[3] 但通判相对于知州,"既非副贰,又非属官,故多与长吏忿争,常曰:'我监州也,朝廷使我来监汝。'长吏举动必为所制。或者言其太甚,宜稍抑损之",故宋太祖于乾德四年"诏诸道州通判无得怙权徇私,须与长吏联署,文移方许行下"。[4] 同时,宋太祖用人不拘资历,一方面命令臣下要注意选拔有才能而缺少资历的人担当重任,另一方面自己也随时留心内外百官,见谁有长处和才能,都暗暗记下,每当有官位出缺,便能及时选用适当之人。有一次,宋太祖因与宰相赵普"议事不合",遂感喟道:"安得宰相如桑维翰者与之谋乎?"桑维翰为五代后晋时宰相,颇有才识,却有贪财爱钱之短,故而赵普回答:"使维翰在,陛下亦不用。"但宋太祖即刻朗声说道:"苟用其长,当护其短。措大眼孔小,赐与十万贯,则塞破屋子矣。"[5]

---

1 《长编》卷五乾德二年七月"是月"条,第130页。
2 《长编》卷五乾德二年正月丁亥条,第118页。
3 《演繁露续集》卷一《太祖右文》,第178页。
4 《长编》卷七乾德四年十一月乙未条,第181页。
5 《谈苑》卷四,第331页。按:措大乃当时武人对读书人的蔑称,此指桑维翰。

由于在选用官吏方面甚是严格，为选择合适的官员，宋太祖君臣往往反复商讨，甚至有时发生颇为激烈的争执，出现宋太祖以威势压人的情况，但他一旦冷静下来，还是能接受合理的人事安排。有一天，赵普奏荐某官员任某职，宋太祖未予采用。赵普"明日复奏其人，亦不用。明日，普又以其人奏，太祖怒，碎裂奏牍掷地，普颜色不变，跪而拾之以归。他日补缀旧纸，复奏如初。太祖乃悟，卒用其人"。又一天，有位官员按制度规定应当迁升官职，但宋太祖"素恶其人，不与"。赵普态度坚决，力以为请，宋太祖发狠道："朕固不为迁官，卿若之何？"赵普便答："刑以惩恶，赏以酬功，古今通道也。且刑赏，天下之刑赏，非陛下之刑赏，岂得以喜怒夺之？"宋太祖闻言"怒甚，起，普亦随之。太祖入宫，普立于宫门，久之不去，竟得俞允"。[1]结果这两位官员都颇称职。

不过，毕竟是人治社会，宋太祖与赵普等宰执大臣虽努力建立法度，但出于从便，或者出于天子意气用事，或者出于大臣私心等原因，又在相当程度上阻碍甚至毁坏制度的执行。史载开宝六年八月，"流内铨上言请复四时选，应引对者，每季一时引对，诏从之。时国家取荆、衡，克梁、益，下交、广，辟土既广，吏员多阙。是以岁常放选，选人南曹投状，判成送铨司依次注拟。其后选部阙官，又特诏免取解，非时赴集，谓之'放选'，习以为常。取解季集之制，有名而无实矣"。[2]又李昉罢翰林学士后数年，于开宝二年十一月再以中书舍人直学士院，"先是，堂吏以事至翰林，皆拜于堂下，学士略离席劳揖，事已即退，未尝与坐，昉前在翰林犹然。及是，有

---

1 《宋史》卷二六五《赵普传》，第8940页。
2 《长编》卷一四开宝六年八月"是月"条，第307页。

白事者遂拜堂上,更展叙中外,无复曩日之礼。昉愕然,询于同列,则云如此承袭数年矣,莫诘其故也"。[1]堂吏,指宰相属吏。翰林学士又称"内相",属天子秘书,地位颇尊。开宝二年前后正是"为政颇专"的赵普独相期间,堂吏能在学士院内与翰林学士平起平坐,显然凭仗赵普的威势,而视朝廷法度如无物。故所谓"莫诘其故",可见只是一句饰词而已。当然,在"朕即国家"的古代,这种情况的出现也属一种必无可免的常态。

此外,宋太祖"始削外权,命文臣往莅之;由是内外所授官,多非本职,惟以差遣为资历",[2]北宋前期官制上颇为特殊的官、职、差遣相分离之制度,由此发展定型。

五、创法宽刑与"绳赃吏重法"

五代时期战火频仍,武人肆行,史载"五代以来,典刑弛废,州郡掌狱吏不明习律令,守牧多武人,率恣意用法",[3]且多行酷法,百姓不胜其苦。于是周世宗对此进行初步整顿,废除了随意处死犯人的条款以及凌迟之类的酷刑;公开处决了一些私杀犯人的官员,以示惩戒。同时,周世宗诏令官员删修以严酷著名的或不合时宜、不合情理的前朝法律条文,让大臣反复讨论,最终完成了著名的《大周刑统》,而直接影响着此后《宋刑统》的修撰。

宋太祖登基以后,沿承周世宗之志,并鉴于以往贪官酷吏横行枉法而引起社会动荡、百姓暴动的教训,在根据社会实际情况制订、完

---

1 《长编》卷一〇开宝二年十一月戊辰条,第235页。
2 《宋史》一五八《选举志四·铨法上》,第3695页。
3 《长编》卷二建隆二年五月己卯条,第46页。

善相关的法律条令，努力提高官员执法水平的同时，厉行法令来整饬吏治，重惩贪官酷吏。

为避免法律繁琐、条文有出入而给法官援引判案时造成混乱，宋太祖认为"王者禁人为非，乃设法令"，而"世属乱离，则纠之以猛；人知耻格，则济之以宽"，其"律文"当基于"爱人之旨"，[1]故命令臣下在《大周刑统》基础上，"参酌轻重"，修纂一部新法典。乾德元年（963）七月，判大理寺事窦仪等上《重定刑统》与《编敕》，其"《重定刑统》三十卷，削去令、式、宣、敕一百九条，增入制敕十五，又录律内'余律准此'者凡四十四条，附于《名例》之次。后别取格令宣敕之削出及后来续降要用者凡一百六条，编为四卷，曰《新编敕》。其厘革一司、一务、一州、一县之类不在焉"，内容"尤为详备，世称其平允"，故宋太祖诏令两书并"刊板模印颁天下"。[2]此前，有官员建议"令诸州属县各置敕书库"，[3]至开宝八年（975），遂"诏有司重详定推状条样，颁于天下，凡三十三条。御史台、开封府、诸路转运司或命官鞫狱，即录一本付之。州府军监长吏及州院、司寇院悉大字揭于板，置听事之壁"，[4]将司法条令明示于天下百姓。

宋初编纂的《刑统》乃本于后周《刑统》而远溯《唐律》，然比较《唐律》，增补入大量有关刑名的敕令格式，内容大体上起唐朝开元初年、下迄建隆年间，其中多数为《唐律》所未规定或未加释明的事项。所以宋《刑统》《编敕》的编成并刊行，使得州县法官判案时

1　《文献通考》卷一六六《刑考五·刑制》，第4975页。
2　《长编》卷四乾德元年七月己卯条，第99页；《文献通考》卷一六六《刑考五·刑制》，第4976—4977页。
3　《长编》卷三建隆三年十一月丁巳条，第74页。
4　《长编》卷一六开宝八年"是岁"条，第355—356页。

有法可依，大大压缩了官吏们枉法舞弊的空间。

宋太祖虽出身行伍，但身经五代乱世，社会动荡不宁，所以很注意以史为鉴，尝评论唐太宗纳谏之事说：

> 古之为君，鲜能正身，自致无过之地。朕常夙夜畏惧，防非窒欲，庶几以德化人之义。如唐太宗受人谏疏，直诋其失，曾不愧耻，岂若不为之而使下无间言哉！[1]

对于唐朝女主武则天，宋太祖认为她"刑罚枉滥"，但也肯定其长处："而终不杀狄仁杰，所以能享国者，良由此也。"[2]有一天，宋太祖来到新修好的武成王庙视察，仔细观看庙内"两廊所画名将"，用手杖指着战国时秦国名将白起画像说："起杀已降，不武之甚，胡为受飨于此？"即刻令人将白起画像撤出武成王庙。[3]同时，"喜观书"的宋太祖通过阅读儒家经典著作，对儒家倡导的仁政也有了新认识。宋太祖在读罢《尚书·虞书》后尝感叹道："尧舜之世，四凶之罪，止从投窜，何近代宪网之密耶？"于是对五代以来的酷法严刑多所减轻，"盖有意于刑措也"。故开宝年间"犯大辟非情理深害者，多贷其死"。[4]以下即为《长编》所载宋太祖敕令刑狱从宽之事，其主要反映在"窃盗"或"强盗"、违禁贸易或走私两方面：

其一，建隆二年二月，"旧制，窃盗赃满绢三匹者，弃市"，至此"改

---

[1] 《长编》卷一六开宝八年正月乙酉条，第334页。
[2] 《长编》卷七乾德四年五月庚寅条，第172页。
[3] 《长编》卷四乾德元年六月乙未条，第92页。
[4] 《长编》卷一六开宝八年三月己丑条，第337页。

为钱三千,其陌八十"。[1] 三年二月,"诏窃盗赃满五千足陌者乃处死"。十二月,"旧制,强盗赃满十匹者绞",至此遂"诏改为钱三千足陌者处死"。至开宝八年四月,广州言:"窃盗赃满五贯至死者,准诏当奏裁。岭表遐远,覆按稽滞,请不候报决之。"宋太祖恻然道:"海隅之俗,习性贪冒,穿窬攘窃,乃其常也。"特"诏广南民犯窃盗赃满五贯者,止决杖、黥面配役,十贯者弃市"。是年,又"令诸州凡逮捕罪人,必以白长吏,所由司不得直牒追摄"。虽说宋初因上述措施而缩小了判处死刑的范围,但刑罚仍然甚重。[2] 这是因为宋太祖刑狱从宽之举,是针对五代时期严刑峻法而施行的,不可能一时间放宽太多;同时,宋初社会尚未安定,且宋太祖尚在进行一统天下之战,还须通过严厉的刑罚来维系其统治。待宋太祖以后,社会渐趋安定,而相关刑罚也随之趋于宽松。

其二,五代时期对于民间贸易颇多限制,与民生密切相关的酒(酒曲)、盐、碱(鹻)等货物大都实行官造、官卖,违令者重罚。如后汉初,"犯私曲者并弃市,周祖始令至五斤死"。宋太祖乃"以周法尚峻",遂于建隆二年四月"诏民犯私曲十五斤,以私酒入城至三斗者,始处极典,其余论罪有差,私市酒曲,减造者之半"。同日,宋太祖"又以前朝盐法太峻",定令"官盐阑入禁地贸易至十斤,煮碱至三斤者,乃坐死。民所受蚕盐以入城市三十斤以上者,奏裁"。

---

[1] 按:唐、宋钱币数以一百钱为"足陌"(简称"足"),不足一百钱而作为一百使用者称"省陌"(简称"省")。陌,借作"百"。《资治通鉴》后汉隐帝乾祐三年(第9429页)载:"旧钱出入,皆以八十为陌,(王)章始令入者八十,出者七十七,谓之省陌。"胡三省注:"唐皇甫镈为垫钱法,至昭宗时乃定八十为陌。"宋欧阳修《归田录》卷二曰:"用钱之法,自五代以来以七十七为百,谓之省陌。"则三千钱"其陌八十",其实钱为二千四百文足。

[2] 按:齐源《浅论宋初严刑治赃吏》(载《青海社会科学》1985年第6期)即认为"宋法表面上轻于唐律,而事实上却结结实实地加重了"。

何谓奏裁？即州府长官奏请朝廷裁决之意。何谓蚕盐？《长编》引《太宗实录》称"官货盐与民，蚕事既毕，即以丝绢偿官，谓之蚕盐，令民随夏秋赋租纳其直"。是年八月"诏刑部，应诸道州府有犯盐、曲人合配役者，只令本州充役，示宽典也"。三年三月，"诏增官盐阑入至三十斤，煮碱至十斤，坐死。蚕盐入城市百斤以上，奏裁。又修酒曲之禁。凡私造，差定其罪，城郭二十斤，乡闾三十斤，弃市。民敢持私酒入京城五十里、西京及诸州城二十里至五斗，死。所定里数外，有官署沽酒，而私酒入其地一石，弃市"。至乾德四年十一月，又"诏重宽盐曲法，官盐阑入至百斤，煮碱至五十斤，主吏贩易及阑入百斤以上，乃死。蚕盐入城市及商人阑入至三百斤以上，加役、流、杖、徒之等，亦从厘减。私造酒曲至城郭五十斤以上，乡闾一百斤以上，私酒入禁地二石三石以上，至有官署处四石五石以上者，乃死。法益轻，而犯者鲜矣"。这是因为宋朝统治日趋稳固，经济活力大增，贸易渐盛，故相关法律敕令也随之而做调整，结果随着"法益轻"者，自然是"犯者鲜矣"，有效地促进了宋初经济的发展。

五代时期，各级官员审处案件往往施行严刑峻法，造成诸多冤案，宋太祖为纠正此弊，要求地方官员遇到大案，尤其是"犯大辟"之类重案时须"奏裁"，"无得辄断"：建隆二年八月，宋太祖"诏缘边诸寨，有犯大辟者，送所属州军鞫之，无得辄断"。[1]此后又将此类职权收归中央。建隆三年三月，宋太祖谓宰臣曰："五代诸侯跋扈，多枉法杀人，朝廷置而不问，刑部之职几废，且人命至重，姑息藩镇，当如此耶！"于是"令诸州自今决大辟讫，录案闻奏，委刑部详覆之"。[2]至开宝二

---

1 《长编》卷二建隆二年八月辛亥条，第52页。
2 《长编》卷三建隆三年三月丁卯条，第63—64页。

年九月,又"令窃盗至死者奏裁"。三年七月,"诏西川窃盗至死合奏裁者,并部送赴阙"。[1] 同时,宋太祖深谙"徒善不足为政,徒法不足自行"[2]之治国理念,对官吏之理政治民等给予颇为全面的监督,对于违法枉断或渎职失察的官吏,也给予严惩(详见下表)。

宋初惩处违法、渎职官员情况表

年月	官员名	官职	处罚原因
建隆元年八月	李秉	右司郎中	责授左赞善大夫。秉前判吏部官告院,吏盗用官钱数十万,秉不知觉,故有是命。
二年四月	申文纬	左赞善大夫	杖杀商河县令李瑶,左赞善大夫申文纬除籍为民。文纬奉诏按田,瑶受赇,文纬不之察,为部民所诉故也。
五月	仇超	金州防御使	金州民马从玘子汉惠无赖,尝害其从弟,又好为敛夺攘,闾里患之。从玘与妻及次子共杀汉惠,防御使仇超、判官左扶悉按诛从玘妻及次子。上怒超等故入死罪,令有司劾之,并除名,杖流海岛。
	左扶	金州防御判官	
六月	阎式	吏部郎中	夺两任官。式监纳河阳夏税仓,上得式所收一斛有五升之羡,故黜之。
三年三月	卢文翼	河南府判官	卢文翼除名,桑植夺两任官。有尼法迁者,私用本师财物,准法不死,文翼以盗论,置于极典,故责之。
	桑植	法曹参军	
七月	薛勋	右卫率府率	掌常盈仓,叉民租,概量重,诏免勋官,配隶沂州,仓吏弃市。

---

1 《长编》卷一〇开宝二年九月庚戌条,第231页;卷一一开宝三年七月丙辰条,第247页。
2 《长编》卷一二一宝元元年正月丙辰条,第2856页。

（续上表）

年月	官员名	官职	处罚原因
八月	王训等	蔡河务纲官	诏开封府捕蔡河务纲官王训等四人，磔于市。以训等用糠核土屑杂恶军粮，为张义等所告故也。
九月	徐光乘	同州观察判官	坐断狱失实免官。
乾德元年四月	曹匪躬	兵部郎中、监秦州税	曹匪躬弃市，张蔼除籍为民，并坐令人赍轻货往江南、两浙贩易，为人所发故也。
	张蔼	海陵盐城两监屯田副使	
九月	滕白	户部判官、南面军前水陆转运使	坐军储损败，免所居官。
三年九月	苏善邻	侍御史	除名，流沙门岛，坐知陈州日不法也。
五年正月	王汉英	供奉官	决杖，配隶蔡州牙前，坐为新津监押日擅用官米也。
十一月	武仁海	供奉官	前为嘉州监押，枉杀人，坐弃市。
开宝元年九月	杨士达	监察御史	弃市，坐通判蕲州日鞫狱滥杀人也。
六年七月	宋惟忠	通事舍人	决杖除籍为民，坐知濠州日不法，为人所诉，鞫得其实故也。
八月	苏德祥	右补阙	夺两任官，坐令门人执私券乘马过淮。
七年八月	赵尚	殿中丞	除名，坐知汉州日擅税竹木也。

注：表中引用史料见《长编》。

上表中阎式、薛勋、赵尚等官员皆是于法外多取民物，而遭到惩处。为此，宋太祖于乾德四年四月特下诏曰："出纳之吝，谓之有司。

倘规致于羡余，必深务于掊克。知光化军张全操上言：'三司令诸处场院主吏，有羡余粟及万石、刍五万束以上者，上其名，请行赏典。'此苟非倍纳民租，私减军食，亦何以致之？宜追寝其事，勿复颁行。除官所定耗外，严加禁之。"[1] 又宋太祖因金州防御使仇超、判官左扶两人"故入（人）死罪，令有司劾之，并除名，杖流海岛"。史称"自是，人知奉法矣"。[2] 从上表可见，仇超、左扶之后知法犯法的官员众多，故知"自是，人知奉法矣"一语，不过是宋代史官夸饰宋太祖功德之词而已。

宋太祖在立法从宽的同时，又执法从严，毫不留情地惩处渎职、知情不报等犯法者，而知法犯法的官员更是遭到严惩。也正因为此，当时不少官员为免担责任，索性借口"奏裁"，将案件奏请中央裁决。为此，宋太祖于建隆三年二月，"令诸道州府依法断狱，毋得避事妄奏取裁"，至乾德二年正月又诏令"违者量罪停罚"。[3] 其诏曰：

> 廷尉断狱，秋曹详刑，斯旧典也。唐长兴初，始立大中小事之限，而周广顺之制，不许中书专决，品式具在，固可遵行。比年以来，有司废职，具狱来上，烦于亲览。自今诸道奏案，并下大理寺检断，刑部详覆，如旧制焉。其两司官属善于其职者，满岁增秩，稽违差失者，重置其罪。

为免"有司废职，具狱来上，烦于亲览"，宋太祖同时又颁令"禁民

---

1 《长编》卷七乾德四年四月"是月"条，第170页。
2 《长编》卷二建隆二年五月己卯条，第46页。
3 《长编》卷三建隆三年二月癸巳条，第61—62页。

越诉",[1] 而要求各级官司不得推诿避事,而承担起其职责。

为此,宋太祖在制定了具体明确的奖罚条令的同时,更注重州县长吏与司法官员的拔擢。

建隆三年底,"有司上捕贼条",即诏令颁行:"给以三限,限各二十日。第一限内获者,令尉各减一选,获逾半者,减两选。第二限内获者,各超一资,逾半,超两资。第三限内获者,令尉各加一阶,逾半,加两阶。过三限不获,尉罚一月俸,令半之。尉三罚,令四罚,皆殿一选;三殿,停官。令尉与贼斗而尽获者,并赐绯,尉除令,仍超两资,令别加升擢。"[2] 至开宝元年三月,再增修、颁行"县令尉捕贼功过令"。[3] 四年二月,宋太祖因为先前条令"以令尉捕贼,先定日限,其已被批罚者,或遂绝意追捕",故再下诏令:"自今虽限外获贼者,令有司备书于籍,以除其罚,但不得叙为勤绩。其累经殿降,法当停免者,不用此制。"[4] 以杜绝地方官员因超过"日限"受处分以后,索性消极怠工现象。

同时,对政绩优异、尽职尽责的法吏,宋太祖也给予了充分关注。在建隆年中,宋太祖即根据赵普的建议,"诏吏部流内铨镇将皆注拟选人",此后又令"每县置尉一员,盗贼斗讼,不得更委镇将,复如旧制,并以委尉"。[5] 开宝六年六月,因"京城左右军巡院典司按鞫,开封府旧选牙校分掌其职",宋太祖"哀矜庶狱,始诏改任士人",选前馆陶县令李蕚为光禄寺丞兼左军巡检,安丰县令赵中衡为太府寺

---

1 《长编》卷五乾德二年正月甲辰条、乙巳条,第120页。
2 《长编》卷三建隆三年十二月庚子条,第76—77页。
3 《长编》卷九开宝元年三月庚寅条,第200页。
4 《长编》卷一二开宝四年二月乙未条,第261页。
5 《演繁露续集》卷一《太祖右文》,第178页。

丞兼右军巡检。[1]

在宋初,以"纠察官邪,肃正纲纪"为职的御史台,[2]实担负着刑狱审察之事。史载宋太祖"留意听断,专事钦恤,御史、大理官属尤加选择"。[3]乾德四年八月,因为"宪府绳奸,天官选吏,秋曹谳狱,俱谓难才,理宜优异",故诏令"应御史台、吏部铨南曹、刑部、大理寺,自知杂侍御史、郎中、少卿以下,本司莅事满三岁者迁其秩。御史中丞、尚书、侍郎、大理卿,别议旌赏。其奏补归司勒留官令史、府史,各减一选"。[4]开宝六年五月,授殿中侍御史冯炳为侍御史知杂,判御史台事。宋太祖特意在召见冯炳时告诫道:"朕每读《汉书》,见张释之、于定国治狱,天下无冤民,此所望于汝也。"并赏赐"金紫以勉之"。[5]

宋太祖为能有效察觉、制止各级官吏的枉法乱政行为,遂立法鼓励官民举报违法案件。开宝元年十一月,宋太祖诏令"天下县令佐,自今检苗定税,部役差夫,铃辖征科,区分刑狱,凡关事务,贵在公平,如有违逾,并宜论诉。或令佐不相纠举,许吏民告,得实者赏之有差"。[6]至开宝五年七月,又下诏令曰:"颇闻诸州州司马步院置狱,外置子城,司狱诸司亦辄禁系人,甚无谓也。自今并严禁之,违者重议其罪,募告者赏钱十万。"六年九月"令诸州不得占流民,募告者户赏钱五千"。七年二月"令诸州知州、通判、判官、兵马都监、县

---

1 《长编》卷一四开宝六年六月癸未朔条,第302页。
2 《宋史》卷一八四《职官志四》,第3869页。
3 《长编》卷一四开宝六年五月甲戌条,第301—302页。
4 《长编》卷七乾德四年八月壬寅条,第175页。
5 《长编》卷一四开宝六年五月甲戌条,第301—302页。按:"紫金"指唐、宋之官服紫衣与佩饰金鱼袋:官三品以上服紫袍,佩金鱼袋;五品以上绯袍,佩银鱼袋;六品以下绿袍,无鱼袋。
6 《长编》卷九开宝元年十一月癸巳条,第211页。

令所掌盐曲及市征、地课等,并亲临之,月具籍供三司,秩满校其殿最,欺隐者当置于法,募告者赏钱三十万"。[1]但这些措施也带来了始料未及的弊端,即"募民告官吏隐欺额外课利者赏以钱,而告者或恐喝求财,或因报私怨,诉讼纷然,益为烦扰",故开宝八年中宋太祖"诏罢之",[2]及时纠正其弊。

用严厉的法令重惩昏官酷吏之余,宋太祖对贪官更不容情。《宋史·太祖纪》"赞曰"尝称誉:"建隆以来,释藩镇兵权,绳赃吏重法,以塞浊乱之源。"[3]"释藩镇兵权"即指包括"杯酒释兵权"在内的解除开国勋将、各地藩镇兵权之事,而将"绳赃吏重法"与"释藩镇兵权"并列,可见其实为宋太祖"塞浊乱之源"的重大举措。宋人史籍中多有宋太祖严惩乃至诛杀贪官赃吏的记载,下表即据《长编》所载排列之,以见宋初严惩贪赃行为之一斑。

宋初严惩贪赃官吏表

年月	官员名	官职	处罚原因
建隆二年四月	李瑶	商河县令	杖杀商河县令李瑶,左赞善大夫申文纬除籍为民。文纬奉诏按田,瑶受赃,文纬不之察,为部民所诉故也。
八月	郭颙	永济县主簿	坐赃一百二十万,弃市。
三年十月	李守中	广济县令	坐赃,决杖配海门岛。

---

1 《长编》卷一三开宝五年七月甲申条,第286—287页;卷一四开宝六年九月丁丑条,第308页;卷一五开宝七年二月庚子条,第318页。
2 《长编》卷一六开宝八年七月癸酉条,第342页。
3 《宋史》卷三《太祖纪三》,第50—51页。

（续上表）

年月	官员名	官职	处罚原因
乾德二年五月	高锡	屯田员外郎、知制诰	遣高锡使青州，私受节度使郭崇赂遗，所过恣其凶率，又尝致书澧州，托刺史求僧紫衣，为人所告，下御史府按得实，责授莱州司马。
	赵砺	宗正少卿	坐赃，决杖除籍为民。
十一月	常岑	文思使	常岑决杖黥面，配沙门岛，宋延思决杖，配隶陈州，坐监主自盗，为部曲所告也。
	宋延思	文思副使	
三年十月	王沼	太子中舍	弃市，坐权知西县受赃枉杀人也。
四年五月	郭玘	光禄少卿	弃市。玘知卫州以赃闻，诏左拾遗袁仁凤鞫其事，罪不至死，又遣左拾遗张纯覆实，乃置于法。
五年三月	源铣	导江县令	源铣、郭彻坐赃污抵极刑。诏诸路转运使以其事布告属吏，咸使知戒。
	郭彻	导江县主簿	
四月	王奇	陵州刺史	责授左卫率府率，坐掊克所部故也。
开宝二年十二月	王昭文	右赞善大夫	夺右赞善大夫王昭文两任，配隶汝州，坐监大盈仓，其子与仓吏为奸赃故也。
三年六月	何幼冲	京东发运使、吏部郎中	坐受诸州馈遗，责为考功员外郎。
十一月	石延祚	右领军卫将军	弃市，坐监广积仓与吏为奸也。
四年正月	桑进兴	右千牛卫大将军	弃市，坐监陈州仓受赇故也。
四月	闾丘舜卿	监察御史	弃市，坐通判兴元府盗用官钱九十万故也。

(续上表)

年月	官员名	官职	处罚原因
十月	王元吉	太子洗马	弃市,坐知英州受赃不法也。
五年三月	张穆	殿中侍御史	弃市,坐通判定州犯赃钱百万,为部曲鸿遇所告,按得实,故置于法。赐遇锦袍、银带、绢三百匹。
七月	张恂	右拾遗、通判夔州	坐赃弃市。
六年五月	李守信	供备库使	供备库使李守信受诏市木秦、陇间,盗官钱巨万,及代归,为部下所告。守信至中牟县,闻其事,自刭于传舍。上命司勋郎中、监在京商税务苏晓按之,逮捕甚众。右拾遗、通判秦州马适妻,守信女也。守信尝用木为筏以遗适,晓获其私书以进。上将赦之,晓固请置适于法,适坐弃市,仍籍其家,余所连及者,多至破产,尽得所盗官钱。
	马适	右拾遗、秦州通判	
七年初	吕鹄	知博州	吕鹄、秦宣皆坐盗盐曲额外钱,决杖除名。
	秦宣	知蕲州	
二月	胡德冲	太子中舍	弃市,坐通判延州隐没官钱一百八十万,为录事参军段从革所发故也。
四月	刘光辅	殿中侍御史	坐知楚州日受赂,除籍为民。
七月	李仁友	太子中允	坐知兴元府私收渡钱数十万并强置女口,弃市。
八年三月	周仁俊	太子洗马	责授平凉县令,坐知琼州日贩易规利故也。
	郭粲	太子中舍	除名,坐监莱芜监受冶官景节私赂也。

(续上表)

年月	官员名	官职	处罚原因
五月	董枢	兵部郎中	初，兵部郎中董枢知桂阳监罢，右赞善大夫孔璘代之，璘罢，太子洗马赵瑜代之，称疾去，以著作郎张侃代之。侃至未几，奏璘在官累月，得羡银数十斤，虽送官而不具数，计枢与璘所隐没多矣。诏御史府鞫之，狱具，有司言法皆当死。上曰："赵瑜非自盗，但不能发摘耳。"璘与枢并弃市，瑜决杖流海岛，以侃为屯田员外郎。
	孔璘	右赞善大夫	
	赵瑜	太子洗马	
六月	崔约	宋州观察判官	崔约、马休弃市，并坐受赇不法也。
	马休	宋州录事参军	
九年	郭思齐	太子中允、知泸州	九月钱文敏权知泸州，上召见便殿，谓曰："泸州近蛮，尤宜绥抚。知州郭思齐掊敛不法，恃其僻远，谓朝廷不知。尔至即为朕鞫之，苟有一毫侵民，朕必不赦。"因厚赐遣行，重迁竟坐弃市。 按：《宋史》卷二六六《钱若水传》称：钱文敏授右赞善大夫、知泸州，召见讲武殿，谓曰："泸州近蛮境，尤宜绥抚。闻知州郭思齐、监军郭重迁掊敛不法，恃其荒远，谓朝廷不知。尔至，为朕鞫之，苟一毫有侵于民，朕必不赦。"据罗从彦《豫章文集》卷二《遵尧录一·太祖》，郭重迁为兵马监押。又《宋史·太祖纪三》载开宝九年八月辛丑，太子中允郭思齐坐赃弃市。
	郭重迁	泸州兵马监押	

分析上表可知，其一，虽说时有"不杀士大夫"誓碑，但宋太祖惩处贪官赃吏绝不容情，上表中所涉及官员三十六人，其中"杖杀"

或"弃市"即被公示处死者有二十一人,自杀者一人,"决杖"发配者五人,"除籍为民"者六人,降官者三人。其二,除七人为武臣外,其余皆属文官,皆是在任职州县、监守仓库或巡视地方时违法而遭处罚,这一方面说明在宋太祖有意以文吏替代武臣出镇州府,即"时方镇阙守帅,稍命文臣权知,所在场院,间遣京朝官廷臣监临"[1]之后,州县长吏已大多由文吏出任;另一方面则可知五代乱世之后,地方官员包括文吏的整体素质仍然颇成问题,故宋太祖会有"朕令选儒臣干事者百余,分治大藩,纵皆贪浊,亦未及武臣一人也"[2]之说。其三,被严惩者大抵为中低层官员,其中县级官员、州府佐僚有七人,内除一人被"决杖"发配外,皆被处死;而其中官爵较高的少卿、郎官一级官员四人,二人被处死,"除籍为民"一人,贬官者一人;至于武臣七人,被处死四人,"决杖"发配二人,贬官一人。这说明在处罚贪官赃吏的程度上,对低级官员、武臣更为严厉。而对于高级官员,尤其高级武官,则甚少因为枉法贪赃而给予严厉惩处,如"泾州官岁市马",彰义节度使张铎"厚增其直,而私取之,累积至十六万贯,及擅借公帑钱万余缗,侵用官曲六千四百余饼。事发,召归京师,本州械系其子保常及亲吏宋习"。然宋太祖"以铎宿旧,诏释不问,但罢其羡饩而已,其所侵盗,皆蠲除之。保常洎习亦得免"。至开宝九年十月,又授张铎为左屯卫上将军。[3]对高级武官的法外施恩,恐也与"杯酒释兵权"时允诺的"赎买"因素相关。其四,与枉法酷吏相比,宋初对贪赃之官的刑罚更重。这是因为宋初财政窘困,民生艰难,而

---

1 《长编》卷六乾德三年三月"是月"条,第152页。
2 《长编》卷十三开宝五年"是岁"条,第293页。
3 《长编》卷一七开宝九年十月庚戌条,第377页。

官吏贪赃受贿而枉法,极易造成民不聊生,铤而走险,社会动荡,进而动摇甚至颠覆赵氏政权,故而宋太祖对贪官赃吏大开杀戒,以为百官之警戒,"以塞浊乱之源"。

但宋太祖所与"共治天下"者"其惟良二千石",所以其严厉惩处枉法官吏的做法,也就会因时间、对象的不同而有所变化。如上述宋太祖对高级武臣的法外施恩即是一例,而宋太祖在吏治情况有所好转以后,处罚烈度也颇有变化。史载为"儆贪滥而肃流品",宋太祖对枉法之官吏施以重法,但自乾德五年以后,"自后命官犯罪当配隶者,多于外州编管,或隶牙校。其坐死特贷者,多决杖黥面,配远州牢城,经恩量移,即免军籍。大凡命官犯罪,多有特旨,或勒停,或令厘务,赃私罪重,即有配隶,或处以散秩,自远移近者,经恩三四,或放任便"。[1] 至宋太宗太平兴国三年六月,宋太宗遂诏令"太平兴国元年十月乙卯以来诸职官以赃致罪者,虽会赦不得叙,永为定制"。[2] 但被处以诛杀极刑的官员逐渐减少,处罚也渐次减轻。

虽然存在种种法外施恩现象,但宋太祖用峻法以驭臣下的做法,还是起到了预想效果。史载"杯酒释兵权"后,殿前都指挥使王审琦出为忠正节度使,镇守寿州"八年,为政宽简。所部邑令以罪停其录事吏,幕僚白令不先咨府,请按之。审琦曰:'五代以来,诸侯强横,令宰不得专县事。今天下治平,我忝守藩维,而部内宰能斥去黠吏,诚可嘉也,何案之有?'闻者叹服"。[3] 也正因为王审琦在寿州时"岁得租课,量入为用,未尝有所诛求,民颇安之",故丁

---

1 《长编》卷八乾德五年二月癸酉条,第189—190页。
2 《宋史》卷四《太宗纪一》,第59页。
3 《宋史》卷二五〇《王审琦传》,第8816页。

开宝三年三月，宋太祖闻听忠武节度使宋偓"市邸店于所部"，"不悦"，遂改任宋偓为静难节度使，而命王审琦为忠武节度使。[1]宋偓为宋太祖皇后宋氏的父亲，而王审琦即当年"义社十兄弟"之一。如王审琦之类大将能如此遵纪守法，确是五代时期不易见到的新现象。显然，在宋太祖厉行治吏、严惩贪官赃吏的举措下，官风吏治皆较五代时期有了颇为明显的改善。

宋太祖初登大位时，政局动荡未安，经济民生凋敝，故欲通过推行"忠厚之政"来缓和社会矛盾，稳固其统治；同时又设法消弭民间诸般不安定或可能危及其统治之因素，从而强化社会控制。

首先，尝利用"日下复有一日"之天象为"陈桥兵变"做舆论准备的宋初君臣，对民间星象术士颇不放心：开宝五年九月，下令"禁玄象器物、天文、图谶、七曜历、太一雷公、六壬遁甲等不得藏于私家，有者并送官"；十一月，"禁释道私习天文、地理"。[2]此政策，宋太宗同样严厉施行，在其即位之次月，即"令诸州大索明知天文术数者传送阙下，敢藏匿者弃市，募告者赏钱三十万"。次年十月，又诏令："两京、诸道阴阳卜筮人等，向令传送至阙，询其所习，皆懵昧无所取，盖矫言祸福，诳耀流俗，以取赀耳。自今除二宅及《易》筮外，其天文、相术、六壬、遁甲、三命及它阴阳书，限诏到一月送官。"当时"诸道所送知天文、相术等人凡三百五十有一"，宋太宗"诏以六十有八隶司天台，余悉黥面流海岛"。[3]此处"天文""地理"等是指占星术、风水术之类方术，古人往往用

---

1 《长编》卷一一开宝三年三月戊申条、己酉条，第243页。
2 《长编》卷一三开宝五年九月"是月"条、十一月癸亥条，第290页、第291页。
3 《长编》卷一七开宝九年十一月庚午条，第385页；卷一八太平兴国二年十月丙子条、十二月丁巳朔条，第414页、第416页。

来预测天命，妄言祸福，煽动人们滋事。因此，宋太祖对此严加打击，禁止民间收藏有关"天文、地理"和"图谶"之类图书，对"私习"者予以严惩。如通事舍人宋惟忠此前即因知濠州时有不法之事被除籍为民，此后又"私习天文，妖言利害"，蛊惑众听，"为其弟惟吉所告"，而于开宝八年九月，被处以极刑"弃市"。[1] 至于宋太宗严禁天文术数等的做法，大概与"斧声烛影"后的舆论控制有一定关系。

其次，古代民间尤其是南方地区传说有一种专用来害人的毒虫，或以毒虫所制的毒药称蛊。如隋朝巢元方《蛊毒病诸候上·蛊毒候》所云："凡蛊毒有数种，皆是变惑之气。人有故造作之，多取虫蛇之类，以器皿盛贮，令其自相啖食，惟有一物独在者，即谓之为蛊，便能变惑，随逐酒食，为人患祸。患祸于他，则蛊主吉利，所以不羁之徒而畜事之。"[2] 因限于医学水平，古人也将因腹中寄生虫以及饮食不洁等引起的疾病称之为蛊，如明人孙一奎《赤水元珠》卷五《虫蛊》所云："按《许学士本事方》云：脐腹四肢悉肿者为水，但只腹胀而四肢不甚肿者为蛊。注谓蛊即鼓胀也。"即"彼蛊症者，中实有物，积聚已久，湿热生虫"。[3] 因此，随着宋军收复荆湖、两广等地区，如何处理当地此类蓄蛊、放蛊之人，就成为宋太祖必须妥善处理之事。前代对于"为蛊毒者"的刑罚极其严酷，北魏太武帝时定律令，其"为蛊毒者，男女皆斩而焚其家；巫蛊者，负羖羊抱犬沉诸渊"。至唐德宗建中三年（782），颁布敕令曰："诸色贬流人及左降官身死，并许亲属收之，

---

1 《长编》卷一六开宝八年九月乙酉条，第346页。
2 （隋）巢元方：《巢氏诸病源候总论》卷二五《蛊毒病诸候上·蛊毒候》，上海古籍出版社《文渊阁四库全书》本。
3 （明）孙一奎：《赤水元珠》卷五《虫蛊》，上海古籍出版社《文渊阁四库全书》本。

本贯殡葬。其造蛊毒移乡人，不在此限。"[1] 即唐朝对于"造蛊毒"者判处"徒流"之刑罚，而非如前朝一律处死。宋初大体依据唐律，乾德二年四月，"永州言诸县民畜蛊者三百二十六家，诏本州徙穷僻处，无以充役，乡里勿与婚姻"。[2] 四年四月，又下诏"禁荆湖诸州造蛊厌"。[3]

禁蛊同时，宋太祖也屡令地方官员将医药等送入民间，并严惩民间弃养老人、病患者之类行为。如五代、宋初蜀中"涪陵之民尤尚鬼俗，有父母疾病，多不省视医药，及亲在多别籍异财。汉中、巴东，俗尚颇同，沦于偏方，殆将百年"。[4] 当时蜀中民间"父母亲属疾病不视医药"等情况确实颇为普遍，如李惟清于开宝中为涪陵县尉，"蜀民尚淫祀，病不疗治，听于巫觋，惟清擒大巫笞之，民以为及祸。他日又加棰焉，民知不神。然后教以医药，稍变风俗"。[5] 为此，宋太祖于乾德四年五月"令诸州长吏察民有父母亲属疾病不视医药者，深惩之"。[6] 但据史书记载，此一现象绝不限于蜀中，岭南等地也颇为严重。如岭南"邕州俗重祠祭，被病者不敢治疗，但益杀鸡豚，徼福于淫昏之鬼"。故开宝年间，知邕州范旻"下令禁止，出俸钱市药物，亲为和合，民有言病者给之。获痊愈者千计，乃以方书刻石龛置厅壁，部

---

[1] 《文献通考》卷一六五《刑考四·刑制》，第4932页；卷一六八《刑考七·徒流》，第5037页。
[2] 《长编》卷五乾德二年四月壬申条，第126页。按：《宋史》卷一《太祖纪一》（第17页）所云稍简："徙永州诸县民之畜蛊者三百二十六家于县之僻处，不得复齿于乡。"
[3] 《长编》卷七乾德四年四月丁酉条，第169页。
[4] 《宋史》卷八九《地理志五》，第2230页。
[5] 《宋史》卷二六七《李惟清传》，第9216页。
[6] 《长编》卷七乾德四年四月丁丑条，第172页。按：李焘并注曰："《实录》但指西川，今从《本纪》。"

内化之"。[1] 又开宝八年，"琼州言俗无医，民疾病但求巫祝。诏以《方书》《本草》给之"。[2] 为此宋太祖特下诏令曰："岭表之俗，疾不呼医，自王化攸及，始知方药，商人赍生药度岭者勿算。"[3] 但因各地经济、文化发展差异颇大，宋太祖这一措施并未能在全国范围内取得立竿见影的效果，真宗朝以后，史籍中还屡有地方官下令禁巫行医的事例。[4]

再次，禁止民间私藏兵器，并禁止军民"结义社"。唐末五代时期尚武，故民间多收藏有兵器，成为宋初社会控制的一个隐患。开宝三年，"禁京城民家不得蓄兵器"；四年初，"禁河东诸州民徙内郡者私蓄兵器"。[5] 同时，鉴于自己曾利用义社兄弟发动"陈桥兵变"而登基，宋太祖称帝以后屡次下令严禁军民结"义社"。开宝四年十一月，宋太祖"禁军民男女结义社"。次年又"禁西川民敛钱结社及竞渡"。[6] 竞渡为当时巴蜀及荆湖地区民间一种娱乐活动，但时常由于竞赛而起纷争，甚至有时成为集众起事暴动的由头，故乾德元年宋军初平湖南，即下令禁"竞渡"。开宝五年四月，又诏令"禁民赛神，为竞渡戏及作祭青天白衣会，吏谨捕之"。[7] 竞渡是南方民众参与度很高的一项娱

---

[1] 《长编》卷一二开宝四年十月辛巳条，第271页。按：《宋史》卷二四九《范旻传》称邕州"俗好淫祀，轻医药，重鬼神，旻下令禁之，且割己奉市药，以给病者，愈者千计。复以方书刻石置厅壁，民感化之"。

[2] 《长编》卷一六开宝八年十一月己巳朔条，第349页。

[3] 《长编》卷一六开宝八年五月辛丑条注，第340页。

[4] 如《宋史》卷三〇〇《周湛传》（第9966—9967页）载周湛通判戎州（今四川宜宾），"俗不知医，病者以祈禳坐视为事，湛取古方书刻石教之，禁为巫者，自是人始用医药"。卷二〇四《曹颖叔传》（第10070页）载曹颖叔任夔州路转运判官，"夔、峡尚淫祠，人有疾，不事医而专事神，颖叔悉禁绝之，乃教以医药"。卷三三四《刘彝传》（第10729页）载刘彝知虔州（今江西赣州），其地"俗尚巫鬼，不事医药。彝著《正俗方》以训，斥淫巫三千七百家，使以医易业，俗遂变"。

[5] 《长编》卷一一开宝三年五月丁未条，第246页；卷一二开宝四年正月辛亥条，第258页。

[6] 《长编》卷一二开宝四年十一月壬戌条，第275页；卷一三开宝五年九月庚午条，第289页。

[7] 《长编》卷四乾德元年四月戊子条，第88页；卷八乾德五年四月戊子条，第194页。

乐活动，结义社也为各地民间所习见，至于民间"私蓄兵器"也有用于自卫之用意，宋太祖之后，宋廷也屡屡颁布相关禁令，[1]说明宋太祖上述禁令并未能令行禁止。然而就宋初形势而言，宋太祖所颁行的上述禁令，实为配合"尚文抑武"国策，虽未取得预想之结果，但在倡导宋朝社会"尚文"风气上，还是起到了相当的作用。

六、经济恢复发展与东京城的建设

历经数十年的战火破坏与天灾人祸，至五代后期，"天下户民，大半家贫产薄，征赋之外，差配尤繁"，[2]使得"今编户之氓，以债成俗，赋税之外，罄不偿债。收获才毕，率无囷仓"。[3]周世宗为促进生产、增强国力、减轻百姓负担，首先降低税收，罢黜正税之外一切不合理税收，下令各州县按实有土地收税，以防止地方豪绅将自己的赋税转嫁至平民身上，由此减轻农民的负担，提高其生产积极性。其次，免除一些退休官员以及历代皆给予优待的孔子后裔等人特权，使其与百姓一样照章缴纳税租，由此也间接地减轻了百姓负担。再次，周世宗下令逃亡户回归乡里，由官府分给其土地、谷种进行耕种，并允许农民耕种逃亡未归户的土地，如此在安定百姓的同时，又能增加国家收入。此外，为从根本上创造农业生产的良好环境，周世宗又命人主

---

[1] 如《长编》卷一〇五载仁宗天圣五年（1027）八月甲戌，"禁民间结社祠岳渎神、私置刀楯旗幡之属"。同上书卷二四载太宗太平兴国八年二月丙午，"有司言：'先禁江南诸州民家不得私蓄弓剑甲铠，违者按其罪。按《律疏》禁民私有兵器，谓甲弩稍具装等，若弓箭、刀楯、短矛并听私蓄。望厘改之。'诏从其请"。又卷七八载真宗大中祥符五年（1012）九月庚午，"诏军民有私置刀兵器甲，限五十日送官，违者论如法"。卷一六二载仁宗庆历八年（1048）正月辛巳，"诏士庶之家所藏兵器，非编敕所许者，限一月送官，如故匿，听人告捕之"。
[2] 《册府元龟》卷五四七《谏诤部·直谏第十四》引后汉李钦明"上言"。
[3] 《册府元龟》卷四七六《台省部·奏议第七》引后周窦俨"上疏"。

持兴修水利，疏通漕运；治理大运河和黄河、汴河，畅通的水路运输进一步促进了经济发展。周世宗的上述措施收到了显著效果，使得中原地区农业生产获得较快的恢复和发展。但因时间过短，至宋太祖登基之初，依然面临着经济凋敝不振、大量土地荒芜、农民流离失所的严峻局面。为此，宋太祖在经济方面进一步采取了一系列奖励农桑等政策措施，来发展生产、恢复社会经济。

在传统农耕社会、小农经济基础上，全国户口数、耕田数的增减对于社会经济发展与否往往具有指标性意义，因此，下文先对宋太祖时期的户数作一介绍。

据《文献通考·户口考二·历代户口丁中赋役》称：

> 宋太祖皇帝建隆元年，户九十六万七千三百五十三。
> 乾德元年，平荆南，得户十四万二千三百。湖南平，得户九万七千三百八十八。
> 三年，蜀平，得户五十三万四千二十九。
> 开宝四年，广南平，得户十七万二百六十三。
> 八年，江南平，得户六十五万五千六十五。
> 九年，天下主客户三百九万五百四。
> 此系《会要》所载本年主客户数。如前行所载开宝八年平江南以前户数，出《通鉴长编》，通算只计二百五十六万六千三百九十八，与《会要》不合，当考。[1]

---

[1] 《文献通考》卷一一《户口考二·历代户口丁中赋役》，第295页。

这一宋太祖时期的户数，为此后各类文献所习用，但细考其数据，却颇存疑问。首先，据学者将荆南、湖南、蜀（后蜀）、岭南（南汉）、江南（南唐）归宋之年的户数与《太平寰宇记》所载同一区域户数所作的比较分析，可见除广南较为接近，其余皆相差颇大：荆南归宋时之户数，远多于《太平寰宇记》所载之数；而湖南、蜀、江南归宋时之户数，却远低于《太平寰宇记》所载之数。由于《太平寰宇记》所载户数的年度上距诸国归宋之时仅有一二十年甚至几年，所以此类户数的巨大差异不会是人口的自然变动所致。鉴于《太平寰宇记》所载户数当属宋朝统一后地方政府为摊派赋役而进行户口统计所得，则可知各国归宋之时的户数多不可靠。其原因当在诸国被灭前后不可能进行户口数统计，而只能抄录此前旧额，[1]以作为归宋之户数而被记载于宋《国史》《会要》内，为后人所沿用。

其次，关于宋初建隆元年的户数"九十六万七千三百五十三"，据《长编》卷一建隆元年十月载：

> 有司请据诸道所具版籍之数，升降天下县望，以四千户以上为望，三千户以上为紧，二千户以上为上，千户以上为中，不满千为中下，仍请三年一责户口之籍，别定升降。从之。凡望县五十，户二十八万一千六百七十；紧县六十七，户二十二万八千六百九十三；上县八十九，户二十一万八千二百八十；中县一百一十五，户一十七万九千三十，中下县一百一十，户五万九千七百七十。总九十六万七千三百五十三户。（原注：

1　吴松弟：《中国人口史》第三卷《宋辽金元时期》，复旦大学出版社2000年版，第116—117页。

按总数不符,应作九十六万七千四百四十三户。)此国初版籍之数也。[1]

对此,《宋会要辑稿·食货》六九之七七也有记载,文字稍有异同:

> 寿皇圣帝乾道二年三月,左司员外郎张澹上井田制度、户籍沿革数:"太祖建隆元年十月,吏部格式司言:'准周广顺三年敕:天下县除赤县、次赤、畿、次畿外,其余三千(口)户已上为望,二千户已上为紧,千户已上[为上],五百户已上为中,不满五百户为中下。'据今年诸道申送到阙解木夹帐点检绍兴元年降敕命,户口不等,及淮南十五州只依《十道图》地望收附,秦、凤、阶、成、瀛、莫、雄、霸州未曾升降。欲据诸州见管主户重升降,取四千户已上为望,三千户已上为紧,二千户已上为上,千户已上为中,不满千户为中(上)[下]。自今三年一度诸道见管户口升降。"从之。

以下所载望、紧、上、中、下诸等县户数,同上引《长编》。按:上述张澹实为北宋初年人,《宋史》有传,云其字成文,南阳人。后晋开运初登进士第,后周恭帝初拜右司员外郎、知制诰,宋建隆二年加祠部郎中,因试"所对不应策问,责授左司员外郎。未几,通判泰州"。[2] 据《长编》卷五,张澹责授左司员外郎在乾德二年正月。又《群书考索》卷六三《版籍类》载:

---

[1] 《长编》卷一建隆元年十月壬申条,第26页。
[2] 《宋史》卷二六九《张澹传》,第9249页。

国朝太祖建隆元年，有司请据诸道版籍之数，总九（千）[十]六万余户。此国初版籍之数也。四年，诏曰："萧何入关，先收图籍；沈约为吏，手写簿书。自今无版籍处，便仰置造，不得烦扰。"乾德三年，张澹上井田制度、户口沿革数。

《玉海》卷一七六《建隆度民田》亦云："建隆二年正月丁巳，分遣常参官诣诸州度民田。乾德二年三月，左司外郎张澹上井田制度、户籍沿革数。"则知《群书考索》之"乾德三年"当为"乾德二年"之讹。而《宋会要辑稿·食货》之"乾道二年"当作"乾德二年"，而"寿皇圣帝"四字当属清人妄添；又"据今年诸道申送到阙解木夹帐点检绍兴元年降敕命"一句，同书《方域》七之二五作"据今年诸道州府申送到文帐点检元降敕命"，词义较为明晰，则"绍兴元年降敕命"或为"元降敕命"之误文，或当作"建隆元年降敕命"。

又《宋会要辑稿·食货》一一之七六"吏部格式司"条下载宋太祖建隆元年十一月诏，曰："天下县除赤畿、次赤畿外，重升降地望，取四千户以上为望，三千户以上为紧，二千户以上为上，千户以上为中，不满千户为中下，五百户以下为下。自今每三年一次升降"。[1] 即吏部格式司于建隆元年十月上奏，宋太祖于十一月下诏颁行。则《长编》所载宋初县等，似漏"五百户以下为下"数字。

比较诸书所载，则《宋会要辑稿·食货》较《长编》多"天下县除赤畿、次赤畿外"一句，此十字所指示之内容甚为关键，即宋初建隆元年"升降天下县望"，是在后周广顺年间所定县望基础上的调

---

[1] 按：《宋会要辑稿·食货》一一之五八"格式司"条、《玉海》卷一八《开宝较州县数》所载同。

整。后周广顺三年十一月敕,《五代会要》卷二〇、《册府元龟》卷六三四《铨选部·条制第六》诸书皆有记载:

> 周广顺三年十一月敕:"天下县邑,素有等差。年代既深,增损不一。其中有户口虽众,地望则卑;地望虽高,户口至少。每至调集,不便铨衡。宜立成规,庶协公共。应天下州府及县,除赤县、畿县、次赤、次畿外,其余三千户以上为望县,二千户以上为紧县,一千户以上为上县,五百户以上为中县,不满五百户为中下县。选人资叙,合入下县者,许入中下县。宜令所司,据今年天下县户口数,定望、紧、上、中、下次第闻奏。"吏部格式:"据户部今年诸州府所管县户数目,合定为望县者六十四,紧县七十,上县一百二十四,中县六十五,下县九十七。欲依所定移报铨曹。"从之。[1]

由上可知,调整县望不是为了统计天下户数,而是因为诸县望与户数多少不相匹配,从而"不便铨衡",又不便"选人资叙",故一旦定天下县望,即需"移报铨曹",其原因即在此。

再次,《长编》卷一所载望、紧、上、中、中下县合计为431县,而《五代会要》卷二〇所载后周除赤、畿县以外的望、紧、上、中、下县合计为420县,差距不大。而宋太祖受周禅,所得县数,诸史所载不一,有638县、630县、661县诸说,经学者考证,实得615县。[2] 两者存在的差距,有未计算赤、畿县的因素在内。据《元丰九域志》

---

1 《五代会要》卷二〇《量户口定州府等第》,第253页。
2 李昌宪:《中国行政区划通史·宋西夏卷》,复旦大学出版社2007年版,第115—116页。

《宋史·地理志》等记载，宋初所得后周州县中有赤、畿县104个（详见下表）。此赤、畿104县，加上望、紧、上、中、中下431县，总计535县，与615县尚差80县，推测此80县似当属不满500户之下县。

宋初所得赤、畿县表

州府名	赤县、畿县名
东京开封府	赤县（2）：开封、浚仪 畿县（13）：尉氏、陈留、雍丘、封丘、中牟、阳武、酸枣、匡城、襄邑、扶沟、鄢陵、考城、太康
西京河南府	赤县（2）：河南、洛阳 畿县（17）：偃师、颍阳、巩县、密县、新安、福昌、伊阳、渑池、永宁、长水、寿安、河清、登封、伊阙、缑氏、王屋、望陵
大名府	赤县（2）：元城、大名 畿县（15）：莘县、内黄、成安、魏县、馆陶、临清、夏津、清平、冠氏、宗城、朝城、南乐、洹水、永济、经城
许州	赤县（1）：长社 畿县（6）：郾城、阳翟、长葛、临颍、舞阳、许田
镇州	赤县（1）：真定 畿县（12）：藁城、栾城、元氏、井陉、获鹿、平山、行唐、石邑、九门、鼓城、束鹿、灵寿
京兆府	赤县（2）：长安、万年 畿县（13）：鄠县、蓝田、咸阳、醴泉、泾阳、栎阳、高陵、兴平、昭应、武功、乾祐、奉天、好畤
河中府	赤县（1）：河东 畿县（8）：河西、永乐、临晋、猗氏、虞乡、万泉、龙门、宝鼎
凤翔府	赤县（1）：天兴 畿县（8）：岐山、扶风、盩屋、郿县、宝鸡、虢县、麟游、普润

《唐六典》称唐朝"凡三都之县,在城内曰京县,城外曰畿县",然又云"奉先同京城",[1]即陪都、行都等皆同于京城。此类赤、畿县乃因其与京城的关系而确定,故不同于望、紧、上、中、下县由其所辖境内户口数多少而定其县等。[2]宋初赤、畿县总计之户口数,并无史料存留,故今日也颇难估测。

其四,据《宋会要辑稿·食货》六九之七七所载(《方舆》七之二五所载同),其中当注意者,一是宋初定县等"取四千户已上为望"之事乃在乾德二年,并非如《长编》系于建隆元年。而乾德元年宋军已收荆南、湖南,如此则"望县五十""紧县六十七""上县八十九""中县一百一十五"与"中下县一百一十"云云,按理当包括所收之荆南17县、湖南66县;然检《五代会要》卷二〇、《册府元龟》卷六三四《铨选部·条制第六》载后周望、紧、上、中、下县合计为420县,故推知《长编》《宋会要辑稿》中所载宋初望、紧、上、中、中下县数,实不包括新收的荆南、湖南之县。二是宋初定县望的依据为"据诸州见管主户重升降地望",如此则史载宋初受周禅之总户数"九十六万七千三百五十三户"乃属望、紧、上、中、中下各县主户之数的合计而已,未计入各县之客户之数。当时宋辖境内客户之数,今已无考。因此,诸史籍皆明载此96万余户乃属"版籍之数"。

所谓版籍,也称账籍,并非如有些学者所称是"户口簿的代名词",

---

1 (唐)张九龄等:《唐六典》卷三,上海古籍出版社《文渊阁四库全书》本。
2 如《宋会要辑稿·方舆》七之二八、二九载,宋徽宗政和五年重定县望,"今来取索到提刑司审括到户数(彼)[比]旧已增数(陪)[倍],难以依旧志编类。欲乞元系赤畿、次赤畿依旧外,今以下项户数为则编类,所贵(道)[遵]执成书。一万以上为望,七千户以上为紧,五千户以上为上,三千户以上为中,不满二千户为中下,一千五百户以(上)[下]为下"。

而包括两大类：一属户籍系统，如户账、保甲簿等，以记录各户丁口资料；另一类属账籍系统，以记录税户田产情况、赋税负责等，如税租簿、核田簿等。[1]因为宋人尝载："至道元年六月，诏复天下郡国户口版籍。自唐末四方兵起，版籍亡失，故户口赋税，莫得周知。至是始命复造焉。"又云："真宗咸平五年（1002）四月，诏三司取天下户口数置籍，较定以闻。"[2]由此可证此前的"国初版籍之数"，只是各地州县将前代登记之数汇总上报，而并非是宋初实有的"天下郡国户口版籍"之数。

关于宋初受周禅之时的总户数，也有学者认为是250万左右。《册府元龟》卷四八六《邦计部·户籍》载：

> 周世宗显德五年十月，命左散骑常侍艾颖等三十四人使于诸州，简定民租。明年春，使回。总计简到户二百三十万九千八百一十二，定垦田一百八万五千八百三十四顷。淮南郡县，不在此数。[3]

而《册府元龟》卷四九五《邦计部·田制》亦载后周显德五年（958）十月，"周世宗因览唐同州刺史元稹均田之法，始议重定天下民租，申命纂其法制，缮写为图，遍赐于诸侯"。是月又赐诸道诏曰：

---

1 葛金芳：《宋代户帖考释》，载《中国社会经济史研究》1989年第1期。参见《中国人口史》第三卷《宋辽金元时期》，第61页。
2 《宋会要辑稿·食货》一二之一。按：《宋会要辑稿·食货》六九之七七所载同。
3 按：《册府元龟》卷四八八《邦计部·赋税第二》所载同。《旧五代史》卷一四六《食货志八》载显德"五年七月，赐诸道均田图。十月，命左散骑常侍艾颖等三十四人下诸州检定民租。周显德六年春，诸道使臣回，总计检到户二百三十万九千八百一十二"。

> 朕以干戈既弭,寰海渐宁,言念黎元,务令通济,须议普行均定,所贵永适轻重。卿受任方隅,深穷理本,必能副寡昧平分之意,察乡间致弊之源,明示条章,用分忧寄。伫聆集事,允属推公。今差使臣往彼简括,余从别敕处分。乃命右散骑常侍艾颖等三十四人使于诸州,简定民租。

此下同于《册府元龟》之《户籍》《赋税》所载。对此户数,有学者认为宋初共有638县,建隆元年仅统计过其中431县的户数,故《长编》所载96万余户只是诸道一部分州县的户数,或一部分道的版籍之数,故据现存史料看后周末境内户数当在230万—260万。[1] 因此,有学者认为《长编》所载之数"是不完整的",而《旧五代史》《册府元龟》成书要早于《长编》,故"有关北宋初年的户数应以此两书的记载为准",并加上"新出生人数或许还要加上淮南户数",则230万—260万这一数字大致可信。[2]

但细析《旧五代史》《册府元龟》的有关记载,上述考述依然存疑。因为其一,《长编》所记载的只是宋初望、紧、上、中、中下县之户数,并非当时仅统计过其中431县之户数。其二,周世宗显德五年十月下诏令派遣艾颖等人去诸州"简定民租",据《旧五代史·周世宗纪》称"遣左散骑常侍艾颖等均定河南六十州税赋",[3] 至次年春回京,已"简到户二百三十万九千八百一十二,定垦田一百八万五千八百二十四顷",显然从时间上看,不可能于短短的

---

1 胡道静:《宋代人口的分布和变迁》,载《宋辽金史论丛》第2辑,中华书局1991年版。
2 《中国人口史》第三卷《宋辽金元时期》,第345页。
3 《旧五代史》卷一一八《周书·世宗纪五》,第1828页。

四五个月间完成"简定"诸州田数、户数等事务，只可能是将诸州县现有"版籍"登记之数，去除其中存在的矛盾、重复或过于苛征之数字，加以整顿、调整、划一以适合天子"普行均定""永适重轻"的要求，以为天下郡县征求赋税的依据。因此，上述之230万余户数，当也属"版籍之数"，而非后周境内实有的户数。

《文献通考·户口考二·历代户口丁中赋役》云宋太祖开宝九年，"天下主客户三百九万五百四"。对此马端临辨证道："此系《会要》所载本年主客户数。"而据《长编》所载统计的只有"二百五十六万六千三百九十八"户。然309万户这一数字，也见载于《宋史》卷八五《地理志一》、《历代名臣奏议》卷一〇五包拯《论历代并本朝户口疏》、曾巩《进太祖皇帝总序并状》、[1]《宋会要辑稿·食货》一二之一及《食货》一一之二五等。又，《隆平集》卷三《户口》称开宝九年有"户二百五十万八千九百六十五"，这250万户之数也载于《长编》卷一二三宝元元年三月"编修院与三司上历代天下户数"、范祖禹《帝学》卷四"宝元二年三月壬寅编修院与三司上历代天下户数"、赵德麟《侯鲭录》卷一、[2]《宋会要辑稿·方舆》七之二五等。然据史载直至宋太宗"至道元年六月，诏复天下郡国户口版籍。自唐末四方兵起，版籍亡失，故户口赋税，莫得周知。至是始命复造焉"，[3] 由此上述开宝末之250万户或309万户这两个数据，依然只是"版籍之数"，而非当时实际户数，只因其统计路径有异，故其所载户数各有不同。

1　（宋）曾巩：《曾巩集》卷一〇《进太祖皇帝总序并状》，中华书局1984年版，第174页。
2　（宋）赵德麟：《侯鲭录》卷一《天下生齿之数》，中华书局2002年版，第42页。
3　《宋会要辑稿·食货》一二之一。

上文已云太宗至道元年（995）六月"诏复天下郡国户口版籍"，至真宗咸平五年四月又"诏三司取天下户口数置籍，较定以闻"，[1]与次年相近的全国户数，据载至道二年（996）为3 574 257万户（载《长编》卷四〇），至道三年（997）为4 132 576万户（载《宋会要辑稿·食货》六九之七〇），咸平六年（1003）为6 864 160万户（载《长编》卷六六），景德三年（1006）为7 417 570万户；而据《太平寰宇记》统计太平兴国五年至端拱二年（989）间诸府州军的总户数为6 418 500万户。[2]综合分析上述数据，推知《太平寰宇记》所统计诸府州军的总户数当较为接近当时实际户数。又据《太平寰宇记》所载，当时原属吴越、清源、北汉三地的诸府州总户数约为82万余户。去除原属吴越、清源、北汉三地的诸府州户数，加上人口的自然增长等因素，则估测宋太祖末年的宋辖府州总户数为420万户上下；而又去除原属荆南、湖南、后蜀、南汉、南唐五地的诸府州总户数，再加上人口的自然增长等因素，则估测宋太祖初年辖境内总户数约稍多于260万户。[3]其与史籍所载数据差异颇大，大抵是因为南方诸国皆被宋军武力灭亡，而在亡国当时不可能进行户口调查，只能抄录旧额，且在五代时由于战火、灾害等原因，不少人逃往他乡，而无从统计在册。[4]此外，宋代人口数以及每户平均人口，诸史所载也颇不一致，据学者考订，宋代户均人口约为5.4口。[5]

据载隋文帝时颁令："男女三岁以下为黄，十岁以下为小，十七岁

---

[1] 《宋会要辑稿·食货》一二之一。
[2] 《中国人口史》第三卷《辽宋金元时期》，第346页。
[3] 顾宏义：《宋初户数辨析》，载《历史研究》2020年第2期。
[4] 《中国人口史》第三卷《辽宋金元时期》，第116—117、345—349页。
[5] 《中国人口史》第三卷《辽宋金元时期》，第162页。

以下为中，十八岁以上为丁，以从课役，六十为老，乃免。"至唐代规定"民始生为黄，四岁为小，十六为中，二十一为丁，六十为老"。[1]因五代、宋初赋役制度的变化，宋太祖于乾德元年"令诸州岁奏男夫二十为丁，六十为老，女口不预"。为均平赋役，制止"豪要之家"将赋役转嫁贫户，特于开宝四年下诏云："朕临御以来，忧恤百姓，所通抄人数目，寻常别无差徭，只以春初修河，盖是与民防患。而闻豪要之家，多有欺罔，并差贫阙，岂得均平？特开首举之门，明示赏罚之典。应河南、大名府……所抄丁口，宜令逐州判官互相往彼，与逐县令佐子细通检，不计主户、牛客、小客，尽底通抄，差遣之时，所冀共分力役。敢有隐漏，令佐除名，典吏决配。募告者以犯人家财赏之，仍免三年差役。"[2]

宋初，鉴于当时"户口、税赋帐籍，皆不整举，吏胥私隐税赋，坐家破逃，冒佃侵耕，（鬼）[诡]名挟户，赋税则重轻不等，差役则劳役不均"[3]的现状，宋太祖在重视农业生产、招抚"流民"、鼓励"垦辟荒地"的同时，注意减轻徭役，均平赋税，促进社会经济的发展。

因五代时期战火、灾荒频仍，宋初抛荒逃难的流民问题甚为严重。为此，宋太祖首先承袭周世宗时的做法，丈量田地，以为征收赋税、加派徭役等的依据："周显德末，分命常参官诣诸州度民田，多为民所诉，坐谴黜"，宋太祖登基未久，欲"将循世宗之制"，然为避免所遣官员"图功幸进"，致使"民弊愈甚"，故"先事戒敕之"，然后于建隆二年初"分遣常参官诣诸州度民田"。是年春，宋太祖又下诏

---

1 《文献通考》卷一〇《户口考一·历代户口丁中赋役》，第276—277页。
2 《文献通考》卷一一《户口考二·历代户口丁中赋役》，第295—296页。
3 《宋会要辑稿·食货》一二之一。

"申明周显德三年之令,课民种植,每县定民籍为五等。第一种杂木百,每等减二十为差,桑枣半之。男女十七以上,人种韭一畦,阔一步,长十步。乏井者,邻伍为凿之。令佐以春秋巡视其数,秩满赴调,有司第其课而为之殿最。又诏自今民有逃亡者,本州具户籍顷亩以闻,即检视之,勿使亲邻代输其租"。¹ 此后又下令"禁民伐桑枣为薪"。² 至乾德四年,宋太祖又下诏曰:"五代以来,兵乱相继,国用不足,庸调繁兴。朕历试艰难,周知疾苦,省啬用度,未尝加赋,优恤灾沴,率从蠲复。所在长吏,明加告谕,自今百姓有能广植桑枣、垦辟荒田者,只输旧租。"³ 具体措施即:"所在长吏谕民,有能广植桑枣、垦辟荒田者,止输旧租;县令、佐能招徕劝课,致户口增羡、野无旷土者,议赏。诸州各随风土所宜,量地广狭,土壤瘠埆不宜种艺者,不须责课。遇丰岁,则谕民谨盖藏,节费用,以备不虞。民伐桑枣为薪者罪之;剥桑三工以上,为首者死,从者流三千里,不满三工者减死配役,从者徒三年。"⁴ 而其官员若"括田不实""隐顷亩"者,即予以免职、杖流等黜责。⁵ 对于遭受水旱灾害的民众,为免其"至于流离",下令"诸州长吏告民无转徙,被灾者蠲其赋";不久又诏令"诸州民田经霖雨及为河水所漂没者,蠲其租"。⁶ 至开宝六年初,宋太祖诏令"诸州流民所在计程给以粮遣各还本贯,至日,更加赈给";又下诏"诸州

---

1 《长编》卷二建隆二年正月丁巳条、"是春"条,第38页、第43页。按:"男女十七以上",《宋史》卷一七三《食货志上一·农田之制》作"男女十岁以上"。
2 《长编》卷三建隆三年九月丙子条,第72页。
3 《东都事略》卷二《本纪二》。
4 《宋史》卷一七三《食货志上一·农田之制》,第4158页。
5 《长编》卷二建隆二年四月甲午条,第43页;卷三建隆三年六月丁酉条,第69页。
6 《长编》卷八乾德五年七月己酉条,第195页;卷九开宝元年六月癸丑条,第203页。

流民复业者蠲今年蚕盐钱，复其租，免三年役"。[1] 为使更多流民归乡复业，宋太祖甚至下令"诸州不得占流民，募告者户赏钱五千"。[2]

宋太祖鉴于"五代以来，常检视见垦田以定岁租，吏缘为奸，税不均适。由是百姓失业，田多荒莱"，为奖励民众垦辟荒芜，遂于乾德四年下诏"许民辟土，州县不得检括，止以见佃为额"。[3] 并更定税制，于建隆末"诏县令佐检察差役，务底均平。或有不当者，许民自相纠举。京百司补吏，须不碍差役，乃听"。[4] 同时，根据各地实际情况调整两税征收时间，诏令诸州官府于"两税督纳时，县令佐毋得两处点检入抄，重有追扰"。[5] 开宝三年又诏令"三司、诸路两税折科物，非土地所宜者，勿得抑配"；又诏令诸州"凡丝绵、绸绢、麻布、香药、毛翎、箭笴、皮革、筋角等，所在约支二年之用，勿得广有科市，以致烦民"。[6] 此外，宋太祖又注意避免过于与民争利，以舒民困。当时知舒州冯瓒言"州界有菰蒲鱼鳖之利，居民每以自给。前防御使司超增收为市征，渔夺苛细，疲俗告病，宜蠲除之"。宋太祖"即从其请"。[7]

为避免吏人在征收赋税时上下其手，鱼肉百姓，宋太祖还诏令更定度量衡制度。乾德元年中"令诸州受民租籍，不得称分、毫、合、勺、铢、厘、丝、忽，钱必成文，绢帛成尺，粟成升，丝绵成两，薪藁成束，金银成钱"；开宝八年中，又下诏云"比者民输租，其绸绢不成匹者，率三户至五户合成匹以送官，颇为烦扰。自今绸不满半匹、

---

[1] 《长编》卷一四开宝六年正月壬午条、三月癸未条，第296页、第298页。
[2] 《长编》卷一四开宝六年九月丁丑条，第308页。
[3] 《长编》卷七乾德四年闰八月乙亥条，第177页。
[4] 《长编》卷三建隆三年五月乙酉条，第68页。
[5] 《长编》卷八乾德五年七月甲辰条，第195页。
[6] 《长编》卷一一开宝三年四月己卯条，第245页。
[7] 《长编》卷三建隆三年七月乙丑条，第69页。

绢不满一匹者，计丈尺输其直"，[1] 化繁为简以便民。乾德三年，宋廷"遣常参官十八人分往诸道受民租，虑州县官吏掊敛之害也"。五代时，诸割据政权为敛财于民，往往在量器上做手脚。如后蜀"官仓纳给用斗有二等，受纳斗盛十升，出给斗盛八升七合"，故宋太祖当后蜀新平之时，即下诏令"自今给纳并用十升斗"。[2] 又如南汉刘鋹"私制大量，重敛于民，凡输一石，乃为一石八斗"。南汉亡后，宋太祖接受岭南转运使王明的建议，"诏广南诸州受民租皆用省斗，每一石外，别输二升为鼠雀耗"，[3] 废除"大量"以革其弊。故史称"太祖受禅，诏有司精考古式，作为嘉量，以颁天下。其后定四蜀，平岭南，复江表，泉、浙纳土，并、汾归命，凡四方斗、斛不中式者皆去之。嘉量之器，悉复升平之制焉"。[4]

此外，宋太祖规定"朝臣出使，还日，具所见民间利病以闻"；[5] 诏令"诸州长吏常按视仓庾，无令损败"。[6] 而为避免因水旱等灾害引起新的流民潮，宋太祖颇为关注荒政，如在即位之初，即"以河北仍岁丰稔，谷价弥贱，命高其价以籴之"，[7] 以免谷贱伤农。与之配套，宋太祖又于乾德元年三月"令州县复置义仓，官所收二税，石别输一斗贮之，以备凶俭"；然因各方面条件尚未成熟，故又于四年三月癸酉"诏废义仓，以民重叠供输，复成劳扰故也"。[8] 为减轻百姓劳役负

---

1 《长编》卷四乾德元年四月辛亥条，第91页；卷一六开宝八年二月壬寅条，第338页。
2 《长编》卷六乾德三年五月壬辰条，第154页。
3 《长编》卷一二开宝四年七月丙申条，第268页。
4 《宋史》卷六八《律历志一》，第1495页。
5 《长编》卷三建隆三年七月辛巳条，第70页。
6 《长编》卷四乾德元年七月癸丑条，第97页。
7 《长编》卷一建隆元年正月丁未条，第6页。
8 《长编》卷四乾德元年三月"是月"条，第88页；卷七乾德四年三月癸酉条，第168页。

担，宋太祖"令诸州勿复调民给传置，悉代以军卒"，[1]即原来由各地民众承担邮递之役，至此命令设置军递以代替民役，成为一代制度。

赋税的均平与减轻，流民的安置，荒田的垦辟，在很大程度上缓和了社会矛盾。但宋廷优待"流民归业者，止输所佃之税，俟五岁乃复故额"，所以流民归乡者时有"及五岁辄逃"者，故开宝九年四月，宋太祖再令各地官府，其"再逃者勿得还本贯"，[2]以为禁止。其中有些政策规定，在实际执行时并非能百分之百地兑现，从而产生新的问题。如垦荒的结果有利于赋税的增多，使得"朝耕尺寸之田，暮入差徭之籍"成为一个普遍现象，客观上又促使农民流亡，[3]于是再下诏令召徕流民垦耕，多有反复。

为恢复经济，宋太祖关注开浚河道，兴修水利。因长年战争，当时不少河道日渐淤塞，水利设施等渐趋荒废，不仅延缓农业生产的发展，阻碍商贸的开展、物资的流通，甚至对军队的调动也带来不利影响。为此，在宋太祖登基之初的建隆元年正月丁亥，宋廷便以"汴都仰给漕运，故河渠最为急务"，而以前"岁调丁夫开浚淤浅，糗粮皆民自备"，故至此特"诏悉从官给，遂著为式"。[4]此后屡见征发民夫浚治河道的记载，仅《长编》所载：建隆二年二月丁巳，"诏发京畿、陈、许丁夫数万，以右领军卫上将军陈承昭督之，道闵水自新郑与蔡水合，贯京师南，历陈、颍达寿春以通淮右舟楫"；三月甲辰，因起初"五丈河泥淤，不利行舟"，陈承昭奉诏在"京城之西夹汴河造斗门，自荥阳凿渠百余里，引京、索二水通城壕入斗门，架流于汴东，

1　《长编》卷二建隆二年五月己卯条，第45页。
2　《长编》卷一七开宝九年四月己亥条，第368页。
3　漆侠：《宋代经济史》，上海人民出版社1988年版，第62页。
4　《长编》卷一建隆元年正月丁未条，第6页。

汇于五丈河,以便东北漕运",至此"新水门成",太祖"临视焉";四月丙戌,"命中使浚蔡河,设斗门以节水,自都城距通许镇";七月,陈承昭"塞棣、滑决河役成,赐钱三十万"。二年二月壬申,命给事中刘载"往定陶督曹、单丁夫三万浚五丈渠,自都城北历曹、济及郓,以通东方之漕"。太祖因而告诉侍臣道:"烦民奉己之事,朕必不为也。开导沟洫以济京邑,盖不获已耳。"三年九月,"诏黄、汴河两岸每岁委所在长吏课民多栽榆柳,以防河决"。乾德元年正月丁巳,调发"近甸丁夫数万修筑河堤",仍由陈承昭"护其役"。二年二月,特命陈承昭"帅丁夫数千凿渠,自长社引溱水至京,合闵河、溱水出密之大騩山,历许田,会春夏霖雨则大溢害稼,及渠成,民无水患,闵河之漕益通流焉"。五年正月,又"分遣使者发畿县及近郡丁夫数万治河堤,自是岁以为常,皆用正月首事,季春而毕"。

随着宋军一统战事的展开,宋廷对河道的疏浚防护,除水利目的以外,渐渐倾向运输等功用,同时也开始整治陆路交通。如建隆三年五月"发潞州民开太行道,通馈运"。[1]而水陆交通的通畅,也为宋太祖强干弱枝、削弱方镇势力以强化中央集权带来了便利。

乾德二年,宋廷"始令诸州自今每岁受民租及筦榷之课,除支度给用外,凡缗帛之类悉辇送京师,官乏车牛者,僦于民以充用。赵普之谋也"。[2]此即赵普建议天子削弱各地节镇势力的三策之一"收其粮也"。因"自唐天宝以来,方镇屯重兵多以赋入自赡,名曰'留使''留州',其上供殊鲜。五代方镇益强,率令部曲主场院,厚敛以自利。其属三司者,补大吏临之,输额之外辄入己,或私纳货赂,名曰贡奉,

---

1 《长编》卷三建隆三年五月乙亥条,第67页。
2 《长编》卷五乾德二年"是岁"条,第139页。

用冀恩赏"。故宋太祖"始即位,犹循常制,牧守来朝,皆有贡奉。及赵普为相,劝上革去其弊",遂于乾德三年三月"申命诸州度支经费外,凡金帛以助军实,悉送都下,无得占留"。同时当"方镇阙守帅,稍命文臣权知,所在场院,间遣京朝官廷臣监临,又置转运使、通判。为之条禁,文簿渐为精密,由是利归公上,而外权削矣"。[1]即各地节镇、州府的财权渐被中央所收。

虽然周世宗时竭力恢复经济,也取得了相当成效,但宋太祖登基伊始,国家财政却依然颇为窘迫,"帑廪虚竭"。[2]据北宋中期程颐所云,在陈桥兵变时,宋太祖承诺事成以后每位士兵赏赐二百缗钱,但因财政"虚竭"而迟迟无法兑现,引起士卒不满:"太祖初有天下,士卒人许赏二百缗,及即位,以无钱,久不赐,士卒至有题诗于后苑。太祖一日游后苑,见诗,乃曰:'好诗。'遂索笔和之。以故每于郊时,各赐赏给,至今因以为例,不能去。"[3]即拖至三年后的乾德元年举行祭天大礼时,方以郊赏形式补发下去。[4]胸怀大志的宋太祖深知若无雄厚的经济实力支撑,是无法完成一统大业的,故在治国理政中勉力发展经济的同时厉行节俭。邵伯温尝记录云:"太祖朝,晋邸内臣奏请木场大木一章造器用。帝怒批其奏曰:'破大为小,何若斩汝之头也!'其木至今在,半枯朽,不敢动。"[5]而王巩也记云:"禁中殿梁当易而材无适中者,三司奏有大枋可截用之。太祖皇帝批其状曰:'截你爷头,

---

1 《长编》卷六乾德三年三月"是月"条,第152页。
2 《东轩笔录》卷一,第1页。
3 《程氏遗书》卷二二下《附杂录后》,第377页。
4 范学辉:《三司使与宋初政治》,载《宋史研究论丛(第六辑)》,河北大学出版社2005年版,第28页。
5 《邵氏闻见录》卷一,第6页。

截你娘头。'其爱物如此。"[1]这两条记载所指的实为一事,不过后一条文字当更形象而如实地反映了大宋开国圣天子的"豪爽"脾性。此类宋太祖不无端浪费钱物的言行,并非就此一例。据南宋初洪适记载,其父亲洪皓在出使金国被扣留期间,在北地访求得不少宋太祖处理政务的"御笔",内中多有涉及节省行政开支方面的:"顷年先臣以使事久縶异域,访求于廛市之间,换易于苴渠之家,前后所积,凡得乾德、开宝中御府编次太祖皇帝御笔数十卷。其间有及军政者,虽数百之锱、五斗之粟、一匹之缣,亦劳宸衷为之节减。至于迁补军职,招接降寨,赐予衣袄,下至油面柴炭之属,区处涂窜,委曲纤悉,所以规模宏远,成无疆之业。"[2]但仅靠节流,仅依靠传统的农业生产,是无法较快且大量筹集到急需的钱财的,为此,宋太祖于稳定社会、恢复生产的同时,将目光转向商业贸易方面,通过多种措施来筹集钱财,以养兵、理政。

其一,整顿币制,强化钱币铸造、流通的管制。因为"自五代以来,相承用唐旧钱,其别铸者殊鲜。太祖初铸钱,文曰'宋通元宝'"。[3]同时为避免币制混乱,宋廷严禁民间"私铸钱",[4]并禁止前朝和当时南方各割据政权铸造的劣质钱币如铁钱、"铁镴钱"的流入,以免其扰乱物价、损害经济:建隆三年正月,"禁诸州铁镴钱及江南所铸'唐国通宝'钱,民间有者悉送官,所在设棘围以受之,敢有藏隐,许人陈告,重置之法";四月,又下诏令"奉使江南者,毋得将其国所用

---

[1] 《闻见近录·佚文》,第33页。
[2] (宋)洪适:《盘洲文集》卷五〇《太祖皇帝御书奏状》,上海商务印书馆《四部丛刊初编》本。
[3] 《宋史》卷一八〇《食货志下二》,第4375页。
[4] 如《长编》卷七乾德四年七月戊寅条(第174页)载"禁淮南道私铸钱"。

钱过江北"。[1] 乾德五年十二月，"诏诸州轻小恶钱及铁镴钱等，限一月悉送官，限满不送者罪之有差，敢私铸者弃市。时开封府言民间新小钱每十钱才重五钱半，其极小薄者重二钱半，侵紊法制，莫甚于此故也"。[2] 而民间有擅长"炼金术"者，往往通过"点铜为金"来制造"伪金"，以扰乱币制，谋取暴利。为此，宋廷屡颁布严令峻法予以禁止：开宝四年九月，"禁伪造黄白金，募告者赏钱十万"；十月，"开封府捕得伪造黄白金王玄义等十二人，案问具伏"，遂"并决杖，流海岛，因诏自今民敢复造伪金者弃市"。[3]

因当时制铜产量等的限制，宋初也在一些地方铸造铁钱流通。如开宝三年，应地方官之请求，下诏"始令雅州百丈县置监，铸铁钱，禁铜钱入川"。[4] 其背景是五代后蜀广政年中"始铸铁钱，每铁钱一千兼以铜钱四百，凡银一两直钱千七百，绢一匹直钱千二百，而铁工精好，始与铜相乱"，待宋平后蜀，守臣沈义伦等"悉取铜钱上供，及增铸铁钱易民铜钱，益买金银装发，颇失裁制，物价增长"，而"民甚苦之，商贾争以铜钱入川界，与民互市"，为此宋廷一面在四川境内大铸铁钱使用，一面"又禁铜钱入川界"，使得"铁钱十乃直铜钱二"，发展到宋太宗初"每铜钱一得铁钱十又四"。[5] 同时，当时宋境以外四边地区多有流通中原铜钱者，造成铜钱外流，由此在宋境内形成"钱荒"，故宋朝开国之初，就诏令禁止铜钱流出境外：建隆三年，下敕令："如闻近日缘边州府多从蕃部将钱出界，枉钱销镕，许人告捉，

---

1 《长编》卷三建隆三年正月丙子条、四月乙未条，第61页、第66页。
2 《长编》卷八乾德五年十二月丙辰条，第197页。
3 《长编》卷一二开宝四年九月庚子、十月己巳条，第270页。
4 《长编》卷一一开宝三年"是岁"条，第255页。
5 《群书考索》后集卷六一《财用门·铁钱》。

不以多少,并给与告人充赏。其经历地分应干系兵校,并当重断,十贯已上处死。"[1] 开宝元年九月,再下诏曰:"旧禁铜钱无出化外,乃闻沿边纵弛,不复检察。自今五贯以下者抵罪有差,五贯以上,其罪死。"至六年三月,又令"禁铜钱不得入蕃界及越江海至化外"。[2] 此政策大体为有宋一代所沿用,只是视境内"钱荒"程度严重与否,其执行力度有宽严变化而已。

但不管是铜钱还是铁钱,都不便于长途大量携带,从而给跨地区的商业贸易等造成困难,所以在唐代中期出现"飞钱"以为弥补:"(唐)宪宗以钱少,复禁用铜器。时商贾至京师,委钱诸路进奏院及诸军、诸使富家,以轻装趋四方,合券乃取之,号'飞钱'"。[3] 至宋初太祖时,"取唐飞钱故事,许民入钱京师,于诸州便换。其法:商人入钱左藏库,先经三司投牒,乃输于库"。至开宝三年,又"置便钱务,令商人入钱诣条陈牒,即辇致左藏库,给以券,仍敕诸州凡商人赍券至,当日给付,违者科罚"。[4] 由此,给往来四方的商人的经营活动带来很大的便利,也有助于各地商品物资的流通与经济的发展。

其二,强化茶盐等物品的官卖,禁民私下制售。如榷茶:早在魏晋南北朝时期,南方地区普遍种茶,饮茶习俗亦盛行于大江南北。至唐德宗建中四年(783)开始税茶、榷茶,十税其一,由盐铁转运使主管茶务。贞元九年(793)在产茶州县及茶山之外商旅要路设置税场,岁得税钱四十万贯,成为国家重要财政收入之一。唐武宗初年确立榷茶专卖制度。唐末,茶法日密,严厉惩治私卖和漏税私茶。五代时,

---

1 《群书考索》后集卷六〇《财用门·铜钱》引《会要》。
2 《长编》卷九开宝元年九月壬午条,第207页;卷一四开宝六年三月癸未条,第298页。
3 《文献通考》卷八《钱币考一》,第216页。
4 《宋史》卷一八〇《食货志下二》,第4385页。

北方诸国因不产茶,所需茶叶都自江淮以南输入,遂设置场院,征收高额茶税。入宋后,乾德二年八月始榷茶,"初令京师、建安、汉阳、蕲口并置场榷茶。自唐武宗始禁民私卖茶,自十斤至三百斤,定纳钱决杖之法。于是令民茶折税外悉官买,民敢藏匿而不送官及私贩鬻者没入之。计其直百钱以上者杖七十,八贯加役流。主吏以官茶贸易者,计其直五百钱,流二千里,一贯五百及持仗贩易私茶为官司擒捕者,皆死"。[1] 即陆续在产茶最多的淮南蕲(今湖北蕲春)、黄(今湖北黄冈)、庐(今安徽合肥)、光(今河南潢川)、舒(今安徽安庆)、寿(今安徽寿县)六州建十三茶场,在沿江茶叶集散地江陵府(今属湖北)、真州(今江苏仪征)、海州(今江苏连云港)、汉阳军(今湖北武汉市汉阳)、无为军(今属安徽)和蕲州蕲口设置六榷货务。各地官府将把收买的茶叶集中于十三场和六榷货务,令商人于京师榷货务和沿江榷货务缴纳茶款,或西北沿边入纳粮草,从优折价,发给文券,称为"交引",凭引至十三场和沿江榷货务领取定额茶叶贩运出卖。此后茶法管理日密,建立了茶叶专卖制度。

榷盐:自西汉以后,盐皆施行官卖,盐利大体归中央直接支配。宋初盐实行官运官销,"官鬻通商,随州县所宜",尚未有固定制度。但各地情况有异,如"河北旧禁盐",至宋建隆末年,"始令邢、洺、磁、镇、冀、赵六州城外二十里通行盐商",再到开宝三年,又"悉除诸州盐禁,过者斤税一钱,住者倍之"。[2] 即贩盐者每斤交一文钱为税,而开店售卖交税二文,以税收代替官司专营。但这当是针对河北

---

1 《长编》卷五乾德二年八月辛酉条,第131页。按:建安指建安军,是月宋升迎銮镇为建安军,治今江苏仪征。
2 《长编》卷一一开宝三年四月庚子条,第246页。

地区特殊情况而施行的特例，其他地区大多还是采用专卖，在井盐生产地四川还严禁私盐，如乾德元年即令"禁峡州盐井"。[1]

当时被管制的物品还有矾、药材等。如史载建隆中"诏：'商人私贩幽州矾，官司严捕没入之。'继定私贩河东、幽州矾一两以上，私鬻矾三斤及盗官矾至十斤者弃市"，并于建隆二年命左谏议大夫刘熙古"诣晋州制置矾，许商人输金银、布帛、丝绵、茶及缗钱，官偿以矾，凡岁增课八十万贯"。随着朝廷课入增多，故于"开宝三年增私贩至十斤，私鬻及盗满五十斤者死，余罪论有差"。此后至太宗太平兴国初，"以岁鬻不充，乃诏私贩化外矾一两以上及私鬻至十斤并如律论决，再犯者悉配流，还复犯者死"。至淳化元年，有司言："慈矾滞积，小民多于山谷僻奥之地私鬻侵利，而绿矾价贱，不宜与晋矾均法。"再下诏令"同犯私茶罪赏"。[2] 此外，乾德五年尝"禁民不得辄以纰疏布帛鬻于市及涂粉入药，吏谨捕之，重置其罪"。[3] 以免不法商人在布帛交易中以劣充优，扰乱市场。

随着榷税征利增多，宋初窘迫的财政有了颇大改善，宋人记载"国初，贡赋悉入左藏库，及取荆、湖，下西蜀，储积充羡。上（太祖）顾左右曰：'军旅饥馑，当预为之备，不可临事厚敛于民。'乃于讲武殿后别为内库，以贮金帛，号曰封桩库，凡岁终用度赢余之数皆入焉"。[4] 至太祖末年，左藏库内"储积"之"金帛如山"。[5] 此也为宋

---

1 《长编》卷四乾德元年四月丙午条，第90页。
2 《宋史》卷一八五《食货志下七·矾》，第4533—4634页。按："慈"指慈州，"晋"指晋州。
3 《长编》卷八乾德五年十二月丙辰条，第197页。
4 《长编》卷六乾德三年三月"是月"条，第152页。
5 《长编》卷一九太平兴国三年十月乙亥条，第436页。

太祖稳定社会、削平诸国奠定了坚实的物质基础。

北宋时期,东京开封城是最为繁华的政治、文化、经济中心。开封城初建于春秋时期,郑庄公在今开封城南数十里的朱仙镇古城村西北筑城,名启封城。秦代置县,西汉时因避汉景帝刘启之名讳而改称开封。战国时,因受西方强秦威胁,魏惠王将魏国都城从安邑迁于今日开封城所在之地,改名大梁。战国末,秦军围攻大梁城,引黄河水淹城,大梁城毁为废墟。秦、汉时在此置浚仪县,南北朝后期升设梁州,北周改名汴州。唐朝中期移开封县治于汴州城,与浚仪县同城分治。五代后梁定都汴州城,后唐改都洛阳(今属河南),后晋天福三年(938)迁都汴州,升汴州为开封府。因新都开封城在旧都洛阳之东,故被称为东京,而洛阳城也由此称曰西京。故而开封城在宋代又有大梁、东京、汴京等称呼。此后,五代后汉、后周乃至宋朝皆将国都定于开封城。[1]

由于东京开封城是在唐代汴州城的基础上发展而来,故作为一国之京城,就有城厢较为狭窄等不足。五代后周时,因开封城内人口迅速增长、房屋过于密集,出现许多隐患,如火灾频繁发生,民宅侵入官道,致使车马无法快速通行等。为此,胸怀大志的周世宗遂于显德二年下诏扩建都城:修筑周长近五十里的罗城(即外城),将部分居民自里城迁入外城;强制拆毁侵入官道的民宅建筑,以拓宽官道;并令城内所有坟墓全部迁往城外重新安葬,以避免都城内坟墓与民居错杂,影响城市的美观与发展。但如此扩城工程因"存没扰动诚多",故城中居民颇多"怨谤之语",然周世宗不为所动,认为此举"他日

---

[1] 周宝珠:《宋代东京研究》,河南大学出版社1992年版,第2—14页。

终为人利"。[1]果然，宋朝建立后，虽对东京开封城屡有增修，但大体保持了周世宗时确定的外城、里城（州城）和皇城（宫城）的格局，而未作大的变更。

宋太祖在位期间，曾增修开封城，并"展外城"，[2]开宝元年，"发近甸丁夫增修京城，马步军副都头王廷义护其役"。[3]传说宋太祖出于军事上的考虑，曾根据周围地形对开封外城城墙进行了一番改建。南宋岳珂《桯史》载：

> 开宝戊辰（元年），艺祖初修汴京，大其城址，曲而宛，如蚓诎焉。耆老相传，谓赵中令鸠工奏图，初取方直，四面皆有门，坊市经纬其间，井井绳列。上览而怒，自取笔涂之，命以幅纸作大圈，纡曲纵斜，旁注云："依此修筑。"故城即当时遗迹也。时人咸罔测，多病其不宜于观美。熙宁乙卯（1075），神宗在位，遂欲改作，鉴苑中牧豚及内作坊之事，卒不敢更，第增陴而已。及政和间，蔡京擅国，亟奏广其规，以便宫室苑囿之奉，命宦侍董其役。凡周旋数十里，一撤而方之如矩，墉堞楼橹，虽甚藻饰，而荡然无曩时之坚朴矣。……靖康胡马南牧，粘罕、斡离不扬城下，有得色，曰："是易攻下。"令植炮四隅，随方而击之。城既引直，一炮所望，一壁皆不可立，竟以此失守。沉几远睹，至是始验。[4]

---

1 《资治通鉴》卷二九二显德二年十一月，第9532页。
2 《湘山野录》卷中，第35页。
3 《长编》卷九开宝元年正月甲午条，第199页。
4 《桯史》卷一《汴京故城》，第8—9页。

这则流传甚广的记载，被后人视为信史，以用来斥责擅权的宰相蔡京胡作非为，肆意更改宋太祖定下的具有深谋远虑的"纡曲纵斜"之开封城墙走向，而改为"方之如矩"的方形，从而在此后金军围攻开封城时，"城既引直，一炮所望，一壁皆不可立，竟以此失守"。但究其实，岳珂的说法大概出于传闻，并不可信。因为首先，开封城之陷落，并非是由于金兵轰塌外城城墙而得以攻入城内，而是宋钦宗君臣误信荒唐的"神兵神将"，主动撤下城头防守的士卒，致使金兵乘虚得手，实非"方之如矩"的城墙之罪也。而且其次，金朝后期迁都开封，曾凭借坚固而高耸的城墙，抵御蒙古铁骑的轮番猛攻，蒙古兵也使用炮石轰击城墙，但"父老所传周世宗筑京城，取虎牢土为之，坚密如铁，受炮所击，唯凹而已"，[1]根本不能攻入城内，此后只是在城内金人主动投降之后，蒙古军队才得以占领开封城。再次，宋神宗时修缮开封城，历时三年，于元丰元年（1078）十月完工，而据李清臣所撰记文，当时对开封外城有所扩建，并加固城墙，使其"坚若埏埴，直若引绳"，[2]可证所谓宋徽宗、蔡京修外城时"一撤而方之如矩"之事乃属一个不实传闻而已。[3]

由于后周显德年间增修开封城时，并未对城内规模颇为狭小的宫城进行大的建设，故宋太祖即位之初，便下诏扩建。对于此次增修大内宫城，两宋之际叶梦得于《石林燕语》中有着较详的记载：

太祖建隆初，以大内制度草创，乃诏图洛阳宫殿，展皇城

1　（元）脱脱等：《金史》卷一一三《赤盏合喜传》，中华书局1975年版，第2496页。
2　《宋会要辑稿·方域》一之二二。
3　周宝珠：《宋代东京研究》，第51页。

东北隅，以铁骑都尉李怀义与中贵人董役，按图营建。初命怀义等，凡诸门与殿须相望，无得辄差，故垂拱、福宁、柔仪、清居四殿正重，而左右掖与升龙、银台等诸门皆然，惟大庆殿与端门少差尔。宫成，太祖坐福宁寝殿，令辟门前后，召近臣入观。谕曰："我心端直正如此，有少偏曲处，汝曹必见之矣。"群臣皆再拜。后虽尝经火屡修，率不敢易其故处矣。[1]

据载，此次增修始于建隆三年正月，宋太祖"发开封浚仪民数千广皇城之东北隅，命义成节度韩重赟董役"。次年五月，又"诏重修大内，以李怀义、赵仁遂护役"，"凡规为制度，并上指授"，至开宝元年正月，"大内营缮毕"，天子"赐诸门名，令洞开诸门"。经此次扩建，居于开封城西北之宫城"周回五里"，[2]至此，"皇居始壮丽矣"。[3]其规制据《宋史·地理志一》记载：

宫城之南面有三门曰明德、左掖、右掖，东、西向各一门曰宽仁、神兽（开宝三年改名东华、西华），北向一门曰玄武；明德门内正南门曰大庆，东西横门曰左右升龙，左右北门内各二门曰左右长庆、左右银台；宽仁、神兽门内二门曰左右承天，左承天门内一门曰光天。

正南大庆门内正殿曰乾元，其东西门曰日华、月华；正衙殿曰文明，其两掖门曰东西上阁，东西门曰左右勤政。乾元殿（旧名崇元）之北有崇德殿，乃"视朝之前殿也"；西有长春殿，"常日视朝之所也"；再西有滋福殿，冉西有广政殿（开宝三年赐名人明殿），"安殿也"。

---

1 《石林燕语》卷一，第2—3页。
2 《玉海》卷一五八《建隆洛阳宫殿图》《乾德修宫阙》，第2898—2899页。
3 《宋史》卷八五《地理志一》，第2097页。

殿后有玉华殿，其东有紫云楼，"宫中观宴之所也"；宫后有简贤讲武殿，"阅事之所也"；殿后有景福殿，其西有殿北向曰延和殿，"便坐殿也"。

宫城中又有万岁、安福、集圣、清景、庆云、玉京等殿，清净堂，万春阁等。其后为后苑，乃帝王、后妃宴游之地。乾德三年，宋太祖命引金水河水"贯皇城，历后苑，内庭池沼，水皆至焉"[1]。

在开封城内，经后周、宋初两次整治，大道宽直，坊市经纬其间，井井绳列。据《册府元龟》记载，开封"城内街道阔五十步者"，周世宗允许沿大街"两边人户各于五步内取便种树掘井，修盖凉棚；其三十步以下至二十五步者，各与三步，其次有差"。此后又允许百姓沿街开店，从而与唐代城内坊市分离之制相区别，[2]以顺应城市商业发展的需求。到宋初，因商业繁荣，夜市日盛，宋太祖为此特于乾德三年"令京城夜漏未及三鼓，不得禁止行人"。[3]此后，随着诸方割据政权先后归附，至宋真宗时又与北方强敌辽国订立"澶渊之盟"，"承平"时久，于是为满足商业贸易的需要，京城夜市时间渐渐延长，至北宋后期，部分商业繁荣区域甚至完全取消了"禁夜"，形成可以通宵达旦进行商业活动的市井盛况。

虽然如此，在开宝末年，宋太祖曾有迁都计划，即基于军事、地理环境等原因，欲将都城自东京开封迁至西京洛阳。

自五代后晋以后，后汉、后周乃至宋朝定都于开封，更多地出于经济和水陆交通便利的考虑，而非如前朝之汉、唐定都长安，此后明

1　《宋史》卷九四《河渠志四·金水河》，第2341页。
2　周宝珠：《宋代东京研究》，第16—17页。
3　《长编》卷六乾德三年四月壬子条，第153页。

成祖定都北京主要是为了军事、国防的需要。开封城位于华北平原南端，唐人有"大梁当天下之要，总舟车之繁，控河朔之咽喉，通淮、湖之运漕"[1]的称誉，其周围河流纵横，沃野陂泽相望，物产丰富，有汴河、黄河、惠民河和广济河四水可通漕运。因地势原因，中国江河大都为东西走向，而汴河连接黄河与淮河，隋唐时期已成为中原地区最重要的水运交通干线之一。开封城正处于汴河的中枢位置，向西连接黄河、渭河而直达洛阳、长安，往东南经淮河、大运河抵达长江，连通江淮、两浙、荆湖，并远连巴蜀、岭南地区，宋人遂有"汴水横亘中国，首承大河，漕引江、湖，利尽南海，半天下之财赋，并山泽之百货，悉由此路而进"[2]的说法，开封城也由此成为当时中原地区经济最为发达、商业最为繁荣的水陆都会。但世事往往利害相伴，由于开封城四周无山川之险，仅城北有一条黄河，实为四战之地，尤其在燕云十六州被辽朝占据之后，辽军如若南侵，在一马平川的华北平原上，其滚滚铁骑几乎可以任意纵横，长驱黄河北岸，而一旦突破黄河天险，就直接兵临开封城。北宋末年，开封城被自燕云地区南下的女真铁骑迅速攻破，即是最有力的证明。古人向有"王者法天设险，以安万国"[3]之说。因此，宋朝定都开封，在军事上蕴含有颇大风险，所以宋太祖在消灭后蜀、南汉、南唐诸割据政权以后，即打算迁都洛阳。

洛阳因地处洛河以北而得名，其地北依邙山，渡黄河可远通太原、幽州，南据伊阙以临江汉平原，西控潼关、崤山而连接关中，东经汴京而邻齐鲁、江淮，正扼守古代中国东西南北之交通要冲、形势冲要，

---

1 （宋）李昉等编：《文苑英华》卷八〇三刘宽夫《汴州纠曹厅壁记》，中华书局1966年影印本。
2 《宋史》卷九三《河渠志三·汴河上》，第2321页。
3 《长编》卷一三六庆历二年五月戊午条，第3262页。

而成为"九朝古都"。对于汉、唐、宋定都长安、洛阳、开封之异,南宋章如愚尝分析其得失:"大抵长安便于守,洛阳便于利,大梁便于战,三京利害,各有一偏,故前王因其便利而都之也。"其中"德刑兼修,战守两备,宿重兵于京师,强干弱枝,以镇服夷夏,而指踪英雄,以赴其功,则舍大梁莫便也。朱梁而下以迄于宋,仍都大梁,亦势或然也。然……宴安起于无虞,弊蠹生于悠久,故载戢载櫜,而甲械朽钝,以安以处,而士卒狞㹇,兵多难用,将逸难使,可以隆安强之威,而不足以御一旦之变,此则汴都之不利也。故石晋之亡,兵叛于外也;宋朝靖康之变,太平之久也"。而就地理而言,"长安之制,以陕西为畿辅,而屏蔽实在陇右,宋朝失于西夏。洛阳之制,以关东为畿辅,而屏蔽实在河东。大梁之制,以河南为畿辅,而屏蔽实在河北。故由古以来,洛京之祸常起于并、汾,汴都之变常起于燕、赵。长安之难虽不常所自,而河、陇之寇尤为频骇,良由失其外屏也。是以河、湟未归,则长安未易都;云、朔未宾,则洛阳未易卜;燕、蓟未服,则大梁未易宅。唇亡齿寒者,此之谓矣"。[1] 因此,仅从军事上考虑,洛阳无疑具有比开封更为优越的条件。但以洛阳为国都,也存在着明显不足,即自唐朝后期以来,国家经济重心渐渐南移,朝廷用度所需、三军将士及城中百姓所给的粮食、布匹等物品,主要依靠漕运自长江中下游地区水运而来。因洛阳水运条件远不如开封,故一旦定为国都,则居住于城内外的军民人口数以十万计,日常所消耗的物资量极大,而当地所产显然无法满足需求,从而会给物资供应带来难以克服的困难。正因为此,宋太祖一提出迁都的设想,即刻遭到大臣们的一致反

---

[1]《群书考索》续集卷五〇《舆地门·历代·三都》。

对，其中以起居郎李符的说法最具代表性。李符云：

> 京邑凋弊，一难也。宫阙不完，二难也。郊庙未修，三难也。百官不备，四难也。畿内民困，五难也。军食不充，六难也。壁垒未设，七难也。千乘万骑，盛暑从行，八难也。[1]

主要是说洛阳城市凋敝，民众困穷，城内外所贮备的军粮不充足；城中宫阙残缺，郊庙未修，百官官署未备，洛阳缺乏军营、壁垒等设施，从而根本不适合作为都城。但宋太祖未为所动，于开宝九年三月下诏视察洛阳，并在洛阳完成了一系列祭祀活动后，毫无动身返回开封的意思。大臣们眼见天子铁下心来要迁都洛阳，都相顾不敢进谏。待到四月中，铁骑左右厢都指挥使李怀忠终于找了一个机会进言道："东京有汴渠之漕，岁致江、淮米数百万斛，都下兵数十万人，咸仰给焉。陛下居此，将安取之？且府库重兵皆在大梁，根本安固已久，不可动摇。若遽迁都，臣实未见其便。"此确实是宋太祖所深忧者，大概也是他在洛阳逗留多日却未正式宣布迁都的主要原因。眼见众人劝说皆未奏效，皇弟晋王赵光义也出面力陈迁都未便，不料宋太祖却回答道："迁河南（即洛阳）未已，久当迁长安。"赵光义叩头切谏，宋太祖解释说："我将西迁者无它，欲据山河之胜而去冗兵，循汉、唐故事，以安天下也。"赵光义却认为国家能否长治久安，其根本"在德不在险"。宋太祖默然良久，待赵光义离开后，才对左右叹息道："晋王之说固善，今姑从之。不出百年，天下民力殚矣。"[2] 终于放弃了迁都洛阳的计划。

---

1 《长编》卷一七开宝九年四月癸卯条，第369页。
2 《长编》卷一七开宝九年四月癸卯条，第369页。

因为定都无险可守的开封，必须屯重兵以为守卫，由此将给国家带来严重的财政危机。此后事实，确实证明宋太祖的判断是正确的，但从当时实际情况看，自开封迁都洛阳，进而迁都长安的条件也确实不成熟，而且随着开封城的不断发展，人口大增，因漕运不便而无法满足人们物资需求的洛阳、长安城也就更无可能成为国都了。

七、"见在佛不拜过去佛"：宋太祖时期的宗教政策

两宋境内活动的宗教主要为佛教和道教，宋太祖时施行的宗教政策，大体奠定了有宋一朝的宗教政策大旨，也对整个宋朝政（朝政）教（佛道等）关系的发展具有极为深远的影响。

宋太祖所施行的诸多政策，乃是承续周世宗的做法。南宋大儒朱熹尝评论道：周世宗"当时也曾制礼作乐"，"只是四年之间，煞做了事"，如"《开宝通礼》当时做不曾成，后来太祖足成了"；又称"世宗却得太祖接续他做将去。虽不是一家人，以公天下言之，毕竟是得人接续，所做许多规模不枉却"。[1]但在对佛教的态度上，宋太祖却纠正了周世宗过度抑制的政策。

佛教自传入中国以后，受到社会各阶层之人信奉，得以迅速发展，对政治、经济、文化乃至社会风俗等影响既广且深，历代统治者都无法对此漠然视之。唐末五代时期，战火频仍，社会动荡，致使世人崇信佛教者愈众。由于各地佛寺和僧尼数量众多，不少盗匪、罪犯和逃避徭役、兵役者甚至有以出家作为对抗政府之手段，[2]而且寺庙发展太

1　《朱子语类》卷一三六，第3251页。
2　如《挥麈后录》卷五（第154页）云在陈桥兵变中尝保护赵匡胤家人之僧人守能，即泽州"巨寇"明马儿。

快,使蠲免租税的田地等寺产增多,出现了寺院与国家争夺土地、人力资源的现象,严重影响着国家的财政收入。为此,周世宗下令限佛,整治佛寺与僧尼等。

显德二年(955)五月,"敕天下寺院,非敕额者悉废之。禁私度僧尼,凡欲出家者必俟祖父母、父母、伯叔之命。惟两京、大名府、京兆府、青州听设戒坛。禁僧俗舍身、断手足、炼指、挂灯、带钳之类幻惑流俗者。令两京及诸州每岁造僧帐,有死亡、归俗,皆随时开落。是岁,天下寺院存者二千六百九十四,废者三万三百三十六,见僧四万二千四百四十四,尼一万八千七百五十六"。[1]九月,周世宗"以县官久不铸钱,而民间多销钱为器皿及佛像,钱益少",故"敕始立监采铜铸钱,自非县官法物、军器及寺观钟磬钹铎之类听留外,自余民间铜器、佛像,五十日内悉令输官,给其直;过期隐匿不输,五斤以上其罪死,不及者论刑有差"。周世宗为此对侍臣说:"卿辈勿以毁佛为疑。夫佛以善道化人,苟志于善,斯奉佛矣。彼铜像岂所谓佛邪!且吾闻佛在利人,虽头目犹舍以布施,若朕身可以济民,亦非所惜也。"[2]周世宗限制佛教、毁佛像铸钱之举,即中国佛教史上有名的"三武一宗"禁佛事件中之"一宗"。

周世宗限制佛教、废毁佛像以铸钱,虽然有利于朝廷对文化宗教的控制,对国家财政的改善也颇有裨益,如当时所铸钱名"周元通宝",即"后周世宗毁天下铜佛铸"。[3]但周世宗此举却遭致佛教信徒的竭力

---

1 《资治通鉴》卷二九二后周显德二年五月,第9527页。
2 《资治通鉴》二九二后周显德二年九月,第9529—9530页。按:其注又曰:"时敕有隐藏铜器及埋窖使用者,一两至一斤徒二年,一斤至五斤处死。若纳到熟铜,每斤官给钱一百五十,生铜每斤一百。"
3 《说郛》卷九七下董逌《钱谱》。

反对,给王朝统治带来一定的负面影响。《杨文公谈苑》有载:

> 周世宗毁铜佛像铸钱,曰:"佛教以为头目髓脑有利于众生,尚无所惜,宁复以铜像为爱乎?"镇州大悲铜像甚有灵应,击毁之际,以斧镬自胸镜破之。后世宗北征,病疽发胸间,咸谓报应。[1]

又王巩《随手杂录》云:"柴世宗销天下铜像以为钱,真定像高大,不可施工,有司请免。既而北伐,命以炮击之,中佛乳,竟不能毁。未几,世宗痛发乳间而殂。"[2] 王巩所记铜佛像"竟不能毁",显然出自传闻,而非事实,故此后论及此事者,大抵抄录《杨文公谈苑》。因杨亿崇佛,故将周世宗病死与其破铜佛铸钱一事相连接,称之为"报应"。而引录此段文字者,却又添入不少文字,其一是说宋太祖耳闻目睹此"因果报应"之事,故登基后"因重释教",如李焘《长编》所引录者;此说法至迟在宋徽宗时已出现,如宋僧惠洪《林间录》卷上所引《杨文公谈苑》即同于《长编》。其二称毁铜佛像乃周世宗亲手所为,大抵出自僧侣所撰文字。如南宋末僧志磐《佛祖统纪》引《杨文公谈苑》称:"初,帝之毁佛像也,镇州大悲极有灵应,诏下,人莫敢近。帝闻之,自往其寺,持斧镬破面胸,观者为之慄慄。及帝北征,

---

1 《杨文公谈苑·毁铜佛铸钱》,第30页。按:《长编》卷八乾德五年七月丁酉条注(第195页)引《杨文公谈苑》稍异,后半段曰:"镇州铜大悲像甚有灵应,击毁之际,以斧镬自胸镜破之。太祖闻其事。后世宗北征,病疽发胸间,咸谓其报应。太祖因重释教。"
2 《随手杂录》,第291页。

疽发于胸,亟归京师,遂殂。"[1]而元僧念常《佛祖历代通载》则据《欧阳外传》云:"毁镇州大悲像铸钱,世宗亲秉钺洞其膺,不四年疽溃于膺。帝(宋太祖)偕太宗目击其事。"[2]所添加者愈多。然据两《五代史》《资治通鉴》等史籍,周世宗继位后,三征淮南,一征契丹,自开封北上,取河北东道北上攻占三关之地,从未到过镇州(今河北正定)城。僧人如此虚构事实记载,实为强化其"报应"之说而已。

有鉴于此,宋太祖即对周世宗的抑佛政策有所纠正,采取崇佛却又对佛教势力加以一定限制的政策,以争取佛教势力对其统治的支持。宋太祖即位之初,依然施行周世宗将全国各地铜铸佛像收缴送至京师,熔毁后铸造铜钱及其他物品的政策,但在当年六月平定潞州李筠叛乱之后,即下"德音"曰:"诸路州府寺院,经显德二年停废者勿复置,当废未毁者存之。"[3]并令已废的寺院内"佛像许移置见存留处"。[4]这道诏令的颁行,是鉴于宋初形势严峻,故叫停周世宗部分废佛政令,给佛教以适当保护以减少社会不安定因素。建隆二年初,宋太祖又令将平定李重进叛乱时自己住过的"扬州行宫"建为建隆寺;八月,又"幸崇夏寺观修三门"。[5]《东京记》记载当时大将石守信因崇夏寺"寺门窄狭,重造",于八月"门成,车驾临幸"。而《宋朝会要》也称"守信重修三门,诏治官材也"。[6]据《宋史·礼志十六》记录,宋太祖在位期间,"幸大相国寺、封禅寺者各五,龙兴寺及皇弟开封尹园各三,幸太清观、

---

[1] (宋)释志磐撰,释道法校注:《佛祖统纪校注》卷四三《周》,上海古籍出版社2012年版,第1013页。
[2] (元)释念常:《佛祖历代通载》卷十八《宋》,上海古籍出版社《文渊阁四库全书》本。
[3] 《长编》卷一建隆元年六月辛卯条,第17页。
[4] 《隆平集校证》卷一《寺观》,第59页。
[5] 《长编》卷二建隆二年正月戊申条,第37页;八月辛亥条,第52页。
[6] 《事物纪原》卷七《真坛净社部》,第372页。

建隆观者再，崇夏寺、广化寺、等觉寺者各一"，[1] 由此昭告天下其对佛教的态度。针对后周"诸道铜铸佛像悉辇赴京毁之"的做法，宋太祖至乾德五年七月方"诏勿复毁，仍令所在崇奉，但毋更铸"，[2] 周世宗施行的"废佛"禁令至此大体被废止。为表示敬重佛教，宋太祖还惩处了恶意诽谤、亵渎佛教之人。当时河南府有个进士名李霭，"不信释氏，尝著书数千言，号《灭邪集》，又辑佛书缀为衾裯，为僧所诉，河南尹表其事"，遂处"决杖，配沙门岛"。[3]

宋初恢复尊崇佛教，还反映在宋廷支持佛教徒赴西土取经上。据载乾德二年，宋太祖"诏沙门三百人入天竺求舍利及贝多叶书"。[4] 次年，甘州、于阗及瓜州、沙州"皆遣使来贡方物"，此前"沙门道圆出游西域二十余年"，至此东归，"与于阗朝贡使者俱还，献贝叶经及舍利"。十二月，宋太祖"召见之，问其山川道路及风俗，一一能记，上喜，赐以紫衣及金币"。[5]《宋会要辑稿》载道圆为沧州僧人，五代"天福中诣西域，在途十二年，住五印度凡六年"，东归途经于阗，遂"与其使偕至"，献"佛舍利一、水晶器、贝叶梵经四十夹"。至四年，僧行勤等一百五十七人"诣阙上言，愿至西域求佛书，许之。以其所历甘、沙、伊、肃等州，焉耆、龟兹、于阗、割禄等国，又历布路沙、加湿弥罗等国，并诏谕令人引道之。开宝后，天竺僧持梵夹来献者不绝"。[6]

---

1 《宋史》卷一一三《礼志十六·游观》，第 2695—2696 页。
2 《长编》卷八乾德五年七月丁酉条，第 195 页。
3 《长编》卷七乾德四年四月丁巳条，第 169 页。
4 （宋）范成大：《吴船录》卷上，中华书局 2002 年《范成大笔记六种》本，第 204 页。
5 《长编》卷六乾德三年十二月戊午条，第 161 页。
6 《宋会要辑稿·四夷》四之八八。

第六章 创业垂统，建法立制

从现见史料上看，宋太祖对佛教的态度，在乾德末、开宝初有一个颇为明显的变化。开宝二年二月，宋太祖亲征北汉，然攻太原城不克，于闰五月十六日撤军东归，二十二日至镇州，六月初离镇州归京师。宋太祖在镇州期间，尝去镇州大悲寺参拜过大佛像。宋太宗时知制诰田锡奉敕撰作《镇州龙兴寺铸像修阁碑》，略云：

> 周显德中，世宗纳近臣之议，以为奄有封略，不过千里，所调租庸，不丰边备，校贯屡空于军实，算口莫济于时须。于是诏天下毁铜像，鼓铸以为钱货，利用以资帑财。金人其萎，梁本其坏。……而惟镇之邦，惟镇之民，万人聚，千人计，惜成功□见毁，冀上意以中辍。虽卜式出财以有助，而□皇执议以不回。洎像毁之际，于莲叶之中，有字曰"遇显即毁"，无乃前定之数乎？物不可以终隳，必授之以兴复；时不可以终否，必授之以隆昌。我国家应乎天，顺□人，革有周之正朔，造皇宋之基业。南取越，西平蜀，崇道教，兴佛法，无文咸秩，隳像重兴。乾德中，乃命重铸大悲之像于是邦也。虞衡伐木，司炉用火，法阴阳以为炭，□天地以成炉，岂万物之铜，万灵之庸，凭帝力以神速，因匠哲而功倍。……有周之毁也既如彼，我宋之兴复如此。[1]

此后宋仁宗景祐年间，寺僧惠演撰《真定府龙兴寺铸金铜像菩萨并盖大悲宝阁序》略云：

---

[1] （清）王昶：《金石萃编》卷一二五田锡《镇州龙兴寺铸像修阁碑》，中国书店1985年版。

太祖皇帝至开宝二年岁次己巳三月亲征晋地，领二十万之军至于太原城下，安营下寨，水浸攻城，前后六十余日，并未获圣捷。至闰五月内，大驾巡境按边，至真定府。歇驾第三日，遂问朝臣："在此何人久在衙府？"近臣奏曰："今有在衙孔目官纪裔，见久在衙勾当。"皇帝宣唤到纪裔，遂问言："先在此处金铜大悲菩萨，今在何处？"纪裔奏曰："今在城西郭外大悲寺内见在。"皇帝宣下诸寺院主首三纲、紫衣大德，来日于城西大悲寺内接驾。于斋时前后，大驾亲临，于阁前下马，上殿烧香，宣问大师大德："菩萨毕竟是铜是泥？"有一人大师法名可俦奏曰："元是铜菩萨，值契丹犯界，烧却大悲阁，镕却菩萨胸臆已上。自后城中□□再修却。自后又奉世宗皇帝天下毁铜像严铸于钱，又荐起菩萨上面，取却下面铜。自后城中檀那又补塑却，今来全是泥菩萨。"皇帝曰："朕忆得先皇显德年中，世宗纳近臣之议，……于是诏天下毁铜像，[鼓]铸以为钱货，利用以资帑财。金人其萎，梁本斯坏。……万人聚，千人□，见成功不毁，虽卜议以出财，皇帝执议以不回。洎像毁之际，于莲叶之中有字曰：'遇显即毁，遇宋即兴。'无乃前定之数乎？"……是时可俦大师越班奏曰："臣僧相传闻，观音菩萨拣得此一方之地，应是于此地有缘。"帝言："郭内踏逐宽大寺舍，别铸一尊金铜像观音大悲菩萨。"寻时差三道殿头：一道入龙兴寺，量度田地宽狭，遂唤画匠特第画地图；一道入开元寺，一道入永泰寺，亦画地图。三寺并将进呈，宣下于龙兴寺内最处宽大，别铸金铜像，盖大悲阁。于后五月内，驾却归帝阙，并无消息。……后至开宝四年六月内，天降云雨，于五台山北冲潊下枋橱，约及千余条，于頩龙河内一条大木前面拦住，见在河内，未敢般取，□□□具表文奏，直诣天庭。皇帝览表，龙颜大悦："五台山文殊菩萨送下木植，来与镇府大悲菩萨盖阁也。"寻时宣下一道使臣□□真定府般取河内木植，于龙兴寺下纳；宣头一道差军器监使刘审琼监修菩萨，差卫州刺史、兵马钤辖慕容得业监修菩萨，通判军府事范德明监修阁像。奉宣铸钱监内差李延福、王延光修铸大悲菩萨，差八作司十将徐谦盖大悲阁，差当府教练使郭延福、雄胜指挥员寮王大将、南能曹司郑义、天场烧瑠璃瓦瓴匠人郑延勋等监修盖阁。至开宝四年七月二十日下手修铸大悲菩萨。诸节度军州差取到下军三千人工役。……帝乃倾心崇建，四众恳切归依，并愿当来，同登乐果。[1]

通观田锡《碑》、惠演《序》可知：其一，镇州大悲菩萨铜像，在五代时，契丹军侵入镇州，烧毁大悲阁，阁内大铜像因此"镕却"胸部以上部分；战后，当地信众遂补用泥塑的半身像"修却"。至周世宗诏令毁铜像等铸钱，遂将此佛像的下半铜铸部分"取却"铸钱，随后城中信徒"又补塑却"，成为一尊"泥菩萨"。因此，《杨文公谈苑》所云当时毁大铜佛像时周世宗"以斧镬自胸镵破之"，乃属道听途说的不实之词。其二，宋太祖至乾德五年七月，始针对后周"诸道铜铸佛像悉莘赴京毁之"之策，下诏"勿复毁，仍令所在崇奉，但毋更铸"，故田《碑》中所称"乾德中，乃命重铸大悲之像于是邦也"，其"乾德"

---

[1] 《金石萃编》卷一二三僧惠演《真定府龙兴寺铸金铜像菩萨并盖大悲宝阁序》。按：参见刘长东：《宋代佛教政策论稿》，巴蜀书社2005年版，第46—47页。

当作"开宝"。而镇州大铜像得以重铸，当与所谓"遇显即毁"谶言有关。此"显"指年号显德，代指周世宗，故宋太祖重铸佛像，显然有向天下昭示"革有周之正朔，造皇宋之基业"之意。至于惠演《序》中"遇宋即兴"，乃出于后人附会而已。其三，宋太祖于开宝二年中允诺重铸大佛像、修佛阁，但归京城后即无下文，当与社会上"铜荒"有关。直至四年中，国家经济状况稍有好转，故又遣官吏监修铸造大铜像。

镇州重铸大佛像，也并非一个孤立事件。据史载，自开宝初，宋太祖崇佛修寺之举明显增多："开宝三年，改封禅寺为开宝寺。五年，赐峨眉山新寺名光相。"[1]又龙兴寺，"世宗废为龙兴仓"，宋初，"寺主僧屡击登闻鼓，求复为寺。上遣中使持剑以诘之曰：'此寺前朝所废，为仓廒以贮军粮，何故烦渎帝庭？朝命令断取汝首。'仍戒之曰：'倘偃塞怖畏，即斩之。临刑无惧，即未可行。'既讯，其僧神色自若，引颈就戮。中使以闻，上大感叹，复以为寺。官为营葺，极于宏壮。又修旧封禅寺为开宝寺，前临官街，北镇五丈河，屋数千间，连数坊之地，极于巨丽。"[2]龙兴寺也称隆兴寺，重修完工于开宝八年十一月，寺院"凡五百六十二区"。[3]

乾德四年，宋太祖诏令"西川转运使沈义伦于成都写金银字《金刚经》，传置阙下"。[4]五年，"右街应制沙门文胜奉敕编修《大藏经随函索隐》，凡六百六十卷"。[5]至开宝四年，宋太祖下令于成都刊刻

1　《隆平集校证》卷一《寺观》，第59页。
2　《宋朝事实类苑》卷四三《建寺》，第567页。
3　《长编》卷十六开宝八年十一月丙申条，第353页。
4　《长编》卷七乾德四年六月丁未条，第173页。
5　《佛祖统纪校注》卷四四，第1020页。

《大藏经》，至宋太宗时方完成，计有十三万板，六千六百余卷，成为历史上第一部雕版印刷的《大藏经》。因始刊刻于开宝年间，故名曰《开宝藏》。此后《契丹藏》《高丽藏》等皆是在《开宝藏》的基础上增订编撰完成的。

对于宋太祖一改周世宗抑佛政策的原因，佛教徒有一颇为怪诞的解说。据《铁围山丛谈》记载：

> 艺祖始受命，久之阴计："释氏何神灵，而患苦天下？今我抑尝之，不然废其教也。"日且暮则微行出，徐入大相国寺。将昏黑，俄至一小院户旁，则望见一髡大醉，吐秽于道左右，方恶骂不可闻。艺祖阴怒，适从旁过，忽不觉为醉髡拦胸腹抱定，曰："莫发恶心。且夜矣，惧有人害汝，汝宜归内。可亟去也。"艺祖动心，默以手加额而礼焉，髡乃舍之去。艺祖得促步还，密召忠谨小珰："尔行往某所，觇此髡为在否，且以其所吐物状来。"及至，则已不见。小珰独爬取地上遗吐狼籍，至御前视之，悉御香也。释氏教因不废。[1]

此传说的荒诞之处与周世宗亲手毁坏镇州大悲铜像之传说相仿。此类传说说明，在经历过后周抑佛政策之后，佛教信徒对在相当程度上"重释教"的宋人祖抱有甚大的期待，故在社会上出现多则宋太祖早年与

---

[1] 《铁围山丛谈》卷五，第82页。

佛教之因缘的传言，[1] 甚至有宋太祖实为佛陀后身的传说。据《曲洧旧闻》载：

> 五代割据，干戈相侵，不胜其苦。有一僧虽佯狂，而言多奇中。尝谓人曰："汝等望太平甚切，若要太平，须待定光佛出世始得。"至太祖一天下，皆以为定光佛后身者，盖用此僧之语也。[2]

中国定光佛信仰起源甚早，至唐末五代时期，定光佛应劫救世观念甚为流行，故有将定光佛出世目为宋太祖受周禅让之说。[3]

宋太祖敬重佛教，主要还是出于政治上的考虑，因此他对道教的态度也颇为礼敬。宋太祖在平定天下之时，还发遣特使修葺北岳、西岳、南岳和四渎等庙观，并祭祷名山岳渎和宫观，[4] 欲以此保佑其江山的稳固。史载"建隆初，太祖遣使诣真源祠老子，于京城修建隆观。观在阊阖门外，周世宗建，曰太清观，帝命重修，赐今名。自是斋修，

---

[1] 如《师友谈记》引"东坡言"："普安禅院，初在五代时，有一僧曰某者卓庵道左，获蔬丐钱，以奉佛事。一日，于庵中昼寝，梦一金色黄龙来食所获苣菜数畦，僧痛，惊曰：'是必有异人至此。'已而见一伟丈夫于所梦地取苣食之。僧视其貌，神色凛然，遂摄衣迎之，延于庵中，馈食甚勤。复又取数镪饯之，曰：'富贵无相忘。'因以所告之，且曰：'公他日得志，愿为老僧只于此地建一大寺，幸甚。'伟丈夫，乃艺祖也。既即位，求其僧尚存，遂命建寺，赐名曰普安。都人至今称为道者院。"又如《邵氏闻见录》卷一云："太祖微时，游渭州潘原县，过泾州长武镇。寺僧守严者异其骨相，阴使画工图于寺壁，青巾褐裘，天人之相也。今易以冠服矣。自长武至凤翔，节度使王彦超不留，复入洛，枕长寿寺大佛殿西南角柱础昼寝。有藏经院主僧见赤蛇出入帝鼻中，异之。帝痛，僧问所向，帝曰：'欲见柴太尉于澶州，无以为资。'僧曰：'某有一驴子可乘。'又以钱币为献，帝遂行。……（帝）以至受禅，万世之基，实肇于澶州之行。"
[2] 《曲洧旧闻》卷一《定光佛出世得太平》，第85—86页。
[3] 《宋代佛教政策论稿》，第22—37页。
[4] 《长编》卷九开宝元年九月丁未条，第209页。

率就是观"。[1]

宋太祖对道教养生术也甚感兴趣。开宝二年闰五月,宋太祖亲征太原还,途经镇州,闻知兴隆观中有一位道士名叫苏澄隐,善养生,志行高洁,为世人所仰慕,遂特予召见。宋太祖问道:"朕作建隆观,思得有道之士居之,师岂有意乎?"苏澄隐婉拒道:"京师浩攘,非所安也。"宋太祖也不勉强。改日,宋太祖亲至苏澄隐住所拜访,问以养生之术:"师年逾八十而容貌甚少,盍以养生之术教朕?"苏澄隐说:"臣养生,不过精思炼气耳。帝王养生,则异于是。老子曰:'我无为而民自化,我无欲而民自正。'无为无欲,凝神太和。昔黄帝、唐尧享国永年,用此道也。"宋太祖"悦,厚赐之"。[2] 又一四川高道刘若拙于乾德五年授任左街道录,"若拙蜀人,自号华盖先生,善服气养生,九十余岁不衰,步履轻捷。每水旱,必召于禁中致祷,其法精至,上甚重之"。[3] 关于养生之术,史载宋太祖还尝请教过处士王昭素。王昭素为酸枣(今河南延津)人,为人忠直,不妄语,精通《易》学,撰有《易论》三十三篇,门生满天下。宋太祖"闻其名,召见便殿,时年已七十余"。宋太祖问:"何以不仕,致相见之晚?"王昭素便以"不能"作答。宋太祖让王昭素讲解《易经·乾卦》,王昭素讲说到"九五,飞龙在天"时,郑重其事地解说:"此爻正当陛下今日之事。"然后博引旁征,因而劝谏天子多行利国利民之事。宋太祖十分高兴,又向王昭素询问了一些民间事务,王昭素回答诚实无隐。最后,宋太祖又问起"治世养身之术",王昭素回答:"治世莫若爱民,养身

---

[1] 《宋朝事实》卷七《道释》,第107页。
[2] 《长编》卷一〇开宝二年闰五月壬申条,第226页。
[3] 《宋朝事实》卷七《道释》,第107页。

莫若寡欲。"宋太祖很喜欢这两句话，特意抄写在屏风上。[1]

关于宋太祖与佛教的关系，宋代还有一则流传甚广的故事，据欧阳修《归田录》载：

> 太祖皇帝初幸相国寺，至佛像前烧香，问当拜与不拜，僧录赞宁奏曰："不拜。"问其何故，对曰："见在佛不拜过去佛。"赞宁者，颇知书，有口辩，其语虽类俳优，然适会上意，故微笑而颔之，遂以为定制。至今行幸焚香，皆不拜也。议者以为得体。[2]

所谓"见在佛"即现在佛，即视天子为当世之佛陀。按教义，佛法平等，宋太祖虽贵为天子，来佛像前烧香也该致拜礼。然而宋太祖至佛像前烧香，却问"当拜不当拜"，显然是不愿，即不愿将皇权地位置于佛教之下。而能成为僧录（掌管全国佛教事务的僧官）者，自然颇具政治意识，故有"见在佛不拜过去佛"的回答，其意是说释迦牟尼为过去之佛，而皇帝为现世之佛，佛当然不用拜佛。如此明确答语，既迎合了天子心意，也未违背教义，因此宋太祖"微笑而颔之，遂以为定制"，即成为一种皇家焚香礼佛制度；并且当时"议者以为得体"。然这一记载颇存疑问，即赞宁初为吴越僧录，至宋太宗太平兴国中随吴越王钱俶来开封入朝，故宋太祖不可能在大相国寺遇见僧录赞宁，或许欧阳修存在误记。但宋初与"见在佛不拜过去佛"之说相呼应者，有僧赞宁所撰《僧史略》中记载的一项制度，即在开宝五年，"诏僧道，

---

[1] 《长编》卷十一开宝三年三月辛亥条，第244页。
[2] 《归田录》卷一，第1页。

每当朝集，僧先道后；并立殿廷，僧东道西，间杂副职；若遇郊天，道左僧右"。宋人尚左。故此后僧志磐解释曰："左右即东西也。郊天之日道居左者，以道士继朝班之后，便于设拜，故权令居左，非常用之法也。"[1] 其实祭祀斋醮活动本属道士的本分事，故以道士居左。志磐所云，实属一时涂面之语，而"僧先道后"，乃沿袭唐时惯例。由此，当朝集时僧、道面北跪拜以定君臣之仪，加上"见在佛不拜过去佛"，有宋一代的政、教关系就此底定。故两宋之际僧人惠洪评价杨亿记"周世宗悉毁铜像铸钱"事、欧阳修记赞宁答"见在佛不拜过去佛"时云："二公所记，皆有深意，决非苟然者。"[2]

因此，宋太祖在废止周世宗抑佛政策、礼重佛道二教的同时，也颁行了一系列禁限措施。五代以来，社会动荡，僧道中也是鱼龙混杂，故时有破戒违律，甚至借宗教之名行为非作歹之事，危害社会治安。建隆元年末，宋太祖平定李重进之叛，自扬州归京城，城中僧道依例"出迎"，但皇建院僧人辉文等却"携妇人酣饮传舍，为其党所告，逮捕按验得实"，遂于次年春"诏开封府集众杖杀皇建院僧辉文，僧录琼隐等十七人各决杖配流"，[3] 以整肃僧尼之纪律。随着统治稳定，宋太祖对僧道的管束更趋严格。乾德五年，因"自五代以来，道流庸杂，右街道录何自守坐事流配"，宋太祖遂命自己甚为礼重的名道士刘若拙为左街道录，"俾之肃正道流"。[4] 自开宝五年初，为严整僧道戒律，宋太祖颁布了一系列诏令。是午正月颁《禁以铁铸佛像诏》·

1　《佛祖统纪校注》卷四四《法运通塞志》，第1022—1023页。
2　（宋）释惠洪：《林间录》卷上，上海古籍出版社《文渊阁四库全书》本。
3　《长编》卷二建隆二年闰三月庚午条，第42页。
4　《宋朝事实》卷七《道释》，第107页。

> 塔庙之设，像教所宗。耕农之设，生人是赖。而末俗迷妄，竞相夸诱，以至施耒耜之器，邀浮图之福。空极劳费，谅乖利益。自今两京及诸道州府寺舍，除造器用道具外，不得以铁铸佛像，仍委所在长吏，常加察访。

乃宋太祖因"虑愚民多毁农器以徼福，故禁之"。[1]是月己卯，宋太祖颁《禁尼与僧司统摄诏》：

> 男女有别，时在礼经；僧尼无间，实紊教法。自今应两京及诸道州府，尼有合度者，只许于本寺趣坛受戒，令尼大德主之。其尼院公事，大者申送所在长吏鞠断，小者委逐寺三纲区分，无得与僧司更相统摄。如违，重置其罪。

闰二月戊午，颁《禁寄褐道士诏》：

> 元妙之门，清净为本，迫于末俗，颇尚真封。或窃服冠裳，号为寄褐；或杂居宫观，曾不舍家。有黩宪章，所宜厘革。应两京及诸道州府，士庶称奇褐者，一切禁断。其道士，无得于宫观内畜养妻妾，已有家者，速遣出外居止。仍自今不许私度人，如愿入道者，须本师与本观知事同诣长吏陈牒，请给公据，然后听习教法，度为道士。违者捕系抵罪。[2]

---

1 《长编》卷一三开宝五年正月丁酉条，第278页。
2 以上三则引文见于《宋大诏令集》卷二二三《禁以铁铸佛像诏》《禁尼与僧司统摄诏》《禁寄褐道士诏》，第860页。

约于同时,宋太祖又向僧尼颁布类似诏令曰:

> 释门之本,贵在清虚,梵刹之中,岂宜污杂?适当崇阐,尤在精严。如闻道场斋会,夜集士女,深为亵渎,无益修持。宜令功德司、祠部告谕诸路,并加禁止。
> 敕僧道并隶功德使,出家求度,策试经业,关祠部给牒。[1]

上述数通诏令的用意:其一,为避免僧尼聚居一寺有伤风化,故禁止僧尼"统摄",而令"尼大德"主持尼院;其二,禁止道士于宫观内"畜养妻妾",而"有黩宪章";其三,禁止寺院举办道场斋会时"夜集士女,深为亵渎"。此外,针对僧道私度人为僧人、道士,宋廷于开宝六年四月又下令"限诸州度僧额,僧帐及百人者,每岁度一人,仍度有经业者";随即又"禁灌顶水陆道场",[2] 以控制僧团规模的过快扩张,以免影响农耕生产等。同时规定俗人出家须"策试经业,关祠部给牒",以强化政府的管理。是年十月,宋太祖又"诏功德使与左街道录刘若拙,集京师道士试验,其学业未至而不修饰者,皆斥之",[3] 直接出手整顿道士信众队伍。[4]

五代时期,时有民众尤其是道教信众借宗教名义聚众起事,造成社会动荡不宁。宋太祖对此尤其留意,于乾德四年底"斩妖人张龙儿等二十四人。龙儿有幻术,与卫士杨密、刚又遇、李丕、聂赟、刘晖、马韬,承旨戴章、百姓王裕等共图不轨事,事觉,伏诛,龙儿及密、丕、

---

1 《佛祖统纪校注》卷四四《法运通塞志》,第1023页。
2 《长编》卷一四开宝六年四月甲申朔条、丁酉条,第298—299页。
3 《长编》卷一三开宝五年十月癸卯条,第290页。
4 汪圣铎:《宋代政教关系研究》,人民出版社2010年版,第6—7页。

赟皆夷族"。[1] 因宋太祖当初发动兵变，"点检作天子"谶言起着相当作用，故登基以后，对当时流传甚广的《推背图》之类谶纬书十分警惕。据岳珂《桯史》载：

> 唐李淳风作《推背图》。五季之乱，王侯崛起，人有幸心，故其学益炽。"开口张弓"之谶，吴越至以遍名其子，而不知兆昭武基命之烈也。宋兴受命之符，尤为著明。艺祖即位，始诏禁谶书，惧其惑民志以繁刑辟。然图传已数百年，民间多有藏本，不复可收拾，有司患之。一日，赵韩王以开封具狱奏，因言犯者至众，不可胜诛。上曰："不必多禁，正当混之耳。"乃命取旧本，自已验之外，皆紊其次而杂书之，凡为百本，使与存者并行。于是传者懵其先后，莫知其孰讹；间有存者，不复验，亦弃弗藏矣。《国朝会要》：太平兴国元年十一月，诸州解到习天文人，以能者补灵台，谬者悉黥流海岛。盖亦障其流，不得不然也。[2]

所谓"开口张弓"，即宋人笔记多有记述的南朝梁僧宝志"铜碑记谶未来事"，如《杨文公谈苑》云："梁沙门宝志铜牌记，多谶未来事，云：'有一真人在冀川，开口张弓在左边，子子孙孙万万年。'江南中主名其子曰弘冀，吴越钱镠诸子皆连'弘'字，期以应之。而宣祖讳正当之也。"[3] 宣祖即宋太祖之父赵弘殷。宋太祖对待《推背图》的手

---

1 《长编》卷七乾德四年十二月庚辰条，第182—183页。
2 《桯史》卷一《太祖禁谶书》，第2—3页。按："开口"，一作"闭口"。
3 《杨文公谈苑·铜碑记》，第6页。

段确实颇为高明,但所谓此后民间"间有存者,不复验,亦弃弗藏矣",恐未必然。不仅宋太宗以后屡有诏令禁止民间"习天文",即在宋太祖时,仍然多次颁行诏令严禁。如开宝五年九月下诏"禁玄象器物、天文、图谶、七曜历、太一雷公、六壬遁甲等不得藏于私家,有者并送官";十一月又"禁僧、道习天文、地理"。[1] 而在同年七月,通事舍人宋惟忠先"坐知濠州日不法,为人所诉,鞫得其实",故"决杖除籍为民";至八年九月,"除名人宋惟忠弃市,坐私习天文,妖言利害,为其弟惟吉所告故也"。[2] 可知严令之下,宋人私习"天文、地理"之类图谶书籍者仍然不绝。

确实,朝廷颁行的宗教政策能否得到长久而又有效的贯彻执行,并非取决于一纸简单的禁令。宋廷尝于"开宝三年十月甲午,诏开封府禁止士庶之家丧葬不得用僧道威仪前引。太平兴国六年,又禁丧葬不得用乐,庶人不得用方相魌头。今犯此禁者,所在皆是也",宋代士人认为此事屡禁不止的原因在于"祖宗于移风易俗留意如此,惜乎州县间不能举行之也"。[3] 其实此类民间乐闻的丧仪风尚、宗教习俗,实难仅凭一道行政命令就能令行禁止,即使贤明如宋太祖者也是如此。

五代时期,诸国君主对佛教的态度各有不同,其中以后周世宗的毁佛与南唐后主李煜的佞佛最为典型。周世宗下诏停废佛寺三万余所,悉毁天下铜佛像以铸钱,以整顿币制,促进商业发展,而成为佛教史上"三武一宗"法难中的"一宗"。李煜却是甚为佞佛,在宋军围攻金陵时,还端坐深宫诵经拜佛,荒怠国事。但两者造成的负面影响皆

---

1 《长编》卷一三开宝五年九月"是月"条、十一月癸亥条,第290页、第291页。
2 《长编》卷一四开宝六年七月乙亥条,第305页;卷一六开宝八年九月乙酉条,第346页。
3 《燕翼诒谋录》卷三,第24页。

至为显著：南唐亡国，周世宗亦由此遭到佛教徒的诅咒，在很大程度上失去了人数众多的佛教信徒对后周政权的支持。有鉴于此，宋太祖取法两端而行乎中，对佛道二教采取既敬重、扶植，又加以适当禁限的做法，使得宋代佛道二教在宋廷的规范、控制下得以发展。宋太祖这一政策，为其后历朝宋帝所遵循，因此，除个别时期，赵宋王朝与佛道两教的关系一直颇为融洽，而佛道二教也成为宋朝统治者钳制民间思想的一大有力手段。

八、宋太祖的性格、爱好及其他

有人以为"尚文"的宋朝皇帝生性文弱，生活雅致，此说或许有些道理，但其中应不包括宋太祖。《宋史·文苑传序》尝称誉宋太祖"首用文吏而夺武臣之权，宋之尚文，端本乎此"，[1]但出身行伍的宋太祖，其性格豪爽而豁达。其称帝后，赵普"屡以微时所不足者言之，欲潜加害"。太祖明确阻止道："不可。若尘埃中总教识天子、宰相，则人皆去寻也。"此后赵普"不复敢言"。[2]不过，粗率之性格，使宋太祖在处理政务时，常会做出冲动或略显荒唐之事，虽然宋代文臣儒士所撰诗文中对宋太祖的形象颇多修饰，但宋朝开国之君的"粗蛮"之举，还是留下了不少记录。如《东原录》载"艺祖时新丹凤门，梁周翰献《丹凤门赋》，帝问左右何也，对曰：'周翰儒臣，在文字职，国家有所兴建，即为歌颂。'帝曰：'人家盖一个门楼，措大家又献言语。'

1　《宋史》卷四三九《文苑传序》，第12997页。
2　《丁晋公谈录·太祖豁达》，第13页。按：此事也载于《宋史》卷二五六《赵普传》（第8940页），云："太祖……既有天下，普屡以微时所不足者言之。太祖豁达，谓普曰：'若尘埃中可识天子、宰相，则人皆物色之矣。'自是不复言。"其文字显然源出《丁晋公谈录》，然稍有掩饰。

即掷于地"。而开宝八年科举,王嗣宗"与赵昌言争状元于殿前,太祖乃命二人手搏,约胜者与之。昌言发秃,嗣宗殴其幞头坠地,趋前谢曰:'臣胜之。'上大笑,即以嗣宗为状元,昌言次之"。[1]

宋太祖毕竟是一位有为之君,处理政事有误或深感不妥以后,则多有反省。司马光尝记云:"太祖尝罢朝,坐便殿,不乐者久之。内侍行首王继恩请其故,上曰:'尔谓天子为容易邪?早来吾乘快指挥一事而误,故不乐耳。'"[2] 邵伯温也曾载道:"太祖初即位,朝太庙,见其所陈笾豆簠簋,则曰:'此何等物也?'侍臣以礼器为对,帝曰:'我之祖宗,宁曾识此?'命彻去,亟令进常膳。亲享毕,顾近臣曰:'却令设向来礼器,俾儒士辈行事。'至今太庙先进牙盘,后行礼。"对此,邵雍称誉道:"太祖皇帝其于礼也,可谓达古今之宜矣。"[3]

宋太祖处理政务,虽说时有率性之举,却颇能开怀接受臣下谏劝,以努力遵循做天子的规矩,表率天下。如宋灭后蜀,后蜀宰相欧阳炯随后蜀主孟昶入开封,授官右散骑常侍,充翰林学士。欧阳炯"性坦率,无检束",善于吹奏长笛。宋太祖久闻其事,一日特意召欧阳炯至偏殿"奏曲"。正好被御史中丞刘温叟听到笛声,即刻叩殿门求见,谏劝道:"禁署(指翰林学士)之职,典司诰命,不可作伶人事。"宋太祖自知理亏,犹强辩道:"朕顷闻孟昶君臣溺于声乐,炯至宰相,尚习此伎,故为我擒。所以召炯,欲验言者之不诬耳。"刘温叟自然不至于太过分,遂道歉说:"臣愚不识陛下鉴戒之微旨。"但宋太祖此后

---

[1] 《涑水记闻》卷三,第47页。按:王嗣宗、赵昌言并非同科进士,司马光所记有误。但此事却非凭空虚构,当时多种宋人记载,皆称王嗣宗"角力"而为状元,只是与王嗣宗相争者并非赵昌言而已。
[2] 《涑水记闻》卷一,第5—6页。
[3] 《邵氏闻见录》卷一,第5页。

也不再召欧阳炯吹奏笛曲。史称刘温叟生性重厚方正,动遵礼法,又有一日,刘温叟夜归,经过明德门西阙之前,正好宋太祖与中黄门(太监)数人登上门楼游玩,前驱喝道的侍从听闻此事,赶忙悄悄地告知刘温叟。按礼制,臣下在天子面前经过,不可大声喧哗。不料刘温叟听后,反而"令传呼依常而过"。次日,刘温叟特意请对,直言:"人主非时登楼,则近侍咸望恩宥,辇下诸军亦希赏给。臣所以呵导而过者,欲示众以陛下非时不登楼也。"宋太祖"善之"。[1] 深受宋太祖信任的赵普,也尝对天子的不妥言行提出批评。赵普"尝奏荐某人为某官,太祖不用。普明日复奏其人,亦不用。明日,普又以其人奏,太祖怒,碎裂奏牍掷地,普颜色不变,跪而拾之以归。他日补缀旧纸,复奏如初。太祖乃悟,卒用其人。又有群臣当迁官,太祖素恶其人,不与。普坚以为请,太祖怒曰:'朕固不为迁官,卿若之何?'普曰:'刑以惩恶,赏以酬功,古今通道也。且刑赏天下之刑赏,非陛下之刑赏,岂得以喜怒专之。'太祖怒甚,起,普亦随之。太祖入宫,普立于宫门,久之不去,竟得俞允"。[2] 又有一日,宋太祖于后苑举行"大宴,大雨骤至,上不悦。少顷雨不止,形于言色,以至叱怒左右"。赵普便进前奏曰:"外面百姓正望雨,官家大宴何妨?只是损得些少陈设,湿得些少乐人衣裳。但令乐人雨中做杂剧,更可笑。此时雨难得。百姓得雨快活之际,正好吃酒娱乐。"太祖闻言转怒为喜,"宣乐人

---

1 《长编》卷六乾德三年八月辛酉条,第157页。按:"炯"亦作"迥",避宋太宗嫌名讳。
2 《宋史》卷二五六《赵普传》,第8940页。按:赵普荐某人为官,太祖怒碎其奏章。与《丁晋公谈录》所载当为一事而传异:赵普尝"因奏事忤旨,上怒,就赵手掣奏札子,授而掷之。赵徐徐拾之起,以手展开,近前复奏。上愈怒,拂袖起。赵犹奏曰:'此事合如此,容臣进入取旨。'"

就雨中奏乐,入杂剧。是日,屡劝近臣、百官、军员吃酒,尽欢而散"。[1]

说起宋太祖闻听臣下谏劝而更正自己粗率言行,还有两件事值得一提,且这二事皆存在异文。

其一,《国老谈苑》载:"太祖尝暑月纳凉于后苑,召翰林学士窦仪草诏,处分边事。仪至苑门,见太祖岸帻跣足而坐,仪即退立。阁门使督趣,仪曰:'官家方取便,未敢进。'阁门使怒而奏之。太祖自视微笑,遽索御衣,而后召入。未及宣诏意,仪奏曰:'陛下新即大位,四方瞻望,宜以礼示天下。臣即不才,不足动圣顾,臣恐贤杰之徒闻而解体。'太祖敛容谢之。自后,对近臣未尝不冠带也。"[2]然欧阳修却以为是陶谷:"陶尚书谷为学士,尝晚召对,太祖御便殿,陶至望见上,将前而复却者数四,左右催宣甚急,谷终彷徨不进。太祖笑曰:'此措大索事分。'顾左右取袍带来,上已束带,谷遽趋入。"[3]又王曾记载是窦俨(窦仪弟):"太祖常晚坐崇政殿,召学士窦俨对,上时燕服,俨至屏树间,见之不进。中使促,不应。上讶其久不出,笑曰:'竖儒以我燕服尔。'遽命袍带,俨遂趋出。"[4]"君子不贰过",此三书所载,显属一事,因传闻而致异。云是窦俨,显然有误。对于陶谷、窦仪二人,南宋李焘认为陶谷为人"奸邪",故断定"谷必不办此。丁谓《谈录》亦称窦仪",故选录窦仪写入《长编》。然考辨其实,因宋太祖颇为礼重窦仪,"每嘉其有执守",至欲"用为相",[5]而视陶谷则稍

---

[1] 《丁晋公谈录·起普罪虞》,第22页。
[2] 《国老谈苑》卷一《窦仪见太祖以礼》,第49页。
[3] 《归田录》卷一,第7页。
[4] 《五朝名臣言行录》卷一之四《内翰窦公》引《沂公笔录》,第38页。按:"太祖",《王文正公笔录》作"太宗",误。据《宋史》卷二六三《窦俨传》,窦俨"车驾征泽、潞,以疾不从,卒,年四十二",则其卒于建隆元年。
[5] 《长编》卷七乾德四年十一月癸丑条,第182页。

见轻慢，故未服"袍带"而召见近臣，当以陶谷较为可能。只是因为陶谷名声颇差，"必不办此"，故改成其他翰林学士即窦俨，遂有"陛下新即大位"云云。不过王曾、欧阳修所记皆称宋太祖衣冠不正，而在崇政殿（或便殿）内召见翰林学士，显然有损"圣明天子"形象，故而将召见地点改到了后苑，且是"暑月纳凉于后苑"时，则天子"岸帻跣足而坐"，就不至太过分。但窦俨卒于建隆元年，然是年暑月正是宋太祖亲征潞州李筠的关键时刻，非有纳凉于后苑之闲暇，有鉴于此，窦俨便被替换为窦仪，从而史文互异。

其二，李焘《长编》卷一载：太祖"尝弹雀于后园，或称有急事请见，上亟见之，其所奏乃常事耳。上怒诘之，对曰：'臣以为尚急于弹雀。'上愈怒，举斧柄撞其口，堕两齿。其人徐俯拾齿置怀中，上骂曰：'汝怀齿，欲讼我乎？'对曰：'臣不能讼陛下，自当有史官书之也。'上悦，赐金帛慰劳之"。[1]而同书卷九于开宝元年责授屯田员外郎雷德骧为商州司户参军之下，又载云："德骧判大理寺，其官属与堂吏附会宰相，擅增减刑名，德骧愤惋求见，欲面白其事，未及引对，即直诣讲武殿奏之，辞气俱厉，并言赵普强市人第宅，聚敛财贿。上怒，叱之曰：'鼎铛犹有耳，汝不闻赵普吾之社稷臣乎！'引柱斧击折其上

---

[1] 《长编》卷一建隆元年"是岁"条，第30—31页；并注云："前数事皆石介《三朝圣政录》及《记闻》所载，未必皆在此年也。今并附之。"按：此事载《涑水记闻》卷一，第7页。又，《儒林公议》卷上《雷德骧性刚直》（第34页）以为此为雷德骧事："雷德骧性刚直，尝为大理寺，值太祖幸琼林苑放鹞子，敕左右有急事即得通。德骧携大理案二道，扣苑门求对，左右不敢止之。上曰：'此岂急事耶？'对曰：'岂不急于放鹞子乎？'上大怒，自起击之，德骧稍退。少顷，上悔，召而谢之，曰：'朕若得如卿十数辈，何忧天下乎！'"而《国老谈苑》卷一（第57页）也认为是雷德骧："雷德骧判大理寺，一日有疑谳，非次请对。时太祖放鸷禽于后苑，见德骧。奏曰：'陛下以放禽为急，刑狱为常，臣窃未喻。'上怒，举柱玉戚撞之，二齿坠地。德骧拾而结于带中。上谓曰：'汝待诉我耶？'德骧曰：'臣安敢诉陛下，自有史官书之。'上从而悔，厚赐以遣之。"

腭二齿,命左右曳出,诏宰相处以极刑。既而怒解,止用阑入之罪黜焉。"[1]显然,与上述宋太祖未服"袍带"而召见近臣之事相类似,宋太祖用柱斧柄"撞其口,堕两齿"者,即雷德骧,故李焘指出《涑水记闻》《国老谈苑》所载"皆误",但还是将"尝弹雀于后园"之事别载于他处,并改雷德骧为"或人"。当然李焘如此记载,是为突出宋太祖"从善如流"的帝王气度。

柱斧,宋人有用作手杖者,有记载称宋太祖时持柱斧,当也作为手杖之用。据司马光记载:"太祖将亲征,军校有献手梲者,上问曰:'此何以异于常梲而献之?'军校密言曰:'陛下试引梲首视之。梲首,即剑柄也,有刃韬于中,平居可以为杖,缓急以备不虞。'上笑投之于地,曰:'使我亲用此物,事将何如?且当是时,此物固足恃乎?'"[2]此记载宋人广为引录,用以显示大宋开国皇帝的气度、智虑之不同凡响。确实,若须宋太祖手持兵刃亲自搏杀,可想而知大势已去。但宋太祖出身行伍,屡经战阵,手中柱斧完全可用来防身以备不虞,且不引人注目,可笑那军校未明了其中关窍,失望而退。

传说宋太祖精于武术,如武林中的"太祖长拳",说是宋时少林寺僧根据宋太祖所创拳法加以整理而成。又传说宋太祖善使杆棒,北宋末蔡絛(蔡京子)即称政和年间,宋徽宗"始讲汉武帝期门故事,初出,侍左右宦者必携从二物,以备不虞,其一玉拳,一则铁棒也"。

---

[1] 《长编》卷九开宝元年十月甲戌条,第210页;并注云:"《记闻》载德骧为御史中丞,《国老闲谈》载拾齿、结带事,皆误。今依《本传》,稍取《谈苑》及《记闻》删修之。"按:《涑水记闻》(第9页)亦记此事,稍异:"御史中丞雷德骧劾奏赵普擅市人第宅,聚敛财贿。上怒,叱之曰:'鼎铛尚有耳,汝不闻赵普之社稷臣乎!'命左右曳于庭数匝,徐使复冠,召升殿曰:'今后不宜尔,且赦汝,勿令外人知也。'"
[2] 《涑水记闻》卷一,第5页。

此"铁棒者,乃艺祖仄微时以至受命后所持铁杆棒也。棒纯铁尔,生平持握既久,而爪痕宛然"。[1]杆棒一般以木为之,宋太祖所用竟然用纯铁制作,可证其武功确实不弱。

宋太祖贵为天子,不便再如当年那样舞刀弄棒,只能于酒宴中举行射箭等活动,称作"宴射",但与军事有关的狩猎、蹴鞠之事,始终甚为喜好。宋人记载:"太祖初即位,颇好畋猎,尝因猎坠马,怒,自拔佩刀刺马杀之。既而叹曰:'我耽于逸乐,乘危走险,自取颠越,马何罪焉?'自是遂不复猎。"[2]此说法似乎只是宋朝士大夫为宋太祖脸上"贴金"之言。此下据《长编》《宋会要辑稿·礼》九之一所载,列出宋太祖开国以后参与的狩猎活动:

建隆二年(961)十一月十九日,"上始猎于近郊,赐宰相、枢密使、节度观察防御团练使、统军、侍卫诸军都校锦袍。其日,先出禁军为围场,五坊以鹰犬从。上亲御弧矢,射中走兔,从官贡马称贺。中路顿,召近臣赐饮,至夕还宫。其后,凡出田皆然。从臣或赐窄袍、暖靴,亲王以下射中者赐马"。十二月二十日,"出玄化门,校猎于近郊"。

三年十月二十七日,"出玄化门,校猎于近郊"。十一月二十六日,"出迎秋门,校猎于近郊,射中走兔一"。

乾德元年(963)十月二十一日,"校猎于近郊,射中走兔一";三十日,"校猎于北郊,射中走兔二"。十一月二十六日,"校猎于近郊,射中走兔三"。

二年十一月二十日,"校猎于近郊,射中走兔三"。十二月八日,"腊,校猎于阳武县";二十九日,"校猎于北郊,射中走兔二"。

---

1 《铁围山丛谈》卷一,第3页。
2 《涑水记闻》卷一,第6页。

三年十二月己酉，"畋近郊"。

五年九月二十一日，"校猎于近郊"。十一月五日，"校猎于近郊，射中走兔二。臣僚进奉称贺，皆不纳。回幸金凤园，赐侍臣名马有差"。

开宝元年（968）八月四日，"按鹘于近郊"。九月，"出玄化门，按鹘于北郊。幸飞龙院，赐侍臣饮"。十月十一日，"校猎于近郊，回幸飞龙院，赐侍臣食"；十五日，"校猎于近郊，射中走兔二"。

二年正月五日，"校猎于近郊，由兴礼门幸䇹管城，赐侍臣名马、银器有差"。十月戊子，"畋近郊"。十一月十一日，"校猎于近郊"，"还幸金凤园"；十三日，"复校猎于近郊，并回幸金凤园"。十二月一日，"腊，校猎于近郊，射中走兔三"。

三年十月二十四日，"校猎于近郊"。十二月十日，"校猎于近郊"。

四年十二月二十一日，"校猎于近郊"。

五年十二月四日，"腊，校猎于近郊"。

八年八月壬戌，契丹使臣来朝，宋太祖"因令从猎近郊。上亲射走兽，矢无虚发，使者俯伏呼万岁，私谓译者曰：'皇帝神武无敌，射必命中，所未尝见也。'"九月壬申，"上猎于近郊，逐兔，马蹶而坠，引佩刀刺所乘马，既而悔之，曰：'吾为天下主，而轻事畋游，非马之过也。'自是遂不复猎矣"。

天子畋猎一般在秋冬时节，开宝八年九月以后，正是宋军攻取南唐的关键时刻，至十二月初，方传来"江南捷书"，[1]而次年十月间宋太祖驾崩，故其于开宝八年九月之后"不复猎"，似非因宋太祖反省"耽于逸乐，乘危走险"而然。然而在开宝六年、七年两年间，皆未

---

1 《长编》卷一六开宝八年十二月己亥朔条，第353页。

见有宋太祖出郊畋猎的记录，这恐怕与宋太祖的健康状况有颇大之关系。[1]

宋太祖另一甚为喜好的体育活动即蹴鞠，也称"踢鞠""蹙鞠""蹴毬"等，是古代一种踢球游戏。鞠，亦写作"毬"，即古人对"球"的称呼，以动物皮为外囊，里面填满物料；而蹴即是"踢"之意。据传蹴鞠为黄帝所创制，用以训练武士。黄帝发明蹴鞠之说当然不必太当真，不过至迟在战国时期，民间即已流行蹴鞠了，如《战国策·齐策》就有齐国都城临淄之民"无不吹竽鼓瑟……蹴鞠者"的记载。汉代士兵用蹴鞠来锻炼腿部力量，《汉书》注谓："蹴鞠，兵势也，所以练武士知有材也，皆因嬉戏而讲习之。今军士无事，得使蹴鞠。"故贵族以踢鞠斗鸡为乐，百姓亦"康庄驰逐，穷巷踢鞠"。发展至唐代，鞠的结构发生了变化，囊内不再充以实物，而用动物尿脬为球胆充气，成为"气球"。这与现代足球颇为类似。蹴鞠比赛，据东汉李尤《鞠城铭》描写，鞠城（球场）四周有矮墙，球门如一间小屋，正面有看台和楼梯，两队对垒，每队十二人，各拥有六个球门，并设裁判、副裁判各一人。至唐代，因充气之球轻巧且富弹性，故踢法随之变化：球门设在两根三丈高的竹竿上，比赛双方中隔球门，各在一侧以射中门数多者胜。同时，至迟在晚唐，蹴鞠出现了称作"白打"的新玩法，唐末王建《宫词》即有"寒食内人常白打，库中先散与金钱"的描写。传世的宋末元初画家钱选临摹的一幅《宋太祖蹴鞠图》，即生动地描绘了宋太祖等君臣六人蹴鞠即"白打"的场面，颇为精彩。

白打不用球门，其动作花样甚多，除手以外全身皆可触球，上身

---

[1] 按：有关开宝后期宋太祖的健康情况，详见下章。

触球称上截解数，膝以上部位触球称中截解数，用小腿和脚踢球称为下截解数。由此组成的联合动作，则称成套解数。因其动作排列组合不同而变化无穷，花样繁多。据明人汪云程《蹴鞠图谱》所载，白打可一人表演，也可两人以上比赛。二人比赛，称"打二"；三人称"小官场"，四人称"下火"，五人名"小出尖"，六人名"大出尖"，七人名"落花流水"，八人名"凉伞儿"，九人名"踢花心"，十人名"全场"等。[1]比赛时，蹴鞠者在场地中轮流踢球，以踢出的花样动作来判断输赢，如踢给对方的球不到位，输一小筹，踢出场地则输一大筹，踢出的球不够高、太毒、太重、不该转身的转身了，都要输筹。最后以得筹多者为赢。白打踢法是宋代广为流行的一种自娱性活动。《宋太祖蹴鞠图》原作为宋代名画家苏汉臣所绘，图中共绘有六人：后排左起为楚昭辅、宋太祖、赵普三人，前排左起为党进、石守信、赵光义三人，正在踢球者为赵光义。其踢球的形式即是白打。

军人出身的宋太祖喜欢豪饮，时常一醉方休。他在称帝以前，"事世宗于澶州，曹彬为世宗亲吏，掌茶酒，太祖尝从之求酒，彬曰：'此官酒，不敢相与。'自沽酒以饮太祖"。[2]宋太祖尝于建隆二年三月末"幸作坊，宴射，酒酣"时，责问前凤翔节度使兼中书令王彦超："卿曩在复州，朕往依卿，卿何不纳我？"王彦超当即"降阶顿首"谢罪，次日又"上表待罪于私第"，宋太祖"遣中使慰抚之"，同时谓侍臣曰："沉湎于酒，何以为人？朕或因宴会至醉，经宿未尝不悔也。"[3]但好酒之性此后并未有改，只是有所节制而已。就在表态酒醉后"经

---

1 《说郛》卷一〇一下汪云程《蹴鞠图谱》。
2 《涑水记闻》卷一，第21页。
3 《长编》卷二建隆二年三月癸亥条、闰三月甲子朔条，第42页。

宿未尝不悔也"的建隆二年间，仅《长编》卷二、《宋会要辑稿·礼》四五之一记载，其国宴、私宴等就有多次：

正月十四日，"上御明德门观灯，宴从臣，江南、吴越使皆与焉"；二十日，"宴近臣于广政殿"。

二月二十七，"幸迎春苑宴射"。

三月二十五日，"宴广政殿"；三十日，"上步自明德门，幸作坊宴射"。

闰三月十八日，"宴广政殿"；二十日，"幸迎春苑宴射"；二十三日，"韩令坤、慕容延钊辞，宴于广政殿"。

七月十九日，"宴广政殿"。

十月十二日，"宴广政殿"。

十一月十八日，"上始猎于近郊，……中路顿，召近臣赐宴，至夕还宫"。

十二月二十四日，"宴广政殿"。

其年中五月初，以"皇太后寝疾，上忧惧，乃曲赦天下，以祈冥祐焉"；六月初，"皇太后崩"；至九月中，还"诏罢大宴，以皇太后丧故也"。[1] 是年四至九月间甚少宴会记载，当与杜太后病、卒及举行丧礼有关。但上述记载尚未包括私宴。当然，作为一朝天子，其设宴往往具有政治目的，即通过酒宴的氛围来处理一些颇难措手的政治难题，如是年七月中的"杯酒释兵权"便是一例。

世人常说宋朝士大夫言行细腻，不过此语大抵不是指宋初而言的。虽说名臣赵普有"半部《论语》治天下"之说，辅佐宋太祖施行了不

---

[1] 《长编》卷二建隆二年五月癸亥朔条、六月甲午条、九月戊子条，第44页、第46页、第54页。

少仁政，但实在算不上是一位纯儒。据宋人笔记载，有一年宋太祖视察西京洛阳，顺便来到赵普在洛阳的府邸。赵普住宅"外门皆柴荆，不设正寝"，而室内建筑宽敞，"后园亭榭制作雄丽，见之使人竦然"，在正厅放着一张椅子，"样制古朴，保坐分列，自韩王（赵普）安排"，宋太祖"初见柴荆，既而观堂筵以及后圃，哂之曰：'此老子终是不纯。'"[1] 故有宋太祖劝赵普"读书"，而自己"亦因是广阅经史"之说。[2] 宋人还记载云："太祖晚年好读书。"[3] 又云："太祖极好读书，每夜于寝殿中看历代史，或至夜分，但人不知，口不言耳。至与大臣论事，时出一语，往往独尽利害之实。"[4] 关于宋太祖读书事，宋人还有两条记载。其一为张舜民《画墁录》所载："太祖少亲戎事，性乐艺文，即位未几，召山人郭无为于崇政殿说书，至今讲官衔谓之崇政殿说书云。"[5] 张氏此说实误。郭无为乃北汉宰相，至死未在宋朝为官；且北宋崇政殿说书一职设置于宋仁宗景祐初年。[6] 其二称"太祖晚年自西洛驻跸白马寺而生信心，洎回京阙，写《金刚经》读之。赵普奏事见之，上曰：'不欲泄于甲胄之士，或有见者，止谓朕读兵书可也。'"[7] 此也属道听途说不实之词。宋太祖称帝以后，仅开宝九年春尝巡幸西京洛阳一次，而此前开宝六年中，赵普已罢相出朝，去地方为官，没有可能在内宫因奏事而见天子偷偷地抄读佛经。这多半又是出自佛教徒的着意粉饰。与这一记载颇有些类似的，是北宋后期名士大夫元城

---

1 《画墁录》，第217页。
2 《玉壶清话》卷二，第19页。
3 《宋朝事实类苑》卷一《太祖皇帝》，第11页。
4 《元城语录解》卷上。
5 《画墁录》，第207页。
6 《宋史》卷一〇《仁宗纪二》，第197页。
7 《类说》卷一九《见闻录·读金刚经》。

先生刘安世所言:"太祖与群臣未尝文谈,盖欲激厉将士之气,若自文谈,则将士以武健为耻,不肯用命。此(汉)高祖溺儒冠之意也。"后人对此评论曰:"元城称宋太祖极好读书,此亦臣子揄扬祖宗至美。夫惟读书,故论事各当。至论与群臣未尝文谈,以励将士之气,恐太祖当时未有此意。盖其质任自然者如此。乃又曰此高祖溺儒冠之意,尤为无据。"[1]确实,此乃"崇文"成为社会普遍风尚以后的宋代士大夫,为掩饰开国天子的粗犷不文而造作有意之言。

宋太祖虽有"稍逊风骚"之评,但在盛出诗人的大唐之后,却也非不通文墨,据《铁围山丛谈》载,徽宗时"御手亲持太祖皇帝天翰一轴以赐三馆,语群臣曰:'世但谓艺祖以神武定天下,且弗知天纵圣学,笔札之如是也。今付秘阁,永以为宝。'于是大臣近侍因得瞻拜。太祖书札有类颜字,多带晚唐气味,时时作数行经子语。又间有小诗三四章,皆雄伟豪杰,动人耳目,宛见万乘风度。往往跋云'铁衣士书',似仄微时所游戏翰墨也"。[2]现今所知宋太祖诗仅有一首,即那首《日诗》:宋军"围金陵,唐使徐铉来朝,盛称其主'《秋月》之篇,天下诵传之'云云。太祖大笑曰:'寒士语尔,吾不道也。吾微时自秦中归,道华山下,醉卧田间,觉而日出,有句云:"未离海底千山暗,才到天中万国明。"'铉大惊,殿上称寿"。[3]这"未离海底千山暗,才到天中万国明"二句是经过宋朝史官修饰过的,而宋人记载其原诗曰:"欲出未出光辣挞,千山万山如火发。须臾走向天上来,逐却

---

1 《元城语录解》甲集卷上。
2 《铁围山丛谈》卷一,第15—16页。
3 《古今事文类聚》前集卷二《诗话·御制日诗》。其注曰:"按《后山诗话》谓作《月诗》,而《国史》以为《日诗》。当从《国史》。"

流星赶却月。"[1]语句虽粗鄙,却不失君临天下之豪迈气概。又叶梦得尝记:"江南李煜既降,太祖尝因曲燕问'闻卿在国中好作诗',因使举其得意者一联。煜沉吟久之,诵其咏扇云:'揖让月在手,动摇风满怀。'上曰:'满怀之风,却有多少?'他日复燕煜,顾近臣曰:'好一个翰林学士。'"[2]此外,陈师道《后山诗话》也载:"吴越后王来朝,太祖为置宴,出内妓弹琵琶,王献词曰:'金凤欲飞遭掣搦,情脉脉,看即玉楼云雨隔。'太祖起拊其背曰:'誓不杀钱王。'"可见不谙雅诗的宋太祖,在多年读书之余,其艺术鉴赏力可真不算低。

出身行伍的宋太祖虽为人豪迈,但对治国理民之事却颇为细致谨慎。南宋初洪适尝称:"顷年,先臣以使事久縶异域,访求于廛市之间,换易于酋渠之家,前后所积,凡得乾德、开宝中御府编次太祖皇帝御笔数十卷。其间有及军政者,虽数百之锟、五斗之粟、一匹之缣,亦劳宸衷为之节减。至于迁补军职,招接降寨,赐予衣袄,下至油面、柴炭之属,区处涂窜,委曲纤悉。所以规模宏远,成无疆之业。"[3]

宋初,社会经济较五代已有较大的发展,但生于兵营、拔于行伍的宋太祖显贵后不忘过去,在日常生活中甚为俭约,宋朝官史尝载其"宫中苇帘,缘用青布,常服之衣,浣濯至再"。[4]而宋人笔记野史对此记载更见详细。《三朝圣政录》云:"太祖躬履俭约,多所减损,常服浣濯之衣。乘舆服用,皆尚质素,寝殿设青布缘苇帘,宫中闱幕,

---

1 《藏一话腴》甲集卷上,第6页。
2 《石林燕语》卷四,第60页。按:《说郛》卷三五下王陶《谈渊》所记稍异:"太祖一日小宴,顾江南国主李煜曰:'闻卿能诗,可举一联。'煜思久之,乃举咏扇诗云:'揖让月在手,动握风满怀。'太祖曰:'满怀之风,何可足尚?'从官无不叹服。"
3 《盘洲文集》卷五〇《太祖皇帝御书奏状》。
4 《宋史》卷三《太祖纪三》,第49页。

无文采之饰。尝出麻履布裳赐左右,曰:'我旧所服者也。'"《杨文公谈苑》载:一日,魏国公主(宋太祖之女)侍坐,与宋皇后同进言道:"官家作天子日久,岂不能用黄金装肩舁,乘以出入?"太祖笑曰:"我以四海之富,宫殿悉以金银为饰,力亦可办,但念我为天下守财耳,岂可妄用?古称以一人治天下,不以天下奉一人,苟以自奉养为意,使天下之人何仰哉?当勿复言。"又曰:魏国公主出嫁后,一日穿着"贴绣铺翠襦"即配饰翠羽的服装进入宫中,宋太祖见后,告诫她:"汝当以此与我,自今勿复为此饰。"公主不以为然,笑道:"此所用翠羽几何?"但宋太祖却认为"上有所喜,下必效焉":"不然,主家服此,宫闱戚里皆相效,京城翠羽价高,小民窥利,展转贩易,伤生浸广,实汝之由。汝生长富贵,当念惜福,岂可造此恶业之端?"公主闻言"惭谢"。[1]确实,与世人热衷追逐金银宝货者有别,宋太祖对此类身外之物看得较轻。乾德年间,宋军攻灭后蜀,臣下将缴获的后蜀主孟昶所用的"宝装溺器(即便壶)"献给皇上,宋太祖一见,"椿而碎之",宣言称:"汝以七宝饰此,当以何器贮食?所为如是,不亡何待!"[2]宋太祖"见诸侯大臣侈靡之物,皆遣焚之"。[3]不过,宋太祖此举也含有"示范"天下的用心,故此后开宝中,南汉灭亡后,南汉主刘鋹"部送阙下"。刘鋹"性绝巧,尝以珠结鞍勒为戏龙之状,极其精妙,以献太祖。太祖诏示诸宫官,皆骇伏,遂以钱百五十万给其直,谓左右臣曰:'鋹好工巧,习以成性,倘能以习巧之勤移于治国,

---

1 《宋朝事实类苑》卷一《太祖皇帝》,第3—4页、第10页。
2 《宋史》卷三《太祖纪三》,第49—50页。按:《说郛》卷四九石介《三朝圣政录》云:"太祖平蜀,阅孟昶宫中物有宝装溺器,遽命碎之,曰:'以此奉身,不死何待!'"
3 《涑水记闻》卷一,第6页。

岂至灭亡哉！'"[1] 当然，刘铱的"珠结鞍勒"乃是献给天子之礼，与孟昶"宝装溺器"乃属战利品不同，故宋太祖对待之态度也有异。开宝末，吴越王钱俶进京觐见宋太祖，"进宝带"，宋太祖曰："朕有三条带，与此不同。"钱俶遂问其详，宋太祖笑称："汴河一条，惠民河一条，五丈河一条。"钱俶闻言"大愧服"。[2] 此类记载虽有夸示圣明天子胸襟弘广的用意在，但也可由此一窥宋太祖不重"宝物"的态度。

但宋太祖对家人十分照顾，其弟赵光义、赵廷美子女的待遇，皆与其自己子女相同。由于"陈桥兵变"一事，宋太祖无法强令臣下以"忠"，故大力倡导"孝"道以昭示天下。宋太祖父亲赵弘殷死于后周显德年间，故开国以后，宋太祖勉力侍奉母亲杜太后。北宋末，蔡絛云"尝得太祖赐后诏一以藏之。诏曰'朕亲提六师，问罪上党'云云，'未有回日，今七夕节在近，钱三贯与娘娘充作剧钱，千五百与皇后、七百与妗子充节料'。问罪上党者，国初征李筠时也。娘娘即昭宪杜太后也。皇后即孝明王皇后也"。[3] 据《长编》卷一，宋太祖于建隆元年五月二十一日离京西征，六月十九日进入潞州城，二十九日离潞州城东归，七月十日回到开封。推知此"赐后诏"当撰于六月中，而王皇后册立为皇后在是年八月十七日，则此时虽尚未举行册立仪式，但已以"皇后"称呼了。此外，诏令中"妗子"指谁，宋代文献中并无记录。按"妗子"乃民间称呼母舅之妻之语。但史载杜太后兄弟杜审琼、审肇、审进宋初"家丁常山（今河北正定）"，至建隆三年八月

---

[1] 《宋史》卷四八一《南汉刘氏世家》，第13928页。
[2] 《东斋记事·补遗》，第45页。
[3] 《铁围山丛谈》卷一，第3页。按：岳珂《愧郯录》卷十五《国初宫禁节料钱》（第163页）云："凡今岁时，士庶家以钱分遗家人辈，目曰节料，或岁正、冬节纵之呼博，目曰则剧。""则剧"，意同"作剧"。

才"悉召赴阙"。[1] 可知此处妗子不会指宋太祖的母舅之妻,而当指杜太后之妹,因其夫刘迁早死,故来依杜太后,并于乾德初年封京兆郡夫人,后进封太夫人。[2] 宋太祖侍奉母亲甚为孝敬。如王禹偁《建隆遗事》尝载"太祖孝于太后,友爱兄弟,旷古未有。万机之暇,召晋王、秦王……及皇子南阳王德昭、东平王德芳……及皇侄、公主等共宴太后阁中"。[3] 至建隆二年五月,因杜太后"浸疾",宋太祖"忧惧,乃曲赦天下,以祈冥祐焉",并且"侍药饵不离左右"。[4]

宋太祖对其妹也甚为爱护,在建隆元年八月册立皇后的同日,封皇妹为燕国长公主。燕国长公主初嫁米福德,此时守寡居家,故于是月再嫁殿前副都指挥使、忠武节度使高怀德,赐第京师兴宁坊。[5] 开宝六年中,燕国长公主病卒,宋太祖"临哭甚哀,诏有司具卤簿鼓吹,陪葬安陵",并且哀恸之余,命令左右曰:"明年诞节当罢会禁乐。"[6]

因此,宋太祖颇着力倡导孝道于天下,以达到"化民成俗"之效。如开宝元年因为"西川及山南诸州百姓祖父母、父母在者,子孙多别籍异财",故特"诏长吏申戒之,违者论如律";次年又申严此命,"令川、峡诸州察民有父母在而别籍异财者,其罪死"。[7] 与此相应,宋廷又严令"禁民以火葬",其诏曰:"王者设棺椁之品,建封树之制,所

---

[1] 《长编》卷三建隆三年八月"是月"条,第71页。
[2] 《宋史》卷四六三《外戚传上·刘知信》,第13543页。按:据此则知"妗子"宋时也可用以称呼母之姐妹。
[3] 《长编》卷二二太平兴国六年九月辛亥条注,第501页。
[4] 《长编》卷二建隆二年五月癸巳朔条、六月甲午条,第44页、第46页。
[5] 《长编》卷一建隆元年八月甲寅条、"是月",第21—22页;《宋史》卷二四八《公主传》,第8771页。
[6] 《长编》卷十四开宝六年十月癸巳条,卷十五开宝七年正月己卯条,第310页、第316页。按:安陵,宋太祖父赵弘殷之陵墓。
[7] 《长编》卷九开宝元年六月癸亥条,第203页;卷一〇开宝二年八月丁亥条,第231页。

以厚人伦而一风化也。近代以来，遵用夷法，率多火葬，甚愆典礼，自今宜禁之。"[1]

因长年战火不绝，后周时的宫廷制度即颇为俭约，至宋初，宋太祖更是时加减省。开宝五年五月，宋太祖对宰相说道："霖雨不止，朕日夜焦劳，罔知所措，得非时政有阙使之然耶？"又云："朕又思之，恐掖庭幽闭者众。昨令遍籍后宫，凡三百八十余人，因告谕愿归其家者，具以情言，得百五十余人，悉厚赐遣之矣。"[2]虽说相对于其他朝代皇帝，乃至其他宋帝，宋太祖可说是不好色的，宋代史籍所记，仅先后有贺、王、宋三位皇后而已，然而既为天子，自有后宫嫔妃制度在，由于宋初史官制度并不详备，故存在记载缺失现象，不过也存在有意失载，以维护开国圣明天子形象的可能。如宋仁宗时，石介编《三朝圣政录》，"将上，一日求质于公（韩琦），公指数事为非。其一，太祖惑一宫鬟，视朝晏，群臣有言，太祖悟，伺其酣寝刺杀之。公曰：'此岂可为万世法？已溺之，乃恶其溺而杀之，彼何罪？使其复有嬖，将不胜其杀矣。'遂去此等数事"。石介"服其清识"。[3]王巩《闻见近录》也记载道："太祖一日幸后苑观牡丹，召宫嫔将置酒，得幸者以疾辞。再召，复不至。上乃亲折一枝，过其舍而簪于髻上。上还，辄取花掷于地，上顾之曰：'我艰勤得天下，乃欲以一妇人败之耶？'即引佩刀截其腕而去。"[4]宋太祖并非好杀残虐之徒，不至于乘忿屡屡残杀宫人，故推知这两条记载所指当为一事，只是传闻异辞耳。此外，

---

[1] 《长编》卷三建隆三年三月丁亥条，第65页；《东都事略》卷二《本纪二》。
[2] 《长编》卷一三开宝五年五月癸酉条，第284页。
[3] （宋）朱熹：《三朝名臣言行录》卷一《丞相魏国韩忠献王》，上海古籍出版社、安徽教育出版社2002年《朱子全书》本，第380页。
[4] 《闻见近录·太祖幸后苑》，第20页。

前文所述的金城夫人"得幸太祖,颇恃宠",故"一日宴射后苑,上酌巨觥以劝太宗(赵光义)",赵光义要求"金城夫人亲折此花来,乃饮",乘金城夫人走近,"引弓射而杀之"。[1] 也有史书记载被赵光义射杀者乃花蕊夫人。此金城夫人(或花蕊夫人)与上述被宋太祖所杀之宫鬟(或宫嫔)大概仍属一事,因传闻而异辞。当然将杀人者由宋太祖改成赵光义,似还有为宋太祖"洗白"之用意,因为不管是"已溺之,乃恶其溺而杀之",还是宫嫔恃宠使性子而惹怒天子被杀,皆属失德之事,即使宋太祖省悟有言"我艰勤得天下,乃欲以一妇人败之耶",依然不可为"万世法"。

总之,从烽火连天岁月中走来的宋太祖,其爱憎分明、绝不矫揉造作的性格,使其言行举止乃至当时临朝施政诸方面皆烙上了极为鲜明的个人色彩,从而区别于此后赵宋诸帝。

---

[1] 《闻见近录·金城夫人》,第20—21页。

第七章 金匮之盟与斧声烛影

一、金匮盟约的真伪

在宋初政治舞台上，还存在有两大疑案，即"金匮之盟"与"烛影斧声"。对此，宋代文献中的相关记载不仅语焉不详，而且相互间颇多矛盾之处。在历代学人努力下，这两大政治疑案的真相虽说依然难以完全明了，但已可一窥大概，即其与宋初皇位授受密切相关。但要论述这影响宋朝政治极为深远的两大疑案，还需从宋太祖之母杜太后说起。

如前文所述，杜太后生有五子，长子与幼子早死，其次子即赵匡胤，三子赵光义，四子赵廷美。史载杜太后颇有见识，治家严格而又有法度，当听到"陈桥兵变"的消息时说："吾儿素有大志，今果然！"宋太祖即位之初，尊杜氏为皇太后，并率家人等"拜太后于堂上，众皆贺"，杜太后却愀然不乐，说道："吾闻为君难。天子置身兆庶之上，若治得其道，则此位可尊，苟或失驭，求为匹夫不可得，是吾所以忧也。"宋太祖闻言，再拜称谢道："谨受教。"[1] 由此，宋太祖也时常与杜太后商议"军国事"。[2]

为避免宋朝成为五代之后第六个短命王朝，宋初君臣经常探讨前朝灭亡的教训。杜太后认为后周灭亡的主要原因，就在于周世宗将皇位传给幼子，而群臣不附，所以要求宋太祖"百年"之后传弟，立"长君"，并将此约定记载于文书，藏于禁中金匮。后人遂称此约定曰"金匮之盟"。

有关"金匮之盟"的官私记载互有详略，并颇有因袭、传闻之言，且其中抵牾、错讹亦触处可见，此虽与宫禁之秘，外人难以窥知其详

---

1 《宋史》卷二四二《后妃传上》，第8606—8607页。
2 《涑水记闻》卷一，第9页。

有关，但也属于宋廷有意予以隐讳的结果。由此后世或认为"金匮之盟"确实存在，或认定是后来伪造的，聚讼至今。即使是认定"金匮之盟"为真实的有关记载，在相关细节上也各不相同，如存在是"单传"宋太宗一人还是"三传"（传位宋太宗、廷美，再传之德昭）等争议。宋代官修史籍对"金匮之盟"的记载也不一致。李焘《长编》卷二建隆二年六月甲午条叙述杜太后与宋太祖谈论"传位"问题时记载云：

> （杜太后）尤爱皇弟光义。……及寝疾，上侍药饵不离左右。疾革，召（赵）普入受遗命。后问上曰："汝自知所以得天下乎？"上呜咽不能对。后曰："吾自老死，哭无益也，吾方语汝以大事，而但哭耶？"问之如初，上曰："此皆祖考及太后余庆也。"后曰："不然。政由柴氏使幼儿主天下，群心不附故耳。若周有长君，汝安得至此？汝与光义皆我所生，汝后当传位汝弟。四海至广，能立长君，社稷之福也。"上顿首泣曰："敢不如太后教！"因谓普曰："汝同记吾言，不可违也。"普即就榻前为誓书，于纸尾署曰"臣普记"。上藏其书金匮，命谨密宫人掌之。

并于注文中辨析道：

> 司马光《记闻》称太后欲传位二弟，其意谓太宗及秦王廷美也。今从《正史》及《新录》，而《旧录》盖无是事。按太后以周郑王年幼，群情不附，故令太祖授天下于太宗。太宗当

> 是时年二十三矣，太祖母弟也。若并及廷美则亡谓，廷美当是时才十四岁，而太祖之子魏王德昭亦十岁，其齿盖不甚相远也，舍嫡孙而立庶子，人情殆不然。然则太后顾命，独指太宗，《记闻》误也。《正史》《新录》称太宗亦入受顾命，而《记闻》不载，今从《记闻》。按太宗初疑赵普有异论，及普上章自诉，且发金匮，得普所书，乃释然。若同于床下受顾命，则亲见普书矣，又何俟普上章自诉，且发金匮乎？盖《正史》《新录》容有润色。按《太宗实录》载普自诉章，其辞略与《记闻》同，当顾命时，太宗实不在旁也。《正史》《新录》别加删修，遂失事实耳，故必以《太宗实录》及《记闻》为正。[1]

所谓《旧录》指宋太宗太平兴国年间纂修的《太祖实录》，而《新录》指宋真宗初纂修的《太祖实录》修订本，《正史》指宋仁宗初纂修的宋初太祖、太宗、真宗《三朝国史》，赵普《自述状》节文载于《长编》卷一四，云赵普罢相"出镇，上书自诉云：'外人谓臣轻议皇弟开封尹，皇弟忠孝全德，岂有间然。矧昭宪皇太后大渐之际，臣实预闻顾命，知臣者君，愿赐昭鉴。'上手封其书，藏之金匮"。[2]

据李焘《长编》可知，宋初官修的《太祖旧录》并未记载"金匮之盟"一事，《太祖新录》《三朝国史》记载此事，但皆称当时"太宗亦入受顾命"，即宋太祖与杜太后商议皇位授受时，赵光义也在场。李焘认为这一记载不正确，为"《正史》《新录》别加删修，遂失事实耳"，即史官为讳饰"金匮之盟"一事中的疑窦，故对原始史料予

---
[1] 《长编》卷二建隆二年六月甲午条并注，第46—47页。
[2] 《长编》卷一四开宝六年六月甲辰条，第306—307页。

以"删修",遂与史实相违戾。此外,司马光《涑水记闻》卷一记:

> 昭宪太后(杜太后)聪明有智度,尝与太祖参决大政,及疾笃,太祖侍药饵,不离左右。太后曰:"汝自知所以得天下乎?"太祖曰:"此皆祖考与太后之余庆也。"太后笑曰:"不然,正由柴氏使幼儿主天下耳。"因敕戒太祖曰:"汝万岁后,当以次传之二弟,则并汝之子亦获安耳。"太祖顿首泣曰:"敢不如母教!"太后因召赵普于榻前,为约誓书,普于纸尾自署名云:"臣普书。"藏之金匮,命谨密宫人掌之。[1]

李焘认为《涑水记闻》云"太后顾命"时宋太宗并未在场者是,而云"欲传位二弟"之"二弟"为赵光义、廷美兄弟俩者则非,当据《太祖新录》《三朝国史》所载,其"二弟"仅指第二子赵光义,即"太后顾命,独指太宗"。

但署名为宋初名臣王禹偁所撰的《建隆遗事》,却记载了全然不同于其他文献的"金匮之盟"另一种说法:

> 太祖孝于太后,友爱兄弟,旷古未有。万机之暇,召晋王、秦王。秦王,上弟,宣祖第三子,名廷美,亦杜后所生。今本传言王是太宗乳母王氏所生,非也。其有旨哉。及皇子南阳王德昭、东平王德芳。皆上子也。及皇侄、公主等共宴太后阁中,酒酣,上白太后曰:"臣百年后传位于晋王,令晋王百年后传位

---

[1] 《涑水记闻》卷一,第9—10页。

于秦王。"后大喜曰:"吾久有此意而不欲言之,吾欲万世之下闻一妇人生三天子,不谓天生孝子成吾之志。"令晋王、秦王起谢之。既而后谓二王曰:"陛下自布衣事周室,常以力战图功,万死而遇一生,方致身为节度使。及受天命,将逾一纪,无日不征,无月不战,历尽艰危,方成帝业。汝辈无劳,安坐而承丕绪,岂不知幸乎!久后,各不得负陛下。吾不知秦王百年后将付何人?"秦王曰:"愿立南阳王德昭。"后又喜曰:"是矣!是矣!然则陛下有此意,吾料之亦天意也。他日各不得渝,渝者罪同大逆,天必殛之。"上又令皇子德昭谢太后。太后又谓上曰:"可与吾呼赵普来,令以今日之约作誓书,与汝兄弟传而收之,仍令择日告天地宗庙,陛下可以行之否?"上即时如太后旨,召赵普入宫,令制文。普辞以素不能为文,遂召陶谷为文。别日,令普告天地宗庙,而以誓书宣付晋王收之。上崩,兴国初,今上(太宗)以书付秦王收之。后秦王谋不轨,王幽死,书后入禁中,不知所之。上子南阳王,寻亦坐事,逼令自杀,传袭之约绝矣。[1]

李焘在引录《建隆遗事》后,指出"禹偁《遗事》既与《国史》不同,要不可信",并考辨曰:其"所云赵普请使陶谷草誓书转以相付,则必不然,今不取。又云秦王既幽死,誓书收入禁中,南阳王寻以坐事,逼令自杀,此尤误。不知德昭自杀乃太平兴国四年八月,德芳死乃六年三月,而廷美七年三月始罢开封尹也"。又辩驳《建隆遗事》所云

---

[1] 《长编》卷二二太平兴国六年九月辛亥条注引王禹偁《建隆遗事》,第501—502页。

廷美为"太宗母弟",即杜太后第三子之说,称:"大抵《遗事》言多鄙近,不似禹偁所为,或出于怨家仇人,肆口谤讪,托名禹偁,故不可遽信,然亦不可全弃也。"

其他一些文献也记载有"金匮之盟",但大体以上述数种影响为大。

分析上述诸家所云"金匮之盟"的时间,大体可分为两大类:《建隆遗事》所述为一类;其他诸家为另一类,即云"金匮之盟"订立于杜太后临终病榻前,但其细节又有差异,《太祖新录》《三朝国史》为一种说法,《涑水记闻》为另一种说法,而李焘《长编》云云乃综合、删修《太祖新录》《太宗实录》《三朝国史》以及《涑水记闻》诸书文字而成。至于《太平治迹统类》等南宋史籍的相关记载大都源自《长编》。从南宋相关文献上看,李焘《长编》的说法基本代表了南宋官史的观点,元修《宋史》中有关"金匮之盟"的说法主要记录于《后妃传上》《宗室传一》,也大略以《长编》所云为旨意。如《宋史·后妃传上》所载当据《长编》删修,并将《长编》"汝与光义皆我所生,汝后当传位汝弟"之句简化改为"汝百岁后当传位汝弟",这当是元代史臣鉴于"金匮之盟"内容有传位赵光义及"以次传之二弟"的差异,故而含糊其辞。而《宋史·宗室传一》当取材于《长编》,故与《后妃传》所云有所不同。由于有关记载在一些关键文字上存在出入,使得后人在"金匮之盟"的真相问题上争议不绝,主要争议为:一、宋初是否存在"金匮之盟";二、"金匮之盟"是仅单传赵光义(单传),还是"以次传之"光义、廷美"二弟"及宋太祖子德昭(三传);三、"金匮之盟"订立时赵光义是否在场;等等。而《建隆遗事》有关"金匮之盟"的内容因与其他文献迥异,故在两宋之际即被人指为托名王禹偁之伪作，故而并不为世人所关注。

对于"金匮之盟"的真伪，自宋至清聚讼不已，但一般虽认定那些记载的文字存有讹误，却无人断言其整体为假。如清人恽敬《大云山房文稿·续辨微论》即怀疑"金匮之盟"的内容为饰说，但并不认为此盟约完全出自伪造。[1] 至近世，始有学者认为宋初并不存在"传弟"的"金匮之盟"，所谓"盟约"全然出于后人伪造。[2] 而张荫麟撰有《宋太宗继统考实》一文，进而考证出所谓"金匮之盟"存在五大破绽：

其一，自诸人年龄上推断，杜太后死时，宋太祖三十五岁，其子德昭十一岁，杜太后怎能预计至太祖死时，德昭仍为孩童？若以次传之二弟，再传德昭，因赵廷美仅较德昭大四岁，故到时德昭之存亡尚未能定，所谓"国有长君"，从何谈起？其二，此盟约订立后一直深藏秘锢，直至太平兴国六年（981）才宣布，大为可疑，因为"此约之伪托，乃在德昭既自杀而太宗将要迫死廷美之时，断无此时伪托以为太宗解之文件中，反为廷美、德昭张目之理"。其三，赵普既为署名誓约者，为何于宋太宗即位时不敢宣布，从而坐失结主良机？其四，据《长编》，"金匮之盟"最初见载于《太祖新录》，称订立盟誓时宋太宗也在场；但宋太宗即位初未宣布，初修的《旧录》亦未载录，故李焘也云《新录》"别加删修，遂失事实"。其五，"金匮之盟"

---

[1] （清）恽敬：《大云山房文稿》初集卷一《续辨微论》，上海商务印书馆《四部丛刊初编》本。
[2] 如吴天墀：《烛影斧声传疑》，载《中学季刊》第1卷第2期，1941年3月。邓广铭：《宋太祖太宗授受辨》，载《真理杂志》第1卷第2期，1944年3—4月；后稍作修订，题名《宋太祖太宗皇位授受问题辨析》，收入《邓广铭全集》第七卷，第251—276页。吴文之第五部分"论所谓'金匮之盟'的可疑"中，认为所谓"金匮之盟"只是"赵普所玩的玄虚，不一定是事实"。邓文于第一部分"辨杜太后榻前遗命之说"中否认有太后"榻前遗命"，所谓"金匮之盟"，乃至道三年史官重修《太宗实录》时，"史官们极想体会着太宗的遗意"，为其"承统事件找出一种根据"，然又实在并无"这等事项"，于是"从原出虚构的纷杂传说中选用了太后顾命之说"。

为密约，赵普《自诉状》也被宋太祖藏入金匮而成为密件，赵普太平兴国六年自诉亦为密奏，而秘密所关系之人，除死无对证的杜太后、宋太祖外，只有赵普、宋太宗能揭破"金匮之盟"之真相。由此，可断言"金匮之盟"实由想复相又迫于宋太宗压力的赵普所伪造，以迎合宋太宗"传子"愿望，时间即在太平兴国六年。[1]

张说一出，后人论及"金匮之盟"时往往依以为据，或据此发挥。张说指出《太祖新录》所载的"金匮之盟"为伪，无疑甚有道理，然因此断言《涑水记闻》所载"金匮之盟"之事"盖又伪中出伪也"，并进而断定宋初并无传弟的盟约，却显然与宋代不少文献记载不相符合。

宋初是否有宋太宗之后让廷美、德昭顺序继位的约定，虽然相关记载已遭多次窜改而面目不清，但据现见的一些史料分析，仍可得出肯定的结论。如太平兴国四年（979）宋太宗亲征燕京，史载：

> 初，武功郡王德昭从征幽州，军中尝夜惊，不知上（太宗）所在，或有谋立王者，会知上处，乃止。上微闻其事，不悦。及归，以北征不利，久不行太原之赏，议者皆谓不可，于是德昭乘间入言，上大怒曰："待汝自为之，赏未晚也！"德昭惶恐，还宫，……取割果刀自刎。[2]

---

[1] 张荫麟：《宋太宗继统考实》，载《文史杂志》第1卷第8期，1941年7月。参见《赵普评传》，第191—208页。

[2] 《长编》卷二〇太平兴国四年八月甲戌条，第460页。《宋史》卷二四四《宗室传一》（第8676页）所载略同。

此处宋太宗所言虽为怨词，但也由此表明，在宋太宗心目中，赵德昭日后是要继位为天子的。此想法不仅天子有，军中将士也有持此想法者，故于北征军中，一旦"不知上所在"，即欲拥立德昭为帝。其实当时在军中的皇室成员，除德昭外，尚有皇弟廷美、太宗长子元佐等皆从征；[1]但正因为德昭有此特殊身份，故军中将士欲拥立德昭。此事在古代实属"大逆"之举，但宋太宗并未深究严惩，仅仅是心中"不悦"而已。又史载宋太宗继位后，即以"皇弟"赵廷美为开封尹、封齐王，"皇子"赵德昭封武功郡王；不久又"诏齐王廷美、武功郡王德昭位在宰相上"。[2]由此可见，廷美、德昭所享受的殊遇与宋太宗在宋太祖时相同。对此，南宋陆游指出：

> 后唐秦王从荣以长子为河南尹，又为天下兵马大元帅，故当时遂以尹京为储贰之位。至晋天福中郑王重贵、周广顺中晋王荣，皆尹开封，用秦王故事也。国朝太祖皇帝建隆二年七月，以太宗皇帝为开封尹。开宝末，太宗嗣位才八日，即以齐王廷美为开封尹。太平兴国七年，秦王出为西京留守。自是开封不置尹，止命近臣权知府而已。雍熙二年，始以陈王元僖为开封尹，盖是时太宗元子楚王元佐被疾废，则陈王亦储君也。淳化三年薨。后二年，真宗皇帝自襄王为开封尹，至道元年正东宫。……自后唐以来，虽以尹京阴为储副之位，然皆藩王。[3]

---

1 《宋史》卷二四四《宗室传一·廷美》，第8666页；卷二四五《宗室传二·元佐》，第8693—8694页。
2 《长编》卷一七开宝九年十月庚申条、十一月丁卯条，第382页、第384页。
3 《全宋文》卷四九四五陆游《记太子亲王尹京故事》，第224册，第146页。

即北宋初晋王（宋太宗），秦王廷美，太宗之子陈王、襄王（宋真宗）官开封尹，亦用此例，皆"阴为储副之位"。又《宋史·宗室传一》载：

> 或谓昭宪（杜太后）及太祖本意，盖欲太宗传之廷美，而廷美复传之德昭。故太宗既立，即令廷美尹开封，德昭实称皇子。德昭不得其死，德芳相继夭绝，廷美始不自安。……他日，太宗尝以传国之意访之赵普，普曰："太祖已误，陛下岂容再误邪？"于是廷美遂得罪。[1]

赵普此处所言宋太祖之误，当即在于传弟不传子，而宋太宗传子不传弟，自然不"再误"。从历史经验教训上看，嫡长子继位制度，在皇位传承过程中，要比兄终弟及制更易平稳过渡，从而减少政局动荡的可能。从这一角度而言，宋太祖传弟不传子的做法，确为一大失误。而宋太宗不能以嫡长子继位的传统做法来传位，反以"传国之意"询之赵普，显然有让其不能自作主张的因素存在。因此，德昭之不得其死，廷美之不自安，太宗之所询，赵普之所答，都昭显这样一个史实，即廷美确有继位的资格，从而亦证实了宋初确有宋太祖传位宋太宗，再顺序传位廷美、德昭的约定。

对于张氏《宋太宗继统考实》所云"金匮之盟"存在的五大破绽，前些年已有学者撰文提出质疑，认为"金匮之盟"伪造说难以成立，

---

[1]《宋史》卷二四四《宗室传一》，第8669页。按：《长编》卷二二太平兴国六年九月辛亥条（第501页）所载同。

并指出所谓盟约的内容有真有伪,有后人所加的"伪造"部分。[1]因张说"金匮之盟"的五大破绽中,以第一大破绽最为重要,亦是推断宋初确实存在皇位将以次传于廷美、德昭之约定所必须面对的,故先为考辨之。

张荫麟因"金匮之盟"所涉及诸人的年龄而疑其为伪,若以一般情形来推论,自然颇为有理,但若将杜太后欲立"长君"的考虑置于宋初这一特殊大背景下,就不显得那么突兀了。经检《资治通鉴》等史籍,当时时局危机重重,五代十四位皇帝,无有享国十年以上者,勉强为帝十年的后梁末帝终以亡国亡身下场;而且大都享年不永,其中死于非命者多达七人,尤其是周世宗壮年猝死,由年仅七岁的"幼主"继位,成为宋太祖以统军大将身份乘机夺得帝位的最直接原因。如此事例,实为宋初统治者所铭刻在心。此外,五代十国时国有"长君"而舍子立弟的做法,也不无先例。如后唐明宗舍两幼子而立"多战功"的养子从珂,后晋宰相冯道舍晋高祖幼子而立其侄石重贵,十国中的吴、楚、吴越、南汉诸国中也多有兄终弟继之例,楚王马殷甚至"遗命诸子,兄弟相继"。[2]又南唐中主李璟"始嗣位,以弟齐王景遂为元帅,居东宫,燕王景达为副元帅,就昪枢前盟约,兄弟相继,中外庶政,并委景遂参决。景长子冀为东都留守,后又立景遂为太弟,

---

[1] 如王育济:《"金匮之盟"真伪考——对一桩学术定案的重新甄别》,载《山东大学学报(哲社版)》1993年第1期;何冠环:《"金匮之盟"真伪新考》,载《暨南学报(哲社版)》第15卷第3期,1993年7月。王、何二文颇有影响,如张其凡原主张荫麟之说(参见《赵普评传》,第207—208页),此后撰《宋太宗》(第66页)一书时,即改认为王、何"二先生的论断是值得考虑的,可以为据的",即"以'国有长君'为理由的杜太后遗嘱——'金匮之盟'的出现,是有可能的"。
[2] 《资治通鉴》卷二七七后唐长兴元年十一月己巳,第9049页。

景达为齐王、元帅,冀为燕王、副元帅"。[1]显然,南唐中主之意是先传位两位弟弟,然后再传回给自己儿子。此类事例,当时并非秘而不宣。因此,为能不重蹈周世宗未立"长君"而亡国的覆辙,避免宋朝成为第六个短命王朝,杜太后、宋太祖等仿照当时兄终弟及的成例而预作防范,亦就属一自然之举。乱世行事,当讲求通变适时,而不可固执皇位父子相传之死理,况且杜太后尚有"一妇人生三天子"的私心。因此,张氏以年龄问题来推断宋初"金匮之盟"全出于赵普伪造的理由,实不充分。

杜太后于宋太祖壮年时讨论嗣位人选,欲国有"长君",还基于宋初国势动荡不宁、危机丛生这样一个现实状况。如前文所述,当时各地守臣颇有怀"贰心"观望者,而镇守潞州的昭义军节度使李筠更是联结北汉,起兵反宋,一时朝野震动。本处于观望中的四方守臣,亦有人欲响应李筠。为迅速扭转不利局面,宋太祖亲征潞州。但不少朝臣并不看好此行,即使宋太祖自己也无必胜把握,故临行时嘱咐赵光义道:"是行也,朕胜则不言,万一不利,则使赵普分兵守河阳(今河南孟县南),别作一家计度。"[2]但从宋太祖不是自己下令,而是嘱咐赵光义"使赵普分兵守河阳",则其所谓"万一不利",应指其"战死沙场"。虽然宋军一战得胜,但数月后镇守扬州的节度使李重进又起兵反宋,宋太祖再次迅速出兵亲征,攻破扬州,迫使李重进自杀,彻底清除了这个老对头的势力。但仅过了半年,杜太后病死。因此,对所处局势深怀忧惧的杜太后要求太祖确保国有"长君",以免如后

---

[1] 《宋史》卷四七八《南唐李氏世家》,第13856—13857页。按:南唐中主"本名景通,后改为璟,避周庙讳,后改为景"。
[2] 《国老谈苑》卷一《赵普愿军前自效》,第50页。

周因"幼主"当国而失去江山的悲剧产生,应属自然之举。

邓广铭强调指出宋太宗《即位大赦诏》中全未提及杜太后"遗命",为"金匮之盟"伪造的确证。[1] 对于宋太宗《即位大赦诏》中未提及杜太后"遗命"这一问题,也必须充分考虑到宋太宗继位及其《即位大赦诏》颁行时的特殊背景。据邓广铭《试破宋太宗即位大赦诏书之谜》考辨,宋太宗《即位大赦诏》现见有两种文本,《长编》卷一七开宝九年十月乙卯条、《太平治迹统类》卷二《太祖太宗授受之懿》所载节文为一种,《宋大诏令集》卷一《太宗即位赦天下制》、《宋朝事实》卷二《登极赦》所载为另一种。后者当为宋太宗即位时颁行海内的原文,而前者为日后更改修订后颁之史馆的赦文。因宋太宗继位仓促,不及仔细推敲文字、语气,故《宋大诏令集》所载赦文内容,颇有欠斟酌或不合宋太宗当时身份之处。如"小子""冲人"等词向来用于年幼皇太子继位的诏书中,而宋太宗此时已成年,借口兄终弟继以登上大位,但在此诏文中却见有如此语句:"猥以神器,付予冲人";"负荷斯重,攀号莫任";"予小人缵绍丕基,恭禀遗训";"庶俾冲人,不坠鸿业"。待日后赵廷美、德昭等皆被除去,皇位已稳定以后,便将那篇文词、语气都颇有问题的《即位大赦诏》大加篡改,删去那些有失体统的词语,然后颁藏史馆,编入实录、国史。而此前颁行于海内的原诏书,却不可能再下令全部收回或禁止传抄、收藏。[2] 因史源不同,使得《宋大诏令集》《宋朝事实》与《长编》《太平治迹统类》所载同一诏书存在着文字大相径庭的现象。基于上述原因,宋太宗《即位大赦诏》中全未提及杜太后"遗命"或相关文字,也就

---

[1] 邓广铭:《宋太祖太宗皇位授受问题辨析》,载《邓广铭全集》第七卷,第251—276页。
[2] 邓广铭:《试破宋太宗即位大赦诏书之谜》,载《邓广铭全集》第七卷,第277—286页。

可以理解了。

对于邓广铭的上述观点,王育济撰文提出异议,[1]为此邓广铭又撰文申述己说,指出史籍中所谓"太宗受遗诏,于柩前即位"之语只是"作史者惯用之饰词,而与宋太宗即位的史实更不相合",认为载于《宋大诏令集》卷七的《开宝遗制》"全篇都是空洞无实之词",而"与宋太祖、太宗二人的继承关系全不沾边","至于说'授以神器,时惟长君'两句,更是专为与杜太后'病榻遗命'相应合的",然"遗命说之诬妄不实",可证《遗制》中传位"长君"之说实出"捏造"。[2]按邓文指出《开宝遗制》非宋太祖所为,实出于宋太宗之手,此事自是确定无疑,但如若由此要说"授以神器,时惟长君"两句是"专为与杜太后'病榻遗命'相应合",却似还可再予讨论。太平兴国五年(980)徐铉所撰的《大宋重修峨眉山普贤寺碑铭并序》中,有"太祖神德皇帝,文修内禅,武定中区,正卿扬九伐之威,远俗致七旬之格。……尊号皇帝,长君嗣统,二圣重熙,覆万物以如天,廓重昏而皆旦"之语。[3]此处"尊号皇帝"即指宋太宗,故此"长君嗣统,二圣重熙"二语当可作为"授以神器,时惟长君"的注脚。此"长君"之"长",除有"成年"之义外,尚有"年长"的义项,故"长君"不仅指非"幼主"而已。如《文献通考·封建考》云:"按诸侯王与列侯,皆以其嫡子嫡孙世袭,……此法,汉以来未之有改也。……至宋,

---

1 王育济:《宋太祖传位遗诏的发现及其意义》,载《文史哲》1994年第2期。
2 邓广铭:《附记》,附于《宋太祖太宗皇位授受问题辨析》之第三部分"辨赵普录遗命藏金匮之说"后,收入邓广铭:《邓广铭治史丛稿》(北京大学出版社1997年版),第475—502页。《邓广铭全集》第七卷所收《宋太祖太宗皇位授受问题辨析》中未附此《附记》。
3 (宋)徐铉:《徐公集》卷二五《大宋重修峨眉山普贤寺碑铭并序》,中华书局《四部备要》本。

则皇子之为王者，封爵仅止其身，而子孙无问嫡庶，不过承荫入仕为环卫官，……必须历任年深，齿德稍尊，方特封以王爵。……《国朝会要》载庆历四年七月制封宗室，……故择其行尊齿宿者王之。至濮安懿王以英宗之故，安定郡王以艺祖之故，方令世世承袭，然又不以昭穆相承，嫡庶为别，每嗣王殁，则只择本宗直下之行尊者承袭。"[1]即《长编》载熙宁三年六月宋廷议封诸王之后所云：

> 先是，礼院言："本朝近制，诸王之后，皆用本官最长一人封公继袭。朝廷以为非古，故去年十一月诏，祖宗之子皆择其后一人为宗，世世封公，补环卫之官，以奉祭祀，不以服属尽故杀礼。即与旧制有异。谨案令文，诸王、公、侯、伯、子、男，皆子孙承嫡者传袭。若无嫡子及有罪疾，立嫡孙；以次立嫡子同母弟；无母弟，立庶子；无庶子，立嫡孙同母弟；无母弟，立庶孙。曾孙以下准此。合依礼令，传嫡承袭。"诏可。[2]

司马光《宗室袭封议》也云："自唐末以来，三公以下不复承袭。国朝故事，常封本官最长者一人为国公。……太常礼院寻奉检详国朝近制，诸王之后皆用本官最长一人封公继袭。"[3]此处"历任年深，齿德稍尊"者，乃指一族中排行最高、年齿最长者"承袭"，而不同于汉、唐制度以"昭穆相承，嫡庶为别"。同时，宋朝此种"承袭"以"长"的风习、制度还不仅仅体现于王侯"封袭"上。据《（韩琦）遗事》载："英宗初

---

1 《文献通考》卷二七七《封建考十八》，第2202页。
2 《长编》卷二一二熙宁三年六月丁丑条，第5151页。
3 《全宋文》卷一一九八司马光《宗室袭封议》，第55册，第165页。

为皇子,时允弼最尊属,心不平,且有语。及即位",允弼入问:"皇子为谁?"韩琦答:"某人。"允弼曰:"岂有团练使为天子者?何不立尊行?"[1]允弼为宋英宗的叔父辈,当时排行"最尊属",故其语直白表露自己野心,却又如此理直气壮。在宋真宗病危时,"仁宗幼冲",而宋真宗那"尊属望重"的兄弟"八大王"元俨"有威名,以问疾留禁中,累日不肯出"。[2]其用心也昭然若揭。"足见应立'长君'的观念历宋四朝仍根深蒂固。"[3]因此,《开宝遗制》"授以神器,时惟长君"中的"长君",或正应理解为"最尊属"者,而开宝末有继位资格的赵光义、廷美与德昭、德芳诸人中,自当以赵光义为"最尊属"者。

那为何宋太宗初期编修的《太祖旧录》中亦全未提及"金匮之盟"?此也是人们质疑"金匮之盟"为伪造的一大理由。其实,《太祖旧录》未载"金匮之盟",当与其撰成上进的年月有关。即《太祖旧录》上进于太平兴国五年(980)九月,而前一年八月德昭已自杀,[4]此时宋太宗已有传子之心,故书中不载录以次传位廷美、德昭的誓约也就不是一件令人诧异之事了。

记载"金匮之盟"另一说的王禹偁《建隆遗事》,《长编》于卷二建隆二年六月甲午条、卷十七开宝九年十月壬子条、卷二二太平兴国六年九月辛亥条注文予以辨析,认定其为伪、为不可信:"盖禹偁用文章名天下,今所传《遗事》语多鄙俗,略不似禹偁平日心声。"故

---

1 《朱子全书·三朝名臣言行录》卷一之一《丞相魏国韩忠献王》,第12册,第352页。
2 《邵氏闻见录》卷六,第55页。
3 王育济:《"金匮之盟"真伪考——对一桩学术定案的重新甄别》,载《山东大学学报(哲社版)》1993年第1期。
4 《长编》卷二〇太平兴国四年八月甲戌条、卷二一太平兴国五年九月甲辰条,第460页、第478页。

断定其有伪,但又称《建隆遗事》"亦不必皆出于禹偁所记也",有他人"托名"窜乱者,"故不可遽信,然亦不可全弃也","特信其可信耳"。然而考辨《建隆遗事》所记"金匮之盟"一事,却可发现其文字虽颇有"颠错"处,但"金匮之盟"内容、赵普反对宋太宗继位诸事,实可与其他宋人记载相印证,而并非是全无根据的诬谤之词,而李焘等认为《建隆遗事》为后人"托名"之作或赵普"怨家仇人多逊亲党所为"的理由也不充分。[1] 因此,比勘《建隆遗事》与《太祖新录》《长编》等相关文字,即可发现两者所言之"金匮之盟"虽然名目相同,但约盟的时间、场所、缘起及其内容、传播范围等都大相径庭:

其一,约盟的时间、场所不同。《太祖新录》说是在杜太后"疾革"时,盟约定于病榻前。《建隆遗事》则称是在宋太祖"万机之暇",在皇太后阁内皇家酒宴上,是时杜太后身心康健。

其二,盟约由何人提议订立。《太祖新录》说是杜太后,因杜太后认为宋太祖之所以能得天下,"政由柴氏使幼儿主天下,群心不附故耳",而"四海至广,能立长君,社稷之福也"。宋太祖遵从母教而立此誓书。《建隆遗事》则称是由宋太祖主动提议的:"太祖孝于太后,友爱兄弟,旷古未有",故一日在皇家酒宴上,"酒酣,上(太祖)白太后曰:'臣百年后传位于晋王,令晋王百年后传位于秦王。'"杜太后听后大喜,当时便令立下誓书。

其三,订立盟约时何人在场。《太祖新录》认为在场者为杜太后、宋太祖、宋太宗和赵普四人。李焘因为此说与其他史籍如《太宗实录》

---

[1] 对于《建隆遗事》真伪的辨析,见顾宏义:《王禹偁〈建隆遗事〉考——兼论宋初"金匮之盟"之真伪》,载《中华文史论丛》(第九十五辑),上海古籍出版社2009年版。

《涑水记闻》等记载宋太宗直至太平兴国六年（981）方始知"金匮之盟"的说法相违，故删去宋太宗之名，称仅杜太后、宋太祖、赵普三人在场，誓书订立后即锁入内宫金匮，外人不知，而宋太宗直至太平兴国六年发金匮见盟书，方才知晓此事。《建隆遗事》则称在议论盟约的酒宴上，有杜太后和宋太祖、宋太宗、廷美兄弟，宋太祖子德昭、德芳，以及"皇侄、公主"，此外至少大臣赵普、陶谷也知此事。即盟书由翰林学士陶谷所书，赵普"告天地宗庙，而以誓书宣付晋王收之。上（太祖）崩，（太平）兴国初，今上（太宗）以书付秦王收之。后秦王谋不轨，王幽死，书后入禁中，不知所之"。据此，则当时宫禁内外知晓盟誓内容者不少。

其四，关于盟约所定的传位次序。《太祖新录》认为宋太祖仅传位给宋太宗而已。李焘认同此说。而《建隆遗事》却称宋太祖"百年"后由太宗继位，宋太宗后由廷美继位，廷美再传还给宋太祖之子德昭。《涑水记闻》等宋人笔记所载大多同于《建隆遗事》。

其五，赵普对盟约的态度。《太祖新录》称誓书由赵普所书，《长编》并载赵普尝上书自诉云"矧昭宪皇太后大渐之际，臣实预闻顾命"，即赞同盟誓内容。但《建隆遗事》所载则反之，当杜太后、宋太祖召赵普入宫起草誓文时，赵普即"辞以素不能为文"。赵普曾为赵匡胤的掌书记，其自称"素不能为文"，显属推托之辞。《建隆遗事》又载开宝后期，赵普又主动向宋太祖提议："陛下艰难创业，卒至升平，自有圣子当受命，未可议及昆弟也。臣等恐大事一去，卒不可还，陛下宜熟计之。"[1] 力劝宋太祖传子莫传弟，也即是说，赵普对"金匮之

---

[1] 《长编》卷一七开宝九年十月壬子条注，第379页。

盟"持否定态度。

这两种迥然相异说法，何真何伪，颇费辨析。据《建隆遗事》，此"盟约"订立于皇家欢宴酒酣之际，其目的虽有"思得长君"之意，但其中一大原因大概还是因为杜太后久有"欲万世之下闻一妇人生三天子"的愿望，故"孝于太后"的宋太祖主动提议日后传位于弟，而秦王廷美也当场表态此后当让侄子德昭继位，使皇位复归于宋太祖子孙，于是皆大欢喜。此类酒宴上议论传位之事，其他朝代也曾发生过，前此著名者如西汉前期，汉景帝母薄太后宠爱少子孝王，"是时，上（汉景帝）未置太子，与孝王宴饮，从容言曰：'千秋万岁后传于王。'王辞谢，虽知非至言，然心内喜。太后亦然"。[1] 后于此者如辽兴宗"尝与太弟重元狎昵，宴酣，许以千秋万岁后传位。重元喜甚"。[2] 虽然此两例中的传位承诺最终皆未兑现，但在酒宴上所发出的传位于弟之承诺，却都是为了取悦太后，而此正与《建隆遗事》中宋太祖兄弟所言的传位情形相类同。

由于宋太祖平定扬州李重进之叛，于建隆元年末方才回到京城，二年初还在忙于处置其遗留问题，至五月一日即因杜太后"浸疾"而"曲赦天下，以祈冥祐"，故推知宋太祖率兄弟、子侄"共宴太后阁"当在是年的春夏之际。

在"金匮之盟"的传位次序上，《建隆遗事》《涑水记闻》等私家著述与《人祖新录》等官史的记载大不相同，而其差异的关键所在，即秦王廷美是否有继位资格。此有两层含义：其一即赵廷美是否有继位的资格，其关键在于廷美是否为杜太后所亲生，为宋太祖、太

1　（汉）司马迁：《史记》卷五八《梁孝王世家》，中华书局1959年版，第2082页。
2　《辽史》卷一〇九《伶官传》，第1480页。

宗的同母弟；其二即当时是否有在宋太宗之后让廷美、德昭顺序继位的约定。

当初是否有让赵廷美、德昭顺序继位的约定，前文已有肯定之述说，此处从略。但廷美是否为宋太祖、太宗的同母弟，宋朝官史中的记载却自相矛盾。如据宋《国史》修成的《宋史·后妃传上》称杜太后"生邕王光济、太祖、太宗、秦王廷美、夔王光赞、燕国陈国二长公主"，而《宗室传一》却云宋太宗在赵廷美被贬死后，对宰执宣称："廷美母陈国夫人耿氏，朕乳母也，后出嫁赵氏，生廷俊。"[1] 然宋太宗继位以后，依旧称宋太祖、廷美之子女为皇子、公主，另外，细味廷美被贬责以后宋廷所下诏制的措辞，如《秦王廷美勒归私第制》中称"本支百世，爰居介弟之重"，"朕以同气之亲"，"用申手足之分"；《秦王降封涪陵县公房州安置》中称"特以至亲，用宽极典"；《涪陵县公廷美追封涪陵王制》中称"涪陵县公廷美，朕之同气也"，"永惟骨肉之亲，绝而不殊"等，[2] 可知廷美乃属亲弟。故后人就此明白指出这是宋太宗在"廷美得罪之后，造为此言"，[3] 用以掩饰其陷害亲弟之举。至于《宋史·后妃传》与《宗室传》所言互相错舛，显是当日史官失于删正所致。又李焘以"太后享年六十，崩时，廷美才十四岁，逆数之，则生廷美时，太后已四十七也"，[4] 来否定廷美为杜太后所生；但古今多有女子四五十岁生子之例，且《宋史·后妃传》载杜太后于廷美之

---

1 《宋史》卷二四二《后妃传上》，第8606页；卷二四四《宗室传一》，第8668页。按：《长编》卷二五雍熙元年正月丁卯条（第572页）所载同于《宗室传》。
2 《宋大诏令集》卷三五，第186—187页。
3 《廿二史考异》卷七五《宋史九·魏王廷美传》，第1051页。又，（元）陈世隆《北轩笔记》（上海古籍出版社《文渊阁四库全书》本）认为此"盖太宗一时为涂面之言，以遮饰谋杀廷美之故，当时讳之，史臣难之，故其纪错乱而矛盾，使后世疑之"。
4 《长编》卷二建隆二年六月甲午条注，第47页。

下尚有一子即光赞（早卒），从未见有宋代文献否认其为杜太后之子，可见李焘如此推断，实不足为据。

《长编》中被李焘批评为"事尤悖谬不可信"的《建隆遗事》一则记载云：

> 上（宋太祖）将晏驾，前一日，遣中使急召宰相赵普、卢多逊入宫，见于寝阁。上曰："吾知此疾必不起，要见卿等者无它，为有数事未暇行之，卿等将笔砚来，依吾言写之，身后切须行之，吾瞑目无恨也。"遂授普等笔砚，上自陈述，普等依上言而写，数事皆济世安民之道，普等因呜咽流涕而言："此则谨依谟训而行之。然有一大事，未见陛下处置。"上曰："何事也？"普等曰："储嗣未定，陛下倘有不讳，诸王中当立何人？"上曰："可立晋王。"普等复曰："陛下艰难创业，卒致升平，自有圣子当受命，未可议及昆弟也。臣等恐大事一去，卒不可还，陛下宜熟计之。"上曰："吾上不忍违太后慈训，下为海内方小康，思得长君以抚之，吾意已决矣，愿公等善为我辅晋王。"遂出御府珠玉金器赐普等，令归第。翌日，上崩于长庆殿。由是晋王闻普等有此奏议，大衔之。嗣位后，坐多逊事连秦府，贬死于岭表。赵普以妇人取媚于禁中，遂获免。

李焘辨析道："盖开宝六年八月，赵普已罢相，出镇河阳，后二年太祖晏驾，此时赵普实在河阳，安得与卢多逊并居相位耶？"[1] 检《宋宰辅

1　《长编》卷一七开宝九年十月壬子条注，第379—380页。

编年录》等,此时宰相为薛居正、沈义伦(即沈伦);卢多逊为参知政事,至太宗即位之初方拜宰相。[1] 然对于《建隆遗事》此则记载,南宋赵彦卫曾指出:

> 见孙仲益尚书说东都秘阁《建隆遗事》,载艺祖嘱赵韩王(赵普)事,在前三二年寝疾时,明日着炙乃省,因赐器币,非是临上仙时。或移向后,非元本。[2]

赵彦卫之言颇可注意者有四点:一是李焘等所据以批评的《建隆遗事》已非北宋时藏于京师秘阁的原本,其文字已遭后人窜改、挪移。二是赵普第一次罢相时间确在宋太祖驾崩"前三二年"的开宝六年(973),其罢相原因即与其建议宋太祖"传子勿传弟"有关,但因其建议不为宋太祖所接受,故不得不罢相出京。这也与赵普对"金匮之盟"的一贯态度相符合,而赵普罢相出京前的"自诉"所云"外人谓臣轻议皇弟开封尹",或确有其事。三是因宋太祖"寝疾时,明日着炙乃省",病情甚危殆,故身为宰相的赵普于此时提出"储嗣"问题就甚为合理;此外,据上文所述及宋太祖历年狩猎活动,未见开宝六年、七年尝出城狩猎,似亦可自侧面印证宋太祖此时确实健康欠佳。四是开宝六年时,卢多逊虽非宰相,但官翰林学士,虽与赵普有隙,但颇得宋太祖的信任,而起草诏敕正是翰林学士之职责,故得与宰相赵普同召入宫受命。宋人有言赵普之所以罢相,正是由于赵普向宋太祖所提的密议

---
1 (宋)徐自明撰,王瑞来校补:《宋宰辅编年录校补》卷一、卷二,中华书局1986年版,第24—25页、第27页。按:《宋史·宰辅表一》所记同。
2 《云麓漫钞》卷一〇,第145页。

被卢多逊透露给赵光义的缘故。而正因为当时是同被召入宫受顾命，卢多逊才得以知晓赵普对宋太祖的建议，并能于日后向宋太宗告密，[1]否则当日赵普与宋太祖的密议，卢多逊又从何得知？

因此，《建隆遗事》的记事虽存有部分讹误，亦有一些后人羼入的文字，与屡经篡改的宋朝官史记载不相符合，却不可由此轻易判定其为后人伪托王禹偁之作。结合《涑水记闻》等私家野史笔记所载，大体可知宋初"金匮之盟"应确曾存在过，其传位顺序，当自宋太祖依次传之宋太宗、廷美，然后传回宋太祖之子德昭。[2]至于李焘，作为一位宋朝史家，所编著的《长编》又上献朝廷，故其所是所非以及史料的取舍标准自当合乎皇家要求，而不能公然违戾之，所以当发现私家著述如《建隆遗事》所载的"金匮之盟"等内容迥异于《国史》《实录》时，自不免以《建隆遗事》为误，并推断其文字为他人伪托王禹偁之作，以便否定其说。然细辨李焘等否定《建隆遗事》乃至《涑水记闻》等私家著述所载"金匮之盟"真实性的最主要理由有二：其一，赵普始终支持宋太祖传弟不传子的誓约；其二，宋太祖始终秉承杜太后"遗命"，与宋太宗友爱异常，全无嫌隙。但通过考辨宋初相关史料，可知上述两个理由并不成立。

二、宋太祖与赵光义、赵普的关系演变

在宋初政坛上，宋太祖、太宗兄弟与赵普三人之间，既为治国创

---

[1] 如朱弁《曲洧旧闻》卷一云："世传太祖将禅位于太宗，独赵韩王（普）密有所启，太祖以重违太后之约，不听。太宗即位，入卢多逊之言，怒甚。"

[2] 王育济《"金匮之盟"真伪考——对一桩学术定案的重新甄别》即认为"'三传约'是原始的、真实的'金匮之盟'，而太宗即位六年后与赵普联手公布的'独传约'则是对原始'金匮之盟'的篡伪"。

业同心协力，也存在着或明或暗的权力争斗。要探讨宋太祖与赵光义、赵普之间的关系及其演变，则还须从"陈桥兵变"说起。在"陈桥兵变"中，赵普所起的重要作用，宋人向无异议，但对于赵光义在兵变中的角色以及其所起的作用，宋代野史笔记的记载则与官史有异。

宋代官修史籍中一般记载赵光义与赵普同为"陈桥兵变"的策划者和主要参与者，在兵变前夜赵匡胤因酒酣睡时，是赵普、赵光义一起对图谋兵变的众禁军将领进行劝慰、策动，而且在兵变之初，对争取民心起着关键作用的赵匡胤与兵变将领约法三章之事，也称是赵光义先在赵匡胤的马头前"请以剽劫为戒"，而后赵匡胤才与众禁军将领设誓订约的。对此，李焘《长编》特加一条注文曰："《旧录》禁剽劫都城，实太祖自行约束，初无纳说者。今从《新录》。"[1] 即成书于宋太宗太平兴国年间的《太祖旧录》并未记载赵光义"请以剽劫为戒"一事，而此后编纂的《太祖新录》才记录此事。史载宋太宗尝对《太祖旧录》提出颇为严厉的批评，其中一大理由即是："太祖受命之际，非谋虑所及，陈桥之事，史册所缺。"[2] 不过，考之《长编》等史籍所载，其《太祖旧录》与《太祖新录》在叙述陈桥兵变之事的关键区别，就在赵光义于太祖马前"请以剽劫为戒"一事上。[3] 然而《建隆遗事》《涑水记闻》以及《画墁录》《丁晋公谈录》等私家著述也皆称当时是宋太祖自行诫誓诸将，并无晋王"纳说"之事，同于《太祖旧录》。[4]

---

1 《长编》卷一建隆元年正月甲辰条并注，第3页。
2 《玉海》卷四八《咸平重修太祖实录》，第909页。
3 按：方豪《宋史》认为陈桥兵变的策划者为宋太祖，而"太宗于陈桥史事修纂的热心，……乃为掩饰其继位之非法，故伪饰己于兵变中有拥立之功"。转引自刘静贞：《北宋前期皇帝和他们的权力》，第22页。
4 按：《建隆遗事》并称当赵匡胤率兵变将士入京城时，"晋王辈皆惊跃奔马出迎"。如此则当陈桥兵变时，赵光义乃身在京城，并未在兵变现场。见《邵氏闻见录》卷七，第65页。

第七章　金匮之盟与斧声烛影

如前文所述，五代时"帝王初举兵入京城，皆纵兵大掠，谓之夯市"，此被认为是当时诸朝统治不得长治久安的一大原因。因"陈桥兵变"中诸军将士不"夯市"，极大地安定了京城人心，故能"不终日而帝业成焉"，故宋人对此举评价甚高。由此，赵光义"请以剽劫为戒"之举，遂成为证明其于兴宋代周之际立下殊勋的关键因素，并成为日后宋太祖有意传位赵光义的始因。如曾巩《隆平集》记载宋太祖接受赵光义的建议而与诸将誓约以后，进而声称"太祖嘉帝（赵光义）英略，友爱益至，传位之意始于此"。[1] 由于《太祖新录》所添入的赵光义"叩马"事，经《三朝国史》，再经《长编》《宋史》等史籍载录，几成定谳，宋人笔记虽有不同说法，却不太再为后人所重视。

宋朝建立伊始，宋太祖与赵普之间的关系颇为亲密。又史称太祖"性孝友节俭"，[2] 其所谓"友"，即指友爱其弟赵光义等。至于赵光义与赵普的关系，起初也颇为融洽，史载：

> （杜）后聪明有智度，尝与上（太祖）参决大政，犹呼赵普为书记，常劳抚之曰："赵书记且为尽心，吾儿未更事也。"尤爱皇弟光义，然未尝假以颜色，光义每出，辄戒之曰："必与赵书记偕行乃可。"仍刻景以待其归，光义不敢违。[3]

从行文上看，李焘当视此事发生在赵宋立国以后。今人也人都持相似

1　《隆平集校证》卷一《圣绪》，第2页。
2　《宋史》卷三《太祖纪三》，第49页。
3　《长编》卷二建隆二年六月甲午条，第46页。按：《涑水记闻》卷一（第9页）所云稍异："太祖初登极时，杜太后尚康宁，尝与上议军国事，犹呼赵普为书记，尝抚劳之曰：'赵书记且为尽心，吾儿未更事也。'"又曰："昭宪太后聪明有智度，尝与太祖参决大政。"

看法，并有人认为杜太后要赵光义亲近赵普之意，一可学习吏道，二可巩固和提高赵光义的地位。[1] 但细析上文，此事当发生在宋太祖称帝以前，因为"陈桥兵变"的当月，即建隆元年正月，赵光义便被授任殿前都虞候，执掌京城内外禁军机宜；赵普任枢密直学士，执掌枢密院机事。此后，朝廷内外事故不绝，征战频仍，而杜太后病死于建隆二年六月初，故在此期间已不大可能再有如上述杜太后所要求的赵光义每出，"必与赵书记偕行乃可"，并"刻景以待其归"之事。但由此可见当时赵普与赵光义关系之密切。

建隆元年五月，李筠据潞州起兵反宋，宋太祖统军亲征。宋太祖原欲留"赵普居京师，普因皇弟光义请行，上笑曰：'普岂胜甲胄乎！'许之"。平叛后，"及第功推赏"，宋太祖曰："普宜在优等。"于是赵普擢兵部侍郎、充枢密副使。[2]

赵宋开国后，原赵匡胤幕府成员皆出任要职，至宋太祖亲征李筠时，除赵普随驾以外，给事中、端明殿学士吕余庆以知开封府为东京副留守，军器库使楚昭辅为京城巡检，时任客省使兼枢密承旨、右卫将军的李处耘也"从平潞、泽"，但事后，李处耘仅迁羽林大将军、宣徽北院使，吕、楚两人未迁官。[3] 而当初在赵匡胤幕府中，吕余庆的资历要深于赵普，"自太祖继领藩镇，余庆为元僚。及受禅，赵普、李处耘皆先进用，余庆恬不为意"。[4] 甚至在建隆二年七月，宰相范质举荐"富有时才，精通治道，经事霸府，历岁滋深"的吕、赵两人置

---

1 如《赵普评传》，第186页。
2 《长编》卷一建隆元年八月戊子条，第22页。
3 见《长编》卷一建隆元年正月壬戌条，第7—8页；《宋史》卷二五七《楚昭辅传》《李处耘传》、卷二六三《吕余庆传》，第8959页、第8961页、第9099页。
4 《宋史》卷二六三《吕余庆传》，第9099页。

之"台司"时，仍以"端明殿学士吕余庆、枢密副使赵普"为顺序。[1] 又，李处耘在"陈桥兵变"中"临机决事，谋无不中，太祖嘉之"，所授枢密承旨之官亦略同于赵普的枢密直学士，此时同样"从平潞、泽"，然赵普升任兵部侍郎、充枢密副使，而李处耘直至建隆三年方以宣徽南院使兼枢密副使。[2] 由此可以推断，赵普的升迁，赵光义可能起着相当之影响。

但赵光义与赵普的密切关系，渐渐变得微妙而渐趋疏远，至开宝后期两人关系颇为恶化，然而其中间隙、争斗究因何事而起，宋人未有记载，今日研究者也大都未关注于此，或者语焉不详。[3] 从现见史料分析，赵光义、赵普的关系自密切转为争斗，大概与"杯酒释兵权"一事相关。

后人说起"杯酒释兵权"，关注点大都集中在诸禁军大将被解除军权上，而不甚注意当时被解兵权的除高怀德、王审琦、张令铎、罗彦瓌等三衙大将以外，还有一位甚为关键的人物，即自殿前都虞候改任开封尹的皇弟赵光义。建隆二年七月，杜太后死后仅一月，赵光义出任自五代以来象征"储君"之位的开封尹，此应与那"金匮之盟"有关。而且，由于赵光义的改任紧随"杯酒释兵权"之后，想来两者间也有着脱不开的关联。宋太祖因出身于殿前司，故信任殿前司实在侍卫亲军马军、步军之上，因此，在登基之初，即任命皇弟赵光义为殿前都虞候。虽然当时殿前司长官于都虞候之上，还有都点检慕容延

---

[1] 《长编》卷二建隆二年七月壬午条，第51页。
[2] 《宋史》卷二五七《李处耘传》，第8961页。
[3] 如张其凡《赵普评传》（第186页）云赵光义"任开封尹，已隐然有继位人的地位"，但其与赵普的"关系却疏远起来"，至乾德二年"赵普为相，位在光义之上，独揽大权以后"，两人关系更趋恶化。

钊、副都点检高怀德、都指挥使王审琦,但他们大多领军在外,于是,京城禁军即由都虞候赵光义执掌。[1]故建隆元年五月,宋太祖亲征李筠,赵光义为大内都点检,主持京城军务;十月,宋太祖又亲讨扬州李重进之乱,赵光义再次留守京城。赵光义于继位后也曾自誉:"洎太祖即位,亲讨李筠、李重进,朕留守帝京,镇抚都城,上下如一。其年蒙委兵权。"[2]至二年七月庚午(九日),高怀德等禁军将帅罢免军权;壬午(二十一日),以皇弟泰宁军节度使兼殿前都虞候赵光义兼开封尹、同平章事,嘉州防御使赵廷美为山南西道节度使。对此,李焘认为"先是,范质奏疏言:'光义、廷美皆品位未崇,典礼犹阙,伏乞并加封册,申锡命书,或列于公台,或委之方镇。皇子、皇女虽在襁褓者,亦乞下有司,许行恩制。'"太祖"嘉纳",[3]而有是命。但分析相关史料可知,这两者间的因果关系似并不如此简单。因为其一,一般而言,大臣上奏请赐天子亲族官爵,应是先皇子而后皇弟等,但范质却特意请示封赐皇弟,然而皇子赵德昭仅小赵廷美四岁而已,非"襁褓"中人,却只是一笔带过,而宋太祖也仅授予赵光义、赵廷美显宦,皇子、皇女皆未得爵封,似乎宰相范质的奏请特地为此番授官而上呈;其二,当时殿前都点检空缺,殿前副都点检高怀德、都指挥使王审琦已同时被免,据当时情况分析,一般是擢任赵光义补缺;但其三,据古代一般情形而言,亲王执掌禁卫军兵并不利于王朝稳定。虽然历史上屡有幼主嗣位而遭强臣篡夺之事,但传弟更容易引起皇室内部的血腥争斗,

---

[1] 如《长编》卷二建隆二年七月壬午条云,太祖以张琼接任赵光义殿前都虞候之职,即谓"殿前卫士如虎狼者不下万人,非张琼不能统制"。可证张琼以前,实由赵光义"统制""殿前卫士"。
[2] 《宋朝事实》卷三《诏书》,第33页。
[3] 《长编》卷二建隆二年七月庚午条、壬午条,第50—51页。

所以自周朝确立王位传子制度以后，嫡长子继位成为中国历史上君位嗣承的主流方式。宋太祖登基之初任用赵光义为殿前都虞候以执掌殿前军马，实是处于国初政局动荡这一特殊背景而采用的特殊措施，随着内外形势渐趋平稳，至此遂以遵从杜太后的意愿为名而改命赵光义任开封尹，同时解除其兵权，以免隐患。由于其中隐衷，与继位以后的赵光义一向宣称的太祖"友爱"兄弟之说颇有不合，所以史臣于撰修《太祖实录》《三朝国史》等官史时，自然就讳避而不提了。

从各种记载上看，赵普对"杯酒释兵权"的态度，较宋太祖更为积极。南宋初，宋高宗与近臣论及赵普，便云："唐末五季藩镇之乱，普能消于谈笑间，如国初十节度，非普谋，亦孰能制？"[1] 所谓"能消于谈笑间"，自指"杯酒释兵权"一事，而"十节度"或指"义社十兄弟"。[2] 可见赵普在"杯酒释兵权"一事中所起的作用。因此，开宝六年（973）八月赵普罢相出京，九月中，宿将天平节度使石守信"兼侍中"，归德节度使高怀德、忠武节度使王审琦"并加同平章事"，[3] 似也昭示那些宿将在"杯酒释兵权"一事中受了委屈，至此赵普罢相，天子即为那些宿将晋爵加官，以示安抚。而从赵普竭力劝说太祖解除石守信等禁军大将的兵权，此后又极力阻止赵光义势力涉足禁军等情况上看，赵光义与"杯酒释兵权"中诸将几乎同时被解免军职，其中隐秘之原因，当也与赵普大有关系。可能由此，赵光义与赵普的关系开始疏远。

当时在宋太祖的支持下，赵光义、赵普的势力分别获得了快速扩

---

1 《建炎以来系年要录》卷六一绍兴二年十二月癸巳条，第 1 册，第 801 页。
2 蒋复璁：《宋代一个国策的检讨》，载氏著《宋史新探》，第 18—19 页。
3 《长编》卷一四开宝六年九月己巳条，第 307—308 页。

张。如乾德二年（964）正月，赵普自枢密使擢拜宰相。因深得天子信任，赵普得以放手处理国事，为后世创制"法度"："偃武而修文，慎罚而薄敛，三百余年之宏规，若平昔素定，一旦举而措之。"[1] 获得宋人高度称誉，被誉为"佐命功臣""社稷臣"，是宋太祖治理天下不可或缺的左膀右臂，独相十年，始终执掌中枢机构。

同时，宋人也颇为津津乐道宋太祖友爱其兄弟的故事，如《长编》卷一七开宝九年六月载：

> 上（太祖）以晋王光义所居地势高仰，水不能及，庚子，步自左掖门，至其第，遣工为大轮，激金水河注第中，且数临视，促成其役。王性仁孝，上雅钟爱，尹京十五年，庶务修举，上数幸其府，恩礼甚厚。尝疾病，殆不知人，上亟往问，亲为灼艾，王觉痛，上亦取艾自灸，自辰及酉，王汗洽苏息，上乃还。疾良愈，复往视之，赐以龙凤毡褥。又尝宴宫中，王醉，不能乘马，上起送至殿陛，亲掖之。王帐下士蒙城高琼左手执镫以出，上顾见，因赐琼等控鹤官衣带及器帛，勉令尽心。间谓近臣曰："晋王龙行虎步，且生时有异，必为太平天子，福德非吾所及也。"

李焘于其下注引蔡惇《夔州直笔》曰：

> 太祖以晋王尹京，对罢，宣谕曰："久不见汝所乘何马，牵来一观。"遂传呼至殿陛下御马台，敕令晋王对御上马。太宗

---

[1] 《宋史》卷二五六"论曰"，第8945页。

惶惧辞逊，乃密谕曰："他日汝自合常在此上下马，何辞焉？"太宗骇汗趋出。命近侍挽留，送上马。遂再拜，乘马驰走，回旋于殿庭而出。太祖示继及之意也。[1]

宋太祖友爱其弟，自然可信，有人以为宋太祖于此时屡次至赵光义晋王邸，实有监视之意，可能也非全无根据。至于"龙行虎步""生时有异"以及"太祖示继及之意"之类宣扬赵光义得"天命"的言辞，则当出于宋太宗继位以后所虚构者，而不能全然视作为信史。[2]关于所谓赵光义"生时有异"之说，也见载于《宋史·太宗纪》：

初，后（杜太后）梦神人捧日以授，已而有娠，遂生帝于浚仪官舍。是夜，赤光上腾如火，闾巷闻有异香。[3]

此与所谓"香孩儿"之宋太祖的诞生神话一样，不过是称帝以后的"官史"标准说辞而已。至于宋人野史笔记之中，有关赵光义得"天命"的记载就更加普遍。如《玉壶清话》就称：宋太祖时，南唐主遣韩熙载"入朝聘谢。熙载归，语主曰：'五星连珠于奎，奎主文章，仍在鲁分。今晋王镇充海，料非久必为太平中国之主，愿记臣语。'时乾德

---

[1] 《长编》卷一七开宝九年六月庚子条，第372—373页。按：《宋史》卷三《太祖纪三》亦载："太宗尝病亟，帝往视之，亲为灼艾，太宗觉痛，帝亦取艾自灸。每对近臣言：太宗龙行虎步，生时有异，他日必为太平天子，福德吾所不及云。"
[2] 邓广铭：《宋太祖太宗皇位授受问题辨析》，载《邓广铭全集》第七卷，第259页。
[3] 《宋史》卷四《太宗纪一》，第53页。

丁卯之岁也。"[1] 丁卯岁为乾德五年（967）。是时赵光义正任开封尹、同平章事，早已罢充海节镇（即泰宁军节度使）。故韩熙载所云，当属赵光义登基以后才出现的附会之语。[2] 也因受此类传闻的影响，明人程敏政于《宋纪受终考序》中声称："观太祖于太宗，如灼艾分痛，与夫'龙行虎步'之语，始终无纤芥之隙。"[3] 此处"始终无纤芥之隙"云云，并非史实。因为从诸方史料记载来看，赵光义继位以后，竭力美化其与皇兄"始终友爱"的关系，实为掩饰两人之间存在的且渐趋于恶化的"纤隙"和忌疑。

不过，宋朝开国之初，出于扩张赵氏权力基础以稳固其统治的考虑，被免去军职而改任开封尹的赵光义，仍然在宋太祖的着意支持或默许下，于开封府广延四方豪俊，聚集了一批文武幕僚，养成了颇为强大的政治势力。[4] 题名陶谷所撰的《清异录》卷上尝称："本朝以亲王尹开封，谓之判南衙，羽仪散从，灿如图画，京师人叹曰：'好一条软绣天街。'"因陶谷死于开宝三年（970），故其所记载的，当属赵光义开宝六年（973）封晋王以前的情形。这些晋邸幕僚、帐下士，在为赵光义获取"储嗣"资格、助其登上帝位等方面起着颇为明显的

---

[1] 《玉壶清话》卷九，第93—94页。按：据《长编》卷二，建隆二年"冬十月癸巳，唐主以皇太后山陵，遣户部侍郎北海韩熙载、大府卿田霖来助葬"。乾德年间，韩熙载未尝出使开封。

[2] 按：宋人也有将是年"五星连珠于奎"视作真宗诞生的瑞祥。如《宋史》卷六《真宗纪一》曰："初乾德五年，五星从镇星聚奎。明年正月，后（元德皇后李氏）梦以裾承日有娠。十二月二日，生于开封府第。"

[3] 许振兴：《宋纪受终考研究》，香港瑞荣企业2005年版，第149页。

[4] 按：台湾学者蒋复璁《宋太宗晋邸幕府考》（载氏著《宋史新探》）考证出赵光义的开封府幕僚、军校66人，张其凡《宋太宗》在此基础上加以考订，补充两人，至68人。顾宏义《宋初政治研究——以皇位授受为中心》（第200—205页）又据相关史料补充7人，共计75人。

作用，并给予宋太宗朝甚至宋真宗初期政治、军事以重大影响。但是，今日若因晋邸幕僚、帐下士人数众多而认定晋邸势力浩大强盛，[1] 却似又不然。因为在赵光义集团中，明确其身份为开封府幕僚即开封府判官、推官、录事等的也就十人左右，其余多为武人或内侍、给役之人，其中帐下亲校中还颇有亡命山林、市井无赖之辈，可以说，其人员素质并不很高。相关史料中所记载的这些人之高官显爵，是在赵光义登基后，其作为"潜龙"旧臣而得以鸡犬同升，其中多人日后成为统兵大将，但在与契丹作战中显示出其才能平庸、品行低劣，可为一证。因此，身为开封尹的赵光义，能在朝廷内外发挥其巨大影响，还是在于其以皇弟身份来拉拢文武大臣，以结为腹心。如宋初名相范质之子范旻为度支员外郎、判大理正事，不久知开封县，时任开封尹的赵光义数召范旻与语，颇器重之；又曾任开封府属县官吏的孔维为大圣人孔子的后裔，以经术颇得开封尹赵光义赏识。甚至连宋太祖的心腹太监如王继恩，也最终被赵光义收买。据《玉壶清话》称，赵光义"为京尹"时"纵法以结豪俊"，并称晋邸"年费"达"数百万计"，[2] 其中相当部分被用于贿赂、收买文臣武将。《宋史》中就载有两例，如《田重进传》载：

> 田重进……隶太祖麾下。从征契丹，至陈桥还，迁御马军使。……重进不事学，太宗居藩邸时，爱其忠勇，尝遗以酒炙，不受，使者曰："此晋王赐也，何为不受？"重进曰："为我谢

---
1 如蒋复璁《宋太宗晋邸幕府考》（载氏著《宋史新探》，第95页）认为赵光义幕府"有文有武，有兵有将"，成为"杯酒释兵权"后"惟一的一个力量，也许是太祖有意培植，以备继统，也许是他蓄有异谋"。
2 《玉壶清话》卷七，第67页；卷八，第83页。

晋王，我知有天子尔。"卒不受。[1]

又《刘温叟传》亦云：

> 刘温叟，字永龄，河南洛阳人。性重厚方正，动遵礼法。……太宗在晋邸，闻其清介，遣吏遗钱五百千，温叟受之，贮厅西舍中，令府吏封署而去。明年重午，又送角黍、执扇，所遣吏即送钱者，视西舍封识宛然，还以白太宗。太宗曰："我钱尚不用，况他人乎？昔日纳之，是不欲拒我也；今周岁不启封，其苦节愈见。"命吏辇归邸。是秋，太宗侍宴后苑，因论当世名节士，具道温叟前事，太祖再三赏叹。[2]

与田重进的硬钉子不同，刘温叟是让赵光义遇上了软钉子。想来朝中接受赵光义馈送钱物者颇众，而仅此二人因拒绝受礼而留名青史。又从宋太祖获知刘温叟之事后的态度来看，其对赵光义笼络朝中官员的做法至少并无反感。

但赵光义扩张势力的行为，遭到了权臣赵普的阻击，大约最迟自乾德元年（963）初，赵光义、赵普之间的暗争逐渐发展成明斗。

乾德元年二月，宋太祖欲任用来京城觐见天子的天雄军节度使符

---

[1] 《宋史》卷二六〇《田重进传》，第9024—9025页。按：田重进答晋王使者之语，《宋太宗实录》卷八〇（第203页）作"我但知有陛下，不知晋王是何人"；《玉壶清话》卷七（第71页）云"我只知有官家，谁人能吃他人酒食乎"，武夫口吻历然，《宋太宗实录》文字改为雅驯，而《宋史》中田重进口气颇为谦卑，当是史家屡加修改所至，以为宋太宗粉饰。

[2] 《宋史》二六二《刘温叟传》，第9071—9073页。按：是事又载于《玉壶清话》卷二、《长编》卷一二开宝四年七月乙未条，时刘温叟官御史中丞。

彦卿"典兵"，但遭到枢密使赵普的反对，"以为彦卿名位已盛，不可复委以兵柄"，太祖不听："卿苦疑彦卿，何也？朕待彦卿至厚，彦卿岂能负朕耶？"赵普遂曰："陛下何以能负周世宗？"于是太祖"默然，事遂中止"。[1] 符彦卿因"能骑射""勇略有谋，善用兵"，深得军中拥戴，"士卒乐为效死"；且其两个女儿先后为周世宗皇后，另有一女嫁赵光义，故作为"宿将，且前朝近亲，皇弟匡义"丈人的符彦卿在后周、宋初时官贵位显。[2] 而此时上距宋太祖解除开国勋臣和义社兄弟石守信、王审琦等人军职的"杯酒释兵权"之时不过一年有余，况且符彦卿在军中的资历、声望还在石守信、王审琦诸将帅之上，甚至还高于宋太祖，但其与宋太祖的关系却要较石守信、王审琦诸将帅疏远，而且以符彦卿的资历、声望，宋太祖若任用其典军，只能授予殿前都点检、侍卫亲军都指挥使之类官职。因此，宋太祖此番所为，确实颇为蹊跷。故推究其中原因，其唯一合理的解释，当是皇弟赵光义推荐了符彦卿。而赵光义在"杯酒释兵权"时自殿前都虞候出任开封尹，被免去军职，至此又举荐妻父出掌禁军，显然有其用心。赵普当是一为预防名望已盛的符彦卿生出非分之想，觊觎大位，二为阻止赵光义的势力和影响扩大，尤其为防止其插手禁军事务，故坚决反对。因赵普反对符彦卿执掌禁军的理由正中天子的死穴，遂得成功。

四月，"典军"不成的符彦卿"辞归镇"，但此后宋太祖对符彦卿的态度却急转直下，变得甚为戒备。是年六月，宋廷初次任命京朝官出掌县政，但地点正在符彦卿任节度使镇守州府的属县，理由是"时

---

[1] 《长编》卷四乾德元年二月丙戌条，第83—84页。
[2] 《宋史》卷二五一《符彦卿传》，第8837—8840页；《长编》卷一建隆元年正月丁巳条，第7页。

符彦卿久镇大名,专恣不法,属邑颇不治,故特选强干者往莅之"。[1]

是年八月、九月,又发生了殿前都虞候张琼"自杀"与枢密副使李处耘被贬斥之事。

《宋史·太祖纪一》云是年"八月壬午,殿前都虞候张琼以陵侮军校史珪、石汉卿等,为所诬谮,下吏,琼自杀"。然据《宋史·张琼传》,张琼是被天子"赐死"的:

> 琼性暴无机,多所凌轹。时史珪、石汉卿方用事,琼轻侮之,目为巫媪。二人衔之切齿,发琼擅乘官马,纳李筠隶仆,畜部曲百余人,恣作威福,禁军皆惧;又诬毁太宗为殿前都虞候时事。建隆四年秋,郊禋制下,方欲肃静京师,乃召讯琼。琼不伏,太祖怒,令击之。汉卿即奋铁挝乱下,气垂绝,曳出,遂下御史案鞫之。琼知不免,行至明德门,解所系带以遗母。狱具,赐死于城西井亭。太祖旋闻家无余财,止有仆三人,甚悔之。因责汉卿曰:"汝言琼有仆百人,今何在?"汉卿曰:"琼所养者一敌百耳。"太祖遂优恤其家。以其子尚幼,乃擢其兄进为龙捷副指挥使。[2]

《长编》卷四乾德元年八月壬午日所载,除"狱具,赐死于城西井亭"九字作"即自杀","乃擢其兄进为龙捷副指挥使"下多"然亦不罪汉卿"一句,其他略同;然在注文中考辨曰:"《新录》及《国史》并宋白所为《琼传》并云'狱具,乃赐死于城西井亭'。今从《旧录》。

---

[1] 《长编》卷四乾德元年六月庚戌条,第96页。
[2] 《宋史》卷二五九《张琼传》,第9010页。

疑《新录》与《国史》及宋白或加润饰也。"[1] 可见张琼是否自杀，宋代官史记载不一。然考诸史实，李焘之"考证"大误。如熙宁年间，宰相王安石与宋神宗对话时，即曾明言："太祖敢于诛杀，然犹为史珪、丁德裕之徒所欺而滥及无辜。"[2] 因史珪所欺而被宋太祖诛杀的"无辜"即为张琼。

张琼乃赵匡胤帐下心腹将校，早年尝从赵匡胤征战淮南，屡立战功，曾在进攻寿春城的激战中救过赵匡胤一命，故赵光义被解除军职以后，宋太祖即擢张琼为都虞候，因为"殿前卫士如狼虎者不下万人，非张琼不能统制"。[3] 然而如此深得天子信任的心腹将校，竟然于两年后因遭人"诬毁"而被天子"赐死"，且典领禁军的殿前都虞候被杀，当为宋初朝廷一大事，然而有关其死法及死因等，宋朝官史却所载互异，其中显然存在隐情。

张琼被杀原因，据宋官史记载，是因其"性暴无机"，得罪了太祖亲信军校史珪、石汉卿，故遭史、石二人诬陷而死。其罪名主要为："擅乘官马，纳李筠隶仆，畜部曲百余人，恣作威福，禁军皆惧；又诬毁太宗为殿前都虞候时事"。虽然官史称上述罪名皆出于史、石二人之诬陷，但事白之后，诬害天子大将的史、石二人却别无处分，此实在大有蹊跷。据载史珪"多智数，好以甘言小惠取誉于人"，"少以武勇隶军籍，周显德中，迁小校。太祖领禁卫，以珪给事左右。及受禅，用为御马直队长，四迁马步军副都军头兼控鹤、弓弩、大剑都指挥使。开宝六年，加都军头，领毅州刺史。太祖初临御，欲周知外

---

1 《长编》卷四乾德元年八月壬午条，第101页。
2 《长编》卷二三六熙宁五年闰七月乙丑条，第5747页。
3 《长编》卷二建隆二年七月壬午条，第51页。

事，令珪博访。珪廉得数事白于上，验之皆实，由是信之，后乃渐肆威福"。至开宝九年（976），"坐漏泄禁中语，出为光州刺史"。[1]而石汉卿《宋史》无传，据《长编》卷四、卷一〇知，石汉卿于后周显德初年补散员指挥使，入宋后升殿前指挥使都虞候、袁州刺史，开宝二年五月随宋太祖出征太原，战死；史籍并称石汉卿"性桀黠，善中人主意，多言外事，恃恩横恣，中外无敢言者，闻其死，无不称快"。[2]可见声名不佳的史、石二人，在张琼冤死后，仍然深得天子的信用。史载张琼"性暴无机，多所凌轹"，但张琼绝非是一不明事理的莽夫。如宋初名臣宋白"豪俊，尚气节，重交友"且"善属文"，早年"尝馆于张琼家，琼武人，赏白有才，遇之甚厚"。[3]因此，可推测张琼被杀的根本原因，并不在于史、石二人的蓄意诬害。考诸文献史料，张琼被"赐死"的原因，实与当时政坛中最为敏感的皇位传承一事密切相关。宋文莹《玉壶清话》卷七中所载一段文字，似可对此加以解释：

> 开宝初，太宗居晋邸，殿前都虞候奏太祖曰："晋王天日姿表，恐物情附之，为京尹，多肆意，不戢吏仆，纵法以结豪俊，陛下当图之。"上怒曰："朕与晋弟雍睦起国，和好相保，他日欲令管勾天下公事，粗狂小人，敢离我手足耶？"亟令诛之。[4]

1　《宋史》卷二七四《史珪传》，第9357—9358页。
2　《长编》卷四乾德元年八月壬午注、卷一〇开宝二年五月戊子，第102页、第222页。
3　《宋史》卷四三九《文苑传一》，第12998页。
4　《玉壶清话》卷七，第67页。

赵光义封晋王虽在开宝六年，但宋人一般亦习称登基之前的宋太宗为晋王。宋太祖一朝官拜殿前都虞候者四人，即赵光义、张琼、杨义（杨信）、李重勋。开宝六年八月赵光义封晋王之后数日，杨义自殿前都虞候擢殿前都指挥使，此后殿前都虞候由李重勋接任，直至太宗朝，[1]故此处文莹所称之殿前都虞候当指张琼。如此则上所引文"开宝初"当作"乾德初"。但文莹云云所大可注意者，是点明了张琼被杀的真实原因，即在于其谏劝宋太祖要抑制其弟开封尹赵光义的势力，以免不测，不料反由此激怒天子，故张琼"知不免"而"解所系带以遗母"。因此，《宋史·张琼传》等所言张琼罪状之一，即张琼"又诬毁太宗为殿前都虞候时事"，恐怕不是出于史、石二人的诬陷，而当实有其事，《宋史》及《长编》等所云，实有隐讳。

《玉壶清话》所云张琼死因，亦见于两宋之际学者罗从彦所撰《遵尧录·太祖》中。罗从彦在称誉太祖仁心时说道："凡帝王固当推心待下，岂可以臆度而滥刑诛？若夫命数之所钟，亦非人谋之能屏。故开宝之前，惟殿前都虞候张琼以忤晋邸伏法外，未尝辄诛大臣。"[2]可见张琼确实是以"忤晋邸"而被"赐死"的。联系数月以前，赵普坚决阻止宋太祖"欲使彦卿典兵"之举，至此张琼上言攻讦赵光义为殿前都虞候时之事，要求天子抑制赵光义的势力，其背后似也有着赵普的影子。但宋太祖虽然未让符彦卿"典兵"，阻断了皇弟间接插手禁军事务的企图，却还是不欲有伤手足之情，所以甚至不惜"亟诛"爱将张琼以示天下。由于宋太宗以弟继兄、得位不正，为稳定统治，遂竭

---
1 《长编》卷一四开宝八年九月辛未条，第308页；卷一八太平兴国三年三月癸卯条（第424页）："（李）重勋与太祖同事周祖，谨厚无矫饰，太祖甚重之，故擢委兵柄，始终无易。"
2 《罗豫章先生文集》卷一《遵尧录一》，第12页。

力掩饰其与宋太祖之间的矛盾,在太平兴国初编撰《太祖旧录》时,仍取张琼"自杀"之说,且将罪责归之于"小人"诬陷。至宋真宗初年编撰《太祖新录》《两朝国史》以及宋白撰写《张琼传》时,似已不再回避宋太祖的"失政",所以记载了张琼被"赐死"的事实,但对张琼被诛的真正原因仍然讳莫如深,只是私家著述中才透露一二。至南宋李焘撰《长编》时,弃《新录》及《国史》并宋白所为《琼传》中所载的太祖涉嫌滥刑"无辜"之史实,而取《太祖旧录》所称张琼"自杀"之曲笔,其原因当即在于此,即为了维护太祖"圣明"天子以及其与赵光义兄弟"亲密无间"之形象。

至于九月间被贬官的李处耘,其罪名也颇有蹊跷之处。

是年初,枢密副使李处耘作为都监,佐助山南东道节度使慕容延钊统军南定荆、湖地区。因慕容、李二将间大闹矛盾,"更相论奏",结果是李处耘受到严惩,于九月中责授淄州刺史。对此事经过,《宋史·李处耘传》记载道:

> 初,师至襄州,衢肆鬻饼者率减少,倍取军人之直。处耘捕得其尤者二人送延钊,延钊怒不受,往复三四,处耘遂命斩于市以徇。延钊所部小校司义舍于荆州客将王氏家,使酒凶忿,王氏诉于处耘。处耘召义呵责,义又谮处耘于延钊。至白湖,处耘望见军人入民舍,良久,舍中人大呼求救,遣捕之,即延钊圉人也,乃鞭其背,延钊怒斩之。由是大不协,更相论奏。朝议以延钊宿将贳其过,谪处耘为淄州刺史。处耘惧,不敢自明。……处耘有度量,善谈当世之务,居常以功名为己任。荆湖之役,处耘以近臣护军,自以受太祖之遇,思有以报,故临

事专制,不顾议,遂至于贬。[1]

《长编》卷四所载略同,然"朝议以延钊宿将贳其过"作"上以延钊宿将,赦其过"[2]为稍有异。杨亿《忠武李公(继隆)墓志铭》对此也称:"大勋既集,飞语乃生,卒致投杼之疑,且有传车之召。属吏问状,耻于辩明,左迁淄州刺史。"[3]也是语义隐约。当时宋太祖正大力整顿禁军军纪,而作为天子心腹、官拜枢密副使的李处耘随行监军,"临事专制"本属平常,且又是惩处犯法犯禁的军士,虽因此与主将慕容延钊"大不协",但至多也就是各打五十大板,但结果却是"朝议"或"上"以慕容延钊"宿将"而"赦其过",只处罚李处耘,而李处耘受此严惩,竟然是"惧,不敢自明",内中原因,史无明言,但据一些散见的史料推测,恐怕还是与赵普有一定之关系。

史载李处耘贬官后,其子李继隆"亦除籍",后虽"复旧官。时权臣与处耘有宿憾者,忌继隆有才,继隆因落魄不治产,以游猎为娱"。至开宝末,宋太祖赏识李继隆,"且追念其父,欲拔用之"。[4]在宋太祖朝而能被称为"权臣"者,大概赵普之外应无第二人。又据《宋史·李处耘传》载,李处耘卒于贬所以后,"太祖颇追念之。及开宝中,为太宗纳其次女为妃,即明德皇后也"。[5]而《后妃传上》亦载:太宗明德皇后李氏为"淄州刺史处耘第二女。开宝中,太祖为太宗聘

---

1 《宋史》卷二五七《李处耘传》,第8962—8963页。
2 《长编》卷四乾德元年九月丁卯条,第105页。
3 《全宋文》卷三〇一杨亿《忠武李公墓志铭》,第15册,第71页。
4 《宋史》卷二五七《李继隆传》,第8963—8964页。
5 《宋史》卷二五七《李处耘传》,第8963页。

为妃。既纳币,会太祖崩,至太平兴国三年始入宫,年十九"。[1]古代女子十五岁及笄,故此处及上述《李处耘传》之"开宝中",似当作"开宝末"为是。因赵普于开宝六年(973)罢相,此后宋太祖方擢用李处耘之子、为赵光义礼聘李处耘之女为妃,以为李家之补偿。由此推断李处耘被贬官背后,还深藏着赵普、赵光义暗中争斗之因素。加上李处耘、赵普曾同处赵匡胤幕府,且李处耘的资历要较赵普为深,但赵普因与赵家的特殊关系而更得天子宠信。建隆三年(962)十月,赵普自枢密副使升拜枢密使,李处耘遂拜枢密副使。可能因权位职事等原因,引起两人间的不和。至此,李处耘监军一举平定荆南、湖南地区,其功厥伟,宋太祖很可能因此拜他为宰相,由此引起赵普不快,而设法激怒天子,不赏其功,反予严惩。可能正因为此,且有鉴于八月间张琼欲效忠天子而反遭诛杀之近事,使得遭受有功反贬之不公结果的李处耘只得"惧,不敢自明"了。

因此,乾德元年(963)中,相继发生的符彦卿"典兵"不成、张琼被"赐死"与李处耘被贬官三事,虽是渐趋激化的赵普与赵光义之间权力斗争的产物,却也可由此看出天子有意在皇弟与权相之间维系着权力平衡的用心。所以可以说,赵光义与赵普之争,同赵普与枢密院诸天子"旧臣"之争一样,实是宋太祖出于"异论相搅"以平衡各权势集团,达到集权于天子一人的统治策略。因此,宋太祖在放手让宰相赵普处理朝政的同时,通过"赐死"张琼,向世人宣示其欲维护赵光义地位、权势的用意。

在如此背景下,赵普、赵光义之间的明争暗斗更趋激化,先后发

---

[1] 《宋史》卷二四二《后妃传上》,第8610页。

生了乾德二年高锡之谮石熙载,乾德四年冯瓒被流放、宋琪被贬官、窦仪不至执政,开宝四年(971)姚恕被投尸于河诸事,使得赵普、赵光义的关系终至水火不相容。

石熙载字凝绩,河南洛阳(今属河南)人。《宋史·石熙载传》载:建隆初,赵光义以殿前都虞候领泰宁军节度使,石被辟为掌书记;赵光义为开封尹,石任开封府推官,后因谗言贬官忠武、崇义二军掌书记;至赵光义继位,方被召回。对其被谮的原因,史载:

> 屯田员外郎、知制诰高锡以弟铣应进士举,属之开封府推官河南石熙载求首荐。铣辞艺浅薄,熙载弗许,锡深衔之,累于上前言熙载裨赞无状。上谓皇弟开封尹光义曰:"当为汝择人以代熙载。"光义曰:"熙载居官恪勤,此必高锡谮之也。"上感悟,将罪锡而未有以发。会遣锡使青州,私受节度使郭崇赂遗,所过恣其凶率,又尝致书澧州托刺史求僧紫衣,为人所告,下御史府按得实,责授莱州司马。[1]

《宋史·高锡传》所载略同。此事从表面上看,是高锡因私憾而攻讦石熙载,但考虑到石为赵光义的幕僚,一般官员并不敢轻易招惹,而据《宋史·陶谷传》、《长编》卷七等记载,高锡与陶谷、赵逢等官员皆党附宰相赵普,[2] 故此事实际上仍属赵普与赵光义的暗斗,所以宋太祖的处理方式也是将两位当事人分别贬责了事,以求平衡。

至乾德四年八月,发生了冯瓒被流放与宋琪被贬官之事。《长编》

---

1 《长编》卷五乾德二年五月丁丑朔条,第127页。
2 《宋史》卷二六九《陶谷传》,第9237页;《长编》卷七乾德四年十一月癸丑条,第182页。

卷七载：

> 先是，上与赵普言："枢密直学士、右谏议大夫冯瓒材力，当世罕有，真奇士也。"尝欲大用之。普心忌瓒，因蜀平，遂出瓒为梓州，潜遣亲信为瓒私奴，伺察其过。间一岁，奴遂亡归，击登闻鼓，诉瓒及监军绫锦副使李美、通判殿中侍御史李楘等为奸利事。上急召瓒等赴阙，面诘之，下御史鞠实，而奴辞多诬。普复遣人至潼关阅瓒等囊装，得金带及他珍玩之物，皆封题以贿刘嶅，嶅时在皇弟开封尹光义幕府。瓒等乃皆伏辜。狱具，普白上，言瓒等法当死。上欲贷之，普执不可，上不获已，庚戌，诏并削名籍，瓒流沙门岛，美海门岛，嶅免所居官。

李焘并于其下注曰：

> 刘嶅，附见《贾炎传》，云尝事太宗藩府，至户部郎中，天禧中录其孙从简为三班奉职。不知当此时为开封府何官也。《真宗实录》天禧四年四月，载嶅母张表言嶅尝为太宗府佐，沦没至今三十年，子孙绝无禄食者。上悯之，故命从简以官。然亦不记嶅官为何等也。建隆三年九月丁丑，以开封府判官、刑部员外郎刘嶅为工部郎中充职，然则嶅在藩府实为判官也。《新录》又称刘嶅等已从别敕处分，恐瓒金带等，不独赂嶅一人也。大抵《新》《旧录》载此事亦若有避所忌，故不甚详，当细考之。[1]

---

[1] 《长编》卷七乾德四年八月庚戌条，第175页。按："贾炎"当作"贾琰"，《宋史》卷二六三《窦偁传》称赵光义"领开封府尹，选偁判官，时贾琰为推官"。

由李焘注文可知，《太祖旧录》《新录》为之避忌者，当不会因为赵普的缘故，而只能是此事牵涉到开封尹赵光义本人。李焘对此已加考辨，但因史料有阙加上记载讳避，留下诸多疑窦：

其一，冯瓒出知梓州实为重用，而非贬斥。如建隆元年末，宋太祖消灭李重进集团后，即令昔日幕府谋士李处耘权知扬州；乾德三年（965）宋灭后蜀后，也任命曾为幕府谋士的吕余庆为川西重镇成都府知府，相对的川东重镇梓州即命冯瓒镇守，不久又命党附赵普的枢密直学士赵逢权知阆州，以镇抚新平定的川蜀地区。不过，若由此认为"赵普心忌冯瓒而让瓒出知梓州，多少有些诬陷之词"，[1] 其说却也不尽然。因为在天子身边，其被重用的机会更多，而对天子的影响也更大。如与冯瓒同去四川的吕余庆，作为赵匡胤昔日幕府"元僚"，当"赵普、李处耘皆先进用"之时知潭州、襄州、江陵府，当李处耘"黜守淄州，余庆自江陵还，太祖委曲问黜耘事，余庆以理辨释，上以为实，遂命参知政事"，然不久又出知成都府；此后当赵普"忤旨，左右争倾普，余庆独辨明之，太祖意稍解，时称其长者"。[2] 从"长者"之称誉中，可推知此前赵普曾排挤过吕余庆。冯瓒出知梓州，大概也可作如此理解。

其二，宰相遣人去臣僚家伺察之事，宋代罕见。据《后山谈丛》载，当吕余庆知成都府时，宋太祖"置武德司，刺守贪廉，至必为验"。[3] 又宋人记载："太祖尝密遣人于军中伺察外事，赵普极言不可。上曰：'世宗朝尝如此。'普曰：'世宗虽如此，岂能察陛下耶？'上默然，

---

[1] 《宋太宗》，第20页。
[2] 《宋史》卷二六三《吕余庆传》，第9099页。
[3] 《后山谈丛》卷三，第46页。

遂止。"[1] 但分析相关史料，宋太祖实未停止"于军中伺察外事"的做法。[2] 因此，"刺守贪廉"者当为天子所遣，故告发冯瓒的"奴辞多诬"，宋太祖也未作处罚。但"奴辞多诬"，却又搜得用于"赂遗"之物，冯瓒等皆"伏辜"，也证明宋《国史》所载大有避忌之处。

其三，金带及珍玩之物，若用于赂遗开封府判官则显得过于贵重和逾礼制，而送给亲王、开封尹就较为合适，且五十余年后刘嶅家人上诉其事，刘嶅之孙因此得官，可见刘嶅显属代人受过。赵普此时当是利用此事打击赵光义，结果赵光义的幕僚刘嶅成了替罪羊。由于赵光义确有受贿之嫌，故《太祖旧录》《新录》记载此事时不得不有所避讳，而语焉不详。

在冯瓒被贬责后，开封府推官宋琪也遭斥。史载：

> 乾德中，左补阙蓟人宋琪为开封府推官，上（太宗）时尹京，初甚加礼遇。琪与宰相赵普、枢密使李崇矩善，多游其门，上恶之，白太祖出琪知陇州，移阆州。上即位，由护国节度判官召赴阙，程羽、贾琰先自府邸攀附至显要，琪为所中，久不得调。（太平兴国三年十二月）丁巳，上召见诘责，琪拜谢，请悔过自新，乃授太子洗马。[3]

宋琪被贬出京，是因为赵光义忌恨其与赵普交好。但宋琪、赵普是幽

---

1 《儒林公议》卷上《太祖密遣人于军中伺察外事》，第32页。
2 《宋史》卷二七四《史珪传》（第9357—9358页）载："太祖初临御，欲周知外事，令（军校史）珪博访。珪廉得数事白于上，由是信之。"
3 《长编》卷一九太平兴国三年十二月丁巳条，第437—438页。参见《宋史》卷二六四《宋琪传》，第9121页；《宋太宗实录》卷七九，第192页。

州同乡，关系较为密切似也无大错，为何十余年后赵光义犹恨之不已，其中原因似当不仅是与赵普交好如此简单。很可能冯瓒行贿之事，赵光义认为是宋琪所泄露，致使赵普遣人去潼关搜冯瓒等行李而获赃证，故设法赶走宋琪。宋太祖为两边安抚，遂仅将宋琪贬为外官了事，同时也未深责刘熬，只是罢其官而已。

是年十一月，翰林学士窦仪死，宋太祖悯然谓左右曰："朕薄祐，天何夺我窦仪之速也。"宋太祖因窦仪清正廉洁，"每嘉其有执守，屡对大臣言，欲用为相。赵普忌其刚直，遽引薛居正及吕余庆参知政事，陶谷、赵逢、高锡等又相党附，共排仪，上意中辍"。故至此有如上之感喟，优诏赠右仆射。[1]《长编》卷五乾德二年四月乙丑日注引《太祖新录·窦仪附传》内容略同，但李焘辨云："然《新传》谓普抑仪，《旧传》亦无之，恐普未必然也。"[2] 然李焘的推断实属不确，因为赵普排挤窦仪，究其实仍然属赵普与赵光义矛盾冲突的结果。从窦仪之弟窦偶于开宝中被选为赵光义的幕僚，任开封府判官，于宋太宗登基后官至参知政事，死后太宗"车驾临哭"[3]上看，窦仪应与赵光义的关系颇好。故乾德二年（964）正月赵普拜相，中书"无宰相署敕"，翰林学士陶谷请尚书省长官左、右仆射"属敕"，但窦仪主张"今皇弟开封尹、同平章事，即宰相之任也"，太祖从之。[4] 宋承唐制，以平

1　《长编》卷十乾德四年十一月癸开条，第182页。按：《宋史》卷二六九《陶谷传》亦称陶谷、赵逢、高锡等党附赵普，使窦仪终不至相位。
2　《长编》卷五乾德二年四月乙丑注，第125页。
3　《宋史》卷二六三《窦偶传》，第9098页。张其凡《宋太宗》第23页称："以窦偶之得（赵）光义宠信，窦仪与光义当亦交好。"然据《长编》卷二一太平兴国五年十一月戊午条（第481页）云"开宝末，右补阙窦偶为开封府判官"。是窦偶为开封府判官时，窦仪死已多年，故赵光义不当因窦偶的关系而与窦仪交好，反而可能因窦仪的原因，窦偶被赵光义任为开封府判官。
4　《长编》卷五乾德二年正月庚寅条，第119页。

章事、同平章事为宰相，而此时赵光义虽官同平章事，却只是荣誉之衔，非真宰相。故窦仪的建议，似有抬高赵光义政治地位的用意。因此，赵普结党排挤窦仪，当亦为间接抑制赵光义势力的扩张。也可能因为此，《太祖旧录·窦仪传》有意讳避不提，至《太祖新录》方书之，以彰显赵普的过错。

不过，宋太祖带有明显目的的调和，并未能使赵普与赵光义之间的矛盾有所缓和，反而日趋激化。开宝四年（971）十一月庚戌，澶州通判姚恕以罪被诛：

> 河决澶州，东汇于郓、濮，坏民田。上怒官吏不时上言，遣使按鞫。是日，通判、司封郎中姚恕坐弃市，知州、左骁卫大将军杜审肇免归私第。
>
> 恕，博兴人，事皇弟光义于开封为判官，颇尽裨赞。尝谒宰相赵普，会普宴客，阍者不通，恕怒而去。普闻之，亟使人谢焉，恕遂去不顾，普由是憾恕。及上为审肇择佐贰，普即请用恕，光义留之弗得。居澶州几二年，竟坐法诛，投其尸于河。恕家人初不知也，偶于中流得其尸，朝服故在，后数日，乃知恕所以死。人谓恕罪不至此，普实报私怨耳。（原注：此据王子融《百一编》，《国史》并无有也。）[1]

身为开封府判官的姚恕，竟对当朝宰相的道歉置之不理，既可见其气焰之盛，也正说明赵光义与赵普的关系恶化程度。姚恕被杀，自有赵

---

[1] 《长编》卷一二开宝四年十一月庚戌条，第273—274页。

普官报私怨的原因，但此事因涉及天子母舅杜审肇，且此时宋太祖与赵普之间实已存有嫌隙（详见下文），所以简单指责赵普一手害死姚恕恐怕并不符合事实，当是宋太祖因此事连累杜审肇而忿怒，[1] 加上赵普在旁落井下石，遂使姚恕"朝服"被诛，投尸于河。也可能因此，赵光义并未就此反击赵普，而且在日后撰修《实录》《国史》时，似还有意讳避此事。但赵光义遭此打击，与赵普更是势如水火。

在赵普、赵光义之间长期存在的明争暗斗中，因赵普被宋太祖宠如左右手，视为"社稷臣"，[2] 故在与天子"爱弟"的权力角逐中，起始互有攻守，其后赵普稍占上风，但赵光义却笑到了最后，因为赵普逐渐丧失了宋太祖的宠信，罢相出京。

史载赵普"独相凡十年，沉毅果断，以天下为己任，上倚信之，故普得成其功"。[3] 但与宋代史籍中刻意宣扬的赵普"得君"不同，宋太祖在"倚信"赵普、放手让其执政的同时，也颇注意防范赵普"专权"。宋太祖对赵普的防范，在用皇弟赵光义来平衡权力以外，还如前文所述，主要通过其所倚重的原幕府成员，先后拜枢密副使的李处耘、王仁赡、沈义伦、楚昭辅控制的枢密院来进行，以达到"异论相搅"之效。

开宝六年（973）八月，宰相赵普罢为河阳三城节度使、同平章事。对赵普终遭罢相的原因，宋《国史》的记载颇有避忌。据《赵普罢相授使相制》云：

---

1 《长编》卷一二开宝四年十二月丁亥条，第275页："前左骁卫大将军杜审肇为左骁卫上将军致仕，仍食濮州刺史俸。"
2 《长编》卷九开宝元年十月甲戌条，第210页。
3 《长编》卷一四开宝六年八月甲辰条，第306页。

> 代天治物，厥功既成。仗钺临戎，所委尤重。虽弼谐而是赖，且劳逸以宜均。……昔在霸府，实为元勋。治当草昧之初，首赞经纶之业。千载起兴王之运，十年居调鼎之司。帷幄伸谋，股肱宣力。燮和万汇，已施济物之功；镇抚三城，适表藩垣之实。帅坛受任，相印兼荣。永隆屏翰之权，更励始终之节。[1]

宋太宗亲撰的《赵中令公普神道碑》也称：

> 开宝六年，太祖以王始佐创业，克致升平，伐罪吊民，开拓疆土，下西蜀，平南越，擒吴会，来北戎，威德绥怀，无远不至，云龙际会，大道合符，十有余年矣，知无不为，甚烦神用，务均劳逸，以优荩臣。寻授太傅，佩相印，持节河阳。[2]

在诏书之类官样文章和宋太宗"御制"碑文所宣称的"务均劳逸"以优待勋臣的溢美文字之下，其实刻意掩饰了君臣间的权力之争。《宋史·赵普传》于记载吴越王贿赂赵普瓜子金被宋太祖发觉、赵普"贩木规利"为赵玭所告发、赵普庇护中书堂后官为不法事被雷有邻所讼三事之后，再记载赵普罢相，似在暗示其罢相的主要原因就在此三事，即是因贪赃枉法而被罢去宰相之职。然据《长编》及《宋史》诸传所载，宋初大臣、藩镇"贪浊"者不少，但稀见由此而免官的。赵普罢相的原因，当然也并不在此。《隆平集》卷四《吕端传》即称赵普是因"忤旨而罢"。

---

1 《宋大诏令集》卷六五《赵普罢相授使相制》，第317页。
2 《名臣碑传琬琰集校证》上集卷一太宗皇帝《赵中令公普神道碑》，第5页。

第七章　金匮之盟与斧声烛影　599

赵普独相多年，权大位尊，故当时多有人想走他门路，贿赠钱物。一日，吴越王钱俶遣使者入朝，并送信给赵普，还捎带"海物十瓶"。赵普未及拆信，正好宋太祖微行出宫，来到赵普家中，看见放置廊下的这十瓶"海物"，问知来历，便笑道："海物必佳。"命打开一看，却见瓶中盛满瓜子金。赵普大为惶恐，忙向宋太祖请罪解释："臣未发书，实不知。"宋太祖便让赵普收下这份吴越王送来的重礼，但也留下了一句"彼谓国家事皆由汝书生尔"的冷话。

史称赵普为政甚专，此后宋太宗尝对宰执表示"前代中书，以堂帖旨挥公事，乃是权臣假此名以威福天下也。太祖朝，赵普在中书，其堂帖势重于敕命"。[1]《长编》也载开宝四年二月，"诸道幕职、州县官阙八百余员，堂帖促流内铨补填"。[2]赵普甚至"尝设大瓦壶于视事阁中，中外表奏，普意不欲行者，必投之壶中，束缊焚之"，从而招致朝臣们忌恨，即所谓"其多得谤咎，殆由此也"。[3]早在开宝元年十月，判大理寺雷德骧向天子告发宰相赵普"强市人第宅，聚敛财贿"等种种不法之事，宋太祖的反应却是怒叱雷德骧曰："鼎铛犹有耳，汝不闻赵普吾之社稷臣乎！"用柱斧"击折其上腭二齿，命左右曳出，诏宰相处以极刑。既而怒解，止用阑入之罪黜焉"。[4]但随着对赵普专权开始不满，至三年后的开宝四年三月遇到类似情况，宋太祖的态度就颇有不同了：

1　《宋会要辑稿·职官》一之七一。
2　《长编》卷一二开宝四年二月条，第261页。又，《隆平集》卷四《赵普传》载赵普于乾德"二年代范质相，久之罢，太平兴国初复相。堂帖之行，与诏敕无异，太宗命勿复行"。按：赵普虽于太平兴国中第二次拜相，但宋太宗对其甚忌疑，故"堂帖之行，与诏敕无异"，当发生于宋太祖朝赵普独相期间。
3　《长编》卷一四开宝六年八月甲辰条，第306页。
4　《长编》卷九开宝元年十月甲戌条，第210页。

前右监门卫将军赵玭既勒归私第,不胜忿恚,一日,伺赵普入朝,马前斥普短。上闻之,召玭及普于便殿面质其事,玭大言诋普贩木规利。先是,官禁私贩秦、陇大木,普尝遣亲吏往市屋材,联巨筏至京师治第,吏因之窃于都下贸易,故玭以为言。上怒,促阁门集百官,将下制逐普。诏问太子太师王溥等普当得何罪,溥附阁门使奏云:"玭诬罔大臣。"上意顿解,反诘责玭,命武士挝之。御史鞠于殿庭,普力营救,上乃特宽其罚,扶出之。夏四月丙寅朔,责为汝州牙校。[1]

宋初虽对贪赃之吏惩处严厉,致后人有宋太祖"释藩镇兵权,绳赃吏重法,以塞浊乱之源"[2]的评价,将"绳赃吏重法"与"释藩镇兵权"相并列,视为宋初两件大事,但细考其实,可知受到惩处者基本未见中枢、藩镇大臣。宋太祖于"杯酒释兵权"时,即鼓励释去兵权的将帅买田置业;且在用儒臣代武将"分治大藩"时,曾宣称其"纵皆贪浊",其害"亦未及武臣一人也"。[3]可见宋太祖惩治"贪浊"之利剑只指向中下层官吏,所以在《长编》《宋史》等史籍中频见大臣、藩镇"贪浊"的记载,如:开封尹赵光义接受官员贿赂和遣人行贿大臣、将帅;出为节度使的石守信聚敛贪污;宋太祖曾"兄事之"的节度使赵彦徽"不恤民事,专务聚敛,私帑所藏钜万",[4]但宋太祖并未予过问;汉州刺史王晋卿"以黩货闻,上惜其才,不问"。[5]而且当时冒禁

---

1 《长编》卷一二开宝四年四月丙寅条,第262—263页。
2 《宋史》卷三"赞曰",第50—51页。
3 《长编》卷一三开宝五年十二月条,第293页。
4 《长编》卷九开宝元年五月丙午条,第202页。
5 《长编》卷七乾德四年十月乙丑条,第180页。

"私贩秦、陇大木"的贵要,并非赵普一人。因此,如只是"贩木规利"及贪赃之故,当不至于使天子如此动怒,这也是一经王溥劝解,宋太祖即醒悟释怒,反而责贬赵玭的关键所在。赵普当然也深知其中缘故,故面对赵玭攻讦,并未辩解、反击,且反而"力营救"赵玭,由此亦可看出赵普的苦心。由此可见,宋太祖动怒的深层原因,实是在于赵普专权太过,招致同僚忌恨,更引起了天子忌疑,所以欲因赵玭的攻讦而罢逐赵普,实属借题发挥而已。南宋王楙也看出其中蹊跷,认为赵普"强买人第宅,聚敛财贿",是袭西汉初相国萧何故智,[1]以释天子之疑心耳。

此外,和公开与赵普为敌的雷德骧、赵玭诸人不同,当时知制诰卢多逊作为宰相下属,即"与赵普不协。及在翰林日,每召对,多攻普之短"。[2]当时如卢多逊暗中攻讦赵普的官员较多。于是,因日益不满赵普的专权,宋太祖、赵普之间不再能"始终一心,休戚同体"[3]了,独相十年的赵普"以权太盛,恩遇稍替",[4]即所谓"赵中令末年,太祖恶其专",[5]前述《东原录》所载赵普干涉天子召见王仁赡一事中,宋太祖的答语在竭力忍耐着不满,于尽力避免"外人笑我君臣不和睦"的同时,也警告赵普"你莫殢恼官家"。但天子的忍耐终有限度,此次一心欲强化皇权的宋太祖虽然临阵而退,并未因赵玭的攻讦而处罚赵普,但也未释去疑忌,遂开始有意分赵普之权。

开宝五年(972)二月,宋太祖于薛居正、吕余庆之外,又拜端

---

1 《野客丛书》卷三《萧何强买民田宅》,第35页。
2 《宋史》卷二六四《卢多逊传》,第9118页。
3 《宋史》卷二五六"论曰",第8945页。
4 《石林燕语》卷六,第89页。
5 《石林燕语》卷五,第69页。

明殿学士、兵部侍郎刘熙古为参知政事。¹ 随着天子对赵普态度的改变，上书告发赵普的奏章纷纷出现。是年九月，宋太祖闻听"枢密使李崇矩与宰相赵普厚相交结，以其女妻普子承宗"，颇"不喜"，遂开始改变以前"枢密使、宰相候对长春殿，同止庐中"之制，"令分异之"。李崇矩的门客郑伸于是乘机"击登闻鼓，告崇矩受太原人席羲叟黄金，私托翰林学士扈蒙与羲叟甲科"，并引军器库使刘审琼为证，但刘"具言其诬，上怒稍解"，却仍免去李崇矩枢密使之职，出京改任镇国节度使，并赐郑伸同进士出身、酸枣县主簿。² 由此，宋太祖与赵普之间的裂痕公开化了。史称"自李崇矩罢，上于普稍有间"，³ 实属倒果为因。十一月，命参知政事薛居正兼提点三司淮南、湖南、岭南诸州水陆转运使事，吕余庆兼提点三司荆南、剑南诸州水路转运使事，以扩大参知政事的职权。⁴ 开宝六年三月，李崇矩自镇国节度使被贬责为左卫大将军。李焘注曰："然亦不知坐何事也。"⁵ 其实还是与削弱赵普的势力有关。四月，宋太祖下诏替换中书堂后官：

> 堂后官十五人，从来不曾替换，宜令吏部流内铨于前资见任令录、判司簿尉内，拣选谙会公事、有行止、无违阙者十五员，具姓名奏，当议差补，仍三年与替，若无违阙，其令录除升朝官，判司簿尉除上县令。⁶

1　《长编》卷一三开宝五年二月庚寅条，第280页。
2　《长编》卷一三开宝五年九月癸酉条，第289页。
3　《长编》卷一四开宝六年六月庚戌条，第304页。
4　《长编》卷一三开宝五年十一月庚辰条，第292页。
5　《长编》卷一四开宝六年三月癸未条，第298页。
6　《长编》卷一四开宝六年四月癸丑条，第300页。

不久，宋太祖因"知堂吏擅中书权，多为奸赃，欲更用士人，而有司所选终不及数，遂召旧任者刘重华等四人，面加戒励令复故，岁满无过，与上县令，稍有悠咎，重置其罚"。[1] 宋太祖重新选择中书堂后官，其目的当然还是为了替换赵普的旧班子，削去赵普心腹，以加强对相府官属的控制。但因"有司所选终不及数"，即在"有司"消极对抗下，宋太祖也只得亲选"旧任者"补其阙。[2] 此时，因攻讦赵普而被贬官的雷德骧，又遭到知州奚屿"希宰相意"横加迫害，再贬去边地灵武。雷德骧之子雷有邻为报复赵普，在获得堂后官胡赞、李可度"请托受赇"以及前上蔡主簿刘伟伪造摄牒而"得送铨"诸事以后，"遂上章告其事，并言宗正丞赵孚，乾德中授西川官，称疾不之任，皆宰相庇之"。宋太祖"怒，悉下御史狱鞠实"，结果刘伟处死，胡赞以下多人均决杖除名，雷有邻被授予秘书省正字。于是"上始有疑普意矣"，即宋太祖开始公开了对赵普专权的忌疑，随即"诏参知政事吕余庆、薛居正升都堂，与宰相同议政事"。数日后"复诏薛居正、吕余庆与普更知印押班奏事，以分其权"。[3]

宋人罗从彦《遵尧录》有载：

> 太祖尝患赵普专政，欲闻其过。一日，召翰林学士窦仪，语及普所为多不法，且誉仪早负才望之意。仪盛言："普开国勋臣，公忠亮直，社稷之镇。"帝不悦。……既而召学士卢多逊，

---

[1] 《长编》卷一四开宝六年五月丙辰条，第300页。
[2] 按：对于宋太祖此举，《宋史》卷一五九《选举志五》（第3737页）称因"堂后官多为奸赃，欲更用士之在令、录、簿、尉选者充之；或不屑就，而所选不及数，乃如旧制"。
[3] 《长编》卷一四开宝六年六月癸卯条、庚戌条，第303页、第304页。

> 多逊尝有憾于普，又喜其进用，因攻普，罢之，出镇河阳。[1]

此段文字多被后人引用，传以为真，其实不然。因窦仪早死于乾德四年（966），此时翰林学士为卢多逊、李昉。《长编》卷一四所载内容相仿，罗从彦云云当属传闻而讹：

> 上初听赵玭之诉，欲逐（赵）普，既止。卢多逊在翰林，因召对，数毁短普，且言普尝以隙地私易尚食蔬圃，广第宅，营邸店，夺民利。上访诸李昉，昉曰："臣职司书诏，普所为，臣不得而知也。"上默然。[2]

从赵普被天子视作"社稷臣"，至此时宋太祖"患赵普专政，欲闻其过"，也是历代君臣关系演变的常态。但赵普罢相，除其专权擅政、权高震主而招致天子的忌疑等原因以外，其直接原因，恐怕还是在反对赵光义承继大位这一点上与天子的意见相左。

开宝六年（973）八月，独相将近十年的赵普忽被罢免，以"均劳逸"为名，出任河阳三城节度使、检校太傅、同平章事。史载赵普罢相出镇之时，曾上书天子曰："外人谓臣轻议皇弟开封尹，皇弟忠孝全德，岂有间然。"而宋太祖是"手封其书，藏之金匮"。[3] 此封奏书的真伪颇有争议。从宋人记载可知，当时赵普对宋太祖欲传位其弟一

---

[1] （宋）罗从彦：《罗豫章先生文集》卷一《遵尧录一》，上海商务印书馆《丛书集成初编》本，第13页。
[2] 《长编》卷一四开宝六年六月庚戌条，第304页。
[3] 邓广铭：《长编》卷一四开宝六年八月甲辰条，第306—307页。

事确实提出"异议",然未被天子接受。因此,赵普是否"轻议皇弟开封尹",宋太祖自然明了,何劳赵普上书自辩?故邓广铭先生"疑心"赵普此封上书"未必果是太祖之时所曾奏上者"。[1] 但就这一封奏书而言,也还是反映出赵普罢相与其"轻议皇弟"间的关系。关于这一点,宋"正史"中仅有个别零碎且又颇为含混的记载。如《长编》尝载"上(宋太宗)尝以传国意访之赵普,普曰:'太祖已误,陛下岂容再误邪?'"[2] 又载淳化三年(992)七月赵普死,宋太宗对近臣曰:"(赵普)向与朕尝有不足,众人所知。"[3] 但所"不足"为何事,却史无明文,但能使宋太宗耿耿于怀多年者定非细事。清初王夫之根据《宋史》所言,推断赵普曾向宋太祖进言反对确立赵光义"嗣位"资格:

> 传弟者,非太祖之本志,受太后之命而不敢违耳。迨及暮年,太宗威望隆而羽翼成,太祖且患其逼,而知德昭之不保。普探志以献谋,其事甚秘,卢多逊窥见以擿发之。太祖不忍于弟,以遵母志,弗获已而出普于河阳。[4]

此处"母志"即指"金匮之盟"。《建隆遗事》也称赵普先是推辞起草传弟盟书,后又向宋太祖进言当重新考虑传弟之约。《曲洧旧闻》卷一也云"世传太祖将禅位太宗,独赵普密有所启"。在宋代皇位传承过程中,宰相的作用不容小觑。如宋太宗死,宋真宗继位,地位、权势与影

---

1 《宋太祖太宗皇位授受问题辨析》,载《邓广铭全集》第七卷,第263页。
2 《长编》卷二二太平兴国六年九月辛亥条,第501页。《宋史》卷二四四《宗室传一》所载同。
3 《长编》卷三三淳化三年七月己酉条,第737页。《宋史》卷二五六《赵普传》所载同。
4 《宋论》卷二,第31页。

响皆远不及赵普的宰相吕端于其间即起着决定性作用。[1]因此，赵普如在相位，赵光义的继位可能会大费周折。《丁晋公谈录》载："太宗嗣位，忽有言曰：'若还（赵）普在中书，朕亦不得此位。'"由此，宋太祖既未能接受赵普的建议，且卢多逊又"擿发之"，便只能让赵普罢相出镇，况且宋太祖此时已甚为忌疑赵普的专权了。

同时，从赵光义在太祖朝的官爵升迁上也可看出些微端倪。据《长编》《宋史》等记载，赵光义自建隆二年七月便为开封尹、同平章事，于赵普拜相后半年之乾德二年六月兼中书令，再至开宝四年七月受赐门戟，前后十余年中，其官爵并无大的提升，而且始终未得封王、完全确认"皇嗣"之位。但开宝六年八月赵普罢相，九月中赵光义即封晋王，随即"诏晋王位居宰相上"，[2]其地位仅在天子一人之下。似此可说明，赵光义于十余年未能封王的原因正与宰相赵普有关。

再次，赵普反对宋太祖传弟不传子的举动，使赵光义对其甚为痛恨，如《玉壶清话》卷三称：太平兴国中，在卢多逊被贬窜崖州以后，宋太宗曾对赵普言："朕几欲诛卿。"[3]这些出自传闻的文字，也并非是向壁虚构的无稽之谈。推测赵普当时向宋太祖密言"授受"之事的原因，可能有三：其一，宋太祖不满其专权，以及赵光义集团不断对其进行或明或暗的攻讦，使赵普的权位岌岌可危；其二，宋太祖既对宰相赵普专权太过有所忌疑，也对皇弟赵光义的势力不断扩张颇不放心，对是否按"金匮之盟"传位其弟心存犹豫；其三，据《云麓漫钞》卷十引《建隆遗事》称，当时宋太祖"寝疾"，至"明日著灸乃省"，[4]

1　《长编》卷四一至道三年三月壬辰条，第862页。
2　《长编》卷一四开宝六年九月壬申条，第308页。
3　《玉壶清话》卷三，第23页。
4　《云麓漫钞》卷一〇，第145页。

故而赵普乘机提出了"储嗣"问题。因为，宋太祖如若接受赵普的建议，则失去"储嗣"资格的赵光义自然不再能对其权位形成太大威胁，而宋太祖为防止业已形成相当势力的"皇弟"夺位，也必然要更倚重赵普。但由于与宋太祖的主意相左，赵普被免去了宰相之职。

因皇位授受问题，宰相赵普与皇弟赵光义意见对立，明争暗斗激烈。于是与赵普发生政争的天子"幕府旧僚"以及其他朝廷官员，往往倒向赵光义以求得奥援。在赵普罢相前后，参知政事刘熙古、吕余庆相继以疾病疗养为名辞职，而与赵光义关系交好者随即入掌两府，参知政事薛居正、枢密副使沈义伦进拜宰相，翰林学士卢多逊擢任参知政事，判三司楚昭辅拜枢密副使。对此，南宋吕中评论道："（赵）普独以天下为己任，故为政专，所以启（雷）德骧父子之谤也。自是以后，（薛）居正、（沈）义伦，不过方重靖介，自守之相耳。"[1] 而初拜执政的卢多逊已附合赵光义，曾为宋太祖幕僚的楚昭辅亦已交结赵光义，由此赵光义已在相当程度上间接地掌控了政府中枢，从而使得宋太祖以中书、枢密院两府权力抗衡、相互牵制而强化皇权专制的努力遭到了破坏。仅仅三年以后，赵光义就得以通过"烛影斧声"顺利登上帝位，此亦当是一大原因。

三、斧声烛影

宋人颇津津乐道地称誉宋太祖甚为友爱其弟赵光义、赵廷美，而赵光义确实在其兄皇的友爱和支持下，迅速扩张着其势力，并最终通过将对"金匮之盟"持保留态度的赵普排挤出朝，稳固了其"储嗣"

---

[1]《类编皇朝大事记讲义》卷二《宰相》，第58页。

之位。但分析纷杂且散乱的各种史料，可发现太祖在友爱其弟的同时，也对赵光义的势力扩张有所警惕，至后期甚至进一步着手予以防范。

当初宋太祖欲用赵光义岳父宿将符彦卿掌"兵柄"，当因赵普力阻而作罢，此后宋太祖遂变得对符彦卿颇为忌疑。史载开宝初，因符彦卿"镇大名，颇不治，太祖以（王）祐代之，俾察彦卿动静"，王祐"以百口明彦卿无罪，且曰：'五代之君，多因猜忌杀无辜，故享国不永，愿陛下以为戒。'彦卿由是获免"。[1]《邵氏闻见录》卷六也记载此事云：

> 王晋公祐，事太祖为知制诰。太祖遣使魏州，以便宜付之，告之曰："使还，与卿王溥官职。"时溥为相也。盖魏州节度使符彦卿，太宗之妇翁夫人之父，有飞语闻于上。祐往别太宗于晋邸，太宗却左右，欲与之言。祐径趋出。祐至魏，得彦卿家僮二人挟势恣横，以便宜决配而已。及还朝，太祖问曰："汝能保符彦卿无异意乎？"祐曰："臣与符彦卿家各百口，愿以臣之家保符彦卿家。"又曰："五代之君，多因猜忌杀无辜，故享国不长。愿陛下以为戒。"帝怒其语，直贬护国军行军司马，华州安置，七年不召。[2]

对《邵氏闻见录》所云，李心传《旧闻证误》尝据《国史》予以辨正道：

1　《宋史》卷二六九《王祐传》，第9242页。
2　《邵氏闻见录》卷六，第54页。

开宝二年二月，以知制诰王祐知潞州。七月，魏帅符中令彦卿移镇凤翔；八月，王公自潞州移守魏。此时王祁公（王溥）罢相已六年，晋公实自上党徙魏，不应云"奉使还，与卿王溥官职也"。符令传云行至河南，以在告满百日免。明年，李庄武继勋镇大名，即魏州，晋公（王祐）移襄州、潭州，代还，知吏部选事。六年，坐忤参知，（原注：此时卢多逊。）贬华州司马。不应云"自魏州使还即贬也"。[1]

虽然《邵氏闻见录》所云不确，但他著如吴曾《能改斋漫录》卷一二、张镃《仕学规范》卷三〇等多有引录，可见宋人还是颇为相信王祐使大名"察彦卿动静"之事，实与皇弟赵光义有干系。同时，亦可推知至开宝初年，宋太祖兄弟之间已暗生"间隙"了。

虽然赵普通过阻止宿将符彦卿"典兵"来防止赵光义染指禁军事务，但赵光义却又通过招徕帐下士校等方法，与不少禁军将领和各地方镇互通声气：如傅潜自控鹤左厢都指挥使张廷翰处招至，王能自彰信节度使袁彦处招来，赵镕自彰武节度使赵赞处招来，郭密由瀛海节度使马仁瑀荐来，李重贵自开国功臣、忠正节度使王审琦处招至，且为王审琦之甥婿，等等。如此，已无军职的赵光义，在军中影响却得以不断逐渐扩大。同时，赵光义还往往通过为官员排忧解难以为笼络之策，并以此获取时誉。[2] 而当时与赵普作对的官员也多有投靠晋邸者。其中有一般官员，也有天子旧臣如楚昭辅，还有甚得天子信任的近臣如翰林学士卢多逊等。史称卢多逊"博涉经史，聪明强力，文辞敏给，

---

1 《旧闻证误》卷一，第 2—3 页。
2 蒋复璁：《宋太宗晋邸幕府考》，载氏著《宋史新探》，第 89—92 页。

好任数，有谋略，发多奇中"，知宋太祖"好读书"，故每每将宋太祖所取之书"必通夕阅览，及太祖问书中事，多逊应答无滞，同列皆伏焉"，[1]也因此颇得天子信任，但他"与赵普不协"。因此，赵光义可以间接通过这些朝中近臣、大臣与统军武将影响朝政，内外呼应，从而势倾朝野。于是其他一些官员，虽不愿依附赵光义，但忌惮"晋邸"势盛，且鉴于张琼欲效忠而被"赐死"之前鉴，大多不敢公然反对。如史称陈若拙"幼嗜学"，其祖父陈思让"尝令持书诣晋邸，太宗嘉其应对详雅，将縻以府职，若拙恳辞"。陈思让于乾德二年（964）"又为保信军节度。时皇子兴元尹德昭纳思让女为夫人。开宝二年夏，改护国军节度、河中尹。七年，卒，年七十二"。[2]因陈若拙卒于天禧二年（1018），年六十四。是其奉祖父命"诣晋邸"，当在开宝七年（974）以前，尚未成年。此后陈若拙于太平兴国五年（980）进士第二人及第，屡得宋太宗重用，可见陈若拙"恳辞"可能就是为了远祸。又《杨文公谈苑》记载了宋初有名的文盲将军党进典领禁军时一件趣事，颇可看出赵光义的威势之盛：

> （党进）徼巡京师市井间，有畜鹰鹞音禽者，进必令左右解纵之，骂曰："不能买肉供父母，反以饲禽乎？"太宗在藩邸，有名鹰鹞，令圉人调养，进忽见，诘责欲解放，圉人曰："晋王令养此。"且欲走白晋王，进据（当作"遽"）止之，与钱令市肉，谓之曰："汝当谨视此，无使为猫狗所伤。"小民传以为笑。[3]

1　《宋史》卷二六四《卢多逊传》，第9118页。
2　《宋史》卷二六一《陈思让传》《陈若拙传》，第9040页、第9041页。
3　《宋朝事实类苑》卷六四《党太尉》，第851页。

而张琼被冤杀后接任殿前都虞候一职的杨信(杨义)之遭遇,却无法再令人"传以为笑"了。史载:

> (杨信)显德中,隶太祖麾下为裨校。宋初,权内外马步军副都军头。建隆二年,领贺州刺史。改铁骑、控鹤都指挥使,迁殿前都虞候,领汉州防御使。(乾德)四年,信病瘖。……(开宝)六年,迁殿前都指挥使,改领建武军节度。……太平兴国二年,改镇宁军,并领殿前都指挥使。三年春,以瘅疾在告,俄卒。……有童奴田玉者,能揣度其意,每上前奏事,及与宾客谈论,或指挥部下,必回顾玉,书掌为字,玉因直达其意无失。信未死前一日,瘖疾忽愈,上闻而骇之,遽幸其第。信自言遭遇两朝,恩宠隆厚,叙谢感慨,涕泗横集。上加慰勉,锡赉有差。[1]

作为宋太祖心腹将的杨信,似乎有以"瘖疾"来避忌疑之嫌。

有鉴于此,宋太祖也渐渐采取措施来防范赵光义势力的扩充。因宋朝《国史》的有意讳避,有关宋太祖兄弟存在"间隙"的记载甚少,但在宋人野史、笔记中,还是留下了一些零星记录。如《孙公谈圃》卷上云宋太祖幼年,有陈学究在夹马营前"聚生徒为学",赵匡胤尊父命"从之"。待宋太祖登基,"而陈居陈州村舍,聚生徒如故。逮人宗判南衙,使人召之。居无何,有人言开封之政,皆出于陈,艺祖怒,问状。太宗惧,遂遣之"。至开宝后期,宋太祖防范赵光义之事渐渐

---

[1] 《宋史》卷二六〇《杨信传》,第9016—9017页。

增多。如当年告发张琼的亲校史珪、石汉卿。石汉卿于开宝二年战死时，宋太祖为赏其功，命其父石万德"落致仕，为伴食都指挥使、领端州刺史"，其后宋太祖"尽知汉卿诸不法事，复令万德致仕"。[1] 而史珪亦于开宝九年（976）二月，以"坐漏泄省中语"之罪名，自马步军副都军头出为光州刺史。[2] 但赵光义继位后，却颇重用史珪：太平兴国初，授扬、楚等九州都巡检使；宋太宗亲征太原，命史珪与彰信军节度刘遇攻城北面；从天子北征幽州，"坐所部逗挠失律，责授定武行军司马"，但数月后即召为右卫将军、领平州刺史，后迁隰州刺史，知保州、静戎军；雍熙中，又从大将曹彬北征幽州，为押阵部署。[3] 故推知史珪于开宝末年"漏泄省中语"，似应与赵光义有关。或许此前向晋邸"漏泄省中语"也不算大事，但随着宋太祖对皇弟警惕的增强，此类事情的性质便有了很大变化。又如《默记》卷下载颍上安希武言：

> 其祖乃安习也。太宗判南衙时，青州人携一小女十许岁，诣阙理产业事。太宗悦之，使买之，不可得。习请必置之，遂与银二笏往。习刀截银一二两少块子，不数日，窃至南衙。不久，太祖知之，捕安习甚严。南衙遂藏习夫妇于宫中，后至登位才放出，故终为节度留后。其青州女子，终为贤妃者是也。[4]

宋太祖因窃买女子之事而严捕安习，分明有警告赵光义之意。但赵光

---

1 《长编》卷一〇开宝二年五月戊子条，第222页。
2 《长编》卷一七开宝九年二月甲寅条，第365页。
3 《宋史》卷二七四《史珪传》，第9358页。
4 《默记》卷下，第38页。

义竟然为此对抗天子,将安习夫妇藏于晋邸中,以逃避天子的追捕。此事颇显出宋太祖的尴尬,即宋太祖虽采取了一定措施对赵光义势力的扩张予以抑制,但又不愿通过激烈手段加以解决,故随着赵普的罢相,宋太祖对于自己曾经刻意培植的赵光义势力,似乎也失去了有效制衡手段。结果就在开宝九年十月,发生了"斧声烛影"事件,宋太祖猝死,赵光义继位。

对于"斧声烛影"之有无,历来争议甚大。赵光义已经通过"金匮之盟"获得继位资格,且于开宝六年赵普罢相后进封晋王兼开封尹,位在宰相上,已成为事实上的"储君",为何还要通过非常手段抢夺帝位?明人程敏政便认为:

> 凡古之篡弑者,多出深仇急变,大不得已之谋,又必假手他人,然后如志,未有亲自操刀,为万一侥幸之图于大内者。观太祖于太宗,如灼艾分痛,与夫龙行虎步之语,始终无纤芥之隙,太宗何苦而如此?舍从容得位之乐,而自处于危亡立至之地,病狂丧心者所不肯为,凶残绝世者所不忍为,而谓太宗为之,断乎不可信也。[1]

即赵光义没有"篡弑"的动机。如前文所辨,宋朝史籍中所谓"灼艾分痛"与"龙行虎步"之类记载,实不能证明宋太祖、太宗兄弟间确实"始终无纤芥之隙",而史籍所载宋太祖在开宝末年所施行的几件事,却似可为揭示赵光义的"篡弑"动机提供一些佐证。

---

1 《宋纪受终考研究》,第181页。

开宝九年（976）三月九日，宋太祖离汴京西巡西京洛阳，一反往年离京时命赵光义留守京城的惯例，改命宰相沈义伦为东京留守兼大内都部署，左卫大将军王仁赡权判留司三司兼知开封府，而命赵光义随驾西行。十六日，宋太祖抵达洛阳城，数日后又召沈义伦赴洛阳，改命王仁赡兼大内都部署，开封府推官贾琰权知开封府事。随即宋太祖宣布欲迁都西京，结果遭到包括赵光义在内的众多官员反对，宋太祖被迫放弃这一计划。对于此事经过，《长编》卷一七记载曰：

上（宋太祖）生于洛阳，乐其土风，尝有迁都之意。始议西幸，起居郎李符上书，陈八难曰："京邑凋敝，一难也。宫阙不完，二难也。郊庙未修，三难也。百官不备，四难也。畿内民困，五难也。军食不充，六难也。壁垒未设，七难也。千乘万骑，盛暑从行，八难也。"上不从。既毕祀事，尚欲留居之，群臣莫敢谏。铁骑左右厢都指挥使李怀忠乘间言曰："东京有汴渠之漕，岁致江、淮米数百万斛，都下兵数十万人，咸仰给焉。陛下居此，将安取之？且府库重兵，皆在大梁，根本安固已久，不可动摇。若遽迁都，臣实未见其便。"上亦弗从。晋王又从容言曰："迁都未便。"上曰："迁河南未已，久当迁长安。"王叩头切谏。上曰："吾将西迁者无它，欲据山河之胜而去冗兵，循周、汉故事，以安天下也。"王又言："在德不在险。"上不答。王出，上顾左右曰："晋王之言固善，今姑从之。不出百年，天下民力殚矣。"

李焘于此下注曰:"晋王事据《建隆遗事》,《正史》阙之。"[1] 然检《邵氏闻见录》卷七所引《建隆遗事》,其记载稍异:

> 开宝末,议迁都于洛。晋王言:"京师屯兵百万,全藉汴渠漕运东南之物赡养之,若迁都于洛,恐水运艰阻,阙于军储。"上省表不报,命留中而已。异日,晋王宴见从容,又言迁都非便。上曰:"迁洛未已,久当迁雍。"晋王叩其旨,上曰:"吾将西迁者无它,欲据山河之胜而去冗兵,循周、汉之故事以安天下也。"晋王又言:"在德不在险。"上不答。晋王出,上谓侍臣曰:"晋王之言固善,姑从之,不出百年,天下民力殚矣。"[2]

《建隆遗事》中赵光义"京师屯兵百万"云云,与《长编》所载李怀忠之言略同。考《宋史·李怀忠传》所载,大体同于《长编》。可见李焘据《建隆遗事》补"晋王事",只是补《正史》所缺者,而未取其与《国史》记载存有矛盾的文字。

自隋朝开大运河以后,开封城渐渐成为中原地区的交通枢纽和经济中心,至唐代中期以后,国家政治中心也逐渐自关中向洛阳、开封东移。"宋都大梁"有汴河、黄河、惠民河、广济河"四河以通漕运,而汴河所漕为多。太祖起兵间,有天下,惩唐季五代藩镇之祸,蓄兵京师,以成强干弱支之势,故丁兵食为重。建隆以来,首浚二河,令自今诸州岁受税租及榷酤货利、上供物帛,悉官给舟车,输送京师,毋役民妨农。开宝五年,率汴、蔡两河公私船,运江淮米数十万石以

---

[1] 《长编》卷一七开宝九年四月癸卯条,第369页。
[2] 《邵氏闻见录》卷七,第66页。

给兵食"。[1]因此,人户众多、商业繁盛的开封城,虽然地处四战之地,但因西京洛阳城并无漕运之利,所以迁都洛阳的不利甚为明显,而且也不一定能由此而达到去冗兵的目的。看来宋太祖对此也心知肚明,故其虽坚持欲迁都,"群臣莫敢谏",但一旦赵光义说出"在德不在险"之语以后,也只得被迫取消迁都之策,返回东京开封。可见宋太祖欲迁都洛阳的真正用意并不在于"去冗兵",故有人认为"太祖迁都的目的,除了避开辽的锋芒外,脱离光义根深基固的东京开封府,恐怕也是一种因素",所以会遭赵光义大力反对。[2]而当时出头上奏反对迁都的李符、李怀忠,皆与赵光义关系不浅。[3]因宋太祖坚欲迁都,而李符、李怀忠上请无果以后,赵光义只好亲自出马。但宋《国史》中详载二李反对之辞,却未提及赵光义也曾谏言"迁都未便",当是编纂《国史》时为昭显宋太祖之迁都不合众心,有意泯灭赵光义幕后指挥反对迁都之痕迹的缘故。

若将宋太祖坚持迁都西京之事,与开宝末年宋太祖两个儿子的活动结合起来观察,其防范"晋邸"的企图更是昭然若揭。

按古代礼制,皇帝之子封王爵。但宋太祖对诸子封爵一事甚为低调,此大概也是效法周世宗。如德昭于乾德二年(964)出阁。"故事,

---

1 《宋史》卷一七五《食货志上三·漕运》,第4250页。
2 张其凡:《宋太宗论》,载《历史研究》1987年第2期。
3 《宋史》卷二七〇《李符传》(第9275—9276页)载:李符于开宝末官知京西南面转运事、起居郎,宋太祖自西京东还,改比部员外郎、判刑部。宋太宗继位初,屡得重用,至太平兴国七年(982)春,开封尹赵廷美因"阴谋"之"事发"而罢官,李符继任知开封府。史称"太宗尹京,(李)符因宋琪荐弭德超事藩邸";而请宋太宗将廷美自西京贬谪至房州的奏章也是李符所上。又据《宋史》卷二六〇《李怀忠传》(第9021—9022页),李怀忠于"太祖掌禁兵时,隶帐下为散都头",入宋后,累迁至富州团练使、日骑(铁骑)左右厢都指挥使。宋太宗即位后,改富州防御使,迁侍卫亲军步军都虞候,领大同节度使。太平兴国三年改步军都指挥使,五月卒,赠侍中。

皇子出阁即封王。太祖以德昭冲年，欲其由渐而进，授贵州防御使。"至开宝六年（973），开封尹赵光义封晋王、山南西道节度使赵光美为永兴节度使兼侍中，德昭才升为山南西道节度使、同平章事，然"终太祖之世，竟不封以王爵"。[1] 德芳于开宝八年七月出阁，时年满十六岁，至九年三月癸酉，宋太祖出巡西京前三日，才授予贵州防御使。[2] 但与此前不同的是，宋太祖开始让二子参与朝政事务。开宝九年二月，吴越国王钱俶与其妻、子、诸臣来汴京觐见天子，"上遣皇子兴元尹德昭至睢阳迎劳"。[3] 三月，宋太祖游巡西京，"见洛阳宫室壮丽，甚悦，召知河南府、右武卫上将军焦继勋面奖之，加彰德节度使。继勋女为皇子德芳夫人，再授旄钺，亦以德芳故也。而继勋性吝啬，公府用度多所减削，时论非之"。[4] 李焘对焦继勋颇具贬义的评价当源自宋《国史》，据《宋史·焦继勋传》云：

> 时向拱为西京留守，多饮燕，不省府事，群盗白日入都市劫财，拱被酒不出捕逐。太祖选继勋代之，月余，京城肃然。太祖将幸洛，遣庄宅使王仁珪、内供奉官李仁祚部修洛阳宫，命继勋董其役。车驾还，嘉其干力，召见褒赏，以为彰德军节度，仍知留府事。……继勋以太平兴国三年卒，年七十八，赠太尉。继勋猎涉史传，颇达治道，所至有善政。然性吝啬，多省公府用度，时论少之。[5]

---

[1] 《宋史》卷二四四《宗室传一》，第8676页。
[2] 《长编》卷一六开宝八年七月癸巳条，第343页；卷一七开宝九年三月癸酉条，第367页。
[3] 《宋史》卷四八〇《吴越钱氏世家》，第13899—13900页。
[4] 《长编》卷一七开宝九年三月辛巳条，第367页。
[5] 《宋史》卷二六一《焦继勋传》，第9043页。

《宋史·向拱传》记载焦继勋乃代向拱为河南守，云："拱尹河南十余年，专治园林第舍，好声妓，纵酒为乐，府政废弛，群盗昼劫。太祖闻之怒，移镇安州，命左武卫上将军焦继勋代之，谓继勋曰：'洛久不治，选卿代之，无复效拱为也。'"[1] 据《长编》，时在开宝二年九月丁未。说明焦继勋实属一强干之吏，而其"多省公府用度"却被讥为"性吝啬"，并遭"时论非之"，恐实非公允之论。据《旧五代史》，焦继勋实乃宿将，资历颇深，然宋朝史籍却云其"再授旄钺，亦以德芳故也"，即认为其得以加官节度使，只是因为是德芳之岳丈的缘故，似也别有居心。不过也可由此看出，宋太祖欲迁都西京洛阳，而西京留守正是皇子德芳的岳丈，至此又加焦继勋节度使，如此行事，实彰显宋太祖欲远离赵光义势力所在的东京城，而于西京培植德芳之势力的企图。因此，当赵光义面对兄皇的抑制而进行反击时，"斧声烛影"之类事件的发生就似乎可以想象了。

关于"斧声烛影"或宋太祖猝然离世的死因及其经过，宋代官修史书（包括国史、实录、日历、时政记、会要等）皆无记载，主要依据宋《实录》《国史》纂成的诸史书记载也甚简略：

《隆平集》卷一《圣绪》曰："开宝九年十月癸丑，（太宗）即皇帝位。"

《东都事略》卷三《太宗纪》曰："九年十月癸丑，太祖崩，（太宗）奉遗诏即皇帝位。"

《宋史》卷三《太祖纪三》曰：开宝九年十月"癸丑夕，帝崩于万岁殿，年五十，殡于殿西阶"。卷四《太宗纪一》："开宝九年十月癸

---

1 《宋史》卷二五五《向拱传》，第8910页。

丑,太祖崩,帝遂即皇帝位。"

《宋史》卷一二二《礼志二十五·山陵》曰:"开宝九年十月二十日,太祖崩,遗诏:'以日易月,皇帝三日而听政,十三日小祥,二十七日大祥。诸道节度防御团练使、刺史、知州等,不得辄离任赴阙。诸州军府临三日释服。'群臣叙班殿庭,宰臣宣制发哀毕,太宗即位,号哭见群臣。群臣称贺,复奉慰尽哀而退。"

宋人野史笔记记载此事时,也大都隐约其辞,但却记录了宋太祖猝死前后发生的一些离奇事件,为后人留下了有关"斧声烛影"的蛛丝马迹。其中最早者当属王禹偁《建隆遗事》第十一章所载太祖"宴驾前一日"召见赵普、卢多逊受"遗命"之事,但被后人斥为"事尤悖谬不可信",[1] 故影响不大。至北宋中期,先后有《涑水记闻》《续湘山野录》等笔记所载涉及"斧声烛影"一事。为便于相关问题的讨论,现将《续湘山野录》《涑水记闻》有关文字详录如下。

《续湘山野录》云:

祖宗潜耀日,尝与一道士游于关河,无定姓名,自曰混沌,或又曰真无。每有乏则探囊金,愈探愈出。三人者每剧饮烂醉。生善歌《步虚》为戏,……时或一二句,随天风飘下,惟祖宗闻之,曰:"金猴虎头四,真龙得真位。"至醒诘之,则曰:"醉梦语,岂足凭耶?"至膺图受禅之日,乃庚申正月初四也。白御极不再见, 后十六载,及开宝乙亥岁也,上巳被禊,驾幸西沼,生醉坐于岸木阴下,笑揖太祖曰:"别来喜安。"上大

---

[1] 《长编》卷一七开宝九年十月壬子条注,第379—380页。

喜,亟遣中人密引至后掖,……上谓生曰:"我久欲见汝决克一事,无他,我寿还得几多在?"生曰:"但今年十月廿日夜,晴,则可延一纪,不尔,则当速措置。"上酷留之,俾泊后苑。……帝切切记其语,至所期之夕,上御登太清阁四望气。是夕果晴,星斗明灿,上心方喜。俄而阴霾四起,天气陡变,雪雹骤降,移仗下阁。急传宫钥开端门,召开封王,即太宗也。延入大寝,酌酒对饮。宦官、宫妾悉屏之,但遥见烛影下,太宗时或避席,有不可胜之状。饮讫,禁漏三鼓,殿雪已数寸,帝引柱斧戳雪,顾太宗曰:"好做,好做!"遂解带就寝,鼻息如雷霆。是夕,太宗留宿禁内,将五鼓,周庐者寂无所闻,帝已崩矣。太宗受遗诏于柩前即位。逮晓登明堂,宣遗诏罢,声恸,引近臣环玉衣以瞻圣体,玉色温莹如出汤沐。[1]

《续湘山野录》所记颇有讹误,如开宝乙亥岁为开宝八年,非宋太祖猝死之开宝九年;且其语气隐约,文辞闪烁。但因为此段文字即是所谓"烛影斧声"的最初文本,宋代流传甚广,所以李焘在编撰《长编》时,虽认为此传闻"未必然",却也不得不予以摘录,留待后人详考。

《涑水记闻》卷一记载宋太祖死后,赵光义继位的经过云:

太祖初晏驾,时已四鼓,孝章宋后使内侍都知王继隆召秦王德芳,继隆以太祖传位晋王之志素定,乃不诣德芳,而以亲事一人径趋开封府召晋王。见医官贾德玄先坐于府门,问其故,

---

[1] 《续湘山野录》,第74页。

德玄曰:"去夜二鼓,有呼我门者,曰'晋王召',出视则无人,如是者三。吾恐晋王有疾,故来。"继隆异之,乃告以故,叩门,与之俱入见王,且召之。王大惊,犹豫不敢行,曰:"吾当与家人议之。"入久不出,继隆趣之,曰:"事久将为他人有矣。"遂与王雪中步行至宫门,呼而入。继隆使王且止直庐,曰:"王且待于此,继隆当先入言之。"德玄曰:"便应直前,何待之有?"遂与俱进。至寝殿,宋后闻继隆至,问曰:"德芳来邪?"继隆曰:"晋王至矣。"后见王,愕然,遽呼"官家",曰:"吾母子之命,皆托官家。"王泣曰:"共保富贵,无忧也。"德玄后为班行,性贪,故官不甚达,然太宗亦优容之。[1]

《涑水记闻》所载亦有误,李焘《长编》有所考订。李焘认为"顾命,大事也,而《实录》《正史》皆不能记,可不惜哉"。为弥补"正史"未载宋太祖死亡经过的缺失,李焘始汇总诸书记载而加以裁剪、辨析,"略加删润"而编录于《长编》卷十七开宝九年十月记事中:

初,有神降于盩厔县民张守真家,自言:"我天之尊神,号黑杀将军,玉帝之辅也。"守真每斋戒祈请,神必降室中,风肃然,声若婴儿,独守真能晓之,所言祸福多验。守真遂为道士。上不豫,驿召守真至阙下。壬子(十九日),命内侍王继恩就建隆观设黄箓醮,令守真降神,神言:"天上宫阙已成,玉锁开。晋王有仁心。"言讫不复降。(原注:此据《国史·符

---

[1] 《涑水记闻》卷一,第18—19页。

瑞志》，稍增以杨亿《谈苑》。《谈苑》又云："太祖闻守真言以为妖，将加诛，会晏驾。"恐不然也，今不取。）上闻其言，即夜召晋王，属以后事。左右皆不得闻，但遥见烛影下晋王时或离席，若有所逊避之状，既而上引柱斧戳地，大声谓晋王曰："好为之。"（原注：此据吴僧文莹所为《湘山野录》，《正史》《实录》并无之。《野录》云：……太祖英武，其达生知命，盖有如此者。文莹宜不妄，故特著于此。然文莹所言道士，不得姓名，岂即张守真耶？或复一道士也。恐文莹得之传闻，故不审，如云"于西沼木阴下笑揖太祖"，"止宿后苑乌巢中"，言"十月二十日夜晴，则圣寿可延一纪"，疑皆好事者饰说，未必然也。又云"太宗留宿禁内"，此亦谬误。太祖既不豫，宁复自登阁，且至殿庭戳雪乎？今略加删润，更俟考详。顾命，大事也，而《实录》《正史》皆不能记，可不惜哉。蔡惇《直笔》云：太祖召陈抟入朝，宣问寿数，对以丙子岁十月二十日夜或见雪，当办行计，若晴霁须展一纪。至期前夕，上不寝。初，夜遣宫人出视，回奏星象明灿。交更，再令出视，乃奏天阴，继言雪下，遂出禁钥，遣中使召太宗入对，命置酒，付宸翰属以继位，夜分乃退。上就寝，侍寝者闻鼻息声异，急视之，已崩。太宗于是入继。按惇所载，与文莹略同，但即以道士者为陈抟耳。抟本传及《谈苑》并称抟终太祖朝未尝入见，恐惇亦误矣，当是张守真也。）（今按：此下引王禹偁《建隆遗事》云云，并李焘考辨语，略。）

癸丑（二十日），上崩于万岁殿。时夜已四鼓，宋皇后使王继恩出,召贵州防御使德芳。继恩以太祖传国晋王之意素定,乃不诣德芳,径趋开封府召晋王,见左押衙程德玄先坐于府门。德玄者,荥泽人,善为医。继恩诘之,德玄对曰:"我宿于信陵坊,乙夜有当关疾呼者曰:'晋王召。'出视则无人,如是者三。吾恐晋王有疾,故来。"继恩异之,乃告以故,扣门与俱入见王,且召之。王大惊,犹豫不行,曰:"吾与家人议之。"入久不出,继恩促之曰:"事久,将为它人有矣。"时大雪,遂与王于雪中步至宫。继恩使王止于直庐,曰:"王且待于此,继恩当先入言之。"德玄曰:"便应直前,何待之有!"乃与王俱进至寝殿。后闻继恩至,问曰:"德芳来耶?"继恩曰:"晋王至矣。"后见王,愕然,遽呼"官家",曰:"吾母子之命,皆托于官家。"王泣曰:"共保富贵,勿忧耶。"(原注:此据司马光《记闻》,误王继恩为继隆,程德玄为贾德玄,今依《国史》改定。按:开宝皇后以开宝元年二月入宫,德芳以开宝八年七月娶焦继勋女,出阁时年十七岁,《德芳传》不载母为开宝皇后,《后传》亦不言有子德芳,疑德芳非宋出也,当考。《国史·方技传》:马韶,平棘人,习天文三式之学。开宝中,太宗以晋王尹京邑,时朝廷申严私习天文之禁。韶素与太宗亲吏程德玄善,德玄每戒韶不令及门。九年十月十九日既夕,韶忽造德玄,德玄恐甚,且诘其所以来,韶曰:"明日乃晋王利见之辰也。"德玄惶骇,因止韶于室中,遽入白太宗。太宗命德玄以人防守之,将闻于太祖。及诘旦,太宗入谒,果受遗践阼。数日,韶以赦免。按此与《程德玄传》所称宿信陵坊,夜有扣关疾呼,趋赴官邸事不同,疑必有一误。今但从《德玄传》及司马光《记闻》。)

> 甲寅（二十一日），太宗即位，群臣谒见万岁殿之东楹，帝号恸殒绝。[1]

李焘虽以宋人笔记所载来补宋《正史》《实录》之缺，试图系统、详备地叙述宋太祖、太宗"授受"过程，但于史料取舍之间，颇为宋太宗开脱，故其中颇有讳避之处，留下不少疑窦。自元代以来，因已无宋人之忌讳，所以对"斧声烛影"的考辨便观点两立，纷争不绝。

元人陈桱、杨维桢，明人刘定之等皆认定确是宋太宗赵光义谋害宋太祖，篡夺了皇位；而元人黄溍，明人宋濂、程敏政等则力辩其诬妄，认为并无宋太宗篡弑之事。[2] 程敏政认为"太祖、太宗授受之际，所以致后世之疑者"，乃是因为"李焘删润《湘山野录》而启之，陈桱附会《涑水记闻》而成之。不深考者以为实然耳"。[3] 清人毕沅《续资治通鉴》力主此说，清乾隆皇帝于《通鉴辑览》中更指斥《长编》所载实为诬陷宋太宗。但元代史臣编撰《宋史》时，虽于《太祖本纪》《太宗本纪》中对"斧声烛影"并无片言只字涉及，却在《太宗本纪》"赞曰"中针对赵光义即位时出现的一系列反常现象，提出一连串责疑："若夫太祖之崩不逾年而改元，涪陵县公之贬死，武功王之自杀，宋后之不成丧，则后世不能无议焉。"[4] 其质问颇含深意。而同为元史臣所编撰的《辽史》，

---

1 《长编》卷一七开宝九年十月壬子条、癸丑条、甲寅条，第 377—381 页。
2 《宋纪授受考研究》，第 161—175 页。
3 《宋纪授受考研究》，第 179 页。
4 《宋史》卷五，第 101 页。按：宋太宗未遵循嗣统继位之次年才改元的惯例，于开宝九年十二月二十二日改元太平兴国，距新年仅有八日；涪陵县公即指其弟赵廷美，武功王指太祖之子赵德昭；宋后即宋太祖皇后宋氏，其死后，宋太宗未按皇后礼仪治丧。

第七章　金匮之盟与斧声烛影

即用"自立"二字记录太宗即位之事,[1] 而记录宋帝正常继位时用"嗣位",[2] 其记载颇耐人寻味。近世有关议论,当以发表于20世纪40年代的张荫麟《宋太宗继统考实》、吴天墀《烛影斧声传疑》、谷霁光《宋代继承问题商榷》[3] 与邓广铭《宋太祖太宗授受辨》四文较早且有影响。谷文认为"太祖之愿传太宗,大致无甚问题",《湘山野录》所记录者,乃"烛影之下,夙诺重申,欲于金匮誓约之外,求得友爱上与良心上之保障是也"。与之相反,张文通过考辨"金匮盟誓"之伪,认定宋太祖之死甚可疑;吴文指出宋太宗继位有阴谋之痕迹,并分析宋太宗个性及行为,认为其通过阴谋活动攘夺皇位,实不出人意料;邓文认为宋太宗得位实出于"逆取",但其采用的手段,还未惨毒至"烛下弄斧"的程度。然有关此疑案的争议,至今迄未定谳。[4] 此外又有研究者从医学的角度进行分析,认为宋太祖实死于家族遗传的躁狂抑郁症,即可能是因饮

1　《辽史》卷六《穆宗纪上》(第76页)云:应历"十年春正月,周殿前都点检赵匡胤废周自立,建国号宋"。又卷八《景宗纪上》(第96页)云:保宁八年"十一月丙子,宋主匡胤殂,其弟炅自立"。
2　如《辽史》卷一三《圣宗纪四》(第149页)云:统和十五年(997)三月"癸巳,宋主炅殂,子恒嗣位。"又卷一六《圣宗纪七》(第190页)云:太平二年(1022)三月"丁丑,宋使薛贻廓来告宋主恒殂,子祯嗣位"。
3　谷霁光:《宋代继承问题商榷》,载《清华学报》第十三卷第一期,1941年4月。
4　其他如李裕民《揭开"斧声烛影"之谜》(载《山西大学学报(哲社版)》1988年第3期;又载氏著《宋史新探》,第16—29页,陕西师范大学出版社1999年版)认为此一"谋杀案,元凶就是宋太宗,目的在于篡夺皇位"。王瑞来《"斧声烛影"事件新解》(载《中国史研究》1991年第2期)认为此属突发事件,然宋太祖的既定继承人乃秦王德芳。然施秀娥《宋太宗继统考略》(载《齐鲁学报》1994年第2期)认为宋太祖乃猝死,"金匮之盟"可信,宋太宗不须以流血方式夺位,因其才干、政治力量足可左右局势。

酒过度引起中风而死，故所谓"烛影斧声"只是小说家言，而非史实。[1] 综合上述诸说，其纷争在很大程度上是由于对相关史料的不同解释而形成。因有关"斧声烛影"疑案，李焘《长编》的记载具有相当权威性，故此处先对上述《长编》所载文字加以辨析。

其一，《长编》注云："《谈苑》又云：'太祖闻守真言以为妖，将加诛，会晏驾。'恐不然也，今不取。"可证《国史·符瑞志》所言颇有虚饰。而《国史·符瑞志》所言乃取材于真宗撰《序》、王钦若编纂的《翊圣保德真君传》，其中明言赵光义于乾德年间即与道士张守真交往，[2] 而宋太祖对此颇不以为然。因此，"独守真能晓之"的神语，其实特为赵光义所发耳，而"太祖闻守真言以为妖，将加诛"云云，即证神语所谓"晋王有仁心"，并"上闻其言，即夜召晋王，属以后事"等属虚妄，从而与宋太宗欲以证明自己继位上符天意、下遵宋太祖之命的说法发生冲突，故为李焘所不取。

其二，《长编》注引《湘山野录》以补宋《国史》之缺后，又云："太祖英武，其达生知命，盖有如此者。文莹宜不妄，故特著于此。然文莹所言道士，不得姓名，岂即张守真耶？或复一道士也。恐文莹得之传闻，故不审，如云'于西沼木阴下笑揖太祖'，'止宿后苑鸟巢中'，言'十月二十日夜晴，则圣寿可延一纪'，疑皆好事者饰说，未必然

---

1 如［日］荒木敏一：《宋太祖酒癖考》，载日本《史林》第二十八卷第五号，1955年7月。刘洪涛：《从赵宋宗室的家族病释"烛影斧声"之谜》，载《南开学报（哲社版）》1989年第6期。按：后世大多以为宋太祖在"烛影斧声"中突然去世，是因为宋太宗赵光义"弑兄夺位"，如明人所撰《宋史纪事本末》即持此说；近人蔡东藩《宋史通俗演义》和李逸侯《宋宫十八朝演义》等通俗文学作品大都沿袭此说，并加以渲染，增添了许多赵光义"弑兄"细节。

2 （宋）张君房：《云笈七签》卷一〇三王钦若《翊圣保德真君传》（中华书局2003年版，第2222页）："乾德中，太宗皇帝方在晋邸，颇闻灵应，乃遣近侍，赍信币香烛，就宫致醮。"

也。又云'太宗留宿禁内',此亦谬误。太祖既不豫,宁复自登阁,且至殿庭戬雪乎?今略加删润,更俟考详。"可见李焘对《湘山野录》所载有取有删:以"好事者饰说"为由删除荒诞不经者,但对神言"晋王有仁心"之语却照录不疑;因其所云"太宗留宿禁内"与其他史料不符而删之;对可能引起世人猜疑者不予采录,如以"太祖既不豫"为由,而未载"御太清阁以望气""酌酒对饮"诸事,并改"戬雪"为"戬地";改宋太祖大声嘱咐赵光义"好做,好做"为"好为之"等。将原文中"好做"改成"好为之",应属一重要改动,即其虽只是一字之差,但两者语义却颇有异同:"好做"有"好好做"与"做的好事"二义,其后者语含指责;而"好为之"三字并联系上文,却只有"好好做"之义。如此,宋太祖对赵光义所言只有叮嘱之意,而不容作他想了。

其三,对蔡惇《直笔》所云"太祖召陈抟入朝,宣问寿数",李焘据"抟本传及《谈苑》并称抟终太祖朝未尝入见",故辨蔡惇乃误"张守真"为"陈抟"。

其四,辨《建隆遗事》第十一章载"太祖晏驾,前一日,遣中使急召宰相赵普、卢多逊入宫"之误,认定此章记事"盖(赵)普之仇人(卢)多逊亲党所为,欲肆其诋毁","实非(王)禹偁作也"。[1]

其五,对《涑水记闻》所载宋太祖驾崩以后赵光义的行动,李焘因《涑水记闻》所载与《国史·程德玄传》相同而采用之,而未取《国史·方技传》所载马韶之事,以坐实赵光义并不预知宋太祖的死期。

综上可知,李焘虽在注文中列举各种相关记载,但在正文内,对

---

[1] 按:关于《建隆遗事》真伪及撰者为谁,前文已有考辨,此略。

不利于宋太宗的文字大多予以删削，颇有为宋太宗开脱之嫌。可见《长编》记载"斧声烛影"一事，并不如程敏政、《通鉴辑览》所说的是为了诬陷宋太宗。当然，此与李焘身为宋朝臣子，《长编》又上呈宋孝宗，记载宋太宗弑兄嫌疑的相关文字自不能过于直白有关。《长编》中虽颇为详尽地记载并考辨了"斧声烛影"前后数日宋太祖、太宗兄弟及相关人员的言行，但有关宋太祖的死因及其经过依然疑点重重，不过倒也可由此确定数事：一、宋太祖是夜半猝死；二、宋太祖猝死之前夕，与赵光义密会于宫中；三、赵光义预知宋太祖死期；四、宋太祖心腹太监王继恩已为赵光义收买；五、赵光义是强行入宫夺了帝位；六、宋皇后曾以"母子之命"相托。由此可见，宋太祖之死与宋太宗继位，必定是在非正常状态下发生的，赵光义弑君嫌疑无从排除。

有关"斧声烛影"的疑问，主要在以下几个方面。

其一，宋太祖猝死于何时？

宋太祖死亡之日，现见史料大都称在开宝九年十月癸丑，但其死亡之时辰，则诸书所言稍有不同。《宋史·太祖纪》曰"癸丑夕"，《续湘山野录》曰"将五鼓"，《涑水记闻》曰"时已四鼓"，《长编》曰"时夜已四鼓"，等等。可见太祖死在半夜，应无疑问。但《长编》载十月壬子（十九日），宋太祖命宦官王继恩去建隆观"设黄箓醮"请神，得神降语，"即夜召晋王，属以后事"。癸丑（二十日），"上崩于万岁殿。时夜已四鼓"。然宋人野史笔记一般皆明言宋太祖是在"夜召晋王"的当夜猝死，据此推知，则宋太祖当死于癸丑日凌晨四鼓时。然而此一推断却与诸史书"癸丑夕""十月廿日夜"的说法不符。故自元代以后，屡有史籍将宋太祖死亡之日属之壬子日，如元末陈桱《通鉴续编》开宝九年"纲"曰："冬十月，宋主有疾。壬子，召其弟晋王光义入侍,是夕,宋主匡胤殂。甲寅,宋主光义立。"并于"目"内详释曰:"十月,宋主不豫。壬子夜,召晋王入寝殿,属以后事,宦官、宫婢皆不得近。但遥见烛影下,晋王离席,若有逊避之状。既而宋主引柱斧戳地,大声曰:'好为之。'俄而宋主殂,年五十。"[1] 今日也有学者因《长编》所记,而认为"光义入宫一日以后才得以即位,反映出他的继位遇到了一些阻碍,费了不少事才得以成功"。[2] 即宋太祖是死于癸丑日凌晨,赵光义随即入宫,却至甲寅日(二十一日)才召见群臣继位,故有"入宫一日才得以即位"之说。分析相关史料所载,可知此说实被李焘的记载误导了。

因为古代一夜分"五更"或"五鼓",而据夏历"建寅为正","以平旦为朔",即以"平旦寅"时为一日之始。宋代所行为夏历,则所谓"癸丑夕"非指癸丑日凌晨,故严格而言,宋太祖当死于甲寅日凌晨。[3] 因此,宋太祖"夜召晋王"之时当在癸丑日傍晚或上半夜,而不当系于壬子日记事中。

至于《长编》将《续湘山野录》所载宋太祖于十月癸丑晚召见赵光义,提前一日系于壬子晚之目的,有学者认为,若如文莹所云将宋太祖"死期"定在"十月甲寅将五鼓时",将下"距宋太宗'逮晓登明堂,宣遗诏罢'便即位的时间不多于两小时","则《涑水记闻》所称宦官王继恩以私意迎宋太宗入继大统一事便缺乏'合理'的完成时间",所以李焘遂将宋太祖"'死期'前移一天",而在宋太祖死亡至宋太宗继位间的 天时间中,李焘未作任何记载,如此"'有乖

---

1 (元)陈桱:《通鉴续编》卷三丙子条,上海古籍出版社《文渊阁四库全书》本。
2 《宋太宗》,第36页。
3 《宋初政治研究——以皇位授受为中心》,第227—230页。

常理'的叙事手法,适足以为后人提供进一步探究事件真相的线索"。[1]此说也不尽然。李焘将宋太祖召赵光义入宫时间提前至十九日,确是调和《续湘山野录》《涑水记闻》记事间存在的矛盾之处。但据宋人记载,两宋宫禁内有"六更"之说,虽然此"六更"究竟如何计算存有异说,但皆称其与民间一夜分五更者不同,且称其始于宋初太祖时。[2]南宋周必大即在记录其淳熙五年(1178)任翰林学士起草诏制的故事时,注云:"禁中四鼓,乃在外三更。"[3]因为南宋宫禁制度上承北宋,故推知宋太祖死时之四鼓,或指"禁中四鼓",实"在外三更"而已,如此则"宦官王继恩以私意迎宋太宗入继大统",在时间上就无障碍了。由此可证,《长编》将赵光义进宫之日系于壬子日,并删去《杨文公谈苑》所称宋太祖欲"加诛"张守真之事,删去《续湘山野录》所载宋太祖是晚登阁望气之事,又改宋太祖殿庭引柱斧"戳雪"为"戳地",以此坐实宋太祖"不豫",确是为宋太宗开脱嫌疑而已。

其二,道士张守真"降神"的目的为何?

对于《续湘山野录》所记"斧声烛影"一事,李焘《长编》以"好事者饰说"为由删除其中荒诞不经者,然而《国史·符瑞志》也载有道士张守真召"天之尊神,号黑杀将军"之事,其中"天上宫阙已成,玉锁开。晋王有仁心"诸语,《长编》却照录不疑。这是因为此数句"神言",实为证明宋太宗继位符合"天命"的根本所在,其重要性不言而喻。因此之故,宋太宗继位半年以后,即太平兴国二年(977)五月,

---

1 《宋纪受终考研究》,第118页。
2 《旧闻证误》卷四,第57—58页;《汴京遗迹志》卷一三《宋六更》,第221—222页。
3 (宋)周必大:《淳熙玉堂杂记》卷中,大象出版社2012年《全宋笔记》(第五编)本,第296页。

便"诏修凤翔府终南山北帝宫,宫即张守真所筑以祀神者也",[1] 以为酬谢。

张守真,宋廷赐法号曰传应大法师,卒于至道二年(996)闰七月十六日,享年六十六岁。其子张元济于真宗咸平二年(999)六月撰成《圣宋传应大法师行状》,于叙述张守真在宋太宗朝从"祀圜丘"事时,称"国史详焉"。[2] 因宋太祖、太宗《两朝国史》撰成于大中祥符年间,故此《国史》,当指撰成于咸平元年(998)的《太宗实录》。而《长编》所引录的《国史·符瑞志》乃指《三朝国史·符瑞志》,其所记张守真事,当取材于王钦若的《翊圣保德真君传》:

> 国初,有神降于鳌屋民张守真家,守真为道士,即所居创北帝宫。太宗嗣位,真君降言,有"忠孝加福,爱民治国"之语,诏于终南山下筑宫。凡二年,宫成,宫中有通明殿,题曰上清太平宫,如真君预言。祀神之夕,上望拜。兴国六年(981)十一月壬戌,封神为翊圣将军。祥符七年(1014),加号翊圣保德真君。凡真君所降语,帝命王钦若编为三卷,九年十月己卯上之。上作序,命曰《真君传》。[3]

据王钦若《进翊圣保德真君事迹表》称,此书汇集"真君所降语","凡厥秘言,悉存旧录,将伸伦次,以示方来"。[4] 关于张守真受命于"建

---

1 《长编》卷一八太平兴国二年五月庚辰条,第406页。
2 《金石萃编》卷一三四张元济《圣宋传应大法师行状》,第3页下。
3 《玉海》卷一〇〇《兴国凤翔上清太平宫国》,第1822—1823页。
4 《云笈七签》卷一〇三王钦若《进翊圣保德真君事迹表》,第2242页。

隆观设黄箓醮"以"降神"一事的经过,《翊圣保德真君传》记云:

> 乾德中,太宗皇帝方在晋邸,颇闻灵应,乃遣近侍赍信币香烛,就宫致醮。使者斋戒焚香告曰:"晋王久钦灵异,欲备俸缗,增修殿宇。仍表乞敕赐宫名。"真君曰:"吾将来运值太平君,宋朝第二主,修上清太平宫,建十二座堂殿,俨三界中星辰,自有时日,不可容易而言。但为吾启大王,言此官观上天已定增建年月也,今犹未可。"使者归以闻,太宗惊异而止。太祖皇帝素闻之,未甚信异,遣使赍香烛青词,就宫致祷。召守真诣阙,备询其事。守真具言之,且曰:"非精诚恳至,不能降其神。"仍以上圣降灵事迹闻奏。太祖召小黄门长啸于侧,谓守真曰:"神人之言若此乎?"守真曰:"陛下倘谓臣妖妄,乞赐按验,戮臣于市,勿以斯言,亵黩上圣。"诏守真止于建隆观。翌日,遣内臣王继恩就观设醮,移时未有所闻。继恩再拜虔告,须臾,真君降言曰:"吾乃高天大圣玉帝辅臣,盖遵符命,降卫宋朝社稷,来定遐长基业,固非山林魑魅之类也。今乃使小儿呼啸,以比吾言,斯为不可。汝但说与官家,言上天宫阙已成,玉镮开。晋王有仁心,晋王有仁心。"凡百余言,继恩惶惧不敢隐,具录以奏,因复面言,神音历历,闻者兢悚,太祖默然异之。时开宝九年十月十九日之夕也。翌日,太祖升遐,太宗嗣位。[1]

---

[1]《云笈七签》卷一〇三王钦若《翊圣保德真君传》,第2222—2223页。

第七章 金匮之盟与斧声烛影

《翊圣保德真君传》有宋真宗为之作序，当可视作"钦定"。然从宋太祖"未甚信异"，"召小黄门长啸于侧"以拟"神"音，可见《杨文公谈苑》称"太祖闻守真言以为妖，将加诛"之语当有所据。但《传应大法师行状》中仅记载了张守真于开宝九年（976）十月间自终南山来汴京觐见宋太祖之事，却并未记载张守真曾在壬子日于"建隆观设黄箓醮"：

> 开宝□年，太祖皇帝□□□□□□□□□驰驿以□。是年十月三日赴命。十日□□东都，趋文陛，天子被□，百辟列叙，法师对扬，神气自若，左右为之动容。上询遇真君神异事，法师具对。□□□□□□□谓法师曰："真君降言，有类此乎？"对曰："若陛下不之信，弃臣市可验，无以人声媟嬻上圣。"帝然之，曰："果正真之□。"即日诏憩建隆观。十九日，太祖上仙。二十一日，太宗皇帝嗣统，命法师琼林苑醮谢上帝，结坛施法。[1]

《圣宋传应大法师行状》所述张守真抵东都及宋太祖召见之日，为《翊圣保德真君传》所未载。而《圣宋传应大法师行状》言"十九日，太祖上仙"，也显与诸书所记不同。[2] 又宋太祖召见张守真之日，《翊圣保德真君传》系于壬子（十九日）张守真于"建隆观设黄箓醮"之前

1　《金石萃编》卷一三四张元济《圣宋传应大法师行状》，第3页上。
2　按：今存《圣宋传应大法师行状》中颇有阙文，但结合《翊圣保德真君传》，其文义大体能知晓。此《行状》于"太祖皇帝""天子""上""真君""上圣""帝""太祖""太宗皇帝"诸字之前皆空格，于漫漶难辨之字则以"□"代之，可见"十九日""太祖上仙"之间当无脱文。

一日，即十八日，而《圣宋传应大法师行状》系于十月十日。宋太祖召见张守真的原因，《长编》云是"上不豫，驿召守真至阙下。壬子，命内侍王继恩就建隆观设黄箓醮，令守真降神"。显然李焘认为宋太祖是因为"不豫"，故召来张守真"设黄箓醮"并"降神"以祛除病魔，而宋太祖之"崩"，也属此"不豫"之结果。然从《圣宋传应大法师行状》《翊圣保德真君传》所载宋太祖召见张守真时的言行来看，皆不似有重疾的样子。而且"黄箓醮"亦称"黄箓斋"，系指为超度亡灵而设的度亡道场。[1] 因此，宋太祖召见道士张守真入京，于建隆观设"开度九幽七祖"的黄箓醮，似与其是否身体"不豫"不相干，且当于十月十五日下元节举行为合适。而且，对撰写《圣宋传应大法师行状》的张元济而言，其父被宋太祖召入京城，并为天子"设黄箓醮"以"降神"，是何等重要且荣耀之事，但《行状》中却只字未提。稍后撰成的《翊圣保德真君传》虽已提及十八日宋太祖命内侍王继恩于建隆观设黄箓醮，让张守真"降神"，并记下了神言"晋王有仁心"等语，却也未有只字片言提及太祖"不豫"。又邵博《邵氏闻见后录》卷一也记载有张守真事，云：

> 开宝九年，太祖召守真，见于滋福殿，疑其妄。十月十九日，命内侍王继恩就建隆观降神，神有"晋王有仁心"等语。明日太祖晏驾，晋王即位，是谓太宗。诏筑上清太平宫于终

---

[1] 如《资治通鉴》卷二五七唐光启三年十一月（第8370页）载：唐末吕用之"与郑杞、董瑾谋因中元夜，邀高骈至其第建黄箓斋，乘其入静，缢杀之，声言上升"。胡三省注曰："道书以正月十五为上元，七月十五为中元，十月十五为下元。黄箓大斋者，普召天神、地祇、人鬼而设醮焉，追忏罪根，冀升仙界，以为功德不可思议，皆诞说也。"又《云笈七签》卷三七《十二斋》亦称："黄箓斋，拯拔地狱罪根，开度九幽七祖。"

南山下,封神为翊圣将军。出《太宗实录》、《国史·道释志》《符瑞志》。[1]

因《长编》已注明其根据是"《国史·符瑞志》,稍增以杨亿《谈苑》",且十月十九日太祖尚在位,故邵氏云出《太宗实录》者,当是指宋太宗继位以后于终南山下筑上清太平宫、"封神为翊圣将军"之事录自《太宗实录》。而据《杨文公谈苑》记载:

> 太祖不豫,驿召守真至阙下,馆于建隆观,令下神。神言:"天上宫阙已,成玉镵开,晋王有仁心。"言讫,不复降。太祖以其妖,将加诛,会晏驾。太宗即位,筑宫于山阴。[2]

综上可推知,有关宋太祖因"不豫"而"驿召守真至阙下",于"建隆观设黄箓醮",张守真"降神",并记下"神言"诸故事,当皆出自日后之伪撰,直至宋真宗大中祥符年间方成型,为王钦若编入《翊圣保德真君传》,以证明宋太祖之死、宋太宗继位的合理性、合法性。从《长编》注文称其所记此事乃依据《国史·符瑞志》,并"增以杨亿《谈苑》"诸语,可证《太祖旧录》《新录》和《太宗实录》中尚未有如此内容,而成文于宋真宗初年的张元济《圣宋传应大法师行状》也同样未有记载。至大中祥符年间王钦若撰《圣宋保德真君传》,才添入张守真于建隆观设黄箓醮并"降神"事,因宋真宗为《翊圣保德真君传》撰序,故其具有"钦定"身份,而被录入《国史》,但依然

---

1 《邵氏闻见后录》卷一,第2页。
2 《宋朝事实类苑》卷四四《黑杀将军》引《杨文公谈苑》,第581页。

未有"上不豫，驿召守真至阙下"的说法。所谓"上不豫"之说，当出自《杨文公谈苑》，李焘记载张守真之事时"稍增以杨亿《谈苑》"，看来所增者当即此"上不豫，驿召守真至阙下"之语。

分析《杨文公谈苑》所载"上不豫"之事，当也出自传闻。因《杨文公谈苑》于此事下又云："至道三年春，太宗弗豫，召守真至，令为下神，守真屡请，神不降。归，才至而卒。后数日，宫车晏驾。此事异也。"按宋太宗死于至道三年（997）三月，而据《圣宋传应大法师行状》，张守真实卒于至道二年七月十六日，《翊圣保德真君传》云其卒于是年"闰七月十六日"，虽其有"七月""闰七月"的不同，但仍可证《谈苑》所云有误。看来是为了证明宋太宗死前之"事异"，传闻中也增添了宋太祖"不豫"而召见张守真以及其"降神"之语，以为对应。[1] 又比勘《翊圣保德真君传》与《谈苑》的相关文字，可知《谈苑》并非录自《翊圣保德真君传》，而是别有来源。又宋神宗时张师正《括异志》所记者，正可与《谈苑》所称"太祖闻守真言以为妖，将加诛"之语相印证：

> 太祖召至京师，设醮于宫廷。降语曰："天上宫阙成，玉锁开，十月二十日陛下当归天。"艺祖恳祈曰："死固不惮，所恨者幽、并未并，乞延三数年，俟克复二州，去亦未晚。"神曰："晋王有仁心，历数攸属，陛下在天，亦自有位。"（原注：时太宗王晋，为开封尹。）太祖命系于左军，将无验而罪焉。既

---

[1] 《文献通考》卷二一六《杨文公谈苑》（第1762页）。《说郛》卷十六下《杨文公谈苑》宋庠《序》称杨亿"里人"黄鉴哀集杨亿言行而成《南阳谈薮》，"但杂抄旁记，交错无次序"，故宋庠加以编次，"掇去重复，分为二十一目，勒成一十五卷，辄改题曰《杨公谈苑》"。故所谓"太祖不豫"之语，也可能是《谈苑》撰成传写时所添入。

而事符神告,太宗践祚,度守真为道士,仍赐紫袍。……仍尊黑杀,号为翊圣。至仁宗朝,追谥守真为传真大法师。事见《翊圣别传》。[1]

有学者认为张师正所标示的"资料来自别称《翊圣别传》的《翊圣保德真君传》,内容自是与《国史》等官方记载不相悖违"。[2]但对勘《长编》所引《国史·符瑞传》以及王钦若所撰《翊圣保德真君传》相关内容,可证《括异志》所云与此二书大相"悖违",也与《谈苑》所言不同,是其也当别有史源。因此,所谓"事见《翊圣别传》",或是指《翊圣保德真君传》之外别有《翊圣别传》一书,或是张师正表示自己所记之事以外的其他有关黑杀将军、张守真的言行见载于《翊圣保德真君传》。

分析《长编》所引文字,李焘应未曾利用《圣宋传应大法师行状》和《翊圣保德真君传》,只是"删润"《国史·符瑞志》《杨文公谈苑》所载张守真之事编入《长编》,但为避免与其下宋太祖闻听神言"晋王有仁心"后,"即夜召晋王,属以后事"之语相冲突,故特意删去《国史·符瑞志》"太祖召守真,见于滋福殿,疑其妄"以及杨亿《谈苑》"太祖以其(张守真)妖,将加诛"等语,以凸显真君"晋王有仁心"之语。经此"删润",李焘在相当程度上划一了各种相异甚至对立的记载,以图证明宋太宗继位乃上符天意、下遵宋太祖之命,从而否认了宋太宗弑君篡夺即所谓"斧声烛影"之事。

其三,赵光义等人是否预知宋太祖死期?

---

1 《括异志》卷一《黑杀神降》,第2页。
2 《宋纪授受考研究》,第96页。

文莹《续湘山野录》称太祖猝死之夜，赵光义也"留宿禁内"。李焘据《国史》《涑水记闻》等记载宋太祖驾崩之初，宦官王继恩尝至开封府召赵光义入宫，予以否定。但从当时相关人员的活动上看，晋邸中人确实预知宋太祖死期。

《长编》云宋太祖猝死，时已四鼓，宋皇后遣心腹宦官王继恩出宫召皇次子德芳入宫，但王继恩"以太祖传国晋王之志素定，乃不诣德芳"，径赴开封府召赵光义，使赵光义得以抢先入宫继位。王继恩在后周显德中为内班高品，宋代开宝中官内侍行首，九年春改内班小底都知，赐金紫，十月，加武德使。史称王继恩"初事太祖，特承恩顾。及崩夕，太宗在南府，继恩中夜驰诣府邸，请太宗入，太宗忠之，自是宠遇莫比"。[1]可证王继恩在皇位授受间所起的重要作用。

《长编》又称当时王继恩在"南府"门外遇见了赵光义的亲吏程德玄。《宋史·程德玄传》称程德玄"善医术。太宗尹京邑，召置左右，署押衙，颇亲信用事。太祖大渐之夕，德玄宿信陵坊，夜有扣关疾呼趣赴宫邸者。德玄遽起，不暇盥栉，诣府，府门尚关。方三鼓，德玄不自悟，盘桓久之。俄顷，见内侍王继恩驰至，称遗诏迎太宗即位。德玄因从以入，拜翰林使"。[2]《宋史》此处所云，据《长编》卷一七注文，可知其源出于宋《国史·程德玄传》。因当时王继恩实奉宋皇后之命出宫召德芳，故所谓"称遗诏迎太宗即位"者颇有讳饰，可推知程德玄此时盘桓门外，当在等候王继恩到来。又《长编》卷一七注引《国史·方技传》所载"习天文三式之学"的马韶事，也可证明晋邸之人预知宋太祖死期这一事实：

---

1 《宋史》卷四六六《宦者传一》，第13604页。
2 《宋史》卷三〇九《程德玄传》，第10155页。

第七章　金匮之盟与斧声烛影　639

　　（马）韶素与太宗亲吏程德玄善，……（开宝）九年十月十九日既夕，韶忽造德玄，……曰："明日乃晋王利见之辰也。"德玄惶骇，因止韶于一室中，遽入白太宗。太宗命德玄以人防守之，将闻于太祖。及诘旦，太宗入谒，果受遗践阼。数日，韶以赦免。[1]

《宋史》卷四六一《方技上·马韶传》所载与此同，然其下又曰："逾月，起家为司天监主簿"；"太平兴国二年，擢太仆寺丞"，历迁至太常博士。由是可证，与程德玄相"善"的马韶，当也作为"龙飞"功臣而得入仕升官。由《马韶传》云云可知，程德玄自称待在开封府门外，是因为夜深"有扣关疾呼趣赴官邸者"，故"遽起……诣府，府门尚关"之语，实属欺人之谈。又《马韶传》云其时为"十月十九日既夕"，次日"诘旦，太宗入谒，果受遗践阼"，也属不实之语，因为宋太宗进入宫禁非为"入谒"，此处如此记载乃为掩饰赵光义与宋太祖猝死之间的联系。又从《马韶传》"十月十九日既夕"云云，可见李焘《长编》将宋太祖召晋王入宫一事置于十九日，似本诸宋《国史》《实录》，故王钦若《翊圣保德真君传》声称道士张守真设醮降神，神言"晋王有仁心"，"时开宝九年十月十九日之夕也。翌日，太祖升遐"。至于《圣宋传应大法师行状》明言"十九日，太祖上仙"，其原因也在此。

　　当时宋廷严令禁止天下私习天文之术，但赵光义的心腹亲吏却暗中与"习天文三式之学"的布衣马韶相交，且关系密切，其中奥秘可推而知。又马韶声称"明日乃晋王利见之辰"，也有宣扬赵光义得天

---

[1] 《长编》卷一七开宝九年十月癸丑条注，第381页。

命之意。从与赵光义关系密切的王继恩、程德玄、马韶三人当时行为的有关记载上看,虽然那些史料对敏感内容已有意掩饰,但细加辨析,还是可以发现晋邸之人在宋太祖猝死前后,为赵光义继位所做的准备。

其四,宋太祖是如何死的?

对于宋太祖的猝死原因,后世有人据"烛影斧声"之词而认为是赵光义用柱斧杀宋太祖于禁中。如元人杨维桢《金匮书》诗中云:"夜阒鬼静灯模糊,大雪漏下四鼓余。床前地,戮玉斧,史家笔,无董狐。"[1] 显然认为是赵光义用玉斧杀死了宋太祖。此"玉斧"即《长编》等文献中所说的柱斧。

何为柱斧?宋代柱斧有两种,一为武士所用,一为文房用具。作为文房用具的柱斧又称玉柱斧、玉斧,以水晶或铜铁为之。有学者认为"斧声烛影"中的柱斧即为文房用具之玉斧,难作杀人之具。[2] 检"玉斧"之名,史书上屡见,[3] 宋人史籍中亦数见宋太祖手持柱斧的记载,此柱斧是否即是文房用具之玉斧,似颇可商榷。如《涑水记闻》卷一载宋太祖因恼怒一臣僚,"以柱斧柄撞其口,堕两齿"。[4] 能一击落人二齿的柱斧,想来不是以水晶或玉石所做的文房用具,而当是一种作为挂杖之用的长柄斧形之物,以铜铁或硬木为之。但世人多视宋太祖手持的柱斧为玉斧,属文房用具,而非一种武器,当与宋代的一则传说有关:

---

1 《宋纪受终考研究》,第162页注引。
2 谷霁光:《宋代继承问题商榷》,载《清华学报》第十三卷第一期,1941年4月。
3 如《新五代史·王建立传》载王建立觐见后晋皇帝石敬瑭,石敬瑭"赐以玉斧、蜀马"。又《资治通鉴》卷二九四(第9595页)载后周枢密使王朴死,周世宗"临其表,以玉钺卓地,恸哭数四"。此"玉钺"也即玉斧。
4 《涑水记闻》卷一,第7页。

太祖将亲征，军校有献手挝者，上问曰："此何以异于常梃而献之？"军校密言曰："陛下试引挝首视之。挝首，即剑柄也，有刃韬于中，平居可以为杖，缓急以备不虞。"上笑，投之于地，曰："使我亲用此物，事将何如？且当是时，此物固足恃乎？"[1]

宋太祖未接受军校所献手挝，以为此物在军前不"足恃"，但其实太祖手中常持的柱斧，实亦有防身武器的功用，只不过不易引人注目而已。[2]

虽然此类柱斧可用作杀人利器，但宋太祖显然不至于死于柱斧之下。[3] 据《续湘山野录》，宋太宗继位之际，尝"引近臣环玉衣以瞻圣体"，如果文莹所云不虚，则宋太祖若死于斧下，实难瞒众人之眼。

历代质疑"斧声烛影"之事为伪者，大都认为宋太祖是因"不豫"而猝死。对此，可先来考察一下宋太祖当时健康情况如何。因宋太祖曾于开宝九年（976）三月离京巡行洛阳，故其时身体健康应无疑问。那么宋太祖归京以后情况又如何？据《长编》卷一七、《宋史·太祖纪三》等载，可见宋太祖自四月辛亥回到开封城以后直至其十月死亡之间的活动如下：

四月甲子，宋太祖"宴近臣及节度使于讲武殿"。

五月己巳，宋太祖"幸东水砦，遂幸飞龙院，观渔金水河"；庚辰，"幸讲武殿，遂幸乾津园观稼"。《宋会要辑稿·礼》五二之二云是月十四日，曾"幸讲武池习水战"。

---

1 《涑水记闻》卷一，第5页。又见《长编》卷一建隆元年十二月，第30页。
2 王瑞来：《"烛影斧声"与宋太祖之死》，载《文史知识》2008年第12期。
3 邓广铭：《宋太祖太宗皇位授受问题辨析·烛影斧声与太宗之逆取》，载《邓广铭全集》第七卷。

六月庚子，宋太祖幸晋王府邸，"遣工为大轮，激金水河注其中，且数临视，促成其役"。

七月戊辰，宋太祖步至"晋王第，观水入新池"；丙子，"幸京兆尹廷美第视疾，后两日复幸焉"；庚寅，"幸光美第"。

八月戊戌，新权知荣州张佖入辞，太祖面饬之。己亥，"幸新龙兴寺"。乙巳，"幸等觉院，遂幸东染院，赐工人钱。又幸控鹤营，观骑士射，赐帛有差。又幸开宝寺，观经藏"。丁未，遣侍卫亲军马军都指挥使党进等伐北汉，己酉，党进等"入辞，各赐戎服、金带、鞍马、铠仗遣之"。

九月甲子，宋太祖"幸绫锦院"；庚寅，"幸城南池亭，遂幸礼贤宅，又幸晋王第"。

十月己亥，宋太祖"幸西教场，观飞山军士发机石"。

可见宋太祖于处理政务之余，还频繁出游，并曾远行至西京洛阳，其间并无生病记录，可知其健康、精力皆无问题。而十月己亥为六日，至癸丑（二十日）宋太祖死，时隔半个月，其间也无生病及御医、大臣入视问疾的记载。《圣宋传应大法师行状》称道士张守真于十月十日赴东京，得宋太祖召见，《翊圣保德真君传》称宋太祖十八日召见张守真，皆未言宋太祖"有疾"。且上文已曾辨析《长编》所云"上不豫，驿召（张）守真至阙下"的记载不实。同时，宋太祖得病，未召御医"视疾"，却召能请神降言的道士于道观"设黄箓醮"，而其所降神言是让天子传位其弟："晋王有仁心。"而宋太祖闻言后，即夜召赵光义入宫"属以后事"，结果是夜宋太祖猝死。如此记载，实难征信。

日本学者荒木敏一认为宋太祖猝死的原因在于其饮酒过度而中

毒。[1]宋太祖确实喜饮酒,史书中也常有他宴会近臣、外臣的记载;不过早在建隆二年,宋太祖曾告诉侍臣:"沉湎于酒,何以为人?朕或因宴会至醉,经宿未尝不悔也。"[2]可见宋太祖对此是有所克制的,故推断其死于饮酒过度的论据并不充分。也有学者通过分析宋真宗以下诸宋帝死因,提出赵氏家族可能有着躁狂抑郁症遗传,宋太祖因此突患脑溢血去世,属正常死亡。[3]但其理由亦不充足。如宋太祖属正常死亡,完全可以诏告天下、载诸国史,何须宋朝君臣在太祖之死、太宗嗣位问题上闪烁其词,讳莫如深?因此,宋太祖猝死,当非因疾病不治所致。而且从宋太祖死前曾与赵光义对饮上看,似也说明赵光义与宋太祖之死实有脱不开的干系。

宋太祖的死因究竟为何?有学者认为宋太祖实死于赵光义下毒,并且指出当重视赵光义身边的程德玄。在宋太祖猝死、赵光义继位的过程中,程德玄的言行确实颇引人注目:

> 时大雪,(王继恩)遂与王(赵光义)于雪中步至宫。继恩使王止于直庐,曰:"王且待于此,继恩当先入言之。"(程)德玄曰:"便应直前,何待之有!"乃与王俱进至寝殿。[4]

程德玄仅为开封府一僚属,竟然于此非常时期随同赵光义闯入深宫,且当王继恩要赵光义"止于直庐"以待禀报时,程德玄反对道:"便应

---

1 见[日]荒木敏一:《宋太祖酒癖考》,载日本《史林》第二十八卷第五号,1995年7月。
2 《长编》卷二建隆二年闰三月甲子条,第42页。
3 刘洪涛:《从赵宋宗室的家族病释烛影斧声之谜》,载《南开学报》1989年第6期。
4 《长编》卷一七开宝九年十月癸丑条,第381页。

直前,何待之有!"使赵光义直闯寝殿,成为赵光义夺位成功的关键因素之一。同时,史称程德玄善医,而赵光义也善于用毒酒杀人,如南唐后主李煜即被其所赐毒酒害死,而且诸史籍大都记载宋太祖是在与赵光义饮酒的当晚猝死,可见赵光义确有下毒的机会。而下毒酒中,又不被人察觉,善医的程德玄便有其用了。[1]《续湘山野录》称宋太祖"圣体,玉色温莹如出汤沐",似也在告诉后人:宋太祖遗体经沐浴处理以清除中毒痕迹,或遗体"玉色温莹"本身即是中毒之结果。《默记》所载一事似可为宋太祖被酒中之毒害死提供佐证:

> (太宗次子)昭成太子元僖,……娶功臣李谦溥侄女,而王不喜之。嬖惑侍妾张氏号张梳头,阴有废嫡立为夫人之约。会冬至日,当家会上寿,张预以万金令人作关捩金注子,同身两用,一着酒,一着毒酒。来日,早入朝贺,夫妇先上寿。张先斟王酒,次夫人。无何,夫妻献酬,王互换酒饮,而毒酒乃在王盏中。张立于屏风后,见之,搤耳顿足。王饮罢趋朝,至殿庐中即觉体中昏愦不知人。不俟贺,扶上马,至东华门外,失马仆于地,扶策以归而卒。[2]

可知当时在会饮中下毒于酒,让特定之人于不知不觉中饮下,却不即刻毒发,并非一件难度很高的事。因此,若赵光义在与宋太祖对饮时乘隙下毒于酒,饮罢出宫,而宋太祖于睡梦中毒发,死于四鼓时,从时间上看,并不冲突。故程德玄深夜待在晋邸门外,其用意也就颇可

---

1 《宋太宗》,第43页。
2 《默记》卷上,第6—7页。

解释了。而赵光义继位后,程德玄"攀附至近列,上颇信其言,由是趋附者甚众"。虽然程德玄屡因犯法乱纪而被贬官,但随得召用,在其知环州时,"西鄙酋豪相继内附,诏以空名告敕百道付德玄,得便宜补授"。[1] 程德玄极得宠遇,也昭示其当在赵光义继位中起着重要作用。

其五,宋皇后为何"惊惧"?

据《宋史·后妃传》,当宋太祖猝死之际,"性柔顺好礼"的宋皇后即遣王继恩出宫召皇子德芳,应非是宋皇后一时之想,而可能是宋太祖的预先安排,即在开宝末年,宋太祖已有培植德芳势力的倾向。故当时在晋邸,王继恩用"事久,将为它人有矣"之语催促赵光义赶紧入宫,正可证明皇位原本是传于"它人",而非赵光义。又史载仁宗至和二年(1055)七月,"左屯卫大将军从式上其祖德芳所藏玉宝,篆文曰'皇帝信宝',盖太宗所赐也"。[2]"皇帝信宝"非寻常臣下所可以拥有之物,因此,宋太宗赐德芳"皇帝信宝",当含有安抚德芳之义,或直接有着相关的承诺。

但由于王继恩未遵宋皇后之命去召德芳,而是直接去晋邸接赵光义入宫,于是原定的传位计划已不可能进行。因此,当宋皇后获知随王继恩入宫的为赵光义而非赵德芳之时,遽呼"吾母子之命,皆托于官家",其惊惧的原因昭然若揭。宋皇后虽得到赵光义"共保富贵,勿忧也"的承诺,但结果却是:太平兴国六年(981)三月,赵德芳猝死,死因不明,年仅二十三岁,至道元年(995)四月,宋皇后死,

---

1 《宋史》卷309《程德玄传》。
2 《长编》卷一八〇至和二年七月辛酉条,第4356页。按:《玉海》卷八四《至和玉宝》、《宋史》卷一五四《舆服志六》、《文献通考》卷一一五《王礼考十》等也载此事。

年四十四岁,"权殡普济佛舍",直至三年正月"祔葬永昌陵北",然仍"神主享于别庙",直至宋神宗时,才"升祔太庙"。[1] 颇得宋太宗赏识的翰林学士王禹偁,因针对宋皇后死后"群臣不成服",而"与宾友言:'后尝母天下,当遵用旧典。'"被人告发,王禹偁"坐轻肆",出守滁州。宋太宗还悻悻然对宰臣说:"人之性分固不可移,朕尝戒勖禹偁,令自修饬。近观举措,终焉不改,禁署之地,岂可复处乎?"[2] 宋太宗于此实属借题发挥,借以警饬诸大臣在此问题上与其保持一致。

其实,宋太宗继位后,宋皇后还是想努力讨好新天子的。据载:

> 开宝末,上在晋邸,遣亲信诣西边市马,还,宿要册湫祠旁,中夕,梦神人语之曰:"晋王已即位矣,汝可倍道还都。"使者至京兆,果闻太祖升遐。是岁五月,静南节度使宋偓又言:"白龙见要册祠池中,长数丈,东向吐青白云。"(七月)癸亥,诏封湫神普济王为显圣王,增饰祠宇,春秋奉祠,仍立碑纪其事。[3]

宋偓即宋皇后之父,其主动出面奏告宋太宗继位的祥瑞,意义自然不同于他人,也因此缘故,宋太宗大张旗鼓地册封"湫神",并"立碑纪其事"。但宋偓虽为"(后唐)庄宗外孙,汉祖之婿,女即孝章皇后(宋皇后),近代贵盛,鲜有其比",在宋太宗朝也曾"从征太原,又从幽州",宋太宗"幸大名,召偓诣行在,诏知沧州"等,然最终

---

1 《宋史》卷二四二《后妃传上》,第 8609 页。
2 《长编》卷三七至道元年五月甲寅条,第 813 页。
3 《长编》卷一八太平兴国二年七月癸亥条,第 407 页。

第七章 金匮之盟与斧声烛影

也未得重用和信任,其子孙官职也不显贵。[1]此外,宋太祖于开宝元年二月纳宋氏为皇后,虽属当时朝廷"大礼也",但《太祖旧录》《新录》及《国史·太祖纪》中"皆不书"。[2]可证宋太宗因大位授受等原因,对宋皇后忌疑之深。

从赵光义诸人能预知宋太祖死期,以及宋皇后夜召德芳却在见到赵光义进入禁中时的惊惧反应等方面分析,宋太祖猝死当与赵光义有关,而赵光义继位实应属"逆取"。对于赵光义谋害兄皇的原因,有人从元初徐大焯《烬余录》甲编中所载后蜀亡后,蜀主孟昶之妃花蕊夫人被宋太祖纳入宫中,赵光义"垂涎花蕊夫人美色,当应为光义抢班夺权、向太祖下手的一个重要原因"。[3]虽说赵光义乃一好色之徒不假,但欲将发生"斧声烛影"的一大原因归之于赵光义贪图美色,实在太过于小说化了。赵光义急于抢夺大位、不惜向"皇兄"下毒手的根本原因,还是与"金匮之盟"相关:虽然当初有传弟之约,且赵光义已具储君地位,但这并不能保证赵光义必定继位。因为其一,宋太祖仅较赵光义年长十二岁,正年富力强,且统一大业渐次完成,战火渐希,统治日趋稳定,故而难说宋太祖必然先于赵光义去世。其二,随着宋太祖二子年岁已大,逐渐介入政务,赵光义继位的可能性渐减,尤其是此时宋太祖已开始着手培植赵德芳的势力,从而对赵光义的危逼更显急迫。为此,急于登基的赵光义便伺机动手了。

当然,虽说"斧声烛影"并非是一个"突发"事件,而是赵光义蓄意颇久的阴谋,但据分析,此阴谋得以发动的时机在何时,如何进

---

1 《宋史》卷二五五《宋偓传》(第8906—8907页):其"子元靖至供备库使,元度至供备库副使,元载、元亨并至左侍禁、阁门祗候,元度子惟简为殿直,惟易为奉职等。
2 《长编》卷九开宝元年二月条,第200页。
3 《宋太宗》,第39—42页。

行，即使赵光义本人也难以预料，至开宝九年十月癸丑晚，各种条件的汇合，使赵光义得到实施其阴谋的机会，并得以成功。因此，就赵光义夺权野心并蓄谋已久而言，"斧声烛影"事件并不能算是事出仓促，但就其发动时间并非预定而言，则还当算是变起仓促，所以当时出现了一系列难以合理解释的矛盾现象，其中之一便是那道仓促发布的、部分措词颇为不妥的太宗《即位大赦诏》。[1]

既然宋太祖死于非命，那为何当时未见朝野有反对声音？明人程敏政《宋太祖太宗授受辨》即言："德昭因他人行赏一言之愤，不惜一死，忍其父为人所戕，而噤不出一语哉！"[2]故而认为"斧声烛影"一事为虚。对此，应考虑在当时情形下，无论赵德昭等人有何反抗言行，也必不允许笔之于书，载之国史。[3]而宋太祖、太宗授受之际虽然疑点重重，但终属于宫禁秘事而缺少证据，而按"金匮之盟"的约定，皇位还是会回归宋太祖子孙的，同时更应注意到，此时宋太祖已有培植德芳势力、欲传位德芳的趋向，此可能正是宋太祖猝死、太宗继位而廷美、德昭沉默不言的原因。因为赵光义继位，根据"金匮之盟"，廷美、德昭尚可依次继位称帝，但是，若是德芳继位，则一般而言，其皇位不会再传给其叔、其兄。至于当时宰相薛居正、沈义伦和枢密使曹彬三人，皆属忠厚谨守有余而胆略不足之人，焉敢过问皇位继统大事？而参知政事卢多逊、枢密副使楚昭辅，则早已归附赵光义，故赵光义甫继位，两人即得升官，卢多逊自参知政事升拜宰相，楚昭辅自枢密副使升任枢密使。[4]

1　邓广铭：《试破宋太宗即位大赦诏书之谜》，载《邓广铭全集》第七卷。
2　《宋纪受终考研究》，第180页。
3　邓广铭：《试破宋太宗即位大赦诏书之谜》，载《邓广铭全集》第七卷。
4　《长编》卷一七开宝九年十月庚申条，第382页。

赵光义通过非常手段夺得皇位,并通过干预《国史》编修而泯灭了相关史料。但只手毕竟不能遮天,在《国史》之外的私家野史笔记中,还是留下了有关"斧声烛影"的零星记录,而《挥麈录余话》卷一也称,终北宋之世,民间始终流传着"太祖之后,当再有天下"的说法,[1] 此当为世人对宋太宗非正常继位,且逼死赵德昭、德芳兄弟的一种曲折反抗。也正因为此,李焘在《长编》一书中留下了有关"斧声烛影"的记载,并得到了宋太祖之后孝宗的首肯。

四、永昌陵

开宝九年(976)十月癸丑(二十日)下半夜,宋太祖赵匡胤猝然去世,在位十七年,享年五十岁。甲寅(二十一日),赵光义于万岁殿宋太祖灵柩前即位,是为宋太宗。是日晨,群臣被召集于殿廷"叙班",听宰相宣读大行皇帝的"遗制":

> 修短有定期,死生有冥数,圣人达理,古无所逃。朕生长军戎,勤劳邦国,艰难险阻,实备尝之。定天下之袄尘,成域中之大业,而焦劳成疾,弥留不瘳。言念亲贤,可付后事。皇(第)[弟]晋王(原注:太宗旧名),天钟睿哲,神受英奇,自列王藩,愈彰厚德,授以神器,时惟长君,可于柩前即皇帝位。丧制以日易月,皇帝二日听政,十二日小祥,二十七日大祥。诸道节度、观察、防御、团练使、刺史、知州等,并不得辄离任赴阙。闻哀之日,所在军府三日出临释服。其余并委嗣君处

---

[1] (宋)王明清:《挥麈录余话》卷一,大象出版社 2013 年《全宋笔记》(第六编)本,第 1 页上。

分。更在将相协力，中外同心，共辅乃君，永光丕构。

随之群臣"发哀毕，太宗即位，号哭见群臣。群臣称贺，复奉慰尽哀而退"，[1] 一切依礼而行。乙卯（二十二日），宋太宗依新皇帝继位成例"大赦天下"，赦文略曰：

> 予小子缵绍丕基，恭禀遗训。仰承法度，不敢逾越。更赖将相公卿，左右前后，恭遵先旨，同守成规，庶俾冲人，不坠鸿业。[2]

强调遵循宋太祖既定之规，以安抚朝野四方。

丙辰（二十三日），群臣因宋太祖"遗制"有新皇帝"三日听政"之语，故上表请宋太宗"听政"，但未得宋太宗答应。次日（丁巳，二十四日），将大行皇帝"大敛成服"，随后宰臣薛居正等"前跪奏请听政，制可之"。[3] 同日，宋太宗移至长春殿听政，并再次吩咐薛居

---

[1] 《宋会要辑稿·礼》二九之一；《长编》卷一七开宝九年十月甲寅条，第381页；《宋史》卷一二二《礼志二十五·山陵》，第2849页。

[2] 《宋大诏令集》卷一《太宗即位赦天下制》，第1页。按：《长编》卷一七开宝九年十月乙卯条、《太平治迹统类》卷二《太祖太宗授受之懿》所载太宗《即位大赦诏》中文字有异："先皇帝创业垂二十年，事为之防，曲为之制，纪律已定，物有其常。谨当遵承，不敢逾越。"邓广铭于《试破宋太宗即位大赦诏书之谜》中指出：《长编》所载宋太宗即位赦文，实是对宋太祖朝建立规章制度时所执举的部分原则做的一番综括和提炼，但并未"谨当遵承，不敢逾越"，而是加以扩充、发展，使对文武百官的曲意防范成为其治国安邦的主要准则。故《长编》所载此赦书，是宋太宗统治稳定后的篡改之文，非原始颁布天下的那篇《即位赦天下制》。

[3] 《宋会要辑稿·礼》二九之二。

正等宰执道:"边防事大,万机至重,当悉依先帝旧规,无得改易。"[1] 于是宋太宗一面依礼为宋太祖治丧,一面授任官员,构建自己的权力中枢。

是月二十五日,命翰林使、饶州团练使杜彦圭为山陵按行使、武德使王继恩为副使。二十七日,命宰臣薛居正等"撰陵名、哀册文"等,翰林学士李昉"议谥号"。十一月五日,命齐王廷美为山陵使兼桥道使,兼充顿递使,翰林学士李昉为礼仪使,知制诰李穆为卤簿使,侍御史知杂事雷德骧勾当仪仗使事。宰臣薛居正上请宋太祖陵墓名曰"永昌"。十二月一日,翰林学士、权判太常卿事李昉请上宋太祖尊谥曰"英武圣文神德皇帝",庙号曰太祖,即据《谥法》:"道德应物曰英,除乱静难曰武,穷神知化曰圣,经纬天地曰文,阴阳不测曰神,功成民用曰德。"至宋真宗大中祥符元年(1008)又加曰"启运立极英武圣文神德元功大孝皇帝"。[2]

---

[1] 《长编》卷一七开宝九年十月丁巳条,第382页。又,《长编》卷一八太平兴国二年正月丙寅条(第392页)亦载宋太宗对侍臣表示:"朕以凉德,继守鸿图。凡机务边事,皆奉行先帝成规,不敢辄有改易。"如此再三地强调遵循宋太祖成规,其目的自为安抚人心,以渡过此非常时期。按:《宋会要辑稿·礼》二九之二云宋太宗听政之"翌日,移御长春殿"。

[2] 《宋会要辑稿·礼》二九之二、之三;同上《礼》五八之二二。按:文莹《玉壶清话》卷七(第65页)云宋太祖"自为陵名曰永昌";《瓮牖闲评》卷三(第27页)曰:"本朝宣祖号安陵,自太祖后更加'永'字者,盖太祖在西京日,尝曰:'朕自为陵名曰永昌陵。'故其后不敢改,皆连'永'字者此也。"此说似不确。又按《宋史》卷一〇八《礼志十一》(第2606页)述"加上祖宗谥号"云"太宗太平兴国二年正月甲戌,上太祖英武圣文神德皇帝。真宗大中祥符元年十一月二十七日,帝……诣太庙,奉上太祖曰启运立极英武圣文神德玄功大孝皇帝。……大禧元年正月九日,加上六宗尊谥二字,……太祖曰启运立极英武睿文神德圣功至明大孝皇帝"。所记稍异,且其所上谥号中之"元功"当作"玄功"。又按:《宋史·太祖纪三》载"大中祥符元年,加上尊谥曰启运立极英武睿文神德圣功至明大孝皇帝"。校记云此谥号"一说是大中祥符五年所加,见《长编》卷七九、《宋会要·帝系》一之一〇;一说是天禧元年所加,见本书卷一〇八《礼志》、《宋会要·礼》五八之二八、欧阳修《太常因革礼》卷九〇"。疑《宋史·太祖纪三》此处有脱文。

同时，十月二十三日，宋太宗甫登基，即命开封府判官、著作郎程羽为给事中、权知开封府，推官、右赞善大夫贾琰为左正谏大夫、枢密直学士，门客郭贽为著作佐郎。任命贾琰为枢密直学士，与宋初"陈桥兵变"后赵普被任命为枢密直学士以执掌枢密院的性质相同。二十七日，以皇弟永兴节度使兼侍中廷美为开封尹兼中书令，封齐王；皇子山南西道节度使、同平章事德昭为永兴节度使兼侍中，封武功郡王；贵州防御使德芳为山南西道节度使、同平章事。因宋太宗"友爱尤笃，不欲德芳异其称呼，并诏王、石、魏氏三公主，皆依旧为皇子、皇女焉"；又封宋皇后为开宝皇后，迁入西宫居住。同日，宰相薛居正加左仆射、沈伦（沈义伦）加右仆射，参知政事卢多逊为中书侍郎、平章事；枢密使曹彬加同平章事，罢领忠武节度；枢密副使楚昭辅为枢密使。十一月五日，"诏齐王廷美、武功郡王德昭位在宰相上"。[1]此与开宝六年确立晋王赵光义位于宰相上相同，表明赵廷美、赵德昭已具有"嗣君"地位，一如当年之赵光义；此外，赵德芳授官山南西道节度使，排位赵德昭之后。

十二月二十二日，宋太宗"御乾元殿受朝"，大赦，改开宝九年为太平兴国元年，"群臣上寿大明殿"。[2]是时下距新年仅有八日。宋

---

1 《长编》卷十七开宝九年十月、十一月，第382—384页。
2 《长编》卷十七太平兴国元年十二月甲寅条，第387页。

第七章　金匮之盟与斧声烛影

太宗"不逾年而改元"的做法有违常规,故屡遭后世非议。[1]但此举也意味着,宋太宗已基本控制局面,初步稳定了其统治。

太平兴国二年(977)三月十七日,摄太尉、齐王廷美率群臣"奉谥号册宝告于南郊;翌日,奉主于万岁殿,摄中书令读册"。[2]四月七日,宋太宗"以将启攒宫,前三日不御坐"。十日,"启攒宫",宋太宗君臣"皆服初丧服,群臣朝晡临殿中退,易常服出宫城"。十三日,宋太祖"灵驾""发引",宋太宗"服衰服启奠于梓宫,群臣入临,升梓宫于龙𬨎。祖奠彻,设次明德门外,行遣奠,摄中书令读哀册"。其"礼毕,奉辞,释衰服还宫,群臣出都城外奉辞"。于是灵驾自开封城明德门经御桥出宜秋门,一路西行。其山陵辒辌车并诸色擎舁,

---

[1] 如《宋纪受终考研究》(第172页)引明人刘定之《宋论》说,认为"自昔以崩年改元为乱世之事,太宗袭用乱世之事而不避,徒以其兄未尝以大业畀己,而致己自取,故汲汲削去之,跨越之,然不虞天下后世因此窥见己之戕其兄矣"。郑瑗《井观琐言》(上海古籍出版社《文渊阁四库全书》本)卷一对此质疑道:刘定之"论太宗之事,而摭其不逾年改元为戕其兄之证,且谓名其年曰'太平',言致治由我也;曰'兴国',言创业由我也。夫年号或出臣下所议定,未必太宗自制,藉令果出太宗,则既亲行弑逆,掩讳文饰之不暇矣,又名其年以阴播其事于天下,岂人情哉!"而程敏政认为刘定之"此论以不逾年改元为太宗之失,固然矣。而谓因此窥见己之戕其兄,则有甚不然者。五代以来,残年改元,殆成故事",故太宗"特因仍习习,不自知其失耳"。此正如朱熹论"太宗不逾年改元,乃开国之初,一时人才粗疏,理会不得"而已。(见《宋纪受终考研究》,第173—174页)按:刘定之以"不逾年而改元"作为宋太宗戕害其兄的证据实不充分,但程敏政云"五代以来,残年改元,殆成故事"也非正说。五代时改元或乱改,或不改,但甚少"残年改元"。故蒋复璁《宋太祖之崩不逾年而改元考》(载《宋史新探》,第57—59页)认为宋太宗于十二月"残年改元"之举,"虽非戕兄之证,实少悼兄之情",乃沿袭五代"荒失"之政,而遭致后世中官的贬责。

[2] 《宋会要辑稿·礼》二九之四。按:同上书《礼》二九之三载哀册、谥册制度,其用阶玉制:"每册条六十。内一十条折襈四片,五十条书册文。册匣二具,长七尺五寸,便金镀银含棱遍地金,罗花盘龙装红锦托里,揭搭象鼻锯针银锁钥各全穿联册银条,两头银丝结花二朵,各一副。衬册条锦一面,可册匣。衬册大红绫三幅,夹帕一条,长一丈。盖册匣红绫四幅,夹帕一条,长一丈三尺。盖册便红四幅,夹帕一条,长一丈三尺。举册红丝秕绦两条,各长一丈三尺。绸册匣红丝圆条各长一丈五尺,红绫案褥各一副,油画檐床各一张,银裹脚铜蜘头全衬檐床红绫褥各一面,行事紫大绫席褥一副,进册文红罗夹复一条,"

共差遣步军司壮兵健儿5956人。二十五日（乙卯），葬宋太祖于永昌陵（今河南巩义芝田镇境内）。

与宋朝其他皇帝不同，史载这永昌陵墓地是宋太祖生前亲自选定的。是年春，宋太祖西巡洛阳，途中来到其父母之陵墓安陵祭奠。宋太祖之父赵弘殷死后，原葬于开封城东南隅，待宋太祖建宋以后，迁葬于今巩义市西南约10千米处，称永安陵。宋太祖"祭哭为别"，云："此生不得再朝于此也！"遂登上阙台，取来响箭，搭弓射向西北方向，指示响箭落下之地对左右说："即此乃朕之皇堂（指墓地）也。"[1]

四月二十九日，宋太祖"虞主（神主）"自永昌陵回至京城，"群臣迎拜于都城西门之外，奉安于大明殿，行虞祭之礼"。五月十九日，宋太宗"奉辞神主于丹凤门外，有司奉导至太庙，近臣题谥号，行祔飨之祭，祔于第五室，以孝明皇后王氏升配"。[2] 至此，宋太祖丧事告毕。

永昌陵"兆域"（陵区）原占地约1800亩，遍种松柏，名"柏城"。[3] 现存永昌陵陵台（坟头）呈覆斗形，底边东西长48米，南北宽45米，残高14.4米。陵园的原有建筑，现已无留存，仅鹊台等个别建筑基址土堆尚在，以及石雕的狮、虎、马、羊、角端和武士、文臣、望柱等矗立于陵丘之前的神道两侧。永昌陵不是帝、后同穴合葬陵，宋太祖先后三位皇后，贺皇后、王皇后早死，陪葬于宋太祖父赵弘殷之安陵，唯有宋皇后葬在永昌陵兆域（陵区）内，位于永昌陵上宫北约450米处。陪葬于永昌陵的还有宋太宗皇后潘氏，以及皇室如宋太祖子魏王

---

1 《玉壶清话》卷七，第65页。按：《长编》卷十七开宝九年四月庚辰条（第367页）云："上谒安陵，奠献号恸，左右皆泣。既而至阙台，西北向发鸣镝，指其所曰：'我后当葬此。'"
2 《宋会要辑稿·礼》二九之五。
3 （宋）叶廷珪：《海录碎事》（上海古籍出版社《文渊阁四库全书》本）卷十下《柏城》："诸王公女陪葬柏城。注：植柏于茔域。"

德昭及其夫人王氏、宋太宗子许王元僖及其夫人李氏等陪葬墓15座。[1]

在宋太祖之后，北宋皇帝除宋徽宗、宋钦宗外皆葬于此地，各宋帝陵墓附近还有大量的附葬墓，加上宋太祖之父的安陵，遂有"七帝八陵"之称。南宋时流传着这样一则传说：南宋初，洛阳北宋诸皇陵皆遭到金人盗掘，唯有宋太祖的永昌陵无法找到。于是金人登上邻近山头眺望，清楚地看见有七陵（不包括永安陵），然"下即其地而求"，却还是只有六陵。此外，永昌陵区树林间，每年寒食日"必挂白银纸"，似曾有人来祭奠过，"金人闻而疑"，遂到时先遣许多兵马"屯驻昌陵左右，密伺之，至寒食挂白如旧，殆神矣"。[2] 此传说当是南宋孝宗之后，帝位回归宋太祖一系，故民间以如此颇具神秘色彩的传说，来神化宋太祖。

宋太祖虽已安息于永昌陵，但因"斧声烛影"这一皇位授受之际非常之变而激发的余波，却是历时百年而未平息。

宋太宗即位之初，通过大赦天下，进封其弟赵廷美，其侄赵德昭、赵德芳，以及宰执将相大臣官爵，初步渡过了因"斧声烛影"非常事件带来的政治危机。此后也大体依照宋太祖颁行的政策进行统治，至太平兴国三年（978）四月，割据漳、泉二州的陈洪进上表献地；五月，吴越国王钱俶被迫进献两浙诸州地。始于宋太祖的统一南方诸割据政权之大业，至此终告完成。于是，太平兴国四年，宋太宗亲征河东，于五月攻破太原城，北汉灭亡。宋太宗因欲获取迈越其兄皇之更大功勋，遂于八月统大军北伐燕京，欲收复燕云十六州，一统天下。不料，

---

[1] 河南省文物考古研究所编：《北宋皇陵》，中州古籍出版社1997年版，第34—47页、第56—57页。
[2] （宋）郑思肖：《郑思肖集·因山为坟说》，上海古籍出版社1991年版，第148页。

宋军围攻燕京城时,在高梁河遭到契丹援军夹击,大败而归。其间发生两件对赵宋政局影响深远的大事:一是宋太宗在与辽军作战中身负重伤;二是当时军中将校尝发生兵变,欲拥立赵德昭,从而打破了赵氏皇族一时相安无事的局面。如《涑水记闻》就称当时"军中夜惊,不知上所在"。而《默记》亦云当时宋军将士"以平晋不赏,又使之平幽,遂军变。太宗与所亲厚夜遁"得脱;又云"太宗自燕京城下军溃,北虏追之,仅得脱。凡行在服御宝器尽为所夺,从人宫嫔尽陷没。上股中两箭,岁岁必发。其弃天下竟以箭疮发云"。[1] 七月,宋太宗回至开封城;八月,武功郡王赵德昭自杀:

> 初,武功郡王德昭从征幽州,军中尝夜惊,不知上(太宗)所在,或有谋立王者,会知上处,乃止。上微闻其事,不悦。及归,以北征不利,久不行太原之赏,议者皆谓不可,于是德昭乘间入言,上大怒曰:"待汝自为之,赏未晚也。"德昭惶恐,还宫,谓左右曰:"带刀乎?"左右辞以宫中不敢带。德昭因入茶酒阁,拒户,取割果刀自刎。上闻之,惊悔,往抱其尸,大哭曰:"痴儿,何至为此耶!"追封魏王,谥曰懿。(原注:此据司马光《记闻》。本传云德昭好啖肥猪肉,因而遇疾不起。今不取。)[2]

---

[1] 《涑水记闻》卷二,第36页;《默记》卷上、卷中,第5页、第20页。参见《宋初政治研究——以皇位授受为中心》,第265—274页。

[2] 《长编》卷二〇太平兴国四年八月甲戌条,第460页。按:"本传",指宋《三朝国史·德昭传》。参见《宋初政治研究——以皇位授受为中心》,第277—284页。

待至太平兴国六年三月,赵德昭之弟德芳卒,上距赵德昭死仅一年有半,且其死因,宋代史籍如《宋会要辑稿》《隆平集》《东都事略》《长编》以及宋人野史笔记中全无记载,仅《宋史·宗室传》云其"寝疾薨"。[1]所谓寝疾者,卧病也。然诸书也无赵德芳卧病记载。且此时年仅二十三岁,却无故猝死,自然启人疑窦。结合宋太祖死时,宋皇后尝遣王继恩去召德芳进宫,以及宋太宗尝"以玉宝二钮赐太祖之子德芳,其文曰'皇帝信宝'",[2]随后因宋太祖二子"德昭不得其死,德芳相继夭绝,廷美始不自安"[3]等史实来看,对宋太宗皇位有着相当威胁的德芳之死,宋太宗当也难脱干系。德芳死后,对宋太宗传子计划构成障碍者,亦唯剩赵廷美一人矣。于是,宋太宗反过来与开国功臣赵普结盟,于太平兴国七年将具有储君地位的皇弟赵廷美,以及欲襄助赵廷美上位的宰相卢多逊等人一举贬责出朝。但宋太宗的做法引起其长子元佐不满,即当"廷美既得罪,楚王元佐独申救之,上不听。廷美死,元佐遂感心疾",于是被废。[4]此后宋太宗转而培养次子元佑,但元佑却中毒而亡,宋太宗不得已于至道元年(995)立第三子元侃为皇太子。史称"自唐天祐以来,中国多故,不遑立储贰,斯礼之废,将及百年,上始举而行之,中外胥悦"。[5]宋太宗以非常手段继位以后,经过六七年谋划,先后逼死了德昭、德芳兄弟和廷美,扫清了"传子"障碍,并经过一波三折的传子进程,至此举行已废百年的册封皇太子之典礼,确立了第三子元侃的"储贰"地位,也意味着正式废除了"三

---

1 《宋史》卷二四四《宗室传一》,第8685页。
2 《宋史》卷一五四《舆服志六》,第3583页。
3 《宋史》卷二四四《宗室传一》,第8669页。
4 《长编》卷二六雍熙二年九月庚戌条,第597—598页。
5 《长编》卷三八至道元年八月壬辰条,第818页。

传"的"金匮之盟"。至道三年（997），宋太宗死，元侃继位，是为宋真宗。

宋太宗虽说通过迫死其弟廷美及侄德昭、德芳，如愿传子，但其余波犹在，于皇室及社会舆论中时起激荡，宋廷对此十分敏感。[1] 北宋时，有宋太祖子孙虽"失位"，但"太祖之后，当再有天下"的说法在社会上颇有流传。南宋王明清《挥麈录余话》卷一云：

> 永昌陵卜吉，命司天监苗昌裔往相地西洛。既覆土，昌裔引董役内侍王继恩登山巅，周览形势，谓继恩云："太祖之后，当再有天下。"继恩默识之。太宗大渐，继恩乃与参知政事李昌龄、枢密赵镕、知制诰胡旦、布衣潘阆谋立太祖之孙惟吉，适泄其机，吕正惠时为上宰，锁继恩，而迎真宗于南衙，即帝位。继恩等寻悉诛窜。前人已尝记之。熙宁中，昌龄之孙逢登进士第，以能赋擅名一时。……逢素闻其家语，与方士李士宁、医官刘育荧惑宗室世居，共谋不轨，旋皆败死。详见《国史》。靖康末，赵子崧守陈州。子崧先在邸中剽窃此说，至是适天下大乱，二圣北狩，与门人傅亮等歃血为盟，以幸非常，传檄有云："艺祖造邦千龄，而符景运，皇天祐宋六叶，而生眇躬。"继知高宗已济大河，皇惧归命，遣其妻弟陈良翰奉表劝进，高宗罗致元帅幕。中兴后，亟欲大用。会与大将辛道宗争功，道宗得其文缴进之，诏置狱京口，究治得情。高宗震怒，然不欲

---

[1] 如宋仁宗宝元年间，王德用因"貌类艺祖"而罢知枢密院事。见《东都事略》卷六二《王德用传》。

暴其事，以它罪窜子崧于岭外。[1]

按当时王继恩、李昌龄等所谋立者乃宋太宗长子元佐，并非宋太祖之孙惟吉，《挥麈录余话》所云有误。虽说"太祖之后，当再有天下"之言，是否确为苗昌裔所预言，存有很大疑问，但是赵世居、赵子崧确实皆属宋太祖后裔，其被贬、被杀确与其因这一传说而心怀野心有关；[2]而南宋初高宗选择宋太祖之子德芳的后裔继位，也确与"太祖之后，当再有天下"之传说有着直接关系。《宋史·孝宗纪》云：

> 及元懿太子（宋高宗之子）薨，高宗未有后，而昭慈圣献皇后（孟太后）亦自江西还行在，后尝感异梦，密为高宗言之，高宗大寤。会右仆射范宗尹亦造膝以请，高宗曰："太祖以神武定天下，子孙不得享之，遭时多艰，零落可悯。朕若不法仁宗为天下计，何以慰在天之灵。"于是诏选太祖之后。同知枢密院事李回曰："艺祖不以大位私其子，发于至诚。陛下为天下远虑，合于艺祖，可以昭格天命。"参知政事张守曰："艺祖诸子，不闻失德，而传位太宗，过尧、舜远甚。"高宗曰："此事不难行，朕于'伯'字行中选择，庶几昭穆顺序。"而上虞丞娄寅亮亦上书言："昌陵之后，寂寥无闻，仅同民庶。艺祖在上，莫肯顾歆，此金人所以未悔祸也。望陛下于'伯'字行内选太祖诸孙有贤德者。"高宗读之，大感叹。[3]

1　《挥麈录余话》卷一，第6页。
2　《宋初政治研究——以皇位授受为中心》，第349—356页。
3　《宋史》卷三三《孝宗纪一》，第615—616页。

孟太后密告宋高宗的"异梦"内容为何,史籍无载,李心传《建炎以来朝野杂记》于"后感异梦,密为高宗言之"下注曰:"此事臣闻之先臣及士大夫,所言皆同,盖汪应辰早年所闻于赵鼎者。"[1]但也未云及"异梦"内容。此时宋高宗虽年仅二十余岁,但因其在扬州时,金军突袭而来,宋高宗"宫中方有所御幸,而张浚告变者遽至,瞿然惊惕,遂病薰腐,故明受(即宋高宗之子)殂后,后宫皆不孕"。[2]当建炎三年(1129)宋高宗之子死后数日,即有"仙井监乡贡进士李时雨上书乞选立宗子,系属人心,帝怒,斥还乡里","日下押出国门"。[3]但时隔一年多,宋高宗却同意选育宋太祖后裔于禁中。如此转变,应与孟太后所密告的"异梦"紧密相关。因此,孟太后所述"异梦"内容虽史无记载,但可推知其一定与宋太祖、太宗授受问题,即太祖"传弟未传子"一事有关。

当时人们多有认为北宋灭亡、社稷为墟的原因,是因为"艺祖以圣武定天下,而子孙不得享之","寂寞无闻,仅同民庶",故而"太祖在天,莫肯顾歆。是以二圣未有回銮之期,金人未有悔祸之意,中原未有息肩之日"。[4]所以宋高宗选择宋太祖后裔为嗣,实为"效法"宋太祖传位宋太宗这一"大公"之举,以平息宗室内部以及社会上因战火漫天而引起的怨愤之气。于是当宋太祖后嗣赵瑗(赵德芳六世孙)自建国公进封普安郡王时,便有人将其封号与宋太祖"陈桥兵变"时

---

1 《建炎以来朝野杂记》乙集卷一《壬午内禅志》,第496页。
2 (宋)佚名:《朝野杂纪》,载(明)陆楫编:《古今说海》卷八八,上海古籍出版社《四库全书》本。
3 《宋史》卷二五《高宗纪二》,第467页;《建炎以来系年要录》卷二五建炎三年七月庚寅条,第1册,第394页。
4 《宋史》卷三九九《娄寅亮传》,第12132页。

出现的征兆相联系:"初,太祖受命北征,次于陈桥,军中有知星者苗训,引亲吏楚昭辅仰视日色,其下复有一日。训举手加额曰:'此天命也。'及王既受封,有日者尤若讷私谓'普'乃'并日'二字,合乎《易》所谓'明两作离'。盖不特同符艺祖,而大人继明照四方之象,已兆于此矣。"[1]为此,针对苗昌裔"太祖之后,当再有天下"的预言,南宋人以为孝宗以后,"光、宁、理、度皆太祖之后,昌裔之说始验。然一语不谨,既误继恩,又误昌龄辈,又误其孙逢,又误子崧诸人,贻祸百五十余年,虽轻浅之徒妄生侥幸,亦皆昌裔之罪也"[2]。但在社会上广为传播的"太祖之后,当再有天下"之传说,使宋高宗选立宋太祖后裔继位的做法得到士大夫的普遍认同,成为宋孝宗继位及其统治稳定的重要保证。

"江山代有才人出,各领风骚数百年。"宋太祖赵匡胤作为一代开国之君,顺应时代潮流,抓住千年一遇之良机,崛起于五代乱极之世,位登九五,创建宋朝;又在诸侯割据分裂之中谋求统一,在骄兵悍将肆意妄行、文臣谋士朝秦暮楚之中推行抑武崇文国策、强化中央集权专制统治,通过"发号施令,名藩大将,俯首听命,四方列国,次第削平",同时"释藩镇兵权,绳赃吏重法,以塞浊乱之源;州郡司牧,下至令录、幕职,躬自引对;务农兴学,慎罚薄敛,与世休息,迄于丕平;治定功成,制礼作乐"等治绩,形成其"祖宗家法",使"传之子孙,世有典则",从而为宋朝三百系午江山奠定了基础,并使宋朝"声明文物之治,道德仁义之风,宋于汉、唐,盖无让焉",从而

---

1 (宋)熊克:《中兴小纪》卷三〇,福建人民出版社1985年版,第358页。
2 (宋)俞德邻:《佩韦斋辑闻》卷三,上海古籍出版社《文渊阁四库全书》本。

被世人誉为"创业垂统之君，规模若是，亦可谓远也已矣"。[1]

清初著名思想家王夫之在《宋论》中给予宋太祖很高的评价："太祖之得天下虽幸也，而平西蜀，定两粤，下江南，距北狄，偃戈息民，布宽政，兴文治，以垂统于后，固将夷汉、唐而上之。"[2]虽然赵宋王朝积贫积弱、内外交困，追根溯源，与宋太祖所施行的初政不无关系，但其根本原因还是在于宋太宗以下诸宋帝不明宋太祖所创"家法"的精义，而竭力于"事为之防，曲为之制"，从而朝廷上下"循默苟且，颓堕宽弛，习成风俗，不以为非"，于是百病缠身，积重难返，江河日下，终至于亡国。显然这责任不能由宋太祖来承担。因此，世人每每将宋太祖与秦始皇、汉武帝、唐太宗相提并论，将他们一同视为啸傲千古、具有雄才大略的中国古代杰出帝王。

1　《宋史》卷三《太祖纪三》"赞曰"，第50—51页。
2　《宋论》卷十一《孝宗》，第206页。

附录

一、宋太祖大事年表

927年（丁亥　后唐天成二年）一岁

二月十六日，赵匡胤出生于洛阳夹马营。原籍涿州（今河北涿县）。祖父名赵敬，历任营、蓟、涿三州刺史，宋初追尊曰简恭皇帝，庙号翼祖；祖母刘氏，追谥曰简穆皇后。父名赵弘殷，时任后唐禁军飞捷指挥使；母杜氏。其兄匡济，早卒。

932年（壬辰　后唐长兴三年）六岁

自六岁后，赵匡胤先后拜陈学究、辛文悦为师，学习经书等。

936年（丙申　后晋天福元年）十岁

后唐天平节度使石敬瑭，以燕云十六州之地换取契丹支持，于闰十一月攻破后唐首都洛阳，后唐亡。

938年（丁酉　后晋天福三年）十二岁

石敬瑭建都开封，称东京，改洛阳为西京。赵匡胤随父赵弘殷迁至开封城。

939年（己亥　后晋天福四年）十三岁

十月七日，弟匡义生（后改名光义）。

944年（甲辰　后晋天福九年）十八岁

娶右千牛卫率府率贺景思之女贺氏为妻。

947年（丁未　后汉天福十二年）二十一岁

正月初一，后晋亡。契丹主耶律德光入开封，改国号为大辽，三月于北返途中病死。后晋河东节度使刘知远于太原称帝，国号汉，仍用天福年号。

夏，赵匡胤始离家游历陕西、甘肃、湖北等地，以谋求出身。

是年，二弟匡美生（后改名光美、廷美）。

948年（戊甲　后汉乾祐元年）二十二岁

三月，河中节度使李守贞、凤翔节度使王景崇、永兴军节度使赵思绾起兵反汉。八月，后汉枢密使郭威率军讨伐三镇叛兵。

冬，赵匡胤投军郭威帐中。

949年（己酉　后汉乾祐二年）二十三岁

赵匡胤在郭威军中，参与讨平三镇之战。

950年（庚戌　后汉乾祐三年）二十四岁

五月，郭威拜邺都（今河北大名东北）留守、天雄军节度使，受命镇守河北、防御契丹兵入寇。

十二月，郭威发动澶州兵变，黄旗加身，被拥立为帝。赵匡胤时在郭威军中。

951年（辛亥　后周广顺元年）二十五岁

正月，郭威正式称帝，国号周。赵匡胤因功授任禁军东西班行首。

是年，次子赵德昭出生，母贺氏。按：赵匡胤长子德秀，早卒，生年不详。

953年（癸丑　后周广顺三年）二十七岁

三月，赵匡胤升任滑州兴顺军副指挥使。未行，被皇子、开封尹柴荣留任为开封府马直军使。

是年，赵弘殷改任铁骑第一军都指挥使。

954年（甲寅　后周显德元年）二十八岁

正月，郭威去世，柴荣即位，是为周世宗。

三月，周世宗亲征北汉，与北汉、契丹联军大战于高平，先败后胜。赵匡胤随从周世宗出征。

是月，赵弘殷升任龙捷右厢都指挥使、遥授团练使；后转龙捷左厢都指挥使、领岳州防御使，随周世宗围攻北汉太原城。

七月，赵匡胤因战功升任殿前都虞候。

十月，赵匡胤受命整顿禁军，选拔精锐士兵充任殿前亲军。

955年（乙卯　后周显德二年）二十九岁

三月，比部郎中王朴上《开边策》，提出先南后北之统一策略。

五月，周世宗派兵征伐后蜀秦、凤等四州，久攻不下。七月，周世宗便遣赵匡胤前往视察，回京奏报可取之策。故周世宗调整部署，于闰九月终克四州之地。

十一月，周世宗命宰相李谷为淮南道前军行营都部署，督侍卫亲军马军都指挥使韩令坤等十二将以伐唐。赵弘殷为十二将之一，任行营马军副都指挥使。

956年（丙辰　后周显德三年）三十岁

正月，周世宗亲征南唐淮南地区，五月回京。赵匡胤扈驾出征。

二月初，赵匡胤败南唐兵万余人于涡口，斩其都监何延锡。

五日，率兵八千奇袭清流关，破唐兵一万五千人，占领滁州，生擒南唐奉化军节度使皇甫晖、常州团练使姚凤。

十六日，周世宗命韩令坤等将兵袭扬州，赵弘殷同行督军；二十二日攻克之。

约是月，赵普任滁州军事判官，初与赵匡胤相识。

三月，赵弘殷自扬州来滁州养病。

四月，赵匡胤率兵二千败南唐军于六合。

六月，寿州城内南唐军出兵偷袭城南周军李继勋部，时赵匡胤回师途经城下，遂助李继勋击退南唐军。

七月二十六日，赵弘殷卒于北归途中，追赠武清军节度使、太尉。宋初追尊曰昭武皇帝，庙号宣祖，初葬于开封城外东南隅，乾德二年改葬于永安县（今河南巩义西南）安陵。赵匡胤归家守丧，随即被起用。

九月，权知开封府王朴擢任枢密副使。

十月，赵匡胤以战功升匡国军节度使兼殿前都指挥使。

957年（丁巳 后周显德四年）三十一岁

二月，周世宗再次亲征淮南，赵匡胤随从。三月，赵匡胤率军于紫金山击退南唐增援寿州之军。寿州被围一年有余，南唐守军自此始降。

五月，赵匡胤以攻取寿州之战功，拜义成军节度使、检校太保，仍兼殿前都指挥使。

八月，王朴升任枢密使。

十月，周世宗第三次亲征淮南，赵匡胤任先锋将，十一月攻下濠州、泗州。

958年（戊午 后周显德五年）三十二岁

正月，后周军攻下楚州。

三月，后周军攻占扬州，周世宗驻军长江北岸。赵匡胤率水师杀过长江，扰乱江南敌营以示威。南唐被迫割江北十四州求和，向后周称臣。

四月，赵匡胤随周世宗凯旋，以战功授任忠武军节度使，仍兼殿前都指挥使。

是年，贺氏病卒，年仅三十岁；宋初建隆三年四月追册为皇后，乾德二年三月谥曰孝惠。

是年，礼聘彰德军节度使王饶第三女为继室。

959年（己未　后周显德六年）三十三岁

三月，枢密使王朴病卒。

是月，周世宗亲征契丹，赵匡胤为行营水路都部署。

四月，赵匡胤率兵至瓦桥关，契丹守将姚内斌等出降。关南数州悉平。

五月，周世宗因病班师回京。

六月，赵匡胤升任殿前都点检。十九日，周世宗病逝，其子柴宗训继位，是为周隐帝，时年七岁。

七月，赵匡胤改领归德军节度使、检校太尉，仍兼殿前都点检。

是年，四子德芳出生，母王氏。按：赵匡胤三子德林早卒，生年不详。

960年（庚申　宋建隆元年）三十四岁

正月一日，河北镇州、定州报契丹、北汉联军南侵，后周朝廷于仓促之中急命殿前都点检赵匡胤统兵北上御敌。

三日，赵匡胤统大军，晚宿陈桥驿。

四日晨，发生兵变，赵匡胤"黄袍加身"；随即与众将士约法禁止"夺市"，遂引兵回京，韩通率军抵抗，被杀；周隐帝禅位于赵匡胤。

五日，赵匡胤定国号为宋，定都开封，建元建隆。是为宋太祖。

十一日，参与陈桥兵变的禁军武将"论翊戴功"，皆加官晋爵。

十八日，慕容延钊擢任殿前都点检、韩令坤擢任侍卫亲军马步军都指挥使，镇守北边。

二十日，擢任幕府旧日赵普等官爵。

二十三日，皇弟赵匡义领睦州防御使、殿前都虞候，赐名光义。

二月，尊母杜氏为皇太后。

四月，昭义节度使李筠起兵反宋。宋太祖遣军进讨。五月，宋太祖率军亲征。六月，宋军克泽州、潞州，李筠自杀。

八月十七日，册立王氏为皇后。

二十一日，赵普擢任兵部侍郎、枢密副使。

是月，皇妹燕国长公主出降殿前副都点检、忠武节度使高怀德。

九月，淮南节度使李重进起兵反宋。宋太祖遣军进讨。十月，宋太祖再次亲征。十一月，克扬州，李重进自杀。

961年（辛酉　宋建隆二年）三十五岁

闰三月，罢殿前都点检慕容延钊、侍卫亲军马步军都指挥使韩令坤军职。殿前都点检自此不再除授。

六月二日，杜太后病逝，享年六十，谥曰明宪，葬于安陵；乾德二年，改谥曰昭宪。

七月，宋太祖"杯酒释兵权"，罢禁军将领石守信、高怀德等兵权。赵光义改任开封尹，张琼擢任殿前都虞候。

962年（壬戌　宋建隆三年）三十六岁

正月，初次视察国子监。

三月，诏令各地所判死刑一律交刑部覆审，以纠正地方长吏枉法杀人之弊。

六月，吴廷祚罢枢密使；十月十七日，赵普充枢密使、李处耘为枢密副使。

十月，衡州刺史张文表起兵攻武陵，武平节度使周保权求援于宋廷。

是年，宋太祖密立誓碑于太庙寝殿夹室。

是年，令韩令坤等将领分兵屯守北方各镇，以御契丹。

963年（癸亥　宋乾德元年）三十七岁

正月，遣山南东道节度使慕容延钊等南征湖南张文表，枢密副使李处耘为都监。

二月，天雄节度使符彦卿来朝，宋太祖欲使典掌禁军，为赵普所阻。
是月，宋军收荆南，荆南节度使高继冲降。
三月，宋军平定湖南，武平节度使周保权降。
四月二日，始设通判于湖南诸州。
是月，颁行《建隆应天历》。
六月，始遣京朝官知县。
七月，窦仪上《重定刑统》，诏刊颁天下。
八月，殿前都虞候张琼被杀。
九月，枢密副使李处耘责授淄州刺史。
十一月，享太庙，合祭天地于南郊，改元乾德。
十二月，皇后王氏病逝，年二十二，谥曰孝明；次年四月，葬安陵之北。

964年（甲子　宋乾德二年）三十八岁

正月，宰相范质、王溥、魏仁浦免；拜赵普为宰相，李崇矩为枢密使，王仁赡为枢密副使。
四月，初设参知政事，命薛居正、吕余庆为之。
六月，皇子德昭出阁，授贵州防御使，时年十七岁。
十一月，命忠武节度使王全斌等统兵分水陆两路征伐后蜀。

965年（乙丑　宋乾德三年）三十九岁

正月，宋军兵临成都城下，后蜀主孟昶降。
二月，命参知政事吕余庆权知成都府、枢密直学士冯瓒权知梓州。
三月，置封桩库于禁中，以备兵旅之用。又收藩镇财权，置诸路转运使。
是月，后蜀将全师雄等叛，攻城略地。
四月一日，宋将王全斌等诱杀成都城内后蜀降卒二万余人。
十二日，令京城夜漏未及三鼓，不得禁止行人。
五月，孟昶一行被解送抵京城开封。

六月五日，授孟昶检校太师、秦国公；十一日，卒。其妃花蕊夫人被召入宫。

八月，令各州精选骁勇送京师；又选强壮士兵为兵样，送各州选拔禁兵。

966年（丙寅　宋乾德四年）四十岁

闰八月，诏求亡书。

十二月，平定全师雄叛兵。

是年，诏令各地发展农业，种植桑枣，开垦荒地不加赋税。

967年（丁卯　宋乾德五年）四十一岁

七月，诏天下勿再毁佛像，然不许重铸。

968年（戊辰　宋开宝元年）四十二岁

二月，册立左卫上将军宋偓长女宋氏为皇后，时年十七岁。

九月，禁铜钱出境外。

十一月，合祭天地于南郊，改元开宝。

969年（己巳　宋开宝二年）四十三岁

二月，亲征北汉。三月，围太原城，并引汾水灌城。因攻城不克，且疾疫流行，遂于闰五月班师回京。

十月，宴请诸镇节度使王彦超等，罢其节度使之职。

970年（庚午　宋开宝三年）四十四岁

六月，皇长女封昭庆公主，出嫁左卫将军王承衍（大将王审琦子）。

九月，命潭州防御使潘美等统军征伐南汉。

十月，京兆郡太夫人杜氏（杜太后妹）卒，追封齐国太夫人。

971年（辛未　宋开宝四年）四十五岁

二月，南汉主刘铱降，广南平。

972年（壬申　宋开宝五年）四十六岁

闰二月，皇次女封延庆公主，出嫁左卫将军石保吉（大将石守信子）。

七月，皇三女封永庆公主，出嫁右卫将军魏咸信（前宰相魏仁浦子）。

九月，命宰相赵普、枢密使李崇矩分庐候对。寻李崇矩罢为镇国节度使。

是年，用反间计杀南唐南都留守兼侍中林仁肇。

973年（癸酉　宋开宝六年）四十七岁

三月，复试进士于讲武殿。宋朝始行殿试。

四月，翰林学士卢多逊等上《开宝通礼》二百卷。

六月，诏参知政事薛居正、吕余庆更知印押班奏事，以分宰相赵普之权。

八月，赵普罢宰相，出为河阳三城节度使、同平章事；吕余庆罢参知政事。

九月，皇弟赵光义封晋王，寻诏令其位居宰相之上；皇子赵德昭授山南西道节度使、同中书门下平章事。参知政事薛居正、枢密副使沈义伦拜宰相，翰林学士卢多逊为参知政事，判三司楚昭辅为枢密副使。

十月，皇妹燕国长公主卒。

974年（甲戌　宋开宝七年）四十八岁

三月，宋太祖欲征南唐，为免两线作战之忧，指示河北边将主动遣人与辽约和。

九月，以宣徽南院使曹彬、山南东道节度使潘美为帅，发兵十万征伐南唐。

闰十月，宰相薛居正等上新修《五代史》一百五十卷。

十一月，宋太祖因辽朝回书响应，命知雄州孙全兴"答涿州修好书"。

975年（乙亥　宋开宝八年）四十九岁

正月，宋遣使臣使辽贺正旦。自是双方互派使臣。

三月，辽朝使臣克妙骨慎思奉国书至开封，宋太祖当日便予接见，并设宴长春殿款待，然后引至便殿，观禁军士卒骑射。

七月，皇子德芳出阁。

是月，宋遣使于辽。

八月，辽再遣使臣来聘，献御衣、玉带、名马。宋太祖回赠如仪，"因令从猎近郊"。

十一月，金陵城破，南唐后主李煜降，江南平。

976年（丙子　宋开宝九年）五十岁

正月，李煜等被押解至京城，授右千牛卫上将军，封违命侯。

二月，群臣请加尊号曰"一统太平"，宋太祖因"燕、晋未复"，不许。

是月，吴越王钱俶来朝，宋太祖使皇子德昭至睢阳迎劳。

三月六日，授皇子德芳贵州防御使。

九日，离京巡视西京洛阳，以宰相沈义伦为东京留守。

十三日，谒安陵。

四月，议迁都洛阳，因群臣反对而作罢。

八月，命大将党进等进攻北汉。

十月二十日，夜，猝死于宫中。皇弟赵光义即位，是为宋太宗。

二十八日，皇弟廷美为开封尹，封齐王；皇子德昭为永兴军节度使、兼侍中，为京兆尹，封武功郡王；皇子德芳授兴元尹、检校太傅、山南西道节度使、同平章事。参知政事卢多逊拜宰相；枢密使曹彬罢，副使楚昭辅为枢密使。

二十九日，进封皇女昭庆公主为郑国公主、延庆公主为许国公主、永庆公主为虢国公主。

是月，皇后宋氏被封为开宝皇后，移居西宫。

十一月五日，诏廷美、德昭"位在宰相上"。

十二月一日，群臣上谥号曰英武圣文神德皇帝，庙号太祖。

二十二日，宋太宗改元太平兴国。

977 年（丁丑　宋太平兴国二年）

四月，宋太祖葬于永昌陵。

979 年（己卯　宋太平兴国四年）

八月，德昭自杀，终年二十九岁，赠中书令，追封魏王，谥曰懿。

981 年（辛巳　宋太平兴国六年）

三月，德芳浸疾卒，终年二十三岁，赠中书令，追封岐王，谥曰康惠。

995 年（乙未　宋至道元年）

四月二十八日，宋皇后卒，享年四十四岁，谥曰孝章。

1008 年（戊申　宋大中祥符元年）

八月，加宋太祖尊谥曰启运立极英武圣文神德玄功大孝皇帝。

1012 年（壬子　宋大中祥符五年）

闰十月，加宋太祖尊谥曰启运立极英武睿文神德圣功至明大孝皇帝。

二、征引书目

（一）史料

（宋）林光朝：《艾轩集》，上海古籍出版社《文渊阁四库全书》本。

（宋）曹勋：《北狩见闻录》，大象出版社2008年《全宋笔记》（第三编）本。

（元）陈世隆：《北轩笔录》，上海古籍出版社《文渊阁四库全书》本。

（明）高拱：《本语》，上海古籍出版社《文渊阁四库全书》本。

（宋）陆游：《避暑漫抄》，大象出版社2012年《全宋笔记》（第五编）本。

（明）李濂：《汴京遗迹志》，中华书局1999年版。

（宋）陈长方：《步里客谈》，大象出版社2008年《全宋笔记》（第四编）本。

（宋）陈郁：《藏一话腴》，大象出版社2016年版《全宋笔记》（第七编）本。

（隋）巢元方：《巢氏诸病源候总论》，上海古籍出版社《文渊阁四库全书》本。

（宋）王钦若等：《册府元龟》，上海古籍出版社《文渊阁四库全书》本。

（宋）佚名：《朝野杂纪》，载（明）陆楫编：《古今说海》，上海古籍出版社《四库全书》本。

（宋）程颢、程颐撰，（宋）朱熹编：《程氏遗书》，华东师范大学出版社2010年《朱子全书外编》本。

（明）孙一奎：《赤水元珠》，上海古籍出版社《文渊阁四库全书》本。

（宋）宋敏求：《春明退朝录》，中华书局1980年版。

（宋）周必大：《淳熙玉堂杂记》，大象出版社2012年《全宋笔记》（第五编）本。

（清）蒋廷锡等：《大清一统志》，上海古籍出版社《文渊阁四库全书》本。

（清）恽敬：《大云山房文稿》，上海商务印书馆《四部丛刊初编》本。

（宋）佚名：《道山清话》，大象出版社2006年《全宋笔记》（第二编）本。

（宋）范祖禹：《帝学》，上海古籍出版社《文渊阁四库全书》本。

（宋）潘汝士：《丁晋公谈录》，中华书局2012年版。

（宋）王称：《东都事略》，上海古籍出版社《文渊阁四库全书》本。

（宋）陈模：《东宫备览》，上海古籍出版社《文渊阁四库全书》本。

（宋）孟元老撰，伊永文笺注：《东京梦华录笺注》，中华书局2006年版。

（宋）魏泰：《东轩笔录》，中华书局1983年版。

（宋）龚鼎臣：《东原录》，大象出版社2017年《全宋笔记》（第八编）本。

（宋）范镇：《东斋记事》，中华书局1980年版。

（宋）蔡襄：《端明集》，上海古籍出版社《文渊阁四库全书》本。

（宋）范祖禹：《范太史集》，上海古籍出版社《文渊阁四库全书》本。

（宋）祝穆：《方舆胜览》，中华书局2003年版。

（元）释念常：《佛祖历代通载》，上海古籍出版社《文渊阁四库全书》本。

（宋）释志磐撰，释道法校注：《佛祖统纪校注》，上海古籍出版社2012年版。

（宋）陈岩肖：《庚溪诗话》，上海古籍出版社《文渊阁四库全书》本。

（宋）谢维新：《古今合璧事类备要》，上海古籍出版社《文渊阁四库全书》本。

（宋）祝穆：《古今事文类聚》，上海古籍出版社《文渊阁四库全书》本。

（明）陆楫：《古今说海》，上海古籍出版社《文渊阁四库全书》本。

（宋）邓名世：《古今姓氏书辩证》，上海古籍出版社《文渊阁四库全书》本。

（宋）欧阳修：《归田录》，中华书局1981年版。

（宋）王琪：《国老谈苑》，中华书局2012年《丁晋公谈录（外三种）》本。

（宋）叶廷珪：《海录碎事》，上海古籍出版社《文渊阁四库全书》本。

（宋）柳开：《河东集》，上海古籍出版社《文渊阁四库全书》本。

（元）纳新：《河朔访古记》，上海古籍出版社《文渊阁四库全书》本。

（宋）罗大经：《鹤林玉露》，中华书局1983年版。

（宋）魏了翁：《鹤山集》，上海古籍出版社《文渊阁四库全书》本。

（宋）赵德麟：《侯鲭录》，中华书局2002年版。

（宋）陈师道：《后山诗话》，中华书局1981年《历代诗话》本。

（宋）陈师道：《后山谈丛》，中华书局2007年版。

（宋）张舜民：《画墁录》，大象出版社2006年《全宋笔记》（第二编）本。

（宋）王明清：《挥麈录》，大象出版社2013年《全宋笔记》（第六编）本。

（宋）王明清：《挥麈后录》，大象出版社2013年《全宋笔记》（第六编）本。

（宋）王明清：《挥麈录余话》，大象出版社2013年《全宋笔记》（第六编）本。

（宋）庄绰：《鸡肋编》，中华书局1983年版。

（宋）丁度等：《集韵》，上海古籍出版社《文渊阁四库全书》本。

（宋）李心传：《建炎以来朝野杂记》，中华书局2000年版。

（宋）李心传：《建炎以来系年要录》，上海古籍出版社2018年版。

（宋）陈起：《江湖小集》，上海古籍出版社《文渊阁四库全书》本。

（宋）龙衮：《江南野史》，杭州出版社2004年《五代史书汇编》本。

（清）王昶：《金石萃编》，中国书店 1985 年版。
（元）脱脱等：《金史》，中华书局 1975 年版。
（宋）佚名：《锦绣万花谷》，上海古籍出版社《文渊阁四库全书》本。
（明）郑瑗：《井观琐言》，上海古籍出版社《文渊阁四库全书》本。
（清）查慎行：《敬业堂诗集》，上海古籍出版社《文渊阁四库全书》本。
（宋）陈均：《九朝编年备要》，上海古籍出版社《文渊阁四库全书》本。
（宋）李心传：《旧闻证误》，中华书局 1981 年版。
（宋）薛居正等：《旧五代史》，中华书局 2015 年版。
（宋）晁公武撰，孙猛校证：《郡斋读书志校证》，上海古籍出版社 1990 年版。
（宋）岳珂：《愧郯录》，大象出版社 2016 年《全宋笔记》（第七编）本。
（宋）张师正：《括异志》，中华书局 1996 年版。
（宋）王应麟撰，（清）翁元圻等注：《困学纪闻注》，上海古籍出版社 2008 年版。
（宋）陆游：《老学庵笔记》，中华书局 1979 年版。
（宋）龚昱编：《乐庵语录》，上海古籍出版社《文渊阁四库全书》本。
（宋）吕中：《类编皇朝大事记讲义》，上海人民出版社 2014 年版。
（宋）曾慥：《类说》，上海古籍出版社《文渊阁四库全书》本。
（明）黄淮、杨士奇：《历代名臣奏议》，上海古籍出版社 1989 年影印明刊本。
（清）吴景旭：《历代诗话》，上海古籍出版社《文渊阁四库全书》本。
（宋）李纲：《梁溪集》，上海古籍出版社《文渊阁四库全书》本。
（宋）杨侃：《两汉博闻》，上海古籍出版社《文渊阁四库全书》本。
（元）脱脱等：《辽史》，中华书局 1974 年版。
（宋）释惠洪：《林间录》，上海古籍出版社《文渊阁四库全书》本。
（宋）苏辙：《龙川别志》，中华书局 1982 年版。
（宋）曾巩撰，王瑞来校证：《隆平集校证》，中华书局 2012 年版。

黄灵庚、吴战垒主编《吕祖谦全集》，浙江古籍出版社 2008 年版。

（宋）徐自牧：《梦粱录》，大象出版社 2017 年《全宋笔记》（第八编）本。

（宋）杜大珪撰，顾宏义、苏贤校证：《名臣碑传琬琰集校证》，上海古籍出版社 2021 年版。

（宋）王铚：《默记》，中华书局 1981 年版。

（宋）钱易：《南部新书》，中华书局 2002 年版。

（宋）陆游：《南唐书》，杭州出版社 2004 年《五代史书汇编》本。

（宋）马令：《南唐书》，杭州出版社 2004 年《五代史书汇编》本。

（宋）韩维：《南阳集》，上海古籍出版社《文渊阁四库全书》本。

（宋）吴曾：《能改斋漫录》，上海古籍出版社 1979 年版。

（清）钱大昕：《廿二史考异》，上海古籍出版社 2004 年版。

（清）赵翼：《廿二史札记》，中华书局 1984 年版。

（宋）欧阳修：《欧阳修全集》，中华书局 2001 年版。

（宋）洪适：《盘洲文集》，上海商务印书馆《四部丛刊初编》本。

（宋）俞德邻：《佩韦斋集》，上海古籍出版社《文渊阁四库全书》本。

（宋）俞德邻：《佩韦斋辑闻》，上海古籍出版社《文渊阁四库全书》本。

（宋）周密：《齐东野语》，中华书局 1983 年版。

（宋）叶隆礼：《契丹国志》，上海古籍出版社 1985 年版。

（宋）周辉：《清波别志》，上海古籍出版社《文渊阁四库全书》本。

（宋）周辉撰，刘永翔校注：《清波杂志校注》，中华书局 1994 年版。

（元）袁桷：《清容居士集》，上海古籍出版社《文渊阁四库全书》本。

（宋）陶谷：《清异录》，大象出版社 2003 年《全宋笔记》（第一编）本。

（宋）朱弁：《曲洧旧闻》，中华书局 2002 年版。

曾枣庄等主编：《全宋文》，上海辞书出版社、安徽教育出版社 2006

年版。

（宋）徐度：《却扫编》，大象出版社2008年《全宋笔记》（第三编）本。

（宋）章如愚：《群书考索》，上海古籍出版社1992年版。

（清）顾炎武撰，黄汝成集释：《日知录集释》，上海古籍出版社2006年版。

（宋）洪迈：《容斋随笔》，上海古籍出版社1978年版。

（宋）田况：《儒林公议》，中华书局2017年版。

（宋）陆游：《入蜀记》，上海书店出版社2013年《宋人日记丛编》本。

（宋）徐梦莘：《三朝北盟会编》，上海古籍出版社2008年第2版。

（宋）朱熹：《三朝名臣言行录》，上海古籍出版社、安徽教育出版社2002年《朱子全书》本。

（宋）邵博：《邵氏闻见后录》，中华书局1983年版。

（宋）邵伯温：《邵氏闻见录》，中华书局1983年版。

（明）胡应麟：《少室山房笔丛》，上海古籍出版社《文渊阁四库全书》本。

（宋）王辟之：《渑水燕谈录》，中华书局1981年版。

（宋）李廌：《师友谈记》，大象出版社2006年《全宋笔记》（第二编）本。

（宋）叶梦得撰，（宋）宇文绍奕考异：《石林燕语》，中华书局1984年版。

（清）吴任臣：《十国春秋》，中华书局1983年版。

（汉）司马迁：《史记》，中华书局1959年版。

（宋）高承撰，（明）李果订：《事物纪原》，中华书局1989年版。

（明）陆容：《菽园杂记》，上海古籍出版社《文渊阁四库全书》本。

（元）陶宗仪：《说郛》，上海古籍出版社《文渊阁四库全书》本。

（宋）叶绍翁：《四朝闻见录》，中华书局1989年版。

（清）永瑢等：《四库全书总目》，中华书局1981年版。

（宋）梅应发、刘锡等：《（开庆）四明续志》，清咸丰四年刻《宋元四明六志》本。

（宋）曹勋：《松隐集》，上海古籍出版社《文渊阁四库全书》本。

（宋）李攸：《宋朝事实》，中华书局1955年版。

（宋）江少虞：《宋朝事实类苑》，上海古籍出版社1981年版。

（宋）赵汝愚：《宋朝诸臣奏议》，上海古籍出版社1999年版。

（宋）佚名：《宋大诏令集》，中华书局1962年版。

（清）徐松等辑：《宋会要辑稿》，中华书局影印本。

（明）王夫之：《宋论》，中华书局1964年版。

周勋初主编：《宋人轶事汇编》，上海古籍出版社2014年版。

（元）脱脱等：《宋史》，中华书局1985年版。

（元）佚名：《宋史全文》，上海古籍出版社《文渊阁四库全书》本。

（宋）钱若水：《宋太宗实录》，甘肃人民出版社2005年版。

（宋）徐自明撰，王瑞来校补：《宋宰辅编年录校补》，中华书局1986年版。

（宋）苏舜钦：《苏舜钦集》，中华书局1961年版。

（宋）司马光：《涑水记闻》，中华书局1989年版。

（宋）王巩：《随手杂录》，中华书局2017年《清虚杂著三编》本。

（宋）陈世崇：《随隐漫录》，中华书局2010年版。

（宋）孙升：《孙公谈圃》，大象出版社2006年《全宋笔记》（第二编）本。

（宋）彭百川：《太平治迹统类》，江苏广陵古籍刻印社1990年版。

（宋）孔平仲：《谈苑》，大象出版社2006年《全宋笔记》（第二编）本。

（唐）张九龄等：《唐六典》，上海古籍出版社《文渊阁四库全书》本。

（宋）胡仔：《苕溪渔隐丛话》，上海商务印书馆1937年《万有文库》本。

（宋）蔡絛：《铁围山丛谈》，中华书局1983年版。
（宋）岳珂：《桯史》，中华书局1981年版。
（元）陈桱：《通鉴续编》，上海古籍出版社《文渊阁四库全书》本。
（宋）郭若虚：《图画见闻志》，上海人民美术出版社1963年版。
（宋）王安石：《王文公文集》，上海人民出版社1974年版。
（宋）王曾：《王文正公笔录》，大象出版社2003年《全宋笔记》（第一编）本。
（宋）陆游：《渭南文集》，上海古籍出版社《文渊阁四库全书》本。
（宋）汪应辰：《文定集》，上海古籍出版社《文渊阁四库全书》本。
（元）马端临：《文献通考》，中华书局2011年版。
（宋）李昉等编：《文苑英华》，中华书局1966年影印本。
（宋）王巩：《闻见近录》，大象出版社2006年《全宋笔记》（第二编）本。
（宋）袁文：《瓮牖闲评》，上海古籍出版社1985年版。
（宋）范成大：《吴船录》，中华书局2002年《范成大笔记六种》本。
（宋）佚名：《吴越备史补遗》，上海古籍出版社《文渊阁四库全书》本。
（宋）朱熹：《五朝名臣言行录》，上海古籍出版社、安徽教育出版社2002年《朱子全书》本。
（宋）王溥：《五代会要》，中华书局1998年版。
（宋）陶岳：《五代史补》，杭州出版社2004年《五代史书汇编》本。
（宋）王禹偁：《五代史阙文》，杭州出版社2004年《五代史书汇编》本。
（宋）佚名：《五国故事》，大象出版社2003年《全宋笔记》（第一编）本。
（宋）文莹：《湘山野录》，中华书局1984年版。
（宋）王禹偁：《小畜集》，上海商务印书馆《四部丛刊初编》本。
（宋）欧阳修：《新五代史》，中华书局2015年版。

（宋）文莹：《续湘山野录》，中华书局 1984 年版。

（宋）李焘：《续资治通鉴长编》，中华书局 2004 年版。

（宋）叶梦得：《岩下放言》，大象出版社 2006 年《全宋笔记》（第二编）本。

（明）田汝成：《炎徼纪闻》，上海古籍出版社《文渊阁四库全书》本。

（宋）程大昌：《演繁露》，大象出版社 2008 年《全宋笔记》（第四编）本。

（宋）程大昌：《演繁露续集》，大象出版社 2008 年《全宋笔记》（第四编）本。

（宋）王栐：《燕翼诒谋录》，中华书局 1981 年版。

（宋）杨亿口述、黄鉴笔录、宋庠整理，李裕民辑校：《杨文公谈苑》，上海古籍出版社 1993 年版。

（宋）王楙：《野客丛书》，上海古籍出版社 1991 年版。

（元）元好问：《遗山集》，上海古籍出版社《文渊阁四库全书》本。

（宋）罗从彦：《豫章文集》，上海古籍出版社《文渊阁四库全书》本。

（宋）王应麟：《玉海》，江苏古籍出版社、上海书店 1988 年版。

（宋）文莹：《玉壶清话》，中华书局 1984 年版。

（宋）王明清：《玉照新志》，上海古籍出版社 1991 年版。

（宋）马永卿编，（明）王崇庆解：《元城语录解》，上海古籍出版社《文渊阁四库全书》本。

（宋）张君房：《云笈七签》，中华书局 2003 年版。

（宋）赵彦卫：《云麓漫钞》，古典文学出版社 1957 年版。

（宋）郑獬：《郧溪集》，上海古籍出版社《文渊阁四库全书》本。

（宋）曾巩：《曾巩集》，中华书局 1984 年版。

（宋）郑思肖：《郑思肖集》，上海古籍出版社 1991 年版。

（宋）罗璧：《识遗》，大象出版社 2017 年《全宋笔记》（第八编）本。

（宋）孙逢吉：《职官分纪》，上海古籍出版社《文渊阁四库全书》本。

（宋）熊克：《中兴小纪》，福建人民出版社1985年版。

（宋）周必大撰，王瑞来校正：《周必大集校正》，上海古籍出版社2020年版。

（宋）黎靖德：《朱子语类》，中华书局1986年版。

（宋）司马光撰，（元）胡三省注：《资治通鉴》，中华书局1992年版。

（二）论著

丁则良：《杯酒释兵权考》，《人文科学学报》第1卷第3期，1945年9月。

方建新、徐规：《"杯酒释兵权"说献疑》，《文史》第14辑，1982年7月。

柳立言：《"杯酒释兵权"新说质疑》，台湾《大陆杂志》第80卷第6期，1990年6月。

徐红：《北宋初期进士研究》，人民出版社2009年版。

河南省文物考古研究所编：《北宋皇陵》，中州古籍出版社1997年版。

吴廷燮：《北宋经抚年表》，中华书局1984年版。

刘静贞：《北宋前期皇帝和他们的权力》，台北稻乡出版社1996年版。

[美]蔡涵墨撰，陈元译：《曹勋与"太祖誓约"的传说》，《中国史研究》2016年第4期。

刘洪涛：《从赵宋宗室的家族病释"烛影斧声"之谜》，《南开学报（哲社版）》1989年第6期。

邓广铭：《邓广铭全集》，河北教育出版社2005年版。

邓广铭：《邓广铭治史丛稿》，北京大学出版社1997年版。

王瑞来：《"斧声烛影"事件新解》，《中国史研究》1991年第2期。

范学辉：《关于"杯酒释兵权"若干问题的再探讨》，《史学月刊》2006年第3期。

[日]谷川道雄：《关于北朝末期至五代的义兄弟结合》，《中国古代

史论丛》1982 年第二辑。

李华瑞：《关于宋初先南后北统一方针讨论中的几个问题》，《河北大学学报（哲学社会科学版）》1997 年第 4 期。

张其凡：《关于宋太祖早年任职的三点考证》，《史学月刊》2002 年第 12 期。

洪业：《洪业论学集》，中华书局 1981 年版。

张其凡：《"皇帝与士大夫共治天下"试析——北宋政治架构探微》，《暨南学报》2001 年第 6 期。

李裕民：《揭开"斧声烛影"之谜》，《山西大学学报（哲社版）》1988 年第 3 期。

王育济：《"金匮之盟"真伪考——对一桩学术定案的重新甄别》，《山东大学学报（哲社版）》1993 年第 1 期。

何冠环：《"金匮之盟"真伪新考》，《暨南学报（哲社版）》第 15 卷第 3 期，1993 年 7 月。

王育济：《论"杯酒释兵权"》，《中国史研究》1996 年第 3 期。

李峰：《论北宋"不杀士大夫"》，《史学月刊》2005 年第 12 期。

聂崇岐：《论宋太祖收兵权》，《燕京学报》第 34 期，1948 年。

张鸣选编：《浦江清文选》，北京大学出版社 2010 年版。

齐源：《浅论宋初严法治赃吏》，《青海社会科学》1985 年第 6 期。

范学辉：《三司使与宋初政治》，《宋史研究论丛（第六辑）》，河北大学出版社 2005 年版。

范学辉：《释宋太祖"今之武臣欲尽令读书"》，《西北师大学报（社会科学版）》2006 年第 4 期。

王育济：《世宗遗命的匿废和陈桥兵变》，《史学月刊》1994 年第 1 期。

王曾瑜：《宋朝兵制初探（增订本）》，中华书局 2011 年版。

顾宏义、孙建民：《宋初大将自晦现象初探》，《军事历史研究》2000 年第 1 期。

顾宏义：《宋初户数辨析》，《历史研究》2020年第2期。

顾宏义：《宋初政治研究——以皇位授受为中心》，华东师范大学出版社2010年版。

周宝珠：《宋代东京研究》，河南大学出版社1992年版。

刘长东：《宋代佛教政策论稿》，巴蜀书社2005年版。

葛金芳：《宋代户帖考释》，《中国社会经济史研究》1989年第1期。

谷霁光：《宋代继承问题商榷》，《清华学报》第十三卷第一期，1941年4月。

李华瑞：《宋代建元与政治》，《中国史研究》1996年第4期。

漆侠：《宋代经济史》，上海人民出版社1988年版。

唐明贵：《宋代〈论语〉研究的勃兴及成因》，《东岳论丛》2007年第3期。

胡道静：《宋代人口的分布和变迁》，《宋辽金史论丛》第2辑，中华书局1991年版。

顾宏义：《宋代〈四书〉文献研究》，上海古籍出版社2014年版。

汪圣铎：《宋代政教关系研究》，人民出版社2010年版。

王德毅：《宋高宗评——兼论杀岳飞》，岳飞研究会编：《岳飞研究（第三辑）》，中华书局1992年版。

许振兴：《宋纪受终考研究》，香港瑞荣企业2005年版。

李华瑞：《宋史论集》，河北大学出版社2001年版。

蒋复璁：《宋史新探》，台湾正中书局1966年版。

李裕民：《宋史新探》，陕西师范大学出版社1999年版。

张其凡：《宋太宗》，吉林文史出版社1997年版。

施秀娥：《宋太宗继统考略》，《齐鲁学报》1994年第2期。

张荫麟：《宋太宗继统考实》，《文史杂志》第1卷第8期，1941年7月。

虞万里：《宋太宗旧名匡义、匡义辨证——兼论简化字"义"字的产生》，《中国典籍与文化论丛》第十辑。

张其凡：《宋太宗论》，《历史研究》1987年第2期。

王育济：《宋太祖传位遗诏的发现及其意义》，《文史哲》1994年第2期。

［日］荒木敏一：《宋太祖酒癖考》，日本《史林》第二十八卷第五号，1955年7月。

张荫麟：《宋太祖誓碑及政事堂刻石考》，《文史杂志》第1卷第7期，1941年1月；又收入张云台编：《张荫麟文集》，教育科学出版社1993年版。

杜文玉：《宋太祖誓碑质疑》，《河南大学学报（社会科学版）》1986年第1期。

徐规：《宋太祖誓约辨析》，《历史研究》1986年第4期。

张希清：《宋太祖誓约与岳飞之死》，《岳飞研究》第2辑，《中原文物》1989年特刊。

邓广铭：《宋太祖太宗授受辨》，《真理杂志》第1卷第2期，1944年3—4月。

杨倩描：《宋太祖赵匡胤家世、祖陵及籍贯》，《宋史研究论丛》第六辑，河北大学出版社2005年版。

邓小南：《谈宋初之"欲武臣读书"与"用读书人"》，《史学月刊》2005年第7期。

李全德：《唐宋变革期枢密院研究》，国家图书馆出版社2009年版。

顾宏义：《王禹偁〈建隆遗事〉考——兼论宋初"金匮之盟"之真伪》，《中华文史论丛》（第九十五辑），上海古籍出版社2009年版。

张其凡：《五代禁军初探》，暨南大学出版社1993年版。

裴汝诚、许沛藻：《续资治通鉴长编考略》，中华书局1985年版。

徐规：《仰素集》，杭州大学出版社1999年版。

张其凡：《庸将负盛名——略论曹彬》，《宋史研究论文集》，浙江人民出版社1987年版。

王曾瑜：《岳飞新传》，上海人民出版社1983年版。

何忠礼：《岳飞遇害是宋高宗蓄谋已久的阴谋》，岳飞研究会编：《岳飞研究（第三辑）》，中华书局1992年版。

王曾瑜：《岳飞之死》，《历史研究》1979年第12期。

顾宏义：《岳飞之死与宋太祖"不杀大臣"誓约考》，《华东师范大学学报（哲学社会科学版）》2001年第1期。

顾宏义：《赵德芳生母考——兼析宋朝官史失载赵德芳生母之原因》，《河北大学学报（哲学社会科学版）》2017年第5期。

邓广铭：《赵匡胤的得国及其与张永德李重进的关系》，《东方杂志》第41卷第21号，1945年11月。

顾宏义：《赵弘殷显德三年行迹考辨》，《河北大学学报（哲学社会科学版）》2021年第1期。

张其凡：《赵普评传》，北京出版社1991年版。

顾宏义：《赵普〈龙飞记〉考略》，杭州师范大学国学院等编：《徽音永著：徐规教授纪念文集》，华东师范大学出版社2012年版。

吴松弟：《中国人口史》第三卷《宋辽金元时期》，复旦大学出版社2000年版。

李昌宪：《中国行政区划通史·宋西夏卷》，复旦大学出版社2007年版。

吴天墀：《烛影斧声传疑》，《史学季刊》第1卷第2期，1941年3月。

王瑞来：《"烛影斧声"与宋太祖之死》，《文史知识》2008年第12期。

邓小南：《祖宗之法：北宋前期政治述略》，三联书店2006年版。

刘浦江：《祖宗之法：再论宋太祖誓约及誓碑》，《文史》2010年第3辑。

后　记

本书乃是在旧作《细说宋太祖》的基础上重写而成。

近年来，涉及宋朝人物、事件与文化之话题颇得世人青睐，有关宋太祖传记及其时代之研究论著也有多种面世，引人热议，令相关讨论更趋深入。但宋太祖一生经历颇为传奇，而宋人为力证宋朝乃膺受天命而立国，遂刻意神化其开国之君，加上因皇位授受等因素而引起如"杯酒释兵权""金匮之盟""斧声烛影"诸多疑案，由此宋人著述中，有关宋太祖生平事迹之文字多有回避、曲笔，甚至有意作假，致使宋太祖早年事迹晦隐不明，涉及宋初几大政治疑案之记载往往彼此矛盾，其妻儿、弟妹等事迹的史料也颇遭删节、篡改而疑问重重。史书记载失实，颇为深刻地影响着后人对宋太祖身世、功绩之认知与评判，致使今日相关论述往往纷争不已，莫衷一是。

当年我初进入宋史研究领域，即对以"唐宗宋祖"闻名今古的宋太祖赵匡胤颇为关注。21世纪初，上海人民出版社组稿出版古代皇帝系列通俗读物，我受邀撰写了《细说宋太祖》一书，但因限于体例等，而留下颇多遗憾。此后，随读书稍有心得，遂以"皇位授受"之视角对宋几大政治疑案予以较为深入的探讨，撰成《宋初政治研究》，但同样由于体例限制等原因，从而无以对宋太祖的生平、家族事迹以及其与宋初政治社会之关系等展开较为全面深入细致的讨论。因此，为宋朝艺祖撰一传记之念始终存于心底。约六七年前，因一位出版界朋友的建议，遂因旧稿而始着手撰述新作，然日常诸事杂沓，且须应承职役考核之繁重，遂延宕数年方始成稿，今又蒙广东人民出版社不弃，得偿夙愿，诚一快意事也。

后 记

  鉴于宋朝开国皇帝之"本来面目",时有因史料缺失、记载不一而云山雾罩,漫漶难辨,故本书于叙述中也多爬梳剔抉相关文字以引录、排比、辨析,考真伪、正错讹、析疑义而不厌其详,由此对学界的个别成论提出疑问,对历时弥久的一些争议处断以一管之见,但限于本人学识,且因相关史料纷杂缺失,使一些问题之讨论无从展开,付诸阙如,个别断语也远非定论。此中种种不足,诚请诸同道学友不吝指正。

  本书于经年撰述间,尝就一些疑问请益于诸贤同好,颇获启发,于前贤时彦之论著也多有借鉴,并在长年资料搜集、阅览中每得师友相助,惠我良多,在此一并致以诚挚谢意。

顾宏义

于 2023 年 2 月 13 日